LE TESTAMENT D'ARIANE

DANS LES PAS D'ARIANE

ÉGALEMENT CHEZ POCKET

L'HOMME DE LEUR VIE
LA MAISON DES ARAVIS
UN MARIAGE D'AMOUR
UN ÉTÉ DE CANICULE
RENDEZ-VOUS À KERLOC'H
OBJET DE TOUTES LES CONVOITISES
L'INCONNUE DE PEYROLLES
UN CADEAU INESPÉRÉ
LES BOIS DE BATTANDIÈRE
UNE NOUVELLE VIE
NOM DE JEUNE FILLE
SANS REGRETS
MANO A MANO
D'ESPOIR ET DE PROMESSE
LES SIRÈNES DE SAINT-MALO
SERMENT D'AUTOMNE
DANS LE SILENCE DE L'AUBE
COMME UN FRÈRE
LA FOSSE AUX LIONS – BM BLUES
UN SOUPÇON D'INTERDIT
LA PROMESSE DE L'OCÉAN
L'HÉRITIER DES BEAULIEU
LA CAMARGUAISE
AU NOM DU PÈRE
FACE À LA MER
LE CHOIX DES AUTRES
HORS SAISON
QUELQU'UN DE BIEN

Les diptyques

LE SECRET DE CLARA *
L'HÉRITAGE DE CLARA **

LES ANNÉES PASSION *
LE CHOIX D'UNE FEMME LIBRE **

UNE PASSION FAUVE *
BERILL OU LA PASSION EN HÉRITAGE **

LES VENDANGES DE JUILLET *
& JUILLET EN HIVER **
(en un seul volume)

LE TESTAMENT D'ARIANE *
DANS LES PAS D'ARIANE **

D'EAU ET DE FEU *
À FEU ET À SANG **

GRAN PARADISO *
SI LOIN, SI PROCHES **

Françoise Bourdin présente
GALOP D'ESSAI

FRANÇOISE BOURDIN

LE TESTAMENT D'ARIANE

DANS LES PAS D'ARIANE

belfond

MIXTE
Papier issu de
sources responsables
FSC® C003309

L'éditeur de cet ouvrage s'engage dans une démarche
de certification FSC® qui contribue à la préservation
des forêts pour les générations futures.

Pour en savoir plus :
www.editis.com/engagement-rse/

ISBN : 978-2-266-30757-4
Dépôt légal : novembre 2021

LE TESTAMENT D'ARIANE

À Jean-Baptiste,
un brillant X qui n'a rien d'inconnu
puisque le voilà de ma famille.
Avec toute mon affection.

1

— Tout pour Anne, alors ?

— Oui, tout. Si je léguais une théière ou un chandelier aux autres, ils prendraient ça pour de l'humour noir.

Avec un geste insouciant de la main, comme si elle chassait un moucheron, Ariane Nogaro ébaucha un sourire.

— Anne est une jeune femme remarquable, affirma-t-elle. Je la préfère depuis toujours et, à mon âge, on a le droit de se montrer sélectif dans ses affections. On a fait le tri !

— Mais vous avez trois autres neveux et nièce, lui rappela le notaire d'un ton patient.

— J'ai aussi un frère et une belle-sœur. Et alors ? On ne choisit pas sa famille, vous savez bien. Hormis Anne, ils sont tous sans intérêt pour moi.

Dans son visage émacié et ridé, ses grands yeux clairs conservaient un reste d'éclat, elle le vérifiait chaque matin dans son miroir. Elle en profita pour toiser son notaire.

— Allons, ironisa-t-elle, ne prenez pas cet air contrarié, vous n'êtes pas concerné. Quand vous leur lirez mon testament, ce n'est pas à vous qu'ils s'en prendront. D'ailleurs, je crois qu'ils n'attendent rien, je ne leur ai jamais laissé à penser qu'ils hériteraient quoi que ce soit. Je suis la tante Ariane, la vieille toquée…

Elle se leva, fit quelques pas vers la fenêtre battue par la pluie. Durant une longue minute, elle observa les gouttes d'eau qui glissaient, se rejoignaient en rigoles et filaient le long des carreaux. Un vent fort rôdait autour de la bâtisse, faisant gémir les huisseries délabrées.

— Pierre, dit-elle sans se retourner, vous êtes mon ami, n'est-ce pas ? J'ai si souvent signé, dans votre étude, de ces petits papiers qui modifient le cours d'une existence ! Pour vous, mon parcours semble peut-être cohérent, mais ma famille n'y comprendra rien. Si besoin est, vous leur expliquerez que mon seul but était de retrouver le paradis perdu. Cette quête, évidemment vouée à l'échec, m'a tout de même fait tenir debout pendant plus d'un demi-siècle.

— Pourtant, fit-il remarquer, il s'agissait d'une cause perdue, vous venez de le dire.

— Perdue mais magnifique ! J'ai eu ma revanche, je suis revenue ici.

— Pour vivre dans vos souvenirs ?

— Si on veut. La fête était finie depuis longtemps, les lampions éteints et ma jeunesse enfuie, mais j'étais de nouveau chez moi. *Chez moi*. Ma terre, mes murs, mon identité, le petit morceau d'horizon qui m'appartient.

— Anne ressentira peut-être les choses différemment, risqua-t-il.

— Peu importe, je ne serai plus là pour le voir. Je ne pense pas qu'on se désespère à six pieds sous terre ou du haut du ciel.

Elle fit volte-face et regagna son fauteuil. Hormis le cercle de lumière diffusé par deux lampes aux abat-jour de guingois, le reste de la pièce était dans l'ombre.

— Je suis malade, annonça-t-elle sans aucune emphase. Et je vous prie de croire que je ne deviendrai jamais grabataire, je m'en suis fait la promesse. L'hôpital est mon cauchemar car les médecins sont des ânes, ils vous prolongent au-delà du raisonnable, souvent jusqu'à l'indécence. Toutefois, je ne veux pas non plus mourir ici, ce serait trop désagréable pour Anne au cas où… Vous voyez le dilemme, mon ami ?

Elle y réfléchit quelques instants, pesant le pour et le contre.

— À une époque, on ne dissimulait pas la mort, on se recueillait devant elle, on veillait les corps. Maintenant, on les fait disparaître au plus vite, ou bien on les maquille pour leur donner « bonne mine ». La mort fait peur, on l'occulte, on l'escamote, quelle idiotie ! Nous redeviendrons poussière, c'est une de nos rares certitudes à tous.

— Ariane, murmura-t-il, vous en parlez trop. Faire votre testament vous a donné des idées noires.

— Au contraire, je suis soulagée d'avoir tout mis en ordre. Durant mes insomnies, je vais pouvoir imaginer Anne ici. Avec son caractère, et à condition qu'elle se prenne au jeu…

La grimace dubitative du notaire l'agaça mais elle décida de ne pas en tenir compte.

— Quand elle me rend visite, et au passage je rappelle qu'elle est la seule à trouver des moments pour sa vieille tante, elle est toujours délicieusement tonique. Jamais complaisante, elle me parle d'égale à égale comme si nous avions le même âge. Elle ne propose pas de faire mes courses, ne me conseille pas de me reposer, ne me demande pas si je prends bien mes médicaments, bref, toutes ces fadaises qu'on sert aux gens âgés. Elle se contente de bavarder à bâtons rompus, ensuite on mange les gâteaux qu'elle apporte chaque fois pour satisfaire ma gourmandise. Je la remercie en lui offrant deux doigts de porto qu'elle fait semblant d'apprécier, c'est son unique concession. Et puis…

Penchée en avant, elle agita son index devant le visage du notaire qui l'écoutait, sourire aux lèvres.

— Et puis elle aime mon chien !

Ils rirent ensemble, en vieux complices qu'ils étaient. Le chien en question était un molosse de cinquante kilos, doux et affectueux, mais qui effrayait tous les visiteurs.

— La première fois qu'elle l'a vu, elle ne s'est pas récriée comme mon abruti de frère : « Il va te mordre, ou au moins te faire tomber, ma parole, tu es folle ! » Non, Anne est d'une autre trempe, elle a trouvé l'animal très beau, très impressionnant, et elle a estimé que je serais en sécurité avec lui. D'après elle, c'est mieux qu'une alarme. En réalité, Goliath se montre surtout un très gentil compagnon malgré son incroyable voracité.

— Vous aimez Anne parce qu'elle aime les chiens ? s'étonna-t-il.

— C'est un bon point pour elle. Mais bien sûr, il y a des choses plus importantes. Elle a de la volonté, de la fantaisie, et une sacrée personnalité. Tout ce que les autres n'ont pas. Mon frère et sa femme ont fait des enfants aussi fades qu'eux !

— Vous êtes dure.

— Je n'ai plus beaucoup de temps pour des mensonges de courtoisie.

Il la considéra un instant avec une sorte d'admiration dont il n'arrivait pas à se défendre. Elle savait qu'il la trouvait extraordinaire, non pas parce qu'il devenait sénile mais parce qu'elle *était* extraordinaire. Son passé tumultueux en donnait la preuve, elle avait abattu tous les obstacles sur sa route sans aucun état d'âme, elle n'était pas Madame Tout-le-monde.

— Ariane, il faut que vous mesuriez les conséquences de votre décision. Ce genre de testament pourrait faire… exploser votre famille. Dans mon étude, j'ai vu des gens se déchirer pour moins que ça. Même lors de successions bien partagées, des jalousies éclatent au grand jour, des rancunes remontent à la surface, on dirait que dès qu'il est question d'argent il n'y a plus ni amour ni respect.

— Eh bien, c'est une manière de découvrir la vérité sur les sentiments qu'on se porte, non ?

Ignorant son cynisme, il poursuivit :

— Peut-être faites-vous à Anne un cadeau empoisonné. Elle n'aura pas forcément les mêmes… priorités que vous. L'opinion de son mari entrera en ligne de compte.

— Elle fera ce qu'elle voudra, trancha sèchement Ariane.

Un petit silence s'installa entre eux jusqu'à ce qu'elle chuchote :

— Vous entendez l'océan ?

Il prêta l'oreille, finit par hocher la tête.

— Ce soir, il semble bien agité.

— Lorsque j'étais enfant, j'adorais voir les gros rouleaux frangés d'écume se fracasser sur le sable. Mon père nous avait appris la prudence, on ne nageait pas ces jours-là, on se contentait de regarder. Désormais, j'en suis réduite à ça, mon âge et mon état de santé ne me permettent plus que de regarder, alors je m'en mets plein les yeux. Heureusement, j'arrive encore à me promener un peu, j'aperçois la plage de loin ou je me traîne jusqu'à la pinède. J'y rêve au bon temps des gemmeurs…

Elle prononçait toujours ce mot avec une infinie nostalgie. Si elle avait pu racheter la propriété familiale et une infime partie des bois, l'activité du gemmage était bel et bien finie. Depuis les années quatre-vingt, on ne récoltait plus aucune résine et toute la forêt de Gascogne avait essentiellement une vocation papetière. Quelle chimère avait-elle poursuivie en voulant se réapproprier l'endroit ? Si le pin, à l'époque surnommé « l'arbre d'or », avait enrichi son père, c'est qu'il possédait alors une grande surface de forêt. Mais une mauvaise gestion de son domaine, d'incessants conflits avec ses résiniers et des goûts assez dispendieux l'avaient totalement ruiné. Il avait vendu les terres, puis la maison, au moment où Ariane fêtait ses dix-huit ans. Ce dernier anniversaire avait été sinistre, dans des pièces à moitié vidées de leurs meubles. Ariane en conservait toujours, cinquante-cinq ans plus tard, un souvenir cuisant. Certains des invités s'étaient décommandés sous divers prétextes, le buffet s'était révélé médiocre, faute d'avoir pu faire appel au traiteur habituel, et ses camarades de l'école privée où elle avait effectué toute sa scolarité l'avaient regardée avec une compassion dédaigneuse. Dans le petit monde des propriétaires forestiers, on savait manifestement que la famille Nogaro était déchue, le père ayant fait *faillite*. Ah, que ce mot était donc accablant ! La bourgeoisie landaise des années cinquante rejetait sans pitié tout ce qui n'appartenait plus à son milieu. Ariane s'était sentie exclue, pitoyable, une impression odieuse pour une jeune fille élevée dans le luxe et l'insouciance. Ce soir-là, blottie au fond de son lit où elle ne trouvait pas le sommeil, elle s'était juré d'avoir sa revanche. Un serment réitéré devant le camion de déménagement. Le cœur serré, elle avait vu tout ce qui restait de l'ancienne vie des Nogaro s'entasser dans le semi-remorque tandis que son père jetait un dernier regard meurtri à la façade de leur maison. « Je reviendrai ! » avait-elle pensé avec une intensité qui lui avait fait monter les larmes aux yeux. Ce serment en forme de défi avait peu de chances de se réaliser, pourtant Ariane en avait fait le credo de toute son existence et était arrivée à ses fins.

— Lorsque mes parents se sont installés à Biarritz, mon abruti de frère s'est montré tout content ! Il n'avait que onze ans, il trouvait ça à son goût. L'animation de la ville l'a ébloui car il n'aimait pas l'isolement de notre ancienne maison. Et la villa étriquée où nous nous sommes entassés lui a plu, on aurait presque dit qu'il était enfin dans son élément. Moi, je me sentais anéantie.

Jolie fille mais un peu garçon manqué à force de courir dans les pinèdes ou de se jeter dans l'océan, elle avait vite compris où était son intérêt, optant soudain pour une gracieuse féminité qui avait immanquablement attiré les regards… et les prétendants. Moins d'un an plus tard, elle s'était mariée avec un homme plus âgé qu'elle et nanti d'une jolie fortune. Le premier pas de sa revanche, qui serait suivi de bien d'autres.

— Ce n'était pas qu'une question d'argent, Pierre.

De nouveau, il eut une expression sceptique. Les trois mariages d'Ariane – deux fois divorcée, une fois veuve – l'avaient indiscutablement enrichie.

— Non, l'argent n'était que le moyen. Je poursuivais un objectif auquel je me suis accrochée bec et ongles. Le temps que je trace ma route, notre ancienne maison avait été plusieurs fois vendue et rachetée. Personne ne s'y plaisait, elle passait de main en main. Moi, je suivais ça de loin, j'attendais mon heure.

Elle avait commencé tôt à consulter Pierre Laborde, jeune notaire à Dax. Bien que n'ayant pas suivi d'études supérieures, elle possédait un sens inné des affaires, en tout cas des siennes.

— Quand j'ai enfin racheté la maison, mon frère a dit, avec l'originalité qu'on lui connaît : « Ma parole, tu es folle ! »

— N'accablez pas toujours Gauthier, protesta-t-il. Savoir se contenter de ce qu'on a est une vertu.

— Vraiment ?

Elle raillait encore mais la réflexion l'avait touchée. Pour sa part, jamais elle ne s'était sentie satisfaite, sauf le jour où elle avait enfin eu en main le trousseau de clefs de la bastide Nogaro. Étrangement, la propriété n'avait pas changé de nom. Manque d'imagination ou négligence des propriétaires successifs, cette appellation facile à retenir lui était restée.

— Gauthier a mené sa barque comme il l'entendait, admit-elle. Il a fondé sa famille, il a aimé son métier, aujourd'hui il coule une retraite paisible, tant mieux pour lui. Mais c'est moi qu'il accable à toujours me traiter de folle.

— Il n'a pas compris votre démarche.

— C'est simple, il ne comprend rien. Que je rachète la maison de notre enfance aurait pu lui sembler merveilleux, ou au moins amusant, or il n'a été que consterné. Quand je lui ai annoncé le prix que j'avais payé, savez-vous ce qu'il a dit ?

— « Ma parole, tu es… »

— Folle, oui. Il n'a jamais très bien su – ou voulu savoir – que j'avais de l'argent. Encore moins ce que j'en faisais. Comme je me suis toujours montrée économe, occupée que j'étais à réunir la somme nécessaire au rachat, peut-être en avait-il déduit que j'étais sans le sou. Ou alors, il me croyait avare !

Elle esquissa un sourire béat, se remémorant la joie guerrière qui s'était emparée d'elle le jour de la signature. Après le départ des vendeurs, Pierre avait sorti du champagne. Il était inquiet à l'idée qu'Ariane, son but étant atteint, ne sombre dans l'ennui ou la mélancolie. Elle avait beaucoup ri à cette idée. L'ennui ? Oh, grands dieux, non ! Reprendre possession des lieux allait l'occuper un moment. Solitaire dans l'âme, elle n'avait besoin de personne pour jouir de ce retour dans *sa* maison. Elle n'y avait d'ailleurs convié son frère qu'au bout d'un mois, une fois réinstallée dans sa chambre de jeune fille.

— Il a fait le tour des pièces en ouvrant de grands yeux, comme s'il n'avait jamais vécu là. Puis il a déclaré que cette « baraque » était une vraie « caserne ». J'ai essayé d'évoquer nos souvenirs d'enfance mais il avait presque tout oublié. Il n'éprouvait pas d'émotion, rien qu'une stupeur désolée. Quant à sa femme, n'en parlons pas, si je lui avais fait visiter le musée des horreurs, elle n'aurait pas eu d'autre grimace. Ensuite, mes neveux sont venus chacun leur tour, vaguement intrigués, un peu boudeurs, en tout cas nullement intéressés, et bien sûr Anne a été la seule à trouver ça extraordinaire. Alors, que voulez-vous, on récolte ce qu'on sème. Je ne me sens d'obligation envers personne.

Soudain fatiguée, elle lâcha un long soupir et se tassa dans son fauteuil.

— Je vais vous laisser, murmura Pierre. Avez-vous besoin de quelque chose ?

— Non, ricana-t-elle, j'ai très peu de besoins, c'est ce qui fait ma force !

Pourtant elle paraissait faible sous le triste éclairage, et il se demanda jusqu'à quel point elle était malade. Mais il ne pouvait pas l'interroger à ce sujet, leur intimité n'allait pas si loin. Après avoir soigneusement rangé les documents dans sa serviette, il prit congé en promettant de revenir bientôt. Une promesse qu'il était bien décidé à tenir car il éprouvait une tendresse particulière pour Ariane Nogaro.

⁂

Anne vérifia une dernière fois ses résultats, puis elle lança l'imprimante. Même en aimant les chiffres, elle avait assez travaillé pour aujourd'hui, elle n'en pouvait plus. Après avoir récupéré les feuilles dans le bac, elle les agrafa et les glissa dans le dossier de son client.

— Une bonne chose de faite, marmonna-t-elle.

Paul ne tarderait plus à rentrer, la journée s'achevait. Elle gagna la cuisine et jeta un coup d'œil machinal au-dehors. La lanterne qui éclairait le tout petit jardin s'était allumée automatiquement dès la nuit tombée, projetant un peu de lumière sur l'allée de gravier, les deux carrés de pelouse et la barrière blanche. En été, les rosiers plantés le long des murs donnaient des fleurs à profusion, mais en cette fin d'hiver ce n'étaient que des ronces nues. Bientôt, Paul les taillerait.

Sifflotant gaiement, Anne commença à faire fondre du beurre dans une casserole, décidée à confectionner un soufflé au fromage accompagné d'une salade aux noix. Elle cuisinait de façon simple et sans y penser, laissant à Paul le plaisir de concocter des recettes plus élaborées. Il s'y mettait avec enthousiasme le week-end, capable de passer deux heures à préparer un plat. La dégustation se révélait parfois décevante sans jamais le décourager.

L'idée fit sourire Anne. La ténacité de Paul était l'une de ses qualités ; lorsqu'il voulait quelque chose il s'attelait à la tâche et ne se laissait pas distraire de son but. Il l'avait prouvé en poursuivant Anne depuis l'adolescence. Au premier regard elle lui avait plu, mais elle n'avait que quinze ans et lui dix-huit, un véritable fossé les séparait à cet âge-là. Elle venait d'entrer en seconde au lycée alors qu'il était déjà en terminale et leurs chances de se rencontrer auraient été presque nulles si Paul n'avait pas été le meilleur ami d'un des frères d'Anne. Le rapprochement étant facilité, les week-ends occupés à essayer de tenir sur une planche de surf ou à jouer au tennis s'étaient multipliés. Les familles se connaissaient, les jeunes organisaient des barbecues ou des soirées sur la plage, et parmi toute une bande de joyeux copains Anne et Paul se voyaient souvent. Cependant, il avait déjà fait son choix de carrière, il voulait à tout prix devenir vétérinaire et il avait dû partir à Bordeaux pour effectuer ses deux années de préparation au concours. Il revenait pendant les vacances et essayait de ne pas perdre Anne de vue. Tandis qu'elle passait son bac, il avait été admis à l'école vétérinaire de Toulouse pour un cursus qui allait durer cinq ans. Durant cette période, leurs existences avaient fatalement pris des directions différentes. Anne était allée à Pau effectuer une formation de comptable, attirée par les chiffres et la gestion. Chacun avait fait des rencontres de son côté, ils ne s'étaient plus croisés que de loin en loin. Mais grâce au frère d'Anne dont il était resté l'ami, Paul savait ce qu'elle devenait, et il pensait toujours à elle. Au moment où il avait obtenu son diplôme, Anne venait de rompre avec son petit copain du moment et Paul avait sauté sur l'occasion, consacrant un été entier à la conquérir pour de bon. En septembre, ils s'étaient déclarés fiancés et s'étaient mariés au printemps suivant. Anne avait vingt-deux ans, Paul vingt-cinq, leur fils Léo était né un an plus tard.

Tandis qu'Anne pouponnait, Paul avait créé sa clinique vétérinaire avec l'un de ses anciens condisciples de Toulouse et s'était rapidement constitué une large clientèle. En choisissant pour s'implanter la toute petite ville de Castets, qui comptait à peine deux mille habitants, il avait fait le pari réussi de drainer toute la région alentour, composée de villages éloignés les uns des autres. Avant son installation, il fallait descendre à Dax ou à Soustons pour consulter un vétérinaire, et son arrivée avait soulagé de nombreux habitants. Les gens l'appréciaient pour son empathie, son calme en toutes circonstances, sa compétence indiscutable en matière d'animaux de compagnie. Et il pratiquait des tarifs raisonnables car jamais il n'avait oublié l'une des phrases du serment de Bourgelat – équivalent pour les vétérinaires au serment d'Hippocrate pour les médecins – prononcé le jour de son doctorat : « La fortune consiste moins dans le bien que l'on a que dans celui que l'on peut faire. »

Pour conserver une activité sans délaisser son bébé, Anne avait repris son métier de comptable à la maison. Elle limitait ses visites aux petites entreprises dont elle s'occupait et traitait l'essentiel des dossiers chez elle, sur son ordinateur. Cette obligation de rester rivée à un écran lui avait ouvert des horizons. Naviguant d'un site à l'autre, elle pouvait suivre de près l'évolution de la fiscalité et perfectionner ses connaissances en droit.

Leur couple fonctionnait avec un minimum de heurts, chacun faisant les concessions nécessaires à l'autre, et au fil du temps leur amour n'avait pas faibli. Chaque soir, le bonheur de se retrouver demeurait quasiment intact, le désir était toujours là, la complicité aussi. Mariés depuis treize ans, ils s'estimaient heureux.

Des phares balayèrent la fenêtre de la cuisine et, deux minutes plus tard, Paul fit son entrée. Il vint d'abord l'embrasser, jeta un coup d'œil dans le four pour voir ce qui cuisait puis se débarrassa de son blouson.

— Quel temps affreux ! s'exclama-t-il. Odeur de chien mouillé, traces de pattes boueuses, la salle d'attente était dans un état ce soir… Je te sers un verre ?

Il venait de prendre une bouteille de tursan, un vin blanc sec des Landes. Tandis qu'il ôtait le bouchon, elle l'enveloppa d'un regard attendri. Ses cheveux, très bruns, avaient été ébouriffés par le vent, et malgré la fatigue de cette fin de journée son regard sombre pétillait parce qu'il souriait. Grand et maigre, il avait une silhouette un peu dégingandée mais qui conservait quelque chose de juvénile. Il vint trinquer avec elle et proposa d'assaisonner la salade.

— Non, protesta-t-elle, tu mets trop de vinaigre. Léo a téléphoné tout à l'heure, il paraît que nous serons ravis par ses notes.

Leur fils, qui avait tenu à aller en pension pour rester avec son meilleur copain, appelait presque chaque soir, à la fois heureux d'être là-bas et nostalgique de la maison.

— « Ravis » ? répéta Paul avec une grimace dubitative. Il faudrait qu'il ait fait de sacrés progrès !

— Il en fait chaque mois, ne sois pas injuste.

S'approchant d'elle, il la prit par les épaules et l'embrassa dans le cou.

— Tu sens bon, j'adore ton parfum.

— Ariane aussi a téléphoné. Je passerai la voir demain, il y a trop longtemps que je n'y suis pas allée.

— Ah, la tante Ariane... Curieux personnage, hein ? Il faudra que je vaccine Goliath ces jours-ci, j'ai vu passer son nom dans la liste des rappels.

— Pourquoi la trouves-tu si étrange ? Elle est juste atypique.

— Comme tu dis ! Mettons qu'elle ne ressemble à personne, et au fond, ce serait plutôt une qualité.

Paul appréciait le caractère fantaisiste de sa femme, et il mettait Ariane Nogaro dans le même camp, celui des originaux. Il regarda Anne enfiler d'épaisses maniques pour sortir le soufflé du four.

— Si Léo était là, fit-il remarquer, il n'en laisserait pas une miette.

— Je crois qu'il mange assez bien dans sa pension. Les menus sont variés et il ne se plaint de rien.

Il la dévisagea pour s'assurer que sa réflexion ne contenait aucun sous-entendu. Comme toutes les mères, le départ de son fils unique en pension avait dû l'attrister mais elle ne l'avait pas montré jusqu'ici. Pour sa part, Paul estimait que la pension était une excellente expérience, qu'on y travaillait mieux qu'en externat, qu'on s'y amusait et qu'on s'y faisait des amis pour la vie. Léo avait pris sa décision tout seul, ce qui avait évité une discussion familiale, mais son argument d'obtenir de meilleurs résultats n'avait pas trompé Paul. En réalité, leur fils ne voulait pas quitter son copain Charles avec qui il avait fait toutes ses classes primaires.

— As-tu passé une bonne journée ? s'enquit-il tout en se lavant les mains.

— J'ai bouclé un dossier fastidieux qui traînait, je vais pouvoir m'attaquer au suivant, bien plus rigolo.

Il éclata de rire, toujours surpris qu'elle puisse s'amuser en alignant des sommes et des bilans. Il lui avait abandonné avec soulagement la gestion comptable de la clinique vétérinaire, tout comme elle gérait leurs affaires personnelles, déclarations d'impôts comprises. Qu'une femme si fantasque aime la rigueur des chiffres lui semblait contradictoire, mais Anne était bourrée de contradictions, ce qui en faisait quelqu'un d'imprévisible. Et il adorait ça ! Il se trouvait lui-même trop sérieux et aurait vite sombré dans de fastidieuses habitudes si Anne n'avait pas pimenté leur existence. Elle décidait d'improbables vacances sur un coup de tête, changeait soudain les meubles de place, achetait parfois un vêtement extravagant, oubliait l'heure en toute bonne foi. Mais elle n'était pas capricieuse pour autant, et sur tous les sujets importants savait se montrer réfléchie. Non seulement il était encore amoureux d'elle et ne l'avait jamais trompée depuis leur mariage, mais avec les années il s'était mis à éprouver une immense tendresse, assortie du besoin constant de la protéger, et lui vouait une infinie reconnaissance d'avoir réussi à construire ensemble. Enfin, il était toujours séduit par ses yeux verts mouchetés d'or, ses fossettes dès qu'elle souriait, ses petites mèches de cheveux blonds coupés court, son corps aux rondeurs bien placées et si attirantes.

— La météo ne prévoit rien de bon pour demain, annonça-t-elle. L'hiver traîne en longueur cette année…

— Tu as envie de vacances au soleil ?

Leur petite maison était payée, ils pouvaient s'offrir une escapade de temps en temps. Elle lui adressa un sourire radieux et il comprit qu'il avait fait mouche.

— Je vais y réfléchir ! dit-elle gaiement.

Elle était capable de leur dénicher une cabane en haut d'un arbre, d'organiser un stage de canoë dans les torrents ou de louer une roulotte en Irlande. D'avance, il approuvait.

⁂

Ariane déposa la gamelle de Goliath sur le carrelage de la cuisine et se redressa en grimaçant. Vieillir lui était égal mais toutes les misères de l'âge l'exaspéraient. Incapable de rester debout, elle alla s'asseoir pour regarder son chien manger. Une belle bête, vraiment, grâce à laquelle elle ne se sentait pas seule. Bien mieux qu'une dame de compagnie qui aurait bavardé à tort et à travers, l'aurait poursuivie avec un châle ou une tasse de thé. Beurk ! Ariane n'aimait que le café corsé et amer, dont elle s'octroyait au moins trois tasses par jour. Se priver de plaisir pour gagner, peut-être, un peu de temps supplémentaire ne l'intéressait pas.

Autour d'elle, l'immense cuisine aurait bien eu besoin d'un coup de peinture. En revanche, les grands placards de bois ciré défiaient les générations, ils étaient déjà là lorsqu'elle était enfant. Pour la millième fois, elle savoura le bonheur d'être chez elle. Elle ne se lassait pas d'avoir retrouvé cette maison qui lui avait été en quelque sorte confisquée par le destin. Eh bien, elle avait contrarié le destin et redressé la barre !

Sans cesser de dévorer ses croquettes, Goliath se mit à battre de la queue. Puis il leva la tête une seconde, émit un jappement ridicule pour un chien de sa taille, et replongea la truffe dans sa gamelle. Ariane se tourna vers la porte vitrée et découvrit la silhouette d'Anne qui attendait patiemment. Depuis combien de temps était-elle là, à regarder le chien sans vouloir le déranger ?

— Viens, le glouton a fini ! cria-t-elle.

L'entrée d'Anne fut accompagnée d'une grande bouffée d'air froid qui fit frissonner Ariane.

— Comment vas-tu, ma jolie ? Tiens, tu m'as apporté des gâteaux…

— Si j'arrivais les mains vides, tu ne me donnerais rien à boire, riposta Anne du tac au tac.

Ariane lui sourit malgré ses douleurs et ses mains glacées.

— Remets donc une bûche dans le poêle, on gèle.

Anne commença par caresser la tête de Goliath avant de ramasser la gamelle vide qu'elle rinça dans l'évier. Ensuite, elle ajouta deux petites bûches au feu qui ronronnait dans le Godin, puis ouvrit un placard pour prendre des assiettes à dessert et des verres. Elle les déposa directement sur la table, ayant sans doute compris que sa tante souhaitait rester dans cette pièce. À chaque visite, le cadre pouvait être différent, les deux femmes naviguant à travers la bastide au gré des heures ou des saisons.

— Goliath veut sortir, je lui ouvre.

— Arrête avec cette porte, ou bien nous n'aurons jamais chaud.

Anne rit tout en mettant le chien dehors.

— Paul viendra le vacciner la semaine prochaine, prévint-elle.

— Je lui souhaite bien du plaisir, Goliath déteste les piqûres ! Est-ce qu'il va bien ? Paul, je veux dire.

— Il a beaucoup de travail, mais tu le connais, il aime ça. Quant à Léo, il nous a promis un bon carnet de notes.

— Alors, la vie est belle ?

— Pas mal du tout, à part ce foutu temps.

— Et toi, tu en as, du travail ?

— Assez à mon goût.

— Garde toujours ton job, ma jolie, c'est l'indépendance assurée. Quand je pense que je n'ai jamais eu de métier, j'ai honte.

Cette fois, Anne éclata d'un rire en cascade, spontané et communicatif.

— Tu en voulais un ?

— Ce n'était malheureusement pas la bonne solution pour moi. Trouver un trésor ou faire ce qu'on appelait un beau mariage était ma seule alternative pour m'enrichir et récupérer ma bastide. Aucun travail ne m'aurait autant rapporté que ce statut d'épouse, crois-moi ! D'ailleurs, à mon époque, être une femme au foyer n'avait rien d'inhabituel ou de répréhensible, personne n'aurait eu l'idée de te demander ce que tu faisais dans la vie. À partir du moment où tu avais un mari, tu étais censée t'occuper de ton intérieur et du bien-être du monsieur. Je m'en suis chargée très consciencieusement. Le premier m'a adorée et beaucoup gâtée, le deuxième assez vite détestée mais ça lui a coûté cher, et le troisième n'a pas fait long feu, dommage, il était charmant. Résultat : tout ça mis bout à bout s'est révélé bien plus lucratif que cent ans de labeur acharné. Alors, non, pas de métier pour moi.

Elle tendit la main vers un baba au rhum qu'elle déposa au bord de son assiette.

— Mais si j'avais dû gagner ma vie, reprit-elle avec entrain, je crois que j'aurais bien aimé être un gemmeur, tout simplement. Remarque, c'était sans doute un travail très dur et assez mal payé, sauf qu'il n'y avait pas de chômage et pas de pin sans sève !

— Pourquoi a-t-on cessé de la récolter ?

— Ouverture brutale du marché français à la concurrence étrangère. Le Portugal, l'Espagne, la Grèce… Il y a eu une baisse générale des cours. En conséquence, on a voulu activer le gemmage avec de l'acide sulfurique. Moins de piques à faire, donc moins de résiniers à payer, mais une qualité moindre. La baisse des cours s'est accentuée, les salaires ont stagné, les tensions entre propriétaires et gemmeurs sont devenues ingérables. Après, tout le système s'est écroulé.

Elle s'interrompit, soudain perdue dans ses pensées. À l'époque de la ruine de son père, elle n'y avait pas compris grand-chose. Plus tard, tandis qu'elle attendait son heure pour récupérer sa bastide, elle s'était intéressée de près à l'histoire de la résine. Une histoire qui se superposait à celle de toutes ces générations de Nogaro dont elle était issue.

— Quand j'étais jeune, reprit-elle, les campagnes de gemmage commençaient dès le mois de mars et on se mettait tous à vivre dehors. Je voyais les résiniers préparer les pins en les pelant, en les cramponnant, puis ils installaient leurs petits pots en terre. Quinze jours après, ils réalisaient les carres avec leurs hapchots.

— C'est quoi ?

— Une sorte de hachette pour faire l'entaille. En fait, on blesse l'arbre pour qu'il envoie de la résine afin de cicatriser sa blessure.

— Plutôt cruel, lâcha Anne en fronçant les sourcils.

— Je te parle de pins, chérie, pas de lapins.

— Les végétaux sont vivants.

— Les minéraux aussi, si tu vas par là.

Elles échangèrent un sourire et prirent le temps de savourer un premier gâteau.

— Dans les Landes, finit par enchaîner Ariane, les nouvelles piques se succédaient tous les quatre jours, en agrandissant l'entaille par le haut. Les petits copeaux qui tombaient à cette occasion étaient d'ailleurs formidables pour allumer les flambées, j'en ramassais de pleins paniers. Ah, j'adorais traîner au milieu de toute cette activité ! Les femmes des résiniers vidaient les pots dans des barriques, il y avait toujours du monde dans la forêt qui résonnait d'appels. Moi, je remorquais mon petit frère par la main et, parfois, on nous offrait un morceau de picachou.

— Un truc qui se mange ?

— Le sandwich du résinier ! Une espèce d'omelette aux piments frits dans du pain. Je n'en ai plus jamais goûté depuis, mais j'ai encore cette saveur sur la langue. Si seulement je pouvais revenir en arrière, remonter le temps...

Elle haussa les épaules, choisit un éclair au café.

— Et tes parents vous laissaient arpenter les bois sans surveillance ? voulut savoir Anne.

— Évidemment. Autres temps, autres mœurs. On ne craignait rien, il n'y avait ni satyre ni échappé d'asile. Les gemmeurs travaillaient presque toujours en couple, avec l'épouse ou la mère, et on trouvait quasiment une femme derrière chaque pin. Qu'aurait-il pu nous arriver ?

— Vous étiez aussi les enfants du patron.

— C'est vrai. Mais on n'y pensait pas, Gauthier et moi.

Elle redevint songeuse, la fourchette en l'air. Que son frère ne se souvienne de rien ou presque lui semblait incroyable. Dieu, qu'ils étaient dissemblables !

— Ton père ne te parle jamais de son enfance, n'est-ce pas ?

— Si, il a mille choses à raconter sur Biarritz. Il a adoré cette période, il s'est plu à l'école, il dit que c'est là que sa vocation d'enseignant est née.

— Tiens donc…

Au moment où Gauthier entreprenait des études pour devenir instituteur, Ariane habitait depuis des années avec son premier mari à Bordeaux, où ils menaient grand train. Elle songeait rarement à son frère, et qu'il veuille apprendre à lire aux enfants lui avait fait hausser les épaules. Bon, elle n'était ni charitable ni tolérante, elle en avait bien conscience. La preuve, elle ne demandait jamais à Anne comment allaient ses parents, sa sœur et ses frères. Elle ne se souciait, éventuellement, que de Paul et de Léo.

— Ces gâteaux proviennent de ta boulangerie habituelle ?

— Non, elle était fermée, j'en ai trouvé une autre.

— Pas mal du tout. Tu pourras y retourner !

Anne hocha la tête puis se leva pour aller ouvrir à Goliath. Tandis qu'elle le gratouillait derrière les oreilles, Ariane resservit un doigt de porto dans leurs verres minuscules mais très travaillés.

— Les jours où tu viens, je ne dîne pas, dit-elle en attaquant son éclair.

— Et la soirée n'est pas trop longue ?

— Non, je lis, je regarde un peu la télé, je fais des mots croisés. Avant de monter me coucher, je réchauffe parfois une de ces soupes toutes prêtes qui ne sont pas si mauvaises, et Goliath va faire son tour pendant ce temps-là. Mais il ne reste jamais longtemps dehors, je crois qu'il aime bien être avec moi.

— Il dort sur ton lit ?

— En principe, sur le tapis. Sauf quand j'ai froid et que je lui dis de venir faire la bouillotte.

De nouveau, Anne éclata de son rire spontané, si communicatif.

— Ton père dirait que je suis folle, je sais.

— Il se demande seulement comment tu te débrouilles, toute seule ici.

— Dans ce qu'il appelle la « caserne » ? Mais c'est mon paradis sur terre ! Est-ce que cette maison te paraît effrayante ou inhospitalière ?

Sa question n'étant pas anodine, elle écouta la réponse avec beaucoup d'attention.

— Pas du tout. Je suppose que c'était merveilleux pour toi de grandir ici. Les pièces sont vastes, les plafonds hauts, les escaliers larges, et il y a des fenêtres partout : de quoi jouer à la princesse le jour de son premier bal ! Et puis, une maison cachée dans la forêt, qui apparaît soudain au milieu d'une clairière, c'est magique. Quand j'arrive chez toi et que je dépasse les derniers arbres du chemin, je suis toujours frappée par la sobriété de l'architecture, son côté paisible et imposant. On a envie d'entrer se mettre à l'abri.

— À l'abri de quoi ? s'étonna Ariane.

— Des grondements de l'océan au loin, d'éventuelles tempêtes sur la forêt. À l'abri du vent et des bêtes qui rôdent. À l'abri du temps qui passe, peut-être.

— Eh bien, en voilà un romantisme échevelé !

— Je me laisse emporter, d'accord. Mais en fait, on pourrait tourner un film ici, le décor est planté pour une belle histoire.

Ariane médita un moment ce que venait de dire Anne. Un jugement très positif dans l'ensemble. Très ! Sa nièce appréciait l'endroit, lui trouvait du charme, ne jugeait pas impensable qu'on l'habite.

— Bien sûr, remarqua-t-elle en prenant l'air détaché, c'est moins intime que ta petite maison.

— Comme tu dis ! Paul et moi on l'adore, même si on manque un peu d'espace. Mais quand nous avons fait construire, nous étions déjà endettés pour la clinique vétérinaire, alors on s'est modérés. En revanche, l'isolation est parfaite ; par mesure d'économie Paul avait devancé la prise de conscience écologique. Et puis, j'ai moins de ménage à faire !

Elle le disait avec insouciance, avec son habituelle façon de s'accommoder des choses de la vie. De toute façon, elle avait été élevée dans les appartements de fonction de son père, parfois bien étriqués. Avant qu'il ne soit nommé directeur de son école primaire, les logements s'étaient succédé.

Perplexe, Ariane scruta sa nièce. Ce brave Pierre Laborde n'avait-il pas raison en arguant que le cadeau serait peut-être empoisonné ? Néanmoins, Ariane n'avait pas d'autre choix. Elle n'allait pas laisser ses biens à l'État, ni à une quelconque association qui en ferait Dieu seul savait quoi. Et décidément, personne d'autre dans la famille ne méritait d'être légataire, ou bien la bastide Nogaro serait vendue le jour même ! Au moins, Anne se poserait la question, elle caresserait le rêve un instant, c'était déjà ça.

— Si nous faisions une petite crapette avant que tu ne partes ?

— J'allais te le proposer, tu me dois une revanche.

Anne poussa les assiettes et alla chercher le tapis de cartes et deux jeux. Elle se mouvait avec aisance dans la maison, ayant appris à en connaître les recoins au fil de ses visites. Faisait-elle simplement son devoir en venant ici – mais au moins, elle le faisait, pas les autres –, ou y trouvait-elle un quelconque plaisir ? Elle semblait être la seule à s'intéresser à l'histoire de la famille, interrogeant volontiers Ariane sur le passé, sur ses grands-parents qu'elle n'avait pas connus, sur l'époque prospère des « arbres d'or » qui avaient fait vivre ses ancêtres. Elle feuilletait les albums photos, posait des questions, s'émerveillait. Ravie de sa curiosité, Ariane lui avait dit un jour qu'elle avait raison de se pencher sur ses origines car, quand on ne sait pas d'où on vient, on a peu de chances de savoir où on va !

— Tu me rappelles Jean Seberg dans *À bout de souffle*, constata-t-elle. Tes cheveux courts, ton adorable petit profil…

— Elle était plus mince que moi ! s'esclaffa Anne.

— Tu as vu ce film ?

— C'est un classique. De temps à autre, avec Paul, on loue des vieux films et on se fait une soirée cinémathèque. Certains ont terriblement vieilli, d'autres n'ont pas pris une ride.

— Ils en ont, de la chance... Crapette ! Tu n'as pas vu ce trèfle, tant pis pour toi.

Ariane se sentait très lasse, mais pour un empire elle ne l'aurait pas avoué à sa nièce. Après son départ, devrait-elle appeler un médecin ? Non, aucun remède n'ôterait de son cœur fatigué le poids des années. L'âge était là, et avec lui la satisfaction d'une vie plutôt bien remplie.

« Tu n'es qu'une égoïste », songea-t-elle tristement, tout en continuant à retourner des cartes.

⁂

Trois jours plus tard, il faisait toujours le même temps froid et pluvieux, l'hiver n'en finissait pas de s'attarder, alors que le climat des Landes s'adoucissait généralement en février.

Paul venait de garer sa voiture au plus près de la bastide et, après avoir empoigné sa sacoche, il gagna l'abri de l'auvent en deux enjambées pour éviter de se faire tremper. Plutôt qu'utiliser le jeu de clefs que lui avait confié Anne, il frappa, afin d'avertir le chien qu'il ne tenait pas à surprendre. Bizarrement, il n'y eut aucun aboiement. Paul tendit l'oreille mais ne perçut que le bruit de l'averse et du vent qui secouait les arbres au-delà de la clairière. Il frappa une seconde fois un peu plus fort, sans résultat. Comme il avait plu tout l'après-midi, Ariane n'était sûrement pas partie se promener avec Goliath ! Paul savait qu'elle faisait parfois des courses le matin, conduisant elle-même sa vieille voiture jusqu'au village de Lit-et-Mixe, poussant rarement jusqu'à Mimizan, mais le plus souvent elle se faisait livrer. Un de ses seuls contacts avec le monde extérieur car elle sortait peu et ne recevait pas. Pour Anne et Paul, il lui était arrivé de faire une exception, les conviant à d'étranges dîners où elle ouvrait un grand cru à l'étiquette couverte de toiles d'araignées, éclairait sa salle à manger à la bougie, servait un médiocre repas froid dans une somptueuse vaisselle dépareillée. Paul en gardait des souvenirs mitigés, à la fois intrigué et attendri par cette tante farfelue.

Mais là, il était fatigué, après sa journée de travail il avait fait un long détour pour venir jusqu'à la bastide et il était sept heures du soir. Ariane pouvait-elle déjà être montée se coucher ? Non, Anne l'avait prévenue que Paul viendrait vacciner son chien aujourd'hui. Il s'agissait d'ailleurs d'une faveur puisqu'il n'effectuait aucune visite à domicile, mais bien sûr il trouvait normal d'épargner à une dame d'un âge avancé, pas très solide, ce genre d'expédition. Imaginer Goliath se tassant tant bien que mal sur la banquette arrière, Goliath effrayant tous les clients dans la salle d'attente, Goliath remorquant la tante Ariane comme un cerf-volant… Non, probablement pas, au fond ce chien lui obéissait assez bien et l'adorait, il se serait peut-être montré docile.

— Ariane ! C'est moi, Paul ! cria-t-il, les mains en porte-voix.

Puis il se mit à tambouriner sur le battant, sans aucun succès. Vu l'épaisseur des murs de la bastide, elle ne devait pas entendre, et pour peu qu'elle ait mis la télé trop fort, le chien non plus. Avec un soupir exaspéré, il se résigna à retourner chercher les clefs qu'il avait laissées dans sa boîte à gants. La pluie, diluvienne, s'abattit sur lui, et une violente bourrasque faillit lui arracher des mains la portière.

— Putain de temps ! maugréa-t-il.

De retour sous le porche, il s'escrima un moment sur la serrure, gêné par l'obscurité, puis parvint enfin à entrer. Il prit soin de bien refermer la porte et se retrouva aussitôt dans le silence. Pas d'écho de radio ou de télé, à peine le sifflement du vent qui se déchaînait au-dehors, mais très atténué par les volets intérieurs.

— Ariane, c'est Paul ! lança-t-il d'une voix forte qui se répercuta dans le vaste hall.

Le lustre, accroché très haut dans la cage d'escalier, ne dispensait qu'un éclairage ridicule. De toute façon, Ariane ne devait pas beaucoup aimer la lumière, c'était toujours assez sinistre chez elle. Par goût, économie, paresse de changer les ampoules ? Avec un haussement d'épaules agacé, il traversa le hall. Bon sang, s'il tombait sur Goliath au détour d'une porte, il allait lui falloir du sang-froid et de l'autorité. Cherchant à tâtons les interrupteurs, il progressa d'une pièce à l'autre avec un sentiment grandissant de malaise. L'atmosphère figée dans le temps de la bâtisse y était pour quelque chose, mais aussi ce silence de mauvais augure. Les chiens percevaient les moindres sons, et même les ultrasons. Où donc était passé le molosse dont il était en train d'envahir le territoire ? Restant sur ses gardes, il fit le tour du rez-de-chaussée sans découvrir personne. Revenu dans le hall, il leva la tête vers l'imposant escalier et posa un pied sur la première marche. Il n'était pas d'un naturel peureux ou anxieux, pourtant il hésita quelques instants avant de se résoudre à monter. De l'étage, visité une seule fois bien des années auparavant, il n'avait qu'un très vague souvenir et il fit halte sur le palier. À présent, il n'avait plus aucune envie d'appeler Ariane, il fallait seulement qu'il la trouve. Dans la galerie qui s'étendait devant lui, une porte était entrouverte, projetant une lueur diffuse sur la moquette râpée. À contrecœur, il avança jusque-là et fut arrêté par un grognement sourd. Lorsqu'il fit un pas de plus, le grognement devint un grondement menaçant.

— Goliath…, dit-il à mi-voix.

Bon, comme prévu le chien protégeait sa maîtresse. Ariane avait-elle eu un accident ? Une perte de conscience qui la rendait muette ?

— Doucement, Goliath, bon chien ! articula-t-il le plus calmement possible, tout en poussant un peu la porte.

Dans l'entrebâillement, il vit un corps allongé sur le sol, le chien couché juste à côté.

— Allez, Goliath, ce n'est que moi, tu me connais…

La tête posée sur une jambe d'Ariane, l'animal grondait toujours et Paul connut une seconde de panique. Il *devait* lui porter secours, chien ou pas, mais devinait que rien ne distrairait Goliath de sa garde. Inutile d'aller chercher un bout de viande ou un biscuit, ce serait une perte de temps. Il posa sur le tapis sa sacoche qu'il n'avait pas lâchée jusque-là. L'unique lampe de chevet, allumée, ne lui permettait pas de distinguer nettement le visage d'Ariane, néanmoins, il pressentait le pire. Il avança lentement, gardant une attitude résolue, puis il s'accroupit, prit sans hâte le poignet de la vieille dame. Le chien avait levé la tête et le regardait fixement.

— Tout va bien, Goliath, tout va bien…

Ariane avait dû mourir une ou deux heures plus tôt, il n'y avait rien à faire. Le cœur battant, Paul tendit la main et lui ferma les yeux. Il resta quelques instants immobile, désemparé. Il était ému par le décès soudain de cette femme, mais au moins elle ne semblait pas avoir souffert, sans doute avait-elle succombé à un infarctus massif.

Il se redressa, continuant à contrôler ses gestes. Goliath ne grognait plus mais il restait là, collé au cadavre. Ses yeux, toujours rivés sur Paul, exprimaient une sorte de désespoir résigné.

— Mon pauvre vieux, maintenant il va falloir que tu la laisses, elle est partie.

Sa formation et son expérience de vétérinaire lui avaient appris que les animaux éprouvent des sentiments purement affectifs comme la joie, la tristesse ou l'amour, et qu'ils comprennent la mort, même s'ils préfèrent le plus souvent l'ignorer et s'en éloigner.

Surmontant son appréhension, il tendit la main vers Goliath, le prit doucement par son collier.

— Allez, viens, suis-moi. Au pied, Goliath, au pied.

Le chien résista un peu avant de se lever, toutefois il ne manifesta aucune agressivité. Paul dut le tirer vers la porte pas à pas mais il réussit à le faire sortir. Sans lâcher le collier et sans cesser de parler d'une voix apaisante, il le fit descendre marche par marche puis le conduisit jusqu'à la cuisine où il l'enferma. Il retourna dans le hall pour téléphoner à Anne, se demandant avec quels mots il allait lui apprendre la nouvelle. Ensuite, il faudrait qu'il appelle un médecin pour constater le décès, puis Gauthier, son beau-père, pour l'avertir que sa sœur était décédée.

Entre chaque communication, le silence de la bastide lui paraissait s'épaissir, et lorsqu'il eut rangé son portable dans sa poche il constata que le vent avait dû tomber car aucun bruit ne lui parvenait de l'extérieur. La maison était très isolée au milieu de sa clairière cernée par les forêts, et la route, assez éloignée, était peu fréquentée. Sans Goliath, même une femme aussi têtue et volontaire qu'Ariane aurait fini par avoir peur.

Paul se mit à tourner en rond dans le hall, se demandant s'il devait remonter auprès d'Ariane. Que faisait-on dans ces cas-là ? De toute façon, il attendrait l'arrivée du médecin pour qu'ils la portent, à deux, sur son lit. Est-ce que les entreprises de pompes funèbres répondaient encore à huit heures du soir ?

Malgré les précautions de Paul, Anne avait paru secouée, au téléphone. Elle aimait bien sa tante, appréciait ses manières de vieille originale et son humour acide, admirait le parcours atypique de son existence. Une touche de folie bienvenue dans une famille trop sage. Elle allait regretter les parties de crapette, les orgies de gâteaux, les albums aux photos décolorées, et aussi, sans doute, cette sinistre bastide où elle prenait plaisir à venir passer un moment.

— Sinistre, oui..., murmura Paul en regardant autour de lui.

Vraiment, n'y avait-il pas d'autres lampes à allumer ? Tandis qu'il cherchait de quoi éclairer plus décemment, un bruit le cloua sur place. Dans le silence oppressant venait de s'élever un cri lugubre, montant du grave vers un aigu déchirant, car Goliath, dans sa cuisine, s'était mis à hurler à la mort.

2

Personne n'ayant rien proposé, Anne avait décidé que tout le monde pouvait se réunir chez elle après l'enterrement. Se séparer à la sortie du cimetière lui semblait trop triste, c'était vouloir oublier Ariane sur-le-champ.

La maison était trop petite pour la famille au complet, mais Anne avait tout préparé le matin même, poussant les meubles et disposant la table contre un mur de manière à ce qu'elle serve de buffet. Un plateau de charcuterie, un autre de fromages, deux tartes au citron et quelques bouteilles de vin composaient la collation.

Bien entendu, il avait fait froid dans l'église, une averse s'était abattue sur le cimetière, et ils étaient tous transis. De plus, Anne était contrariée par le peu de frais qu'avait faits son père pour enterrer sa sœur. Une bénédiction rapide, un cercueil modeste, une couronne de fleurs plutôt chiche, comme s'il ne fallait pas dépenser trop d'argent pour le dernier hommage à la *vieille toquée*.

Avec la famille, elle avait convié le notaire, Pierre Laborde, parce qu'il avait été un grand ami d'Ariane – peut-être le seul – et parce qu'il avait fait l'effort de venir de Dax pour lui rendre un dernier hommage.

— Est-ce que tu comptes garder ce monstre ?

La question venait de sa mère, Estelle, qui désignait le malheureux Goliath.

— Tu crois que j'aurais dû le laisser dans la bastide ? répondit Anne d'un ton acerbe. Vous auriez pu le vendre avec les murs !

— Bien sûr que non. Mais enfin, ton mari a sûrement quelqu'un, dans sa clientèle, qui pourrait l'adopter ?

— Ce n'est pas évident. Il a son caractère, et il est traumatisé.

Le chien s'était recroquevillé sous le petit bureau d'Anne, dans un coin du séjour. La tête posée sur une patte, il semblait indifférent à toute cette agitation. Anne et Paul s'étaient concertés, le soir de la mort d'Ariane, et ils avaient embarqué Goliath avec eux, estimant impossible de l'abandonner là.

— Il te va bien, ce chien, il est pittoresque ! lança Lily, la sœur d'Anne.

— Ne l'encourage pas, elle est assez folle pour le garder, ironisa leur mère.

— Oh, ça va ! explosa Anne. Avant, c'était Ariane la folle, et maintenant ce sera moi ?

Sentant venir l'orage, Paul vola instantanément au secours de sa femme.

— Que voulez-vous boire pour vous réchauffer, Estelle ? s'enquit-il avec un sourire désarmant.

Il conduisit sa belle-mère vers la table et lui servit d'autorité un verre de vin. Soulagée, Anne se dirigea vers le notaire qui était seul dans son coin, l'air mélancolique.

— Elle va nous manquer, dit-elle à voix basse.

— Beaucoup ! Je la connaissais depuis si longtemps... Une personnalité hors normes.

Il scruta Anne durant quelques instants avant d'ajouter :

— Je vous convoquerai à l'étude d'ici peu. Ariane a laissé un testament.

— Ah bon ? s'étonna la jeune femme. Eh bien, j'espère qu'elle a légué sa maison à la SPA !

— Vous le souhaiteriez ? demanda-t-il avec un mince sourire.

— Disons que je suis un peu... attristée par l'indifférence de ma famille. Personne n'a versé une larme, personne ne s'est ému.

— Elle n'était pas commode, rappela le notaire. Ni très sociable, ces dernières années.

— Je ne trouve pas. Elle me racontait des tas de choses, on riait bien ensemble. Grâce à elle, j'en ai beaucoup appris sur les Nogaro, et aussi sur les Landes. C'était vraiment intéressant !

De nouveau, il la dévisagea avec une attention presque gênante.

— Elle avait de l'affection pour vous, Anne, finit-il par dire en lui tendant la main. Je vous verrai bientôt, et merci de votre accueil.

Il s'éclipsa discrètement, laissant la jeune femme perplexe. Ainsi, Ariane avait fait un testament ? Peut-être Anne aurait-elle droit aux albums de photos qui, de toute façon, n'intéresseraient personne, mais elle était sans illusion sur le sort de la maison. Son père, héritier probable, allait s'en débarrasser au plus vite.

Elle chercha ses parents du regard et les vit en train de bavarder avec Paul. Il avait compris son exaspération, un peu plus tôt, et se chargeait de détendre l'atmosphère. Ses propres parents ayant choisi d'aller vivre à Paris, il ne les voyait que rarement et il avait adopté ceux d'Anne, mais il connaissait leurs défauts et soutenait sa femme en toutes circonstances.

Un grand soupir, derrière elle, la fit se retourner. Goliath, toujours tassé sous le bureau, la regardait fixement.

— Ne t'inquiète de rien, murmura-t-elle en se penchant vers lui pour le caresser.

Bien sûr qu'elle allait le garder ! Ni sa sœur ni ses frères n'avaient d'animal domestique chez eux, pas plus qu'ils n'avaient pu en obtenir un lorsqu'ils étaient jeunes. Gauthier et Estelle estimaient qu'élever quatre enfants représentait une tâche suffisante sans y ajouter la contrainte d'un chien ou d'un chat. Toute son enfance, Anne en avait réclamé un en vain. En conséquence, à peine marié, Paul lui avait offert un adorable labrador qui était mort un an plus tôt, au grand désespoir de Léo.

— Désolée si tu t'es sentie agressée, je voulais seulement plaisanter.

Sa sœur Lily venait de la rejoindre et lui souriait. Elle affichait une quarantaine épanouie avec une dizaine de kilos en trop mais un visage sans rides. Comme elle était l'aînée, leurs parents l'avaient pompeusement prénommée Élisabeth, ce qui n'avait servi à rien puisqu'on l'appelait Lily depuis toujours. Elle avait épousé un dentiste et vivait à Hossegor, où elle se plaisait malgré l'adolescence tumultueuse que traversaient ses deux filles. Anne la soupçonnait d'avoir parfois de brèves aventures, cependant elles n'en avaient jamais parlé ouvertement. Leurs six ans de différence ne les avaient pas rendues complices enfants, et l'âge adulte n'y avait rien changé.

— La mort d'Ariane te fait vraiment de la peine ? Tu avais l'air retournée, au cimetière… Moi, franchement, je la trouvais un peu cinglée et même pas drôle. Mais je la connaissais mal, je ne la voyais jamais. Sa baraque perdue dans la forêt, merci bien !

— Tu n'étais qu'à une cinquantaine de kilomètres, fit remarquer Anne.

— J'avais autre chose à faire, figure-toi. Car moi, je n'ai pas expédié mes filles en pension, je les ai sur le dos.

— Léo a décidé tout seul d'aller en pension, je ne l'y ai pas « expédié ».

— Oui, enfin, tu es tranquille, tu as des loisirs. Et un mari très arrangeant ! En ce qui me concerne, Éric invite tout le temps des gens à la maison et veut que tout soit parfait. De plus, il n'a aucune patience avec les filles, qui lui tapent sur les nerfs. Je t'assure que j'ai mille problèmes quotidiens à gérer.

Sauf qu'elle ne travaillait pas. Une fois ses filles parties au collège et Éric à son cabinet dentaire, elle faisait ce qu'elle voulait de ses journées et n'était nullement débordée, contrairement à ses dires. Anne se demanda si au fond elle ne s'ennuyait pas et si, pour cette raison, elle ne cherchait pas à se distraire ailleurs.

Elle l'avait aperçue une fois sur la plage de Saint-Girons, bien loin de chez elle, en compagnie d'un homme inconnu. Sagement, elle ne s'était pas approchée d'eux, mais depuis lors elle se posait des questions au sujet de sa grande sœur.

— Tes filles ne sont pas venues, constata-t-elle avec dans la voix une pointe de déception qui fit bondir Lily.

— Oh, les enterrements ne sont pas faits pour les jeunes ! Elles se souviennent à peine de cette lointaine grand-tante qu'elles ont dû croiser deux fois dans leur vie. Et puis au moins, aujourd'hui, elles ne sont pas dans mes pattes…

Léo était là, lui, Anne étant allée le chercher elle-même la veille au soir. Elle le raccompagnerait à sa pension dès le lendemain matin, mais elle estimait légitime qu'il rende un dernier hommage à Ariane, un membre de sa famille.

— Dis-moi, ma chérie, on va penser à rentrer ! lança Éric en se plantant à côté d'elles.

Sa calvitie avait débuté quelques années plus tôt et il était presque chauve à présent. Anne le trouvait plus sympathique que le portrait qu'en dressait Lily, et elle savait qu'il travaillait comme un fou pour assurer le confort matériel de sa femme et de ses filles.

— Merci de nous avoir reçus, dit-il à Anne. J'ai fixé une date avec Paul pour que vous veniez dîner à la maison.

Lily leva les yeux au ciel avant d'embrasser sa sœur.

— Tu vois bien, lui glissa-t-elle à l'oreille, il invite tout le temps du monde sans me consulter.

Anne esquissa un sourire, amusée à l'idée de n'être que « du monde » pour sa sœur, puis elle se dirigea vers ses parents, qu'elle avait un peu négligés depuis la réflexion désagréable sur Goliath.

— Eh bien, quelle journée, hein ! déclara son père en la prenant par les épaules. On dirait un fait exprès, il pleut toujours lors des enterrements. T'es-tu réchauffée, ma jolie ?

Au cimetière, la voyant si triste, il lui avait tapoté le dos dans une tentative de geste affectueux, lui qui était si peu démonstratif.

— Pauvre Ariane, ajouta-t-il, ça fait drôle…

Une oraison funèbre un peu courte au goût d'Anne, cependant elle n'ajouta rien.

— Je suppose que je vais me retrouver avec sa baraque sur les bras, reprit-il d'un air préoccupé. Et ce ne sera pas facile de s'en débarrasser, à mon avis les acheteurs ne se bousculeront pas ! D'abord, elle est en mauvais état, ensuite elle est trop grande, trop difficile à chauffer, trop isolée.

— C'est la maison de ton enfance, tenta Anne.

— Oui, mais je n'en ai que peu de souvenirs et je ne la regretterai pas. Quelle idée a eue Ariane de la racheter ! Elle était tout de même un peu…

Il ne prononça pas le mot mais vissa son index sur sa tempe d'un geste très éloquent.

— Sa vie reste un mystère pour moi. Elle s'est grisée dans un tourbillon de luxe et de futilités, mais elle n'a jamais rien su faire de ses dix doigts. Quant à ses dernières années au fond de cette bastide, à ne voir personne et à gratter sou à sou, ça me dépasse. Elle aurait pu avoir une fin de vie plus agréable.

— Crois-tu ? Elle se plaisait vraiment dans sa maison, moi je dirais qu'elle y était heureuse.

Son père haussa les épaules, absolument pas convaincu. Pour lui, ainsi qu'il le répétait volontiers, sa vie avait commencé à l'âge de onze ans en arrivant à Biarritz, et il n'avait jamais regardé en arrière. Les bizarreries de sa sœur aînée ne le concernaient pas.

— Assez parlé de la tante Ariane, suggéra Valère, le frère d'Anne, qui n'avait pas ouvert la bouche jusque-là.

À trente-huit ans, Valère conservait tout son charme. Depuis toujours il était le chouchou de leur mère, et aussi l'ami de jeunesse de Paul. Pas très grand mais athlétique, bronzé la moitié de l'année, il possédait les mêmes yeux verts pailletés d'or qu'Anne, ainsi qu'un sourire tout à fait irrésistible dont il se servait beaucoup. Après avoir collectionné les conquêtes entre ses dix-huit ans et la trentaine, il s'était soudain assagi en rencontrant celle qui allait devenir sa femme, une délicieuse petite Japonaise prénommée Suki. Mariés cinq ans plus tôt, ils essayaient désespérément d'avoir un enfant. Ils habitaient Dax, où Suki tenait un étonnant magasin de fleurs tandis que Valère était photographe indépendant. Passionné par l'image dès son enfance, il vivait avec un appareil à la main ou dans la poche. Après son BTS, il était allé étudier trois ans à Toulouse puis s'était lancé tout seul, tâtant les différentes facettes du métier. Au bout du compte, il avait choisi de travailler en free-lance, parfois en collaboration avec des journaux, parfois en effectuant des reportages sur un évènement précis. Pour gagner sa vie, il lui arrivait de suivre une journée de mariage ou de réaliser des portraits, mais ce n'était pas ce qu'il préférait.

— Regarde ça, dit-il à Anne.

Il lui mit sous les yeux son appareil numérique et fit défiler une dizaine de photos de Goliath.

— J'ai dû zoomer car il ne m'a pas laissé l'approcher. Mais je le trouvais émouvant, tassé sous ce petit bureau… Il a une tête incroyable, on dirait un grizzli ! C'est quoi, comme race ?

— Difficile de le savoir, répondit Paul. À mon avis, il tient du beauceron et du terre-neuve. Ariane n'a jamais expliqué comment elle se l'était procuré. Heureusement, il avait beaucoup d'espace où s'ébattre autour de chez elle, et finalement il est assez doux.

Néanmoins, Paul avait demandé à Léo de ne pas le toucher pour l'instant.

— On s'en va, glissa Suki à Anne. J'attends une livraison de fleurs ce soir et nous avons un peu de route à faire.

Anne fut désolée de leur départ. Elle aimait beaucoup son frère Valère, et les occasions de se réunir n'étaient pas si fréquentes. Aujourd'hui, seul avait manqué à l'appel son autre frère, Jérôme, le benjamin. Mais celui-là était parti très loin des Landes et se contentait d'envoyer de laconiques cartes postales des quatre coins du monde. Dans la famille, nul n'avait une idée précise de ce qu'il faisait de sa vie, à part voyager. Rebelle dès l'enfance, il avait toujours dit qu'il s'en irait à l'aventure dès sa majorité, et il l'avait fait. Mais quel genre d'aventures ? Réfractaire aux études, aux systèmes, à toute forme d'autorité, il était par ailleurs un très gentil garçon.

— Eh bien, voilà, on reste entre nous, constata Gauthier.

Paul remit les fauteuils en place pour qu'ils puissent s'installer plus confortablement. La nuit était tombée, la journée s'achevait. Léo se jucha sur un accoudoir du canapé, juste à côté d'Anne qui lui sourit.

— Comme tu es le plus proche parent d'Ariane, dit Estelle à Gauthier, j'imagine que le notaire va te contacter ?

— Probablement. J'espère seulement qu'elle n'avait pas accumulé trop de dettes.

— Dans ce cas-là, précisa Anne, tu pourras toujours refuser. Quand le passif dépasse l'actif…

— Ah, toi et tes chiffres ! s'amusa son père. En tout cas, ne vous inquiétez pas, si jamais j'ai une bonne surprise, chacun aura droit à quelque chose.

Commençait-il déjà la distribution dans sa tête ? Anne imagina la bastide vidée, le panneau À VENDRE sur la façade, les meubles et objets jetés, donnés, expédiés en salle des ventes. Tout l'univers qu'Ariane s'était acharnée à reconstruire mis à sac. Parcourue d'un frisson, elle leva les yeux vers Paul et s'aperçut qu'il l'observait. Son expression était empreinte de sa tendresse habituelle, sans doute devinait-il qu'elle avait besoin de réconfort.

— Et si j'allumais une petite flambée ? suggéra-t-il. Ce sera peut-être une des dernières, on nous annonce l'arrivée du beau temps.

— Enfin ! s'exclama Estelle. On n'a pas connu un hiver aussi long et aussi froid depuis des années.

Comme souvent, elle allait se mettre à débiter des banalités. Anne n'avait pas souvenir d'avoir jamais entendu sa mère proférer une idée originale ou personnelle. Elle se fondait dans le moule pour échapper aux critiques et aux discussions, laissant à son mari le soin d'avoir une opinion et de s'impliquer pour la défendre.

Léo s'était levé afin d'aider son père à remplir la cheminée, profitant de l'occasion pour bavarder avec lui à voix basse. Parlait-il de sa pension ? Du chien, auquel il avait jeté de fréquents coups d'œil et qu'il allait sûrement vouloir garder lui aussi ? À douze ans, Léo devenait un adolescent, désormais ce serait vers son père qu'il se tournerait plus volontiers. Une étape normale de la vie, mais Anne préférait ne pas y penser. Son petit garçon câlin n'allait pas tarder à changer de voix, à guetter ses premiers poils de barbe, à refuser les bisous. Une fois encore, elle regretta de n'avoir pas pu lui donner une petite sœur ou un petit frère mais elle n'était pas retombée enceinte après la naissance de Léo. Le temps de se soucier du problème et de consulter, trop d'années s'étaient écoulées. D'un commun accord avec Paul, elle n'avait pas voulu entamer un parcours de soins destiné à la rendre plus fertile. Un fils en parfaite santé, c'était déjà un beau cadeau de la vie.

— Anne, tu n'écoutes pas ce qu'on dit ! lui lança Estelle d'un ton de reproche.

— À savoir ?

— On parlait de Jérôme. Si jamais vous étiez tous les quatre, en tant que neveux et nièces, sur le testament d'Ariane, il faudra bien qu'on sache où il est.

— Aux dernières nouvelles, il n'était pas plus loin que Londres.

— Il t'a écrit ?

— Il envoie souvent des cartes postales.

— Tu as bien de la chance ! Alors, il serait en Angleterre ? Et que fait-il ?

— Aucune idée. Je sais seulement qu'il va bien.

Estelle se renfrogna tandis qu'Anne réprimait un sourire. Si Jérôme préférait lui écrire à elle, c'est qu'ils avaient été assez proches dans leur enfance. Ils n'avaient qu'un an d'écart et s'entendaient bien. En grandissant, Jérôme avait fini par décréter qu'il n'y avait qu'Anne de marrante dans la famille.

— Bon, assez de supputations, décida Gauthier. On verra bien qui sera convoqué par Pierre Laborde dans son étude. D'ici là, pensons à autre chose.

Ne plus songer à Ariane n'allait sans doute leur demander aucun effort. Enterrée depuis deux heures à peine et déjà oubliée !

— De la part de papa, dit Léo en tendant un verre à sa mère. Il pense que tu en as besoin.

Anne prit le ballon de tursan bien frais et le leva dans la direction de Paul. Quand leurs regards se croisèrent, elle se sentit apaisée.

⁂

Une semaine plus tard, un soleil de printemps déjà chaud brillait sur Dax. Des groupes de promeneurs flânaient au bord de l'Adour, longeant les berges jusqu'au parc du Bois-de-Boulogne. La saison touristique n'avait pas encore vraiment débuté mais les curistes étaient nombreux, comme toujours, puisque la station thermale restait ouverte toute l'année.

Rue des Carmes, Anne s'était arrêtée au Salon Valmont. Elle devait absolument se calmer et réfléchir, mais ni la théière au parfum de jasmin ni la délicieuse pâtisserie posées devant elle ne lui apportait le moindre réconfort. La nouvelle l'avait totalement prise au dépourvu. Très étonnée d'être la seule convoquée à l'étude de Pierre Laborde, elle s'y était rendue avec curiosité mais sans imaginer un instant qu'elle allait se retrouver l'unique héritière d'Ariane Nogaro. La bastide et tout ce qu'elle contenait ainsi que des liquidités suffisantes pour couvrir les droits de succession lui revenaient en totalité. Son père n'était même pas nommé dans le testament ! Comment réagirait-il en apprenant que sa sœur l'avait ignoré, ainsi que tous les autres membres de la famille ? Et de quelle façon Anne serait-elle regardée dorénavant ? Serait-elle soupçonnée d'opportunisme par les siens ? Les bons moments passés auprès d'Ariane deviendraient-ils suspects ?

Découragée, elle prit une bouchée de la pâtisserie qu'elle mâchonna sans entrain. Au fond, elle n'aimait pas vraiment les gâteaux.

« N'étant pas une héritière directe, en tant que nièce, vous serez taxée à hauteur de la moitié de votre héritage. Après m'avoir fait estimer la valeur de la bastide, Ariane avait calculé que vous pourriez vous acquitter des droits et la garder si vous le souhaitiez. Mais vous êtes tout à fait libre de vous en débarrasser. »

Pierre Laborde avait pris le temps de tout lui expliquer en détail. Elle avait le choix : en vendant la maison elle se retrouverait avec une somme d'argent tout à fait inespérée. Mais avait-elle besoin d'argent ? Paul gagnait bien sa vie, elle-même avait des revenus moindres mais réguliers avec son travail de comptable. Ils n'étaient ni riches ni pauvres, néanmoins, il était hors de question de conserver la bastide comme villégiature ! La louer ? Personne ne voudrait s'isoler dans cette grande baraque en mauvais état. La transformer en gîte ? Non, les travaux à engager seraient trop importants et il faudrait résider sur place.

Anne laissa errer son imagination quelques instants, se projetant dans la bastide Nogaro, se voyant y vivre avec Paul, Léo… et Goliath. Impossible, bien sûr. Le tableau paraissait peut-être alléchant mais sans le moindre réalisme. L'endroit était à faire peur les soirs d'hiver, et même les nuits d'été ! Sauf qu'Ariane y avait vécu en toute quiétude. Anne elle-même s'était entendue dire qu'on avait envie de s'y mettre à l'abri.

Délaissant le gâteau qui, décidément, ne la tentait pas, elle but deux gorgées de thé puis glissa un billet sous la soucoupe. De quelle manière allait-elle annoncer à ses parents, sa sœur et ses frères, qu'elle était l'unique légataire de la « vieille toquée » ? Dans son testament, Ariane s'était contentée d'énumérer ses biens et de désigner sa nièce Anne, il n'y avait aucune phrase explicative concernant la famille. Pas de rancœur, pas de règlement de comptes, uniquement de l'indifférence. Mais aussi, à force d'être méprisée et négligée par les siens, elle leur avait rendu la pareille à titre posthume. Anne ne devait pas se sentir coupable de ce favoritisme qu'elle n'avait pas cherché. Son intérêt pour la tante Ariane avait été authentique et rien de mercantile n'avait motivé ses visites. Jamais elle ne s'était prise à rêver d'un quelconque legs, et surtout pas d'usurper la place de son père. Car enfin, il avait toujours été évident pour tout le monde, y compris le jour de l'enterrement, que Gauthier serait l'héritier légitime de sa sœur.

Toujours perdue dans ses pensées, Anne récupéra sa petite voiture dans un parking du centre et quitta Dax en direction du nord. Pierre Laborde lui avait généreusement proposé d'appeler lui-même son père pour lui faire part des dispositions testamentaires d'Ariane, mais Anne avait décliné son offre. Elle assumerait les conséquences de ce bouleversement dans leurs vies à tous, et de toute façon elle voulait d'abord en discuter avec Paul.

La route de Castets était dégagée, néanmoins Anne conduisait lentement, autant pour profiter du paysage enfin sous le soleil que pour continuer à réfléchir. Malgré quelques mésententes passagères et des goûts très différents, elle restait attachée à ses parents. La perspective de les peiner ou de les vexer lui était odieuse. Par son choix, Ariane semblait dire que seule Anne méritait son affection. Ainsi que sa maison, à laquelle elle avait consacré toute son existence. Évidemment, la bastide était condamnée d'avance si elle tombait entre les mains de son frère Gauthier, et sans doute Ariane avait-elle détesté cette idée. Pourtant, elle n'imposait pas à sa nièce de la conserver ou de renoncer à l'héritage. Non, elle avait dû supposer qu'au moins Anne ne braderait pas la vente en hâte, ne jetterait pas tout sans un seul regard. Elle n'avait personne d'autre à qui transmettre ce qui avait été son unique passion, et sans doute pas la moindre envie que ce soit l'État qui s'en empare. Et encore moins son « abruti de frère ».

Mais toutes ces raisons n'empêcheraient pas l'aigreur de la famille. Valère et Suki bouclaient à peine leurs fins de mois, lourdement endettés par l'achat du magasin où Suki réalisait de si somptueuses compositions florales. De son côté, Lily avait sans doute des tas d'envies, comme toutes les femmes oisives, et ne manquerait pas de trouver injuste que sa sœur touche un héritage. Quant à leurs parents… qu'allaient-ils en penser ? Leurs deux retraites semblaient leur suffire, mais ils auraient forcément su quoi faire d'une somme tombée du ciel. Le principe d'un hypothétique gain au loto : chacun connaissait d'avance une excellente façon de le dépenser. En réalité, Anne aurait tout le monde à dos dès que la nouvelle serait connue. Tout le monde, sauf Paul. Du moins, elle l'espérait ! Bien sûr, il allait lui demander ce qu'elle envisageait, or elle n'en savait rien.

Brusquement, sans y avoir réfléchi, elle décida de dépasser Castets et de prendre la route de la bastide au lieu de rentrer chez elle. Si elle avait remis scrupuleusement à son père le trousseau d'Ariane, elle possédait toujours son propre jeu de clefs, oublié au fond de son sac. Étourderie ou acte manqué, elle les avait conservées, et à présent elle allait s'en servir pour effectuer, toute seule, ce qui serait peut-être sa dernière visite.

Les petites départementales s'étiraient à travers les Landes en direction de l'océan. Partout, des arbres, des centaines, des milliers d'hectares de pins. Un paysage qu'on pouvait trouver monotone ou fascinant selon son humeur, mais qui procurait une forte impression de solitude car on ne rencontrait pas âme qui vive durant plusieurs kilomètres.

Anne bifurqua avant Lit-et-Mixe, emprunta une route étroite qui semblait ne mener nulle part. Combien de fois était-elle venue, ces dernières années ? Presque chaque semaine, elle téléphonait à Ariane et convenait d'un après-midi. Ces jours-là, elle travaillait davantage le matin, déjeunait d'une tranche de jambon pour garder son appétit en prévision des gâteaux qu'elle achèterait. Jamais elle n'avait rendu visite à Ariane par devoir, encore moins par intérêt, c'était juste un moment agréable et insolite. Sa tante lui racontait l'histoire de la famille, en particulier le chapitre concernant la bastide. Sa construction remontait à 1865, décidée par l'arrière-grand-père d'Ariane qui voulait être au cœur de ses forêts. Trois générations de Nogaro, propriétaires forestiers, s'y étaient donc succédé jusqu'à la faillite. Ariane prétendait que son père, qui n'avait rien d'un bon gestionnaire, avait précipité la ruine. D'ailleurs, il ne s'en était jamais tout à fait remis, perdant un peu la tête à la fin de sa vie. Le dernier souvenir qu'Ariane avait de lui était d'avoir remonté toute l'allée centrale de l'église à son bras lors de son fastueux mariage, une union qui allait lui permettre de retourner dans le « grand monde » et d'abandonner les siens sans regret : « J'étais égoïste comme on peut l'être à vingt ans, et très pressée de retrouver ma vie d'avant. Avec, au fond de la tête mais en ligne de mire, cette maison qu'on m'avait confisquée et que j'étais déterminée à me réapproprier un jour. »

Émergeant de la forêt, Anne déboucha dans la clairière et arrêta sa voiture à quelque distance de la bastide. À travers le pare-brise, elle la contempla avec un intérêt nouveau, presque de la curiosité. La pierre très blanche des murs n'avait pas trop souffert du climat marin qui apportait parfois de l'océan tout proche un vent chargé de sel et de sable. La toiture de tuiles semblait à peu près en bon état mais les huisseries étaient assez délabrées. Le large auvent soutenu par des poutres de bois protégeait la porte d'entrée et donnait de l'allure à la façade, tout comme les applications de marbre utilisées pour encadrer les fenêtres. Quant à l'absence de volets, puisqu'ils se trouvaient à l'intérieur, elle accentuait l'impression de sobriété, voire d'austérité, de l'architecture.

— C'est très, très beau..., murmura Anne, songeuse.

Elle descendit de voiture et chercha les clefs au fond de son sac. Le soleil était en train de disparaître derrière la cime des arbres, projetant de grandes ombres zébrées de lueurs orangées. Avec un pincement au cœur, elle déverrouilla et entra sans refermer la porte derrière elle. Le décor, pourtant familier, lui parut nouveau tandis qu'elle laissait errer son regard à travers le vaste hall. À l'extérieur, les oiseaux continuaient à chanter, mais entre les murs le silence avait quelque chose d'oppressant. Paul lui avait avoué avoir éprouvé le même sentiment, le soir de la mort d'Ariane.

Par habitude, elle emprunta le long couloir qui menait à la cuisine, là où elle allait déposer ses gâteaux lorsqu'elle arrivait. Ensuite, elle cherchait Ariane dans la maison, et Goliath venait à sa rencontre. Mais aujourd'hui, il n'y avait plus de tante et plus de chien, rien que le bruit de ses pas sur le carrelage, dans une maison inhabitée.

Les objets étaient tels qu'Anne les avait laissés après le passage du médecin et des pompes funèbres. Des tasses rincées et retournées sur la paillasse de l'évier avec les gamelles de Goliath, le dernier magazine lu par Ariane abandonné sur la table. Elle ouvrit le réfrigérateur dont elle entreprit de vider le contenu dans un sac-poubelle, puis elle inspecta le placard à épicerie qui ne contenait que quelques boîtes de conserve, deux paquets de pâtes, des soupes en sachets, un pot de confiture. Ariane se nourrissait de manière frugale, elle était devenue maigre avec l'âge.

« Les jours où tu me rends visite, je ne me fais qu'une soupe le soir. »

Attristée, Anne quitta la cuisine et parcourut le rez-de-chaussée au hasard avant de se retrouver au pied de l'escalier. Résolument, elle monta au premier étage, ignorant une vague appréhension qui n'avait pas lieu d'être. Si l'esprit d'Ariane hantait les lieux, il était forcément bienveillant.

Une après l'autre, Anne ouvrit les portes des chambres qui donnaient toutes sur la galerie. Il y en avait six, dont trois entièrement vides. Dans celles-ci, d'anciens papiers peints se décollaient des murs malgré leur qualité d'origine, et les parquets en point de Hongrie étaient couverts de poussière et d'insectes morts. Pour les trois autres, l'une était celle d'Ariane, saturée de meubles, de bibelots et de gravures, où elle semblait avoir entassé tous ses souvenirs. Celle d'à côté servait de bureau, Anne s'en souvenait car c'était là que se trouvaient les albums de photos si souvent feuilletés, et la pièce était meublée de bric et de broc. Enfin, la dernière, aperçue une seule fois et située tout au bout de la galerie, était une très belle pièce plus claire que les autres avec ses trois grandes fenêtres. Bizarrement, cette chambre-ci semblait accueillante et impeccable, comme si on venait d'y faire le ménage. Deux ravissants pastels étaient accrochés au-dessus d'une commode bien cirée, le jeté de lit en piqué blanc était agrémenté de quelques coussins de soie aux couleurs vives, un tapis moelleux étouffait le bruit des pas. Ici, tout paraissait propre et gai, prêt à recevoir un invité attendu. Pour qui Ariane avait-elle si bien arrangé l'endroit ?

Anne eut la brusque certitude que c'était pour elle. Bien sûr, elle ne trouverait pas un petit mot de bienvenue sous l'oreiller, mais... Mais au cas où, pour une raison quelconque, elle aurait besoin ou envie de dormir une nuit dans la bastide, son lit était fait. Elle le vérifia en soulevant un coin du jeté en piqué blanc, découvrant des draps neufs. Une chambre d'amis toujours prête ne pouvait pas avoir été l'une des priorités d'Ariane qui ne recevait jamais personne. En outre, elle n'avait pas eu le temps de se voir mourir, d'anticiper sa propre fin. Depuis combien de temps la chambre attendait-elle, régulièrement nettoyée ?

En s'approchant d'une des fenêtres, dont les volets intérieurs étaient repliés, Anne constata que les carreaux ne portaient pratiquement pas de traces de pluie alors que de nombreuses averses s'étaient abattues durant des semaines. Elle imagina Ariane sur un escabeau, torchon en main. Ariane avec un balai, une bombe de cire… Bon sang, ça semblait incroyable, pourtant le décor attestait d'un entretien soigné. Un fantasme, une obsession, un début de sénilité ?

Sur l'une des tables de chevet, près d'une lampe à l'abat-jour flambant neuf, se trouvait un livre à la reliure de cuir. Anne s'approcha et vit qu'il s'agissait des *Contes de la peur et de l'angoisse*, de Maupassant. Elle esquissa un sourire, amusée par les idées loufoques d'Ariane. Ce livre lui était-il destiné, ainsi que la chambre, comme un ultime clin d'œil de sa tante d'au-delà de la tombe ?

De bruyants coups de klaxon la firent sursauter. Elle se précipita vers une des fenêtres qui donnaient sur la façade et aperçut une camionnette de livraison. Elle fila vers l'escalier qu'elle dévala pour aller accueillir le chauffeur.

— Le ravitaillement ! claironna-t-il en empoignant un carton.

— Attendez une seconde, s'il vous plaît. La personne que vous venez livrer est décédée.

— Mme Nogaro ?

Il ouvrait de grands yeux incrédules et il finit par secouer la tête avant de poser le carton par terre.

— J'ai l'habitude de passer ici tous les mois, c'est arrivé quand ?

— Il y a trois semaines. Un infarctus.

— La pauvre, c'était une gentille dame… Je lui portais toujours ses cartons dans la cuisine, et en remerciement elle m'offrait un bon café. Pour tout vous dire, je trouvais curieux qu'elle vive seule dans ce coin perdu, mais heureusement, elle avait son chien. D'ailleurs, c'est l'essentiel de la livraison : des sacs de croquettes qui pèsent un bon poids ! À propos, qu'est-ce qu'il est devenu ?

— Le chien ? Il est chez moi.

— Ah, vous êtes la nièce, alors ? Bon, écoutez, vous les voulez, ces croquettes ? Il y a aussi trois bouteilles de bordeaux, des jus de fruits et quelques bricoles d'épicerie. Mais je peux tout remporter au magasin, il n'y a pas de problème. Comme on dit, c'est un cas de force majeure, hein ?

— Non, je garde la commande, décida Anne. Vous pouvez mettre les cartons dans le coffre de ma voiture ?

Tandis qu'il s'exécutait, elle prit son chéquier dans son sac. Un sac qu'elle avait gardé accroché à son épaule sans le poser nulle part dans la maison durant sa visite, contrairement à son habitude. Elle régla la note, convint avec le livreur qu'il n'aurait plus besoin de revenir, puis elle regarda la camionnette quitter la clairière et disparaître au milieu des arbres. La nuit était en train de tomber, apportant une pénible impression de solitude. De nouveau, Anne contempla longuement la façade dans la lumière du crépuscule. Elle n'avait plus rien à faire ici mais pas vraiment envie de partir. Si elle décidait de vendre, elle en aurait pour un certain temps à trier les affaires d'Ariane. Dans les pièces occupées, les placards étaient pleins, et il y avait tout un tas d'objets auxquels était attachée une histoire. Ariane les datait en riant : premier, deuxième ou troisième mariage. Et elle ajoutait qu'une vie d'aventure, ça laissait des traces !

À pas lents, Anne retourna dans la maison. Malgré le silence, et l'obscurité qui s'étendait, elle ne se sentait pas mal à l'aise. Pourquoi était-elle venue ? Pour prendre seule sa décision avant d'en avoir discuté avec quiconque ? Dès qu'elle annoncerait que la bastide était *à elle*, et une fois la première stupeur passée, les critiques et les conseils allaient fuser.

Au lieu de verrouiller la porte, elle entra, alluma. D'accord, l'éclairage était chiche, mais peu lui importait, pour elle le décor restait familier, sympathique. Ne manquait que la présence rassurante de Goliath. Si elle devait revenir, elle l'emmènerait, il serait sûrement heureux de courir dehors car le tout petit jardin de Castets finirait par le rendre neurasthénique. Elle gagna la cuisine où elle récupéra le sac-poubelle ; puis elle jeta un dernier regard autour d'elle. Pour l'instant, les choses pouvaient rester en l'état.

Alors qu'elle s'installait au volant, son portable se mit à sonner.

— Ah, ma chérie, j'étais inquiet ! s'exclama Paul dès qu'elle répondit. Où es-tu passée ? Tu es encore à Dax ?

— Non, j'ai fait un saut chez Ariane. Pour vider le frigo, tout ça…

— Tu aurais pu m'appeler, je me suis fait du souci en trouvant la maison vide.

Il y avait une nuance de reproche dans sa voix, qui agaça Anne. Était-elle censée ne pas bouger de chez elle pour l'accueillir systématiquement quand il rentrait le soir ?

— Il n'est pas si tard que ça. Et Pierre Laborde m'a retenue un long moment.

— Qu'est-ce qu'il te voulait ?

Voilà, elle allait être obligée de le lui dire par téléphone alors qu'elle aurait voulu en discuter paisiblement pendant le dîner.

— Je suis l'unique légataire d'Ariane, se résigna-t-elle à annoncer.

— Quoi ?

— Elle m'a laissé tous ses biens. La maison, et aussi de l'argent pour les droits de succession.

— Incroyable… Ton père est au courant ?

— Je l'appellerai demain matin.

— Il ne s'y attend pas, il sera vexé.

— Je sais, mais je n'y peux rien !

Pourquoi se sentait-elle agressée, déjà obligée de se défendre ?

— Bon, si tu rentrais, maintenant ? demanda Paul gentiment. T'imaginer toute seule là-bas à cette heure-ci me fait froid dans le dos !

— J'allais partir, je suis dans ma voiture.

— Sois prudente sur la route, en attendant je prépare le dîner.

Rassurée par sa gentillesse, elle s'apprêtait à lui dire qu'elle l'aimait, comme toujours à la fin de leurs conversations téléphoniques, lorsqu'il eut le tort d'ajouter :

— Et ne t'inquiète pas trop, on finira bien par s'en débarrasser, de cette baraque !

Exactement ce qu'elle n'avait pas envie d'entendre. Si Paul lui-même tenait pour acquis la vente de la bastide, le reste de la famille serait encore plus virulente. Mais après tout, comme le lui avait précisé le notaire, elle était *libre* de décider. Libre de rêver un peu avant que chacun se mette à lui dicter sa conduite.

— J'arrive, marmonna-t-elle en raccrochant.

3

— C'est à se demander si elle avait vraiment toute sa tête, insinua Estelle.

Gauthier hésita puis haussa les épaules.

— Si son notaire l'affirme, il n'y a rien à dire. Elle était déraisonnable, excentrique et monomaniaque, mais pas atteinte de maladie mentale au sens propre, ni démence, ni alzheimer. Non, je crois surtout qu'elle ne m'aimait pas parce que je n'ai jamais partagé ses idées. Sa folie des grandeurs, son obsession du passé, sa fixation sur la bastide et sur nos ancêtres… tout ça ne m'intéressait pas.

— Eh bien, elle ne te l'a pas pardonné ! En revanche, Anne a su se faire bien voir, elle a été maligne.

Perplexe, Gauthier considéra sa femme sans répondre. Il ne pensait pas que leur fille ait pu chouchouter Ariane dans le seul but de devenir son héritière.

— Anne a toujours été un peu fantaisiste, rappela-t-il. Je suppose que l'originalité d'Ariane l'amusait. Au fond, cette histoire de testament n'a rien de surprenant, disons qu'elles s'étaient bien trouvées.

— Si tu le prends comme ça, soupira Estelle, c'est parfait. Pour ma part, je suis un peu déçue. De toute la famille, Anne et Paul sont probablement ceux qui ont le moins besoin d'argent !

— Nous avons besoin d'argent ? s'étonna-t-il.

Ils avaient été économes et prévoyants, aussi ne manquaient-ils de rien maintenant qu'ils étaient arrivés à l'âge de la retraite. L'appartement où ils vivaient avait été prévu dès le début pour leurs « vieux jours ». Vingt ans auparavant, ils l'avaient acquis grâce à un emprunt, et loué tandis qu'ils occupaient des logements de fonction dans les différentes écoles primaires que Gauthier avait dirigées. Bien situé à Biarritz sur le port des pêcheurs, et composé de quatre pièces, c'était un appartement confortable qu'ils n'avaient eu qu'à repeindre lorsqu'ils l'avaient enfin récupéré pour l'habiter. Gauthier se félicitait chaque jour de cet investissement intelligent qui leur permettait d'avoir un toit et d'envisager sereinement l'avenir. Lily et Anne étaient mariées avec des hommes gagnant bien leur vie, Valère et Suki se débrouillaient, Jérôme poursuivait ses voyages sans rien demander à personne : en somme, la famille allait bien.

— Anne ne tirera pas une somme folle de la bastide, fit-il remarquer, c'est vraiment une baraque invendable.

Il ne se sentait pas vraiment peiné par la décision d'Ariane car il n'avait jamais été proche d'elle. Se tenant mutuellement en piètre estime, ils n'avaient pas cherché à entretenir une fausse affection fraternelle. Qu'à la fin de son existence elle ait préféré laisser ses biens à sa nièce n'était guère surprenant. Mais apparemment, Estelle l'acceptait mal. Avait-elle espéré cet héritage ? Non, sa femme n'était pas vénale, Gauthier le savait. Néanmoins, depuis le coup de téléphone d'Anne, elle ronchonnait.

— Si *tu* avais hérité, reprit-elle, nous n'aurions pas jeté cet argent par les fenêtres et, après nous, nos *quatre* enfants auraient eu chacun leur part. Est-ce que ça ne te semblerait pas plus juste ?

— Il n'y a pas de justice dans le choix qu'on fait de son héritier ! Bon, on ne va pas en parler toute la journée, je descends acheter le pain et mon journal.

Continuer à discuter de cet héritage le mettait mal à l'aise. Estelle finirait par instiller le doute dans son esprit, ce qui serait regrettable. Gauthier avait la certitude d'être un homme équitable, rigoureux, qui aimait chacun de ses enfants sans préférence. La chance était tombée sur Anne ? Tant mieux pour elle ! Après tout, elle avait été la seule à trouver sympathique sa tante Ariane, à passer du temps avec elle. Les choses étaient en ordre et ne méritaient pas qu'on épilogue indéfiniment.

⁂

Comme toujours après le départ de leur assistante, Paul et son associé, Julien, s'attardèrent quelques minutes pour faire un rapide bilan de la matinée. Certains de leurs clients avaient une préférence pour l'un ou l'autre, mais chez eux on pouvait s'adresser indifféremment aux deux vétérinaires. À tour de rôle, ils assuraient la garde du dimanche en basculant la ligne professionnelle à leur domicile, et dans la semaine chacun prenait une journée de congé quand il le souhaitait. Depuis l'époque de leurs études ils s'entendaient bien et s'estimaient mutuellement, ce qui facilitait leur cohabitation et assurait une bonne ambiance de travail.

Au début de leur installation, ils avaient d'abord été un peu désœuvrés, guettant la sonnette d'entrée dans la salle d'attente avec anxiété, mais à présent ils étaient presque débordés. Autour de Castets, sur une grande partie des Landes, il n'y avait que des villages, et les gens venaient de loin pour les consulter.

— J'ai hésité avec le vieux chat Roméo, annonça Julien, mais je lui ai laissé encore une chance. Même s'il est au bout du rouleau, il ne souffre pas, autant qu'il s'éteigne paisiblement. D'après l'ordinateur, c'est le doyen de nos patients, il a vingt ans !

Bien qu'il ait souri en le disant, Paul comprit que son confrère était mal à l'aise. L'euthanasie était un geste que Julien détestait et ne pratiquait qu'à contrecœur. Lorsqu'il devait faire une piqûre létale à un chien ou un chat, il en était malade, maugréait que ce n'était pas son métier et qu'il n'avait pas fait des études pour ça. Paul avait beau le raisonner, lui rappeler qu'abréger les souffrances d'un animal condamné était un acte charitable, Julien se laissait gagner par l'émotion et s'en voulait.

— En plus, avec Roméo ce sera affreux, sa maîtresse y est tellement attachée qu'elle va pleurer toutes les larmes de son corps, je n'imagine pas la séance !

— Je ne prendrai pas ta place, l'avertit gentiment Paul. Si je le fais à chaque fois, je deviendrai le « tueur » attitré de cette clinique et je n'y tiens pas.

— Je sais.

Ils échangèrent un regard complice et amical, puis Paul tapa dans le dos de Julien.

— Tu viens déjeuner ?

Divorcé depuis six mois, Julien avait encore du mal à rentrer chez lui. Sa femme était partie en emmenant leurs enfants, des jumeaux de sept ans, et elle avait aussi vidé leur maison de presque tous les meubles. La raison officielle de son départ était qu'elle ne supportait plus l'isolement de la campagne, rêvait d'une grande ville et souhaitait s'installer à Bordeaux pour y retrouver du travail, des amis, de l'animation. La vérité était plus prosaïque, en fait elle avait rencontré un négociant dont elle était tombée amoureuse, et elle avait décidé de le suivre. Après une séparation houleuse, durant laquelle Paul avait souvent dû jouer le rôle de médiateur, Julien avait failli tout abandonner. Mais, contrairement à sa femme, il adorait la région et il était resté.

— Non, je ne veux pas déranger Anne, je vais aller au Coco Bar grignoter une salade ou un sandwich.

— Allez, ne te fais pas prier, viens donc. De toute façon, dans peu de temps tu passeras tous tes déjeuners sur la plage !

Julien adorait nager, plonger ou surfer, et dès que la température le permettait il filait au bord de l'océan, à Saint-Girons, Moliets, ou au Vieux-Boucau.

— Alors, on s'arrête acheter des fleurs, accepta-t-il en suivant Paul.

Lorsqu'ils arrivèrent, Anne rajouta un couvert de bonne grâce et protesta pour la forme en mettant les tulipes dans un vase.

— Tu sais que tu as affaire à une riche héritière ? plaisanta Paul. Sa tante lui a tout légué, jusqu'à la dernière petite cuillère.

— Ariane ? En voilà, une chance !

— Elle m'aimait bien, soupira Anne. Mais son testament ne réjouit pas tout le monde. Ma sœur prétend que j'ai « manœuvré » habilement et ma mère me demande déjà ce que je vais faire de « tout » cet argent.

— Les joies de la famille ! Et ce monstre, il fait partie de l'héritage ?

Julien désignait Goliath qui, couché sous le bureau d'Anne dont il avait fait sa niche, les observait sans bouger.

— Il est beau, hein ? fit remarquer Anne avec une certaine fierté. Bien entendu, personne n'en voulait. Trop contraignant, trop cher à nourrir, trop gros…

— Il est un peu disproportionné chez vous, ironisa Julien. Mais on pourrait mettre une petite annonce à la clinique.

— Non, pas question, j'y suis attachée, il reste avec moi.

Le ton péremptoire qu'elle venait d'utiliser trahissait son exaspération. Ces derniers jours, elle avait subi trop de réflexions sur Goliath et sur le testament.

— C'est un gentil chien, temporisa Paul. Il commence à prendre confiance, et Anne va le balader tous les jours pour qu'il ait assez d'exercice.

— J'ai d'ailleurs résolu le problème des promenades, déclara-t-elle en les invitant d'un geste à passer à table. Comme j'ai beaucoup de choses à trier dans la bastide, j'irai y passer mes après-midi avec Goliath.

— Tu vas la mettre en vente ? demanda ingénument Julien.

— Je ne vois pas ce qu'on pourrait faire d'autre, répondit Paul.

Les yeux baissés sur son assiette, Anne se demanda pourquoi son mari répondait à sa place.

— Pour l'instant, murmura-t-elle, il faut la vider de toutes les affaires personnelles d'Ariane. Ensuite, je verrai.

Elle se mit à manger, évitant le regard de Paul. Depuis leur mariage, ils partageaient tout, l'argent, les décisions, les projets, et c'était la première fois qu'Anne l'excluait. Prenant conscience du silence gêné, elle releva la tête.

— Peut-être devrait-on la louer en attendant que le marché immobilier remonte ? suggéra-t-elle d'un ton détaché.

— En attendant qu'elle s'écroule, plutôt ! répliqua Paul. À qui veux-tu louer ce genre d'endroit ?

— Je ne sais pas… Un artiste célèbre cherchant la solitude ?

— Tu rêves !

— L'été, tout se loue à prix d'or. La bastide ne se trouve qu'à trois kilomètres de l'océan, et elle conviendrait parfaitement à une famille nombreuse en quête de vacances paisibles.

— On la louerait trois mois par an, au mieux, et à nous les travaux d'entretien, les ennuis, les taxes et les impôts !

Julien intervint, sentant le ton monter entre Anne et Paul :

— Avant toute chose, montrez-la donc à des agents immobiliers qui sauront vous conseiller.

Paul hocha la tête, acceptant le conseil, et Anne ébaucha un sourire.

— Bonne idée. Tu en connais ?

— Adresse-toi à Dax, Biarritz, ou même à Mont-de-Marsan. Mais choisis de grosses agences qui ont l'habitude des affaires un peu exceptionnelles. Après le départ de ma femme et des enfants, quand j'hésitais entre partir ou rester, j'avais fait estimer ma maison par un type du coin qui ne m'avait pas convaincu du tout. D'ailleurs, je pense toujours à la vendre et à me racheter autre chose pour faire table rase de tous ces foutus souvenirs !

Il s'arrêta net, secoua la tête puis s'excusa :

— Bon, je m'égare dans mes problèmes personnels…

— Je t'en prie, murmura Anne. Tu es chez des amis, tu peux dire ce que tu veux.

Elle se leva pour aller chercher du fromage, vaguement contrariée de se montrer si susceptible dès qu'il était question de la bastide Nogaro. Mais elle n'avait pas eu le temps de décider quoi que ce soit ni de vraiment réfléchir à cet héritage, et elle refusait d'être harcelée. Si elle vendait, que faire de la somme obtenue ? La mettre de côté pour Léo ? En prélever une partie à partager avec sa sœur et ses frères ? Ce n'était pas ce qu'Ariane avait dû espérer, Anne le savait très bien, néanmoins elle n'était pas obligée de respecter des volontés hypothétiques.

Après avoir posé un assortiment de fromages de chèvre sur la table, elle s'adressa à Julien :

— C'est toi qui as raison, je vais chercher un bon agent immobilier !

Elle avait parlé en son nom, sans inclure Paul dans sa démarche, et elle se trouva égoïste.

— Tu es d'accord ? demanda-t-elle en posant la main sur l'épaule de son mari.

— Bien sûr.

Il lui prit le bout des doigts, qu'il serra affectueusement.

— Fais-en même venir plusieurs tant que tu seras sur place à tout inventorier.

Sans la lâcher, il jeta un coup d'œil à sa montre.

— Il faut qu'on se dépêche, il est bientôt deux heures et le carnet de rendez-vous est plein cet après-midi. Café pour tout le monde ?

Il repoussa sa chaise un peu trop vite, ce qui fit gronder Goliath.

— Pas de panique, mon grand ! lança-t-il au chien d'un ton apaisant.

Anne le regarda tandis qu'il préparait trois express avec la machine. Il n'était pas seulement son mari et le père de Léo, il était aussi son amant et son ami. En conséquence, elle ne devait pas se sentir inquiète ou mal à l'aise, quoi qu'il arrive Paul serait dans son camp.

⁂

Suki et Valère avaient travaillé toute la journée pour un mariage. Elle était partie dès le matin au volant de la camionnette du magasin, chargée de fleurs, afin de décorer l'église puis la salle de réception, et à son retour elle avait confectionné un sublime bouquet pour la mariée. Valère le lui avait remis en main propre avant de commencer le reportage photo de la noce.

À huit heures du soir, tous deux s'étaient retrouvés pour fermer la boutique, fatigués mais contents. Ce genre de prestation leur rapportait de l'argent et il fallait absolument qu'ils trouvent le moyen de les multiplier.

— Avec un évènement comme ça par semaine, nous n'aurions plus de soucis, constata Suki en vidant la caisse.

— Il n'y a pas tant de gens qui se marient, ma chérie !

Elle le rejoignit près du rideau de fer, le prit par la taille et appuya sa joue contre lui.

— C'est pourtant merveilleux, le mariage, dit-elle d'une voix câline.

Comme elle mesurait tout juste un mètre cinquante, elle lui arrivait à peine à l'épaule. Il baissa la tête pour l'embrasser sur les cheveux, ses longs cheveux noirs, lisses et brillants, qu'il adorait.

— Si seulement on pouvait faire davantage de publicité, on se ferait connaître plus vite. Le bouche-à-oreille, ça prend trop de temps. Il nous faudrait des encarts toutes les semaines dans les journaux locaux, un site Internet plus attrayant… Tu as tellement l'art des fleurs dans le sang qu'il faut le faire savoir !

Elle éclata de son petit rire aigu, perlé.

— Les gens se le disent, Valère. J'entends des compliments à longueur de journée.

— Je voudrais tout de même que ça aille plus vite.

Il pensait à toutes les factures, aux fins de mois bouclées de justesse. Et il avait bien conscience que, en tant que photographe, il gagnait à peine sa vie. Sur le comptoir, près des rouleaux de rubans dont Suki se servait pour orner ses bouquets, il avait mis bien en évidence une pile de ses cartes de visite professionnelles. Il en avait également déposé dans les deux boutiques qui vendaient des robes de mariée, mais peut-être devrait-il en mettre dans tous les restaurants de Dax, chez tous les coiffeurs, les marchands de vaisselle et les magasins de cadeaux. S'il ne l'avait pas encore fait, c'est qu'il n'avait pas envie de se retrouver enfermé dans ce créneau des photos de mariage et de baptême. Pourquoi pas entreprendre le tour des maternités en proposant de photographier les nouveau-nés ! Où étaient passées ses ambitions d'artiste, ses illusions ? Bien sûr, avant de rencontrer Suki, il avait souvent négligé sa carrière, trop occupé à courir les filles et à s'amuser, mais de toute façon, dans son métier, il y avait beaucoup d'appelés et peu d'élus. Des élus dont il ne faisait pas partie.

— Tu es bien songeur, murmura Suki.

— Je me disais que je me suis peut-être trompé de voie, que j'ai fait le mauvais choix. Quand j'étais jeune, j'aurais dû prendre exemple sur Paul et attaquer des études plus sérieuses. Pas véto, évidemment, je n'étais pas assez bosseur et je n'aurais jamais eu le niveau du concours, mais quelque chose de moins casse-gueule, de moins fantaisiste et de plus sûr.

— Mais c'est sérieux, la photo ! Et tu as du talent.

— Si je n'arrive pas à le monnayer, ça ne me sert à rien. En attendant, je voudrais que toi, tu décolles. Il faut faire venir les gens ici pour qu'ils voient tout ça…

D'un mouvement large du bras, il engloba la boutique que Suki avait décorée avec la même exquise délicatesse que ses arrangements floraux.

— Je reviens à mon idée de pub, insista-t-il, et je crois tenir une solution.

Elle l'écoutait avec attention, comme toujours, déjà prête à lui donner raison.

— La banque ne nous fera aucun crédit, mais peut-être qu'Anne pourrait nous prêter de l'argent. Elle vient de faire un bel héritage, quand elle aura vendu elle disposera de liquidités dont elle n'a sans doute pas un usage immédiat. Si je lui…

— Valère !

Sourcils froncés, elle le fixait de ses yeux noirs en amande.

— Tu ne vas rien lui demander du tout, articula-t-elle d'un ton pincé.

— Pourquoi ? Je suis son frère, elle me fait confiance et elle acceptera sûrement de nous donner un coup de pouce.

— Avoir des dettes en famille est une mauvaise chose. Ça crée des histoires.

— Mais non, voyons ! Anne n'est pas mesquine, en plus elle apprécie énormément le travail que tu réalises ici. Investir dans ton affaire l'intéressera, crois-moi.

— Il n'en est pas question. Je rougirais de lui emprunter de l'argent. On n'agit pas de cette manière-là dans mon pays.

Née au Japon, elle l'avait quitté à l'âge de dix ans, néanmoins elle respectait de nombreux préceptes inculqués par ses parents.

— Ne sois pas enfant, Suki. On a besoin d'un coup de pouce *maintenant*, et Anne sera d'accord, tu verras.

— Je ne verrai rien du tout, articula-t-elle.

— Ah, que tu es têtue ! C'est de l'orgueil mal placé.

— Plutôt de la dignité. Et je suis triste de constater qu'avant même que ta sœur ait touché son héritage tu puisses penser à lui en soutirer une part.

Quand Suki se mettait en colère, elle parlait froidement tandis que son visage restait inexpressif. Valère fut surpris et déçu par sa réaction, lui qui croyait avoir trouvé une solution simple à leurs problèmes. Le mot « soutirer » l'avait piqué au vif, mais il aimait trop Suki pour la contrarier davantage, et surtout il la connaissait suffisamment pour savoir qu'elle ne céderait pas. Enfin, pas aujourd'hui. Peut-être qu'en lui présentant les choses différemment, il obtiendrait son adhésion. Par exemple, si Anne se proposait d'elle-même.

— Bon, soupira-t-il, on va fermer.

Il verrouilla le rideau de fer, éteignit les lumières, et ils sortirent par la porte de l'arrière-boutique qui donnait dans la cour. Avoir épousé une Asiatique si têtue ne facilitait pas toujours les choses, mais Valère était très amoureux de sa femme et très malheureux de ne pas pouvoir l'aider davantage. Elle travaillait douze heures par jour, et dans ses rares moments de liberté elle courait les médecins pour arriver à tomber enceinte. Valère devait veiller sur elle, même malgré elle. Il se promit d'arranger l'affaire avec sa sœur avant d'en reparler à Suki.

— Si on dînait au restaurant au lieu de rentrer ? suggéra-t-il. La journée a été bonne, on a le droit de faire la fête !

Malgré tous ses efforts pour être raisonnable, il aimait sortir et s'amuser. En guise de réponse, Suki lui adressa son plus charmant sourire, séduite par la perspective de prendre un peu de bon temps.

— Mais on ne se couchera pas tard, précisa-t-elle. Promis ?

Se coucher près d'elle était ce qu'il préférait, aussi acquiesça-t-il gaiement.

⁂

Bien qu'il n'y ait pas retrouvé sa maîtresse, Goliath semblait fou de joie de retrouver les lieux. À peine descendu de voiture, il était parti ventre à terre comme un cheval lâché dans un pré un jour de printemps. Anne avait décidé de le laisser faire, certaine qu'il reviendrait quand il serait fatigué de courir et de renifler partout.

Profitant de la douceur du temps, elle ouvrit quelques fenêtres pour aérer la maison, puis elle fit un rapide tour du rez-de-chaussée. Par où commencer ? Après deux ou trois minutes d'hésitation, elle se munit d'un rouleau de grands sacs-poubelle et décida de monter à l'étage. En priorité, elle allait trier les vêtements à donner ou à jeter. Ariane avait conservé une élégance certaine jusqu'à la fin de sa vie, et sa garde-robe, restreinte, était de bonne qualité. Durant plus d'une heure, Anne plia des manteaux, des imperméables, des cardigans et des blouses. Puis elle jeta les chaussures, les sous-vêtements et deux chapeaux de pluie usés, mit de côté les foulards, les gants, les sacs à main. Tout au fond de la penderie, elle découvrit sous des housses deux tailleurs totalement démodés mais portant la griffe de grands couturiers. Sans doute dataient-ils de l'époque fastueuse de ses mariages, où elle dépensait sans compter. Avec un petit pincement au cœur, Anne trouva aussi une veste de fourrure qui avait dû être superbe mais qui semblait toute mitée.

Soudain, un bruit de moteur interrompit sa tâche, lui rappelant qu'elle avait convoqué un agent immobilier. Elle enjamba les sacs-poubelle et se précipita au rez-de-chaussée. Comme prévu, le visiteur était resté dans sa voiture, peu désireux d'affronter Goliath qui tournait autour. Anne prit son air le plus avenant et se dirigea vers la portière dont la vitre venait de se baisser.

— Anne Bartas ? Bonjour, Agence des Landes. Vous aviez rendez-vous avec un de mes négociateurs, mais j'étais dans le coin et je suis curieux de nature…

Prudemment, il sortit une main qu'il lui tendit.

— Hugues Cazeneuve. Je peux quitter l'abri de ma voiture sans que la bête du Gévaudan me dévore ?

— Bien sûr.

Elle n'en était pas tout à fait certaine, mais enfin, si Ariane avait su se faire obéir du chien, elle pouvait y arriver aussi.

— Goliath, pas bouger, dit-elle à tout hasard.

Hugues Cazeneuve descendit de sa Mercedes et regarda longuement la maison et ses abords avant de se tourner vers Anne.

— Superbe… À l'origine, ce devait être superbe !

— Et là, c'est moche ? ironisa-t-elle.

— Non, juste un peu abîmé parce que mal entretenu. Rien de grave. La situation reste exceptionnelle, comme vous le savez sûrement. La superficie totale des terres est de combien ?

— Quatre hectares de bois. La bastide se trouve exactement au centre.

— Propriété de famille ?

— Euh... Oui, tout à fait, mais c'est un peu compliqué et sans intérêt pour vous. En fait, je viens d'en hériter et je ne pense pas pouvoir la garder.

— D'autres héritiers ?

— Non. Si jamais nous faisons affaire ensemble, vous n'aurez à traiter qu'avec moi.

— Et vous avez une idée du prix que vous voulez en tirer ?

— Ce sera à vous de me le dire. Venez, nous allons visiter.

— J'adore ça ! s'exclama-t-il en riant. En général, c'est moi qui prononce cette phrase parce que c'est moi le guide. Enfin, je ne fais plus beaucoup de visites, je laisse mes négociateurs s'en charger, mais je préfère estimer moi-même les biens que nous prenons en portefeuille quand ils sont un peu... hors normes. Pour tout vous avouer, les renseignements que vous nous avez communiqués par téléphone ont éveillé ma curiosité. Il n'y a pas beaucoup de grandes propriétés à vendre si près du littoral.

Il était sympathique et charmeur, sans doute par déformation professionnelle, et savait d'emblée mettre son interlocuteur à l'aise. Son costume léger, bien coupé, sa chemise blanche sans cravate et ses mocassins lui conféraient une élégance décontractée.

Le sourire franc, le visage ouvert et le regard bleu acier contribuaient à en faire un homme plutôt séduisant, mais la seule chose qui intéressait Anne était son avis d'expert immobilier. Elle le précéda dans la maison dont ils firent le tour ensemble.

— Bien, déclara-t-il lorsqu'ils furent revenus dans le hall. Maintenant que j'ai eu ma première impression, je vais recommencer en prenant des mesures si vous n'y voyez pas d'inconvénient. Ce sera rapide, j'ai mon petit télémètre laser.

Elle le laissa partir seul pour qu'il puisse arpenter à sa guise. Jusque-là, il n'avait émis aucun commentaire hormis celui de la « situation exceptionnelle ». En l'attendant, Anne se demanda ce qu'elle avait envie d'entendre. Qu'il fixe un bon prix de départ pour la mise en vente ? Ou, au contraire, qu'il prétende que le moment était mal choisi pour mettre ce genre de produit sur le marché, que d'ailleurs cette bastide était résolument *invendable* ?

Elle gagna la cuisine pour préparer du café car elle n'avait rien d'autre à offrir à l'agent immobilier. Goliath était à sa place habituelle, celle qu'il occupait du temps d'Ariane, couché près du casier à bouteilles.

— Tu as envie qu'on vende, toi ?

Les oreilles dressées, le chien la fixait avec intérêt et elle se pencha pour le caresser.

— Non, je sais bien que non…

Elle ouvrit l'un des grands placards et considéra toute la vaisselle empilée. Comme dans la penderie, il y avait quelques beaux vestiges d'un autre temps, cinq verres en cristal de Bohême, une carafe Lalique, les restes d'un sublime service en délicate porcelaine, une ménagère en argent massif presque complète.

— Pas bouger, Goliath, dit-elle en percevant le pas d'Hugues Cazeneuve.

— Voilà, annonça-t-il depuis le seuil de la cuisine, j'ai terminé. Je peux entrer ?

— Allez-y, il ne vous mangera pas. Café ?

— Volontiers.

Il s'installa en face d'elle, toujours souriant, sans pouvoir deviner à quel point elle trouvait étrange de le voir assis à la place d'Ariane. Dans cette cuisine, Anne n'avait jamais eu d'autre interlocuteur que sa tante.

— Bon, commença-t-il, c'est un sacré morceau que vous avez sur les bras ! La toiture tiendra encore quelques années mais on ne peut pas dire qu'elle soit en bon état. À l'intérieur, la maison n'a pas connu un coup de peinture depuis longtemps, et surtout il faudrait une mise aux normes de l'électricité et de la plomberie. Tout ceci a un coût, dont un éventuel acheteur tiendra évidemment compte. Le plus ennuyeux est l'aspect écologique. Et de nos jours… Pas d'isolation, pas de double vitrage, une chaudière au fuel hors d'âge assortie d'un poêle à bois : ce type de travaux lourds en découragera plus d'un.

— Oui, j'en suis consciente, dit posément Anne.

Elle refusait de se laisser impressionner par son constat. Tout ce qu'il venait d'énoncer était pour elle une évidence. Certes, la bastide était vétuste, en mauvais état, loin des critères en vigueur, néanmoins elle possédait d'autres atouts.

— Que la maison soit trop grande n'est pas un handicap, ajouta-t-il comme s'il voulait se rattraper. Il y a des amateurs pour ça. On pourrait envisager un gîte ou des chambres d'hôtes, c'est à la mode. Ou encore une résidence secondaire pour une famille nombreuse. Le créneau est étroit mais il existe. Des gens qui ont de l'argent et qui veulent quelque chose d'unique pourraient se faire plaisir ici, en dépensant beaucoup pour la rénovation mais en modelant à leur goût.

— Et où trouve-t-on des clients de ce genre ?

— Moi, je les trouve ! Parce que j'ai un avantage sur mes concurrents, je dispose de plusieurs agences. Une à Dax, celle que vous avez contactée, une à Biarritz et une à Bayonne. Je ratisse large !

Il se mit à rire mais s'arrêta tout de suite en voyant qu'Anne ne le suivait pas.

— Donnez-moi un prix, dit-elle seulement.

C'était ce qu'elle voulait savoir parce que ce serait la question que tout le monde allait lui poser.

— Il faudrait d'abord que j'y réfléchisse un peu.

— Non, tout de suite. Une fourchette si vous préférez, mais je dois me faire une idée.

Sans doute amusé par son entêtement, il lui adressa un sourire désarmant.

— D'accord… En étant optimiste, entre trois cent cinquante et quatre cent mille euros. Peut-être davantage, mais ça prendra du temps. En revanche, si vous êtes pressée, à trois cents je la vends avant l'été. Il y a les quatre hectares autour et la plage à cinq minutes, ça reste une vraie valeur par ici.

Durant le petit silence qui plana entre eux, Goliath se leva, s'étira, quitta la cuisine. Anne le suivit des yeux, toujours songeuse.

— Maintenant, reprit Hugues au bout de quelques instants, je vais vous demander de me confier l'exclusivité de la vente, au moins pour un trimestre. Je suis prêt à me donner beaucoup de mal pour trouver l'acheteur et je ne veux pas avoir des confrères dans les pattes ni m'apercevoir que j'ai travaillé pour rien. Une maison est vite grillée sur le marché quand elle est trop visitée.

— J'ai besoin d'y penser, déclara Anne en se levant.

Il la considéra avec stupeur puis esquissa une grimace.

— À quoi vous attendiez-vous ? Vous êtes déçue du prix ?

— Non... Mais cet héritage est tout récent et... Laissez-moi quarante-huit heures, je vous appellerai.

Il devait croire qu'elle avait déjà contacté d'autres agents immobiliers car il hocha la tête avec raideur. Le temps de le raccompagner jusqu'à sa voiture, il s'était repris et avait retrouvé son sourire charmeur.

— Nous nous reverrons, j'en suis certain ! prédit-il d'un ton enjoué.

Elle en doutait mais ne jugea pas opportun de le dire. Le chiffre qu'il avait annoncé lui semblait énorme, pourtant Ariane avait dû en avoir une idée précise puisqu'elle avait laissé assez d'argent pour permettre à sa nièce de régler les droits de succession sans être obligée de vendre. Ce qui contraignait Anne à choisir.

L'après-midi touchait à sa fin, les ombres des arbres s'allongeaient démesurément. Grâce à Goliath, Anne n'éprouvait nulle angoisse, aucun sentiment pesant de solitude. Elle aurait volontiers terminé le tri des vêtements d'Ariane avant de passer à l'inventaire de son bureau, mais elle devait rentrer, sinon Paul allait de nouveau s'inquiéter. Elle prit néanmoins le temps de gagner l'office et elle ouvrit la porte qui conduisait à la cave. Jamais elle n'y était descendue et elle éprouvait une vague curiosité pour cette unique partie de la maison qu'elle ne connaissait pas. La lumière de l'escalier de pierre étant aussi chiche que toutes les autres, Anne garda une main appuyée au mur pendant la descente, plutôt raide. En bas, elle découvrit une grande salle voûtée qui ne comportait que quelques clayettes poussiéreuses. Une cinquantaine de bouteilles y étaient rangées, disparaissant sous les toiles d'araignées. C'était donc ici qu'Ariane venait chercher ces étonnants grands crus servis lors des rares dîners auxquels elle avait convié Anne et Paul. D'où provenaient des bouteilles d'un tel prix ? Rescapées d'un de ses mariages et l'ayant suivie jusqu'ici ?

Anne resta songeuse quelques instants puis elle se décida à remonter sans avoir touché à rien.

— Goliath, on s'en va ! On reviendra demain, et après-demain, et plein d'autres jours…

Elle en était indéniablement ravie et ne comprenait pas pourquoi. Un plaisir de *propriétaire* ? Avant de partir, elle jeta un dernier regard à la façade, en essayant de la voir avec les yeux d'Hugues Cazeneuve. D'une façon ou d'une autre, c'était une très belle maison.

⁂

Exaspérée par les questions de son mari, Lily leva les yeux au ciel.

— Tu ne t'en rends peut-être pas compte mais la vie augmente !

— Tous les vingt du mois, fit-il remarquer, tu as besoin d'une rallonge.

— Les filles ne sont plus des bébés, elles coûtent de plus en plus cher. Les vêtements à la mode, le coiffeur, le maquillage, les sorties, les DVD, l'argent de poche, et j'en passe.

— Arrête, arrête ! protesta Éric en riant. Qu'est-ce que ce sera quand elles feront des études supérieures ? Bon, je vais augmenter le virement, d'accord ?

Chaque mois, il lui versait une somme censée couvrir tous les besoins courants de la famille. Mais Lily était dépensière par nature et n'avait jamais assez d'argent. Éric ne s'en inquiétait pas trop puisqu'il gagnait bien sa vie, néanmoins il avait refusé d'avoir un compte joint afin d'éviter les mauvaises surprises et les disputes qui en découleraient forcément.

— J'ai parfois l'impression d'être ton employée, dit-elle d'un ton acide. Tu me salaries, et à force de réclamations tu finis par m'augmenter… Être femme au foyer n'est vraiment pas valorisant !

Il connaissait par cœur ses récriminations mais tenait bon. Elle l'avait menacé plusieurs fois de trouver un travail, cependant il savait qu'elle n'en avait aucune envie et que sa situation lui convenait très bien. Élever leurs filles et tenir la maison était peut-être un job à plein temps, mais de son côté Éric ne chômait pas à longueur de journée dans son cabinet dentaire.

— Ma sœur a bien de la chance, ajouta Lily, maintenant elle n'aura plus besoin de mendier auprès de Paul !

Sa réflexion laissa Éric perplexe. Anne n'avait pas besoin de « mendier », son travail de comptable lui procurant des revenus.

— J'aurais bien aimé faire un héritage, moi aussi. Seulement pour ça, il aurait fallu que j'aille prendre le thé et les petits gâteaux chez Ariane, merci bien ! Je ne suis pas vénale à ce point.

— Je ne crois pas qu'Anne le soit, répliqua-t-il un peu plus sèchement qu'il ne l'aurait voulu.

Ce n'était pas la première fois que Lily en parlait. Elle semblait mal digérer le testament de la tante Ariane, comme toute la famille Nogaro, d'ailleurs. Pour sa part, Éric s'en moquait, et il aurait apprécié que sa femme en fasse autant.

— Sous ses airs de sainte-nitouche, Anne sait très bien où est son intérêt. C'est ma petite sœur, je la connais, elle joue à la fantaisiste mais elle a les pieds solidement plantés dans la terre. Je ne crois pas une seconde qu'elle s'intéressait aux histoires de gemmeurs dont Ariane la régalait.

— Ne dis donc pas de bêtises, soupira-t-il. C'est toute l'histoire des Landes, et aussi de vos ancêtres. Je comprends qu'Anne…

— Ah, la naïveté des hommes ! fulmina Lily. Si j'avais imaginé ce que ça pouvait rapporter, j'aurais volontiers fait le même numéro : « Raconte encore, chère tante Ariane… »

Elle s'arrêta parce que Éric la toisait sans la moindre indulgence.

— Je ne te savais pas mesquine. Ni étroite d'esprit. Tu n'aimais pas cette femme, alors tu trouves impensable que ta sœur ait pu éprouver une quelconque affection pour elle.

— Personne ne l'aimait, même pas mon père ! Il doit bien y avoir une raison, non ?

Vraiment en colère cette fois, elle quitta le salon à grandes enjambées et claqua bruyamment la porte. Une minute plus tard, Éric l'entendit appeler les filles d'un ton furieux, réclamant de l'aide pour le dîner. Que lui arrivait-il donc ? Elle ne manquait vraiment de rien, comment l'héritage de sa sœur pouvait-il la mettre dans un état pareil ? Bien sûr, il s'était montré trop catégorique, il avait même eu des mots un peu durs, mais ils n'en étaient pas à leur première querelle. Ces petites disputes restaient sans conséquence, elles faisaient partie de leur vie de couple et ne les empêchaient pas de bien s'entendre. Ou à peu près… Éric était très attaché à Lily, mais il ne se posait guère de questions à son sujet. Faisait-elle sa crise de la quarantaine ? Le testament n'était peut-être qu'un prétexte pour laisser éclater un malaise latent. Pouvait-il l'aider à se sentir mieux ? Bon sang, quand il rentrait chez lui le soir, il n'aspirait qu'à un peu de paix. La paix d'un foyer bien ordonné. Était-ce trop demander ?

Pour couvrir les cris d'une scène entre ses filles, en provenance de la cuisine, il saisit la télécommande et monta le son dès qu'il eut trouvé des informations.

⁂

Paul reprenait son souffle, les bras en croix. La tête d'Anne reposait sur son épaule et il n'avait aucune envie de bouger. Ils étaient merveilleusement bien ainsi, allongés côte à côte, vidés de toute énergie, avec cette impression de fatigue bienheureuse qui suivait l'amour. Il déglutit deux fois, la bouche sèche, avant de murmurer :

— C'était… waouh !

Il la sentit rire en silence contre lui. Elle était toujours gaie, après. Gaie et affamée.

— Je vais me faire une tartine, déclara-t-elle. Tu en veux une ?

— D'accord. Une ou deux.

Le genre de pique-nique nocturne qu'ils s'offraient dans la semaine, en amoureux, profitant de l'absence de Léo. Anne ramassa la chemise de Paul qu'elle enfila avant de sortir, ce qui le fit sourire. Gaie, affamée et pudique ! Il perçut le bruit de la douche, ensuite celui de la porte de la cuisine. Dans cette petite maison, on entendait tout. Ils avaient trop privilégié l'isolation extérieure et négligé l'épaisseur des cloisons.

— Monsieur est servi ! lança-t-elle en revenant avec un plateau.

Elle avait pensé à remplir un verre de tursan dont ils prendraient une gorgée à tour de rôle, ainsi qu'un pot de rillettes de canard qui leur rappelait toujours les soirées passées sur la plage dans leur jeunesse. À cette époque-là, Paul était déjà très amoureux d'Anne, et treize ans de mariage n'avaient pas émoussé ses sentiments.

— Qu'est-ce que tu décides pour cet agent immobilier ? Tu lui confies l'exclusivité ?

Elle lui avait raconté la visite d'Hugues Cazeneuve mais ne semblait pas très enthousiaste malgré le chiffre – plutôt une bonne surprise ! – annoncé.

— Je ne sais pas. Je ne suis pas encore sûre de vouloir…

— Fais-en venir d'autres si celui-là ne t'inspire pas confiance.

— Oh, il est sûrement compétent ! Il dirige trois agences et il se fait fort de trouver un acquéreur. Mais… Eh bien, je me disais que peut-être on ne devrait pas vendre la bastide.

Apparemment soulagée d'avoir exprimé son idée, elle esquissa un sourire embarrassé.

— Pas vendre ? répéta-t-il, stupéfait. Et qu'en ferions-nous, alors ?

— On peut prendre le temps de réfléchir.

— À quoi ?

— Tu ne te verrais pas habiter là-bas ?

Son ton plein d'espoir déconcerta Paul. Y songeait-elle pour de bon ?

— Non, pas du tout, répondit-il de façon catégorique. Je ne suis pas très attaché à notre maison, qui est un peu exiguë, je te l'accorde, mais elle est confortable et elle ne nous coûte quasiment rien. Si tu as envie de changer de cadre de vie, pourquoi pas, toutefois la bastide Nogaro ne serait pas un choix très judicieux.

— Je ne l'ai pas choisie, Paul, elle m'est tombée du ciel. Or, même si ça t'étonne, on se sent incroyablement bien là-bas. Quand j'allais voir Ariane, j'éprouvais déjà cette impression de sérénité, de plénitude.

— Tu veux rire ? Je me souviens de certains dîners chez elle tout à fait…

Il hésita sur le mot. « Sinistres » ? Pas vraiment. Il y avait l'étrange personnalité d'Ariane, la vaisselle dépareillée, les bougies dans les hauts chandeliers qui créaient une atmosphère surannée, un peu irréelle mais pas désagréable. Il n'avait jamais pris le temps de détailler l'intérieur de la maison, toujours plongée dans la pénombre, néanmoins il appréciait ses abords, le chemin à travers la pinède et l'arrivée magique dans la clairière. Un endroit peut-être séduisant mais carrément inhabitable.

— Chérie, dit-il en tendant la main vers Anne, qu'est-ce qui te prend ?

— Je me laisse aller à rêver, admit-elle avec amertume comme s'il l'obligeait à renoncer à toutes ses illusions.

— Mais ce serait quoi, ton rêve ? Nous mettre un boulet pareil au pied ?

— Écoute, Paul, je n'ai jamais rien eu qui soit totalement… à moi. Avec les parents, nous avons toujours vécu un peu entassés les uns sur les autres puisque nous étions six, dans des logements de fonction sans âme où nous n'étions pas vraiment chez nous et qu'on ne se donnait pas la peine d'arranger. Je n'y ai pas été malheureuse, loin de là, mais je fantasmais sur toutes les grandes maisons que je voyais. À quinze ans, je m'offrais de temps en temps une de ces revues hors de prix, sur papier glacé, qui présentent des demeures extraordinaires. Pendant mes études, à Pau, j'ai vécu dans un minuscule studio et j'ai oublié mes rêves. Toi et moi, quand nous avons fait construire, on a géré selon nos moyens de l'époque, tu lançais juste la clinique vétérinaire et on attendait Léo, on n'allait pas faire les fous. Mais aujourd'hui, tout va bien, ça ronronne, et s'offrir enfin une aventure me tenterait assez. L'occasion fait le larron car je n'attendais pas la bastide, je ne l'espérais pas. En réalité, je n'y pensais même pas puisque la logique voulait que papa hérite et s'en débarrasse aussitôt. Mais les choses se sont passées différemment, et je vois une porte s'ouvrir sur un tout autre horizon. Alors, oui, je rêve de nouveau. Si je ne te l'avoue pas à toi, à qui d'autre puis-je en parler ? Tu sais bien que dans ma famille ils me traiteraient de folle. Toi aussi ?

— Non. Tant que tu es bien consciente qu'il s'agit d'un rêve impossible à réaliser.

— Pourquoi ? La bastide m'appartient, c'est concret.

Il fit l'effort de ne pas répondre car il se sentait à présent de mauvaise humeur. Sa vie lui convenait, il ne souhaitait pas la bouleverser, néanmoins il avait bien compris qu'Anne n'était pas satisfaite. Elle avouait ne pas tellement se plaire chez eux et, jusque-là, il ne s'en était pas douté. Même en connaissant sa fantaisie, son besoin de s'évader hors des sentiers battus et son goût pour l'aventure, il ne comprenait pas qu'elle veuille faire quelque chose d'aussi extravagant.

— Ce qui est concret aussi, finit-il par dire, ce sont toutes les charges inhérentes à une maison de cette taille. Je n'ai pas envie de me remettre des dettes sur le dos.

— Tu n'as que trente-huit ans, Paul ! Est-ce que tu es parti pour ne rien tenter de nouveau jusqu'à ta retraite ? On va vieillir et mourir ici ?

Au lieu de répondre à sa question, il choisit un autre angle d'attaque pour la dissuader de son absurde projet :

— Te souviens-tu que ton père, à l'âge qu'a Léo aujourd'hui, s'est ennuyé à mourir dans cette bastide ?

— Mais ça n'a rien à voir ! Léo possède un ordinateur et tous les moyens de communication imaginables. Léo aura un scooter dès qu'il le pourra, où qu'on habite. Et je te rappelle que Léo adore nager et surfer, or il pourrait aller à la plage à vélo. En plus, il aime la nature, les grands espaces, et il aurait la place de recevoir tous ses copains le week-end. Alors, n'agite pas le prétexte de Léo comme un épouvantail, dis plutôt que tu refuses de bouger. Pourtant, tu n'aurais pas beaucoup de route à faire pour gagner ta clinique, c'est à moins de vingt kilomètres.

— Quatre fois par jour, ça fait beaucoup !

Il luttait pied à pied car il la découvrait soudain bien plus déterminée qu'au début de leur discussion.

— Anne, reviens sur terre, la supplia-t-il d'un ton pressant. Tu ne te rends pas compte du gouffre financier que ce serait.

— Et aussi un bon investissement. En vendant ici, on pourrait faire des travaux là-bas. Pas tout à la fois mais petit à petit. À la fin, nous aurions une propriété superbe !

Elle s'emballait, commençait à y croire vraiment. Pour la première fois, Paul se sentait exclu de la vie de sa femme, de ses aspirations, de son avenir, alors qu'ils avaient tout partagé gaiement depuis le jour de leur mariage. Effrayé par une telle divergence entre eux, il eut le tort de se braquer.

— En tout cas, ce sera sans moi, articula-t-il.

Il s'aperçut trop tard que ce qu'il venait de dire n'était pas seulement un refus, que ça ressemblait carrément à du chantage. Anne jeta sa tartine de rillettes entamée sur le plateau, se leva et sortit sans un mot. Navré, il regarda la porte se refermer – elle ne l'avait même pas claquée – et comprit que la question restait en suspens. Ils n'avaient pas réglé le problème, pas fini de s'affronter.

Prenant le verre de tursan, il le vida d'un trait. Lui toujours si calme, si modéré, pourquoi avait-il lâché ce définitif : « sans moi » ?

— Parce que je ne veux pas y aller, marmonna-t-il entre ses dents.

Il aurait même voulu ne plus jamais en entendre parler mais, connaissant Anne, il ne se faisait pas d'illusions. Jusqu'ici, ils avaient mené une existence très sage, très conventionnelle, et sans doute s'était-elle forcée pour rester dans cette voie. Elle s'était plus ou moins conformée aux désirs de Paul durant des années, mais aujourd'hui l'opportunité de son héritage lui donnait envie de s'évader. Comment allait-il faire pour la convaincre que ce qu'elle prenait pour une « aventure » était en réalité une énorme bêtise ? Et s'il n'y parvenait pas, que se passerait-il ? Qu'avait-il d'autre à lui proposer ? Quel moyen terme les mettrait d'accord tous les deux ?

S'asseyant au bord du lit, il prêta l'oreille mais la maison était silencieuse. Anne travaillait-elle sur ses dossiers comptables pour ne pas avoir à revenir se coucher près de lui ? Il avait remarqué qu'elle mettait les bouchées doubles, filant dès l'aube devant son ordinateur à peine son café bu, et qu'ainsi elle pouvait passer tous ses après-midi chez Ariane. Enfin, *chez elle* désormais.

Il se leva, enfila son caleçon. Bouder ne servait à rien, reprendre la discussion non plus. Du moins, pas tout de suite. Il alla jusqu'à la fenêtre, mit ses mains en œillères pour regarder dehors. Un carré de lumière se découpait sur la petite pelouse, en provenance du séjour. À part ça, bien sûr, il ne se passait strictement rien dehors, la vie nocturne de Castets n'existait pas.

Avec un soupir résigné, il gagna la porte, l'ouvrit doucement. Anne n'était pas assise devant son PC en train de faire des comptes, elle était agenouillée sous son bureau, occupée à caresser la tête de Goliath.

— Il en a, de la chance…

Anne se retourna et lui sourit.

— Je lui promets monts et merveilles, dit-elle d'un ton énigmatique.

Paul resta figé, se demandant s'il s'agissait d'une phrase anodine ou bien d'un défi.

4

Anne entendit claquer une fenêtre qu'elle se dépêcha d'aller fermer. À trop vouloir aérer, elle créait des courants d'air qui soulevaient la poussière à travers toutes les pièces. Comment Ariane avait-elle donc fait pour se passer de femme de ménage et conserver une maison de cette taille à peu près en ordre ? Avec les rhumatismes, l'essoufflement et toutes les misères de l'âge, elle s'était échinée jusqu'à ce que son cœur lâche.

Retournant s'asseoir derrière le bureau de chêne blond au plateau balafré par des rayures de stylo à bille, Anne ferma l'album photos. Elle connaissait ces clichés, savait nommer des gens qu'elle n'avait pas connus mais qu'Ariane lui avait souvent désignés comme un grand-oncle ou une lointaine cousine, racontant avec force détails ces vies disparues et tissant ainsi pour Anne toute l'histoire de sa famille.

Elle remit l'album sur la pile et ouvrit un premier tiroir qui contenait des factures. EDF, téléphone, eau, assurance, tout était rangé par catégorie, avec la date de paiement et le numéro du chèque. Dans le second tiroir,

Anne trouva des papiers de banque et l'acte d'achat de la maison. Sur la page de garde, en provenance de l'étude de Pierre Laborde, Ariane avait inscrit, de son écriture ample : « Et voilà ! » Souriant devant tant de ténacité, Anne poursuivit son inspection et trouva un dossier consacré aux impôts, un autre aux placements d'épargne.

Apporter tout ça chez le notaire…

Le tiroir central contenait plusieurs paquets de lettres attachés par des rubans de différentes couleurs, ainsi qu'un gros cahier de moleskine rouge, d'un genre qu'on ne trouvait plus dans le commerce. Alors qu'Anne s'apprêtait à l'ouvrir, elle entendit la voix de Léo qui l'appelait dehors :

— Maman, maman ! Lily vient d'arriver !

Lily ? Que faisait donc sa sœur ici, elle qui avait refusé d'y mettre les pieds du temps d'Ariane ? Elle s'approcha de la fenêtre, jeta un coup d'œil en bas. Le cabriolet Mégane de Lily était en effet garé devant le perron, et sa sœur discutait avec Léo qui tenait Goliath par son collier. Navrée d'être interrompue, Anne remit ses recherches à plus tard et descendit les rejoindre. Le temps était magnifique, quasiment une journée d'été avant l'heure, et un soleil étincelant écrasait la clairière d'une lumière aveuglante.

— Tu serais mieux à la plage, disait Lily à Léo.

Il avait choisi de venir passer son samedi à la bastide pour aider sa mère. En réalité, depuis des heures il se promenait dans les environs avec le chien, ravi d'être là.

— L'eau est encore trop froide ! affirma-t-il gaiement.

Puis il repartit en courant vers la forêt, suivi de Goliath.

— Tu n'as pas peur de le laisser s'éloigner ? demanda Lily.

— Ce n'est plus un bébé, et le chien veille sur lui.

Lily haussa les sourcils, la mine dubitative.

— Paul a beaucoup de travail le samedi et il rentre tard, précisa Anne. Léo n'avait pas envie de rester seul à la maison.

— Veinarde ! Mes filles ne veulent jamais aller se promener avec nous le week-end. C'est soit la télé, soit les copains, à la rigueur du shopping et on finit au Mac Do…

Tout en parlant, Lily considérait la maison avec intérêt.

— Eh bien, dis-moi, en voilà une jolie caserne ! Remarque, ça a de la gueule quand on arrive. Tu vas sûrement trouver un cinglé pour te l'acheter.

Elle reporta son attention sur sa sœur qu'elle dévisagea.

— En tout cas, félicitations pour ton héritage. Papa est un peu… amer, mais il essaie de le cacher.

— Ah bon ?

— Inutile d'en discuter avec lui, il te fera bonne figure, seulement je crois qu'il aurait apprécié de pouvoir mettre un peu de beurre dans ses épinards.

— Il t'a fait des confidences ?

— Non, déduction personnelle.

Anne essaya de ne pas sourire. Leur père n'était pas mesquin, et sans doute nullement « amer », mais en revanche, Lily était verte de jalousie et avait du mal à le cacher.

— Tu m'offres à boire dans ta demeure ? ironisa-t-elle.

— Bien sûr. J'ai du café, ou bien le coca de Léo.

Elles se dirigeaient vers le perron lorsqu'une autre voiture apparut dans la clairière.

— Tu attends du monde ?

— Non, soupira Anne.

Elle venait de reconnaître la Mercedes d'Hugues Cazeneuve, qu'elle n'avait jamais rappelé.

— Il est canon, ton visiteur, constata Lily à voix basse.

Vêtu d'un jean, d'un blazer et d'une chemise blanche, Hugues tenait un bouquet de roses à la main.

— Content de vous trouver ! lança-t-il à Anne. Nous n'avions pas rendez-vous, j'ai de la chance. Sinon, j'aurais laissé les fleurs devant la porte avec ma carte. Vous ne m'avez pas fait signe, mais je suis repassé une fois pour jeter un nouveau coup d'œil, et franchement…

Il lui tendit les roses avant d'ajouter, avec un irrésistible sourire :

— J'ai un client. Un client sérieux.

Anne resta silencieuse quelques instants, hésitant à fournir une réponse, surtout en présence de Lily.

— Hugues Cazeneuve, dit-elle enfin, et voici ma sœur Élisabeth.

— Enchanté. Anne, est-ce que je peux prendre des photos ? J'aurais dû le faire lors de ma première visite mais vous n'aviez pas l'air très décidée. Avez-vous eu le temps de réfléchir ?

— À quoi ? demanda Lily.

Un peu vexée parce que Hugues ne s'adressait qu'à Anne, Lily fit bouffer ses cheveux d'un geste théâtral.

— Votre sœur s'interrogeait sur son désir de vendre, expliqua Hugues sans la regarder davantage.

Lily éclata d'un rire trop sonore et désigna la façade.

— Ce bazar ? C'est ça ou y mettre le feu, non ? Je ne crois pas que ton mari te laissera garder un truc pareil, ma chérie !

— De quoi te mêles-tu ? riposta Anne, exaspérée.

Elle n'avait pas souvent eu l'occasion de voir Lily dans son numéro de charme avec les hommes. Pourtant, en deux phrases, sa sœur avait trouvé le moyen de dire qu'Anne avait un époux, autoritaire de surcroît, ce qui était faux, et qu'elle se comportait de manière puérile. Une façon de se mettre elle-même en avant ?

— Son héritage la rend très susceptible, précisa Lily à l'intention d'Hugues. Vous disiez que vous aviez un client ?

— Désolée, ça ne m'intéresse pas pour l'instant, trancha Anne.

Hugues avait suivi l'échange, et sans doute était-il apte à décrypter la situation car il déclara, très conciliant :

— Rien ne presse, mais j'aimerais au moins lui montrer la propriété en photo.

— Pas pour l'instant, répéta Anne en détachant ses mots.

— Vous boirez bien quelque chose ? proposa Lily comme si elle était chez elle.

Prenant le bouquet des mains d'Hugues, elle se dirigea vers le perron. Dans son dos, Anne et Hugues échangèrent un regard, puis un sourire.

— Plutôt ébouriffante votre grande sœur, chuchota-t-il d'un ton qui se voulait complice.

Anne savait qu'il essayait de gagner ses faveurs parce qu'il avait un client pour la bastide et une importante commission d'agence à la clef, néanmoins elle le trouvait sympathique de ne pas entrer dans le jeu de Lily.

Ils se rejoignirent tous trois à la cuisine où ils burent de grands verres d'eau en attendant que le café soit prêt. Lily devait brûler d'envie de demander quel prix le mystérieux client était prêt à mettre, mais elle parvint à s'abstenir car Léo venait de faire irruption, Goliath sur ses talons.

— Trop génial ! s'exclama-t-il. Dans les bois, on entend le bruit de l'océan, c'est fou non ?

— À vol d'oiseau, nous sommes tout près, rappela Hugues.

Il en profita pour se lever et serrer la main du garçon, précisant qu'il était agent immobilier. Léo regarda sa mère d'un air interrogateur, puis il alla prendre une canette de coca dans le réfrigérateur et sortit.

— Ton fils aime la nature, soupira Lily, tu as décidément tous les bonheurs…

Anne ne se donna pas la peine de répondre. Elle avait espéré que Léo apprécierait sa journée, et apparemment c'était le cas. Il connaissait déjà la bastide mais, lorsqu'il y était venu avec Anne pour rendre visite à sa grand-tante, il s'était comporté en enfant sage et n'avait pas couru partout. Là, il était libre de faire ce qu'il voulait, d'explorer la pinède, de fureter dans les recoins de la maison, de s'amuser avec Goliath, lui qui adorait les chiens. Néanmoins, Anne ne voulait pas lui donner de faux espoirs en annonçant qu'elle envisageait de conserver ce formidable terrain de jeu. La discussion avec Paul n'était pas close, et à aucun prix Léo n'y serait mêlé.

— Monsieur Cazeneuve..., commença-t-elle d'un ton ferme.

— Appelez-moi Hugues, je vous en prie.

— Je n'ai encore rien décidé et je ne veux pas qu'on me bouscule. Si vous vous êtes dérangé pour rien, j'en suis navrée.

— Ne vous inquiétez pas de ça. Tant que vous n'avez pas fait un choix définitif, l'affaire reste possible, n'est-ce pas ? Mais quand vous serez sûre de vous, ne faites pas appel à quelqu'un d'autre, gardez-moi la priorité, c'est tout ce que je vous demande.

Il la scrutait avec une insistance un peu embarrassante, et Anne soutint son regard jusqu'à ce qu'il baisse les yeux.

— De toute façon, dit-elle d'un ton plus conciliant, il faut d'abord que les formalités de la succession soient réglées, et aussi que je vide la maison. Elle est pleine de souvenirs, de choses personnelles...

— Tu n'as qu'à tout balancer dans une benne, suggéra Lily.

— Ou bien contacter des brocanteurs, temporisa Hugues. J'en connais de sérieux qui ne vous arnaqueront pas trop. La formule d'un commissaire-priseur n'est pas mauvaise non plus. Je vous donnerai des adresses si vous voulez.

Il se leva, alors qu'Anne aurait bien parié qu'il ferait tout pour s'attarder.

— Merci pour le café, et n'hésitez pas à me téléphoner.

Avant de partir, il gratifia enfin Lily d'un sourire poli. Celle-ci attendit d'entendre démarrer la Mercedes pour se mettre à rire.

— Eh bien, dis-moi, il en fait des tonnes, le monsieur ! Je ne sais pas si c'est pour la maison ou pour tes beaux yeux mais tu ne vas pas t'en débarrasser facilement…

— La propriété l'intéresse, elle est sans doute plus vendable qu'on ne l'imaginait.

— Alors, profites-en, ne fais pas l'idiote. Tu as un bol incroyable avec cet héritage, prends l'argent au lieu de chercher les ennuis. Vous avez un contrat de mariage, Paul et toi ?

— Séparation de biens. Nous l'avions choisie pour que je ne sois pas solidaire des dettes de Paul si jamais la clinique vétérinaire ne démarrait pas.

— Aujourd'hui, ça va te servir puisque te voilà riche, mais jusqu'ici tu t'étais mise en danger, ma chérie. En cas de divorce, tu n'aurais pas eu un sou.

— On n'a jamais pensé à divorcer, Lily !

— Tu n'en sais rien. Personne n'en sait rien. Dans un couple, tout peut basculer d'un jour à l'autre. Il suffit d'un désaccord, d'une rencontre, de n'importe quoi.

— Est-ce que ça va avec Éric ? s'inquiéta Anne.

— Oui, oui, pour l'instant tout va bien, mais enfin, il y a l'usure du temps, le quotidien… Parfois, je t'avoue que je rêve d'autre chose.

— Quoi par exemple ?

— Une belle aventure tant que je ne suis pas trop moche ni trop vieille. Un nouveau départ, une deuxième chance, un truc exaltant.

Anne contempla longuement sa sœur avant de lâcher :

— Je crois que tu t'ennuies.

Elle ne voulait pas la questionner de manière trop abrupte mais elle était presque certaine que Lily cherchait à se distraire loin d'Éric, mettant sa famille en péril par désœuvrement.

— Ne fais pas ta mijaurée, Anne. La tentation, ça existe.

Maintenant qu'Hugues était parti et qu'elle ne se trouvait plus en représentation, Lily avait soudain l'air morose. Le soleil qui entrait à flots dans la cuisine durcissait ses traits, la faisant paraître plus vieille que ses quarante ans.

— Je vais rentrer, décida-t-elle.

Anne la raccompagna jusqu'à son coupé et l'embrassa plus affectueusement que de coutume.

— Sois prudente sur la route.

— Ne t'inquiète pas. Tu feras la bise à Léo de ma part.

Elle s'installa au volant, baissa le pare-soleil, mit le contact.

— Anne, tu ne penses pas sérieusement à garder cette maison ?

— Je ne sais pas.

— C'était la chimère d'Ariane, pas la tienne. Sois un peu raisonnable pour une fois !

Elle démarra en faisant voler du sable, laissant Anne interloquée. *Raisonnable ?* Depuis une bonne douzaine d'années, Anne s'était montrée raisonnable, sensée, rationnelle. Sa réputation d'originale, qui lui collait aux basques, ne reposait que sur des souvenirs déjà anciens. Certes, elle avait été une jeune fille marrante, mais ensuite une femme rangée. Ses fantaisies ne charmaient Paul que dans la mesure où il s'agissait de choses mineures comme des vacances ou de simples propos exubérants. Or elle avait toujours envie, et peut-être aujourd'hui carrément besoin, d'avoir des projets un peu fous, de sortir des sentiers battus du quotidien.

— Lily est partie ? s'enquit Léo en surgissant près d'elle.

— Elle m'a chargée de t'embrasser. Tu t'amuses bien ?

— J'te raconte pas. J'ai trouvé un sentier de randonnée qui doit conduire à la plage sans passer par la route, mais je n'avais pas le temps d'aller jusqu'au bout. Et puis Goliath était inquiet, je crois que ça l'embêtait de te laisser seule.

— Tu lui prêtes des pensées d'humain et ça s'appelle…

— De l'anthropomorphisme, je sais ! Sauf que c'est un chien de garde et qu'il ne savait plus lequel de nous deux garder.

Anne sourit et prit son fils par le cou.

— Tu grandis trop vite, chéri.

— Croissance normale, m'man. Charles et moi, on fait exactement la même taille, on se mesure tous les lundis au bahut ! À propos, est-ce qu'il pourra venir ici avec nous samedi prochain ?

Ses yeux brillaient d'excitation à l'idée de montrer la bastide à son meilleur copain.

— On s'amuserait mille fois mieux qu'à la maison ! ajouta-t-il avec entrain.

— D'accord, mais vous m'aiderez à porter des cartons. Il faut vraiment que je trie tout ce bazar.

— Ça va te prendre beaucoup de temps, prédit-il d'un air réjoui.

Être ici semblait lui plaire pour de bon. Attrait de la nouveauté ? Besoin de grands espaces avec l'arrivée du printemps ? Il était comme tous les adolescents, ce qui le séduisait aujourd'hui pouvait l'ennuyer demain.

— Tu es obligée de vendre ? demanda-t-il brusquement.

Même si elle ne voulait pas le mêler à cette histoire, il était assez grand pour écouter et tirer ses déductions. Qu'avait-il surpris des conversations de ses parents, des autres membres de la famille ?

— Nous en discutons, ton père et moi, répondit-elle prudemment. Et d'ailleurs, il est tard, on va rentrer chez nous. Tu m'aides à fermer les fenêtres ?

Elle avait remarqué que, pour l'interroger, Léo avait utilisé le singulier : « *Tu* es obligée de vendre ? » Il n'incluait pas son père, il savait que la décision n'appartenait qu'à elle. Quoi qu'elle fasse, elle serait seule responsable.

⁂

Assis sur le coin de son bureau, Paul relisait distraitement le programme des interventions prévues la semaine suivante. Julien et lui se réservaient une matinée hebdomadaire pour opérer, ce qu'ils faisaient toujours ensemble, l'un assistant l'autre. Paul avait la main très sûre et Julien un excellent diagnostic : ils se complétaient sans chercher à rivaliser. Et si Paul investissait volontiers dans du matériel de pointe, recevant les représentants des fabricants, pour sa part Julien testait avec intérêt les nouveaux médicaments des laboratoires.

Entre leurs deux cabinets se trouvait une petite pièce où était stocké tout ce dont ils pouvaient avoir besoin durant leurs consultations, et à l'autre bout du bâtiment la salle d'opération jouxtait une salle de réveil garnie de cages de différentes tailles. Chaque année, pendant la fermeture annuelle, toute la clinique avait droit à une nouvelle couche de peinture pour conserver son aspect impeccable, très apprécié par la clientèle.

— Je trouve que c'est un meilleur antibiotique de couverture, expliquait Julien en agitant une brochure, parce qu'il est aussi efficace que les autres mais bien mieux toléré.

Paul hocha la tête distraitement, donnant l'impression de n'avoir rien écouté.

— Paul ? Où es-tu parti, mon vieux ?

— Désolé. Laisse-moi la doc, je la lirai chez moi ce soir.

— Est-ce que tout va bien ?

— Oui…

— Quelle conviction ! Voilà un oui qui signifie non.

Au fil du temps, une véritable amitié s'était nouée entre eux, ils n'étaient plus seulement des confrères ou des associés, et Paul répondit franchement.

— Pour ne rien te cacher, je pensais à Anne. Nous sommes en désaccord complet au sujet de cette maison.

— Celle de la tante Ariane ?

Ils entendirent claquer la porte de la salle d'attente, puis l'assistante passa devant la fenêtre en leur adressant un signe de la main. La journée avait été longue, comme tous les samedis, et la brave femme devait avoir hâte de rentrer chez elle.

— Bon week-end, Brigitte ! crièrent-ils à l'unisson.

Puis Paul descendit de son bureau et se mit à faire les cent pas.

— Je trouve insensé qu'Anne puisse songer, ne serait-ce qu'une seconde, à l'habiter. Elle a pourtant suivi ton conseil en contactant des agences et, après estimation, il semble qu'elle pourrait en tirer un bon prix. Mais entre-temps, elle s'est mis en tête d'y vivre ! Depuis, on se dispute.

— Comme sujet de querelle, fit remarquer Julien, c'est moins grave qu'un amant.

Paul réussit à ébaucher un pâle sourire en murmurant :

— Bien sûr…

— Et ne perds pas de vue que ce qui t'a séduit chez Anne, c'est sa personnalité un peu fantasque. Souviens-toi, elle semblait prête à toutes les folies, or vous n'en avez jamais fait. Si aujourd'hui elle a envie de se lâcher, pour une fois va dans son sens.

— Tu me vois m'installer dans cette bâtisse à l'abandon, ce palais des courants d'air ?

— À ce point-là ?

— Tu n'imagines pas. Passe voir Anne là-bas, tu te rendras mieux compte. Elle y est tous les après-midi.

— J'irai, promit Julien très sérieusement.

Il n'oubliait pas la manière dont Paul l'avait soutenu lors de son divorce et il s'inquiétait de le voir si préoccupé depuis quelques jours.

— Mais en attendant, n'en fais pas une question de principe, une affaire personnelle. C'est vraiment important, le toit qu'on a au-dessus de la tête ? Vous venez de faire un héritage, vous avez de la chance, considérez ça comme une opportunité au lieu de vous engueuler.

— Une opportunité dont je me serais bien passé, marmonna Paul. Si Anne espérait ce genre de « chance » pour pouvoir changer de vie, ça signifie que la sienne ne lui convenait pas et ça me consterne de le découvrir aujourd'hui.

— Je crois que les choses sont un peu plus compliquées, Paul. En fait, tu es agacé de ne plus être le seul à pouvoir faire le bonheur de ta femme. Un élément extérieur est venu la réveiller, la galvaniser, et tu ne veux pas le partager avec elle ni t'en réjouir parce qu'il ne vient pas de toi.

Paul resta silencieux un moment, puis il eut une petite moue désabusée.

— Ce ne serait donc que jalousie ou égoïsme de ma part ?

— Peut-être. Essaye d'y penser.

Ils ôtèrent leurs blouses en même temps, puis Paul bascula la ligne de la clinique sur son portable.

— J'espère que tu n'auras pas trop d'urgences, lui souhaita Julien. Dimanche dernier, j'ai eu droit à une crise d'épilepsie, une leptospirose, une gastro et une fracture !

Après avoir verrouillé toutes les ouvertures, ils allèrent récupérer leurs voitures garées derrière la clinique.

— J'ai bien envie de m'acheter une moto, déclara Julien en considérant sa vieille Golf d'un œil morne. Maintenant que je n'ai plus charge d'âmes, rien ne m'empêche de m'amuser un peu.

— Mais quand tes jumeaux viendront pour les vacances ?

— Je garde la bagnole, je prendrai la moto en plus ! Le seul avantage du divorce, c'est la liberté retrouvée.

Paul estima qu'il ne le disait pas très gaiement. La famille avait de l'importance pour Julien, et durant des années il avait cru avoir fondé la sienne. Mal remis de ce divorce dont il prononçait le mot avec répugnance, il cherchait des compensations.

— À lundi, vieux, marmonna Paul.

En s'installant au volant, il se demanda si son propre couple n'était pas en danger. Le désaccord au sujet de la bastide pouvait sûrement se régler sans trop de dégâts, à condition que chacun fasse un effort. Anne y consentirait-elle ? Et pour sa part, qu'était-il prêt à concéder ? Et celui qui céderait en garderait-il rancune à l'autre dans l'avenir ?

« Si Anne vend la bastide sous la contrainte, elle m'en voudra. Mais si je vais y vivre, je serai de mauvaise humeur tous les soirs… »

La tante Ariane n'avait sûrement pas imaginé qu'en faisant d'Anne son héritière elle allait semer la pagaille. À moins qu'elle ne l'ait prévu, au contraire ? C'était une femme intelligente, pas du tout cinglée comme le prétendaient la plupart des gens de sa famille. Avait-elle cru qu'Anne se précipiterait pour reprendre le flambeau, entraînant Paul avec elle ?

« Mais je m'en fous, moi, de cette baraque ! Je n'y ai pas de souvenirs, je n'y suis pas attaché, et je refuse de m'embarquer dans une galère pareille. »

Bon, Julien avait peut-être raison quand il suggérait une forme d'égoïsme. Ou de jalousie, car, en effet, Paul s'était cru jusqu'ici le seul artisan du bonheur d'Anne. Sauf qu'une simple maison ne faisait pas non plus le bonheur.

Fatigué de retourner ces idées dans sa tête, Paul décida de s'arrêter à la boulangerie pour acheter un gâteau. Anne et Léo seraient sans doute affamés après leur journée, et dans l'immédiat l'important était de passer une bonne soirée en famille. Sans parler, si possible, de la bastide Nogaro.

⁂

Consternée, Suki tournait autour de la camionnette.

— Si j'étais vous, déclara le garagiste, je ne ferais pas la réparation, ça ne vaut pas le coup. Il y en aura pour plus cher que la valeur de l'argus !

— Je ne peux pas en racheter une neuve maintenant, répéta-t-elle.

— Pourquoi pas d'occasion ? J'ai exactement ce qu'il vous faut…

Il l'entraîna vers une série de véhicules utilitaires qui portaient tous un écriteau.

— Regardez ce Trafic Renault, il serait parfait pour vous ! Petit kilométrage, bons pneus, et je vous fais une garantie de trois mois. Qu'en dites-vous ?

La jeune femme lut le prix avant de secouer la tête, déçue.

— Prenez un crédit, insista le garagiste.

Suki n'était pas certaine que la banque accepte de leur accorder un crédit supplémentaire. Et la perspective de s'endetter davantage l'effrayait. Néanmoins, elle ne pouvait pas se passer d'une camionnette pour les livraisons. La voiture de Valère était bien trop petite, aucune plante de grande taille n'y tiendrait, et de toute façon, il en avait besoin.

— Bon, je vais y réfléchir, soupira-t-elle.

— Décidez-vous vite, ce Trafic ne fera pas long feu ici, il va trouver preneur. À ce prix-là, c'est vraiment une affaire.

Même si elle n'était pas dupe, Suki n'avait pas envie de discuter. Il serait toujours temps de marchander lorsqu'elle aurait trouvé comment financer l'achat.

En quittant le garage, elle choisit de rentrer à pied. Marcher l'aiderait à mettre un peu d'ordre dans les pensées confuses qui la tourmentaient. L'argent devenait son obsession et elle détestait ça. Pourquoi ne pouvait-elle pas uniquement se pencher sur la composition d'un bouquet délicat ? Il y avait trop de factures, de charges et d'échéances, assorties d'une épouvantable paperasserie qui lui faisait perdre un temps fou et la ramenait toujours à ses problèmes matériels. Lorsqu'elle avait ouvert son magasin, Valère l'avait poussée à ne pas lésiner, optant pour un grand local situé dans l'une des rues les plus commerçantes du centre. En conséquence, elle payait un loyer élevé qui absorbait une grande partie de ses bénéfices. Avaient-ils eu trop d'ambition ? Aurait-elle mieux fait de démarrer plus modestement ? Sans Valère, sa prudence naturelle l'aurait portée vers un autre choix, mais il n'était plus temps de le regretter, elle devait avancer, faire face, et bien sûr elle allait prendre rendez-vous avec son conseiller, à la banque. De nouveau, elle serait contrainte de surmonter sa timidité pour argumenter et quémander, même si elle détestait ça.

« Pour me sentir moins démunie devant toutes ces histoires de fric, je finirai par demander à Anne des cours de comptabilité ! »

Évoquer Anne la mit aussitôt mal à l'aise. À plusieurs reprises, Valère avait reparlé de l'héritage de sa sœur, parfois avec amusement, parfois avec un peu d'aigreur.

« Pas question de lui emprunter un seul euro. Les banques sont faites pour les prêts, pas la famille. Si Valère va lui raconter nos soucis, elle se croira obligée de nous aider, on la mettra dans une situation impossible. S'il faut absolument solliciter un proche, je préférerais me tourner vers Éric… Non, pas Éric, Lily le prendrait mal. »

Découragée, Suki pressa le pas sans s'intéresser à toutes les vitrines qu'elle longeait. Elle savait se restreindre, se montrer économe, en revanche Valère n'y arrivait pas. Un nouvel objectif, un beau pull, une soirée au restaurant : il ne résistait à rien.

Songer à son mari la fit sourire et elle baissa la tête pour qu'aucun des passants qu'elle croisait ne la remarque ou n'aille s'imaginer qu'elle se moquait. Le respect des autres faisait partie des valeurs inculquées dans son enfance par une famille très attachée aux traditions, et une vingtaine d'années passées en France n'y avaient rien changé.

« On va y arriver, c'est juste un cap à passer, l'affaire de quelques mois. Rien n'est grave quand on s'aime. »

Elle essayait de se rassurer sans y parvenir. Les soucis d'argent pourraient peut-être se régler, mais son autre obsession, qui était d'avoir un bébé, ne la laissait pas en paix. Le matin même, elle avait encore essuyé une déception en trouvant dans son courrier de mauvais résultats d'analyses. Le médecin qui la suivait, joint aussitôt par téléphone, ne s'était pas montré très optimiste, pourtant elle ne voulait pas se laisser décourager. Le jour où elle attendrait enfin un enfant, tous ses autres problèmes deviendraient insignifiants.

Arrivant en vue de son magasin, elle s'aperçut qu'elle s'était mise à courir. Pour fuir la réalité ? Elle ralentit, reprit son souffle, releva la tête. La devanture était magnifique et donnait envie d'entrer. À travers la vitre, elle vit Valère qui emballait des lys blancs pour un client. Il était venu tenir la boutique pendant qu'elle se traînait chez le garagiste dans un nuage de fumée. Tandis qu'il encaissait le prix des fleurs, il la découvrit à son tour sur le trottoir et son visage s'illumina. Elle n'avait pas de bonnes nouvelles à lui annoncer mais elle lui rendit son sourire avant de pousser la porte.

⁂

Anne ouvrit les yeux, les referma aussitôt, éblouie, puis s'étira en changeant de place. Le rayon de soleil qui s'étendait jusqu'à son oreiller et chauffait sa joue avait dû la réveiller. Devant la fenêtre, sur une branche du rosier grimpant, deux fleurs s'épanouissaient dans la lumière du matin.

« Merci mon Dieu pour vos menues bontés… »

Une phrase que sa tante Ariane disait souvent, en riant, pour souligner les petits bonheurs de la vie. Durant quelques instants, Anne continua de détailler les roses, grosses comme des choux, puis elle se tourna vers Paul qui dormait toujours. La veille, ils avaient passé une bonne soirée, réussissant de justesse à éviter le sujet de la bastide. Paul avait préparé un délicieux poulet à l'estragon, et Léo, en verve, les avait fait rire avec des anecdotes de sa pension. Lui aussi s'était abstenu d'évoquer la maison d'Ariane, ne glissant qu'une toute petite phrase sur sa « journée formidable » là-bas. Plus tard dans la nuit, Anne et Paul avaient fait l'amour, en silence parce que Léo se trouvait dans sa chambre, juste à côté d'eux, et ils s'étaient endormis serrés l'un contre l'autre.

Elle passa les doigts dans ses cheveux courts pour les remettre en ordre car elle avait toujours l'air d'un hérisson le matin. Son mouvement réveilla Paul qui marmonna un : « bonjour » à peine compréhensible. À son tour, il aperçut les roses contre la vitre et il les considéra avec une expression ravie. C'était Suki son fournisseur attitré, mais lui qui plantait, taillait, palissait.

— Je prépare le petit déjeuner ? proposa-t-il.

— Non, j'y vais, je n'ai plus sommeil.

— Moi non plus !

Ils se levèrent ensemble, enfilèrent leurs peignoirs et descendirent sans bruit à la cuisine. En principe, Léo était capable de dormir jusqu'à midi, comme tous les dimanches.

Anne remarqua que Paul s'affairait avec plus de nervosité que d'habitude, brutalisant le grille-pain et heurtant les bols.

— J'aimerais bien savoir où tu en es avec cette maison, finit-il par lâcher. As-tu décidé quelque chose ?

La seule réponse qu'il souhaitait entendre était celle qu'elle ne pouvait pas lui donner. Et sans doute n'allait-il pas se satisfaire d'une remise à plus tard. Dire qu'elle n'en savait rien serait d'ailleurs un mensonge parce que au fond d'elle-même, sa résolution était prise.

— J'ai une folle envie que nous habitions là-bas, déclara-t-elle très vite, en évitant de le regarder. Ou au moins, qu'on fasse un essai pendant l'été. Ce serait le meilleur moyen de découvrir si on s'y plaît.

— S'y plaire ? répéta-t-il d'un ton railleur.

— On pourrait considérer ça comme des vacances, avec l'océan à deux pas et toute la place pour s'ébattre ou pour recevoir des amis.

— D'abord, je te rappelle que mes vacances ne durent pas tout l'été, ensuite je refuse de passer le peu de vacances que j'ai chez Ariane !

— C'est chez nous, désormais.

— Chez toi. Désolé, je ne me sens pas concerné.

— Dommage, parce que ça me tient à cœur.

— Eh bien, vas-y ! explosa-t-il. Puisque tu en as une *folle* envie, va donc t'installer dans cette baraque à l'abandon, on se téléphonera pour se donner des nouvelles !

— Paul… Pourquoi es-tu si buté ? Je te propose juste un essai de quelques semaines. Après, nous pourrions discuter en connaissance de cause.

— Je ne veux plus en discuter. Je ne veux pas quitter ma maison, je ne veux pas bouleverser ma vie pour un caprice.

— Oui, je sais, tu tiens à ce que rien ne change, jamais. Mais en ce qui me concerne, je suis tentée par autre chose. Ton métier est plus prenant, plus passionnant que le mien. Moi, ici, je tourne un peu en rond.

— Bon sang, Anne, faut-il vraiment que tu remettes tout en question ?

— Pas *tout*, non, seulement notre cadre de vie. Pourquoi t'accroches-tu aux murs de notre petite maison ? Tu ne les as pas bâtis de tes mains !

Paul la dévisagea avant de hausser les épaules. Apparemment, il manquait d'arguments.

— Sacrée tante Ariane, laissa-t-il tomber avec hargne. Elle t'a fait un drôle de cadeau, qui nous pourrit l'existence.

— Quelle mauvaise foi ! Tu vas t'y mettre aussi ? Décidément, la pauvre Ariane ne trouve grâce aux yeux de personne. Tu crois qu'elle aurait mieux fait de laisser ses biens à une association de défense des poissons rouges ? Eh bien moi, je la remercie ! J'ai la chance de voir tomber du ciel une propriété magnifique, je ne comprends pas pourquoi nous n'en profiterions pas.

— Au contraire, je te dis de le faire. Mais je t'ai déjà prévenue, ce sera sans moi.

— Dommage.

Ils se défiaient du regard, dressés l'un contre l'autre, et l'arrivée de Léo les figea.

— Vous criez beaucoup, ce matin, fit remarquer le jeune homme d'une voix hésitante.

Ses yeux allèrent de sa mère à son père, puis il se dirigea vers la cafetière. Son tee-shirt et son bermuda semblaient trop petits pour lui, il avait encore grandi.

— C'est la bastide qui pose problème ? insinua-t-il. Moi, je la trouve…

— Formidable, j'imagine, le coupa Paul d'un ton sec. Ça tombe bien, ta mère va s'y installer pour l'été !

Anne réalisa qu'il la mettait au pied du mur, qu'il lui lançait le défi d'exécuter son projet, et aussitôt elle se braqua, ravalant de justesse une repartie cinglante.

— Ah bon ? s'étonna Léo en ouvrant de grands yeux incrédules.

Dans le silence qui suivit, Anne n'hésita qu'un instant.

— Je prendrai quelques affaires demain matin, et après t'avoir déposé à la pension je filerai là-bas. J'ai encore beaucoup d'ordre à mettre, ce sera plus pratique que toutes ces allées et venues. Goliath sera ravi, il va pouvoir veiller sur moi.

Léo se tourna vers Paul et demanda ingénument :

— Tu n'iras pas y dormir, papa ?

— Trop loin, répondit Paul de façon laconique. J'ai un travail fou à la clinique en ce moment, je finis tard. En plus, Julien doit prendre quelques jours de congé, je vais être tout à fait débordé.

Il cherchait à ménager son fils, et aussi à l'empêcher de se mêler de leur histoire. De nouveau, Léo les regarda à tour de rôle, puis il sortit en claquant violemment la porte.

— Eh bien voilà, on a gagné…, maugréa Paul.

Il paraissait toujours en colère, alors qu'Anne se sentait glacée. Comment avaient-ils pu en arriver là si vite ? Paul, toujours conciliant et mesuré, était subitement devenu intolérant et hostile.

— C'est trop bête, souffla-t-elle.

— Je ne te le fais pas dire ! Et je constate que tu avais déjà prévu de boucler tes valises sans tarder, que je sois d'accord ou pas.

— Je savais que tu ne le serais pas. Mais pourquoi faudrait-il que ce soit toujours toi qui décides, toi qui choisisses ? Je ne te connaissais pas sous ce jour-là.

Elle alla ranger son bol dans le lave-vaisselle et quitta la cuisine, beaucoup plus posément que leur fils. L'attitude de Paul la blessait, la peinait, néanmoins elle éprouvait un surprenant soulagement. Elle allait enfin pouvoir investir les lieux, s'approprier cette maison reçue en héritage. Dès la première visite d'Hugues Cazeneuve, et peut-être même avant, lors de son rendez-vous chez le notaire pour l'ouverture du testament, elle avait pressenti qu'elle rechignerait à vendre la bastide. Quelque chose d'impossible à identifier mais de très fort l'attirait là-bas, et personne ne l'empêcherait d'aller chercher ce que c'était. De toute façon, sa chambre était prête, Ariane y avait veillé, avec les *Contes* de Maupassant sur la table de nuit. Cependant, ce ne serait pas sa première lecture, elle voulait d'abord se plonger dans le gros cahier de moleskine rouge découvert au fond d'un tiroir du bureau.

En prenant un jean et un tee-shirt dans sa penderie, son regard tomba sur les sacs de voyage rangés en bas et elle reçut un choc. S'apprêtait-elle vraiment à s'en aller pour quelques jours ou quelques semaines d'un cœur aussi léger ? Le refus catégorique de Paul aurait dû la bouleverser davantage, la traumatiser ou l'angoisser, et c'était tout juste si elle ne s'habillait pas en sifflotant ! Que lui arrivait-il donc ?

Elle s'obligea à y réfléchir, assise au bord de leur lit. Elle était presque certaine d'aimer Paul autant qu'au premier jour de leur mariage mais, décidément, elle ne digérait pas sa réaction butée. Pourquoi refusait-il de tenter l'expérience ? Par égoïsme ? Parce qu'il croyait détenir la vérité ? Jusqu'ici, la stabilité de leur couple leur avait fait croire qu'ils vivaient en osmose, et voilà qu'ils se découvraient dans deux camps distincts, avec des aspirations et des points de vue radicalement opposés.

« Je ne m'effacerai pas. Pas cette fois ! »

L'avait-elle souvent fait dans le passé ? Ils prenaient les décisions ensemble, du moins l'avait-elle cru, mais en réalité les choix de Paul passaient tout naturellement en premier. L'ouverture de la clinique vétérinaire, les emprunts, la décision d'habiter Castets, les plans et la construction de leur petite maison, le rythme de leur existence : tout était régi par le métier de Paul. Si elle s'en était très bien accommodée depuis des années, aujourd'hui elle estimait que son tour était venu, et personne ne le lui prendrait. Même pas Paul.

5

Un temps exceptionnel avait accompagné les premiers jours d'Anne à la bastide. Aucun nuage à l'horizon, un petit vent marin presque tiède chargé de sel et de l'odeur des pins, des couchers de soleil tardifs qui allongeaient les ombres démesurément : tout concourait à donner une impression estivale.

Mais Anne travaillait beaucoup à l'intérieur de la maison, vidant un par un les placards. Elle mettait de côté les objets qui lui plaisaient et entassait les autres sur la grande table de la salle à manger dont elle avait déplié les rallonges. Pour les meubles, trop lourds à déplacer, elle collait sur certains un papier avec la mention : « À vendre », et donnait un coup de plumeau à ceux qu'elle voulait garder.

Sa chambre s'était révélée aussi agréable qu'Ariane avait dû le souhaiter. Deux des fenêtres, orientées au sud, laissaient entrer des flots de lumière jusqu'au soir, et la troisième, à l'est, offrait le spectacle de l'aurore. Les draps neufs étaient d'une incroyable douceur, une bonne odeur de cire flottait dans l'air. En ouvrant le grand placard, dissimulé dans les boiseries, Anne avait découvert une rangée de cintres en bois côté penderie, et côté lingère des étagères recouvertes de papier fleuri. Sur chacune d'elles, un sachet de lavande embaumait. Là encore, ni poussière ni toiles d'araignée, tout était impeccable, prêt à l'accueillir. Anne s'était donc contentée de monter le transistor à piles de la cuisine, ainsi que le gros panier de Goliath. Même si elle n'était pas peureuse, elle préférait que le chien soit avec elle dans sa chambre car, une fois la nuit venue, elle avait conscience de la taille de cette imposante maison où elle était seule. Si elle imaginait le clair de lune éclairant la bastide posée au milieu de la clairière et cernée par les bois, regarder Goliath dormir la rassurait. En cas de danger, il serait réveillé bien avant elle.

Dès le premier soir, le lundi, elle avait appelé Paul, qui s'était montré plutôt distant. Pourtant, le lendemain, c'était lui qui avait téléphoné à l'heure du déjeuner, radouci et presque chaleureux, néanmoins il n'avait pas proposé de venir la voir. Il finirait par le faire, elle en était certaine. Rester fâchés à vingt kilomètres l'un de l'autre ne rimait à rien. S'il avait envie de sa compagnie, il savait où la trouver, et d'ici là elle refusait tout sentiment de culpabilité.

Le mardi après-midi, elle était allée remplir un caddie au supermarché de Lit-et-Mixe qui se trouvait sur la route des lacs. Puis elle s'était arrêtée chez un garagiste pour négocier l'enlèvement de la très vieille voiture d'Ariane qui n'était même plus cotée à l'argus. En rentrant, elle avait cherché la chaise longue de toile qui se trouvait dans l'office et l'avait installée au coin de la maison, dans un emplacement mi-ombre mi-soleil où elle avait enfin pu commencer la lecture du gros cahier de moleskine rouge.

Ainsi qu'elle l'avait supposé, il s'agissait d'un journal, écrit comme une chronique à la fois très personnelle et très ironique. Ariane y mêlait anecdotes et états d'âme, récits épars et jugements à l'emporte-pièce.

⁂

Mon père avait remarqué que je regardais beaucoup ce jeune homme qui traquait les mauvaises herbes avec sa binette, tentait de faire vivre les palmiers tant désirés par ma mère et arrosait les fleurs que le vent salé desséchait. Pour ne pas avoir à m'en parler directement, papa m'a d'abord offert un exemplaire de L'Amant de lady Chatterley. *Malgré cette lecture édifiante, mes coups d'œil n'ont pas cessé et il a renvoyé le garçon. Toujours ses méthodes expéditives, radicales. Une façon de faire qui l'a ruiné au bout du compte. Ses gemmeurs le détestaient, ça se voyait. Bien sûr, tous les forestiers étaient en conflit avec eux à ce moment-là, mais chez nous, c'était pire qu'ailleurs. Pour en revenir à ce beau jeune homme qui travaillait torse nu dans la chaleur de l'été, ses muscles luisant de sueur au soleil, je constate avec le recul qu'il aura été ma dernière gourmandise. Par la suite, je n'ai regardé les hommes qu'à l'aune de ce qu'ils pouvaient m'apporter. La faillite de mon père a fait de moi une femme vénale. Notre déchéance sociale m'a marquée du sceau de l'infamie, du moins l'ai-je vécu ainsi. La villa de Biarritz était pour moi un placard à balais, je me suis abstenue de le dire mais, dès notre installation là-bas, je n'ai plus eu qu'une seule idée en tête : partir !*

Ai-je regardé Albert lorsqu'il a commencé à me faire la cour ? Il possédait un coupé Cadillac bicolore dernier cri et une somptueuse maison à Bordeaux, sur les allées de Tourny. Mon père a pris des renseignements à son sujet et a été ébloui par la solidité de sa fortune, bâtie dans le négoce. Alors, qu'avais-je besoin de le regarder ? S'il avait été séduisant, j'aurais eu bien davantage de concurrentes et la partie aurait été plus rude. Il avait vingt ans de plus que moi et une barbe ridicule que je lui ai demandé de raser. Sans, il n'était guère mieux, mais bon, je déteste les poils. Pour sa part, Albert m'a adorée telle que j'étais. Il semblait épaté d'avoir une si belle jeune femme à son bras le jour de notre mariage. Et il avait eu la délicatesse, connaissant la gêne de notre famille, d'offrir lui-même ma robe de mariée. Ainsi qu'un diamant de la taille d'un bouchon de carafe, vraiment blanc et pur comme me l'a confirmé le bijoutier à qui je l'ai revendu bien des années plus tard.

Au bout de quelques mois de mariage, j'ai commencé à soupirer après une villégiature. Albert a suggéré le Cap-Ferret mais j'ai fait la moue, rejetant l'idée d'une station balnéaire, en prétendant que Biarritz m'en avait guérie. Et bien sûr, j'ai demandé si l'on ne pourrait pas plutôt racheter ma bastide Nogaro, l'écrin de mon enfance. Albert n'a pas dit non, mais hélas elle n'était pas encore à vendre. Devant ma déception, Albert m'a offert une surprise : une jolie petite chartreuse perdue au milieu des vignobles du

Médoc. À quoi pensent donc les hommes ? Je me suis souvent posé la question sans pouvoir y apporter de réponse. Une chartreuse, grands dieux ! Mais enfin, elle était à mon nom puisqu'il s'agissait d'un cadeau, et nous y avons passé quelques étés.

Bien entendu, il me fallait récompenser et encourager ces largesses. Or, au lit, Albert n'était pas un phénomène. Si j'avais dû découvrir le plaisir avec lui, j'en serais toujours à le chercher. Tandis qu'il s'occupait de son négoce des grands crus, je me suis donné la peine de prendre quelques cours particuliers afin d'avoir une idée plus exacte du sport en chambre. Naturellement, je faisais preuve d'une discrétion exemplaire malgré toutes les difficultés. À l'époque, Bordeaux restait une ville très collet monté dans un certain milieu, ce qui n'empêchait pas les commérages d'aller bon train. Mais Albert ne s'est jamais douté de rien, et d'ailleurs, ces leçons extraconjugales lui profitaient. Il ne m'en aimait que davantage et ne savait que faire pour me combler.

Je n'avais pas le temps de m'ennuyer, nous donnions des réceptions, je retrouvais l'atmosphère de fête de ma jeunesse, et de cela j'étais assez reconnaissante à Albert pour ne pas le priver de joies nocturnes.

Mais la machine s'est enrayée. Comme si nous avions été un couple royal à qui il aurait absolument fallu un héritier, Albert voulait des enfants. Il les espérait de toute son âme, vivait dans l'attente d'une bonne nouvelle qui n'arrivait pas. Supposant que le problème était technique, il s'est alors mis en tête d'inventer des positions acrobatiques pour nos ébats. S'il n'en voyait pas le ridicule, pour ma part j'étais très mortifiée et ce genre de câlin m'est rapidement devenu odieux. Albert insistait, je refusais : rien n'allait plus entre nous. À partir de là, j'ai commencé à envisager l'avenir sous un autre angle. En cas de divorce, je devais me retrouver à l'abri financièrement. Car je n'avais jamais, pas un seul jour depuis notre mariage, perdu de vue mon objectif unique : récupérer ma maison.

⁂

Le téléphone d'Anne se mit à sonner, l'arrachant brutalement à sa lecture.

— Salut ma grande, content de te joindre ! Comment vas-tu ?

La voix de Jérôme surprit Anne qui, après une seconde de silence, se mit à rire.

— Ma parole, tu as pris l'accent anglais. C'est gentil de m'appeler, petit frère. Toujours à Londres ?

— Plus pour longtemps. Je rentre au pays et je vais venir vous voir. Maman m'a appris le décès d'Ariane, et elle s'est répandue sur l'injustice de ton héritage. Ne te laisse pas faire, ma grande, sinon tu auras une bande de vautours accrochée à tes basques !

— Quand seras-tu en France ?

— D'ici deux ou trois semaines. Et tu auras droit à ma première visite, promis ! Il paraît que tu t'es carrément installée dans la bastide ? Je te demanderai peut-être l'hospitalité quelques jours, je n'ai aucune envie de cohabiter avec les parents.

— D'accord, dit-elle d'un ton hésitant.

Elle se réjouissait de la venue de Jérôme qu'elle n'avait pas vu depuis trop longtemps, mais elle appréciait ces moments de solitude passés à la bastide et n'avait pas très envie de compagnie pour l'instant. D'ailleurs, serait-elle encore ici dans quinze jours ? Tout dépendait de Paul.

— Rappelle-moi pour confirmer ton arrivée, il faudra que je te trouve un lit.

— La maison n'est pas meublée ? s'étonna-t-il.

— De bric et de broc. En fait, j'ai pris la seule chambre d'amis habitable. Et comme je ne peux pas t'installer dans celle d'Ariane, je t'en aménagerai une autre.

— Ah, oui, ne me mets pas là où elle est morte, ça m'empêcherait de dormir !

En raccrochant, Anne se sentit vaguement mal à l'aise. Allait-elle rester ici tout l'été ? Si Paul s'obstinait à ne pas vouloir mettre les pieds à la bastide, que ferait-elle ? Quant à Léo, il mourrait probablement d'envie de la rejoindre tous les week-ends pour profiter des balades et de l'océan. En revenant de Lit-et-Mixe, elle avait repéré la piste cyclable qu'il pourrait emprunter avec son copain Charles. À partir du Cap-de-l'Homy tout proche, on avait le choix entre aller vers le nord jusqu'à Contis-Plage, ou bien vers le sud jusqu'à Saint-Girons-Plage. Un programme alléchant pour deux adolescents. Pour eux aussi, elle devait prévoir une chambre.

Elle reprit son téléphone et appela Hugues Cazeneuve, dont elle avait mis le numéro en mémoire, à tout hasard. Il parut ravi de l'entendre, même lorsqu'elle précisa qu'elle ne vendait toujours pas la bastide. Elle avait seulement besoin de contacter un brocanteur sérieux, mais au lieu de lui fournir le renseignement,

Hugues promit de passer dès le lendemain avec un de ses amis.

Sur le point de reprendre la lecture du cahier rouge, Anne fut alertée par un grondement de moteur et des aboiements furieux. À sa grande surprise, elle vit déboucher dans la clairière une imposante moto poursuivie par Goliath. Arrivé près d'elle, le conducteur stoppa sa machine, mit un pied à terre et enleva son casque.

— Je n'ose plus bouger ! lui lança Julien en souriant.

— Sois sage, Goliath, c'est un ami… Eh bien, mon vieux, tu t'es acheté un sacré monstre, non ?

— Kawasaki 750. Je l'avais repérée depuis un moment et j'ai fini par craquer, je me suis offert ce plaisir. Je t'emmène faire un petit tour ?

— Non, ça va rendre le chien fou s'il me voit partir là-dessus. Viens plutôt boire quelque chose.

Elle le conduisit à la cuisine, persuadée que sa visite n'était pas une simple promenade. Paul l'envoyait-il en émissaire de paix ? Elle posa deux canettes de Perrier sur la table et s'assit face à lui.

— C'est une belle maison, dit-il gentiment. Quand on émerge de la forêt, on a un choc.

— Oui, mais comme tu l'as sûrement remarqué, elle aurait besoin de quelques réfections. Elle a été bâtie pour durer des siècles, à condition de l'entretenir, ce qui n'a pas été le cas. Et l'air marin n'arrange rien.

— Tu vas y rester longtemps ?

Il avait formulé sa question sans détour, et il apporterait la réponse à Paul avec la même franchise.

— Tout le monde me demande ça, soupira-t-elle. Ma mère m'a téléphoné, ma sœur… On dirait que j'ai choisi de faire retraite dans une abbaye avant de prendre le voile !

Julien esquissa un sourire et but quelques gorgées, attendant qu'elle s'explique davantage.

— Avec Paul, reprit-elle, je me suis heurtée à un mur. Que les autres réagissent de cette manière ne m'a pas beaucoup étonnée, mais lui… Parce que, après tout, où est le drame ?

— Il pense que tu t'éloignes de lui, que tu ne tiens pas compte de son avis, que tu fais cavalier seul.

— Le moyen d'agir autrement ? Il veut que je vende, moi, je ne veux pas, où se situe le compromis et qui doit céder ?

— Paul estime qu'habiter ici n'est pas réaliste.

— Ni réaliste, ni raisonnable, d'accord. C'est l'aventure, mais j'ai envie de la vivre. Pourquoi n'aurais-je pas le droit de tenter ma chance ? Pourquoi Paul me censurerait-il ? Je ne suis pas féministe, je n'ai jamais rien revendiqué, mais je n'accepte pas la manière dont il a prétendu que ce serait « sans lui ». Nous aurions pu y réfléchir ensemble, en discuter, mais non, il a choisi le refus net et définitif. Je ne suis pas une enfant à qui on interdit quelque chose, Julien.

— Si tu l'as vécu comme ça, tu t'es trompée. Paul t'adore et…

— Je le sais bien ! Sauf que ce n'est pas une question d'amour, il s'agit seulement de respecter les choix de l'autre, ou au moins d'essayer de les comprendre. Maintenant, dis-moi si c'est lui qui t'envoie.

— Oui et non. Il m'a suggéré de passer, c'est vrai. Il voulait que je me rende compte de l'état du « palais des courants d'air » pour mieux prendre sa défense. Évidemment, il y a des travaux en perspective, de ce point de vue-là il a raison, mais en arrivant tout à l'heure j'ai été séduit, je dois l'avouer.

Il reposa sa canette vide et se mit à la triturer distraitement. Anne constata qu'il avait de belles mains, ce qu'elle n'avait pas remarqué jusque-là.

— Vous ne pouvez pas vous déchirer pour une maison, Anne, ce serait trop bête. Quand ça va mal dans un couple, on a envie de tout envoyer promener. Moi aussi, j'ai dit à ma femme : « Va-t'en si tu veux ! » et quand elle est partie pour de bon le plafond m'est tombé sur la tête. On n'imagine pas l'horreur d'une rupture tant qu'on ne l'a pas vécue. Si on s'aime vraiment, se quitter, c'est…

Dans un élan d'affection, Anne posa sa main sur le bras de Julien.

— Nous n'en sommes pas là, Paul et moi, murmura-t-elle.

— Dieu vous préserve. Vous êtes un beau couple, et Léo en souffrirait énormément.

Pensait-il à ses jumeaux, qu'il ne voyait qu'un week-end sur deux ? Il n'était pas remis de son divorce, il n'arrivait pas à tourner la page.

— Tu me fais visiter ? demanda-t-il d'un ton plus gai.

Il était venu pour ça, pour faire un état des lieux dont il rendrait compte à Paul. Celui-ci ne s'était pas donné la peine d'examiner la maison en détail, il la connaissait mal et en gardait le souvenir pénible d'y avoir trouvé Ariane morte.

— Je te préviens, c'est en désordre ! Je trie, je déplace, j'en mets partout.

Elle le précéda à travers les pièces du rez-de-chaussée puis le conduisit au premier. Lorsqu'ils eurent fini d'en faire le tour, il désigna le plafond :

— Et au-dessus ?

— D'un côté une grande pièce déserte qui, à en croire les traces sur le plancher, a sans doute été autrefois une salle de billard. De l'autre, des petites chambres de service. Mais tout est vide, Ariane ne devait jamais y monter.

— Et tu n'as pas la trouille, toute seule ?

— Goliath est mon cerbère, je ne crains rien.

Ils descendirent le large escalier côte à côte. En bas des marches, le chien les attendait, assis, immobile comme une statue.

— Paul va me bombarder de questions, soupira Julien. Que dois-je lui dire ?

— Ce que tu penses, rien d'autre. Ne te crois pas obligé d'arranger nos histoires.

Anne ne souhaitait pas que ce soit Julien qui persuade Paul. S'il devait venir en traînant les pieds, leur conflit ne serait toujours pas réglé.

— Tu es gentil d'être passé, ajouta-t-elle en le raccompagnant à sa moto.

Avant de mettre son casque, il la serra brièvement contre lui.

— Fais attention à toi, Anne.

Elle lui sourit et le regarda enfourcher son engin rutilant. Pourquoi n'avait-il pas trouvé une femme pour le consoler de son divorce ? Il était sympathique, charismatique, il n'avait que trente-huit ans et plaisait sûrement. Songeuse, elle le suivit des yeux tandis qu'il traversait la clairière puis, d'une brusque accélération, disparaissait au milieu des pins. Le vent tiède de l'après-midi était en train de fraîchir, le jour baissait. Anne se retourna et constata que Goliath était couché en bas des marches du perron, réconfortante sentinelle. Elle revint vers la maison à pas lents, replia la chaise longue, ramassa le gros cahier rouge. Elle n'aimait pas beaucoup le crépuscule, l'heure où les oiseaux se taisaient et où la sensation d'isolement était le plus fort. Trop tôt pour appeler Paul qui rentrait tard, en particulier les jours où il était seul à la clinique vétérinaire.

Elle gagna la cuisine, l'endroit qu'elle préférait, avec sa chambre, tant il y avait de désordre partout ailleurs. Espérant que l'ami d'Hugues Cazeneuve pourrait la débarrasser d'une partie de ce chaos dès le lendemain, elle commença à préparer son dîner. Lors de son arrivée, elle avait décidé de ne pas camper, pas pique-niquer, de mener une vie normale bien qu'elle soit seule. Pour s'habituer à la bastide et lui donner une chance, elle devait l'investir, l'habiter vraiment. Après avoir mis le four à chauffer, elle disposa dans un plat un petit rôti de porc avec des oignons et des tomates, ajouta du gros sel et quelques tours de moulin à poivre. Le temps de cuisson étant d'au moins une heure, elle pouvait se servir un verre puis se replonger dans la lecture du cahier d'Ariane.

Mais décidément c'était la journée des surprises, de nouveaux aboiements furieux se firent entendre et elle dut ressortir pour accueillir son visiteur.

— Valère ! C'est gentil de venir me voir mais tu n'as pas amené Suki ? Dommage, elle ne connaît pas la maison.

— Elle est bloquée au magasin, tu sais bien. En ce moment, elle ferme tard, elle a pas mal de boulot avec les baptêmes et les mariages. Le mois de mai est un des meilleurs pour les fleuristes !

Comme tous ceux qui arrivaient ici, il examina la façade avec intérêt.

— Dis donc, je m'en souvenais mal, c'est un sacré morceau…

Il reporta son attention sur sa sœur et parut hésiter.

— Je ne suis pas venu que par curiosité, finit-il par avouer, j'ai un service à te demander.

— Bien sûr, vas-y.

— Tu ne m'invites pas à entrer d'abord ?

Ils passèrent par la porte principale pour qu'il ait le loisir de jeter un coup d'œil au rez-de-chaussée.

— Je n'arrive pas à croire que papa soit né dans cette baraque et y ait passé son enfance, dit-il en s'arrêtant au milieu du grand salon.

— Il faut faire un effort d'imagination, la voir meublée autrement et en bon état. Des parquets cirés, des lustres à pampilles, des glaces…

Valère secoua la tête puis se mit à rire.

— Le bruit court dans la famille que tu veux garder cette ruine. C'est une élucubration de maman ou c'est vrai ?

— Si tu es là pour m'en parler, tu perds ton temps, répondit-elle sèchement.

— Ne monte pas sur tes grands chevaux, personne ne m'envoie te faire la morale.

— Encore heureux !

Elle l'emmena à la cuisine où une bonne odeur de viande rôtie commençait à se répandre.

— Tu ne te laisses pas aller, on dirait ?

— Aucune raison. Je suis très bien ici, j'en profite.

Il détailla la pièce autour de lui, les grands placards, l'imposante cuisinière hors d'âge, l'évier de grès fendu, le poêle Godin éteint.

— Y a du boulot…

— Tout ça fonctionne, ça me suffit, dit-elle en débouchant une bouteille de vin blanc.

Après avoir empli deux verres, elle leva le sien vers son frère.

— Maintenant, raconte-moi ton problème.

— Le camion du magasin nous a lâchés, avoua-t-il sans détour. On doit impérativement en acheter un autre, et bien sûr, ça tombe au milieu d'une kyrielle de factures et d'échéances. Alors, plutôt que supplier la banque qui se montre très réticente, j'ai pensé que toi, l'héritière… Il ne s'agit pas d'une grosse somme, on a trouvé une occasion.

— Grosse ou petite, où veux-tu que je la prenne ?

— Ariane ne t'a rien laissé d'autre que la maison ?

— Si, de quoi m'acquitter des droits de succession pour ne pas être obligée de vendre.

— Mais en vendant, tu toucherais le pactole, insista-t-il.

— Même si je le faisais, ça prendrait beaucoup de temps. Trop tard pour ton camion. Tu devrais plutôt demander à Lily et Éric, aux parents, ou même à Paul directement. Toute la famille peut se cotiser pour vous dépanner.

— Sauf toi ?

— Je n'ai aucune économie personnelle, expliqua-t-elle d'un ton patient. Paul et moi avons passé dix ans à rembourser nos emprunts pour la clinique vétérinaire et la maison, il n'y a pas longtemps qu'on a commencé à épargner. Mais on va t'aider, de combien as-tu besoin ?

— Laisse tomber, soupira-t-il. J'avais supposé que ça resterait entre toi et moi. Suki refuse d'avoir recours à la famille.

— Pourquoi ? On sait tous qu'elle fait un travail formidable !

— La question n'est pas là. Le magasin finira par bien marcher, c'est obligé. Mais en attendant Suki se crève à la tâche parce qu'elle ne veut embaucher personne tant qu'on est dans le rouge à la banque, et en plus elle n'est toujours pas enceinte bien qu'on se ruine en médecins et examens. Tout ça la mine, néanmoins elle ne veut pas demander d'aide pour une raison de dignité, d'honneur. Elle prétend que dans son pays, on n'agit pas de cette manière-là. On va plus volontiers voir un usurier que ses propres parents !

— Foutaises, marmonna Anne. S'adresser à ses proches est souvent le plus simple. Écoute, on va faire un tour de table, chacun mettra un peu d'argent et vous aurez votre camion.

Il vida son verre puis murmura :

— Je vais la décevoir si j'accepte cette solution. Je me sens déjà assez minable de ne pas gagner d'argent, de ne pas avoir un travail fixe… Notre vie à tous les deux repose sur elle, ça fait beaucoup de poids sur ses épaules.

— Attends, j'ai une idée ! Si Paul se porte caution pour toi, tu pourras faire un emprunt sans problème.

— Tu crois qu'il accepterait ?

— Paul est le plus chic type de la terre, dit-elle avec un sourire attendri.

Valère semblait soulagé. Même s'il avait dû espérer qu'Anne lui ferait cadeau d'une somme sans discuter et qu'il repartirait avec un chèque. La voyait-il vraiment comme une *héritière* ? Décidément, le testament d'Ariane les faisait tous fantasmer.

— Je file chez vous, décida Valère en se levant. À quelle heure rentre-t-il ? Au besoin, je l'attendrai.

Soudain pressé, il fila vers la porte, se retourna avant de sortir.

— Merci pour le tuyau, Anne. En échange, je vais te donner un conseil fraternel et désintéressé. Comme tu viens de le dire, Paul est le plus chic type de la terre et tu devrais faire attention à lui. Mettre ton couple en péril pour cette baraque me paraît loufoque. Vends-la, prends le fric et rentre dans ta vraie maison.

Anne le laissa partir sans se donner la peine de répondre. À quoi bon ? Il tenait la solution à son problème et n'avait pas envie d'entendre parler de ceux de sa sœur. Pour lui, la situation était claire : Anne avait tort.

Elle alla arroser le rôti qui commençait à dorer puis fit rentrer Goliath et verrouilla consciencieusement la porte. Il lui restait encore un quart d'heure avant que son dîner soit prêt, elle avait le temps de lire.

⁂

C'est avec des larmes dans les yeux qu'Albert m'a annoncé qu'il voulait divorcer. Son désir d'enfant, obsessionnel, avait pris le pas sur son amour pour moi. En ce qui me concerne, je n'ai certes pas pleuré, mais j'ai bien fait semblant. Culpabilisé, Albert s'est montré extrêmement généreux. Il m'a laissé ma chartreuse du Médoc ainsi que tous les bijoux qu'il m'avait offerts, ce qui était la moindre des choses, et s'est engagé à me verser une très confortable pension alimentaire tant que je ne me remarierais pas. Comme j'étais vraiment lasse de ses prouesses nocturnes, j'ai accepté.

Et je me suis retrouvée au milieu d'une mer de vignes, du côté de Saint-Estèphe, moi qui n'aime que les forêts de pins bordées par l'Atlantique ! Ma bastide m'a cruellement manqué durant ces premiers mois de solitude. Je m'ennuyais ferme, je n'arrivais même pas à dépenser la rente mensuelle d'Albert, et j'ai vite compris que rester dans cette ravissante chartreuse perdue allait être un véritable enterrement. J'avais bien essayé de recevoir les prestigieux viticulteurs qui étaient mes voisins, mais sans repérer un seul célibataire intéressant. De plus, il était assez mal vu d'être une femme divorcée dans les années soixante.

Ayant fait le tour de la société bordelaise et de ses plaisirs, j'ai décidé qu'il me fallait rompre avec ces gens-là et redescendre vers le sud. J'ai vendu la chartreuse sans regret et suis allée remettre le produit de la transaction – une coquette somme pour l'époque ! – à un notaire de Dax, Pierre Laborde.

Il était sympathique, ce notaire, aussi n'ai-je pas hésité à lui confier, en plus de mon patrimoine, mon projet bien arrêté du rachat de la bastide Nogaro. Il a promis d'avoir un œil sur elle et de me signaler une éventuelle mise en vente.

En attendant, j'ai loué un petit appartement coquet à Dax, près de la cathédrale. Il y avait des salons de thé très chics, la fameuse fontaine chaude où l'eau jaillit à plus de soixante degrés, et pour se promener le jardin de la Potinière, en plein quartier thermal. J'aimais aussi flâner au bord de l'Adour ou dans le parc Théodore-Denis, cependant il me fallait échafauder un plan au plus vite.

Quel choix s'offrait à moi ? Un nouveau mari fortuné et rien d'autre. Le mariage n'est jamais qu'une association et je pouvais y apporter ma part car, sans vanité, j'étais alors une très belle jeune femme. J'approchais de la trentaine, j'avais reçu une éducation sans faille, et ma première expérience matrimoniale me conférait une certaine expérience des choses de la vie. En donnant ma main à un homme, j'avais tout loisir de faire valoir mon désintéressement, puisqu'une nouvelle union me priverait de la rente servie par Albert.

Restait juste à rencontrer l'oiseau rare.

⁂

Alertée par une odeur de brûlé, Anne se leva précipitamment. Elle sortit le rôti de porc entouré des tomates et oignons noircis, versa un peu d'eau dans le plat.

— Trop cuit mais mangeable, décida-t-elle.

Goliath vint lui donner un petit coup de tête dans les jambes, ce qui la fit rire.

— Tu auras ta part tout à l'heure, gros glouton !

Elle songea aux soupes toutes prêtes d'Ariane et se demanda si sa tante avait passé ses soirées à rédiger ses souvenirs. À quand remontait l'écriture de ce cahier ? S'y était-elle consacrée à ses moments perdus, entre deux maris, ou seulement lorsqu'elle était redevenue propriétaire de la bastide, pour meubler sa solitude ? Sur ces premières pages, aucune date ne figurait, mais en feuilletant la suite Anne avait remarqué des changements de couleur d'encre.

Tout en mangeant, elle essaya d'imaginer Ariane à trente ans. Les photos en noir et blanc des albums ne lui rendaient sans doute pas justice, prises de trop loin, hormis un portrait où elle apparaissait rayonnante avec son chignon à la Grace Kelly, ses grands yeux très clairs, son port de tête altier. Grande et mince, élégante, conquérir les hommes avait dû lui être facile.

Elle repoussa son assiette vide et resta songeuse quelques instants. Dans ce qu'elle avait lu jusqu'ici, il n'était jamais question de bonheur ou d'amour. Ariane y avait-elle renoncé le jour où son père avait vendu la maison ? Pouvait-on, à dix-huit ans, ne vouloir faire de sa vie qu'une revanche ?

Prise d'une brusque envie d'entendre son mari, Anne saisit son téléphone et appela chez eux. Paul mit du temps à répondre, annonçant d'une voix morne qu'il venait juste de rentrer.

— Il reste des œufs dans le frigo, je vais me faire une omelette et aller me coucher, je suis vanné. Bonne journée pour toi ?

— Oui, Julien est passé, et Valère aussi. Il faut que je t'en parle.

— Inutile, il m'a harcelé sur mon portable. Pour la caution de son prêt, je suis d'accord, je le lui ai dit. Pas question de laisser Suki dans les ennuis.

Paul aimait bien Valère mais n'avait pas une énorme considération pour lui, estimant qu'il aurait pu travailler davantage ou carrément changer de métier. En revanche, il appréciait à leur juste valeur le talent et les efforts de Suki.

— C'est très gentil à toi, murmura Anne.

— Tu savais bien que je le ferais.

— Oui…

Il conservait un ton maussade, peu engageant, mais elle se lança :

— Si tu ne finis pas trop tard, demain, voudrais-tu me rejoindre ici ? Je te préparerai un bon dîner !

— J'ai vraiment beaucoup de travail, et j'ai envie d'être chez moi le soir, dans mes affaires.

— Alors, disons dimanche ? Léo a invité Charles pour le week-end, vous pourriez faire des trucs marrants tous les trois pendant que je…

— Anne, l'interrompit-il sèchement, on a un problème toi et moi, ne faisons pas semblant de l'ignorer.

— Mais justement ! Viens me voir, viens en parler.

— C'est toi qui es partie et ce serait à moi de me déplacer ? Ton héritage t'est monté à la tête, tu fais n'importe quoi, je ne te reconnais plus.

— Tu ne vas pas t'y mettre ! explosa-t-elle. Qu'est-ce que vous avez à me reprocher, tous ? J'en ai marre d'être traitée comme une petite fille, je suis adulte et libre de mes choix.

— Tu as choisi, en effet, jeta-t-il avec hargne avant de couper la communication.

Elle expédia son téléphone à travers la table, hors d'elle. Cinq minutes plus tôt, elle désirait ardemment la présence de Paul, mais il venait de doucher son enthousiasme. Sans doute n'aurait-elle pas dû lui proposer un « bon dîner » au lieu d'avouer qu'elle avait envie d'être dans ses bras, de faire l'amour avec lui, de s'endormir contre lui. Si seulement il ne s'était pas montré aussi froid, aussi distant ! De quoi lui en voulait-il donc ? Il s'était mis en retrait de façon délibérée, rejetant tout ce qu'elle demandait, y compris un simple essai. Toute la famille essayait de la culpabiliser, mais jamais elle n'aurait cru que Paul hurlerait avec les loups au lieu de prendre sa défense.

Elle inspira profondément à plusieurs reprises, jusqu'à ce qu'elle se sente calmée. Le silence de la maison n'était troublé que par le souffle régulier de Goliath qui dormait, allongé de tout son long sur le carrelage. Tendant l'oreille, elle perçut un lointain hululement de chouette qui lui parut sinistre. Cette brève conversation avec Paul lui avait gâché la soirée, elle n'avait plus envie de s'attarder en bas. Elle donna à manger au chien et rangea hâtivement la cuisine avant de monter, le cahier de moleskine sous le bras.

⁂

Les quelques années vécues à Bordeaux auprès d'Albert m'avaient fait perdre de vue ma famille mais, une fois à Dax, je pris des nouvelles. Ma mère sombrait dans ce qu'on n'appelait pas encore une dépression et mon père s'était muré dans un silence de mauvais augure. Pour échapper à leur triste compagnie, Gauthier suivait ses études avec assiduité, déterminé à embrasser la carrière d'instituteur. Je l'invitai à venir me voir à Dax un dimanche et, à peine arrivé, il se récria devant le confort de mon tout petit appartement. Décidément, il n'appréciait pas l'espace, peut-être même en avait-il peur. Ensuite, il m'expliqua qu'il s'était fait de nombreux amis à Biarritz, une ville qu'il adorait, et qu'il était très heureux de son sort. Lui et moi n'avions vraiment rien en commun ! J'étais née juste avant-guerre et lui à la Libération, or ces sept années de différence semblaient un fossé infranchissable. Non, il n'avait jamais regretté la bastide, il n'y pensait même plus, il s'était accommodé du changement avec plaisir et il ne rêvait pas de revanche, encore moins de s'enrichir. Comme il demeurait mon frère malgré tout, je lui demandai s'il avait besoin d'argent mais il déclina mon offre. Il trouvait sans peine de petits jobs qui lui rapportaient de quoi satisfaire ses besoins. L'époque n'était pas au chômage, il y avait une sorte d'insouciance dans l'air. Le voyant si bien dans sa peau, je lui confiai naïvement mon projet de racheter la bastide, ce qui lui fit ouvrir de grands yeux effarés. Et ce fut ce dimanche-là qu'il prononça pour la première fois la formule dont il devait user si souvent par la suite : « Ma parole, tu es folle ! » Je le laissai repartir sans chagrin superflu, constatant que les liens du sang ne sont pas aussi forts qu'on le prétend.

Au casino de Dax, je finis par rencontrer Maurice, l'homme qui allait devenir mon second mari. Il était là en vacances, installé dans le meilleur hôtel de la ville et rivé à la table de roulette dès la nuit venue. Je crois qu'il avait entrepris un tour de France des casinos pour tenter d'exorciser son addiction au jeu et pour se délester d'un peu de tout l'argent que lui rapportaient ses affaires. Il avait l'allure d'un nouveau riche, d'un parvenu, d'un m'as-tu-vu, ce que je trouvais évidemment très vulgaire mais plutôt rassurant quant à ses capacités financières. Je n'eus aucun mal à le séduire car je le regardai d'abord de haut. Pressentant que ce serait le meilleur moyen de le faire réagir, je jouai à l'inaccessible avec une petite moue dédaigneuse qui le rendit vite enragé. Il se mit à m'envoyer des fleurs tous les jours, à m'inviter dans les plus grands restaurants, à me proposer de faire le tour du monde, sans jamais rien obtenir en retour. Il aurait pu finir par se lasser mais c'était un conquérant prêt à payer le prix de ses victoires. En conséquence, le dernier bouquet d'orchidées, porté par coursier, recélait une impressionnante bague de fiançailles.

Maurice n'était pas laid à proprement parler. Il était très grand et vraiment gros, ce qui faisait de lui un colosse... poupin. Habitué à commander, il se montrait souvent brutal, et durant les premiers temps de notre mariage j'essayai en vain de polir ses manières. Mes remontrances ne faisant que l'exaspérer, nous nous prîmes assez vite mutuellement en grippe.

Il m'avait emmenée vivre à Paris où je réussis à me distraire durant quelques mois d'automne et d'hiver. Je visitais les monuments et les musées, parcourais les rues le nez en l'air, profitais des expositions, fréquentais les maisons de couture. Le soir, nous recevions souvent des gens assommants qui parlaient sans vergogne de leurs affaires, et pour me venger j'exigeai en retour des sorties au théâtre ou à l'Opéra.

Je n'étais pas heureuse et, hélas, je n'avais plus l'insouciance de mes vingt ans. En désespoir de cause, je parlai à Maurice de la bastide Nogaro, ce bijou de ma jeunesse dont le souvenir me hantait toujours. Mal m'en prit car je n'étais plus une femme à conquérir, j'étais « sa » femme, aussi balaya-t-il ma demande d'un revers de main agacé. Une maison perdue dans les Landes ne l'intéressait pas, au pire, il voulait bien envisager une villa à Deauville.

Deauville ! Pour son casino ? Je refusai tout net la Manche et ses marées, je voulais l'Atlantique et ses rouleaux. Je voulais surtout rentrer chez moi.

⁂

Gagnée par le sommeil, Anne referma le cahier et éteignit la lampe. Dans le noir, elle continua de songer à Ariane, à sa drôle de vie. La phrase la plus révélatrice de ce récit assez cynique lui avait sauté aux yeux en la lisant : « Je n'étais pas heureuse. » Comment l'aurait-elle pu en ayant fait de son existence un désert affectif ? Pourquoi n'avait-elle pas rencontré l'amour ? Même racontée avec ironie, sa chasse au riche mari n'était pas gaie. Cependant l'histoire ne faisait que commencer, Anne le devinait.

⁂

— Ne me demande pas pourquoi mais cette petite femme m'a tapé dans l'œil. Peut-être son air perdu ?

Puisqu'elle ne veut pas vendre, j'aurais dû l'expédier aux oubliettes et ne plus y penser, or c'est tout le contraire qui m'arrive !

Hugues souriait béatement, une main sur le volant et l'autre à la fenêtre, les courants d'air de la voiture faisant voler ses cheveux dans tous les sens. À côté de lui, son ami Francis l'écoutait avec une expression mitigée.

— Tu perds le sens des affaires, on dirait…

— Non, si elle devait se séparer de sa maison, je suis sûr qu'elle s'adresserait à moi, mais je pense qu'elle va la garder.

— Sans l'accord de son mari ?

— C'est ce qu'a prétendu sa sœur. Je ne sais pas grand-chose de la famille, sauf qu'Anne semble la seule héritière de la baraque et qu'elle l'aime, ça saute aux yeux. De là à pouvoir l'entretenir, elle risque d'avoir des surprises.

— Et ce qu'elle compte me vendre à moi ?

— D'après ce que j'ai vu, il y a de tout. Des trucs destinés à la brocante mais aussi quelques jolies choses. Pour me faire plaisir, ne l'arnaque pas trop, d'accord ?

— Je ne suis pas un voleur ! se récria Francis.

— Limite.

— Ni voleur, ni mécène.

— Débarrasse-la au juste prix. Prends ta marge sans la dépouiller.

Francis eut un petit rire avant de s'enquérir :

— Elle est si jolie que ça ?

— Des yeux verts qui pétillent, des petites mèches de cheveux courts adorables, un visage très expressif, et elle est faite au moule. Rien d'extraordinaire mais quelque chose d'indéfinissable qui…

— Je vois. Tu es sous le charme et tu vas vouloir à toute force l'ajouter à ta longue liste de conquêtes.

— Je ne suis pas un tombeur.

— Limite.

Ce fut au tour d'Hugues de s'esclaffer alors qu'ils débouchaient dans la clairière. Sous le soleil de juin, les pierres blanches de la bastide tranchaient intensément sur la forêt à l'arrière-plan, et l'élégance de l'architecture prenait tout son relief. Francis émit un sifflement admiratif.

— Des maisons comme celle-ci, on n'en voit plus beaucoup ! Je comprends que ça fasse partie de ton intérêt pour la dame. Si tu arrives à la convaincre de s'en séparer, tu auras une sacrée affaire en portefeuille.

Hugues ne répondit rien et désigna Goliath qui arrivait, précédant Anne.

— Ne t'inquiète pas, il lui obéit.

Sourire aux lèvres, il alla vers la jeune femme, lui serra chaleureusement la main, présenta Francis. Sans perdre de temps, ils firent ensemble le tour du rez-de-chaussée et du premier, Francis prenant des notes sur un petit carnet. Lorsqu'il eut tout examiné, il fit une offre globale à Anne.

— Je peux venir avec un camion dès demain, précisa-t-il.

Elle jeta un rapide regard à Hugues, qui hocha la tête, et elle accepta. Soulagée à l'idée d'être débarrassée des vieilleries qui encombraient la maison, elle alla chercher un pichet de thé glacé et ils s'installèrent dans le salon.

— Vous y verrez plus clair quand ce bazar sera parti, déclara Francis d'un air satisfait. Et, de toute façon, vous avez gardé les plus belles pièces ! Le petit secrétaire à rideau, là-haut, j'aurais pu vous en donner un bon prix. Vous comptez habiter ici ?

— J'aimerais bien, mais il faudrait que mon mari et mon fils soient d'accord. Ils n'ont pas d'attaches particulières avec cette maison, qu'on peut juger trop grande, vétuste et isolée. Mais elle a une histoire, assez passionnante, et elle m'a été léguée par une tante pour laquelle j'avais beaucoup d'affection.

— On ne fait pas toujours ce qu'on veut, objecta platement Francis.

— Je trouve qu'on devrait au moins essayer.

— C'est ce que vous allez faire ? demanda Hugues.

Il la dévisageait avec une telle attention qu'elle se sentit embarrassée.

— Peut-être, marmonna-t-elle.

Croyait-il avoir encore une chance d'obtenir la vente de la maison ? Sans doute n'avait-il amené son ami Francis que dans le but de continuer à insister, néanmoins, il lui avait rendu service.

— Il va bientôt y avoir une foule de touristes sur les plages, prédit Francis, mais vous, vous serez bien tranquille.

— Ma tante n'appréciait pas les incursions dans son domaine, elle a fait consolider les clôtures des quatre hectares et poser partout des panneaux pour dissuader les promeneurs. En revanche, elle n'a jamais fermé le portail, je crois qu'il a rouillé en position ouverte !

— Si ça vous rassure, proposa Hugues, je vous le débloquerai.

Le trouvant carrément trop serviable, elle secoua la tête.

— Pour le moment, il est bien comme ça, affirma-t-elle en se levant.

— Neuf heures demain matin ? proposa Francis. Je viendrai avec un employé, nous n'en aurons pas pour longtemps à tout charger.

Il sortit de sa poche une grosse liasse de billets et compta rapidement la somme sur le coin de la table. Devant l'air étonné d'Anne, il eut un sourire entendu et précisa :

— Je paye toujours en espèces, c'est mieux pour les affaires !

Elle attendit qu'ils soient partis avant de ramasser l'argent. Où allait-elle ranger ça ? Devait-elle en parler au notaire ? Apparemment, Pierre Laborde avait fait une estimation de la maison et de ce qu'elle contenait un peu en dessous de la réalité. Sans doute était-ce souvent le cas lors d'une succession, toutefois elle prendrait rendez-vous à l'étude dès la semaine prochaine. Pas question d'avoir le moindre ennui avec cet héritage qui lui causait déjà beaucoup de soucis.

— Demain après-midi, dit-elle au chien, j'arrangerai tout à mon goût !

Elle avait déjà imaginé certains aménagements, et commandé deux lits qui devaient être livrés en fin de journée. Vendredi soir, elle irait chercher Léo et Charles à la pension, entre deux balades ils pourraient lui donner un coup de main pour installer les chambres. Et elle espérait toujours que Paul viendrait dimanche. S'il trouvait la maison différente, plus accueillante, peut-être serait-il moins mal disposé ?

« Il faut décrocher les rideaux du salon, on a l'impression qu'ils vont tomber en poussière. Changer tous les abat-jour, acheter quelques coussins de couleurs vives, mettre des bougies dans les chandeliers… »

Mais ni des bougies ni des coussins ne réussiraient à convaincre Paul de rester, elle le savait d'avance.

« Au moins, toutes les vieilleries auront disparu et les beaux meubles seront mis en valeur. En plus, Paul ne connaît pas ma chambre, une pièce qui va forcément lui plaire. »

Elle essayait de se rassurer sans y parvenir. Treize ans d'un mariage serein, et soudain cet incident de parcours. Un désaccord insignifiant qui prenait de jour en jour d'inquiétantes proportions. Le cadeau posthume d'Ariane mettait paradoxalement son couple en péril, mais au fond la bastide n'était qu'un prétexte, le problème devait couver sans qu'Anne en ait eu conscience. Elle avait cru bien s'entendre avec Paul et tout partager, or ils se révélaient incapables de gérer un évènement inattendu. Ils n'étaient plus côte à côte, ils se retrouvaient face à face.

— Viens, mon gros, on va se promener !

Lasse d'arpenter la maison, elle avait envie d'une marche au grand air, sur « ses » terres. À l'ombre des pins, elle allait explorer les quatre hectares qui lui appartenaient désormais.

⁂

— Non, pas de ça ! intima Paul au boxer qui s'était mis à grogner.

Tandis que le maître tenait plus fermement son animal, il désinfecta un endroit du pelage et injecta le vaccin.

— Voilà, c'est fini.

— Son caractère ne s'améliore pas en vieillissant, plaisanta le maître.

— Comme les humains, fit remarquer Paul d'un ton un peu acide.

Il atténua sa réflexion d'un sourire, se reprochant aussitôt son agressivité. Ses clients n'étaient pas responsables de ses problèmes avec Anne et sa vie privée ne devait pas empiéter sur son métier. Il remplit le carnet de santé du boxer, apposa la vignette du vaccin et raccompagna son client jusqu'au bureau de l'assistante. Celle-ci trônait derrière un haut comptoir d'où elle pouvait surveiller la salle d'attente, les entrées et les sorties, et derrière lequel elle pouvait aussi se réfugier en cas de bagarres de chiens.

— Il ne vous reste que le petit chat de Mme Weber, dit-elle à Paul avec une mimique encourageante.

Elle avait dû remarquer qu'il était de mauvaise humeur ces jours-ci, et sans doute l'attribuait-elle au surcroît de travail dû à l'absence de Julien. En fait, quand l'un d'eux prenait quelques jours de vacances, l'autre se retrouvait quasiment débordé. Mais il ne serait pas venu à l'idée de Paul de s'en plaindre, il adorait son métier et y trouvait autant de plaisir qu'au début de son installation. Sa vocation de vétérinaire l'avait saisi enfant, il avait réalisé son rêve, de ce point de vue il était pleinement satisfait.

Après avoir soigné le chaton, il laissa partir Brigitte en déclarant qu'il fermerait. Dans le calme de son cabinet, il resta quelques minutes assis sans rien faire. Le fond d'écran de son ordinateur était une photo prise sur la plage de Messanges un matin d'hiver. L'océan semblait gris-vert et de gros rouleaux se fracassaient sur le sable dans des gerbes d'écume. Depuis toujours, l'eau faisait partie de leur vie à tous. Plongée, surf, bateau, ils avaient pratiqué tous les sports nautiques lorsqu'ils étaient jeunes, à l'époque où Valère et sa petite sœur Anne faisaient partie de la bande que fréquentait Paul. Il était tombé amoureux d'elle très vite, presque comme une évidence, mais sans imaginer alors qu'il l'épouserait un jour. Ils avaient tous leurs projets, ils démarraient leur existence, ils s'étaient séparés, recroisés, presque perdus de vue, mais grâce à Valère qui avait fait le lien entre eux, ils ne s'étaient pas ratés au bout du compte.

— Mon Dieu, Anne, soupira-t-il à mi-voix.

Que faisait-elle là-bas sans lui, dans cette détestable bastide, ce tas de pierres tombé entre eux ? Jusqu'où allait les conduire leur obstination réciproque ? Jusqu'à la séparation, la rupture ? Une perspective impensable qui lui fit serrer les dents, et il se mordit la langue au moment où son portable se mettait à sonner.

— Paul ! claironna Estelle. Je ne vous dérange pas ? Vous êtes seul ?

— Oui, j'allais fermer la clinique.

— Alors, ça tombe bien, je voulais vous parler tranquillement. Écoutez, je me mêle peut-être de ce qui ne me regarde pas, mais je sais par Léo que vous êtes chez vous le soir tandis que ma fille s'obstine à rester dans la maison d'Ariane. Comment devons-nous l'interpréter, Gauthier et moi ? C'est tout de même une situation insensée ! Si vous voulez mon avis, vous devriez aller la chercher. La savoir toute seule dans cette grande bâtisse m'empêche de dormir. Et je me fais du souci pour vous deux. Enfin, Paul, vous êtes un couple merveilleux, vous vous adorez, vous n'allez pas laisser cette histoire d'héritage vous créer des problèmes ?

Stupéfait par ce long discours, Paul ne répondit pas immédiatement. En général, Estelle avait peu d'opinions personnelles, et sans doute Gauthier lui avait-il fait la leçon. Ils avaient dû discuter longuement de leur fille et de leur gendre, or Paul n'avait aucune envie d'être au centre de leurs conversations.

— Ne vous inquiétez pas, Estelle, finit-il par marmonner.

— Mais si, je m'inquiète ! Et que doit penser Léo ? Ah, vraiment, cette pauvre folle d'Ariane a eu une drôle d'idée ! Elle a laissé derrière elle une bombe à retardement. Qu'avait-elle besoin de faire un testament ? Elle avait un frère, elle aurait pu lui faire confiance pour gérer les choses après sa mort, non ?

Paul eut son premier sourire spontané de la journée. Même sans sympathie particulière pour Ariane, il comprenait qu'elle n'ait rien laissé à un frère qu'elle ne voyait jamais, qui ne prenait pas de ses nouvelles et qui la traitait de folle. Pour être impartial, il fallait bien reconnaître que seule Anne s'était préoccupée de sa tante, lui avait rendu visite par plaisir, avait un peu égayé la fin de sa vie.

— Cet héritage est très injuste, il crée des rancœurs, vous feriez mieux de vous en débarrasser, conclut Estelle.

Elle répétait sans doute les mots de Gauthier qui ne devait pas apprécier les dissensions familiales.

— Tout ça n'est pas si grave, répliqua Paul posément. Je vous tiendrai au courant. Au revoir, Estelle.

Il venait de couper court avec un mensonge. *Pas si grave ?* À quoi pensait-il, juste avant que sa belle-mère ne l'appelle, sinon au risque d'une rupture entre Anne et lui ? Or ce serait bien la pire chose qui pourrait leur arriver. D'un geste résolu, il appuya sur la touche du numéro d'Anne. Dès qu'il l'entendit, il se sentit soulagé et annonça qu'il viendrait passer le dimanche à la bastide.

6

Après le passage du camion de Francis, Anne se sentit vraiment à l'aise dans la bastide. Les pièces lui semblaient soudain plus grandes, plus claires et plus gaies. À l'étage, la chambre d'Ariane était quasiment vide désormais ; ne restait qu'un grand miroir vénitien et un tableau d'assez bonne facture représentant un navire dans la tempête. Ce tableau pourrait trouver sa place dans la salle à manger, et le miroir dans le hall d'entrée. Anne ne souhaitait pas occuper cette pièce pour l'instant, comme si elle voulait laisser au souvenir d'Ariane le temps de s'estomper.

Les lits neufs avaient été installés par les livreurs dans deux des chambres désaffectées, qu'Anne avait longuement nettoyées et qu'elle destinait à Léo et à son frère Jérôme lorsqu'il débarquerait d'Angleterre. Pour la dernière des chambres, dont Anne ne savait que faire, elle s'était contentée de la condamner d'un tour de clef.

Tout au bout de la galerie, à l'opposé de sa propre chambre, se trouvait le bureau qu'elle n'avait pas fini de vider. Un endroit où elle aimait se tenir, se remémorant les heures passées avec sa tante à feuilleter les albums de photos. Quand elle l'aurait remis en ordre, elle se l'approprierait pour y travailler, mais le secrétaire à rideau et le bureau de chêne blond au plateau balafré étaient encore pleins de papiers à trier un par un.

Le vendredi matin, elle était allée acheter des draps et des oreillers, puis elle avait fait un énorme ravitaillement au supermarché. Léo et son ami Charles allaient forcément dévorer tout le week-end, et dimanche, Paul serait enfin là lui aussi. Sa venue remplissait Anne d'allégresse, elle se prenait à espérer une réconciliation spontanée qui reléguerait leur désaccord au rang de bouderie sans conséquence. Ils s'aimaient, ils seraient ravis de se retrouver et le problème se réglerait de lui-même. En tout cas, elle était prête à faire tous les efforts possibles pour que Paul apprécie la maison.

Léo et Charles passèrent la matinée du samedi à fureter partout, dedans et dehors. Après le déjeuner, ils aidèrent Anne à déplacer des meubles, et en récompense elle les conduisit à la plage du Cap-de-l'Homy. Le temps était radieux, déjà estival, et au lieu de rentrer travailler comme elle se l'était promis, car elle commençait à avoir du retard dans ses dossiers, Anne resta avec les garçons pour prendre son premier bain de l'année. Malgré la température plutôt fraîche de l'eau, elle s'amusa dans les vagues pendant plus d'une heure avant d'aller s'écrouler sur le sable tiède. Fatiguée mais détendue, elle demeura un long moment les yeux fermés, laissant son esprit vagabonder. L'océan se trouvait à cinq minutes à peine de la bastide, elle aurait l'occasion d'en profiter tout l'été, chaque fois qu'elle aurait envie de nager, et c'était une perspective réjouissante. Bien sûr, à Castets, elle n'avait qu'une vingtaine de kilomètres à faire pour gagner Saint-Girons-Plage, mais cette distance l'avait souvent découragée, empêtrée dans ses habitudes et son quotidien. Finalement, elle constatait que sa décision de venir passer quelque temps à la bastide changeait beaucoup de choses dans son existence. Toutes ces dernières années, elle avait travaillé sans se poser trop de questions, afin que Paul ne soit pas seul à supporter les charges financières. Et aussi parce que conserver une activité professionnelle avait été pour elle le moyen de rester autonome, de ne pas perdre contact avec le monde extérieur. Rien ne lui avait manqué jusqu'ici, du moins l'avait-elle cru ou ne se l'était-elle pas demandé. Sa vie de femme, de mère, d'épouse, et même de comptable, avait été *satisfaisante*. Mais sans passion, sans élan, sans un grain de folie, juste *bien*.

— Maman ?

Elle rouvrit les yeux, découvrit Léo au-dessus d'elle, qui se découpait sur un ciel très sombre.

— Il va pleuvoir, on devrait rentrer.

Alors qu'elle se levait en hâte, les premières gouttes de pluie commencèrent à tomber. Le temps avait radicalement changé durant la demi-heure où elle s'était endormie. Un vent fort et tiède s'était mis à souffler, les vagues grossissaient. Charles avait déjà ramassé leurs affaires et ils rejoignirent la voiture en courant.

— Tu sais quoi ? dit Léo après avoir claqué sa portière. On va en profiter pour remonter dans la grande pièce du second. Charles et moi, on se disait qu'on pourrait d'abord faire un super-ménage là-haut, et puis transformer ça en salle de jeux. Peut-être même qu'un jour on pourrait y remettre un billard ? Est-ce qu'on en trouve d'occasion ?

— Je ne sais pas…

— Je regarderai sur Internet. Ce serait génial, non ? Tu crois que papa serait d'accord ?

Paul risquait surtout de ne pas se sentir concerné par la question. Mais, apparemment, Léo se voyait bien passer tous ses week-ends et toutes ses vacances à la bastide, ce qui créerait un conflit supplémentaire si Paul ne changeait pas d'avis. Anne se sentit aussitôt coupable, réalisant qu'elle mettait son mari dans une situation difficile vis-à-vis de leur fils. Comme prévu, Léo était séduit par cette grande maison et par les terres qui l'entouraient. Pour lui, tout était excitant, nouveau, plein de possibilités extraordinaires, et sans doute voyait-il dans ce terrain de jeux géant le moyen d'échapper à l'ennui de l'adolescence. Le refus dédaigneux de son père allait inévitablement le braquer, et Anne en serait responsable. Or elle ne voulait pas être celle qui, à cause d'un « caprice », semait la zizanie dans sa famille.

« Trop tard, c'est fait. De toute façon, il n'y a qu'une alternative : céder ou poursuivre, imposer ou se laisser imposer. Il y en aura toujours un qui se considérera comme perdant. »

Sous une averse diluvienne d'orage, ils regagnèrent la bastide où ils eurent la surprise de découvrir, recroquevillé à l'abri de l'auvent du porche, un homme assis entre deux valises défraîchies.

— Jérôme ! s'exclama Léo en le reconnaissant.

Anne se demanda comment son frère avait pu arriver jusque-là alors qu'il n'y avait aucun véhicule en vue. Et bien sûr, il était venu plus tôt que prévu et sans se donner la peine de l'avertir. Écourtant les effusions à cause de la pluie, elle poussa tout le monde dans la maison.

— Il est à toi, ce monstre ? s'enquit Jérôme en désignant Goliath. Je le voyais à travers les vitres et ça ne me donnait pas envie de forcer la porte. J'ai aussi vu arriver les gros nuages noirs car j'attends depuis une bonne heure. Tu avais coupé ton portable ?

— Nous étions à la plage, je n'ai rien entendu.

— Bref, je commençais à désespérer. Surtout après avoir fait du stop toute la journée ! J'ai eu la chance de trouver des conducteurs serviables, mais enfin, c'est le bout du monde ici, j'ai dû finir à pied avec mes valises.

— Tu as fini quoi ? railla Anne. L'allée depuis le portail ? Arrête de ronchonner, je vais t'offrir à boire.

— Et un dîner copieux et un lit confortable, j'espère ? Je suis là pour passer de bonnes vacances, ma grande ! Et je vois que tu as toute la place voulue, je ne risque pas de te gêner. Je ne me souvenais pas de la taille imposante de cette baraque.

— Personne ne s'y est jamais beaucoup intéressé, fit remarquer Anne.

— Toi, oui, et tu as été bien inspirée. C'est un sacré don que t'a fait la tante Ariane en récompense de tes bons soins parce que…

— Quels bons soins ? l'interrompit Anne. Je venais la voir par plaisir, j'aimais bien discuter avec elle. Elle n'était ni gâteuse ni impotente, elle n'avait pas besoin qu'on s'occupe d'elle.

L'écoutant à peine, Jérôme regardait autour de lui en ouvrant de grands yeux, visiblement séduit par le décor.

— En tout cas, c'était plus triste de son temps, plus sombre et plus poussiéreux. Si tu donnais un coup de peinture…

— Tu pourras t'en charger, ça paiera tes vacances !

Il éclata de rire, pas du tout vexé par le ton ironique de sa sœur.

— Je ferai ça avec ton mari, pourquoi pas ? À propos, où est-il ?

— Il finit toujours tard le samedi, mais il sera là demain.

Avant que Jérôme pose une autre question, Anne se tourna vers Léo.

— Aide ton oncle à monter ses valises et montre-lui sa chambre. Pendant ce temps-là, je prépare l'apéritif avec Charles.

Elle ne voulait pas parler de Paul maintenant, elle attendrait d'être seule avec son frère pour lui résumer la situation. Dehors, l'averse se calmait, cependant les gouttières, percées par endroits, ruisselaient bruyamment. Anne nota dans un coin de sa tête qu'elle devrait s'en occuper avant l'hiver. Mais serait-elle encore ici dans quelques mois ? L'avenir lui parut soudain trop compliqué, quasiment indéchiffrable.

— Je sors des chips ? demanda Charles d'un air gourmand.

C'était un très gentil garçon, bien élevé et facile à vivre, aussi Anne se força-t-elle à lui adresser un grand sourire en hochant la tête. Autant passer une soirée agréable, profiter de l'inépuisable gaieté des deux adolescents et de la présence de Jérôme qu'elle n'avait pas vu depuis longtemps. Et peut-être son frère se rangerait-il à son avis, peut-être serait-il le seul à lui conseiller de garder la bastide ? Dans ce cas, le conseil ne serait pas forcément innocent. Jérôme avait besoin d'un toit pour l'instant, à en croire son arrivée en stop et ses valises hors d'âge. De toute façon, il avait *toujours* besoin de quelque chose quand il revenait dans les Landes, cherchant un peu de réconfort auprès de sa famille entre deux aventures. Après une leçon de morale, leurs parents finissaient par lui donner de l'argent et il repartait, sans jamais dire où il allait. Jusqu'ici, il avait largement profité de l'existence, il s'était amusé, mais il allait fêter ses trente-quatre ans et sans doute commençait-il à se sentir moins bien dans sa peau.

— Je suis content, tu auras de la compagnie dans la semaine ! lança Léo qui venait de redescendre.

Anne le prit par le cou et lui déposa un baiser sonore sur la joue.

— Je sais que tu ne veux plus de bisous mais j'en avais trop envie, tu es trop mignon. Tiens, mets les olives dans un bol, je débouche le blanc.

Elle n'avait aucun besoin de compagnie, pourtant elle s'abstint de le dire à son fils. Les quelques jours de solitude passés à la bastide lui avaient apporté une sérénité inattendue malgré toutes les questions qu'elle se posait, et elle se sentait de plus en plus déterminée à rester quoi qu'il puisse arriver. En ouvrant le réfrigérateur pour prendre une bouteille, elle eut l'impression étrange d'être vraiment chez elle, de n'avoir jamais habité ailleurs.

⁂

Maurice n'allait pas tarder à se lasser de moi, j'eus l'intelligence de le deviner à temps. D'ailleurs, je m'étiolais à Paris où rien ne me retenait, surtout pas un mari aussi peu avenant. Le jour où je reçus un courrier de Pierre Laborde m'annonçant que la bastide était à vendre, mon sang ne fit qu'un tour. Je ne disposais pas tout à fait de la somme nécessaire et je ne pus faire qu'une offre trop basse, qui fut refusée. Dans un état d'agitation extrême, je me résolus à solliciter Maurice mais n'obtins qu'un haussement d'épaules agacé. Je ne savais vers qui me tourner, je n'avais pas d'amis et ma famille n'avait pas d'argent. Par une lettre de Gauthier, je savais mon père assez malade, or je voulais par-dessus tout racheter notre maison avant qu'il ne disparaisse. Cadeau, provocation ou revanche, je souhaitais désespérément qu'il en franchisse encore une fois le seuil. Aux abois, je ne voyais plus qu'un moyen de trouver ce qui me manquait : obtenir le divorce aux torts de Maurice. Malheureusement, si désagréable qu'il fût, il n'était pas en tort, du moins pas à ma connaissance. Avait-il des maîtresses ? Dilapidait-il sa fortune dans les casinos ? J'ignorais tout de sa vie, nous faisions chambre à part et ne nous adressions la parole qu'au moment des repas. Dans un second courrier, Pierre me suggéra – habilement et entre les lignes – d'engager un détective privé. Le post-scriptum m'apprit de surcroît une intéressante nouvelle : Albert, mon premier mari, venait d'avoir un enfant. Il n'était donc pas stérile et sans doute le problème venait-il de moi, comme l'avaient prouvé à la fois mes infidélités sans conséquence de l'époque et ma deuxième union toujours aussi peu féconde. (Bien des années plus tard, je pourrais ainsi compatir au désespoir de la jolie petite Suki, mais ceci est une autre partie de l'histoire.)

Je me mis donc en quête d'un détective avec un délicieux frisson d'excitation. Enfin quelque chose d'amusant à faire, d'insolite, de secret ! Pour un peu, je me serais déguisée avant d'aller à nos rendez-vous, mais j'avais heureusement le sens du ridicule. Max, car mon détective se faisait appeler ainsi même si ce n'était sans doute pas son nom de baptême, réunit en deux mois toute une série de preuves accablantes contre Maurice. Celui-ci avait en effet une maîtresse attitrée pour qui il avait loué une jolie maison à Saint-Cloud. Il l'entretenait largement et lui faisait l'amour sans fermer ses volets, l'imbécile ! Plus grave encore, il la trompait elle aussi et s'accordait des extras avec des femmes douteuses, dans des hôtels miteux cette fois, pour le plaisir discutable de s'encanailler. Je payai Max en liquide, choisis un bon avocat et entamai une procédure de divorce en prenant l'attitude de la femme bafouée, trahie, meurtrie de chagrin. Le juge ne devait pas apprécier les coureurs de jupons car il prononça très rapidement la séparation de corps puis fixa une prestation compensatoire à la hauteur de mes espérances.

J'étais enfin libre de rentrer dans mes Landes, hélas ! la bastide avait trouvé preneur pendant que la justice statuait sur mon sort et condamnait Maurice à me dédommager de ses frasques. Ce défaut de synchronisation m'atteignit profondément, je le vécus comme une intolérable injustice. Avoir l'argent mais pas la maison faillit me rendre folle, pourtant je dus me rendre à l'évidence : l'attente allait recommencer.

Pourquoi la voulais-je à ce point ? J'aurais vendu mon âme pour l'obtenir, même en la sachant passée par d'autres mains qui l'avaient forcément salie, mais ses murs étaient les miens, ils avaient en mémoire toute l'histoire de la famille Nogaro, ils m'avaient vue naître et grandir, ils m'avaient connue heureuse. Croyais-je donc que le bonheur ne pouvait se trouver que là et nulle part ailleurs ? La blessure d'orgueil subie à dix-huit ans m'avait-elle entièrement gangrenée ? En vendant la bastide, en la perdant par incompétence, mon père m'avait coupé les ailes, il avait été le fossoyeur d'une jeunesse de rêve promise à un bel avenir, et il m'avait appris une chose inconcevable : le mépris des siens. Et par la suite, si j'avais cherché des hommes fortunés, des hommes nantis jouissant d'une position sociale élevée, des hommes qui réussissaient leurs affaires, ce n'était que pour laver l'affront de ce père faible et déchu.

Je n'hésitai pas longtemps à quitter Paris pour m'installer à Hossegor où je louai, par l'intermédiaire de Pierre Laborde, une charmante villa 1920 située entre la mer et le lac, juste sous les pins. Ah, retrouver l'odeur des pins et me jeter dans l'océan ! Il me fallut plusieurs semaines pour me rassasier de mes Landes lors de cet été 1970. J'oubliai instantanément Bordeaux et Paris, j'avais trente-trois ans – l'âge du Christ –, et les quinze années qui venaient de s'écouler n'étaient plus qu'un mauvais souvenir. Je le chassai pour en cerner de plus anciens et je me mis à parcourir les forêts sur la trace des gemmeurs disparus, devenant ainsi une marcheuse chevronnée. Sans le savoir, je courais après l'amour, il était grand temps de m'en soucier avant de n'être plus qu'un cœur sec.

⁂

Anne reposa le cahier sur la table de nuit, à côté des *Contes de l'angoisse* de Maupassant qu'elle n'avait toujours pas lus. Autour d'elle, la maison était silencieuse, son frère, son fils et son copain Charles devaient dormir. À Castets, Paul dormait-il lui aussi ?

Elle se leva et alla ouvrir une des fenêtres, celle qui donnait sur l'arrière de la maison, là où les arbres étaient plus proches. Une chouette poussait son cri à intervalles réguliers, avec une sorte d'entêtement sinistre. La nuit paraissait très sombre, sans aucune étoile visible, et les hautes silhouettes des premiers pins se distinguaient à peine. Anne essaya d'imaginer Ariane arpentant la forêt, s'approchant peut-être des anciennes terres des Nogaro et continuant à soupirer après sa bastide perdue, hors de portée. Quand avait-elle rédigé ce cahier ? Il ne portait aucune date mais sans doute avait-elle commencé à l'écrire lorsqu'elle était revenue chez elle. Pensait-elle que quelqu'un le lirait un jour ou éprouvait-elle seulement le besoin de retracer son existence pour en déchiffrer le sens ? En tout cas, l'histoire intéressait prodigieusement Anne. La *vieille toquée* possédait un humour que sa famille n'avait pas soupçonné.

— Anne, tu ne dors pas ?

Goliath avait levé la tête et grondait en fixant la porte. Elle alla ouvrir à son frère qu'elle découvrit affublé d'un pyjama à pois tout déchiré.

— On peut se parler ? demanda-t-il avec un gentil sourire. Devant les gamins, je n'ai pas voulu dire grand-chose.

Il s'assit en tailleur au pied du lit et jeta un coup d'œil circulaire.

— Jolie chambre… Tu l'as bien arrangée !

— Je l'ai trouvée comme ça.

— Alors, tu as pris la bonne, parce que dans la mienne le papier peint pendouille. Maintenant, j'aimerais que tu m'en racontes un peu plus à propos de ton héritage. Papa et maman font la grimace, Lily et Valère se sentent lésés.

— Tu les as vus ?

— Je les ai appelés à tour de rôle pour annoncer mon retour, et j'ai compris qu'ils avaient du mal à avaler la pilule.

— Dommage pour eux, répondit-elle froidement.

— Oh, tu sais bien comment sont les choses ! Dès qu'il y a du fric en jeu, ça rend tout le monde fou, voire méchant.

— Et toi, de quelle façon réagis-tu ?

— Je suis de ton côté, je me réjouis pour toi. Surtout en redécouvrant cette maison ! C'est un sacré cadeau, je comprends que tu veuilles en profiter. Mais ton mari n'est pas d'accord, paraît-il ?

— Pas pour l'instant. Il refuse d'y habiter, il aimerait que je vende et que je garde l'argent. Moi, je ne supporte plus d'entendre ce mot : « argent », « argent » ! Dès le premier jour, il a paru évident que je devais vendre. C'est ce qu'aurait fait papa, donc j'allais forcément le faire, mais quand j'ai annoncé que je souhaitais d'abord y réfléchir, je suis devenue la bête noire. Aujourd'hui, j'ai toute la famille contre moi, y compris mon mari ! Tout ça, pourquoi ? Jalousie, appât du gain ? Eh bien, je ne m'y attendais vraiment pas…

Elle refoula les larmes qu'elle sentait monter. Définir à voix haute ce conflit qu'elle essayait depuis des semaines d'ignorer ou de minimiser la rendait soudain très triste.

— Dans une vie parfaite, reprit-elle avec effort, tout le monde serait venu me donner un coup de main pour retaper la maison et on y aurait passé des étés merveilleux tous ensemble. J'aurais adoré ça, mais je n'ai eu droit qu'à la réprobation. À croire qu'être propriétaire de cette bastide te colle sur-le-champ l'étiquette de cinglée. Ils en veulent à Ariane de me l'avoir laissée, et ils m'en veulent de l'avoir acceptée.

— Qu'est-ce que tu comptes faire ?

— Attendre. Essayer de convaincre Paul. Ou au moins comprendre les raisons de son refus. Et puis…

S'interrompant, elle dévisagea Jérôme quelques instants. Était-il le confident idéal ? Certes, il possédait plus de fantaisie que les autres membres de la famille, il n'était ni raisonnable ni conventionnel, mais il lui arrivait aussi de parler à tort et à travers.

— Et puis quoi ? insista-t-il. Vas-y !

— Être seule ici me permet de prendre du recul, avoua-t-elle du bout des lèvres.

— Vis-à-vis de Paul ?

— De tout. Mon existence en général.

— Oh ! là, là ! tu nous fais la crise de la quarantaine avant l'heure ?

— Ce serait plutôt une parenthèse, une pause.

Jérôme sortit un paquet de cigarettes froissé de la poche de son pyjama. Il en alluma une, souffla la fumée vers le plafond.

— Ça ne te gêne pas ?

— Non.

— Tu n'as jamais été une emmerdeuse, c'est vrai.

— Tiens, donne-moi juste une bouffée, par curiosité.

Il la regarda inspirer puis tousser et il se mit à rire, lui reprenant la cigarette.

— Bon, je vais te laisser dormir, petite sœur.

— Attends un peu ! Tu m'as questionnée mais tu ne m'as pas parlé de toi. Que faisais-tu à Londres depuis des mois ?

— Des petits boulots à droite à gauche, surtout des cours de français dispensés à des cancres de la bonne société et payés en liquide. J'ai d'abord squatté chez des copains avant de trouver une colocation avec des mecs sympas dans un genre de loft. On s'amusait comme des fous, on vendait des fripes le jour et on jouait de la guitare toute la nuit. On voulait monter un groupe, mais ça ne s'est pas fait.

— Et quoi d'autre ?

— Ben… ça n'a l'air de rien dit comme ça, pourtant j'étais tout le temps super occupé. Londres est une ville fantastique, tu n'imagines pas !

Elle le regardait en fronçant les sourcils, apparemment peu convaincue.

— Tu as des projets d'avenir ? finit-elle par demander.

— Pas vraiment. Je sais que le moment est venu d'y penser, que j'ai dépassé la trentaine et qu'il faudrait que je sois sérieux. J'entends d'ici la leçon de bonne conduite que vont m'infliger les parents, ce qui ne me donne pas très envie de les voir.

— Sauf que tu finiras par avoir besoin d'eux, non ? De quoi vis-tu ?

— Ces dernières semaines, j'étais serveur dans un pub. Mais je n'ai pas d'économies, si c'est ce que tu veux savoir. Je me dégotterai un job, ne t'inquiète pas.

— Un « job » ? On est en pleine période de chômage, de crise, de récession ! Même les gens qui ont des diplômes ne trouvent pas de travail.

— Comme quoi j'ai bien fait de ne pas m'embêter avec les études, ironisa-t-il. Allez, Anne, ne vois pas tout en noir.

Il quitta le pied du lit, pressé de mettre un terme à cette conversation inutile, et il s'éclipsa après avoir souhaité une bonne nuit à sa sœur. Il regagna sa chambre, éteignit sa cigarette, en alluma aussitôt une autre d'un geste nerveux. En réalité, il était dans les ennuis, ne possédait pas un sou vaillant et avait laissé des dettes en Angleterre. Atterrir ici était somme toute inespéré. D'autant plus que, s'il manœuvrait habilement, il aurait un toit pour longtemps. Connaissant Anne, que d'ailleurs il aimait bien, il devinait qu'elle allait conserver la maison. À l'évidence, elle l'avait décidé et ça tombait à pic pour lui. Au lieu d'essayer de la faire changer d'avis avec le vague espoir d'obtenir d'elle un peu d'argent après la vente, mieux valait se mettre dans son camp et devenir son unique allié contre tout le reste de la famille. Elle lui en serait reconnaissante, l'hébergerait et le nourrirait sans problème. Et comme, en effet, elle n'était pas donneuse de leçons, il aurait la paix. Or c'était tout ce qu'il désirait pour l'instant.

⁂

Bien qu'il se soit promis une grasse matinée, Paul s'était réveillé tôt, déçu, une fois de plus, de ne pas voir Anne couchée à côté de lui. L'absence de sa femme l'attristait autant qu'elle l'irritait. Et, contrairement aux autres dimanches, Léo n'était pas là lui non plus. Pour voir les siens, Paul allait être contraint de les rejoindre dans cette maudite bastide Nogaro dont le simple nom l'exaspérait désormais.

Son bol de café à la main, il erra un moment au rez-de-chaussée et finit par s'arrêter devant le petit bureau d'Anne. L'ordinateur et les dossiers n'étaient plus là, le chien non plus, ce coin semblait abandonné. Et si Anne s'obstinait à rester là-bas et ne revenait jamais ? L'idée était ridicule, mais pas forcément impossible. Sauf que, dans ce cas, ils vivraient une séparation bien réelle qui les conduirait droit au divorce.

— Ah non !

Sa voix furieuse résonna dans le séjour, le surprenant lui-même. Il était tout aussi fautif qu'Anne dans cette histoire, et il serait bien inspiré de se souvenir des conseils de Julien. Ce dernier reprenait le travail lundi matin et il avait suggéré à Paul de rester un peu avec sa femme. « Offrez-vous un moment en tête à tête, allez à la plage et au restau en amoureux. Dans une semaine, Léo aura terminé son année scolaire et vous ne serez plus seuls tous les deux, profitez-en maintenant pour vous réconcilier. »

La suggestion n'était pas mauvaise, mais Paul estimait faire déjà une grosse concession en allant passer son dimanche là-bas, il n'y emporterait pas sa brosse à dents !

« Et pourquoi pas ? Pourquoi ne pas mettre un mouchoir sur ton foutu orgueil ? »

Il avait beau juguler ce défaut depuis qu'il était en âge de raisonner, une réaction de fierté incontrôlée lui échappait parfois. Durant ses études, il avait mis un point d'honneur à obtenir d'excellentes notes, tout comme il s'était fait fort de conquérir Anne, quitte à s'armer de patience. Conscient de sa valeur professionnelle, il estimait avoir réussi sa vie et en tirait une certaine vanité.

« Accepte Anne comme elle est puisque c'est comme ça que tu l'aimes, fantasque, imprévisible, et capable de se toquer d'une maudite baraque ! »

Mais il devinait que l'attitude d'Anne exprimait bien autre chose qu'un coup de tête pour un lieu. Peut-être était-elle restée trop longtemps dans l'ombre et était-ce à lui de s'effacer pour une fois.

« Nous n'avions pas de problème avant la mort d'Ariane. Aucun… »

Il le pensait sincèrement, tout en sachant qu'il avait tort. Dans un couple, les problèmes ne naissent pas du hasard, ne surviennent pas un beau matin. L'héritage n'avait été qu'un catalyseur.

Après avoir pris sa douche et s'être rasé soigneusement, il enfila un polo et un jean puis sauta dans sa voiture. La route de Castets jusqu'à la bastide ne lui prit que vingt minutes, ce qui rendait un peu dérisoire son prétexte de la distance pour ne pas habiter là-bas.

En débouchant dans la clairière, il vit d'abord la façade majestueuse éclaboussée de soleil – et qui avait tout de même beaucoup d'allure, il fallait bien l'avouer –, avant de découvrir une Mercedes garée à côté de la petite voiture d'Anne. Elle avait déjà des visiteurs, un dimanche à dix heures du matin ? Il alla droit à la porte de la cuisine et frappa un coup léger au carreau avant d'entrer.

Installés à table autour d'une corbeille de viennoiseries, un homme inconnu et son beau-frère Jérôme entouraient sa femme, face à Léo et Charles.

— Bonjour tout le monde ! marmonna Paul, vaguement désemparé par cette assemblée.

Il embrassa Anne, puis son fils, tapota l'épaule de Charles et serra la main de Jérôme, s'arrêta enfin devant l'inconnu.

— Je te présente Hugues Cazeneuve, agent immobilier, déclara Anne avec un sourire ravi. Paul, mon mari…

Les deux hommes se saluèrent, ensuite Anne se décala sur le banc pour faire une place à Paul tandis que Léo allait lui chercher une tasse de café.

— Hugues fait visiter une maison dans la région et il en a profité pour nous apporter des croissants, expliqua Anne. Tu en veux un ? Quant à Jérôme, il a débarqué hier après-midi sous une belle averse !

Elle semblait très à l'aise, détendue, heureuse de recevoir *chez elle*, et Paul eut aussitôt l'impression d'être exclu. Néanmoins, il était décidé à faire la paix et il lui entoura les épaules de son bras.

— Tu es de passage ? demanda-t-il à Jérôme.

— Non, je vais me poser ici un petit moment puisque ma sœur a la gentillesse de m'offrir l'hospitalité. Remarque, ce n'est pas la place qui manque !

Depuis la veille, Anne avait dû discuter avec son frère. Lui avait-elle suggéré de rester pour avoir de la compagnie ? Et quelles étaient les motivations de cet agent immobilier pour apporter des croissants ? Existait-il encore une chance qu'Anne veuille vendre ?

— Vous êtes intéressé par la propriété ? lança-t-il à Hugues d'un ton innocent.

— Oh oui ! J'ai même un bon client qui serait prêt à y mettre le prix, mais je crois que votre épouse n'est pas disposée à s'en séparer malgré toute mon insistance. On finira bons amis sans avoir fait affaire ensemble.

Un silence s'abattit sur la tablée jusqu'à ce que Jérôme murmure :

— Sacrée tante Ariane, hein ? C'est ce qu'on appelait autrefois les tantes à héritage…

Paul leva les yeux au ciel puis reporta son attention sur Hugues. Le côté ouvertement séducteur de cet homme lui déplaisait, ainsi que la familiarité dont il semblait user avec Anne.

— La météo annonce du grand beau temps pour aujourd'hui, déclara Léo. Est-ce que tu as pensé à prendre ma planche de surf ?

Paul avait oublié, ce qui le fit se sentir coupable de négligence envers son fils.

— Ça m'est sorti de la tête, désolé, mon grand. Mais si tu veux, on appelle Julien pour qu'il passe cet après-midi en apportant les siennes ? Tiens, il pourrait même déjeuner avec nous. Plus on est de fous... Est-ce que vous restez, monsieur Cazeneuve ?

— Non, je dois me sauver, j'ai rendez-vous. Et appelez-moi Hugues, je vous en prie. À bientôt, j'espère, et très bonne journée à tous.

Bientôt ? Il comptait donc revenir ? Paul le regarda serrer la main d'Anne un peu trop longtemps, affirmant qu'il n'avait pas besoin d'être raccompagné.

— Sympa, ce type, dit Jérôme à mi-voix.

Paul tourna la tête vers lui et le toisa ostensiblement.

— Si j'ai bien compris, tu t'installes ici ?

— Oui. Ça t'embête ?

— Pas du tout.

Il avait failli répondre que ça ne le regardait pas et qu'il s'en moquait. Depuis l'époque où il s'était lié d'amitié avec Valère, au lycée, il n'appréciait pas ce petit frère désinvolte qui se voulait marginal mais n'était à ses yeux qu'immature et paresseux. Valère, lui, possédait un réel talent de photographe, même s'il n'avait pas encore eu la chance de pouvoir s'imposer dans son métier.

— Je vais d'ailleurs en profiter pour bricoler un peu, ajouta Jérôme d'un ton goguenard. Il y a un million de choses à retaper dans cette baraque.

— Où as-tu appris à bricoler ? Dans mes souvenirs, tu ne savais pas planter un clou.

— Figure-toi que, à Londres, j'ai acquis pas mal de connaissances pratiques.

— J'ai hâte que tu nous offres une démonstration !

— Ne vous chamaillez pas, intervint Anne. Les garçons vont faire une balade en forêt, tu les accompagnes, Jérôme ?

Elle le poussa vers la porte pour lui faire comprendre qu'elle voulait rester seule avec son mari. Une fois qu'ils furent sortis tous les trois, elle se retourna vers Paul et lui adressa un nouveau sourire radieux.

— Je suis heureuse que tu sois là, tu m'as tellement manqué !

— Toi aussi, murmura-t-il en se levant.

Il la rejoignit, la prit dans ses bras et la serra contre lui. Pendant quelques instants, il oublia leur désaccord et sa propre rancœur, tout au plaisir de la retrouver, de sentir le parfum familier de son eau de toilette et la douceur de ses cheveux qui lui chatouillaient le cou.

— Tu veux voir ma chambre ? souffla-t-elle.

L'expression était maladroite, faisant de Paul un visiteur. Pourtant, elle ne pouvait pas dire « notre » chambre, il n'aurait pas apprécié non plus qu'elle veuille lui forcer la main.

— Viens…

Elle l'entraîna et il la suivit parce qu'il avait envie d'elle, tout en sachant qu'une réconciliation sur l'oreiller serait très éphémère.

⁂

Gauthier et Estelle avaient invité Lily, Éric et leurs deux filles à déjeuner au restaurant. Ils avaient leurs habitudes « Chez Albert », sur le port de pêcheurs, à deux pas de leur appartement, où ils allaient régulièrement déguster des fruits de mer ou des sardines grillées de Saint-Jean-de-Luz au beurre fondu.

Après le dessert, les deux adolescentes s'éclipsèrent pour aller se promener et Lily en vint aussitôt au sujet qui lui tenait à cœur :

— Est-ce que quelqu'un sait où en sont Anne et Paul ? D'après ce que j'ai compris, elle s'est installée pour de bon chez Ariane et il est resté à la maison. Je pense qu'elle est cinglée de le négliger ! Il travaille beaucoup, il a droit à un minimum de considération.

— Content de te l'entendre dire, marmonna Éric.

— Oh, je t'en prie, je m'occupe de toi tout le temps ! De toi, de la maison, des filles : je ne fais que ça. Anne n'a pas beaucoup de contraintes, avec Léo en pension et…

— Elle a son travail, intervint calmement Gauthier.

De leurs quatre enfants, seule Anne exerçait une véritable activité professionnelle et il s'en étonnait parfois. Enfant, elle avait été distraite, fantasque, pas très bonne élève, ce n'était pas sur elle qu'il aurait misé pour l'avenir. Mais finalement, Valère peinait à gagner sa vie malgré ses études de photographie réussies, Lily n'avait pas de métier, et Jérôme non plus. Au moins, Lily élevait ses enfants, mais que faisait donc le benjamin de son existence ? Sans l'avouer à voix haute, Gauthier était très déçu par Jérôme, il ne comprenait rien à son mode de vie désordonné, et lorsqu'il lui donnait un peu d'argent il n'avait même pas l'impression de l'aider. En regardant ses gendres, Éric et Paul, ou bien sa belle-fille Suki, tous acharnés à réussir, il se demandait ce qu'il avait raté dans l'éducation de ses enfants. Trop de sérieux, trop de routine ? Mauvaise communication ? Il n'avait pas réussi à transmettre ses valeurs et il s'en voulait.

— Papa, tu ne m'écoutes pas ! protesta Lily. Je te disais que tu étais le mieux placé pour parler à Anne. Toi, elle t'écoutera.

— Écouter quoi ? Quels conseils suis-je censé lui donner ? Laissez-la faire son expérience, elle finira par se lasser toute seule.

— Ariane ne lui a pas seulement légué ses biens mais aussi ses idées folles, murmura Estelle.

— Ma sœur était très attachée à cette maison, tenta d'expliquer Gauthier. Je n'ai jamais très bien compris pourquoi elle l'avait rachetée mais je sais qu'elle y tenait énormément. En ce qui me concerne, dans mes souvenirs d'enfant j'avais souvent peur là-bas, c'était trop grand. D'ailleurs, Ariane s'amusait à me flanquer la frousse au détour des portes ! Une fois vendue, mon père lui-même n'en a plus jamais reparlé, je ne crois pas qu'il la regrettait, ou alors il déplorait d'y avoir englouti tant d'argent.

— Eh bien, justement, ne laisse pas ta fille commettre la même bêtise ! s'emporta Lily. D'ailleurs, si Anne avait été correcte, elle n'aurait pas accepté cet héritage injuste, elle te l'aurait rendu.

— Ton père en aurait fait tout autre chose, s'empressa d'ajouter Estelle. Répartir l'argent entre vous quatre, par exemple…

— On ne peut pas « rendre » un héritage à quelqu'un, trancha Gauthier d'un ton sec. Ce serait illégal. De toute façon, je respecte sans réserve les dernières volontés d'Ariane. Nous n'étions pas proches l'un de l'autre, elle n'avait aucune raison de me choisir pour héritier.

Il était consterné que sa femme ait émis l'idée d'une quelconque répartition. Désormais, Lily allait se sentir lésée et elle l'exprimerait ouvertement, avec le soutien de sa mère. Une manière de mettre le ver dans le fruit, surtout connaissant le tempérament facilement envieux de Lily, qui n'allait pas manquer de vouloir rallier Valère et Jérôme à son point de vue. Et quand toute la famille en viendrait à se quereller…

Estelle avait baissé les yeux pour fuir le regard de reproche qu'il lui adressait. Fallait-il qu'elle ait cet héritage sur le cœur pour avoir parlé de la sorte, elle toujours si réservée. Éric lui-même semblait surpris et gêné par les propos de sa belle-mère, tandis que Lily gardait les lèvres pincées.

— Vous ne voudriez pas qu'on change de sujet ? proposa Gauthier. J'en ai par-dessus la tête de cette histoire.

— On s'inquiétait pour Anne, rappela Estelle en essayant de se rattraper. Pour Anne et Paul…

— Vraiment ? Eh bien, je crois qu'ils se débrouilleront sans qu'on s'en mêle !

Il leva la main pour réclamer l'addition mais, n'obtenant pas l'attention du serveur, il finit par se lever pour aller payer. Contrarié par les chamailleries familiales, il était obligé de constater que la bastide de son enfance, qu'il avait si facilement oubliée et jamais regrettée, revenait s'imposer à lui cinquante ans plus tard comme un élément de discorde. Bien sûr, il aurait aimé qu'Anne la vende sans se poser de questions au lieu de reprendre à son compte la démence d'Ariane. Qu'elle achète, par exemple, un appartement destiné à Léo lorsqu'il serait en âge d'habiter seul. Ou qu'elle en profite pour changer de maison si la sienne ne lui convenait pas. N'importe quoi de simple et de sensé, ce qui malheureusement n'était pas dans son tempérament. Ariane lui avait ouvert une porte sur l'aventure et elle s'y était engouffrée, mais peut-être Paul saurait-il la ramener à la raison ?

— Merci pour ce bon déjeuner, dit Éric en le rejoignant. Je me suis régalé avec le plateau de fruits de mer mais, la semaine prochaine, vous serez nos invités, chez nous. Je me propose de réunir toute la famille pour l'anniversaire de Lily et, avec Jérôme, nous serons pour une fois au complet !

Gauthier esquissa un sourire, amusé parce que Lily devait déjà ronchonner à l'idée de recevoir tout ce monde. Au moins, ce serait l'occasion d'observer Anne et Paul sans en avoir l'air. D'ici là, il ferait la leçon à Estelle pour qu'elle tienne sa langue au lieu de dresser leurs enfants les uns contre les autres.

⁂

La tête d'Anne nichée dans le creux de son épaule, Paul ne se sentait pas aussi apaisé qu'il aurait dû l'être. Passé le moment de plaisir qu'ils venaient de partager – et en fait ils s'étaient jetés l'un sur l'autre comme de jeunes mariés qu'ils n'étaient plus –, les questions en suspens revenaient le tarauder. Sans bouger, il détailla la chambre inondée de soleil. Cette pièce accueillante ne ressemblait pas au reste de la maison, Anne semblait s'être donné du mal pour la rendre aussi propre et pimpante. Dans le but d'y rester définitivement ?

Par l'une des fenêtres ouvertes, il entendit le rire de son fils, puis la voix rauque de Jérôme qui lançait une plaisanterie incompréhensible à cause des aboiements de Goliath. Tout le monde avait l'air de s'amuser, allait-il vraiment jouer les trouble-fête ?

— Il est affreusement tard, il faut que je m'occupe du déjeuner avant que ça devienne un goûter, marmonna Anne.

Elle s'écarta de lui en soupirant, embrassa son poignet au passage et se leva. Dans la lumière crue de l'été, Paul la trouva très belle, ce qui le rendit triste.

— Qu'est-ce que ce type faisait ici ? demanda-t-il, parce qu'il mourait d'envie de poser la question depuis son arrivée.

— Hugues ? Ben… il passait, comme il l'a dit. Je suppose qu'il ne perd pas espoir et qu'il veut être le premier sur les rangs au cas où je changerais d'avis. Un agent immobilier, c'est pire qu'un jack russell, ça ne lâche pas sa proie !

Avec un rire insouciant, elle balaya la question, mais il avait saisi une pointe d'embarras dans son attitude.

— Je crois qu'il te drague, hasarda-t-il.

— Et alors ? Je t'aime et je ne m'intéresse pas aux autres hommes. À part ça, plaire est toujours un peu flatteur, tu sais bien.

— Non, je ne sais pas !

Elle revint vers lui, se pencha pour l'embrasser.

— Ne te mets pas en colère pour des riens, chuchota-t-elle à son oreille.

Il la prit par la taille, la fit asseoir.

— Parlons de ce qui fâche, Anne. Ce Hugues Cazeneuve n'est qu'un détail désagréable de plus dans une situation explosive. Où allons-nous, toi et moi ?

Elle le dévisagea avec insistance jusqu'à ce qu'il se sente mal à l'aise.

— Je n'ai rien fait de mal, Paul. Rien contre toi, rien de répréhensible.

— Nous vivons pratiquement séparés, fit-il remarquer d'un ton aigre. Il faut bien que ce soit la faute de quelqu'un !

— Non, pas de « faute », je refuse que tu me serves ça.

Pour ne pas envenimer les choses, il se contraignit au silence, ravalant les répliques cinglantes qui lui venaient à l'esprit. Si Anne ne s'estimait responsable de rien, ils n'arriveraient jamais à trouver une solution.

— Je vais passer l'été ici et tu es libre de me rejoindre quand tu veux. Plus tu viendras souvent, plus ça me rendra heureuse.

— En somme, plus je céderai, plus tu seras contente ?

— Quel vilain mot…

— « Céder » ? L'un de nous deux va devoir s'y résoudre, non ?

Il s'en voulait de ne pas rester serein, il avait l'impression de jeter de l'huile sur le feu malgré lui.

— On vous attend ! cria Jérôme sous la fenêtre ouverte.

Anne ramassa ses vêtements, annonça qu'elle allait prendre une douche en vitesse, puis elle quitta la chambre sans rien ajouter. Paul garda quelques instants les yeux fixés sur la porte, se demandant s'il devait rester, déjeuner, s'amuser avec Léo et Charles comme si de rien n'était. Mais leur fils ne comprendrait pas qu'il s'en aille maintenant, qu'il ne soit venu que pour s'enfermer avec sa mère dans une chambre. Il se rhabilla, passa nerveusement ses mains dans ses cheveux et sortit à son tour.

⁂

À peine installée à Hossegor, je m'étais offert une voiture anglaise décapotable qui me permettait de filer le long de la côte, remontant immanquablement vers Lit-et-Mixe. Je me garais sur des chemins peu fréquentés et, munie de bonnes chaussures, je m'enfonçais dans la forêt. Comme une voleuse, je tournais autour de ces quatre malheureux hectares clos de grillages infranchissables, au milieu desquels se trouvait ma bastide. Désormais, la propriété n'était plus qu'une petite enclave préservée parmi nos terres d'autrefois.

Lorsque mon père avait vendu, en catastrophe, il s'était d'abord séparé de ses forêts, aussitôt rachetées par un autre forestier plus malin que lui, qui avait su prévoir la fin d'une époque et, à l'instar d'autres gros propriétaires forestiers, l'avait même provoquée. Car ces gens riches et puissants – ainsi que nous l'avions été – ne voulaient plus avoir affaire aux résiniers qui provoquaient sans cesse des grèves et des conflits sociaux de plus en plus violents. Ces employés mal payés devenaient trop exigeants, il fallait s'en débarrasser, organiser une reconversion. Elle fut simple et rapide puisque les pins avaient toujours été destinés, en fin de vie, à la coupe de bois. Et au fond, si les récoltes de résine ne devaient servir qu'à payer les résiniers, autant s'en passer ! Organisée en coulisse avec la complicité de l'État, ce fut donc la mort du gemmage… et la ruine de ma famille.

Lors de mes errances discrètes autour de notre ancienne propriété, je cherchais donc en vain des traces d'entailles sur les troncs ou des pots de terre cuite au pied des arbres. Tout cela n'existait plus, les pins étant désormais voués à finir en pâte à papier, et les pinèdes restaient désespérément silencieuses, vides d'activité. Je ne rencontrais presque personne tandis que je longeais obstinément ces fichus grillages, sans être dérangée mais sans rien voir de « ma » maison non plus. À chaque fois, au bout de mes longues marches, je me retrouvais devant un portail fermé qui me faisait bouillir de rage. Il aurait fallu oser l'ouvrir ou l'escalader, avancer en tapinois sur le chemin jusqu'à l'endroit où les arbres s'éclaircissent et laissent deviner la clairière. Jeter un regard, un seul, et puis m'enfuir en emportant l'image comme un trésor.

Mais je n'osais pas. Oh, pas par discrétion ou bienséance, ni même par crainte d'être surprise ! Non, je n'osais pas car j'avais peur de ce que je risquais de découvrir. Et si la bastide avait subi d'horribles transformations ? Si je ne reconnaissais plus rien ou si, bien plus grave, je ne ressentais rien en la contemplant ? J'y avais pensé chaque jour depuis quinze ans, et je ne souhaitais pas que ce rêve obsessionnel disparaisse d'un coup. En somme, je tenais à conserver mon fantasme intact car c'était le seul moteur de mon existence, j'en étais douloureusement consciente.

Entre deux randonnées, je profitais parfois de la plage d'Hossegor dont j'appréciais le sable fin, ou bien je m'offrais une flânerie autour du lac marin. Le soir, il m'arrivait de dîner au restaurant du casino, sans avoir la moindre pensée pour Maurice qui devait continuer à se ruiner autour des tables de roulette ou de black jack.

Ce fut le moment que choisit mon père pour mourir, ainsi que me l'apprit Gauthier venu de Biarritz afin de m'annoncer en personne la mauvaise nouvelle. Il n'était alors qu'un simple instituteur, jeune marié et jeune papa de la petite Lily qui venait de naître. Je n'avais pas assisté à son mariage car j'étais à cette époque-là en plein divorce d'avec Maurice, mais il ne m'en avait pas tenu rigueur et il continuait à m'appeler de temps à autre. À son air fatigué, à ses vêtements informes, je compris tout de suite qu'il ne roulait pas sur l'or et je proposai de payer l'enterrement, ce qui parut le soulager. Puis, comme nous ne nous étions pas vus depuis longtemps, je l'emmenai dîner et le fis parler. En deux heures, il me raconta tous les détails qu'il avait préféré m'épargner durant nos conversations téléphoniques. La terrible et inexorable dépression de notre mère dont on ne comptait plus les hospitalisations ; la longue maladie qui avait rongé notre père et fait de ses derniers jours un calvaire. Ainsi que le dévouement de sa jeune épouse, Estelle, qui semblait une femme modèle.

Son récit me laissa tout à fait désemparée. Éprouvais-je un quelconque chagrin ? J'avais aimé mon *père jusqu'à mes dix-huit ans, je m'en souvenais très bien, mais ensuite ma rancune envers lui avait occulté tout autre sentiment. Depuis qu'il m'avait conduite à l'autel, le jour de mon premier mariage, je l'avais effacé de mon existence. Était-ce pour le punir de m'avoir autant déçue, autant frustrée ? J'avais également rangé ma mère dans un petit recoin obscur de ma mémoire, jugeant impardonnable qu'elle se soit si bien accommodée de sa déchéance. Quant à Gauthier…*

Au cours de ce dîner, je ne cessai de le regarder, ébahie de voir l'homme qu'il était devenu. En vain, je cherchais sur ses traits une ressemblance avec le petit garçon d'autrefois, ce petit frère que je traînais derrière moi dans les forêts et que je m'amusais à effrayer le long des couloirs de la bastide. Mon Gauthier, celui que j'appelais « Titi » lorsqu'il était enfant, m'apparaissait à la fois familier et étranger, en tout cas il m'intriguait. Avec la mort de notre père et l'aliénation mentale de notre mère, Gauthier restait donc ma seule famille, une constatation qui me fit froid dans le dos. Et je ne connaissais même pas sa femme, ma belle-sœur ! Pour réparer toute cette indifférence qui me donnait soudain des remords, je décidai de séjourner quarante-huit heures à Biarritz. Une fois notre père enterré – et je comptais faire les choses en grand –, j'aurais le temps de m'intéresser un peu à Estelle et à la petite Lily.

⁂

— Qu'est-ce que tu lis de si passionnant ?

Anne leva les yeux du cahier de moleskine, stupéfaite de découvrir Julien debout à côté de sa chaise longue.

— Le récit de jeunesse de ma tante Ariane. Un truc édifiant ! Mais dis-moi, tu es venu à pied ? Je n'ai pas entendu ta moto.

Amusé, il désigna sa voiture garée un peu plus loin.

— J'ai pris le break pour pouvoir apporter les planches de surf à la plage. Ton fils et son copain se sont bien amusés, ils ne vont pas tarder à rentrer avec Paul et Jérôme. Mais pour que tu n'entendes même pas un bruit de moteur, il faut que tu sois vraiment perdue dans ta lecture ou tes pensées…

Il la regardait d'un air interrogateur, sans oser formuler de question plus précise.

— Paul est toujours braqué contre cet endroit, déclara-t-elle avec un geste éloquent vers la façade de la maison. Et contre moi par la même occasion. C'est pour ça que je suis restée ici, pour le laisser seul avec les garçons.

Un peu embarrassé, il se contenta de hocher la tête.

— Je sais que tu ne peux pas prendre parti, Julien, et personne ne te demande de le faire. Tu dînes avec nous ?

— Volontiers.

— Alors, je vais faire une omelette et une salade géantes !

La présence de Julien améliorerait peut-être l'humeur de Paul, du moins l'espérait-elle. Sachant que l'instant crucial aurait lieu en fin de soirée, lorsque Paul déciderait soit de monter se coucher avec elle, soit de rentrer à Castets, elle voulait mettre toutes les chances de son côté. Avoir fait l'amour ne les avait pas vraiment rapprochés puisque dès le plaisir passé ils avaient recommencé à se quereller, mais s'endormir tendrement dans les bras l'un de l'autre pouvait les réconcilier.

— Tu as de la ciboulette sauvage au coin de la maison, fit-il remarquer. Veux-tu que j'en coupe pour l'omelette ?

Suivant son regard, elle se mit à rire.

— Elle n'a rien de sauvage, c'est Ariane qui l'avait plantée !

— Ta tante jardinait ?

— Pas du tout, sauf en cas de lubie. D'ailleurs, elle prétendait ne rien savoir faire de ses dix doigts. Elle avait été élevée comme une princesse, on ne lui avait rien appris de pratique.

Julien lui jeta un coup d'œil scrutateur mais affectueux.

— Tu l'aimais bien, hein ?

— Oui.

La brièveté de sa réponse exprimait toute sa lassitude à parler d'Ariane car elle n'avait pas envie de se justifier une fois de plus.

— Allez, hop, en cuisine ! décida-t-elle.

Coinçant le cahier sous son bras, elle précéda Julien. À eux deux, ils préparèrent une jolie table, une salade de tomates et laitue, un plateau de fromages. Puis Anne battit les œufs pendant que Julien rinçait et coupait la ciboulette.

— Quand Paul se lance dans une recette, déclara-t-elle, il préfère qu'on le laisse tranquille et je n'ai même pas le droit de le regarder faire. Je crois que c'est parce qu'il goûte dix fois sa préparation en se léchant les doigts ! Mais il est doué, il concocte des plats vraiment délicieux.

— En ce qui me concerne, j'arrive à peine à nourrir les jumeaux avec du jambon, des frites surgelées et des esquimaux. Comme je vais les avoir quinze jours à la maison, j'ai pris une jeune fille au pair. C'est une Irlandaise qui vient d'une famille nombreuse et qui sait faire de vrais menus, avec des légumes frais et des gâteaux maison. Évidemment, c'était plus simple quand elle était là…

Il se refusait toujours à prononcer le prénom de son ex-femme. Par chagrin ou par rancune ?

— Tu penses encore à elle, Julien ? demanda doucement Anne.

— Pour la déception sentimentale, je crois être à peu près remis. Mais pour le gâchis que nous avons fait, j'ai beaucoup de regret. Et, sincèrement, j'espère qu'il ne vous arrivera pas la même chose, à Paul et à toi. Briser une famille pour une connerie d'infidélité…

Elle se tourna vers lui en se demandant s'il la croyait infidèle. Imaginait-il qu'elle était venue habiter la bastide pour y cacher un amant ? Comme s'il avait lu dans ses pensées, il lui adressa un sourire désarmant.

— Vous deux, c'est encore plus bête, il ne s'agit que d'un malentendu. Avec un peu moins d'orgueil et de susceptibilité, vous devriez vous en sortir facilement. Mais ne laissez pas pourrir la situation jusqu'à ce qu'elle devienne inextricable. Bon, en disant ça j'ai l'air de donner des leçons alors que je suis très mal placé pour le faire !

— Arrête de te fustiger.

Elle l'observait avec une attention nouvelle, presque de la curiosité. Que savait-elle de lui sinon qu'il était l'associé de Paul, un mari trompé, un père responsable et un bon ami ?

— Julien, tu devrais sortir, voir des filles, tomber amoureux.

Ils restèrent une seconde les yeux dans les yeux puis elle baissa la tête, mal à l'aise, ayant senti passer quelque chose d'un peu ambigu entre eux. À croire que s'être éloignée de Paul depuis quelques jours et avoir bouleversé sa vie changeait son regard sur les hommes. Sur les hommes et sur la vie en général. Elle avait retrouvé une sorte d'appétit, d'impatience, le même état d'esprit que lorsqu'elle avait vingt ans. Et elle venait de regarder Julien comme un homme, pas comme un copain faisant partie du paysage.

— On peut prendre l'apéritif dehors en les attendant, déclara-t-elle. On n'aura qu'à s'asseoir sur les marches du perron, je n'ai pas de meubles de jardin !

Elle sortit pendant qu'il servait deux verres. Les ombres des pins commençaient à s'allonger dans la clairière et un vent léger tiédissait l'air du soir. Pourquoi Paul détestait-il un endroit si privilégié ? Tous ceux qui venaient ici admiraient l'architecture de la bastide et sa situation exceptionnelle. Hugues Cazeneuve, qui devait pourtant avoir vu des centaines de propriétés, affirmait que celle-ci était rare et que, malgré ses défauts de vétusté, elle était l'une des plus séduisantes de la région. Paul refusait de l'admettre et s'accrochait à leur petite maison de Castets, rejetant la bastide sans appel. À cause d'Ariane ? Il n'avait aucune raison de la détester et le fait de l'avoir trouvée morte ne l'avait sûrement pas traumatisé à ce point. Non, son refus ne visait qu'Anne, ils s'étaient lancés dans un bras de fer dont il voulait sortir vainqueur à tout prix.

Assise sur la pierre chaude du perron, elle vit la voiture de Paul qui remontait le chemin menant à la clairière. Léo agitait la main par une fenêtre et elle se força à sourire, le cœur serré.

7

Lily avait bien fait les choses et le dîner s'était déroulé dans une ambiance joyeuse. Mais quand Éric apporta le gâteau d'anniversaire, chargé de quarante et une bougies, elle eut une petite moue irritée.

— On ne doit plus préciser mon âge, chéri !

— Nous sommes en famille, ton âge n'est un secret pour personne. Et tu es rayonnante…

Il l'embrassa, avant de l'aider à souffler les bougies tandis qu'une de leurs filles remarquait que la cire avait coulé sur les fraises. L'autre en profita pour s'adresser à Anne, qui était en face d'elle, et lui demanda d'une voix faussement innocente :

— Alors, ta nouvelle maison ? Léo dit que c'est génial !

Le garçon fusilla sa cousine du regard mais elle l'ignora.

— Très agréable, répondit posément Anne, surtout l'été. Il faudra que vous veniez, tous, on fera un barbecue.

Estelle leva les yeux au ciel, comme s'il s'agissait d'une invitation tout à fait incongrue, mais Gauthier approuva :

— Bonne idée ! On ira passer un dimanche avec vous et je préparerai des brochettes de poisson.

Anne eut un sourire reconnaissant. Au moins, son père ne semblait pas contre elle alors qu'il aurait pu être le seul à lui en vouloir. Et sans doute n'avait-il pas vraiment envie de remettre les pieds là-bas, pourtant il faisait contre mauvaise fortune bon cœur. En le regardant, Anne essaya d'imaginer le petit garçon, puis le jeune instituteur qu'évoquait Ariane dans son cahier. Elle était impatiente de lire la suite, de savoir si le frère et la sœur s'étaient rapprochés lors de l'enterrement.

— Je reviens tout de suite, chuchota Suki qui était assise à côté d'elle.

Très pâle, la jeune femme se leva en hâte et s'éclipsa. Vaguement inquiète pour elle, Anne attendit deux minutes avant de la suivre. Elle se dirigea vers la salle de bains du rez-de-chaussée qui se trouvait à l'autre bout de la maison et vit Suki qui sortait des toilettes, la mine bouleversée, les larmes aux yeux.

— Qu'est-ce qui se passe ? Tu te sens mal ?

Suki lui tomba dans les bras et s'accrocha à elle en sanglotant.

— Encore une déception ! Mon Dieu, pourquoi ? Pourquoi je n'y arrive pas ? J'avais huit jours de retard et j'étais presque sûre que… Mais non, c'est raté une fois de plus, je n'attends pas de bébé.

Elle s'écarta, frotta rageusement ses joues.

— Pardon, Anne, je ne devrais pas t'ennuyer avec ça.

— Tu ne m'ennuies pas, ne sois pas bête.

Anne la fit entrer dans la salle de bains et la regarda se laver les mains puis se passer de l'eau sur le visage. Quand elle releva la tête, elle s'observa dans le miroir avec une expression de dégoût.

— Nous n'aurons jamais d'enfant, dit-elle d'une voix désespérée. J'en suis incapable !

— Tu n'en sais rien. Sois patiente.

— Je l'ai été. Mais je crois qu'on a tout essayé.

— Et vous n'avez jamais pensé à… à l'adoption ?

— Pas encore. Il paraît que c'est compliqué, un interminable parcours du combattant, et qu'il faut avoir un dossier en béton.

Elle avait donc pris des renseignements et à l'évidence, elle y songeait, même si elle n'en avait pas parlé à Valère.

— Tu as Léo, ajouta-t-elle, et Lily a ses filles. Tu ne peux pas imaginer à quel point je vous envie. En plus, j'ai peur, je me dis qu'un jour Valère en aura assez d'attendre.

— Il t'aime, Suki.

— Avec moi, il voulait fonder une famille. Eh bien, c'est raté ! Tu sais, il ne m'a rien caché de son passé, de toutes ses aventures, et il a dit que j'étais la première femme en qui il voyait la mère de ses enfants. Une belle déclaration, non ? Mais voilà, je ne suis pas fichue de lui en donner un seul parce que mon corps *ne veut pas*. Saloperie, tiens !

Elle venait de se donner une grande claque sur le ventre et Anne se précipita vers elle.

— Ne fais pas ça !

— Dans mon pays, il n'y a pas si longtemps, une femme se serait fait hara-kiri.

— Heureusement, le monde a changé. Je…

— Mais qu'est-ce que vous fichez ? s'exclama Lily d'une voix suraiguë. Vous pourriez au moins venir manger mon gâteau d'anniversaire !

Anne lui lança un regard furieux, que Lily interpréta de travers.

— Eh bien quoi ? Vous faites bande à part devant un lavabo, ce n'est pas très gentil pour moi. Vous avez des secrets ? Anne raconte qu'elle va quitter son mari ? Ce n'est un mystère pour personne, ma chérie !

Éberluée, Anne fit un pas vers sa sœur.

— Tu es cinglée ? Où as-tu été chercher une idée pareille ?

— Dans un couple, faire chambre à part est plutôt mauvais signe, alors maison à part, tu penses !

Elle eut un petit rire détestable, celui dont elle usait déjà, jeune fille, pour se moquer de sa cadette. Leurs six ans d'écart lui avaient toujours conféré une sorte de supériorité, sauf maintenant qu'elle refusait de dire son âge.

— Tu ne comprends rien, soupira Anne.

Elle la planta là, abandonnant Suki à regret, mais elle ne voulait pas se disputer avec sa sœur un jour d'anniversaire. Et surtout pas au sujet de Paul. Certes, ils n'allaient pas vraiment bien, mais ça ne concernait qu'eux. Le dimanche précédent, Paul n'était pas resté dormir, agacé tout le long du dîner par les plaisanteries douteuses de Jérôme et l'air de chien battu de Léo. Celui-ci avait bien compris que ses parents n'étaient pas d'accord du tout au sujet de la maison et qu'il restait peu de chances d'y habiter tous ensemble. En bon fils, il n'avait rien dit de sa déception, cependant elle était perceptible et devait contribuer à l'exaspération de Paul.

Au lieu de rejoindre la famille, Anne sortit de la maison. Située non loin du lac, c'était une petite villa basco-landaise typique qui faisait la fierté de Lily et qu'Éric avait dû payer cher. Mais Hossegor était bien trop touristique pour Anne, elle n'aurait jamais vécu là, dans ce que les brochures appelaient « la capitale du surf, le paradis du golf ». Lorsque Paul avait choisi Castets pour exercer, elle avait été ravie que ce soit un peu retiré dans les terres, hors du parcours des vacanciers. Elle n'appréciait pas beaucoup la foule et l'agitation, peut-être était-ce l'une des raisons de son coup de cœur pour la bastide. Mais il y en avait d'autres, qu'elle n'avait pas encore réussi à identifier. Au-delà de l'histoire d'Ariane consignée sur les pages du cahier, Anne avait la sienne à écrire.

— Qu'est-ce qui se passe ? chuchota Paul dans son dos. Tu ne veux pas revenir à table ? Je te rappelle qu'Éric fait du très bon café…

Comme il avait passé ses bras autour de sa taille, elle se laissa aller contre lui en poussant un long soupir. Enfin un geste de tendresse et des mots prononcés d'une voix conciliante ! Elle eut envie de s'abandonner, de lâcher prise.

— Lily dit des horreurs sur nous, Paul.

— Et tout le monde nous regarde avec curiosité, je sais. Bon, écoute, j'ai quelque chose à te proposer.

Elle sentait son souffle dans ses cheveux, sa chaleur dans son dos. Elle s'appuya de tout son poids, heureuse qu'il soit là avec elle, solide et rassurant.

— Puisque tu t'y plais, tu n'as qu'à rester tranquillement là-bas jusqu'à la fin de l'été avec Léo, il sera content. Je viendrai tous les week-ends, et même certains soirs de semaine si je ne finis pas trop tard. En échange…

Il l'embrassa près de l'oreille et la serra davantage, mais déjà elle s'était raidie.

— En échange ?

— Tu vas me promettre d'envisager une mise en vente cet automne. Pas forcément de le faire, Anne, juste d'y penser.

Elle faillit accepter. Pour avoir la paix, pour qu'ils se retrouvent complices comme avant, pour faire taire toute la famille, pour profiter du délai. Mais c'était malhonnête. L'idée de se séparer de la bastide la rebutait, et qu'on cherche à l'y forcer la hérissait.

— Oh, Paul…, soupira-t-elle, déçue.

Il attendait qu'elle dise quelque chose, qu'elle se montre un peu conciliante, et sans doute croyait-il avoir fait de son côté une grosse concession. Pourtant, c'était toujours donnant-donnant, la même forme de chantage, et aussi le même refus.

— Je la garde, finit-elle par articuler, sachant que mentir ne servirait qu'à repousser le problème, à le rendre plus aigu.

— On dirait une enfant qui s'accroche à son jouet !

Elle fit volte-face et plongea son regard dans celui de son mari.

— À part toi et notre fils, je n'ai jamais autant tenu à quelque chose qu'à cette maison. Tu peux trouver ça puéril ou égoïste mais c'est vraiment important pour moi. Tu ne veux pas essayer de me comprendre ? Jusqu'ici, je t'ai aidé de mon mieux, j'ai respecté tes choix, tes ambitions, tes désirs. Mais j'ai aussi les miens.

— Tu considères que tu t'es sacrifiée ?

— Non, ça me convenait, on marchait main dans la main et je trouvais ça normal. Aujourd'hui, parce que pour la première fois je ne fais pas ce que tu souhaites, tu cries à la trahison. Tu t'éloignes de moi comme si tu voulais me punir. D'ailleurs, tout le monde a l'air de vouloir me punir de cet héritage dont il faudrait que je me défasse au plus vite. On m'ordonne de rentrer dans le rang et de ne rien laisser dépasser. Eh bien, j'en ai marre d'être une gentille fille qui doit faire plaisir aux autres et se conformer à ce qu'on attend d'elle !

Il détourna son regard mais il avait le visage fermé, il était en colère.

— Depuis combien de temps ne m'as-tu pas dit : « Je t'aime » ? poursuivit-elle d'une voix plus sourde. Tout ce que j'entends, depuis des mois, c'est : « Vends, vends, vends ! » Tu n'as pas cherché à savoir si ça me faisait de la peine, ni pourquoi. Ce que j'éprouve ne semble pas compter, je ne suis qu'une enfant qui s'accroche à son jouet…

Elle s'éloigna de lui, soudain très fatiguée. Elle n'avait plus envie d'argumenter et de se justifier. Sûr de son bon droit, Paul ne lui disait en effet plus rien de gentil, il ne l'appelait plus trois fois par jour, il boudait dans son coin, et le marché qu'il venait de lui proposer était sordide. Il lui ferait le cadeau de sa présence si elle acceptait ses conditions ? Mais bon sang, ça ne ressemblait pas à Paul ! L'homme qu'elle avait épousé et qu'elle connaissait si bien ne marchandait pas. Il ne rejetait pas, n'exigeait pas, ne menaçait pas. Que lui était-il donc arrivé ?

Et elle, que lui arrivait-il ? Elle aurait voulu partir sur-le-champ, rentrer chez elle, ne pas avoir à se soucier de Léo et de Jérôme qu'elle devait ramener, de Paul qui allait recommencer à bouder, du regard inquiet de son père et de l'air pincé de sa mère. S'enfuir, en quelque sorte, ce qui était évidemment impossible. Elle passa ses doigts dans ses cheveux, tira dessus un bon coup, s'obligea à sourire, puis elle se tourna vers Paul qui n'avait pas bougé.

— Allons boire ce café, dit-elle en lui tendant la main.

⁂

L'enterrement fut ce qu'il devait être : sinistre. Peu de gens s'étaient déplacés, mon père ayant perdu toute relation avec son ancien milieu et ne s'étant pas fait d'amis dans la dernière partie de sa vie. Pour le cercueil et les fleurs, j'avais mis le prix qu'il fallait et nous n'avions pas à en rougir. Ma mère, bourrée de tranquillisants, assista à la cérémonie avec hébétude, ne sachant pas où elle était, et d'ailleurs, elle ne me reconnut pas. Gauthier faisait semblant de lui parler normalement, sans obtenir la moindre réponse, et la douce Estelle lui cramponnait un bras tandis qu'une infirmière tenait fermement l'autre. Il s'agissait sans doute de sa dernière sortie, car à l'évidence elle devrait désormais rester en maison de repos. Pour assurer cette retraite médicalisée, je suggérai à Gauthier de vendre l'horrible maison de Biarritz achetée après la vente de la bastide. Il fit un peu la grimace car il considérait qu'il y avait été heureux durant son adolescence, mais comme il était logé par l'Éducation nationale et n'avait pas besoin d'un toit, il s'y résigna. Notre mère fut mise sous tutelle pour nous permettre de réaliser l'affaire, et je réussis à convaincre Gauthier de confier les fonds à un notaire, Pierre Laborde en l'occurrence. Cette idée m'était venue en entendant Estelle proclamer qu'elle souhaitait « beaucoup » d'autres enfants après la petite Lily. Libre à elle de pondre toute la ruineuse marmaille qu'elle désirait, mais ma mère devait pouvoir finir ses jours dans la dignité, une dignité qui coûtait fort cher et qui serait ainsi réglée d'avance. Quel paradoxe de songer que c'était tout ce qui restait de l'ancienne fortune des Nogaro ! À une époque, nous avions été riches, puis quasiment ruinés, et le peu qui subsistait lui servirait juste à ne pas finir dans l'indigence.

Durant mon passage à Biarritz, je ne parvins pas à m'attacher à la petite Élisabeth, dite Lily, une enfant peu avenante et capricieuse. Quant à Estelle, je la jugeai étriquée, terne, incapable de proférer une opinion personnelle. En conséquence, j'abrégeai mon séjour, consternée par le peu d'affinités – et d'affection véritable – entre Gauthier, sa petite famille et moi. Néanmoins, de retour à Hossegor, je me demandai pour la première fois depuis quinze ans si ma quête du bonheur n'était pas totalement absurde. Car même si j'avais trouvé mièvres et déplacés les petits gestes câlins d'Estelle envers son mari, ces deux-là semblaient s'aimer pour de bon. Or je ne savais rien de l'amour. J'avais connu le désir avec certains hommes – en dehors de mes maris, s'entend –, mais jamais la tendresse, encore moins le cœur qui bat la chamade. Et j'étais lucide, ce ne seraient pas les murs d'une maison qui m'offriraient ce sentiment. Seulement, les murs, je pouvais finir par les racheter à force d'entêtement, tandis que l'amour… Où le dénicher ?

Je m'en ouvris à Pierre Laborde, qui venait de Dax une fois par mois pour déjeuner avec moi. Son conseil fut de « regarder autour de moi ». Parlait-il pour lui ? Je ne voulais pas la moindre ambiguïté dans nos rapports et je ne l'encourageai pas à poursuivre dans cette voie. Cependant, j'adoptai sa suggestion et me mis à considérer les hommes pour ce qu'ils étaient plutôt que pour leur compte en banque. En retour, je me fis modeste, ne voulant pas non plus qu'on me courtise pour mon argent.

Six mois plus tard, je rencontrai Paul-Henri et j'eus l'impression de m'éveiller à la vie.

⁂

Interrompue dans sa lecture par la sonnerie du téléphone, Anne reposa le cahier. La mère de Charles, qui invitait Léo à passer deux semaines en Espagne, voulait planifier les derniers détails du voyage. Chaque été, les deux garçons s'arrangeaient pour être séparés le moins possible, et en échange de ce séjour en

Andalousie, Charles viendrait finir les vacances avec Léo à la bastide.

En raccrochant, Anne se souvint que Léo n'avait pas abandonné son idée de billard. Il comptait demander de l'argent pour son anniversaire, qui tombait en août, et dénicher une bonne occasion sur Internet. Mais ce projet signifiait une chose : Léo avait compris que sa mère resterait là. Or, s'il aimait bien la bastide, il devait néanmoins s'inquiéter de voir ses parents se quereller. De quelle manière un adolescent réagissait-il, pris entre le marteau et l'enclume ? Comme tous les garçons de son âge, il voulait protéger sa mère et ne tarderait pas à s'affronter avec son père pour affirmer sa virilité. Cette histoire de maison lui en fournissait l'occasion, et Paul le vivrait très mal, forcément. Pendant ce temps-là, le reste de la famille ne manquerait pas de faire remarquer qu'Anne avait semé la zizanie entre le père et le fils. Or, même si elle était décidée à ne pas tenir compte de ce genre de commentaire acide, elle en souffrirait malgré tout.

Elle se leva pour aller ouvrir la fenêtre et l'odeur des pins chauffés par le soleil envahit la pièce. À présent, elle était bien installée dans l'ancien bureau d'Ariane devenu le sien. Elle avait gardé le vieux tapis aux couleurs passées, néanmoins encore assez confortable, ainsi que l'élégant secrétaire à rideau où s'entassaient les albums photos, et bien sûr le bureau de chêne blond dont elle avait enfin vidé tous les tiroirs. Les balafres du plateau étaient plus ou moins cachées par son ordinateur et son imprimante, mais ces marques laissées par des stylos au fil du temps ne la gênaient pas. Chaque jour, elle venait travailler deux ou trois heures et elle expédiait régulièrement leurs bilans comptables à ses clients. En revanche, elle avait repoussé à septembre ses visites aux entreprises qui l'employaient, dont la plupart allaient d'ailleurs fermer pour les vacances.

Baissant les yeux vers la clairière, elle constata une fois de plus que le sol était couvert d'épines de pin mêlées à une fine couche de sable apportée par le vent depuis les dunes. Impossible de faire pousser de l'herbe là-dessus. Comment était donc organisée la clairière, à l'origine ? Sur une vieille photo, elle semblait faite de petits cailloux blancs, avec des parterres de fleurs le long de la façade. Des fleurs entretenues à l'époque par le jeune homme bien bâti qu'Ariane regardait trop. Cette petite confidence du début du cahier avait fait sourire Anne, mais depuis qu'il était question dans le récit de son père et de sa mère, présentés sous un jour inattendu, elle prenait sa lecture beaucoup plus au sérieux.

Quoique traiter Lily d'enfant « capricieuse et peu avenante », c'était assez drôle…

Elle aperçut Jérôme qui revenait du portail où il était allé chercher le courrier, comme chaque jour. Il s'était approprié cette petite corvée, mais c'était bien l'une des rares tâches dont il se chargeait. Pour le reste, il faisait semblant de bricoler ici ou là sans rien entreprendre de vraiment constructif. Anne allait devoir établir une liste des réparations urgentes, à condition qu'il soit capable de s'y atteler. Ce qu'il avait appris à Londres ne se voyait pas beaucoup jusqu'ici.

« Il faut qu'il trouve un travail pour la rentrée, il ne peut pas rester oisif. »

Quelque chose dans l'attitude de son frère l'inquiétait. Il paraissait vivre au jour le jour, ne parlait pas d'avenir, ne cherchait pas à sortir de la maison, sinon pour aller à la plage. Il prétendait avoir laissé la plupart de ses affaires en Angleterre et il n'avait que deux jeans troués, des chaussures éculées, des tee-shirts informes. Ne possédait-il rien d'autre ? Elle aurait bien voulu en parler à quelqu'un mais Paul ne serait sûrement pas disposé à l'écouter, quant aux autres membres de la famille, elle avait un peu l'impression d'être devenue pour eux une brebis galeuse. Il n'y avait guère qu'avec Suki qu'elle aurait pu discuter, si celle-ci n'avait pas eu des problèmes bien plus sérieux. Anne lui avait téléphoné deux fois depuis le début de la semaine et l'avait trouvée vraiment déprimée.

Elle ferma la fenêtre, éteignit son ordinateur et alla chercher son sac. Elle avait rendez-vous avec Pierre Laborde, dans son étude de Dax, et il était temps de partir.

⁂

Paul ôta son masque et ses gants, puis il échangea un regard avec Julien.

— Je crois qu'on a gagné, vieux !

Ils se tapèrent dans la main, un geste rituel pour saluer les opérations réussies. Une heure plus tôt, le chat étendu sur la table avait été amené en urgence par son propriétaire. Celui-ci l'avait récupéré sur la route, devant chez lui, percuté par une voiture et éventré.

— Il revient de loin, soupira Julien en jetant un coup d'œil vers la pendule murale.

Dans la salle d'attente, les rendez-vous s'étaient entassés, tout le monde devait s'impatienter malgré les explications de Brigitte. Julien prit délicatement le chat et passa dans la pièce voisine où il l'installa dans une cage.

— Je viendrai surveiller son réveil entre deux clients, dit-il à Paul. D'ici là, je crois qu'on peut annoncer à son maître que Méphisto s'en est tiré pour cette fois.

— Et qu'il ferait mieux de ne plus le laisser sortir de la maison !

Ils enlevèrent leurs blouses tachées de sang et en enfilèrent d'autres. Puis ils se dirigèrent vers leurs cabinets respectifs mais Julien arrêta Paul une seconde.

— Tu es vraiment décidé, pour tes vacances ?

— Oui, ça me fera du bien et j'en ai besoin !

Contournant Julien, il se dépêcha d'aller chercher un client auprès duquel il s'excusa pour son retard. La tête ailleurs, il enchaîna ses consultations. Sa décision de s'éloigner quelques jours le soulageait. Plus de disputes avec Anne, plus de maison vide le soir. Restait juste à le lui annoncer, et il comptait le faire par téléphone pour éviter un affrontement supplémentaire. Il s'était programmé une semaine à Paris, il en profiterait pour rendre visite à ses parents qui avaient choisi de s'installer dans la capitale au moment de leur retraite. Et pour se vider la tête, il ferait ce qu'il n'avait jamais le temps de faire, visiter des musées, voir des expositions, aller au cinéma. Indirectement, Julien lui en avait fourni l'idée car il s'était distrait de cette façon-là après son divorce. Mais bien sûr, quand Paul lui avait annoncé qu'il allait suivre son exemple, Julien s'était récrié. Il prônait la réconciliation pure et simple, exhortant Paul à aller habiter la bastide au lieu de se buter pour de mauvaises raisons.

Mauvaises, sûrement. Susceptibilité froissée, orgueil mal placé, besoin d'avoir raison et d'imposer sa volonté : Paul admettait tout cela. Mais aussi, de manière légitime, il ne s'imaginait pas travaillant d'arrache-pied pour engloutir tout son argent dans la réfection d'une vieille bâtisse. Lorsqu'il était petit, ses parents s'efforçaient d'entretenir une maison ancienne pleine de courants d'air et de fissures, dont il ne gardait pas un très bon souvenir. Il avait toujours su qu'il se ferait construire un jour une habitation moderne, douillette, pratique, et qui ne lui causerait aucun souci. Son cadre de vie l'intéressait d'ailleurs assez peu puisqu'il passait tout son temps dans sa clinique vétérinaire. Alors, rentrer le soir pour se mettre à bricoler ou à étudier des devis d'artisans ? Non, jamais.

Seulement, il y avait Anne. Même si elle l'exaspérait avec son entêtement ridicule, il l'aimait. Et il ne voyait pas comment ils allaient s'en sortir tous les deux, après s'être enferrés dans une telle dissension. L'éloignement leur permettrait peut-être de se calmer l'un et l'autre. Jusqu'ici, Anne n'avait pas dû mesurer les conséquences, elle faisait comme si de rien n'était quand il se rendait à la bastide, et sans doute finissait-elle par se persuader que tout s'arrangerait. Trop facile !

Après avoir expédié son dernier client et mis les fichiers de l'ordinateur à jour, il trouva Brigitte et Julien en train de bavarder dans la salle d'attente déserte. Son arrivée les fit taire abruptement, preuve qu'ils devaient parler de lui.

— J'allais partir, déclara Brigitte, mais je voulais vous souhaiter de bonnes vacances. Reposez-vous et revenez-nous avec meilleure mine !

— Je vais essayer. Voulez-vous que je vous rapporte une petite tour Eiffel, Brigitte ?

Sans se vexer de la plaisanterie, elle répondit du tac au tac :

— Plutôt des macarons de chez Ladurée. Allez, amusez-vous bien et tâchez de rentrer de bonne humeur.

Elle s'en alla en agitant la main tandis que Julien retenait Paul par la manche.

— Tu es sûr que c'est une bonne idée, ce séjour en solitaire ? Anne aurait peut-être aimé t'accompagner, vous n'allez jamais à Paris ensemble ! Léo sera en Espagne et Jérôme pourrait garder Goliath, pourquoi ne pas en profiter ?

Paul le dévisagea sans répondre et Julien se hâta d'enchaîner :

— D'accord, je me mêle de ce qui ne me regarde pas, mais tu n'arrangeras rien en fuyant. Je suis triste pour vous de voir la tournure que ça prend. Voilà, mon vieux, j'ai dit ce que j'avais à dire.

Il donna une bourrade un peu maladroite à Paul, comme pour s'excuser de sa franchise, puis il récupéra son casque de moto qu'il avait posé sur le comptoir. Pour lui, Paul avait tort, il s'étonnait même de le découvrir sous ce jour inattendu. Mais bien sûr, l'expérience des autres ne servant à rien, Julien aurait beau lui crier casse-cou, Paul n'en ferait qu'à sa tête. En l'occurrence, une vraie tête de mule. Il faisait toute une histoire parce qu'il trouvait sa maison vide le soir, mais rien ne l'empêchait de rejoindre sa femme. Julien aussi était seul quand il rentrait chez lui, toutefois il avait eu le courage de se demander quelle était sa part de responsabilité dans ce désastre. Si sa femme l'avait trompé, si elle était tombée amoureuse d'un autre, ce n'était pas forcément le hasard ou la fatalité. Il n'avait rien vu venir parce qu'il ne s'était pas occupé d'elle, de ses désirs et de ses frustrations, trop absorbé par son travail, trop certain que leur existence était sur des rails. Tombé de haut, il avait fini par comprendre qu'il aurait sans doute pu éviter la chute s'il s'était montré plus vigilant. Il se souvenait des scènes inutiles qu'il avait faites, de sa colère égoïste, et surtout de son chantage : « Pars si tu veux, la porte est là ! », qui s'était retourné contre lui. En voyant Paul commettre la même erreur, bien que le contexte soit différent, il se sentait sincèrement désolé. Il ne voulait pas que son couple d'amis se défasse, il n'avait pas envie de consoler Paul et de devenir le confident d'Anne. La manière dont elle l'avait regardé, quelques jours plus tôt dans la cuisine de la bastide, était édifiante. Ou plutôt, le regard qu'ils avaient échangé, car il n'était pas innocent. Un homme, une femme, en train de se jauger et de se *plaire* ? Impensable ! Bon, inutile de jouer les naïfs, ce genre de coup d'œil ne signifiait rien d'autre qu'une sorte de reconnaissance. On identifiait l'autre comme quelqu'un qui *aurait pu* vous plaire dans des circonstances différentes. Même très amoureux, on ne devient pas aveugle pour autant, et si les hommes ne peuvent pas s'empêcher de se retourner sur les jolies femmes, elles ont le droit d'en faire autant.

Sans s'en apercevoir, Julien s'était mis à rouler beaucoup trop vite et il rétrograda. Sa moto était puissante, nerveuse, il devait faire attention à ne pas se laisser prendre au piège de la vitesse. Surtout pas maintenant qu'il allait avoir les jumeaux avec lui pour deux semaines. La jeune fille au pair arrivait demain matin, il irait l'attendre à la gare de Dax en voiture et ne toucherait plus à la moto qu'il allait remiser dans le garage sous une housse.

***

— Je ne l'ai jamais eu entre les mains, mais elle m'avait parlé d'une sorte de journal. D'après ce qu'elle disait, elle ne chercherait ni à le cacher ni à le mettre en évidence. Après sa mort, soit vous vous donneriez la peine de trier ses affaires, et en ce cas vous tomberiez fatalement dessus, soit vous feriez tout débarrasser en vrac sans vous intéresser à rien, et ce récit disparaîtrait au fond d'une décharge sans regrets ni dommages pour personne.

Pierre Laborde esquissa un petit sourire ému tout en contemplant Anne d'un air satisfait.

— Elle vous connaissait bien, elle ne s'est pas trompée.

— C'est une lecture intéressante, murmura Anne, je découvre l'histoire de ma famille.

— Eh bien, souhaitons que vous n'appreniez que des choses agréables !

Elle n'en était pas certaine mais peu importait, la vision d'Ariane était assez lucide et détachée pour être le reflet de la vérité.

— Avez-vous pris une décision en ce qui concerne la bastide ? s'enquit-il d'un ton neutre. Mais peut-être est-ce encore trop tôt, rien ne vous presse…

— J'y suis plus ou moins installée, et je m'y plais. Malheureusement, mon mari semble détester l'endroit, ce qui pose problème.

En l'avouant, elle voulait faire comprendre au notaire toutes les difficultés qu'elle rencontrait, et elle espérait qu'il allait l'aider à y voir plus clair. Mais il resta silencieux, attendant qu'elle poursuive.

— Cet héritage crée pas mal de remous, enchaîna-t-elle. Disons que le choix d'Ariane ne fait plaisir à personne. Mes parents, ma sœur… L'un de mes frères a tout de suite cherché à m'emprunter de l'argent, et l'autre est venu me tenir compagnie en sautant sur l'occasion d'avoir un toit. Plus grave, Paul et moi nous retrouvons en total désaccord, et notre fils est pris entre deux feux. Pour éviter ce chaos, j'aurais dû vendre, car en gardant la maison j'ai l'impression de les provoquer, de les déposséder de quelque chose.

— Et vous vous culpabilisez ? Il ne faut pas. Je règle des successions à longueur d'année, et ça se passe souvent assez mal.

— Pourquoi ?

— D'abord parce que, prosaïquement, chacun veut sa part du gâteau, ensuite, parce que les membres d'une même famille ont presque toujours des contentieux et que c'est l'occasion de les régler. Si vous saviez ce que j'ai pu entendre dans mon étude, vous seriez édifiée. Maintenant, dans le cas d'Ariane…

Laissant sa phrase en suspens, il tapota le dossier d'Anne ouvert devant lui.

— Je crois qu'elle savait que vous auriez des ennuis, finit-il par avouer. Mais elle n'avait pas d'autre choix. Laisser sa maison revenir à l'État n'était pas concevable à ses yeux et, parmi les siens, vous étiez la personne qu'elle préférait, de loin. Elle comptait sur votre personnalité pour assumer l'héritage d'une façon ou d'une autre, cependant vous ne devez pas vous sentir obligée de conserver la bastide. Votre tante s'est consumée toute sa vie pour cette maison, c'était très personnel, il n'y a aucun flambeau à reprendre.

— Non, je sais, je ne le vis pas de cette façon-là. En fait, Ariane m'a ouvert une porte sur… eh bien, sur la liberté ! Une grosse somme d'argent aurait fini à la banque, en plans d'épargne ou autres comptes bloqués. Du confort financier, sans doute très agréable, mais qui au fond n'aurait rien bouleversé. Avec la maison, mon horizon a brusquement changé. Je remets beaucoup de choses en question, comme si le fait d'avoir maintenant ces murs de pierre derrière lesquels m'abriter me permettait enfin de souffler, de réfléchir. Je prends le temps. Je regarde ceux qui m'entourent d'un œil neuf. Je fais le bilan de ma petite existence sans en être fière, ni même satisfaite. Où sont passés mes rêves ? Qu'ai-je réalisé de mes grands projets de jeunesse ? Cette maison est une vraie boîte de Pandore, j'ai soulevé le couvercle et je ne peux plus le refermer. Aujourd'hui, je vois la vie sous un angle différent. Et je pense qu'Ariane l'avait prévu aussi.

— Elle était très fine sous ses airs tranchants et, en effet, elle ne laissait rien au hasard.

Il paraissait triste à l'évocation de sa vieille amie. Anne se remémora la phrase d'Ariane dans le cahier : « Je ne voulais pas la moindre ambiguïté dans nos rapports et je ne l'encourageai pas à poursuivre dans cette voie. » Elle essaya de les imaginer jeunes tous les deux, attablés dans un restaurant chic d'Hossegor, mais elle n'y parvint pas.

— Elle disait que son prénom contenait le vôtre, rappela-t-il avec émotion, et que c'était un signe du destin. Ariane, Anne, ça l'amusait… Mais les derniers temps, elle parlait surtout de sa propre mort, elle voulait que tout soit en ordre.

Après s'être raclé la gorge, il reprit d'un ton plus ferme :

— Je suis en train de régler le dossier avec l'administration fiscale concernant vos droits de succession, les arriérés d'impôts et tout ce qui s'ensuit. Il devrait y avoir un solde en votre faveur. En attendant, j'ai quelques documents à vous faire signer.

Il lui tendit des feuillets qu'elle ne prit pas la peine de lire. Homme de confiance d'Ariane durant tant d'années, il agissait forcément au mieux des intérêts d'Anne.

— Prenez soin de vous, dit-il en se levant. Et ne vous mettez pas en péril, tout ça n'en vaut pas la peine.

Sur le point d'ouvrir la porte, il suspendit son geste.

— J'aimerais vous demander une faveur, Anne. Lorsque vous aurez terminé la lecture du cahier, et si toutefois il ne contient rien de trop intime ou secret, croyez-vous pouvoir me le prêter ?

Sa question n'était pas surprenante, il devait se douter qu'Ariane parlait de lui au fil des pages. Hochant la tête sans répondre formellement, Anne sourit puis lui tendit la main.

— N'hésitez pas à me rendre visite à l'occasion. Vous verrez, la maison n'a pas beaucoup changé, c'est juste un peu plus… gai.

— Je le ferai, promit-il.

Une fois dehors, Anne retrouva la chaleur écrasante qui régnait sur Dax. À trente kilomètres de l'océan, l'air marin ne parvenait pas à traverser la forêt landaise et, à moins de gagner les bords de l'Adour, on avait l'impression d'étouffer. Anne hésita à monter dans sa voiture, garée en plein soleil. Pourquoi ne pas faire un peu de shopping dans le centre-ville avant de rentrer ? Elle pourrait en profiter pour acheter un nouveau maillot de bain, une chemise digne de ce nom pour Jérôme, et aussi quelques vêtements d'été pour Léo avant son départ en Espagne. Cette année serait sûrement la dernière où son fils la laisserait choisir à sa place ! D'un pas décidé, elle se dirigea vers les rues piétonnes mais fut obligée de s'arrêter en entendant son téléphone sonner au fond de son sac. Constatant que c'était Paul qui l'appelait, elle prit la communication avec un pincement au cœur. Leurs rapports ne s'arrangeaient pas et Paul se tenait à distance depuis qu'elle avait refusé sa proposition, le jour de l'anniversaire de Lily. Ils échangèrent d'abord quelques phrases prudentes, chacun prenant des nouvelles de l'autre, puis Paul lâcha brusquement :

— Je vais passer quelques jours à Paris. Ce sera l'occasion de voir mes parents, et aussi de lever le pied parce que j'ai beaucoup travaillé ces temps-ci.

— À Paris ? répéta-t-elle, éberluée.

— Ne le prends pas mal, ma chérie, mais j'ai besoin de me vider la tête. Tu mets une telle mauvaise volonté à ce que les choses s'arrangent que je préfère m'éloigner un peu !

— Eh bien, éloigne-toi, dit-elle froidement.

— Ça nous permettra de faire le point, de…

— Quand pars-tu ?

— Demain.

— Tu as prévenu Léo ?

— Non, fais-le. Je ne veux pas répondre à des questions embarrassantes, tu sauras mieux lui présenter les choses.

— Ben voyons !

— De toute façon, il s'en fiche, il s'en va en Espagne.

— Il voit ce qui se passe, Paul, il n'a plus cinq ans.

— Écoute, ce n'est pas de Léo qu'il s'agit mais de nous deux. Je ne sais pas si tu te rends compte de ce qui nous arrive !

— Crois-tu ?

Elle était déterminée à lui tenir tête, à le prendre de haut, au lieu de quoi elle fondit en larmes. Paul s'en allait à Paris, Paul devenait un étranger, la complicité avait disparu, et bientôt leur amour disparaîtrait lui aussi.

— Tu as vraiment décidé de tout saccager, avec ton foutu orgueil ? hurla-t-elle. Toi, toi, il n'y a que toi ! Mais je ne suis pas ta chose, Paul, je ne suis pas censée faire tout ce que tu veux. Et, au passage, j'en ai marre de tes menaces. Va donc à Paris, va au diable !

À bout de souffle, elle coupa la communication. Puis elle s'adossa à une vitrine, essayant de recouvrer son sang-froid. Son explosion de rage la surprenait elle-même, et Paul devait être pétrifié. Elle l'imagina regardant son téléphone avec stupeur. À quoi s'était-il attendu avec cet appel comminatoire ? Elle n'allait évidemment pas le supplier de rester, ni promettre de rentrer à Castets après avoir accroché un panneau À VENDRE sur la bastide.

Elle regarda enfin la rue autour d'elle et vit que certains commerces étaient en train de fermer.

— Je rentre chez moi, dit-elle à voix haute, faisant se retourner un couple de passants.

Pour la première fois depuis bien des années, elle éprouvait une sorte de froid intérieur, de vide. Au contraire de Paul, elle n'avait aucune certitude, même pas celle d'avoir raison.

— Anne, est-ce que ça va ?

Stupéfaite de s'entendre appeler par son prénom, elle tourna la tête et découvrit Hugues Cazeneuve sur le pas de sa porte. Jetant un coup d'œil à la vitrine, elle s'aperçut qu'elle était devant une agence immobilière.

— J'étais sur le point de sortir pour vous dire bonjour mais vous étiez lancée dans une conversation trop animée et j'ai préféré attendre. Vous entrez une seconde ? Je peux vous offrir un café ou un verre d'eau.

— Merci, c'est gentil, mais je n'ai pas le temps.

Devant sa déconvenue, elle saisit le premier prétexte qui lui vint à l'esprit :

— Je dois encore aller voir ma belle-sœur. Elle tient un magasin de fleurs un peu plus loin.

— Suki ? s'écria-t-il. La meilleure fleuriste de la ville ! J'adore ce qu'elle fait et je me sers toujours chez elle. Saluez-la pour moi.

— Entendu. À bientôt, Hugues.

Elle réussit à lui sourire et se remit en marche, mais il la rattrapa.

— Anne, j'aimerais vous inviter à déjeuner ou à dîner un de ces jours. Comme je n'ai plus de motif valable pour aller chez vous, ni pour vous téléphoner, je saute sur l'occasion, même si c'est un peu cavalier.

Il avait l'air moins sûr de lui que lors de leurs précédentes rencontres, néanmoins elle faillit rire devant son numéro de charme improvisé sur le trottoir.

— Bon, soupira-t-il, je vois que vous allez vous moquer de moi, je suis navré d'être aussi balourd. En tout cas, c'est une proposition ferme, et si vous avez deux heures à perdre à Dax un de ces jours, je vous promets de vous faire découvrir un restaurant fabuleux. Pensez-y, ça n'engage à rien !

Beau joueur malgré le silence éloquent d'Anne, il retourna vers son agence en agitant la main. Machinalement, elle s'éloigna dans la direction opposée en se demandant ce qu'elle allait faire. Passer voir Suki pour lui raconter qu'elle se faisait draguer par un agent immobilier ? Elles auraient pu s'en amuser ensemble, mais Anne n'avait pas le cœur à rire. Le départ de Paul, qui ressemblait à un ultimatum, la laissait désemparée maintenant que sa colère était tombée. Elle n'aurait pas dû crier, encore moins lui raccrocher au nez, hélas ! ils étaient désormais dans une impasse et n'arrivaient plus du tout à communiquer. Elle ne le reconnaissait pas dans ce personnage buté, froid, fermé. Où était passé *son* Paul, l'homme qu'elle aimait et avec qui elle avait construit une partie de sa vie ? Tout à l'heure, le notaire avait recommandé à Anne de ne pas se mettre en péril, or c'était arrivé.

Coupant à travers les rues piétonnes, elle parvint à rejoindre sa voiture sans repasser devant l'agence. Tant pis pour les courses, elle reviendrait une autre fois, elle n'avait plus envie de rien. Paul partait sans elle à Paris et, à son retour, il n'y aurait probablement rien de changé. Sauf si ses parents arrivaient à le raisonner ? Mais non, il irait les voir en coup de vent et ne leur ferait pas de confidences. Il avait toujours voulu leur donner l'image d'un fils modèle, puis d'un homme accompli, qui réussissait aussi bien sa vie privée que professionnelle.

« Oh, Paul, que sommes-nous en train de faire ? »

La gorge nouée, elle sentit les larmes qui lui montaient aux yeux et qu'elle stoppa net en respirant un grand coup. Elle avait déjà pleuré tout à l'heure, dans la rue, et n'en avait éprouvé aucun soulagement. Se désespérer ne servait à rien. Elle mit le contact, écouta le moteur ronronner, baissa les vitres. Il faisait encore très chaud sur Dax, et l'idée de retrouver la bastide balayée par l'air marin avait quelque chose d'apaisant. Cette maison était peut-être la source de tous ses problèmes, mais elle était aussi son meilleur refuge.

8

Pour la quatrième fois, Jérôme relut le SMS reçu une heure plus tôt, alors que l'aube se levait à peine. Comment avait-il pu être assez bête pour dire qu'il venait ici ? « *Bien arrivé dans les Landes ? Crois-moi, tu as intérêt à régler notre problème de fric avant la fin de l'été. On pense tous à toi.* » Pas un mot amical là-dedans. Jack ne plaisantait pas avec les dettes, Jérôme aurait dû le savoir. Et il avait laissé à Londres une ardoise trop lourde pour être effacée. « *On pense tous à toi...* » Quel euphémisme ! Jérôme était parti sans demander son reste et sans donner d'adresse précise, les autres devaient le maudire.

D'accord, il n'avait pas été correct, il le savait. De toute façon, une cohabitation entre mecs finissait toujours par générer des histoires. Que leur devait-il au juste ? Quelques mois de loyer, et mille euros directement empruntés à Jack. Plus une dette d'honneur car il avait été mal inspiré de lui piquer son petit ami. Or Jack ne rigolait pas non plus avec ça.

Après être resté un long moment assis sur les marches du perron, à contempler son téléphone,

Jérôme se leva. Les oiseaux s'en donnaient à cœur joie ce matin, et il n'y avait pas le moindre nuage à l'horizon. Il traversa la clairière, s'engagea dans le chemin qui menait au portail. Il préférait aller chercher le courrier lui-même, en cas de mauvaise nouvelle. Mais enfin, les Landes, c'était grand, immense, même ! Bien sûr, Ariane Nogaro devait encore figurer dans les annuaires. Nogaro Jérôme, le rapprochement serait vite fait. Jack aurait-il le culot de venir jusqu'ici ? Il n'allait sans doute pas entreprendre le voyage pour mille euros, ni pour le simple plaisir de mettre son poing dans la figure de Jérôme.

La boîte aux lettres ne contenait qu'un prospectus, il était bien trop tôt pour le passage du facteur. Oh, et puis inutile d'avoir la trouille, il n'avait qu'à rembourser ! Anne accepterait peut-être de lui prêter de l'argent ? Il devait la convaincre, quitte à lui raconter n'importe quoi sauf la vérité. Parce que, malgré ses idées larges, elle n'apprécierait pas le récit de ses aventures londoniennes. Difficile de lui décrire Jack découvrant William dans son lit, puis la bagarre homérique durant laquelle Jérôme avait malencontreusement cassé la guitare de Jack, une Castelluccia de toute beauté sur laquelle Jack s'essayait avec succès au flamenco. De la voir en morceaux l'avait rendu tout à fait fou. Jérôme avait dû s'enfuir en pleine nuit et dormir dans la rue sous un porche crasseux. Il n'était retourné à l'appartement qu'une fois Jack parti au travail. Il y avait trouvé William en pleurs – quelle mauviette ! – et s'était dépêché de rassembler quelques affaires, dont son passeport. Le suivant de pièce en pièce, William lui avait demandé s'il ne pouvait pas partir avec lui. Est-ce qu'il était cinglé ? Jack les poursuivrait jusqu'en enfer s'ils s'en allaient ensemble. Et de toute façon, Will n'était pour Jérôme qu'une petite aventure en passant, le coup d'un soir. Ce garçon était joli comme une fille, tentant comme un fruit, mais Jérôme ne voulait s'en encombrer pour rien au monde. Il s'était enfui en hâte, mais pour ne pas perdre totalement la face il avait lancé par bravade qu'il rentrait chez lui en France, dans les Landes. D'où le SMS de Jack, la dernière personne dont Jérôme souhaitait avoir des nouvelles. Parce que, aux mille euros, il fallait ajouter les mois de loyer, et surtout le prix de la Castelluccia… À peu près, trois mille euros en tout. Ou quatre, parce que, même d'occasion, cette guitare valait cher. Comment les obtenir d'Anne avant la fin de l'été ?

Revenu dans la clairière, il regarda la maison endormie. S'il se rendait *vraiment* utile, Anne serait mieux disposée à son égard. Mais par où commencer, grands dieux, tout était plus ou moins abîmé dans cette vieille baraque ! Après réflexion, il se décida pour la cuisine, une pièce nécessaire à la vie de tous les jours, ce qui rendrait son travail visible. Lessiver les murs, repeindre, passer le sol de tomettes à l'huile de lin : l'endroit deviendrait pimpant et sa sœur lui en serait reconnaissante. Tout comme elle devait trouver agréable d'avoir de la compagnie. Après le départ de Léo pour l'Espagne, elle se serait retrouvée seule s'il n'avait pas été là, ça valait bien une petite rémunération.

Il reprit son portable enfoui dans la poche de son pyjama, relut une dernière fois le message et l'effaça.

⁂

Sentant la truffe glacée de Goliath dans son cou, Anne ouvrit les yeux. Assis près du lit, le chien la fixait, sa queue balayant joyeusement le sol. Il était toujours d'une humeur de chiot au réveil, pressé d'attaquer une nouvelle journée quel que soit le temps, et il avait pris l'habitude de tirer sa maîtresse du sommeil en lui donnant de petits coups de tête. Faisait-il la même chose avec Ariane ? Anne sortit une main de sous son drap et le gratouilla derrière les oreilles.

— Il est trop tôt…, marmonna-t-elle avant de se retourner paresseusement.

Étalée en travers du lit, elle s'étira, grogna, finit les bras en croix. Au fond, c'était assez agréable d'avoir toute la place pour soi. Et Goliath ne lui demandait pas si elle avait bien dormi, ne lui énumérait pas les corvées qui l'attendaient, ne lui rappelait pas d'appeler le plombier.

Au-delà du grand tapis moelleux, une flaque de soleil faisait briller le parquet. Sans doute ferait-il chaud aujourd'hui encore. Comme chaque dimanche, Julien devait passer prendre Léo pour l'emmener faire du surf mais il n'y aurait pas beaucoup de rouleaux et ils se rabattraient probablement sur la plongée. Que faisait Paul à cette heure-ci ? Était-il déjà en route pour Paris ? Depuis qu'elle lui avait dit d'aller au diable, il n'avait pas rappelé. Elle ne savait même pas s'il comptait prendre le train ou sa voiture, ni s'il descendrait à l'hôtel ou chez ses parents. Est-ce que ce séjour modifierait son attitude ? Elle ne voyait pas ce qui pourrait le faire changer d'avis en quelques jours. Et bien sûr, dès que la famille apprendrait qu'il avait pris des vacances seul de son côté, Anne serait bombardée de questions insidieuses et de conseils bien intentionnés.

Elle fila prendre une douche, mit un short, un tee-shirt et des ballerines. Quand elle descendit à la cuisine, elle trouva Jérôme en train de déménager les meubles, tout heureux de son idée de s'improviser peintre.

— J'ai découvert des pots de peinture entassés à la cave. Il y a du jaune, du blanc et du bleu. Ariane devait avoir des projets qu'elle n'a pas eu le temps de mettre à exécution !

— À la cave ? Je n'y avais vu que des bouteilles de vin… En passant, je t'interdis d'y toucher, ce sont de grands crus.

— Je sais, j'ai lu les étiquettes. Mais au-delà des clayettes, il y a une petite porte qui donne sur une deuxième cave pleine d'un bric-à-brac tout poussiéreux.

Anne se souvint de l'éclairage chiche et de son impression désagréable lorsqu'elle était descendue.

— Qu'est-ce qui t'a poussé à fureter dans le sous-sol ?

— La curiosité, tiens ! Non, en fait, je cherchais un truc qui pourrait servir de bâche pour protéger les tomettes. Et comme je n'ai pas peur des souris ni des grosses araignées velues…

Il éclata de rire tandis qu'elle haussait les épaules.

— Allez, Anne, détends-toi un peu. Tu es tellement possessive avec ta maison que ça t'agace qu'on y découvre quelque chose sans toi.

Une petite pique assez juste pour la faire sourire.

— Bon, d'accord, accepta-t-elle, tu vas peindre. On achètera des pinceaux demain.

— Et un rouleau, et du white spirit.

— Mais je te préviens, si tu fais des taches sur les volets intérieurs ou sur les portes des placards, je te tue.

— En attendant, je dois lessiver le plafond et les murs, alors on va improviser une cuisine dans la salle à manger. J'y ai déjà installé la machine à café, tu peux aller te servir.

— Réveille donc Léo pour qu'il te donne un coup de main.

— Léo ? Julien est passé le chercher tout à l'heure, ils doivent déjà surfer sur des vaguelettes. Non, ne t'inquiète pas, je vais me débrouiller tout seul avec cette crasse vieille de cent ans !

Amusée, Anne décida de le laisser faire. Pour une fois qu'il se rendait utile, autant ne pas le décourager. D'ailleurs, la cuisine avait vraiment besoin d'être rénovée, ce serait beaucoup plus gai.

Elle but son café attablée dans la salle à manger, utilisant une des tasses de porcelaine fine du service dépareillé qu'elle avait conservé. Puis elle se servit une deuxième fois et l'emporta jusqu'à son bureau du premier étage. Dimanche ou pas, elle avait quelques dossiers de comptabilité à terminer et, vu la tournure que prenait son existence, elle avait intérêt à travailler. Même sans être obsédée par l'argent, elle avait bien noté la petite phrase de Pierre Laborde : « Il y aura un solde en votre faveur. » Parfait, mais de combien ? Avec ses seuls revenus, Anne allait avoir du mal à entretenir la bastide, à la chauffer l'hiver, à en acquitter les taxes annuelles. Et puisqu'elle était mariée avec

Paul et que leur résidence principale se trouvait à Castets, cette maison-ci devenait une résidence secondaire. Paul hurlerait en découvrant sa feuille d'impôts.

Elle s'assit au bureau, caressa distraitement le plateau usé. Comment ne pas se laisser entamer, comment faire face ? Elle savait à présent que ce qui l'opposait à Paul n'était pas seulement une affaire de maison. Bien au-delà, ils avaient découvert que tout n'était pas parfait entre eux, et ce constat était dangereux.

⁂

— Tu n'y penses pas ? s'indigna Valère.

Il toisa Lily d'un regard accusateur qui ne la découragea pourtant pas.

— Mais si, j'y pense ! Tout le monde y a plus ou moins pensé, non ? On aurait pu faire invalider ce testament. Ariane était à demi folle, on le sait bien, et je suis persuadée que si papa s'était déclaré spolié…

— Tu dis des sottises. Il ne l'aurait fait pour rien au monde. Bon sang, tu le connais, il est honnête. De toute façon, c'est une de ses filles qui a hérité, la famille n'a pas été vraiment lésée.

— La famille ? Anne toute seule ! Papa, lui, aurait *réparti* l'argent entre nous quatre, ça c'était équitable ! Est-ce que tu imagines la valeur de cette propriété ? Anne n'a cité aucun chiffre, elle s'en garderait bien, mais il n'y a qu'à jeter un coup d'œil aux vitrines des agences ou aux petites annonces pour se faire une idée. Elle est *riche*, et nous n'avons pas eu un seul euro.

Valère haussa les épaules, exaspéré par sa sœur. Bien sûr qu'il y avait pensé lui aussi. Surtout lui, sans doute, car il avait des soucis d'argent. Mais Lily ? Était-elle vénale ou seulement jalouse de sa cadette ? D'accord, Anne avait de la chance, mais enfin, elle était la seule à s'être un peu souciée d'Ariane, ainsi que leur père le faisait remarquer. Si elle avait agi avec une idée derrière la tête, tant mieux pour elle.

Il arrangea machinalement les roses blanches à longues tiges qu'il venait d'installer dans la vitrine. Suki était partie effectuer des livraisons et il tenait la boutique, ce qui ne le dérangeait nullement. Sa femme lui avait appris à aimer les fleurs, et en son absence il s'essayait à quelques compositions assez réussies. Quand il était vraiment content de lui, il photographiait le bouquet.

— En tout cas, reprit Lily, son héritage la rend aussi cinglée qu'Ariane, elle s'obstine à vivre là-bas comme une châtelaine et figure-toi que Paul en a eu marre, il s'est barré à Paris !

Valère scruta Lily pour voir si elle affabulait, mais elle paraissait trop contente d'elle, ce devait être vrai.

— Il a tort de jouer au con, dit-il entre ses dents.

— Mais ce n'est pas lui qui a tort, le malheureux, c'est elle ! Tu te vois laisser Suki toute seule à la maison ? Tu me vois abandonner Éric et les filles pour aller m'installer Dieu sait où ?

— À t'entendre, on croirait qu'elle est partie vivre dans une yourte ! Moi, je la comprends, c'est une belle maison. Bien plus belle que celle qu'ils ont à Castets, ou même que la tienne à Hossegor. C'est ça qui t'embête, ma grande ?

Il défendait Anne contre Lily mais il ne pouvait pas s'empêcher de penser au petit appartement qu'ils occupaient, Suki et lui, avec ses fenêtres sur cour.

— Bon, dit-elle d'un ton pincé, je te laisse. Je dois retrouver Éric et les filles chez « Une cuisine en ville », j'adore ce restaurant.

— Vous n'en avez pas à Hossegor ? ironisa-t-il.

— J'en ai marre des touristes en tenue de plage.

Elle ramassa son sac abandonné sur le comptoir, fit mine de caresser une orchidée.

— Tu m'accordes une ristourne ? demanda-t-elle en riant.

— Je ne suis pas le patron. Mais prends-la, bien sûr, je te la donne. Et soigne-la !

Il la regarda partir, trouvant que sa robe était trop courte et trop voyante, ses talons vertigineux. Elle s'habillait toujours avec une certaine ostentation, s'attachant à paraître jeune, bientôt elle piquerait les tenues de ses filles. Éric appréciait sans doute, mais pour sa part Valère préférait les petits jeans ajustés de Suki et ses chemisiers en soie. En ce moment, elle était triste, obnubilée par son incapacité à devenir mère. Mais il avait une bonne nouvelle à lui annoncer, qui la dériderait peut-être. Plus tôt dans la matinée, alors qu'elle venait juste de partir avec la camionnette, le type de l'agence immobilière située plus bas dans la rue était venu le voir. Il avait à la main une des cartes professionnelles que Valère distribuait un peu partout, et il était justement à la recherche d'un photographe. D'après lui, de très bons clichés présentant les maisons sous leur meilleur jour facilitaient les ventes. Avec une belle vitrine, les gens entreraient plus volontiers chez lui que dans les agences concurrentes, et il était prêt à payer ce qu'il fallait pour une trentaine de clichés de diverses propriétés dans la région. Une véritable aubaine. Valère avait promis de se mettre au travail dès le début de la semaine suivante. Pour une fois, c'était lui qui allait gagner de l'argent et montrer ce qu'il savait faire. Car avec son appareil et ses objectifs il était capable de mettre en valeur à peu près n'importe quoi.

Repensant aux propos aigres de Lily, il se rendit compte qu'il allait avoir l'occasion de vérifier ses dires quant à la bastide Nogaro. Avait-elle une telle valeur ? Il ne tarderait pas à le savoir grâce à sa petite incursion dans le monde de l'immobilier. Pour toute la famille, et depuis longtemps, cette maison était une ruine, sinistre et mal entretenue par « la vieille toquée ». Leur père n'en avait jamais fait grand cas, néanmoins c'était une propriété magnifique, Valère l'avait constaté lui-même lors de sa visite à Anne. Peut-être atteignait-elle un prix fou grâce à sa proximité des plages ? Si c'était le cas, Anne avait vraiment touché le pactole, et bien sûr, ça faisait envie.

⁂

Paul-Henri était charmeur et charmant. Je sais aujourd'hui qu'en me rencontrant il avait trouvé exactement ce qu'il cherchait. Car sa quête n'était pas simple, il voulait une amie, une façade, quelqu'un qui partagerait son art de vivre. Sensible, raffiné, amateur d'art, il était aussi très timide et très bien élevé. La manière dont il me fit la cour perça ma carapace, effaçant mon mépris pour les hommes. Paul-Henri tenait ma main au clair de lune, récitait des vers de Musset face à l'océan, tournait ses compliments avec une gentillesse qui me chavirait. Il me trouvait belle et sa façon de le dire m'obligeait à le croire, je me sentais jeune et désirable : enfin je vivais !

Paul-Henri possédait deux hôtels – des palaces, devrais-je écrire –, et à l'époque de mes quinze ans mon père aurait parlé de lui comme d'un « tenancier ». Pour les Nogaro de ce temps-là, seule la terre importait, et elle se comptait forcément en centaines d'hectares. Mais nous étions loin de ce rêve évanoui et je jugeais pleinement satisfaisant le métier de Paul-Henri. D'ailleurs, il ne l'exerçait pas, il avait deux gérants pour ça.

Chaque fois que je songeais à Albert et son négoce de grands vins ou à Maurice et ses affaires louches, je bénissais ma rencontre avec Paul-Henri et ses hôtels de luxe. Durant près d'une année, il me déclara sa flamme avec une pudeur très romantique et sans rien exiger en retour, puis il se lança enfin dans une demande en mariage selon les formes.

Divorcée deux fois, je ne pouvais prétendre à une cérémonie fastueuse, néanmoins Paul-Henri insista pour faire les choses en grand. Il s'enthousiasmait en peaufinant les détails de la réception et avait décidé de m'emmener à New York pour notre voyage de noces.

Amoureuse, certes je l'étais, mais pas innocente. Or nous n'avions rien fait d'autre, depuis de longs mois, qu'échanger des baisers passionnés. Au début, j'avais mis cette réserve sur le compte de la galanterie, puis de la timidité, jusqu'à ce qu'un doute insidieux me pousse à esquisser quelques gestes… que Paul-Henri avait habilement évités. Ne pouvant pas lui mettre la main dans le pantalon, je n'avais pas insisté.

Notre première nuit ensemble m'apporta enfin l'explication de tant de chasteté. Comme je l'avais pressenti – et redouté –, la chose était minuscule. Sa taille dérisoire justifiait à elle seule toute la timidité de Paul-Henri, née de ce complexe qui le poursuivait depuis toujours. Il était si malheureux qu'il réussit à m'émouvoir malgré le marché de dupes que nous venions de conclure avec ce mariage d'amour. Je ne connaîtrais pas d'étreintes torrides, de folles nuits, d'aubes languissantes. Et je n'étais pas naïve au point de croire que mes sentiments allaient résister à l'épreuve.

De femme amoureuse, je me transformai en femme aimante, et l'amante que je ne pouvais pas être devint pour lui une amie. Il m'en fut si reconnaissant qu'il s'attacha à me donner une vie de rêve. Je n'avais quasiment aucune culture artistique et il me fit découvrir pas à pas la musique, la peinture, la littérature. Nous nous entendions comme sœur et frère – je ne parle pas du mien ! –, et tout naturellement je lui confiai ce projet de rachat de la maison de mon enfance. Ravi à l'idée de me faire plaisir, il se renseigna aussitôt, mais ce fut pour apprendre que les propriétaires du moment ne souhaitaient pas s'en séparer. « À aucun prix », selon leur expression sans appel. Une fois de plus, je fus très déçue. Tant que j'avais été amoureuse de Paul-Henri, tant que je l'avais ardemment désiré, mon obsession pour la bastide s'était un peu estompée, mais elle revenait en force maintenant que nous étions installés dans une relation affectueuse bien moins prenante.

Paul-Henri avait eu un fils d'un premier mariage, et dès notre nuit de noces je me demandai par quel miracle il avait réussi à l'engendrer. Le sujet était délicat, il n'en parlait pas volontiers mais il finit par m'avouer que lors de cette union catastrophique sa femme l'avait beaucoup trompé et qu'il n'était évidemment pas le père de ce garçon qui portait son nom. Âgé d'une vingtaine d'années, celui-ci vivait à Madrid avec sa mère, et Paul-Henri ne les voyait jamais. Je n'y pensai donc plus, une grave erreur que j'allais payer très cher par la suite.

⁂

Le grondement familier de la moto de Julien obligea Anne à poser le cahier. Elle s'était accordé un peu de lecture après avoir longuement travaillé sur un dossier, mais comme toujours elle avait été happée par le récit d'Ariane.

Gagnant la fenêtre du bureau, elle vit arriver Julien, Léo accroché derrière lui, et elle resta figée en constatant qu'aucun des deux ne portait de casque. Indignée par l'inconséquence de Julien, elle se rua hors du bureau, dévala l'escalier, sortit comme une bombe.

— Tu es malade ou quoi ?

— Attends, maman…, plaida Léo.

— Toi, à partir de maintenant, je t'interdis de monter sur cet engin ! Si Julien veut se tuer, ça le regarde et je m'en fous, mais pas toi. Je te croyais plus mûr, Léo, plus responsable. Tu comptes faire des imprudences pareilles en Espagne ? Je ne devrais même pas te laisser partir, je…

— Ne l'engueule pas, l'interrompit Julien. On s'est fait voler les casques.

Il désignait le coffre de la moto qui avait été grossièrement fracturé.

— Ils n'ont pas pu prendre la bécane parce que j'ai un très bon antivol, alors ils se sont vengés.

— Qui ça « ils » ?

— Je n'en sais rien. Des petits voyous, j'imagine. Nous sommes restés longtemps dans l'eau.

Il parlait d'un ton froid et semblait vexé.

— Il fallait bien qu'on rentre, ajouta-t-il.

— Tu aurais dû m'appeler, je serais venue vous chercher.

Léo les regarda l'un après l'autre et, voyant sa mère un peu calmée, il s'éclipsa.

— Bien, j'ai eu tort, admit Julien. D'ailleurs, je m'étais promis de ne plus toucher à cette moto pendant le séjour des jumeaux chez moi. Mais ma mère est venue les chercher ce matin pour les emmener passer la journée au lac de Soustons avec la jeune fille au pair, et je me suis dit que c'était l'occasion de m'offrir une belle balade. En plus, ton fils adore ce genre de virée et je lui avais apporté un casque, évidemment.

— Si vous aviez eu un accident, je ne te l'aurais jamais pardonné.

— Je suis rentré à cinquante à l'heure.

— Mais il y a des chauffards, surtout l'été.

— C'est vrai, on n'est jamais à l'abri. Je suis désolé.

Anne hocha la tête, estimant que l'incident était clos, mais Julien restait raide, toujours contrarié.

— On n'en parle plus, proposa-t-elle.

— Sauf que tu as dit que tu te foutais pas mal que je me tue.

— J'ai dit ça ?

— Très spontanément.

Devant son air ulcéré, Anne finit par rire.

— J'étais en colère contre toi. Tu restes déjeuner ?

— Non, je rejoins ma mère et mes enfants. Avec eux, pas de plongée sous-marine, on va barboter en mettant les brassards !

Évoquer ses fils lui avait rendu le sourire.

— Pourquoi es-tu venu ce matin ? Tu n'avais pas envie de profiter des jumeaux ?

— Si, mais ma mère aussi. Depuis notre divorce, elle est une grand-mère très frustrée, alors je lui ai laissé ce petit moment rien qu'à elle.

C'était généreux de sa part, et bien dans sa manière discrète de faire plaisir aux autres.

— Et ta jeune fille au pair, comment est-elle ?

— Jolie, souriante, trop jeune et parlant très mal français. Elle sait s'y prendre avec les enfants mais en cuisine, elle est carrément nulle. Tous les soirs de la semaine, j'ai demandé des recettes simples à Paul pour me mettre aux fourneaux en rentrant chez moi. Maintenant qu'il est en vacances, je vais devoir improviser. À propos, tu as de ses nouvelles ?

— Aucune.

Il parut stupéfait de sa réponse mais n'insista pas, sans doute pour ne pas la gêner.

— Tu en auras sûrement, toi, soupira-t-elle. Je suppose qu'il t'appellera pour savoir si tout va bien à la clinique. Si jamais…

— Oui, je te le dirai tout de suite, compte sur moi.

Elle lui fut reconnaissante de ne pas avoir eu à le demander et elle vint vers lui, l'embrassa affectueusement.

— Merci, Julien.

Son tee-shirt sentait l'iode et les pins, il avait du sel dans les cheveux.

— Tu vas rentrer sans casque ? Et si tu te fais arrêter ?

— J'expliquerai mon cas.

Il enfourcha sa moto, la fit démarrer dans un grondement sourd.

— Sois prudent ! lui cria-t-elle tandis qu'il faisait demi-tour.

Songeuse, elle le suivit des yeux. Il essayait de bien faire les choses, il était spontanément venu s'occuper de Léo ce matin puisque son père l'avait laissé tomber pour son dernier dimanche avant son départ en Espagne. Il s'occupait de ses fils comme il pouvait quand il les recevait, il versait une pension alimentaire à sa femme alors qu'elle était partie avec un autre. Un homme très gentil, sérieux et brillant dans son métier d'après Paul, fidèle en amitié.

« Où est le défaut de la cuirasse ? Trop gentil ? Trop sérieux ? Trop sentimental ? »

Elle le connaissait depuis longtemps – depuis qu'il était devenu l'associé de Paul et s'était lancé avec lui dans cette aventure d'une clinique vétérinaire loin de toute grande ville –, mais elle ne s'était jamais posé beaucoup de questions à son sujet. Au moment de son divorce, elle avait laissé Paul lui remonter le moral en évitant de prendre parti contre sa femme. Comment aurait-elle pu imaginer qu'un an plus tard ce serait à son tour de se retrouver au bord du divorce ?

« Non, nous n'en sommes pas là, tout de même ! »

Néanmoins, Paul jouait la carte de la distance et du silence. Il la traitait de haut, partait en vacances sans elle, se faisait désirer. Ou alors, il était si malheureux qu'il avait eu besoin de s'isoler. Mais ça, elle n'y croyait guère. Malheureux ? Non, il était seulement *contrarié* et *mécontent* parce qu'elle ne cédait pas. Rien de noble dans son attitude, décidément il ne ressemblait plus à l'ancien Paul, l'adorable jeune homme qui s'était acharné à la conquérir. À quel moment s'était-il transformé en censeur, en chef de famille intransigeant ? Elle n'avait rien vu car Paul prenait toujours son parti, souriait avec indulgence devant ses fantaisies.

« Indulgence »... Le mot tourna dans sa tête jusqu'à l'exaspération. Elle n'avait pas plus besoin d'indulgence que de permission, elle n'était plus une gamine.

⁂

Paul se réveilla avec un mal de tête lancinant qui lui serrait les tempes dans un étau. Comme il avait laissé sa fenêtre ouverte, le bruit de la circulation lui parut insupportable. Et presque aussitôt, les images du minable spectacle de strip-tease vu la veille vinrent l'assaillir. Aussi naïf qu'un touriste, il s'était laissé convaincre par le rabatteur d'un cabaret à Pigalle. La soirée lui avait coûté une fortune et il avait bu plus que de raison en regardant d'un œil apathique des femmes nues qui ne lui inspiraient rien d'autre qu'une vague compassion. Sans entrain, il s'était laissé aller à vider la bouteille de champagne posée d'office sur sa table, sachant d'avance qu'il le regretterait.

Il commanda son petit déjeuner par téléphone, demanda qu'on y joigne un tube d'aspirine puis gagna la salle de bains où il prit une longue douche tiède. Quitte à s'amuser en célibataire, il aurait mieux fait de s'offrir la revue du Lido, avec des décors, des costumes et des filles superbes. En tout cas, aujourd'hui, il essaierait d'avoir un programme plus intelligent, soirée comprise. Pour oublier son conflit avec Anne, Paris lui offrait de nombreuses distractions, il n'était pas obligé de choisir les plus nulles !

En fait, il ne savait pas s'amuser parce qu'il avait toujours été trop sérieux. Depuis sa prépa pour l'école vétérinaire, il était appliqué, studieux. Même après l'obtention de son diplôme il n'avait pas fait le fou, il s'était immédiatement endetté pour ouvrir sa clinique. Ses souvenirs « marrants » remontaient aux années de lycée, et encore, dès la terminale il s'était enfermé dans les études pour avoir de bons résultats. Il avait vécu la conquête d'Anne comme quelque chose de très important, et leur mariage comme un engagement grave. Aucune légèreté dans tout ça. Que des objectifs, raisonnablement atteints.

De retour dans la chambre, il trouva le plateau du petit déjeuner qui l'attendait. Il avala deux comprimés d'aspirine avec sa première tasse de café et, bien qu'il n'ait pas faim, il s'obligea à grignoter un croissant. Il était en *vacances*. N'ayant pas à s'occuper de son fils ni à montrer l'exemple, il pouvait faire ce qu'il voulait. Oui, mais quoi ? En d'autres temps, il aurait cherché un cadeau pour Anne, sauf qu'un cadeau n'arrangerait pas leur situation.

Pris d'un haut-le-cœur, il faillit recracher sa bouchée. Avait-il vraiment bu cette bouteille de champagne à lui tout seul, après un dîner déjà bien arrosé dans une brasserie ? Bon, aujourd'hui il irait voir ses parents, chez qui les repas se prenaient à l'eau, et il se ferait chouchouter sans rien raconter de ses problèmes de couple. S'épancher n'était pas dans son caractère, d'ailleurs son père était capable de lui donner tort. Au fond, lui dirait-il d'un ton docte, s'il ne s'agissait que de déménager pour que tout s'arrête… Mais hélas, c'était bien plus compliqué. La perspective de vivre chez Ariane – car dans l'esprit de Paul, ça resterait toujours chez Ariane – le hérissait. Il détestait ce genre de baraque, trop vaste et trop difficile, il lui fallait un environnement simple, carré, net. Cependant il comprenait qu'Anne puisse avoir le désir exactement inverse. Pourquoi n'y avait-il pas pensé en faisant construire à Castets ? Certes, il lui avait soumis les plans, mais qu'aurait-elle pu suggérer pour rendre leur petite maison moins rudimentaire ? Et en aurait-il tenu compte ? Peut-être avait-elle renoncé à discuter une cause perdue pour elle.

Dès la première nuit d'amour avec elle, il s'était émerveillé de leur entente physique. Il adorait son corps, avait su d'emblée le faire vibrer, et leur désir réciproque ne s'était pas émoussé au fil du temps. Mais s'accorder au lit ne faisait pas tout dans un couple, il n'aurait pas dû le croire. Car pour tout le reste, Anne et lui avaient des envies, des idées et des goûts très différents. Même pour l'éducation de Léo, elle avait cédé sans partager l'avis de Paul concernant l'internat. Il était persuadé de l'avoir convaincue alors qu'elle s'était seulement inclinée. Comme toujours ? Non, bien sûr que non, il n'était pas un tyran et n'avait pas l'impression d'imposer systématiquement son point de vue. Et puis, dans n'importe quel couple il existait des divergences et on ne se séparait pas pour si peu.

De toute façon, se séparer était inconcevable. Déjà, Paul s'ennuyait d'Anne chaque soir et chaque matin. Elle lui manquait au point qu'il envisageait parfois, au cours de ses insomnies, de sauter dans sa voiture pour aller la rejoindre en pleine nuit. Et c'était la vraie raison de son séjour à Paris, s'éloigner afin de ne pas succomber à la tentation. Il ne s'imaginait pas arrivant à la bastide avec un sourire penaud, tandis que Goliath aboierait en haut de l'escalier et que Jérôme ricanerait derrière la porte de sa chambre. Anne vivrait son arrivée intempestive comme une reddition et croirait l'affaire entendue. Or il ne serait venu que pour la serrer dans ses bras – que pour lui faire l'amour, en réalité – et tout serait remis en question dès le réveil. Insoluble.

Il alla jeter un coup d'œil par la fenêtre et constata qu'une pluie fine tombait sur Paris. Un temps qui allait bien avec son humeur morose. Se réfugier dans un musée fut la seule idée qui lui vint à l'esprit pour occuper sa journée.

⁂

Gauthier et Estelle marchaient sur le sable main dans la main. Leur promenade matinale au bord de l'océan était un rite immuable depuis qu'ils avaient pris leur retraite. Évidemment, durant l'été Biarritz était envahi par les vacanciers, mais ça ne les gênait pas, ils aimaient bien regarder les enfants jouant sur la plage, les baigneurs sautant dans les rouleaux avec des cris de peur et de joie. L'hiver était plus calme, et parfois la balade du matin s'effectuait contre un vent glacé, cependant pour rien au monde ils ne s'en seraient privés.

Les habitudes les rassuraient, leur rappelaient le temps où ils avaient enseigné au long de journées rythmées par les heures de cours. À présent, ils profitaient d'une retraite bien préparée où, en théorie, rien ne leur manquait. Mais depuis la mort d'Ariane, Estelle était rongée par le doute. L'héritage imprévu dont Anne bénéficiait lui laissait un goût de plus en plus amer. Pourquoi cette manne s'était-elle abattue sur leur fille cadette ? Il y avait là quelque chose d'injuste, de mal réparti, qui la heurtait. Peut-être aurait-elle dû ménager davantage sa belle-sœur. Pendant de nombreuses années, elle n'y avait pas pensé, tenant pour acquis qu'Ariane était une femme acariâtre et à moitié folle, cloîtrée dans cette vieille bâtisse rachetée sur un coup de tête. Gauthier n'avait pas d'affection pour elle, même s'il avait parfois suggéré d'aller lui rendre visite. En s'occupant un peu d'elle, sans doute n'aurait-elle pas eu l'idée de faire ce testament ridicule qui semblait n'être qu'une vengeance exercée contre son frère. Mais à vrai dire, avant son décès, nul n'imaginait la valeur de la bastide, parce que nul n'avait pris la peine d'y songer. Gauthier, qui y était né, la désignait comme une baraque « folie des grandeurs » d'une autre époque. Et Ariane n'ayant pas les moyens d'y faire les travaux indispensables, elle s'écroulait. Eh bien, effondrée ou pas, elle valait finalement beaucoup d'argent ! Et Anne, gâtée par ce coup de chance inouï, choisissait de l'habiter au lieu de la monnayer, quitte à se fâcher avec son mari. Quelle mouche la piquait, d'agir avec aussi peu de discernement ? Déjà, enfant, elle était imprévisible. Ses frasques amusaient Gauthier mais exaspéraient Estelle. Combien de fois avait-elle suggéré à sa cadette de prendre modèle sur l'aînée ? Lily l'enchantait par sa docilité et son sourire de petite fille sage. Anne accusait sa sœur d'hypocrisie, incapable qu'elle était de se tenir tranquille. Gauthier excusait la petite en disant qu'elle était spontanée, ce qu'Estelle ne croyait pas. Néanmoins, malgré sa préférence, elle essayait de ne pas marquer de différence entre ses deux filles.

Lorsque Lily avait épousé Éric, Estelle s'était sentie fière de ce choix qui faisait de sa fille aînée une notable. Hossegor n'était pas loin de Biarritz, tout s'organisait au mieux, elle avait été ravie d'avoir rapidement des petites-filles. Plus tard, le mariage d'Anne avec Paul l'avait moins intéressée. Castets était un village d'à peine deux mille habitants, perdu dans les terres, et le métier de vétérinaire de son nouveau gendre ne lui parlait guère, car elle n'avait jamais eu d'animal domestique. Anne avait réclamé durant toute son enfance un chat ou un chien, sans comprendre que sa mère ne pouvait pas accepter ce surcroît de travail. Et quand elle ne voulait pas comprendre, elle se montrait affreusement têtue. Aujourd'hui encore, elle s'obstinait en dépit du bon sens, et Gauthier continuait de l'absoudre.

— Tu es bien songeuse, ma chérie, lui fit remarquer son mari alors qu'ils arrivaient au bout de la plage.

Au même instant, elle se tordit une cheville dans le sable et faillit tomber.

— Je pensais à ce pauvre Paul qui doit se morfondre à Paris.

Gauthier la fit asseoir tout en répliquant :

— Pourquoi, se morfondre ? Il en profitera pour voir ses parents et pour se distraire un peu.

— Il est malheureux, c'est évident.

Elle ne prenait la défense de Paul que pour souligner l'attitude absurde de leur fille.

— Anne ne se rend pas compte. Elle a tout ! Un mari qui l'aime, un fils adorable, un travail régulier, une jolie maison où elle se plaisait avant que cette histoire ne lui monte à la tête. Ta sœur lui a fait un cadeau empoisonné qui est en train de lui gâcher la vie !

Son mari la regardait avec curiosité, surpris par sa véhémence.

— Mais non, dit-il d'un ton apaisant. Les choses vont s'arranger. Qu'ils habitent la bastide ou qu'ils la vendent, ils sont gagnants de toute façon.

— Tu les mets dans le même sac, alors qu'Anne fait le distinguo. C'est elle d'un côté, Paul de l'autre. Elle décide, elle tranche… S'il voulait, il pourrait l'accuser d'avoir quitté le domicile conjugal.

— Il n'en a pas l'intention, ma chérie. Il aime Anne.

— Sans doute, mais il a aussi son caractère et il n'acceptera pas qu'elle le fasse tourner en bourrique. On croit toujours que Paul est parfait, mais je suis sûre qu'il est capable de se révolter.

— Eh bien, on verra, dit-il lentement.

Peu habitué à ce qu'elle le contredise, il ne semblait pas disposé à discuter. Il s'assit à côté d'elle dans le sable et tourna son regard vers l'océan pour observer les baigneurs. Au bout d'un long moment, il murmura :

— Je détestais cette maison quand j'étais gosse. Elle me faisait peur, je m'y sentais perdu, j'ai été content de la quitter. En revanche, Ariane a eu beaucoup de chagrin, avec l'impression qu'on la chassait. Elle s'était juré d'y retourner et elle a tenu parole. Finalement, elle est morte là-bas, dans ce qu'elle appelait « ses murs ». Je n'ai pas compris son obsession mais je ne la juge pas, à chacun sa route. Il est possible qu'Anne ait eu un coup de cœur à son tour pour cet endroit. Pourquoi pas ?

— Mais tu viens de le dire, s'énerva Estelle, ce ne sont que des murs !

Les yeux toujours rivés sur le lointain, Gauthier ne répondit rien. Il n'avait pas parlé d'argent, il voulait seulement excuser Anne, et pour le convaincre Estelle devrait attaquer sous un autre angle.

— Quand je vois dans quelle situation se trouve Valère... Toujours à s'angoisser, à courir après l'argent bien que Suki se tue au travail ! Et Jérôme ? Te rends-tu compte qu'il aurait pu commencer quelque chose avec un petit capital ?

— Oh, Jérôme ! Il aurait claqué son argent et serait revenu à la case départ.

Gauthier avait du mal à admettre que leur fils cadet ne fasse rien de son existence. Ses rares apparitions étaient toujours inquiétantes, on ne savait ni d'où il venait ni où il allait.

— Tout ce qu'on lui a donné jusqu'ici n'a servi à rien.

— Mais c'était chaque fois juste une aumône, Gauthier.

— Tu trouves ? Les autres se sont débrouillés sans qu'on les aide jusqu'à trente ans passés. Nous avons le droit de souffler.

— Eh bien, précisément, si…

— Ne recommence pas, Estelle. On dirait la fable de *La Laitière et le pot au lait* ! Alors, oui, « Adieu veaux, vaches, cochons, couvées », nous n'aurons pas l'argent d'Ariane, fais-toi une raison.

Sa voix trahissait de la nervosité, et peut-être un peu de rancœur. Contre l'insistance de sa femme, ou finalement contre ce fichu testament qui semait la zizanie ? Elle préféra abandonner la discussion, un exercice dont elle n'avait pas l'habitude, mais elle lui en reparlerait bientôt. Après tout, ils avaient toujours formé une famille unie, et aujourd'hui ils risquaient de se dresser les uns contre les autres à cause d'Anne.

« Elle m'a toujours causé des soucis, créé des ennuis, mais là, c'est le comble ! »

Négligeant la main tendue de son mari, qui s'était relevé, elle parvint à se mettre debout toute seule. La promenade était gâchée et sa cheville la faisait souffrir. De très mauvaise humeur, elle tourna le dos à l'océan.

⁂

Anne vérifia rapidement sa colonne de chiffres et enregistra le fichier. Pour une fois, il ne s'agissait pas du bilan mensuel d'un client mais du sien, et les sorties excédaient largement les entrées. Elle allait devoir faire attention si elle ne voulait pas être obligée d'appeler Paul au secours. Jamais ils n'avaient eu de compte commun, mais elle utilisait l'une des cartes bancaires de Paul pour les courses de la maison. En venant s'installer à la bastide pour l'été, elle avait délibérément laissé cette carte à Castets et ne se servait plus que de la sienne.

En fond d'écran sur son ordinateur, Léo lui avait installé une photo de Goliath galopant le long du chemin, avec les zébrures du soleil à travers les pins. Elle se retourna et vit le chien couché à sa place habituelle, près du secrétaire à rideau. Où qu'elle aille, il la suivait comme son ombre, présence rassurante et apaisante. Il s'était très vite attaché à elle, plein de bonne volonté, et s'il avait semblé perdu et malheureux à Castets, ici il était chez lui.

— C'est ça, murmura-t-elle, nous sommes chez nous, mon gros…

Chaque jour qui passait enchaînait un peu plus Anne à la bastide. Elle aimait s'attarder dans la galerie, s'arrêter près d'une fenêtre pour regarder le paysage à l'arrière de la maison, elle aimait monter et descendre le large escalier, elle aimait les volets intérieurs de chêne blond qui lui permettraient de se calfeutrer l'hiver, elle aimait cette chambre claire et accueillante qu'Ariane avait arrangée pour elle. Car elle n'avait plus le moindre doute à présent, sa tante avait prévu tout ce qui se produirait après sa mort. La chambre, si bien préparée soit-elle, n'aurait pas suffi à retenir Anne si elle n'avait pas eu envie, au fond d'elle-même, de venir l'habiter quelque temps. Et les semaines risquaient de se transformer en mois puis en années. L'idée de retourner à Castets lui était déjà désagréable et finirait par devenir *inenvisageable*.

La porte s'ouvrit à la volée sur Jérôme, ce qui fit gronder Goliath.

— Les parents ont décidé de s'inviter à déjeuner ! annonça-t-il avec une grimace très expressive. À mon avis, ils sont juste dévorés de curiosité, mais ils viendront demain en apportant tout ce qu'il faut.

— Demain, Léo sera parti en Espagne, la mère de Charles passe le chercher tout à l'heure.

— C'est bien ce qui me fait penser qu'il ne s'agit pas d'une petite réunion familiale. Maman m'a appelé avec sa voix d'institutrice lisant une dictée : « On a en-vie de vous em-bra-sssser, tu diras à ta sœur qu'elle ne s'oc-cupe de rien… »

L'imitation était si réussie qu'Anne éclata de rire. Finalement, Jérôme était plutôt dans son camp, satisfait d'avoir un toit au-dessus de la tête, complice, il ne lui demandait rien, rendait service et la faisait rire.

— J'espère que tu as fini la peinture de la cuisine ? Autant ne pas recevoir les parents dans un chantier.

— Ce sera sec ce soir et je remettrai tout en ordre demain matin. Je t'ai fait un palais !

De nouveau, cette expression la fit rire. La bastide ne retrouverait sans doute jamais sa splendeur d'antan, en tout cas pas avec Jérôme pour unique ouvrier.

— Je descends voir, décida-t-elle.

La visite impromptue de ses parents la mettait mal à l'aise. Peut-être sa mère était-elle en effet poussée par la curiosité, mais pas uniquement pour la maison. Elle allait aussi poser des questions au sujet de Paul et de son voyage à Paris. Or, Anne n'avait aucune réponse à fournir, Paul ne donnant pas signe de vie. Elle s'en attristait mais restait déterminée à ne pas faire le premier pas. S'il pensait la punir par son silence, il se trompait. Il était parti seul en vacances, il boudait : grand bien lui fasse ! Elle refusait toujours de se sentir coupable et elle ne rentrerait pas au bercail la tête basse.

Elle se leva pour suivre Jérôme, et Goliath leur emboîta le pas.

⁂

La faconde et le charisme d'Hugues amusaient Valère. Dans toutes les maisons à vendre qu'ils étaient allés photographier depuis deux jours, les propriétaires recevaient l'agent immobilier comme un ami. Et tandis qu'Hugues acceptait le café ou l'alcool qu'on lui proposait immanquablement, Valère cadrait les façades et les jardins sous leur meilleur angle. Entre deux visites, ils discutaient avec animation dans la Mercedes.

— À partir d'une bonne photo, affirma Hugues, les gens se mettent à rêver, à échafauder un projet, ils se *voient* habiter là, ils sont harponnés.

— Et quand ils découvrent la réalité ?

— Trop tard, leur opinion est faite. D'ailleurs, je ne te demande pas de retoucher tes clichés mais seulement de montrer l'aspect le plus séduisant.

— Je pense avoir saisi des trucs sympas, des atmosphères ou des lumières, tu devrais être content.

Valère l'affirmait sans vanité, conscient d'avoir du talent. Et le travail accompli avec Hugues le changeait des sempiternelles photos de mariage ou de baptême dont il était las.

— Tu les vends rapidement, les maisons dont tu as la charge ?

— Ça dépend. On a connu la crise ici aussi, mais pas sur les produits haut de gamme. Les Landes restent une région prisée grâce à leurs plages immenses, leurs dunes, leurs pins et leurs étangs. Les stations balnéaires sont jolies, tous les sports nautiques peuvent se pratiquer et on bénéficie d'un bon climat. Donc, il y aura toujours des acquéreurs ! Mais il faut bien analyser les marchés. Biarritz ou Dax, ce n'est pas la même clientèle, qui se différencie encore pour les résidences principales ou secondaires. Comme il y a pas mal de concurrence, je me suis spécialisé dans les belles propriétés, les biens d'exception. Et voilà pourquoi je poursuis ta sœur, sa baraque est vraiment intéressante. Ta sœur aussi, d'ailleurs…

Valère lui jeta un regard étonné et Hugues s'empressa d'enchaîner, l'air faussement penaud :

— Bon, je sais, elle est mariée, j'ai aperçu l'heureux homme. C'est l'un des deux vétos de Castets, hein ? Tu vois, dans mon métier, il faut être au courant de tout. Enfin, mariée ou pas, j'appelle ça une très jolie femme. Et elle semble avoir du caractère, ça me plaît ! Maintenant, rassure-toi, je ne courtise pas les femmes mariées.

— Tant mieux, elle t'enverrait sur les roses. Elle adore Paul, même si en ce moment…

Il jugea superflu de terminer sa phrase. À son avis, Hugues n'avait aucune chance avec Anne, quoi qu'il arrive. Ou alors, ce serait pour se venger de la manière très excessive dont Paul réagissait.

— En attendant, elle est vraiment superbe, cette maison, reprit Hugues. On n'en voit pas souvent passer, des propriétés de ce genre, avec autant de terrain, car tout le monde a morcelé depuis longtemps.

— Je suppose que tu as une idée de sa valeur ? risqua Valère.

— Assez précise, oui. Tu veux savoir ? Eh bien… un paquet de fric ! Non, écoute, je ne crois pas que ta sœur aimerait que je crie des chiffres sur les toits. Et puis, c'est théorique, après il faut trouver l'acheteur. Mais enfin, pour l'avoir reçue en héritage, on peut dire qu'elle a de la veine. Elle pourra payer les droits de succession ?

Malin, Hugues se renseignait au lieu de répondre et Valère n'était pas plus avancé.

— Je crois, marmonna-t-il.

— Et elle va s'y installer pour de bon avec sa petite famille ?

— Paul n'en a pas très envie.

À peine prononcés, Valère regretta ses mots. Il venait de donner une arme à Hugues à double tranchant. Soit Anne renonçait à habiter la bastide et Hugues pouvait continuer d'espérer la vente, soit elle s'entêtait, se fâchant avec son mari, et Hugues sauterait sur l'occasion puisqu'il n'avait pas caché qu'il la trouvait très à son goût. Dans les deux cas, ce type allait poursuivre Anne de ses assiduités. Songeur, Valère se demanda s'il n'était pas en train de se faire manipuler. Hugues avait-il vraiment besoin de ces photos ou n'était-ce qu'un moyen de s'immiscer davantage pour parvenir à ses fins ? Un homme comme lui semblait trop malin pour ne jouer que sur un seul tableau, il avait fait d'une pierre deux coups. Et de Valère son débiteur, car le chèque de rémunération était conséquent.

Il se carra contre le dossier et l'appuie-tête de son siège. Hugues conduisait vite mais sans à-coups, la balade était agréable. Ce soir, il ferait les tirages papier, ensuite il emmènerait Suki au restaurant. Une seconde, il se demanda ce que signifiait « un paquet de fric » converti en euros. Puis l'idée lui vint de faire aussi des photos de la bastide Nogaro. À tout hasard. Quelqu'un finirait bien par en avoir besoin.

9

— Oh ! là là !…, ne cessait de répéter Estelle.

Tout ce qu'elle regardait lui arrachait la même expression, teintée de mépris, de surprise ou de dépit. En l'observant, Anne comprenait que lors de ses très rares visites à Ariane, sa mère n'avait fait attention à rien. Là, elle inspectait, furetait, notait les détails.

— Ces volets intérieurs datent vraiment d'une autre époque. Et on ne peut pas profiter de l'appui des fenêtres…

— Pour mettre des plantes vertes ? plaisanta Anne.

Elle faisait référence au goût de sa mère pour les yuccas, ficus et autres philodendrons qui avaient toujours encombré ses appartements successifs. Ignorant l'allusion, Estelle soupira :

— Et puis, ce paysage… De quelque côté qu'on se tourne, il y a des pins, encore des pins, toujours des pins.

— Évidemment, nous sommes dans une clairière taillée au milieu d'une pinède ! Je suppose que celui de mes ancêtres qui a fait construire la maison voulait voir ses forêts.

Anne rappelait qu'elle descendait des Nogaro et, contrairement à sa mère, pouvait comprendre l'amour des forestiers pour leurs arbres.

— Tu te fais aider pour le ménage ? voulut savoir Estelle.

— Non, je me débrouille toute seule.

— Tu en auras vite assez, vu la surface à nettoyer !

Passant un doigt sur la commode, elle fit remarquer que la poussière de sable s'infiltrait partout.

— Normal, avec ces vieilles huisseries vermoulues. Il ne doit pas faire chaud l'hiver ! Mais enfin, je reconnais que tu as bien arrangé ta chambre.

Anne faillit répondre que ce n'était pas elle mais préféra s'abstenir. Quoi qu'elle puisse dire à propos d'Ariane, ce serait mal interprété. Elle attendit que sa mère ait fini le tour de la pièce et la vit tapoter le jeté de lit en piqué blanc avant de se tourner vers le panier du chien qu'elle observa d'un air dégoûté.

— Cette bête dort ici ? J'espère pour toi que tu ne crains pas les puces !

Elle regarda les deux ravissants pastels sans faire de commentaire puis décida de quitter la chambre. Anne la suivit dans la galerie et lui demanda si elle voulait visiter le deuxième étage.

— Il y a un second ? Mon Dieu, je serais perdue dans un endroit pareil… Non, franchement, j'en ai assez pour l'instant, allons plutôt rejoindre ton père et Jérôme.

Gauthier avait refusé de parcourir la maison, sous prétexte qu'il s'en souvenait très bien.

— Mais avant de descendre, j'aimerais que nous ayons une petite conversation de femme à femme, ma chérie. Où en es-tu avec Paul ? Je me fais beaucoup de souci pour vous deux et je te trouve bien imprudente.

— Pourquoi ?

— Parce qu'il est fâché, loin de toi, sûrement malheureux, et peut-être cherche-t-il à se changer les idées.

— Avec une autre femme ? railla Anne. Tu crois qu'il est allé se jeter dans les bras de la première venue pour oublier que je le contrarie ?

— Qui sait…, maugréa Estelle.

— Non, Paul n'est pas comme ça. Enfin, je ne crois pas. Pas si vite.

— Te voilà bien sûre de toi ! Dis-moi au moins ce que tu comptes faire quand il rentrera.

— Faire ? Rien. Que suis-je censée faire, d'après toi ?

— Tes valises et rentrer à la maison. Chez toi, chez vous. L'accueillir gentiment. Lui préparer…

— Quoi ? explosa Anne. Un ragoût ? Nous avons un problème, Paul et moi, mais ce n'est pas la bouffe qui le réglera. Tu ne voudrais pas que je mette une jolie nuisette, en plus, pour me faire pardonner ? Je ne suis pas coupable, maman !

— La colère te rend vulgaire. Et si tu t'énerves, c'est bien que tu as quelque chose à te reprocher.

— C'est vous tous qui avez quelque chose à me reprocher. Vous vous étouffez de rage parce que Ariane m'a laissé sa maison.

— Tu as bien manœuvré pour l'avoir.

— Moi ?

— Ne fais pas l'enfant, pas avec moi, ça ne prend pas. Je ne sais pas comment tu t'y es prise pour embobiner Ariane…

— Il n'a jamais été question d'héritage. Je venais la voir par plaisir.

— Oh, à d'autres ! Bientôt, tu vas prétendre que tu adorais cette vieille toquée.

— Je l'aimais bien, oui, mais apparemment, toute la famille la détestait.

— Et tu en as profité pour te placer, hein ?

Anne recula d'un pas, effarée par l'hostilité de sa mère. Pour une femme qui fuyait généralement les discussions, elle se montrait d'une agressivité redoutable.

— Depuis que le notaire t'a appris que tu aurais tout, et ton père rien, pas une seconde tu n'as envisagé de partager !

— Mais je veux bien, articula Anne, glaciale. Venez donc habiter avec moi, je vous offre l'hospitalité. Jérôme est le premier à en bénéficier, les autres seront les bienvenus.

— Ne te moque pas de moi, s'emporta Estelle, je ne le tolérerai pas. Tu es une égoïste, ma petite fille.

— Égoïste ? Si tu le dis… mais je ne suis plus une petite fille, désolée, et je ne reçois plus de leçons.

— De générosité, tu sembles en avoir besoin ! As-tu seulement pensé à tes frères ? Valère et Jérôme sont dans des situations difficiles pendant que tu te vautres sur ton tas d'or.

Les mots choisis par sa mère étaient délibérément choquants, mais Anne décida de museler sa colère. Se quereller était démoralisant, épuisant, et elle préférait garder ses forces pour affronter Paul. Ce combat-là en valait la peine, elle voulait sauver son couple.

— Un tas d'or, pfutt ! Plutôt un tas de vieilles pierres qui s'écroulent, vous l'avez toujours prétendu.

C'était rappeler à Estelle le mépris dans lequel elle avait toujours tenu Ariane et sa bastide.

— Bon, tu ne veux rien savoir, n'en parlons plus.

À cet instant, le pas lourd de Gauthier se fit entendre dans l'escalier. Une main sur la rampe et la tête levée vers elles, il montait.

— Vous n'êtes tout de même pas en train de vous disputer ? demanda-t-il avec un sourire incertain.

— Mais non ! affirma Estelle. Tiens, puisque tu es là, montre-moi ta chambre d'enfant. Laquelle était-ce ?

Anne s'aperçut que, bizarrement, elle ne s'était pas posé la question jusqu'ici. Pour elle, cette maison était celle d'Ariane, une Ariane d'un certain âge.

— La troisième porte, répondit-il. Mes parents étaient à un bout de la galerie, Ariane à l'autre, et moi perdu au milieu, en proie à des frayeurs nocturnes.

Estelle alla ouvrir et resta sans voix en découvrant une pièce vide dont le parquet était jonché d'insectes morts et où le papier peint se décollait des murs.

— Tu vois ce que je te disais, à propos du ménage, finit-elle par ironiser. Vraiment, Anne, je ne comprends pas que tu veuilles vivre ici. Toute cette place perdue, c'est sinistre ! Il faudrait une tribu, or tu es seule. Que deviendras-tu cet hiver ? Jérôme est gentil mais il ne va pas éternellement te tenir compagnie…

Sans bouger de la galerie, Gauthier s'était contenté de jeter un coup d'œil par-dessus l'épaule de sa femme.

Il ne fit pas remarquer qu'Anne n'avait installé ni Léo ni Jérôme dans son ancienne chambre d'enfant, la laissant à l'abandon.

— Si on déjeunait ? proposa-t-il, apparemment peu désireux de s'attarder là.

La visite ne présentait aucun intérêt pour lui, il était sincère en affirmant qu'il n'avait pas d'attaches avec cette maison et pas de nostalgie de son enfance. Il s'était réalisé plus tard, loin de tout ça, alors qu'Ariane était restée bloquée sur une idée fixe qui avait régi toute sa vie. Si Anne pouvait comprendre l'indifférence de son père, en revanche l'animosité de sa mère l'avait blessée. Dans son attitude comme dans ses paroles, il n'y avait pas trace de tendresse ni même d'indulgence, elle avait adopté avec sa fille son ton sévère de maîtresse d'école et ne paraissait pas le regretter. En avait-il toujours été ainsi ? Durant son enfance, Anne était trop remuante pour réclamer des câlins et ceux-ci étaient réservés à Lily. Pourquoi y penser maintenant ? Parce qu'elle se sentait soudain très seule sans l'appui de Paul qui prenait toujours sa défense dans les conflits ?

— Je t'ai préparé des magrets, annonça Estelle d'une voix plus douce. Je sais que tu les aimes… et j'ai fait la tarte préférée de Jérôme !

Gauthier lui adressa un sourire attendri, toujours persuadé qu'elle était la meilleure des mères. Anne, elle, commençait à en douter.

⁂

Après avoir impatiemment réglé sa note d'hôtel, Paul s'était rué vers la station de taxis, son sac de voyage battant contre sa hanche. Puis, tout le long du chemin jusqu'à la gare Montparnasse, il avait exhorté le chauffeur à aller plus vite. Il ne comprenait pas ce qui lui arrivait, mais il avait éprouvé le soudain et impérieux besoin de rentrer. Après avoir tenté, en vain, de se distraire, il était allé déjeuner chez ses parents, et bien entendu son père lui avait lancé quelques remarques pleines de bon sens : « Tu es venu *bouder* à Paris ? Parce que ta femme a fait un héritage ? Je rêve ! La maison des Nogaro était une merveille, je m'en souviens très bien. Je ne sais pas à quoi elle ressemble aujourd'hui mais il doit bien en rester quelque chose, non ? Et c'est *ça* le nœud du problème ? Tu perds les pédales, Paul… Fais attention de ne pas perdre Anne par la même occasion ! » Tout en grignotant sa bavette aux échalotes, Paul avait joué l'indifférence mais les phrases de son père l'avaient atteint. Originaires de la région de Biarritz où ils avaient passé la majeure partie de leur existence, ses parents y avaient côtoyé bon nombre de familles, entre autres celle des Nogaro. Ils aimaient beaucoup Anne et réclamaient régulièrement qu'on leur envoie Léo à qui ils faisaient visiter Paris pendant les vacances de Pâques ou de la Toussaint. Détournant la conversation, Paul en avait profité pour parler du séjour de Léo en Espagne. Son conflit avec Anne était quelque chose de trop personnel, il ne voulait pas en discuter, néanmoins il y pensait à chaque instant. Et, à peine de retour à son hôtel, il avait jeté ses affaires dans son sac de voyage, obsédé par le désir de prendre sa femme dans ses bras. La perdre ? Pas question ! Il allait attraper le dernier train pour Dax, récupérer sa voiture et foncer à la bastide. Tant pis pour les ricanements de Jérôme et les grognements de Goliath, il voulait toucher Anne, la respirer, lui demander pardon de l'avoir laissée sans nouvelles et lui dire qu'il l'aimait. Leur brouille avait trop duré, elle était terminée, ensemble, ils feraient l'effort de trouver une solution.

⁂

À défaut d'être un vrai mari, Paul-Henri se révélait un excellent mentor. Tandis qu'il me faisait découvrir des auteurs et des peintres, de son côté mon frère Gauthier faisait des enfants à Estelle. Un petit Valère avait suivi Lily, puis une nouvelle fille, Anne, et un autre garçon, Jérôme. À alterner ainsi les filles et les garçons, ils étaient partis pour battre un record de fertilité, pourtant ils s'en tinrent là. Et de leurs quatre gamins, dont ils m'envoyaient régulièrement des photos, je retins surtout la frimousse d'Anne. Ses yeux verts pailletés d'or me plaisaient, ainsi que son sourire espiègle. Quand j'appris qu'elle était « infernale », je me sentis conquise.

Pour tenter de resserrer un peu des liens familiaux très distendus, j'invitai Gauthier avec sa femme et sa marmaille. Ils vinrent passer un week-end dans l'un des palaces de Paul-Henri où nous séjournions durant ce printemps de 1979. En effet, nous changions d'hôtel à notre guise et selon les saisons car je trouvais commode de profiter de tous les services d'un établissement haut de gamme plutôt que de m'épuiser à tenir une maison. Cette vie de nomade me convenait d'autant mieux que nous occupions toujours la meilleure suite, avec un grand balcon sur la mer et une vaste salle de bains en marbre. Au gré de nos envies, nous descendions au restaurant – toujours panoramique – ou bien nous utilisions le room service. Je choisis cette dernière solution pour nourrir mon frère, ma belle-sœur et leurs quatre bambins. Et au long de cet interminable week-end, ce fut la petite Anne que j'observai et qui me charma. Mais par quel miracle de la génétique Estelle et Gauthier avaient-ils pu concevoir une enfant aussi mignonne, délurée, remuante et maligne ? Ces quatre qualificatifs ne pouvaient s'appliquer à aucun autre membre de la fratrie. Estelle, sous ses airs de sainte-nitouche, se serait-elle offert un amant de passage ? Un plombier, un facteur, un inspecteur d'Académie, que sais-je ? Non, c'était peu probable, encore qu'il ne faille jamais se fier aux apparences, néanmoins Anne semblait vraiment le malheureux cygne égaré parmi les canards. Ses frasques n'amusaient pas sa mère qui préférait s'émerveiller devant l'insignifiante Lily ou devant ses deux garçons aux traits mous. Moi, je voyais distinctement que la petite Anne possédait la grâce, et que sa personnalité s'affirmerait envers et contre tout. En la prenant sur mes genoux, ce dont je ne me serais jamais crue friande, j'éprouvais un élan d'affection aussi inattendu que réconfortant.

Une fois la smala partie, je m'ouvris à Paul-Henri de mes sentiments contradictoires. Bienveillant, comme à l'accoutumée, il dédramatisa mon indifférence envers mes neveux et ma nièce Lily, estimant que je n'avais pas à me soumettre à cette loi universelle qui oblige à aimer les enfants. Tous les enfants ne sont pas forcément aimables, et on n'est pas un monstre quand on ne les bade pas. Concernant Anne, il partageait mon opinion, ayant remarqué que la gamine ouvrait de grands yeux devant les jolies choses – un meuble élégant ou une gravure délicate au détour des couloirs de l'hôtel –, que son rire cristallin était communicatif au point de vous mettre les larmes aux yeux, et que, en effet, elle semblait un peu décalée au sein de sa famille. Bon, ils allaient probablement la gâcher, éteindre son énergie, sa curiosité et sa fantaisie, mais nous ne pouvions tout de même pas l'adopter !

D'accord, ce que je viens d'écrire est d'un égoïsme confondant. J'aurais bien aimé avoir une petite Anne à moi, déjà toute faite, hélas ! le destin en avait décidé autrement, et ayant fêté mes quarante ans l'année précédente, mes espoirs de maternité s'étaient envolés. Mais en avais-je vraiment eu ? Du temps d'Albert, peut-être un peu, mais c'était davantage par orgueil, de peur de me faire répudier comme la pauvre Joséphine de Beauharnais. Quel songe-creux que l'existence... Comme les choses prennent ou perdent de l'importance avec le temps ! Seul point fixe, fanal dans la tempête, lueur dans la nuit, ma bastide conservait tout son attrait pour moi, et sans me lasser je poursuivais ma chimère. Par malchance, les propriétaires du moment poursuivaient la leur et s'incrustaient. Or je savais, grâce à Pierre Laborde, qu'ils connaissaient de gros soucis financiers puisqu'ils avaient envisagé d'hypothéquer la maison. Incapables de l'entretenir correctement, ils la laissaient se dégrader tout en s'y accrochant, ce qui me faisait bouillir. Paul-Henri m'avait juré ses grands dieux qu'à la première occasion, il se porterait acquéreur sans chercher à mégoter et que l'affaire ne nous échapperait pas. Mais quand ?

À peine rentré chez lui, Gauthier revint, porteur d'une mauvaise nouvelle : notre mère avait rendu son dernier soupir. Il s'en voulait terriblement d'avoir joué au nabab dans notre palace tandis qu'elle agonisait, seule au milieu d'aides-soignants indifférents. Je lui fis valoir qu'elle ne reconnaissait plus personne depuis longtemps et n'aurait pas gagné le moindre réconfort à la présence des siens qu'elle prenait pour des étrangers. Il me jeta alors un de ces regards horrifiés dont il me réservait l'exclusivité. Prenant son courage à deux mains, il m'avoua qu'il se demandait parfois si je n'étais pas folle. Il me trouvait cynique, égocentrique, hors des réalités de la vie. Il me plaignait d'être « mal tombée » avec mes maris mais supposait que c'était le juste châtiment de ma « course à l'argent ». Ne voulant pas être en reste, je lui rétorquai qu'il était mesquin, terne et sans ambition, qu'avec lui l'existence devenait un pensum. Nous étions différents, et alors ? Pour ma part, je ne lui avais pas toujours montré de l'affection, mais au moins je m'étais abstenue de l'accabler, gardant mon jugement pour moi. De quel droit m'assénait-il soudain le sien ? Parce qu'il se sentait coupable d'avoir goûté au luxe le temps d'un week-end au lieu de se lamenter au chevet de sa mère ? « C'était la nôtre à tous les deux ! » trépigna-t-il. Je ne le niai pas et proposai, pour la seconde fois, de payer l'enterrement. À cela, il n'avait rien à répondre.

⁂

Goliath se mit à aboyer furieusement et Anne en lâcha le cahier. Quelqu'un tambourinait, en bas, et dès qu'elle ouvrit la porte de sa chambre le chien fonça dans la galerie puis dévala l'escalier. Elle le suivit, un peu hésitante, allumant toutes les lumières sur son passage. Il était plus de minuit mais l'inconnu qui s'obstinait à frapper semblait décidé à se faire entendre. Au moins, pour provoquer un chahut pareil, ce n'était ni un rôdeur ni un cambrioleur.

— N'ouvre pas ! lui lança Jérôme depuis le palier du premier.

Elle était presque arrivée en bas et elle leva la tête pour lui faire signe de se taire. Stupéfaite, elle vit qu'il tenait un pistolet. Avant d'avoir eu le temps de lui demander s'il savait s'en servir et d'où il le sortait, elle perçut des cris d'homme qui se mêlaient aux aboiements furieux du chien.

— Anne ! C'est moi, Paul !

Elle déverrouilla la porte en prenant soin de murmurer :

— Tout va bien, Goliath, tu le connais…

Sensible à la douceur de sa voix, le chien se calma tandis que Paul entrait et prenait Anne dans ses bras.

— Je n'en pouvais plus, lui dit-il à l'oreille. J'ai été idiot de partir, tu m'as trop manqué.

Mais il s'écarta aussitôt, regardant derrière elle.

— Tu es cinglé, ma parole ! lança-t-il hargneusement à Jérôme. Il est chargé ?

Arrêté à mi-escalier, son beau-frère tenait toujours le pistolet pointé vers eux.

— Oh, désolé, bredouilla-t-il en baissant l'arme. Mais quelle idée, aussi, de débarquer en pleine nuit sans prévenir ! Tu n'as plus de téléphone ?

— Je voulais faire une surprise à Anne, se justifia Paul, de mauvaise grâce.

— Pas de doute, c'est très réussi.

— Où as-tu trouvé ce flingue ? s'indigna Anne.

— Dans un placard de la cuisine, pendant mes travaux de peinture. Je cherchais un chiffon et ce truc était planqué derrière une pile de vieux torchons.

— Tu aurais pu m'en parler.

— Non, tu m'aurais dit de l'apporter à la gendarmerie, et nous n'aurions plus rien eu pour nous défendre.

— Avec toi pour la défendre, Anne n'a rien à craindre, railla Paul.

— C'est toujours mieux qu'un mari absent.

Sa réplique parut figer Paul.

— Mêle-toi donc de tes affaires et retourne te coucher, finit-il par lâcher.

— Je n'ai pas d'ordres à recevoir de toi ! s'emporta Jérôme. Tu es là, tu n'es pas là, tu fais la gueule, tu reviens…

D'un geste rapide qui dénotait une certaine habitude, il retira le chargeur qu'il fit négligemment tomber dans la poche de sa robe de chambre.

— Je le garde, décida-t-il. Les journaux sont pleins de faits divers terrifiants, et cette maison est très isolée.

Il remonta l'escalier sans se presser, gagna sa chambre et claqua la porte. Paul l'exaspérait, Paul l'avait *toujours* exaspéré avec son côté premier de la classe. Anne ferait bien de se débarrasser d'un mari aussi respectueux de l'ordre établi, aussi raisonnable et aussi sérieux. Il se prit à espérer que la réconciliation sur l'oreiller qui allait immanquablement suivre ne réglerait pas leur problème de couple. Il était bien ici avec sa sœur, à profiter d'une grande maison et d'une table garnie sans personne pour lui faire la morale. Imaginer Paul rentrant chaque soir et lui demandant comment il avait passé sa journée le faisait frémir. Quant à ce pistolet, il se l'appropriait à titre d'unique cadeau posthume de la tante Ariane. Peut-être en aurait-il besoin car un deuxième message de Jack, qui réclamait son argent sur un ton encore plus menaçant, s'était affiché la veille sur l'écran de son téléphone. S'il débarquait ici, ce ne serait pas pour faire des mondanités, et une arme pourrait éventuellement jouer un rôle dissuasif. Rien de tel pour refroidir un esprit surchauffé ! En fait, quand Paul avait tambouriné comme un fou sur la porte, Jérôme s'était liquéfié dans son lit, persuadé que la visite nocturne était pour lui. Autant se l'avouer, il avait peur, mais il ne pouvait pas fuir, sans un sou en poche et sans savoir où aller. D'ailleurs, Jack était assez malin et déterminé pour le retrouver où qu'il se cache. La seule solution était de le rembourser. Et sans traîner puisque, sur le message, Jack lui avait donné ses coordonnées bancaires. Il n'attendrait pas son virement éternellement, Jérôme devait convaincre Anne de lui prêter la somme. Mais avec Paul au milieu…

Découragé, Jérôme rangea le pistolet et le chargeur dans le placard de sa chambre. La pièce était sommairement meublée d'un lit neuf et de deux vieux fauteuils récupérés à travers la maison. Pour l'égayer, Anne y avait ajouté une grosse boîte ronde, en cuir fauve, qui avait dû contenir autrefois des chapeaux et qui servait désormais de table de nuit. La boîte faisait partie des objets dont elle n'avait pas voulu se séparer, cependant elle avait vendu beaucoup de choses à un brocanteur, elle devait avoir un peu d'argent disponible. Compréhensive, elle l'aiderait sans doute s'il lui racontait ses déboires. Et, à condition de ne rien enjoliver, elle réaliserait qu'il était vraiment en danger.

⁂

Paul observait le rayon de soleil qui s'immisçait entre les volets intérieurs et s'étalait sur le parquet, donnant au chêne un bel aspect doré. Il avait bien fait de venir, quitte à marcher sur son orgueil, car Anne l'avait accueilli à bras ouverts. Sans parler de rien, ils avaient fait l'amour, s'étaient retrouvés physiquement comme après une très longue séparation, avides de se sentir et de se toucher. Un moment sensuel, voluptueux, encore meilleur que ce dont il avait pu rêver lorsqu'il s'ennuyait de sa femme, seul dans son hôtel à Paris.

Il se tourna vers elle pour la regarder dormir. Lentement, il fit glisser le drap le long de son dos, posa la main au creux de ses reins. De nouveau, il avait envie d'elle, mais il hésitait à la réveiller. Le charme allait se rompre dès qu'elle ouvrirait les yeux. Trop de questions restaient en suspens entre eux, comment les ignorer plus longtemps ? Et quelle serait la première qu'elle allait poser ? Ne possédant aucune réponse, il se sentait aussi bête et furieux qu'un gamin tapant du pied devant une chose impossible à obtenir. Non, il ne voulait pas s'installer ici, il voulait juste Anne avec lui, comme avant. Que la vie reprenne son cours normal, qu'ils soient de nouveau heureux ensemble, chez eux. Était-ce trop demander ? Bon sang, il l'aimait pour de bon, pour toujours, il était prêt à tout pour la rendre heureuse. Enfin, à *presque* tout…

Il se détourna, laissa son regard errer dans la chambre. La pièce était gaie et spacieuse, au contraire du reste de la maison qu'il jugeait froide, disproportionnée et vétuste. Bien sûr, on pouvait la remettre en état, mais à quel prix ? Combien faudrait-il engloutir entre ses murs avant de la rendre agréable à vivre ? Paul ne s'imaginait pas en train de surveiller un chantier, encore moins d'en régler les factures. Du matin au soir, il était enfermé dans sa clinique vétérinaire, occupé à un travail qui le passionnait mais lui prenait tout son temps. Il voulait rentrer chez lui le soir l'esprit libre et le cœur léger, or ce ne serait jamais le cas ici, il en avait la certitude. Alors, que faire pour sortir de l'impasse ? Laisser passer l'été, attendre les premiers jours gris et froids. En novembre, Anne trouverait forcément beaucoup moins séduisant d'habiter là, et sans doute serait-elle lasse de la cohabitation avec Jérôme. Cet incapable allait vite devenir une charge pour elle. Oui, la solution était de patienter, et sans faire la tête. Il y avait songé tout au long de son voyage en train, la veille, se jurant de ne plus bouder stupidement, d'arrêter de se draper dans sa dignité. S'il s'en tenait à cette bonne résolution, Anne remarquerait son effort de conciliation et lui en serait reconnaissante.

Il se leva, traversa la chambre à pas de loup et sortit. Goliath, qui était couché dans la galerie, non loin de la porte, l'ignora. Une seconde, Paul hésita à le caresser, mais il n'en fit rien. Ce chien était devenu le gardien d'Anne et les autres humains ne l'intéressaient pas, mieux valait le laisser tranquille.

Après une douche rapide dans la vieille salle de bains dont la tuyauterie semblait sur le point de céder, Paul enfila un jean et un tee-shirt puis descendit à la cuisine. Le coup de peinture de Jérôme était loin d'être parfait mais rendait la pièce plus accueillante, surtout à cette heure matinale où elle était inondée de soleil.

— Déjà levé ? lança son beau-frère qui remontait de la cave.

Son air goguenard exaspéra Paul, néanmoins il parvint à sourire.

— Le beau temps m'a tiré du lit. À Paris, il pleuvait.

— Mais tu as réussi à t'amuser malgré tout ?

— Je me suis changé les idées. Pas de chiens, pas de chats, pas de lapins. Et j'ai vu mes parents, ça leur a fait plaisir.

— Que penses-tu de mon œuvre ? s'enquit Jérôme en désignant les murs.

— Un peu vite fait mais pas mal. C'est plus propre, plus gai.

— Vite fait ? Je n'avais pas le choix. On a besoin de la cuisine, on y mange et on y vit. Pour les autres pièces, je vais prendre mon temps.

Paul le contempla quelques instants avant de laisser tomber :

— Tu n'as pas d'autre projet plus… personnel ?

Jérôme haussa les épaules et alla mettre la cafetière en route.

— Pour le moment, Anne a besoin de moi, finit-il par marmonner.

— La connaissant, je suis sûr qu'elle préférerait que tu trouves un vrai travail.

— Facile à dire ! On ne m'attend nulle part et cette région est un vrai désert. Un trou sur la carte ! Pas de grandes villes, pas de boulot.

— Qu'est-ce qui t'oblige à rester ici ?

Jérôme se retourna pour le toiser.

— Ma parole, tu me flanquerais bien à la porte si tu étais chez toi.

— Oui, ça t'obligerait à te secouer un peu, à te prendre en main. Jusqu'ici, tu as vécu aux crochets de tout le monde. Tes parents, tes copains, maintenant ta sœur…

Posant brutalement la cafetière sur la table, Jérôme se pencha vers Paul pour articuler :

— Fais-moi grâce de ton petit couplet, tu veux ? Tu n'as aucune idée de ce que je fais ni de qui je suis. Toi, on sait, tu es Paul-parfait, Paul-sans-reproche, Paul-le-modèle, et les gens de ton espèce sont à crever d'ennui. Demande donc à ta femme si elle n'en a pas marre du train-train quotidien que tu lui infliges depuis des années ! Tu as épousé une fille formidable dont tu as failli faire une emmerdeuse sans même t'en apercevoir. Sa chance, aujourd'hui, c'est cette baraque qui lui ressemble davantage que ta maison tristouille où elle ne remettra pas les pieds si elle a deux sous de jugeote.

— Tu vas trop loin, Jérôme, dit Paul en le saisissant par le poignet. Tu n'as pas à t'immiscer dans mon couple avec tes propos à la con. Tu me critiques pour te justifier, pour te donner bonne conscience ? En réalité, tu mets de l'huile sur le feu parce que tu veux passer l'hiver au chaud, mais tu n'es pas assez malin pour me manipuler. C'est comme cette histoire de flingue, pas question de te laisser jouer au cow-boy avec ma femme et mon fils au milieu. Nous irons ensemble à la gendarmerie.

— Non.

L'air de défi qu'affichait Jérôme mit Paul hors de lui.

— Eh bien, j'irai tout seul te dénoncer pour détention illégale !

— Tu n'en feras rien, railla Jérôme. Tu ne peux pas mettre la pagaille dans la vie de ta femme et dans *sa* maison. Voir débarquer les flics ne l'amuserait pas, crois-moi. Pas plus que ton air de commandant prêt à tout régenter chez elle.

— Tu m'emmerdes ! hurla Paul en tapant violemment sur la table.

— Mais qu'est-ce qui se passe ? s'inquiéta Anne qui venait d'entrer.

Elle dévisagea son frère puis son mari.

— C'est votre façon de partager un petit déjeuner ?

Son regard accusateur s'attarda sur Paul. Elle avait entendu l'injure, l'avait vu frapper du poing, et à l'évidence elle ne comprenait pas son accès de rage. Lui toujours si calme et mesuré.

— Ton frère ne tourne pas rond, finit-il par soupirer. Je veux qu'il aille rendre cette arme.

Anne se tourna vers Jérôme qui se leva.

— Ton mari *veut*, ton mari *exige*… Il n'est pas là depuis douze heures que les ordres pleuvent, sans parler des commentaires acides. Très peu pour moi ! Amusez-vous bien, je vais à la plage.

Il quitta la cuisine sans laisser à Anne le temps de répondre. Au bout d'un long silence, Paul soupira :

— Il ne s'arrange pas. Et j'ignorais qu'il me détestait.

— Voyons, il ne te déteste pas, essaya-t-elle de protester, sans conviction.

— Alors, c'est bien imité ! Franchement, Anne, je crois qu'il n'aime personne, il ne se soucie que de lui. En ce moment, tu es sa sœur adorée parce que tu l'héberges et le nourris.

— Ne sois pas méchant.

— Je ne dis que la vérité et tu le sais. Jérôme n'a rien fait de sa vie et il ne compte pas s'y mettre à trente-quatre ans. Être un parasite lui convient très bien parce que ça demande peu d'effort.

— Oh, assez maintenant ! Je n'ai pas envie de t'entendre le démolir, c'est mon frère.

— Ça n'excuse pas tout. Regarde Valère, il se donne un mal de chien pour s'en sortir, il…

— Lui tu l'aimes, c'est ton grand copain depuis le lycée et tu es toujours prêt à l'aider, mais tu n'as jamais apprécié Jérôme.

— Qu'est-ce qu'il a d'appréciable ?

Anne haussa les épaules, découragée, et alla se servir du café. Quand elle revint s'asseoir en face de lui, elle avait les larmes aux yeux.

— Je suis désolé, murmura-t-il.

Il n'avait pas prévu ce nouveau sujet de discorde entre eux.

— Que suis-je censée faire, Paul ? Tu refuses de venir t'installer ici et ça t'énerve que mon frère y soit. Écoute, nous devrions crever l'abcès une fois pour toutes. Je sais que tu n'aimes pas beaucoup cette maison, mais tu as surtout mal pris que je vienne l'habiter. Moi, je m'y suis sentie bien dès le premier jour. Tout le monde me parle d'un cadeau empoisonné, or je trouve que c'est un cadeau royal dont je n'aurais pas osé rêver. Mais tu ne veux pas la partager avec moi, tu ne veux même pas que je la garde…

— Dans un couple, les décisions se prennent à deux, non ? Imagine que je t'aie mise devant le fait accompli en trouvant sans toi un nouvel endroit pour vivre, et hop, on déménage illico ! Tu n'aurais jamais accepté que je ne prenne pas ton avis pour le choix de notre maison.

— Mais je n'ai pas *choisi* celle-ci, je l'ai reçue en héritage. Je continue d'appeler ça un coup de chance. Mon père est né ici, mon grand-père, mon arrière-grand-père, ce n'est pas un lieu anonyme pour moi.

À ce point de leur discussion, elle faillit lui raconter la découverte du cahier de moleskine et tout ce qu'elle y apprenait sur sa famille, pourtant quelque chose la retint. L'air déjà buté de son mari ? Son rejet de tout ce qui se rapportait à Ariane ? Après tout, ce n'était pas son histoire, ses racines, il ne se sentirait pas concerné. Nul ne l'était, d'ailleurs, sauf elle.

— Eh bien, nous revoilà dans l'impasse, constata-t-il d'un ton chagrin.

Il la scruta comme s'il attendait d'elle une solution puis il enchaîna :

— Qu'allons-nous faire après l'été, mon amour ?

Elle s'efforça d'y réfléchir calmement. Paul voulait savoir de quoi serait fait leur avenir immédiat, de quelle manière ils allaient s'organiser à la rentrée. Si elle refusait de rentrer chez eux pour y reprendre le cours normal de leur existence, elle aurait l'air d'avoir quitté le foyer conjugal et abandonné son mari. Pourtant, elle ne voyait rien d'autre à faire.

— Vendons la maison de Castets et aménageons celle-ci à ton goût. Léo sera fou de joie, moi aussi, sans parler du chien. Six mois par an on passera nos week-ends à la plage, on pourra recevoir tous les copains qu'on veut, organiser des fêtes de famille géantes…

— Tu rêves, Anne, dit-il très doucement.

Il n'avait pas de véritable argument à lui opposer mais il ne voulait pas céder et ne céderait sans doute jamais.

— Bon, j'abandonne, soupira-t-elle.

— À savoir ?

— Je reste.

Elle n'avait même pas prévu de le dire, en tout cas pas aussi abruptement, néanmoins c'était vrai. En effet, elle allait rester, non pas pour le contrarier ou par orgueil mais parce qu'elle en avait envie. Et que faire ce dont elle avait envie lui devenait soudain indispensable. Au-delà de la peur des disputes se profilait une joyeuse bouffée d'indépendance, un souffle de liberté retrouvée. En avouant : « j'abandonne », elle renonçait au bras de fer engagé avec Paul, elle ne cherchait plus à savoir si elle avait raison ou tort, elle s'évadait. Elle acceptait de vivre l'aventure qui s'était présentée à elle après la mort d'Ariane, et tant pis si on la jugeait folle à son tour.

La tête dans les mains, Paul essayait de surmonter sa déception. Quand il leva enfin les yeux vers elle, il la considéra avec une certaine hostilité.

— En somme, on va finir par se séparer ? Tout ça pour cette maudite baraque qui porte malheur ! Je n'en reviens pas, Anne, je te jure que je suis anéanti. Hier soir, j'avais pourtant cru t'avoir retrouvée, et ce matin tu n'es plus la même. Il y a deux femmes en toi, et l'une des deux ne se soucie pas de moi.

— Quel rapport ? trancha-t-elle. Je t'aime, Paul ! Bien sûr que je t'aime, je n'ai pas le moindre doute là-dessus, je n'en ai jamais eu depuis qu'on s'est mariés. Ce ne sont pas nos sentiments qui sont en jeu.

— Et comment crois-tu que ça va se terminer ? Tu veux une chose, moi une autre, et nos chemins risquent de diverger pour de bon. Tu es prête à courir le risque ? Ah, j'ai l'impression que tu m'as déclaré la guerre !

— C'est réciproque. Tu es devenu mon ennemi, je n'aurais jamais cru ça possible. Avant, tu me soutenais, tu prenais ma défense, et maintenant tu es dans le camp d'en face, contre moi.

— Parce que c'est le camp de la raison ! Je crois que ton père n'a pas tort quand il prétend qu'Ariane était folle. Elle a dû bien rire en faisant son testament et en imaginant quel bordel elle allait mettre dans sa famille. Elle a misé sur toi, elle ne s'est pas trompée.

Il semblait à bout de nerfs et il repoussa son bol qui se renversa. Une seconde, il regarda la tache de café s'élargissant sur la table, puis il se leva brusquement et sortit à grandes enjambées.

⁂

Suki passa une nouvelle fois les photos en revue, s'extasiant sur chacune.

— Tu as tellement de talent, chéri ! Je suis sûre que ces maisons ne sont pas aussi belles dans la réalité.

— Si, Hugues Cazeneuve a vraiment de superbes propriétés à vendre. Mais évidemment, je les ai avantagées en les prenant sous l'angle le plus flatteur, avec la lumière idéale pour les rendre plus attrayantes. De toute façon, ce travail m'amusait, c'était bien payé et on a fait de jolies balades dans la région.

— Je ne saurais même pas laquelle choisir si une gentille fée m'en offrait une.

Elle l'avait dit en souriant mais il se sentit blessé. Acheter une maison, même modeste, n'était pas dans leurs moyens, et sans doute devraient-ils se contenter encore longtemps de leur petit appartement. En attendant, ils avaient pour une fois un peu d'argent devant eux, et Valère était demandé pour deux mariages au mois de septembre. En ce qui concernait le magasin de fleurs, les clients affluaient, ce qui permettait à Suki de rembourser leurs emprunts. Très vigilante avec sa comptabilité, qu'elle faisait vérifier par Anne tous les trimestres, elle contrôlait bien ses dépenses. Mais à quel moment seraient-ils enfin un peu à l'aise ?

Combien d'années leur faudrait-il pour être à l'abri et pour s'amuser ? Valère avait cru que les choses iraient plus vite. Il avait laissé Suki s'endetter pour acquérir son fonds de commerce, persuadé que parallèlement il gagnerait bien sa vie. Hélas, sa carrière de photographe piétinait. D'ailleurs, il n'y avait pas de carrière du tout. Si, lors de ses études, il s'était imaginé réalisant des portraits d'artistes ou shootant des mannequins pour des magazines, il avait bien déchanté depuis. Il n'était pas monté à Paris comme il l'aurait dû, il avait juste perdu son temps à courir les filles et à faire la fête durant des années, ensuite il avait rencontré Suki et n'avait plus eu envie de bouger du tout. Aujourd'hui, il s'estimait le raté de la famille, car même Jérôme semblait avoir une vie plus drôle et plus aventureuse. Pourquoi avait-il choisi un métier si difficile ? Parce qu'il était doué pour l'image ? Eh bien, ça n'avait pas suffi !

Il ramassa les photos qu'il glissa dans une enveloppe matelassée.

— Je vais les déposer à l'agence, annonça-t-il.

Dans des moments comme celui-ci, où il ne se sentait pas content de lui, il ne pouvait pas s'empêcher de repenser aux propos de Lily. Et maintenant que, grâce à Hugues, il entrevoyait la valeur réelle de la bastide Nogaro, il se disait que si leur père avait hérité, s'il avait vendu et réparti l'argent entre ses quatre enfants, chacun aurait touché une coquette somme. Avec ça, Suki et lui auraient pu faire mille choses. Pourquoi pas ouvrir un second commerce, un magasin d'appareils photo avec le conseil du professionnel et toute l'informatique voulue pour tirer en quelques instants des clichés à partir de CD, clés USB ou autres cartes mémoires ? Pourquoi pas emménager dans un bel appartement avec vue sur l'Adour ? Pourquoi pas un voyage à Paris pour que Suki puisse consulter les meilleurs spécialistes en matière de fécondation ? Mais bon, inutile de fantasmer et d'entretenir des chimères, seule Anne pouvait désormais s'offrir des projets concrets, elle avait bien de la chance.

Il s'en voulut d'avoir ce genre de pensée mesquine, d'autant plus qu'il aimait sa petite sœur et refusait de la jalouser. Il n'allait tout de même pas s'aigrir comme Lily ou comme leur mère ! Cependant, à force d'y réfléchir, il en venait à la conclusion que, même si Anne était l'unique héritière, elle aurait au moins pu vendre et donner un petit quelque chose à ses frères et sœur. Pourquoi s'obstinait-elle à garder cette maison ? La veille, Paul avait appelé et lui avait parlé à cœur ouvert, catastrophé par l'attitude d'Anne qui allait les conduire droit au divorce. Il ne savait plus quoi faire et espérait que son copain Valère pourrait intervenir : « Tu es son grand frère, elle t'écoutera peut-être, mais à moi elle oppose une fin de non-recevoir. Et Jérôme, au milieu de tout ça, s'ingénie à mettre de l'huile sur le feu ! Quand Léo rentrera, je ne sais même pas ce qu'on va lui dire. Qu'on se sépare sans raison valable ? Tu imagines ? Et où passera-t-il ses week-ends ? Un coup chez elle, un coup chez moi ? »

Paul prononçait « chez elle » avec une hargne très significative, il n'irait jamais habiter là-bas. Mais comment diable un couple aussi uni qu'Anne et Paul avait-il pu en arriver à ce point aussi vite ? En principe, l'amour était plus fort que tout, non ? Ou alors, Valère avait encore bien des illusions. Quoi qu'il en soit, il ne se voyait pas intervenir entre eux. Anne avait la tête sur les épaules, elle savait ce qu'elle faisait et n'était pas du genre à se buter sans raison. Tandis que Paul… malgré toutes ses qualités, son ego était parfois encombrant.

À vingt mètres de l'agence immobilière, Valère s'arrêta, son enveloppe sous le bras. Sa sœur n'était nullement intéressée par Hugues Cazeneuve, il en aurait juré, pourtant Paul jouait avec le feu en la laissant seule. Après l'usure de treize ans de mariage et en plein désaccord sur leur mode de vie, le risque de rupture existait forcément.

« Bon, j'irai voir Anne et je discuterai avec elle, mais ça ne servira à rien. Sauf si j'arrivais miraculeusement à la convaincre de vendre. Peut-être attend-elle que quelqu'un la sorte de l'impasse ? Quelqu'un qui ne soit pas son mari et qui lui permette de changer d'avis la tête haute. »

Connaissant sa petite sœur, il n'y croyait pas du tout, néanmoins il essaierait, par amitié pour Paul, par affection pour elle, et parce que, s'il y parvenait, au fond il ne serait pas perdant lui non plus.

⁂

Jérôme gara la voiture d'Anne près de la porte de la cuisine pour décharger les courses. Il avait acheté tout ce qui était marqué sur la liste, avec en prime une bouteille de vodka pour s'offrir un petit verre en douce le soir. Il aimait bien boire un coup d'alcool fort ou fumer un joint de temps à autre mais se félicitait de n'être accro à rien, hormis la cigarette. Ce qui, avec le genre d'existence menée jusque-là, relevait de l'exploit. Ou de la chance.

Alors qu'il empoignait un pack de jus de fruits, Anne sortit de la maison par la porte principale et le héla.

— Tu as un visiteur ! cria-t-elle gaiement.

Aussitôt en alerte, Jérôme se figea. Lorsqu'il tourna la tête, il découvrit ce qu'il redoutait le plus, la silhouette de Jack se profilant derrière sa sœur sur le perron. Cette idiote avait laissé entrer le loup dans la bergerie.

— Hello, Jérôme, lâcha Jack avec son fort accent anglais.

Son sourire froid était effectivement celui d'un loup. Jérôme regretta amèrement de n'avoir pas eu le courage de tout raconter à Anne ainsi qu'il se l'était promis, car elle devait être persuadée qu'il s'agissait d'un ami. Reposant le pack dans le coffre, il s'approcha d'eux.

— Salut, vieux. De passage dans la région ?

— Un passage obligé.

Jack allait toujours droit au but, il ne tarderait plus à parler d'argent.

— Ta sœur est charmante, ajouta-t-il galamment. Elle m'a préparé un excellent thé, et tu sais à quel point je suis difficile…

Il descendit les marches du perron pour flanquer une bourrade trop appuyée à Jérôme.

— En plus, vous avez une maison magnifique !

— C'est celle d'Anne, elle m'héberge.

— J'ai bien compris, oui.

Il faisait l'effort de s'exprimer en français, ce qui rendait ses phrases à peine compréhensibles.

— Mais je ne suis pas venu en touriste, tu t'en doutes.

— Je t'emmène faire un tour dans la pinède ? s'empressa Jérôme.

Il devait absolument l'entraîner loin d'Anne, redoutant la manière dont il risquait de présenter les choses.

— Je n'ai pas le temps. Will m'a déposé et va venir me récupérer au portail. Depuis notre arrivée, il s'entraîne à la conduite à droite !

Avec un petit rire, il désigna sa montre.

— À mon avis, il ne va pas tarder, alors dépêchons-nous de traiter notre affaire. As-tu ton chéquier sur toi ?

— Non, je…

— Des espèces feront l'affaire, trancha Jack.

De manière explicite, il tendit la main vers Jérôme, paume en l'air.

— Alors ?

— Tu me prends de court.

— Tu plaisantes ? s'emporta Jack.

Il revint à sa langue maternelle pour déclarer, d'une traite :

— Tu aurais dû payer ta dette depuis longtemps ! Avec les intérêts, ça fait six mille tout rond et je les veux maintenant. Mon poing dans la gueule, tu l'auras en prime de toute façon, mais envoie le fric d'abord.

— Je ne l'ai pas, Jack. Je n'ai rien à moi, pas un seul euro, et je n'ai pas encore trouvé de travail en France…

Le dernier mot s'étrangla dans sa gorge parce que Jack venait de le saisir par le col de sa chemise.

— Qu'est-ce que vous faites ? s'interposa Anne.

À son tour elle avait descendu les marches du perron, et elle s'adressa à Jack en anglais :

— Lâchez mon frère immédiatement !

— Toi, la gourde, ne t'en mêle pas. Ce connard me doit de l'argent et il va me le donner ou bien je le démolis.

— La gourde appelle la police, répliqua Anne en sortant son portable de la poche de son jean.

Jack le lui arracha et l'expédia contre la façade où il explosa.

— Goliath ! hurla Anne. Goliath !

Jack la regarda comme si elle était prise de folie, se demandant ce qu'elle criait, mais au même instant le chien surgit au coin de la maison et galopa vers eux, les babines retroussées. Les cris stridents d'Anne avaient dû lui faire peur car il semblait incontrôlable. D'instinct, Jack lâcha aussitôt Jérôme et recula de deux pas. À ses pieds, Goliath grognait en lui tournant autour. Anne le prit par le collier pour le faire asseoir, puis elle s'adressa à Jack d'une voix blanche.

— Mon frère vous doit de l'argent ?

— Six mille euros.

— Ça ne vaut pas la peine de se battre.

— Oh, que si ! Nous avons un sérieux contentieux, lui et moi… Du fric, et aussi autre chose. Il ne s'en est pas vanté, hein ?

Du coin de l'œil, il surveillait le chien, visiblement mal à l'aise devant un tel molosse. Mais s'il avait baissé le ton et cessé de faire des gestes brusques, il restait ferme sur sa position de créancier. Anne le dévisagea avant de se tourner vers Jérôme.

— Tout ça est vrai ?

— Oui, lâcha-t-il à contrecœur.

— Je ne quitterai pas la France sans mon argent, précisa Jack. Et dites-vous bien que je peux aussi revenir pour empoisonner le clebs et mettre le feu à la baraque.

— Trois fois rien ! ironisa Anne.

— Croyez-moi sur parole, dit Jack en la regardant droit dans les yeux.

Ils restèrent quelques instants à se jauger, puis Anne hocha la tête.

— Revenez après-demain, vous aurez votre argent. Je n'ai qu'une parole, moi aussi.

Jérôme retint un soupir de soulagement et se garda bien d'ajouter quoi que ce soit.

— Après-demain, répéta Jack, en français cette fois. Je serai là à onze heures.

Il s'éloigna sans hâte, traversa la clairière et s'engagea sur le chemin. Lorsqu'il fut hors de vue, Anne fit signe à Jérôme de la suivre. Ils s'installèrent dans la cuisine avec le chien et Anne ferma soigneusement la porte.

— Je suppose qu'il est sérieux ? articula-t-elle en toisant son frère.

— Très.

— Et qu'il est dangereux ?

— Jack n'a rien d'un marrant, je suis consterné qu'il m'ait poursuivi jusqu'ici. Je pensais avoir plus de temps devant moi pour régler le problème.

— Comment comptais-tu t'y prendre ?

— Oh, Anne…

Désemparé, Jérôme se laissa tomber sur un tabouret. Il ne voyait pas de quelle façon raconter son histoire pour la rendre acceptable.

— Nous étions colocataires à Londres et je lui dois quelques mois de loyer.

Les bras croisés, toujours debout, Anne attendait la suite. Elle ne le laisserait pas s'en tirer avec ce début d'explication trop vague qui ne justifiait pas la rage de l'Anglais.

— Avant mon départ, on s'est battus, lui et moi. J'ai cassé une guitare à laquelle il tenait beaucoup. Car figure-toi que c'est un très bon musicien qui a déjà…

— Je m'en fous. Alors, la guitare et les arriérés de loyer, ça représente six mille ?

— Disons qu'une ou deux fois je lui ai tapé un peu de fric, mais pas grand-chose. Il fait un compte rond à son avantage, intérêts compris.

— Et pourquoi vous êtes-vous battus ?

— À cause de…

Jérôme s'interrompit, scruta sa sœur puis finit par hausser les épaules.

— Son petit copain, William. Un soir de beuverie, je l'ai mis dans mon lit.

Anne écarquilla les yeux, incrédule.

— Tu es gay ?

— Pas toujours.

— Oh, Seigneur !

Elle contourna la table et s'assit en face de son frère.

— Bon. Le problème reste entier, il faut qu'on trouve six mille euros pour se débarrasser de ce type.

Inutile de te dire que je n'ai pas ça sur mon compte courant.

— Peut-être que…

— Ne me parle pas de Paul, hein ? Il n'est pas question que je m'adresse à lui. Nous sommes en plein conflit, ce n'est pas le moment d'y mêler des histoires d'argent. De toute façon, vu vos rapports, il ne casserait pas des plans d'épargne pour voler à ton secours.

— Mais toi ?

— Nous sommes mariés, tout est à nos deux noms.

— Et ton notaire ?

— Tant que la succession ne sera pas close, il ne débloquera pas un seul euro. Je ne sais même pas s'il y a assez de liquidités pour payer les droits et garder la maison. Je suis coincée, il faut que je les demande à quelqu'un. Les parents ?

— Non ! Je leur ai trop souvent fait les violons avec toutes sortes de bobards, ils ne veulent plus rien savoir. Et six mille, ce serait vraiment beaucoup pour eux.

— Jérôme, tu es totalement immature, inconséquent… Tu vois dans quel bourbier tu t'es mis ?

— Maintenant tu y es aussi, tu t'es engagée. Pourquoi as-tu promis son fric à Jack ?

— Parce que tu ne fais pas le poids devant lui, qu'il va t'attendre au tournant et te réduire en bouillie !

À cela, Jérôme n'avait rien à rétorquer. Avec son mètre quatre-vingt-dix et sa carrure d'athlète, Jack l'effrayait. Lors de leur bagarre, à Londres, s'il ne l'avait pas à moitié assommé avec la guitare, il n'aurait pas eu la chance de s'enfuir.

— Je vais appeler Julien, décida Anne. Je lui demanderai s'il peut faire ça pour moi en le gardant pour lui, je ne tiens pas à ce que Paul l'apprenne.

— Sacro-saint Paul, marmonna Jérôme.

— Oh, je t'en prie !

— Pardon, mais ce serait plus simple si ton mari…

— Laisse-le tranquille. Julien est une meilleure solution, à condition qu'il accepte. Mais je ne peux pas l'appeler à la clinique, la secrétaire ne comprendrait pas, elle est fichue de me passer Paul. J'attendrai que Julien rentre chez lui ce soir.

Elle se leva, Goliath l'imita aussitôt et elle lui caressa les oreilles.

— Toi, tu es un véritable ami. Si tu avais des économies, je suis sûre que tu me les prêterais.

Jérôme se mit à rire, très soulagé par la tournure des évènements. Autant la présence de Jack l'avait angoissé, autant l'attitude de sa sœur lui rendait confiance. Elle avait trouvé une solution, il n'avait plus qu'à patienter quarante-huit heures et tout serait fini. Après, bien sûr, il aurait une dette envers elle, mais les dettes en famille ne signifiaient rien. Anne était potentiellement devenue riche, elle pouvait bien lui faire ce cadeau.

— À partir de demain matin, tu te cherches du boulot, promets-le-moi.

Promettre ne coûtait pas grand-chose et il acquiesça. Il ferait semblant de chercher pour lui faire plaisir, mais il ne comptait pas se mettre au travail. Pour faire quoi ? Un job insipide et mal payé ? La vie oisive lui convenait parfaitement pour l'instant. Il se sentait las de ses années d'errance et de galère, il voulait profiter d'un hiver tranquille pour faire le point. Au printemps prochain, il repartirait peut-être à l'aventure, ou peut-être pas. S'il était temps pour lui de se ranger, il ne voyait ni où ni comment. L'exemple de son frère et de ses sœurs n'avait rien d'encourageant, avec Valère qui peinait, Lily qui s'ennuyait et Anne qui se retrouvait au bord du divorce pour avoir eu son premier mouvement d'indépendance.

Il la suivit des yeux tandis qu'elle quittait la cuisine, le chien sur ses talons. Au fond, n'était-ce pas lui rendre service que la pousser à quitter Paul ? Délibérément, Jérôme avait jeté de l'huile sur le feu lors de la visite de son beau-frère et il s'en félicitait. Cet homme n'était pas fait pour la rendre heureuse, il ne comprenait rien à sa fantaisie. Le pousser à bout était très facile, et là il se montrait sous son vrai jour : un censeur, un emmerdeur.

Se souvenant qu'il n'avait toujours pas vidé le coffre de la voiture, il se décida à bouger. Au même instant, Anne rouvrit la porte à la volée et lui lança triomphalement :

— Je viens d'appeler papa pour lui demander s'il ne pourrait pas t'aider à trouver du travail. Il a encore beaucoup de relations à Biarritz, il m'a dit qu'il allait prospecter !

— Quelle bonne nouvelle, railla Jérôme. Je rêve d'un job de pion dans un collège ou de donner des cours de rattrapage à des élèves du primaire.

— Il faut bien que tu fasses quelque chose.

— Je m'en occuperai tout seul. D'ailleurs, j'ai eu une idée ces jours-ci dont il faut absolument que je discute avec toi.

Anne eut une moue dubitative mais lui fit signe de continuer.

— Si tu es vraiment déterminée à rester ici, je sais ce que nous pourrions faire tous les deux pour gagner un peu d'argent tout en restaurant la maison. Car il faut rentabiliser ton héritage, ma vieille. Et le truc pour y arriver, ce serait de faire des chambres d'hôtes, voilà ! Un projet fiscalement intéressant qui permettrait d'amortir des travaux, et en plus, ça mettrait de l'animation. Sinon, on va s'ennuyer à mourir.

— Je ne suis pas du tout prête à…

— Minute ! Réfléchis d'abord, Anne. La baraque est grande, il y a des pièces inutilisées au second qui feraient des chambres adorables. On commence avec trois, et je te promets qu'on aura des clients à longueur d'année.

— Léo voulait aménager une salle de billard là-haut.

— Mais il y a la place !

— Et qui avancera l'argent des travaux ? Je te rappelle que même pour tes six mille euros de dette, je suis obligée de taper un ami.

— Ça n'a rien à voir. Là, je te parle d'un projet rentable, quelque chose de professionnel. Tu peux faire un emprunt ou prendre une hypothèque. Demande conseil à ton notaire, je suis sûr qu'il me donnera raison.

Cette idée, qui lui était venue cinq minutes plus tôt et uniquement pour échapper à un éventuel travail dégotté par son père, lui paraissait de plus en plus attrayante. Enthousiaste, il poursuivit :

— Je peux faire beaucoup de choses moi-même. En premier lieu gérer le chantier de l'électricité et de la plomberie, ensuite m'attaquer tout seul aux peintures, au carrelage… Quand on sera prêts pour recevoir des hôtes, je m'occuperai de la communication, je te ferai un beau site Internet, et après je me chargerai de recevoir les clients si ça t'embête. Pendant ce temps-là, tu continueras à travailler tranquillement tes dossiers compta et on gagnera sur tous les tableaux ! Dernier avantage, et pas des moindres, tu prouveras à ton mari et à toute la famille que tu as eu mille fois raison de garder la bastide. C'est une mine d'or, Anne…

Ébranlée, elle le considérait sans rien dire, pesant le pour et le contre. Jérôme espéra qu'elle allait craquer car dans ce projet il devenait indispensable et assurait ainsi son avenir sans trop se fatiguer.

— Je vais y réfléchir, finit-elle par déclarer avant de ressortir.

La connaissant, elle prendrait des renseignements avant de se décider. Néanmoins, les gîtes ruraux ou les chambres d'hôtes faisaient fureur par ces temps de crise, et les touristes ne manquaient pas dans la région. Au fond, ce plan improvisé ne présentait que des avantages, même pour elle. Et imaginer la tête de Paul faisait déjà rire Jérôme. Après tout, la journée n'avait pas été si mauvaise malgré la visite de Jack. Si Anne obtenait l'accord de Julien pour les six mille euros, tout serait parfait.

— Il les lui donnera, dit-il entre ses dents. Il l'aime bien, il l'aime vraiment bien… Et dès qu'on aura la réponse, on s'offre une vodka-orange pour fêter ça !

Depuis des années il ne s'était pas senti aussi serein. Anne était une chic fille, et venir se réfugier chez elle avait été une idée de génie. Ensemble, ils allaient faire de grandes choses, et cette histoire de chambres d'hôtes était réellement prometteuse. Si ça marchait, plus personne n'aurait le droit de le traiter de pique-assiette, une perspective qui le réjouissait au-delà de toute mesure. Avec un peu de chance, il allait enfin devenir quelqu'un, et il était prêt à provoquer la chance par n'importe quel moyen.

10

Nous avions donc enterré maman dignement. Prévoyante, j'avais offert à notre père un caveau conçu pour deux et la dépouille maternelle put le rejoindre dans la tombe. L'enterrement fut sinistre, comme il se doit, hormis une ou deux facéties de la petite Anne qui balança généreusement toute la brassée de roses sur le cercueil lorsque ce fut son tour d'en jeter une. Je trouvai son geste drôle, voire touchant, mais il n'amusa pas Estelle. Pour interrompre le sermon qu'elle débitait à la malheureuse gamine, je lui fis remarquer qu'un cimetière n'était pas un lieu pour des enfants.

En les regardant partir ce jour-là, car ils avaient décliné notre offre de collation, j'eus le cœur un peu serré. Ils représentaient toute la famille Nogaro mais, hormis la petite Anne, ils avaient pauvre allure et m'étaient assez indifférents. Je me réfugiai contre l'épaule de Paul-Henri, qui avait le don de me consoler et qui restait mon meilleur ami, à défaut d'être un vrai mari.

Ce fut quelques mois plus tard qu'il tomba malade. Je me souviens qu'au début je n'étais pas très inquiète. On nous rebat les oreilles avec les progrès de la science, et nous avions les moyens de consulter les meilleurs spécialistes. Néanmoins, il s'agissait d'un cancer et nous nous préparions à une bataille sans merci contre le « crabe ».

« Se préparer » ? Ah, la pompeuse formule toute faite, empreinte d'un optimisme délirant ! Personne ne sera jamais prêt à voir s'approcher la mort à si grands pas, ni à supporter en l'attendant des traitements dégradants qui vous laissent aussi faible, chauve et nauséeux qu'un nouveau-né. Non, nous n'étions pas du tout prêts à subir l'artillerie lourde de la médecine impuissante qui, bien que vous ayant condamné sans vous laisser d'espoir, trouve judicieux de vous torturer jusqu'au dernier instant. Car à cette époque, les doctes praticiens n'administraient de la morphine que lorsqu'ils « baissaient les bras ». Je les aurais volontiers amputés pour soulager l'agonie de Paul-Henri !

Je me rendais chaque jour à son chevet, dégoûtée par l'atmosphère morbide de l'hôpital, incapable de prier un dieu auquel je ne croyais pas et qui, s'il existait, ne m'écouterait pas. Je tenais la main de Paul-Henri, lui lisais des journaux, lui racontais des futilités pour tenter de le distraire de sa souffrance et de sa terreur. Mais au fond de ma tête des questions d'ordre pratique s'agitaient. Par Pierre Laborde, toujours dévoué à ma cause, je savais les conjoints assez mal protégés en cas de décès, surtout s'il existait un héritier légitime, en l'occurrence ce fils dont Paul-Henri ne s'était jamais soucié. Je ne connaissais même pas son prénom, mais je devinais tous les ennuis qu'il allait me causer.

Pierre Laborde, qui suivait l'agonie de mon mari par téléphone, me pressait de lui faire rédiger un testament qu'il pouvait me dicter mot à mot, mais pour la première fois de ma vie je refusai de faire passer mes intérêts d'abord. Qu'allais-je mettre de force un stylo dans la main du mourant ! Nous réussissions, grâce à mes bavardages, à ne jamais évoquer la fin, nous faisions semblant de croire à une possible rémission pour nous apaiser mutuellement, et dans ce fragile équilibre il ne pouvait être question de testament.

Cependant, Paul-Henri y songea de lui-même, effaré de n'avoir rien prévu. Je le rassurai de mon mieux tout en songeant à la bastide qu'il n'avait pas eu l'opportunité de m'offrir et qui allait sans doute continuer à m'échapper. Or le vide qui s'ouvrait devant moi à l'idée de la disparition de Paul-Henri me la rendait encore plus chère. De manière impérieuse, je voulais rentrer chez moi, seul endroit au monde où je pourrais me passer de tout, d'argent comme de compagnie, où j'accepterais de devenir une vieille dame ignorée après avoir été si convoitée.

⁂

Anne reposa le cahier, songeuse. Elle n'avait que très peu de souvenirs d'enfance se rapportant à Ariane, pourtant elle avait dû percevoir inconsciemment sa bienveillance, son indulgence amusée pour la petite fille qui exaspérait Estelle et qui se démarquait de sa fratrie. Au fil des pages, Anne découvrait aussi ses parents sous un nouveau jour, peu flatteur, et même en tenant compte du cynisme d'Ariane, leur portrait était glaçant.

Un coup d'œil à sa montre lui apprit qu'il était temps de descendre si elle voulait être là pour accueillir Julien. Il avait été tout de suite d'accord pour lui prêter les six mille euros, sans poser la moindre question, et il avait fait un virement bancaire dans la journée. Comme prévu, Anne s'était débarrassé du menaçant Jack tandis que Jérôme restait enfermé dans sa chambre. Une lâcheté nécessaire pour clore l'affaire sans en venir aux mains, car Anne devinait que l'argent n'était pas l'unique motif de la visite de l'Anglais, l'infidélité de son petit copain lui restant apparemment sur le cœur.

Depuis deux jours, Anne se demandait pourquoi elle n'avait pas compris plus tôt que son frère avait un penchant pour les garçons. Certes, il prétendait que ce n'était qu'*occasionnel*, pourtant ça expliquait beaucoup de choses, entre autres le fait qu'il soit toujours seul à trente-quatre ans alors qu'il était plutôt séduisant et gentil.

Gentil ? Anne en doutait parfois, ayant l'impression désagréable de se laisser manipuler. Jérôme n'était venu chez elle que parce qu'il n'avait aucun autre endroit où aller, sachant qu'elle ne l'abreuverait pas de sermons, contrairement au reste de la famille. Devant sa petite sœur, il pouvait être lui-même, sans chercher à dissimuler ses défauts, paresse ou lâcheté. Néanmoins, son projet de chambres d'hôtes, sans doute concocté pour les besoins de sa propre cause, n'était pas stupide.

À peine arrivée en bas de l'escalier, Anne entendit le grondement sourd de la moto, un bruit familier qu'elle reconnaissait toujours avec plaisir. Julien se débarrassa de son casque et de ses gants avant de l'embrasser, puis il la prit par les épaules pour la regarder bien en face.

— Tu as des ennuis, Anne ?

— Non, grâce à toi je n'en ai plus. Et ce n'était pas moi mais Jérôme. Ah, il n'est pas de tout repos !

Julien hocha la tête, apparemment soulagé, tandis qu'elle s'empressait de préciser :

— Je te rembourserai dès que possible, promis.

— Je ne suis pas pressé. Qu'a-t-il encore inventé, ton frère ? D'après Paul, c'est le pire des arnaqueurs et des affabulateurs.

— Tu lui en as parlé ? s'écria-t-elle.

— Bien sûr que non. Mais il clame son opinion sur Jérôme depuis belle lurette.

— Il ne l'aime pas beaucoup, et malheureusement, c'est réciproque. On se sert un petit apéritif sur les marches ?

— Ton salon de jardin ? ironisa-t-il en désignant le perron.

Il l'accompagna à la cuisine où ils prirent une bouteille et deux verres. La fin d'après-midi était d'une grande douceur, avec un petit vent tiède qui apportait une odeur d'iode.

— Quand il était à Londres, Jérôme a fait l'idiot, et il devait de l'argent à un de ses anciens colocataires qui n'a pas hésité à venir le relancer jusqu'ici. Un type pas commode, du genre prêt à tout, on aurait dit une dette de jeu avec des mafieux ! J'ai voulu sortir mon frère de cette embrouille avant qu'elle ne tourne mal, tout en laissant nos parents en dehors de l'histoire. Or je ne voyais pas à qui m'adresser à part toi…

— Tu as bien fait.

— Oui et non. Je me rends compte que je t'ai mis dans une situation impossible vis-à-vis de Paul. C'est ton ami, ton associé, et je te demande de lui cacher quelque chose qui concerne sa femme. Tu dois te sentir mal, j'en suis désolée.

— Ne t'en fais pas pour ça.

— Évidemment, j'ai demandé à Jérôme d'être discret mais une gaffe est vite arrivée. En plus, j'ai horreur des cachotteries !

— Moi aussi, pourtant il existe des circonstances particulières. On ne doit pas être rigide et décider qu'on fera *toujours* ça ou ça, le mieux est de gérer au cas par cas.

Anne le dévisagea, ébaucha un sourire.

— Si seulement Paul était aussi ouvert… En ce moment, j'ai l'impression qu'il est taillé d'un seul bloc, sans la moindre faille. La dette de Jérôme l'aurait rendu fou de rage et je ne pense pas qu'il l'aurait payée.

Ils restèrent silencieux un moment, sirotant leur vin blanc à petites gorgées. Le soleil disparaissait déjà derrière la cime des pins, atténuant la lumière éblouissante de la clairière.

— J'adore les soirées d'été, dit-elle d'une voix songeuse. Et j'adore cet endroit.

— Tu l'annonces comme si tu posais un ultimatum. Quand on te connaît, on se doute bien que tu ne vas pas bouger d'ici.

— Si c'était toi mon mari, qu'est-ce que tu ferais ?

La question, trop personnelle et trop directe, parut embarrasser Julien qui secoua la tête sans répondre. Au bout de quelques instants, il murmura d'une voix tendue :

— Je ne peux pas me mettre à la place de Paul.

— Mais tu crois que j'ai tort ? Que je devrais tout bazarder ?

— Peu importe ce que je crois.

— Dis-le-moi, j'ai besoin d'un avis extérieur, impartial. Parfois, je me sens très égoïste.

— Pourquoi ?

— Ma décision a semé une telle pagaille ! J'ai envie de reculer, tout annuler, faire ce qu'on attend de moi et que les choses rentrent dans l'ordre.

— Comme une gentille fille, hein ? Eh bien… Non, tu n'es pas obligée de te conformer aux désirs des autres. D'ailleurs, à force de se contraindre, on explose. Mais d'un autre côté, ton mari ne cédera pas, alors il faut que tu saches bien ce que tu veux, Anne.

— Je n'en reviens pas qu'on en soit arrivés là.

Elle posa son verre à côté d'elle, sur la pierre, et poursuivit :

— Je vais te dire un truc que je n'ose avouer à personne, même pas à Paul. Depuis que je suis ici, j'ai l'impression de revivre. J'ai des projets, des envies, des buts ! Une porte s'est ouverte sur un nouvel univers, plein de possibilités. À Castets, je m'étais endormie à force de ronronner. Le mariage, un enfant, on a construit la maison, vous avez monté la clinique, j'ai constitué ma petite clientèle… et ensuite, plus rien n'a bougé. C'était comme si on avait réglé notre existence une fois pour toutes.

— En somme, tu étais insatisfaite ? Pourquoi n'en as-tu jamais discuté avec Paul ?

— Tu me vois disant à un homme qui m'aime et qui travaille du matin au soir pour nous assurer une bonne vie que j'ai du vague à l'âme ? Je ne suis pas totalement immature, nous vivons dans un monde difficile et injuste où, quand tout va bien, on n'a vraiment pas le droit de se plaindre. D'ailleurs, je n'avais pas conscience du manque, je n'aurais pas pu mettre des mots sur mon malaise. Sans cette maison qui m'est tombée dans les bras, ma vie aurait continué à suivre un cours tranquille.

— Jusqu'à quand ? Dans quatre ou cinq ans, Léo sera parti et tu n'auras que quarante ans.

Elle médita ses paroles, reprit une gorgée tandis qu'il l'observait.

— Jérôme m'a donné une idée qui, pour une fois, n'est pas trop farfelue. Il suggère de faire des chambres d'hôtes, ça me paraît intéressant et j'y réfléchis. Mais si je lance l'affaire, Paul comprendra que…

La phrase resta en suspens, et finalement Julien acheva pour elle :

— Je crois qu'il a déjà compris, Anne. Et il est très malheureux, ça se voit.

Elle se mit à pleurer sans bruit, de grosses larmes roulant le long de ses joues. Julien attendit un peu puis lui passa un bras autour de la taille et l'attira à lui pour qu'elle s'appuie sur son épaule. De sa main libre, il caressa ses cheveux tout en chuchotant d'une voix apaisante :

— Ne t'en fais pas… Tu verras, tout finit toujours par s'arranger, même les pires choses… Vous vous aimez, Paul et toi, vous devriez vous en sortir.

— Mais non, c'est terrible, on n'y arrivera pas ! Maintenant il y a un gouffre entre lui et moi, et quand tu dis qu'on s'aime, je me demande si c'est vrai. Paul, qui se prétendait prêt à tout pour moi, n'est pas prêt à grand-chose. À cause de lui, je pleure tous les soirs en m'endormant, tu trouves ça normal ?

Parler et pleurer en même temps la faisait hoqueter. Elle se serra davantage contre Julien, la tête dans son cou, laissant enfin éclater le chagrin qu'elle dominait la plupart du temps. Perdre Paul lui était odieux mais devenait inéluctable, elle devait finir par s'y résoudre puisqu'il n'existait pas d'alternative.

— Laisse-toi aller, souffla Julien, ça te fera du bien.

Il ne la jugeait pas, ne lui donnait pas de conseils, ne l'exhortait pas à se calmer et elle lui en fut reconnaissante. Avant elle, il avait vécu une séparation déchirante, il pouvait comprendre ce qu'elle éprouvait. Quelques minutes s'écoulèrent sans qu'ils bougent, collés l'un à l'autre, puis elle prit conscience de ce bras solide autour d'elle, de cette respiration dans ses cheveux. Julien sentait bon, il avait dû se doucher avant de venir. Sous la joue d'Anne, sa peau était chaude, douce. Avec un peu de retard, elle devina ce qui allait arriver mais ne fit rien pour l'empêcher.

⁂

Jérôme se redressa et recula silencieusement. Pas question que sa sœur l'aperçoive quand elle se déciderait à s'écarter de Julien. Penché à la fenêtre de sa chambre, il les observait depuis dix minutes et avait bien compris que ces deux-là finiraient par s'embrasser, si surprenant que ce soit. Il avait aussi entendu toute leur conversation et, Dieu merci, Julien ne semblait pas pressé d'être remboursé. Le petit flirt qui avait suivi expliquait pourquoi.

Il s'avança de nouveau, risqua un coup d'œil. À présent, ils étaient debout face à face, en train de se regarder avec stupeur. Julien était rouge, et Anne toute pâle. Jérôme réprima son envie de rire à les voir aussi empêtrés. L'instant était à la culpabilité et à l'effroi, alors qu'il n'y avait pas de quoi fouetter un chat. Julien était un naufragé du mariage, et Anne en train de le devenir, ils avaient partagé une seconde leur besoin d'être rassurés, la belle affaire ! De toute façon, il existait une attirance entre eux, qu'ils devaient être les seuls à n'avoir pas sentie.

— Tu es mal barré, mon petit Paul…

Ce qui ne chagrinait pas Jérôme, loin de là. Peut-être même pourrait-il tirer parti de la situation. Pour l'instant, il allait se taire, faire celui qui ne savait rien et garder son atout dans sa manche.

En bas, Julien paraissait vouloir remonter sur sa moto pour s'enfuir mais Anne l'en empêchait. Elle s'était recomposé en hâte le visage souriant de la bonne copine prête à faire comme si de rien n'était. Ben voyons ! Le dîner promettait d'être plein de silences éloquents et de regards gênés. Mais au fond, elle avait raison de le retenir, si elle le laissait partir il ne reviendrait pas.

Après avoir repoussé doucement les battants de la fenêtre, il les rouvrit à grand bruit.

— Vous buvez sans moi ? cria-t-il. Je descends !

Il se précipita dans la galerie, dévala l'escalier et déboucha sur le perron.

— Julien, je voulais te remercier, claironna-t-il, la main tendue.

Puisque Anne avait vendu la mèche en racontant ses déboires, autant se montrer reconnaissant.

— Je ferai tout mon possible pour te rembourser au plus vite. Et je crois que j'ai trouvé le moyen de gagner de l'argent. Est-ce qu'Anne t'a parlé de mon idée de chambres d'hôtes ?

— Euh… oui, bredouilla Julien qui essayait de se donner une contenance.

— Alors, qu'en dis-tu ?

— Je suppose qu'il faut y réfléchir, faire une simulation de budget et le tour des banques, répondit-il prudemment.

— En tout cas, ce serait un moyen de s'occuper de la maison, et de s'occuper tout court !

Julien lui lança un regard indéchiffrable, pas forcément bienveillant.

— Pour un projet qui m'intéresse, insista Jérôme, je peux me montrer beaucoup plus efficace qu'on ne l'imagine.

Une manière de contrer le jugement peu flatteur de Paul qui le traitait d'affabulateur et d'arnaqueur, ce qu'il ne digérait pas.

— Je vais préparer la pâtée de Goliath, décida Anne.

Elle devait avoir besoin de se reprendre et elle s'éloigna, lissant son tee-shirt d'un geste machinal.

— J'adore ma sœur, laissa tomber Jérôme d'une voix pénétrée. Et je trouve que cette maison lui va bien.

Paul est fou de s'être braqué comme ça ! En tant qu'ami et associé, tu ne peux pas le convaincre de mettre un peu d'eau dans son vin ?

— Je ne me mêle pas de sa vie privée.

— Mais tu as bien une opinion ?

— Se séparer pour une maison, c'est affligeant.

— Je ne sais pas s'il a pris la mesure de la situation. Il croit qu'il va pouvoir bouder pendant des mois jusqu'à ce que sa femme revienne ? Pendant qu'il fait la gueule, tout peut arriver. Anne est jolie comme un cœur, il va y avoir des volontaires pour la consoler ! Tiens, cet agent immobilier qui n'arrête pas de la relancer…

Comme prévu, Julien réagit en fronçant les sourcils, tandis que Jérôme poursuivait, impitoyable :

— Et il n'est pas le seul. Enfin, ce que j'en dis… Je te ressers un peu de vin ?

Il s'appropria le verre d'Anne et trinqua avec Julien. Il lui avait donné suffisamment de quoi s'inquiéter pour l'empêcher de disparaître après cette soirée, espérant que sa jalousie éveillée contrebalancerait sa culpabilité. Du coin de l'œil, il l'observa un instant. Sa séduction provenait de ses grands yeux sombres, d'un brun velouté, de la ligne de sa mâchoire, plutôt volontaire, et de sa carrure athlétique. Viril, chaleureux, son sourire dévoilait de jolies petites dents, et ses cheveux un peu trop longs ainsi que son énorme moto lui donnaient un côté vaguement rebelle. Jérôme comprenait parfaitement sa sœur d'avoir été sensible à son charme.

— Anne aura-t-elle envie d'avoir en permanence des étrangers dans sa maison ? interrogea Julien.

— Elle est très sociable, elle aime les gens, les rencontres… Tout ce qu'elle n'a pas quand elle s'enferme avec ses dossiers compta ! Vraiment, Paul a été à côté de la plaque avec elle. Même s'il ne l'a pas fait de façon délibérée, il l'a isolée, alors forcément elle a sauté sur l'occasion offerte par le testament de la tante Ariane. Maintenant, elle est partie pour une autre vie, vogue la galère !

— Et tu crois que ça se fait en claquant des doigts ?

Julien devait penser à son propre divorce, à ce bouleversement de son existence qu'il avait si mal vécu.

— Elle y arrivera très bien, dit posément Jérôme.

Du moins l'espérait-il car à présent il voulait vraiment qu'Anne garde la maison. Il était bien là et il comptait y faire son trou, au moins pour un petit moment. Il se resservit un verre qu'il vida en deux gorgées avant de laisser échapper un soupir de satisfaction.

⁂

Suki n'en revenait pas, elle n'osait même pas y croire, pourtant il s'agissait du second test de la matinée car elle était ressortie en courant pour en racheter un à la pharmacie. Mais c'était là, sous ses yeux, et à force de contempler les résultats la vérité s'imposa enfin : elle était enceinte.

Enceinte ? Elle se mit à courir autour de la chambre en poussant des cris de guerre, puis s'arrêta net, déjà inquiète pour le futur bébé. Elle attendait un bébé… Une vague de joie la submergea, monta jusqu'à sa gorge, à son sourire, à ses yeux. Immobile devant le miroir, elle se regarda longuement. Les dieux avaient enfin exaucé ses prières ! Ou un seul Dieu, s'il était unique, et une seule prière, toujours la même depuis des années.

Comment allait-elle annoncer la nouvelle à Valère ? Devait-elle attendre ? Avant tout, un rendez-vous chez son gynécologue s'imposait, pour confirmation. Mais le pharmacien avait affirmé que ces tests étaient absolument fiables, et au fond d'elle-même elle sentait bien que c'était vrai. Elle mit ses mains en coupe comme si elle y enfermait un oisillon, puis elle souffla dessus, formant toutes sortes de vœux pour l'enfant à venir.

Se rhabillant à la hâte, elle décida que dès le lendemain elle chercherait ses aiguilles à tricoter, oubliées au fond d'un placard, et achèterait de la laine blanche, toute douce. Fille ou garçon, le blanc irait très bien. Elle commencerait par de petits paletots avant de se lancer dans la confection plus délicate de chaussons. En attendant, et tant qu'elle n'aurait pas mis Valère au courant de la merveilleuse nouvelle, elle se contenterait d'aligner des prénoms sur un petit carnet. Peut-être un prénom composé ? Entre deux clients, elle allait s'amuser comme une folle, le cœur battant au rythme de cette vie qui naissait en elle.

Elle claqua la porte de l'appartement et descendit rouvrir le magasin. Est-ce que l'odeur entêtante des fleurs lui donnerait mal au cœur lors des semaines à venir ? Peu importait, elle était prête à tout supporter, nausées, fatigue ou autres misères, sans jamais se plaindre. Jamais ! Et après la naissance, elle élèverait cet enfant de son mieux, en le choyant, le vénérant, mais en lui faisant respecter les valeurs auxquelles elle était attachée. Des années merveilleuses s'étendaient devant elle, déjà pleines de son amour pour Valère et enrichies par l'arrivée de cet enfant si ardemment désiré.

Rayonnante de bonheur, elle accueillit son premier client avec un tel sourire qu'il en oublia une seconde ce qu'il était venu acheter.

⁂

Lily avait rejoint sa mère à Biarritz pour ce qu'elle appelait un après-midi entre femmes. Plus précisément, elle faisait le tour des boutiques de mode en bavardant avec Estelle qui l'écoutait toujours béatement, et sans être harcelée par ses deux insupportables filles.

— Comment me trouves-tu ? demanda-t-elle en sortant de la cabine d'essayage.

Elle fit quelques pas sur ses hauts talons, virevolta et s'arrêta devant sa mère.

— Ravissante, ma chérie.

— Oui, mais cette robe ? Pas trop courte ?

— Tout te va. Et puis tu es bronzée, c'est joli.

Avec une petite moue dubitative, Lily s'étudia dans la glace en pied. La robe, minuscule, était faite pour une jeune fille, pas pour une femme de quarante ans, néanmoins elle lui plaisait.

— J'hésite…

— Je te l'offre, proposa Estelle.

Leur shopping se terminait souvent de cette manière, par un cadeau d'Estelle qui ne savait rien refuser à sa fille aînée et qui adorait passer du temps en tête à tête avec elle. N'ayant jamais été férue de mode, elle admirait la manière dont Lily s'habillait et savait se mettre en valeur. Dans la rue, les hommes la regardaient, lui souriaient volontiers, et Estelle se sentait fière d'elle. Ne l'avait-elle pas toujours été ? Petite fille, Lily se tenait droite et ne salissait pas ses vêtements, alors qu'Anne boutonnait ses gilets de travers et ne remontait pas ses chaussettes tire-bouchonnées. Lily se taisait sagement tandis qu'Anne chantait à tue-tête des heures durant. Lily avait toujours des notes correctes mais les résultats scolaires d'Anne étaient en dents de scie.

Estelle sortit sa carte bancaire pour payer à la caisse, se disant vaguement, comme chaque fois, qu'elle aurait pu acheter un foulard ou une babiole pour Anne. Mais non, désormais ce serait ridicule et injuste, Anne étant devenue la *nantie* de la famille.

— Tu connais la dernière de ta sœur ? demanda-t-elle en tapant son code. Elle veut faire des chambres d'hôtes ! Je l'ai su par Jérôme et je n'en reviens pas. Si elle s'est mis en tête de transformer sa baraque en un genre d'hôtel ou assimilé, c'est qu'elle est vraiment décidée à y rester. Je trouve ça dément ! La dernière fois que j'ai eu Paul au téléphone, il a été glacial, comme si j'y pouvais quelque chose…

— Il a aussi appelé Éric pour lui demander s'il connaît un avocat.

— Tu veux rire ? s'étrangla Estelle.

Elle avait prévenu Anne qu'elle risquait de perdre Paul, mais sans y croire vraiment. Paul était très amoureux de sa femme, très concerné et attentif, toujours prêt à la défendre, et voilà qu'il cherchait un avocat pour divorcer ? Non, pas lui, il n'était pas homme à laisser détruire son foyer par des bêtises ou par un malentendu.

— Si tu savais à quel point j'en veux à cette toquée d'Ariane ! Avec son testament inique elle a délibérément semé la zizanie dans notre famille. Et Anne n'a rien vu venir, trop contente d'hériter. Ça a commencé avec l'affreux chien qu'elle a voulu recueillir, or si Paul n'en avait pas repris après la mort du leur c'est bien qu'il en a par-dessus la tête des animaux. Mais Anne s'en fiche, elle le lui a imposé, et après elle a voulu lui imposer la maison, mais là il ne s'est pas laissé faire, je le comprends. Alors elle s'est arrangée pour que Jérôme vienne lui tenir compagnie, et maintenant elle va l'embrigader dans son histoire de chambres à louer, comme si c'était une situation pour lui !

— Oh, Jérôme… Il est peut-être bien content d'avoir trouvé un endroit où se poser.

— Ce n'est pas un service à lui rendre, comme dirait ton père.

Lily haussa les épaules, peu concernée. Certes, elle enviait Anne car elle aurait adoré bénéficier d'un pareil coup de chance, mais, égoïstement, elle ne se souciait guère de ses frères et de sa sœur. Sa préoccupation principale était de plaire, et de profiter de la fin de l'été pour faire des rencontres. En robe légère ou en maillot de bain, elle séduisait encore mais avait conscience que, arrivée à la quarantaine, son temps était compté. Discrète, elle trouvait toujours un prétexte pour s'éloigner d'Hossegor afin de ne pas croiser quelqu'un qu'elle connaissait ou, pire, ses deux filles. Celles-ci affectionnaient les plages océanes mais ne dédaignaient pas un après-midi sur la plage blanche du lac, bref, elles étaient partout. Lily prenait donc sa voiture et filait cap au nord le long de la côte, vers Vieux-Boucau ou Saint-Girons. À chaque aventure, elle se promettait que ce serait la dernière, en toute mauvaise foi, puis l'angoisse de vieillir revenait, l'ennui se réinstallait et elle repartait en chasse.

— Tu ne m'écoutes pas, se plaignit Estelle.

Lily lui adressa un sourire artificiel. Sa mère ne la connaissait pas, ne la comprenait pas, la prenait pour une autre, et elle n'avait jamais eu le courage de la détromper. À quoi bon ? Estelle se trouvait heureuse comme ça, et pour Lily, être la préférée ne présentait que des avantages. Enfant, elle s'était parfois demandé pourquoi Anne ne faisait pas comme elle en se tenant tranquille afin d'échapper aux remontrances maternelles, pourquoi elle ne choisissait pas l'hypocrisie ou le mensonge, si commodes. Mais Anne était spontanée, franche, dissipée. Plus tard, elle s'était mise à plaire aux garçons sans même y prêter attention alors que Lily, sous ses airs de sainte-nitouche, avait toujours tout mis en œuvre pour qu'ils s'intéressent à elle. Les rapports des deux sœurs n'avaient jamais été formidables, néanmoins Lily aimait bien Anne, avec cette sorte de distraction qu'elle mettait dans toutes ses affections, son mari compris. Et jusqu'ici, elle ne s'était pas posé beaucoup de questions au sujet de sa petite sœur. Cependant, cette histoire d'héritage touchait une corde sensible et l'agaçait. Si la maison lui était revenue, Lily aurait su en profiter, la transformant en résidence secondaire où elle aurait pu recevoir en secret dans la semaine. La liberté ! Et le frisson de l'interdit…

— Tiens, j'entre là une minute, annonça Estelle.

Elles se trouvaient square d'Ixelles, devant l'office du tourisme.

— Qu'est-ce que tu veux y faire ? bougonna Lily.

— Me renseigner sur les chambres d'hôtes. Savoir si ça marche, si…

— Tu n'as pas besoin d'aller le leur demander, il est évident que ça marche très bien. Ne te fais pas de souci pour Anne, l'idée est bonne, voire rentable. La bastide est tout près des plages, dans un coin privilégié qui plaira beaucoup.

— À condition d'aimer l'isolement !

— Il y a des fanatiques. La pinède, les dunes, l'océan : une image d'Épinal pour les vacanciers.

Lily mit son bras sous celui d'Estelle et l'entraîna. Elles avaient mieux à faire que perdre leur temps à poser des questions superflues. Dans les rues proches du casino, Lily voulait encore faire du lèche-vitrines, et peut-être un ou deux achats supplémentaires.

⁂

Julien s'était résigné à pratiquer lui-même l'euthanasie sur le vieux terre-neuve. En pleine crise d'urée, ses reins ne fonctionnaient plus du tout et il était très mal en point. Après une première piqûre de calmant, Julien avait fait la deuxième injection, mortelle, sans cesser de parler doucement à l'animal, jusqu'à ce que ses fonctions vitales s'arrêtent.

Brigitte, venue l'assister, s'était chargée de réconforter le maître et de le faire sortir quand tout avait été fini. Découragé, Julien était allé chercher Paul pour l'aider à porter le corps du chien jusqu'à la chambre froide, à l'arrière de la clinique. Il serait ensuite déposé dans un centre d'incinération.

— Tu aurais dû m'appeler, fit remarquer Paul en observant le visage défait de son associé.

— Non, tu n'es pas le « tueur » attitré ici, tu l'as assez dit.

Julien tenta un sourire qui ne fut qu'une grimace triste. Abréger les souffrances du gentil terre-neuve qu'il soignait depuis des années l'avait secoué, comme toujours, et en plus il avait beaucoup de mal à regarder Paul en face. Le baiser échangé avec Anne le culpabilisait affreusement, il était stupéfait d'avoir pu se laisser aller. Certes, Anne lui plaisait, peut-être même depuis qu'il avait fait sa connaissance, mais il avait occulté sans problème son attirance pour elle. Et voilà qu'il profitait d'une crise de couple pour provoquer un flirt ! Son échelle de valeurs, plutôt solide, s'en trouvait très ébranlée. Comment pouvait-il aider Paul et lui offrir son amitié après avoir embrassé sa femme ? Qu'elle ait été tout à fait consentante ne changeait rien à l'affaire, c'était bien lui le traître, le sale type. Anne était perdue et malheureuse en ce moment, elle n'avait vraiment pas besoin d'un faux ami malintentionné. Que s'était-il passé, sur ce perron ? Une seconde de désir mutuel ? La tête d'Anne sur son épaule, des larmes qu'il avait eu envie de sécher, la douceur d'une soirée d'été, et l'erreur de la prendre dans ses bras pour la serrer contre lui. Un geste trop tendre, qui avait mal tourné. Et dont il aurait dû se méfier, car à l'époque où Anne l'avait gentiment consolé du départ de sa propre femme, il y avait déjà eu des instants de ce genre, toujours maîtrisés mais parfois ambigus.

— Tu viens dîner à la maison ? proposa Paul.

— Non, je…

— Allez, fais-moi plaisir, j'en ai assez d'être tout seul ! Pas toi ?

— Tu pourrais ne pas l'être.

Paul haussa les épaules, peu disposé à en discuter. Depuis quelques jours, il fuyait toute allusion à sa situation avec Anne.

— J'ai encore une petite chatte à voir, prétexta Julien qui ne savait pas comment décliner l'invitation.

— Pendant ce temps-là, je vais faire la paye de Brigitte.

C'était toujours Anne qui s'en était chargée jusqu'ici, comme de toute la comptabilité de la clinique, mais apparemment Paul voulait reprendre les choses en main.

— On fermera ensemble, ajouta Paul, péremptoire.

Impossible d'échapper à cette soirée qui s'annonçait redoutable. Mais il y avait toujours un prix à payer pour les erreurs, autant se résigner. Julien resta un moment avec son dernier client, très bavard, puis il retrouva Paul qui l'attendait près du comptoir de la secrétaire.

— Il faut qu'on se préoccupe d'une intérimaire, Brigitte va bientôt partir en vacances.

Avec les remplaçantes, il y avait presque toujours des problèmes, l'agence leur envoyant des candidates mal formées à ce genre de travail. D'abord, Castets était loin de tout, ce qui en décourageait certaines, d'autres avaient peur des animaux, bien qu'elles aient prétendu le contraire sur leur CV, et quelques-unes ne comprenaient rien à l'informatique et n'arrivaient pas à gérer les dossiers des clients.

— J'espère qu'on aura de la chance cette année, marmonna Julien.

Mais la chance ne semblait pas précisément au rendez-vous ces temps-ci.

— Toujours pas de copine ? demanda Paul en lui tapant gentiment sur l'épaule.

Il lui posait régulièrement la question, étonné par la solitude de son associé. Avec sa moto, Julien pouvait filer à Dax, ou bien Hossegor et Capbreton, s'offrir de bonnes soirées et faire des rencontres. Pourtant il n'en avait pas eu envie jusqu'ici, trop sonné par son divorce, trop pris par son travail.

— J'attends la fin de l'été, ensuite je me remettrai à sortir. Mais je ne tiens pas à m'enticher d'une Parisienne ou d'une Espagnole rencontrée dans les vagues et qui disparaîtra en septembre !

Il ne mentait qu'à moitié, l'afflux des vacanciers sur les plages le décourageait, et il n'avait jamais su draguer. Ramener à la maison une fille pour un soir et se dire au revoir le lendemain matin, un peu gênés et plus du tout séduits, lui laissait toujours un goût amer.

En rejoignant Paul chez lui, il eut devant la porte un vrai mouvement de recul et il dut se forcer à entrer. Combien de fois était-il venu déjeuner ou dîner dans cette petite maison, en toute confiance ? Au-delà de leur association professionnelle, Paul était devenu un ami, Anne aussi. Et à présent, par sa faute, il n'éprouvait plus que de la gêne, de la honte. Mais que faire ? Avouer la vérité à Paul n'arrangerait rien, bien au contraire. Pour se déculpabiliser un peu, il aurait au moins pu lui parler de ce prêt consenti à Jérôme, toutefois ce serait trahir Anne et ce n'était pas mieux. Quoi qu'il fasse, il avait décidément le mauvais rôle.

— Je te fais une bonne salade landaise, annonça Paul en sortant des magrets fumés du réfrigérateur. Et j'ai un fromage de brebis dont tu me diras des nouvelles !

Julien esquissa un sourire, sincère cette fois. S'être séparé d'Anne ne coupait apparemment pas l'appétit à Paul qui ajouta :

— Dimanche, je préparerai un salmis. J'ai des palombes dans le congélateur, et Léo adore ça.

— Quand rentre-t-il ?

— Samedi. Il passera dimanche avec moi, je suppose qu'il aura une foule de choses à raconter, et ensuite il ira chez sa mère s'il le souhaite.

Il l'énonçait calmement mais il n'avait pas prononcé le prénom de sa femme. Julien se souvint qu'il en avait longtemps fait autant après le départ de la sienne.

— Tu t'entends, mon vieux ? Tu dis « sa mère » au lieu d'« Anne » comme si vous étiez divorcés ! Tu as vraiment tiré un trait sur ton mariage ? Je te préviens, tu fais la pire bêtise de ta vie, et tu la fais sans une seule raison valable. Ce ne serait pas si difficile de sortir de l'impasse avec un peu de bonne volonté. Si tu veux mon avis, et même si tu n'en veux pas, tu te conduis comme un con !

Sa virulence le surprit lui-même. Pourquoi se faisait-il l'avocat du diable ? Pour se racheter ? Mais il pensait sincèrement qu'au-delà du fait qu'Anne était jolie, elle possédait de solides qualités, un caractère agréable, une personnalité originale, et que de surcroît elle formait avec Paul un bon couple. Il avait souvent envié leur entente, leur complicité, leur amour sans nuage. Alors peu importait qu'elle lui plaise ou même qu'il en soit secrètement amoureux, il détestait le gâchis qu'il avait sous les yeux.

— J'étais prêt à toutes les concessions pour que ma femme ne parte pas, avoua-t-il, pour qu'on puisse recoller les morceaux et poursuivre notre route ensemble. Mais elle ne m'aimait plus, et tout ce que j'ai pu dire ou faire n'a servi à rien. Alors qu'Anne et toi vous vous adorez, et malgré ça vous allez tout foutre en l'air.

— Est-ce qu'on s'adore ? demanda Paul d'une voix songeuse.

Il se tourna vers Julien qu'il scruta avant de hausser les épaules et de marmonner :

— Ta conclusion est intéressante, vieux !

— Ah bon ? Je ne te suis pas.

— Quand on s'aime, on fait attention à l'autre, on en prend soin. Or Anne et moi… Elle est partie d'ici, Julien. Et je refuse de la rejoindre où elle est.

— À quelques malheureux kilomètres !

— Ce n'est pas un problème de distance. Aucun de nous n'a cédé, moi par orgueil, je l'admets, et elle parce qu'elle souhaitait à l'évidence une autre vie. Pour des gens qui s'adorent, ça laisse à désirer, non ? Maintenant, on va parler d'autre chose et essayer de passer une bonne soirée.

Le ton froid qu'il employait était peut-être une façon de se protéger mais Julien en fut déstabilisé. S'était-il trompé sur le compte de Paul ? Il croyait le connaître, pourtant il avait l'impression de se trouver devant un mur. Il le regarda préparer sa vinaigrette en quelques gestes précis, hacher une échalote, donner quelques tours de moulin à poivre, verser un filet d'huile de noix.

— Mais tout de même, dit-il d'une voix soudain moins assurée, avant qu'on ferme la parenthèse je dois t'avouer que j'ai pris rendez-vous avec un avocat. Et ça, je ne sais pas comment je vais l'annoncer à Léo…

Il parut se voûter un peu, puis il releva la tête et Julien vit son expression désespérée. S'inquiétait-il au sujet de son fils ou réalisait-il enfin qu'il allait perdre Anne ?

— Pour l'instant, suggéra Julien, laisse Léo en dehors du conflit.

— Oh, il va poser des questions !

— Ne lui donne pas de réponses définitives, tu ne les connais pas.

Paul eut un petit rire authentiquement gai.

— Tu es un vrai copain, toi ! Si je ne t'avais pas…

Sa déclaration, anodine, bouleversa Julien et fit revenir tout son malaise d'un coup. Un vrai copain n'aurait évidemment pas embrassé sa femme dans son dos. Et cet instant de faiblesse risquait de le poursuivre longtemps puisqu'il était condamné à se retrouver en face de Paul chaque matin.

— Je me demande si je ne vais pas refaire cette cuisine de fond en comble. Elle a pas mal vieilli en dix ans. Comme nous tous !

Allait-il chercher à changer de décor pour mieux effacer Anne de sa vie ? Peut-être avait-il seulement besoin d'un projet quelconque pour s'occuper quand il rentrait chez lui. Il n'était pas le genre d'homme à noyer son chagrin dans l'alcool, ni à passer ses soirées à pleurer sur son sort. Il trouverait des dérivatifs, continuerait à avancer la tête haute quoi qu'il lui en coûte, en refusant d'admettre qu'il avait fait son malheur lui-même.

— Et tes jumeaux, tu les vois quand ?

Comme il l'avait annoncé, il ne serait plus question d'Anne durant le dîner. Julien avait l'appétit coupé mais il se força à prendre de la salade de magrets avant de se mettre à parler de ses fils, un sujet plus facile pour lui.

⁂

Quand je n'étais pas à l'hôpital, au chevet de Paul-Henri qui déclinait, je retournais errer autour de la bastide, irrésistiblement attirée. La pinède embaumait, le temps était radieux, il y avait une sorte de joie dans l'air qui contrastait affreusement avec mon état d'esprit.

Je connaissais par cœur tous les abords de ces quatre hectares enclavés, au centre desquels la maison demeurait invisible, hors de portée. Or un matin, j'eus enfin un coup de chance. Des animaux ou des rôdeurs avaient forcé un passage à travers le grillage, et sans hésiter ni prendre garde à mon chemisier de soie, je m'y faufilai. Courbée en deux, le cœur battant, je passai d'arbre en arbre pour m'approcher, et lorsqu'une trouée entre les pins s'amorça, je m'arrêtai derrière un tronc. Je distinguai alors la bâtisse, que je n'avais pas revue depuis trop longtemps, et je retins un cri. Ce que je contemplais si avidement était à l'abandon, désolé, lugubre sous le soleil. La clairière envahie par les mauvaises herbes, une large fissure zébrant le pignon comme une cicatrice, des morceaux de tuiles en provenance du toit et de l'auvent jonchant le sol : tout concourait à faire de la maison une ruine. Seule trace de vie, un gros chien était couché à l'ombre, près de la porte de la cuisine, veillant sur le désastre alentour.

Je regardai le chien un bon moment parce qu'il était le seul élément réconfortant dans ce paysage dévasté. Je me jurai – encore un serment ! – d'en avoir un moi aussi lorsque je réintégrerais ma maison. Car je n'en doutais toujours pas, je réussirais à revenir ici, à rentrer chez moi.

Chez moi... Horreur, malheur, tout ce travail qui m'attendait ! Pourrais-je jamais rendre son lustre à la propriété ? Non, sans doute pas, vu son état, mais au fond peu importait, de cela je me soucierais plus tard.

J'avais dû gigoter derrière mon arbre car le gros chien tourna la tête dans ma direction. Il se redressa, s'étira, bâilla, et enfin se recoucha en me tournant le dos, ayant choisi de m'ignorer. Je remarquai alors sa chaîne qui serpentait au sol. Il n'était pas gardien mais seulement prisonnier et j'en éprouvai un violent sentiment de tristesse. Je m'appuyai d'une main au tronc avant de fermer les yeux. Que restait-il de la maison de ma jeunesse et de ce vieux rêve auquel je m'accrochais ? Bien sûr, c'étaient les mêmes chants d'oiseaux, le même soleil de plomb, la même odeur de pins surchauffés qui couvrait celle de l'océan tout proche. En faisant appel à mes souvenirs, je pouvais presque entendre les gemmeurs s'interpeller, et deviner la silhouette de ce jardinier qui avait éveillé mes premiers émois. Je le revoyais traquer les rares mauvaises herbes, arroser les fleurs que le vent salé desséchait, bichonner l'improbable palmier de ma mère. Gauthier courait dans la clairière, sa main dans la mienne, et nous filions vers la pinède pour nous mêler aux résiniers. Le soir, dans la maison illuminée où les parents recevaient, on s'asseyait tout en haut de l'escalier pour regarder entrer les invités. Mon petit frère était censé aller au lit, trop jeune pour assister aux dîners, et je retardais le moment de descendre pour rester un peu avec lui. Je savais qu'il aurait peur tout seul dans son lit pendant qu'on s'amuserait en bas, mais il n'avait que dix ans et moi dix-sept. J'étais alors une jeune fille très en vue, très libre et très heureuse.

Je rouvris les yeux, étourdie, et je repartis comme j'étais venue, c'est-à-dire comme une voleuse. Mais ce serait la dernière fois, j'en avais le pressentiment. Bien que je n'aie pas aperçu âme qui vive hormis le chien, les propriétaires actuels allaient bientôt vendre, c'était une certitude.

À peine rentrée, je joignis Pierre Laborde pour lui recommander la plus grande vigilance car la bastide n'allait plus tarder à être mise en vente, et cette fois je devais être la première à faire une offre. Je lui décrivis avec précision l'état des lieux et lui demandai en retour l'état de ma fortune. Ses placements, habiles, avaient porté leurs fruits, me permettant de ne pas solliciter Paul-Henri que je voulais absolument laisser mourir en paix.

Ce soir-là, lorsque j'arrivai à l'hôpital, on m'annonça que mon mari avait sombré dans le coma et que ses heures étaient comptées. Je passai la nuit à son chevet, serrant sa main inerte avec vigueur pour lui insuffler un peu de vie, mais il s'éteignit juste avant l'aube sans avoir repris connaissance.

⁂

Anne constata qu'il ne lui restait plus que quelques pages à lire dans le cahier de moleskine. Bien trop peu pour raconter la fin de l'histoire. En existait-il un autre, caché dans la maison ? Mais pourquoi Ariane aurait-elle laissé celui-ci en vue et dissimulé le suivant ? L'avait-elle détruit ? Ou bien était-elle toujours en train de l'écrire puisque la mort l'avait emportée par surprise ? Dans le secrétaire à rideau, il restait encore des papiers sans importance, qu'Anne devait finir de trier et jeter, ainsi qu'un peu de papeterie. Elle commencerait par chercher là, ensuite elle fouillerait tous les placards, y compris ceux de la cuisine où Ariane aimait se tenir, en espérant que Jérôme ne serait pas tombé dessus et ne l'aurait pas flanqué à la poubelle comme une vieillerie.

Outre qu'elle y apprenait bien des choses, le récit de sa tante captivait Anne. Elle hésita à terminer sa lecture, mais il était très tard et elle avait sommeil. Par curiosité, elle jeta néanmoins un coup d'œil sur la dernière page qui, ainsi qu'elle l'avait supposé, s'interrompait au milieu d'une phrase. Il y avait donc un second cahier, et elle le trouverait.

Remontant le drap sous son menton, elle tendit la main vers la lampe de chevet. De loin, Goliath l'observait, la tête posée sur ses pattes.

— Toi, murmura-t-elle, tu n'es pas prisonnier, tu es gardien.

Les oreilles du chien frémirent, puis il ferma les yeux. Anne éteignit et écouta un moment le silence de la maison. Comme chaque soir, elle songea à Paul qui devait dormir dans leur lit, à Castets, fatigué par sa journée de travail. Rêvait-il d'elle ? Pensait-il à elle en se réveillant ? Chaque jour écoulé les séparait davantage, le savait-il ? Anne pleurait moins souvent, moins longtemps, et moins violemment. Elle ne s'était pas dérobée quand Julien l'avait embrassée, elle y avait même pris un certain plaisir, l'espace d'une seconde, avant de se sentir mal. Et le souvenir de cet instant, loin de la torturer, lui procurait une sorte d'allégresse. Elle était capable d'exister et même de *désirer* loin de Paul. Bien sûr, elle était désolée pour Julien, qui était un homme très droit et qui devait fatalement se culpabiliser, mais enfin ils avaient échangé ce baiser à deux, il n'était pas seul responsable.

Elle était sur le point de sombrer dans le sommeil lorsque le téléphone sonna, déchirant la quiétude de la nuit. Renversant la lampe de chevet pour rallumer, elle se saisit de son portable à tâtons et entendit la voix stridente de Valère qui criait au secours.

11

Le problème n'était pas la fausse couche, un accident somme toute banal, mais l'état d'agitation extrême de Suki, qui avait fait une véritable crise de nerfs avant de s'enfermer dans un mutisme hagard dont elle semblait ne pas pouvoir sortir. Amenée aux urgences, elle était brièvement passée dans le service de gynécologie avant d'être finalement admise en psychiatrie et placée sous sédatifs.

Valère était aux abois, effrayé par l'hospitalisation de sa femme et prêt à déclarer qu'il se foutait pas mal d'avoir un enfant ou pas. Anne lui fit comprendre avec tact que c'était sans doute la dernière chose à dire à Suki.

— Elle y tient tellement que tu ne peux pas prétendre que tu t'en moques, que c'est sans importance.

Après avoir rejoint Valère dans la nuit à l'hôpital de Dax, elle l'avait réconforté de son mieux, emmené à l'aube prendre un petit déjeuner, puis elle était revenue avec lui à l'heure des visites, mais le médecin qui avait pris Suki en charge venait de les prévenir qu'elle ne se réveillerait pas avant le début de l'après-midi.

— Et j'aimerais autant qu'elle soit dans le calme quand elle va émerger, précisa-t-il à l'intention de Valère. Ne vous sentez pas écarté, dès qu'elle vous demandera je vous préviendrai, toutefois je voudrais d'abord avoir une conversation avec elle pour évaluer son état d'esprit. Elle était très choquée en arrivant, j'ai besoin de savoir où elle en est.

Valère essaya de protester mais Anne l'entraîna le long du couloir.

— Comprends-le, chuchota-t-elle. Il ne connaît pas votre situation de couple. Imagine que tu la battes ou qu'elle te déteste ?

Haussant les épaules, Valère ravala sa colère.

— Je suis tout de même le mieux placé pour la consoler, ronchonna-t-il.

— Pas forcément. Elle s'en veut énormément, depuis des années elle se croit responsable, mais sa rancune peut s'étendre à toi. Laisse-la reprendre le contrôle d'elle-même avec l'aide d'un toubib.

— Elle est chez les fous, Anne ! Elle va croire que…

— Non, rien du tout. Elle sera dans le coaltar, et on ne dit pas « chez les fous », tu le sais très bien. Bon, pour en revenir à des choses plus prosaïques, qu'est-ce qui se passe pour le magasin ? Tu le laisses fermé aujourd'hui ? J'ai eu un message de maman qui propose de tenir la boutique en se faisant aider par Lily. Tu serais d'accord ?

— Ce sont elles les cinglées, maugréa-t-il, elles vont s'amuser à jouer à la marchande ! Mais je n'ai pas le choix, je veux être libre de me précipiter au chevet de Suki dès qu'on me donnera le feu vert.

— On peut se relayer pendant quelques jours, elles et moi. Tu nous diras juste comment marche le tiroir-caisse. En revanche, pour le réapprovisionnement, tu devras te débrouiller.

— Il vaudrait mieux que je ferme carrément.

— Vous ne le faites jamais, surtout pas un samedi. Vos clients n'ont pas l'habitude.

— C'est de Suki qu'ils ont l'habitude, ils viennent pour elle, pour son art de composer les bouquets. Alors Lily… Tu as vu comment elle arrange les fleurs dans un vase ? Elle les jette en vrac !

Il était si désemparé qu'il préférait sans doute se mettre en colèrc que fondre en larmes.

— Je vais prendre tous les renseignements nécessaires au sujet des adoptions, et dès que Suki rentre à la maison, on monte un dossier.

Farouchement décidé à consoler sa femme par n'importe quel moyen, il était capable de se lancer dans une adoption sans y avoir vraiment réfléchi.

— C'est une décision importante, murmura Anne. Vous la prendrez ensemble, à tête reposée. Et n'oublie pas qu'une fausse couche, ça arrive à des tas de femmes qui ont ensuite des bébés très normalement.

Valère haussa les épaules, pas du tout convaincu, puis son visage s'éclaira en apercevant Paul qui venait à leur rencontre. Même s'ils se voyaient peu, leur amitié n'avait pas failli depuis le lycée.

— Alors, mon vieux, comment va-t-elle ? demanda Paul sans prêter attention à Anne.

— Elle est en pleine déprime et entre les mains des psys. Elle se réjouissait tellement que la chute a été trop dure pour elle.

— On peut la voir ?

— Non, même pas moi pour l'instant.

— Ils la préservent en attendant de savoir ce qu'elle souhaite, répéta Anne.

Cette fois, Paul fut obligée de la regarder. Ils restèrent un moment à se contempler en silence jusqu'à ce que Valère toussote.

— Je vous offre un café ? proposa-t-il. J'ai vu un distributeur quelque part…

Il n'attendit pas la réponse pour s'éclipser, les laissant face à face.

— Toujours heureuse loin de moi ? attaqua Paul avec un sourire amer.

— Pas heureuse, non, parce que tu me manques. Mais c'est ton choix, je n'y peux rien.

— Oh, Anne, ne revenons pas là-dessus !

Enfonçant ses mains dans les poches de son jean, il parut chercher ses mots avant de lâcher :

— J'ai contacté un avocat.

Ce fut comme s'il l'avait giflée. Elle fit un pas en arrière et secoua la tête, incrédule.

— Tu as… Bon, très bien, parfait.

Ne sachant pas quoi dire, elle voulut se détourner mais il la prit par les épaules pour l'en empêcher.

— Je t'en supplie, bredouilla-t-il, fais quelque chose.

— Quoi ? Qu'est-ce que je dois faire ? Je n'aurais jamais cru que tu puisses m'annoncer ça un jour aussi tranquillement ! Tu as pris un avocat, donc tu veux vraiment divorcer. Tu es devenu mon ennemi, Paul ? On va se battre pour la garde de Léo ? On va se déchirer ? Mais c'est fou… fou !

Son menton s'était mis à trembler et elle eut du mal à se reprendre. Avec beaucoup de douceur, il l'attira à lui, chuchota à son oreille :

— Je t'aime, Anne.

Le ton était grave, calme. Dans toutes les circonstances de la vie, il gardait le contrôle de lui-même. Il savait se contraindre, se maîtriser, il menait à bien tout ce qu'il entreprenait. Longtemps, elle avait admiré cet aspect fort de son caractère qui lui faisait soudain horreur. *Je t'aime, malheureusement tu n'acceptes pas de faire ce que je veux, alors je te quitte.* Un divorce était-il pour lui moins douloureux que perdre ce bras de fer engagé contre sa femme ? Elle se dégagea de son étreinte sans y mettre aucune hostilité.

— Tu es gentil d'être venu, dit-elle seulement. Valère y est sensible, il sait que tu as beaucoup de travail à la clinique.

Essayer de se montrer aussi froide que lui n'était pas aisé mais elle pouvait y arriver.

— La mère de Charles m'a appelée, elle pense qu'ils arriveront ce soir vers six heures. Tu seras à la maison pour accueillir Léo ?

— Pas de problème, je m'arrangerai avec Julien.

— Je viendrai le chercher lundi matin. Il est encore en vacances et…

— Oui, il sera très bien avec toi.

— Est-ce que tu comptes lui annoncer, pour nous deux ?

Le masque courtois de Paul parut se fissurer enfin, laissant apparaître un visage torturé.

— Je ne sais pas ce qui sera le mieux pour lui, avoua-t-il.

Du coin de l'œil, Anne aperçut Valère qui remontait le couloir à pas lents, rapportant des gobelets qu'il tenait avec précaution.

— Paul, souffla-t-elle.

Son mari tendit la main vers elle mais n'acheva pas son geste.

— Est-ce que tu m'aimes encore ? demanda-t-il d'une voix étranglée.

— Autant qu'avant !

— Alors, ne me laisse pas, je ne peux pas le supporter. J'essaie de faire face, mais sans toi je n'y arrive pas.

Anne se sentit vaciller. La sincérité de Paul la bouleversait, elle se dit qu'elle était folle de tout gâcher.

— Rends-moi ma vie d'avant cette connerie de testament !

Il n'aurait pas dû, ces mots-là étaient de trop. *Sa vie*. Lui. Son bonheur, son confort, sa vision de l'existence. Et elle, dans tout ça ?

— Je reviens un peu tôt ? s'enquit Valère en s'arrêtant à côté d'eux.

Paul le fusilla du regard. Sans doute avait-il perçu le fléchissement d'Anne, et cette interruption le mettait en colère. Mais l'instant de vérité était passé, il était retourné à ses exigences sans même en avoir conscience.

— Si je dois ouvrir le magasin, ajouta Valère, c'est bientôt l'heure.

— Je t'accompagne, décida Anne.

Elle voulut boire son café trop vite, se brûla et faillit cracher.

— Il faut que je file, dit Paul à Valère. Les consultations ont déjà commencé et Julien ne doit plus savoir où donner de la tête. Mais je repasserai quand les visites seront autorisées. Tu me tiens au courant ?

— Je suis très touché que tu sois venu.

— C'est normal, vieux ! On adore tous Suki, tu sais bien.

Faisant volte-face, il s'éloigna à grandes enjambées, en homme pressé.

— Ça va ? s'inquiéta Valère.

— Pas vraiment. Nous en sommes au stade de l'avocat.

Prudemment, elle reprit une gorgée tandis que son frère la scrutait.

— Je suis désolé pour vous deux.

— Quand les choses se détraquent…

— Sans Ariane, vous n'en seriez pas là. Vous n'aviez aucun problème, Paul et toi !

— Qui sait ? Cette « connerie de testament », comme dirait Paul, n'a peut-être été qu'un révélateur ?

Valère parut stupéfait mais il ne fit pas de commentaire. Ses propres soucis étaient assez accablants pour qu'il ne se mêle pas de ceux de sa sœur. Ils quittèrent l'hôpital et prirent la voiture d'Anne pour regagner le centre. Devant le magasin, Estelle et Lily les attendaient, bien décidées à se rendre utiles même si on ne leur demandait rien.

⁂

Brigitte rangea le seau et la serpillière dans l'office qui séparait les deux cabinets de consultation. Un chat avait été malade et il avait fallu nettoyer, désinfecter, aérer.

— Vous avez sept rendez-vous entassés dans la salle d'attente, dit-elle à Julien. J'espère que Paul va vite revenir, sinon on devra se passer de déjeuner. Il n'a pas assez d'ennuis en ce moment, il faut encore qu'il se préoccupe de la femme de son beau-frère ? Quelle famille, ces Nogaro… Avouez que, pour lui, ce n'est pas marrant.

Étonné qu'elle en sache autant, Julien la dévisagea.

— Eh bien oui, quoi ! Il ne fait pas mystère du départ d'Anne pour aller jouer les châtelaines. Sale coup pour lui, il ne mérite pas ça.

Généralement peu loquace, elle semblait avoir envie de dire sa façon de penser. Pourtant, Julien avait beau faire appel à ses souvenirs, elle n'avait jamais pris parti ou même prononcé un seul mot sur le sujet lors de son propre divorce. Sa manière de le soutenir durant cette période sombre avait consisté à lui apporter chaque semaine des gâteaux faits maison, comme si elle craignait qu'il ne se laisse mourir de faim.

À regret, Julien referma la fenêtre de son cabinet. Avec le beau temps, il aurait préféré la laisser grande ouverte, mais il ne pouvait pas courir le risque qu'un animal s'échappe.

— Bon, je vais chercher le suivant, annonça-t-il.

— C'est le tour de Mme Martin avec son insupportable caniche ! Elle est furieuse de l'absence de Paul parce que, en principe, elle ne veut voir que lui, vous n'êtes pas assez bon pour elle.

Certains clients avaient leurs préférences, mais ce matin la dame devrait se contenter de Julien. Il esquissa un sourire amusé que Brigitte remarqua aussitôt.

— En tout cas, vous, vous allez beaucoup mieux, hein ?

— Oui, admit-il, l'été m'a remis d'aplomb.

— L'été ! Il n'y aurait pas plutôt une femme là-dessous ?

Il leva les yeux au ciel avant de la précéder jusqu'à la salle d'attente où, en effet, il n'y avait plus une seule chaise de libre. Brigitte retourna derrière son comptoir et reprit son travail, mais elle n'avait pas la tête à ça. Machinalement, elle remplit quelques fiches de rappel pour les dates de vaccination. Les clients étaient habitués à recevoir un courrier quelques semaines avant la limite de validité, sinon ils oubliaient.

Le téléphone sonna, elle répondit, nota un rendez-vous. Son emploi à la clinique lui convenait depuis le premier jour car elle se sentait utile, voire indispensable, à ses deux patrons. Cependant le changement survenu dans la vie personnelle de Paul la déstabilisait. Jusqu'ici, elle n'avait voulu voir en lui qu'un homme marié, ce qui était sacré à ses yeux, mais s'il se retrouvait seul… Il lui avait toujours plu, elle appréciait son sérieux, son honnêteté, l'empathie qu'il manifestait envers ses clients, et surtout elle le trouvait très séduisant. Leurs rapports de travail étaient cordiaux, tout comme avec Julien, et elle avait su maintenir la distance nécessaire pour qu'il n'y ait pas la moindre ambiguïté. Aussi, à force de rester chacun dans son rôle professionnel, aucun des deux hommes ne semblait jamais s'être aperçu qu'elle était une jolie jeune femme. Bien sûr, elle ne faisait rien pour se mettre en valeur, elle venait travailler en jean et mocassins plats, enfilait une blouse à peine arrivée, attachait ses cheveux auburn en queue-de-cheval. Le passage incessant des animaux nécessitait ce genre de tenue confortable, qui d'ailleurs lui allait bien, et elle se contentait de troquer ses tee-shirts d'été contre des cols roulés l'hiver. Discrète sur sa vie privée, elle parlait peu d'elle mais plaisantait volontiers, assurant ainsi une bonne ambiance avec les deux vétérinaires et avec la plupart des clients.

— J'ai fait aussi vite que j'ai pu ! lança Paul en entrant.

Il adressa un vague sourire à la cantonade et disparut dans son cabinet. Dans deux minutes il viendrait chercher l'un de ses rendez-vous, sans doute avec cet air sombre qui ne le quittait pas ces derniers jours. Il vivait très mal ce qu'il appelait le « coup de folie » de sa femme, mais avec son caractère entier il ne céderait pas, ne la suivrait pas. Brigitte ne savait pas si elle devait le déplorer ou s'en réjouir. S'il se retrouvait libre un jour, tenterait-elle quelque chose ? De toute façon, ce ne serait pas tout de suite, il allait lui falloir du temps pour se remettre. Quoique… Julien avait remonté la pente, il était sur le chemin de l'oubli, à en croire son sourire et sa bonne humeur retrouvés. Est-ce que tous les gens mariés finissaient par divorcer puis recommencer ? Les statistiques étaient déprimantes, en particulier dans les grandes villes.

« Mais même ici, dans ce trou ! Julien, encore, sa femme s'est tirée avec un autre, ça peut arriver n'importe où. Pour Paul, son histoire d'héritage et de maison est incompréhensible. Ou alors, ils en avaient marre l'un de l'autre et ils ont sauté sur le premier prétexte. Sauf qu'il avait l'air heureux avec Anne, vraiment heureux. »

Retrouverait-il ce visage-là un jour, et grâce à qui ?

Des aboiements aigus suivis d'éclats de voix en provenance du cabinet de Julien la firent soupirer. Le caniche devait faire des siennes, comme d'habitude. Décidément, certains cabots étaient aussi mal élevés que leurs maîtres.

⁂

Léo avait rapporté un éventail à sa mère et des castagnettes pour Jérôme. Toute la matinée du lundi il fut intarissable sur son voyage en Andalousie, encore émerveillé par tout ce qu'il avait vu. Son amitié pour Charles paraissait s'être encore fortifiée durant le séjour, apparemment les deux garçons s'étaient amusés comme des fous. Ils avaient dû beaucoup parler, aussi, car Léo semblait résigné à la séparation de ses parents. La veille, son père lui avait annoncé avec ménagement un possible divorce, et Léo avait eu le courage de demander pourquoi, même s'il connaissait déjà la réponse. Paul avait invoqué une *incompatibilité d'habitat*, une expression judicieusement choisie, qui n'accusait personne.

Dès qu'il eut appris le projet des chambres d'hôtes, et avec l'assurance qu'une salle de billard resterait possible, Léo se montra très enthousiaste. Voir du monde le réjouissait d'avance, il était tout à fait d'accord pour donner un coup de main lors des travaux, et surtout il estimait que sa mère tenait peut-être là un moyen de conserver la bastide.

Bien qu'ayant besoin d'être confortée dans ses décisions, Anne fit remarquer à Léo qu'il n'avait pas à prendre parti. Elle ne souhaitait pas qu'il donne tort à son père, et encore moins qu'il s'en éloigne. Il allait devoir partager son temps entre ses parents, rester neutre dans leur conflit, et les aimer autant l'un que l'autre. Un peu vexé d'être rabroué, Léo finit par promettre de ne juger rien ni personne. Il grandissait, mûrissait, Anne le constata une fois de plus, et bien sûr il avait le droit d'avoir une opinion, mais elle craignait qu'il ne soit égoïstement influencé parce qu'il se plaisait à la bastide et s'y amusait davantage qu'à Castets.

Cette discussion lui laissa un goût un peu amer. Sa séparation d'avec Paul ne serait pas sans conséquence sur leur fils, et elle en portait l'entière responsabilité. À l'adolescence, une période délicate, Léo n'avait vraiment pas besoin d'être perturbé. Sa référence masculine devait rester son père, pas question qu'il prenne Jérôme comme modèle !

Pourtant, son frère lui offrit une bonne surprise dans la soirée, en exposant après le dîner les plans qu'il avait conçus seul dans son coin. Sur des feuilles quadrillées – sans doute prises dans le bureau d'Anne sans rien demander –, il avait assez bien dessiné la disposition du deuxième étage. La future salle de billard se trouvait à son emplacement d'origine, d'un côté du palier, et de l'autre un couloir desservait trois belles chambres flanquées de trois petites salles de bains.

— La dernière est plus vaste que les autres et pourrait contenir deux grands lits, pour une famille par exemple. Elle sera plus chère, évidemment ! Les sanitaires se trouvent à l'aplomb de ceux du premier, on pourra se raccorder sur les colonnes d'évacuation. Il faut prévoir une bonne isolation thermique et phonique, mais surtout soigner la déco, bien dans l'esprit landais pour faire couleur locale, avec des meubles en pin et des posters de surfeurs.

Penchés ensemble sur les plans, Anne et Léo les étudièrent tandis qu'il poursuivait, volubile :

— Les petits déjeuners seront servis dans la salle à manger, qu'on va aussi arranger plus gaiement. Et on devrait acheter un grand écran plat pour le salon, avec quelques fauteuils confortables. Si on trouvait un piano droit d'occasion… Une vraie maison d'hôtes, quoi !

— Et ça, c'est quoi ? voulut savoir Anne en désignant le dernier croquis.

— Derrière la maison, qui est la partie la plus à l'ombre, on pourrait arranger un salon de jardin avec une table de ping-pong un peu plus loin.

— Ah, oui ! approuva gaiement Léo.

— Mais on ne sera plus nulle part chez nous ? objecta Anne.

— Tu n'es pas obligée de tout faire d'un coup. Vois d'abord comment ça marche, ce qui te convient et ce qui plaît aux gens, après tu envisageras tes investissements au fur et à mesure.

Elle n'en revenait pas qu'il soit soudain si bien organisé, si pragmatique. À ses yeux Jérôme était un velléitaire doublé d'un paresseux, qui privilégiait toujours son propre intérêt. Qu'avait-il à gagner s'il s'investissait corps et âme dans ce projet ? Elle n'avait pas assez confiance en lui pour en faire un véritable associé, sachant qu'il pouvait disparaître du jour au lendemain, pressé d'aller s'amuser ailleurs. Autant elle aurait volontiers fait affaire avec Valère, autant elle jugeait Jérôme trop peu fiable. Néanmoins, il se montrait efficace pour une fois, et son entrain était communicatif.

— C'est génial, murmura Léo d'une voix songeuse. On va s'ouvrir un peu au monde, arrêter de vivre comme des taupes…

Comme des taupes ? Était-ce ainsi qu'il voyait son existence jusqu'ici ? Dépassée par les contradictions de chacun, y compris les siennes, Anne rassembla les dessins.

— Je vais d'abord prendre rendez-vous avec mon notaire, annonça-t-elle.

Ariane devait utiliser le même ton lorsqu'elle décidait d'aller se confier à Pierre Laborde, et cette comparaison supposée fit sourire Anne. Peut-être que sa tante n'aurait pas apprécié la solution des chambres d'hôtes, mais la bastide allait continuer sa route entre les mains d'une Nogaro, le flambeau avait été transmis.

— Rien n'est encore fait, précisa-t-elle à l'intention de son fils, pour calmer son excitation.

Il connaissait bien sa mère, aussi lui adressa-t-il son sourire angélique de garçon sage.

⁂

L'odeur des lys incommodait Lily qui déplaça leur seau, trop proche de la caisse. Mais ainsi celui des roses blanches se retrouva caché et elle dut le pousser, faisant disparaître les tulipes à leur tour.

— Oh, bon sang !

L'arrangement de Suki était savamment calculé, on ne pouvait rien bouger, et au bout de cinq minutes Lily remit tout en place, non sans avoir renversé le seau des tulipes qui lui aspergea les pieds. Elle en était à chercher une serpillière lorsque Anne arriva enfin.

— Pas trop tôt ! Ah, ça ne m'amuse pas du tout de jouer à la fleuriste ! Tu viens prendre la relève ? Je vais en profiter pour aller faire des courses, j'ai la tête qui tourne. Regarde-moi ce désastre, on se salit les mains ici…

— Et les pieds, je vois. Valère est à l'hôpital ?

— Oui, et après il doit aller chercher des fleurs je ne sais plus où, il ne rentrera que vers quatre heures.

— Tu as des nouvelles de Suki ?

— Je crois qu'elle va mieux, elle s'est remise à parler. Un flot d'excuses, bien entendu. Tout de même, que d'histoires pour un têtard !

Choquée par la réflexion, Anne toisa sa sœur qui se défendit aussitôt :

— Depuis le temps que ça dure, ils n'ont qu'à adopter un enfant. Suki se torture tellement pour en avoir un qu'elle n'y arrivera jamais, c'est dans sa tête. En tout cas, c'est l'avis d'Éric.

— Oui ? Eh bien, l'avis d'un dentiste…

Les lèvres pincées, Lily se détourna, attrapa son sac.

— Je te laisse le magasin, amuse-toi bien !

Elle sortit sans attendre, faisant claquer ses talons sur le carrelage. Apparemment, jouer à la marchande ne lui plaisait plus. Mais n'en avait-il pas toujours été ainsi avec Lily qui se lassait de tout ? Le comptoir était jonché de morceaux froissés de papier cristal et de rubans tire-bouchonnés, preuve que les emballages n'étaient pas son fort. Anne remit un peu d'ordre, vérifia sur le carnet de commandes que Valère n'avait oublié aucune livraison, puis elle se jucha sur le haut tabouret, près de la caisse, et regarda autour d'elle. Le magasin possédait une atmosphère particulière, qu'on ne trouvait pas chez d'autres fleuristes. Suki avait disposé quelques objets personnels sur les étagères de fer forgé, et entre deux orchidées on pouvait voir, çà et là, un chandelier de bronze ou un cendrier de cristal. Suki adorait son métier, Suki adorait son mari, et pourtant elle n'était pas heureuse, totalement frustrée par son désir d'enfant, en révolte contre son corps qui ne lui obéissait pas, et prête à sombrer dans une dépression aiguë. Anne la plaignait, la devinant plus fragile que ce qu'elle laissait voir. On la prenait pour une petite Asiatique courageuse et déterminée, capable de faire face quoi qu'il arrive, pourtant ce nouvel échec l'avait anéantie. Valère était-il assez fort pour qu'elle puisse se reposer sur lui le temps de remonter la pente ? Pour l'instant, il devait se sentir très seul. Avait-il beaucoup d'amis en dehors de Paul ? Sans illusions, Anne était presque sûre que Paul finirait par en vouloir à Valère d'être un Nogaro, le frère de celle qui l'avait quitté pour une *foutue baraque*.

— Alors c'est vous qui tenez la boutique ? l'apostropha Hugues depuis le pas de la porte.

Souriant, bronzé, regard bleu acier et chemise blanche impeccable, il n'était évidemment pas venu pour acheter des fleurs, il avait dû la voir passer devant l'agence quand elle avait remonté la rue.

— J'ai de très jolies tulipes noires, et aussi des roses blanches à longues tiges, annonça-t-elle en souriant. C'est pour offrir ou pour décorer votre agence ?

— Non, non, ne vous y prenez pas comme ça ! Suki ne dit rien aux clients, elle leur sourit et les laisse se promener. Valère m'a appris ce matin qu'elle allait mieux, je suis bien content pour elle. Pour eux deux, en fait, parce que c'est un chic type, ainsi qu'un très bon photographe. Je vais encore avoir besoin de ses services pour mon agence de Biarritz, et j'ai donné ses coordonnées à un confrère.

— C'est gentil.

— Je crois qu'il a besoin de travailler, alors si je peux lui rendre service…

Comme chaque fois qu'elle le rencontrait, Anne le trouvait trop bavard et trop content de lui, néanmoins, en pensant à son frère elle lui adressa un grand sourire qu'il prit pour un encouragement.

— Vous n'avez plus pensé à ma proposition de restaurant ?

— Désolée, j'ai eu plein de choses à faire. Et ça ne va pas s'arranger car je compte me lancer dans un projet de chambres d'hôtes qui prendra sûrement tout mon temps.

— Des chambres d'hôtes dans votre propriété ? Excellente initiative ! Je ne désespère pas que vous me donniez un jour cette maison à vendre, et si vous faites quelques travaux de rénovation entre-temps, vous la valoriserez. Les gens ont généralement peur de se lancer dans de grands chantiers, mais je vois que ça ne vous effraie pas.

— Parce que je n'ai aucun chiffre en tête pour l'instant.

— Vous comptez faire quoi ? Aménager le second ? Il y a un prix moyen au mètre carré auquel vous pourrez vous référer si vous voulez avoir une idée. En réalité, Anne, vous ne perdriez pas votre soirée en dînant avec moi, je peux vous aider, c'est un peu ma partie. Même pour le financement, je…

— J'ai un très bon notaire, l'interrompit-elle.

Si elle le laissait parler, il serait encore là dans une heure et il finirait par lui extorquer un rendez-vous. Il faisait partie de ces gens qui ont une opinion sur chaque chose et une solution à tout afin de se rendre indispensables. Or Anne ne voulait rien lui devoir, même pas un repas. S'il ne l'avait pas trouvée si évidemment à son goût, elle aurait peut-être essayé de s'en faire un ami, mais la manière dont il la couvait du regard ne laissait aucun doute sur ses intentions.

— Je vais fermer, dit-elle pour se débarrasser de lui, c'est l'heure de déjeuner.

— Avec moi ? Il y a une terrasse à deux pas d'ici où ils servent de succulents poissons grillés.

Devant tant d'insistance, elle se mit à rire.

— Non, pas aujourd'hui, je ne peux pas. Et ne regrettez rien, je ne suis pas… comment dire ?

— Vous n'êtes pas d'humeur ?

— C'est ça.

Rien ne semblait pouvoir lui faire perdre contenance, il se contenta de hocher la tête d'un air entendu.

— Je n'insiste pas. Mais je repasserai vous voir !

Il quitta le magasin après un clin d'œil, la laissant perplexe. Elle ne lui avait pas menti, le marivaudage était la dernière chose qui aurait pu l'amuser en ce moment parce qu'elle pensait à Paul dix fois par jour, avec angoisse ou chagrin. Et sans doute lui faudrait-il longtemps avant de se sentir disponible, avant de pouvoir regarder un autre homme avec un quelconque intérêt.

Et pourtant... Pourtant, elle s'était laissé embrasser par Julien en éprouvant un indéniable *plaisir*. Or ce n'était pas pour se venger de Paul, inutile de se raconter des histoires, il s'agissait d'une attirance qui avait peut-être toujours existé sans qu'elle y prenne garde. À présent, elle savait, elle n'avait plus d'excuse.

⁂

Agacé, Paul regarda avec dégoût le sandwich qu'il venait de se confectionner. Lui qui adorait faire la cuisine, comment avait-il pu arriver à un résultat aussi peu appétissant ? Le jambon pendouillait en dehors du pain, qui d'ailleurs était rassis. Pourquoi n'était-il pas allé déjeuner au restaurant plutôt que rentrer chez lui ? Dans sa maison, il se sentait mal, l'absence d'Anne lui pesait chaque jour davantage, il ne prenait pas du tout son parti de la situation.

Lorsqu'elle était venue chercher Léo, Anne en avait profité pour récupérer une partie de ses vêtements, il l'avait constaté le soir en ouvrant les placards de leur chambre. Désormais, il ne restait plus grand-chose d'elle ici, pourtant il ne parvenait pas à croire qu'elle soit vraiment partie. Par quelle aberration avait-il obtenu un résultat pareil ?

Au téléphone, l'avocat avait parlé de consentement mutuel, de divorce rapide, de procédure facilitée, et Paul avait réalisé pour de bon ce qui lui arrivait. Une vie sans Anne, voilà ce qui l'attendait. Avec le regard de reproche de Léo tous les dimanches. Non, un dimanche sur deux.

Dans le séjour, le petit bureau où Anne avait l'habitude de travailler sur ses dossiers comptables semblait abandonné. Pour ne plus le voir, Paul allait devoir s'en débarrasser. Au milieu du plateau vide, une minuscule clef USB contenant la comptabilité de la clinique avait été laissée par Anne à son intention et sur sa demande. Il prit la clef, joua un moment avec, finit par la glisser dans la poche de son jean. De nouveau, il considéra le bureau inutile. Comment un chien de la taille de Goliath avait-il pu se loger là-dessous durant plusieurs jours ?

Penser à Goliath lui rappela la sinistre découverte du corps d'Ariane. Tous les ennuis de Paul avaient commencé à cet instant précis. Si seulement Ariane lui avait parlé de ses intentions avant sa mort, il aurait pu la dissuader de léguer sa maison à Anne, de plutôt la laisser à… À qui ? Ariane méprisait son frère et n'avait pas confiance en lui. Eh bien, à la SPA, et Goliath avec !

Mais non, bien sûr que non. Même informé du testament, Paul ne se serait jamais douté que sa femme pourrait vouloir habiter cette maudite bastide. Il aurait considéré ce legs comme une chance sans imaginer la suite. Parce qu'il manquait d'imagination ? Parce qu'il ne connaissait pas Anne si bien que ça ? Quand donc l'avait-il perdue de vue ? Trop de travail, trop d'habitudes, on oublie de regarder l'autre, on ne le comprend plus. La fantaisie d'Anne, qui avait toujours été pour lui une soupape, qu'il le veuille ou non, le prenait aujourd'hui par surprise et le laissait démuni. Serait-il plus satisfait de conserver son ordre établi qu'avoir suivi sa femme dans l'aventure, même contre son gré ? Il aurait pu *essayer*, il ne l'avait pas fait. Son orgueil était sauf, c'était bien la seule chose qui le soit au milieu des décombres.

Il jeta le sandwich à la poubelle et décida de retourner à la clinique. En attendant le premier rendez-vous de l'après-midi, il en profiterait pour faire un peu de comptabilité. Une tâche qui lui incombait désormais mais qu'il pourrait éventuellement partager avec Julien, le temps de trouver quelqu'un de confiance pour remplacer Anne.

Remplacer Anne… Il sortit de chez lui en claquant la porte et sans même fermer à clef.

⁂

En fin d'après-midi, Anne quitta l'étude de Pierre Laborde avec des sentiments mitigés. Le notaire lui avait annoncé qu'il envisageait de prendre sa retraite d'ici quelques mois, or elle avait besoin de son soutien et de son expérience. Amusé de la voir si inquiète, il s'était engagé à continuer de lui prodiguer ses conseils aussi longtemps qu'elle le souhaiterait. Anne lui avait alors confié son projet de chambres d'hôtes, qu'il avait approuvé sans réserve.

— Une maison de cette taille doit aussi être une source de revenus, même modestes, sinon c'est seulement un gouffre et vous ne vous en sortirez pas.

Ainsi, l'idée de Jérôme était bonne, pour une fois son frère avait visé juste alors que la plupart de ses initiatives se soldaient par des échecs.

— Ariane n'aurait sans doute pas désapprouvé votre choix, avait ajouté Pierre Laborde d'un ton paternel. Elle-même n'aurait pas pu s'y résoudre, en raison de son âge et surtout de son passé. Pour elle, il y avait eu trop d'étrangers dans sa maison, elle ne voulait plus voir personne en franchir le seuil. Dès qu'elle en est redevenue propriétaire, elle s'est quasiment cloîtrée dans ses murs pour en jouir. Mais en ce qui vous concerne, les choses sont différentes, vous pouvez aller de l'avant et transformer la bastide à votre gré, du moment que vous vous y plaisez.

Ensuite, ils avaient longuement discuté d'argent. La succession enfin close, il revenait à Anne une petite somme qui allait lui être bien utile pour les travaux mais qui ne suffirait jamais.

— L'État est glouton, il vous a taxé à cinquante-cinq pour cent sur la totalité, c'est la loi pour un parent au quatrième degré comme une nièce.

— Mon père, s'il avait hérité, aurait moins payé ?

— Quarante-cinq pour cent entre frères et sœurs. Et donc, Ariane avait tout calculé. Elle devait mettre beaucoup d'argent de côté pour vous permettre de régler les droits, ce qui l'empêchait de faire des travaux. En aurait-elle fait que la maison se serait retrouvée valorisée d'autant, c'était un cercle vicieux. Mais elle ne dépensait presque rien, elle se montrait très économe parce qu'elle voulait absolument que vous ayez le choix de garder la bastide ou pas. Elle suivait les cours de l'immobilier et s'était beaucoup réjouie de la crise qui avait fait chuter les prix. Quel paradoxe ! Elle prétendait qu'il lui fallait se dépêcher de disparaître avant que ça remonte.

— Vous saviez que son cœur était fragile ? À moi, elle n'avait rien dit.

— Une fois, quelques jours avant sa mort, elle m'a avoué qu'elle était malade, mais sans préciser. De toute façon, elle ne se soignait pas, elle estimait que ce n'était pas la peine de s'éterniser puisqu'elle avait eu ce qu'elle voulait.

Lorsqu'il évoquait Ariane, il paraissait toujours triste mais, refusant de se laisser aller à l'émotion, il s'était réfugié derrière une question qui lui tenait à cœur :

— Puisque je suis votre conseil, Anne, je dois vous demander quelque chose. Où en êtes-vous avec Paul ?

Elle avait été incapable de lui répondre. En réalité, ils n'étaient nulle part, égarés dans un conflit qui les avait dépassés et dont ils ne semblaient vouloir sortir ni l'un ni l'autre.

En quittant Dax, elle ne prit pas la route la plus directe pour rentrer chez elle car elle n'avait pas envie de passer par Castets. L'idée d'apercevoir la petite maison où elle avait vécu plus d'une dizaine d'années la rendait trop triste et elle préféra filer vers Magescq, puis Léon et Saint-Girons. Arrivée là, elle prit la direction de Lit-et-Mixe, mais une fois dans la forêt, au lieu d'aller droit sur la bastide elle obliqua vers la plage du Cap-de-l'Homy. La fin de journée était délicieuse, la grosse chaleur se trouvant balayée par le vent marin. Une petite balade sur le sable la tentait, surtout à cette heure où les vacanciers pliaient bagage, rassasiés de soleil et fatigués d'avoir nagé dans les rouleaux. Elle évita la zone de baignade surveillée, enleva ses chaussures et se mit à marcher en fixant la ligne d'horizon. Ses pensées tourbillonnaient de Suki à Jérôme, de Léo à Paul, de ce chantier dans lequel elle allait se lancer à Ariane dont la mort avait eu une telle influence sur son existence. De loin en loin, elle croisait un surfeur attardé qui remontait la plage, sa planche sous le bras. L'heure du dîner approchait et elle devait rentrer, mais la promenade était si apaisante qu'elle n'arrivait pas à rebrousser chemin.

Elle fit un crochet pour éviter un homme qui venait à sa rencontre, un masque et des palmes à la main. À la dernière seconde, elle reconnut Julien et ils s'arrêtèrent en même temps, aussi surpris l'un que l'autre. Gênés, maladroits, ils ne savaient pas comment se dire bonjour, et finalement Anne lui demanda ce qu'il faisait là.

— Je vais piquer une tête… Après une journée de boulot, j'adore ça. Et toi, tu te promènes ?

— J'avais besoin de marcher.

— On s'assied une minute ? proposa-t-il en désignant le sable.

— La dernière fois qu'on a fait ça…

— Justement, parlons-en.

Ils s'installèrent côte à côte, attentifs à laisser un espace entre eux.

— Pour l'autre jour, je suis navré. Vraiment. C'est le truc le plus balourd et le plus indélicat que j'aie fait de ma vie entière ! Mais pour être franc, c'est difficile de t'avoir dans les bras sans être tenté, j'ai présumé de mes forces en voulant te consoler. Moralité, j'ai affreusement honte devant Paul, et comme je le vois du matin au soir, j'expie.

L'expression la fit sourire et elle se sentit moins embarrassée. La franchise de Julien dédramatisait l'incident, ils allaient pouvoir retrouver des rapports amicaux. Pourtant, dès qu'elle se tourna vers lui, elle comprit quelque chose qu'elle avait refusé d'envisager jusque-là : il l'attirait, il lui plaisait. S'écartant davantage, elle se mit à dessiner du bout des doigts sur le sable pour se donner une contenance.

— Je n'oublie pas que je te dois de l'argent, marmonna-t-elle.

— Oh, bon sang, Anne ! Je ne suis pas pressé, je te l'ai dit, et c'est Jérôme qui a une dette, pas toi.

Sur le point de répondre que Jérôme était incapable de gagner de l'argent, et encore moins de le conserver, elle se ravisa. Son frère était en train de changer, elle devait lui laisser une chance de faire ses preuves.

— Et ne me parle plus de ça, c'est un mensonge supplémentaire vis-à-vis de Paul, je ne veux même pas m'en souvenir.

D'un geste mesuré, il se pencha vers elle et lui déposa un baiser chaste sur la joue.

— Je suis content qu'on ait pu bavarder, toi et moi, ajouta-t-il en se levant. Maintenant, je vais me baigner !

Il s'éloigna à grandes enjambées, apparemment détendu, mais il avait oublié de récupérer son masque et ses palmes. Elle le vit entrer dans l'eau puis plonger pour s'éloigner du rivage. C'était un excellent nageur, un bon surfeur, et il avait appris à Léo le ski nautique. Julien, l'ami de la famille, l'associé de Paul… le dernier homme à trouver séduisant, évidemment.

Elle se releva, brossa le sable sur son jean et tourna le dos à l'océan.

⁂

Suki était habillée, impatiente de quitter cette détestable chambre d'hôpital. Tout ce qu'elle éprouvait désormais était de la honte : comment avait-elle pu se laisser aller de la sorte ? La déception de sa fausse couche l'avait submergée avec la force d'un raz-de-marée, avait failli l'anéantir, mais à présent elle en mesurait tout l'égoïsme. Pauvre Valère ! Son merveilleux mari, si attentionné, si tendre et si amoureux, méritait autre chose que son hystérie.

Elle rangea soigneusement la lettre de son père dans son portefeuille, ferma son sac et se remit à faire les cent pas. Elle n'avait pas besoin de la relire, elle la connaissait par cœur. Rigoureux et tranchant, son père lui avait rappelé certains principes de dignité, lui recommandant d'honorer sa famille et de s'en remettre aux dieux pour son destin plutôt que gémir stupidement sur son sort. Elle devait relever la tête, sourire, accepter.

Peut-être n'aurait-elle pas dû téléphoner à sa mère. Pourquoi l'inquiéter ? Les communications avec le Japon coûtaient cher et elle n'en avait tiré aucun réconfort. Sa mère, trop effacée, ne pouvait rien pour elle, en revanche la leçon de son père avait été salutaire.

Surpris du brusque changement d'attitude de sa patiente, le médecin avait écouté les explications de Suki et vigoureusement protesté. D'après lui, mieux valait laisser parler ses émotions car les enfouir était nocif à la longue. Mais il avait sa mentalité d'Européen, il ne pouvait pas comprendre. Suki lui avait signifié qu'elle quittait son service, avec ou sans son approbation. Elle avait hâte de retrouver Valère la nuit et ses fleurs le jour. Une existence qu'elle avait choisie, qu'elle aimait, dont elle était fière. Et voilà qu'elle s'était terrée ici pour fuir la réalité, abandonnant aux autres ses corvées et ses responsabilités ! Oui, c'était indigne d'elle, la plume paternelle le lui avait durement rappelé, maintenant elle devait se racheter.

L'enfant ? Elle ne voulait plus y penser. D'ailleurs, ce n'était pas un bébé, à peine un fœtus de quelques millimètres, et qui n'était pas destiné à naître, sans doute pour une excellente raison. Peut-être y en aurait-il d'autres, viables cette fois, puisque tous les gynécologues consultés depuis des années affirmaient que rien, dans l'organisme de Suki, ne s'opposait à la maternité. Le psychiatre suggérait que l'obstacle se trouvait dans sa tête. Ainsi, ce serait elle-même qui ferait barrage, inconsciemment ? Mais non, elle ne voulait pas fouiller ses moindres pensées et ses plus obscurs souvenirs, elle s'était bien trop torturée jusque-là.

Accepter, relever la tête, sourire. Elle allait s'y tenir, elle s'en était fait le serment et elle n'était pas femme à manquer à sa parole. Ne plus embêter Valère, ne plus ennuyer personne. Remontant son pantalon de toile devenu trop grand, elle serra sa ceinture d'un cran. Sa maigreur était effrayante, elle se forcerait à manger dès qu'elle serait chez elle. Et une de ses premières visites serait pour Anne qui, au milieu de tous ses soucis, avait trouvé le temps de venir la voir, de rassurer Valère, et surtout de garder le magasin de façon plus sérieuse que Lily, en vérifiant les comptes, les commandes ou les factures des fournisseurs. Anne était une femme formidable, et Suki se demandait pourquoi toute la famille semblait lui en vouloir depuis qu'elle avait hérité. Chacun y allait de son commentaire acide, de sa petite phrase assassine, Estelle elle-même désavouait sa fille en disant que la folie de la « vieille toquée » l'avait gagnée.

Tous ces gens parlaient de folie à la légère, et ce qui les rendait dingues était surtout l'argent. Suki, elle, avait failli perdre la raison pour de bon, mais ça n'arriverait plus.

Quand Valère entra dans la chambre, tout heureux de venir la chercher, elle s'était composé un visage affable, serein, et elle lui tendit les bras.

⁂

Contacté par Pierre Laborde, le fils de Paul-Henri s'était rué à Dax. Il apparut immédiatement qu'il était décidé à me faire tous les ennuis possibles. Lors d'un échange un peu vif que nous eûmes à l'étude, il clama qu'il savait à quoi s'en tenir sur le « handicap » de son père, et que je ne l'avais donc épousé que pour son argent. À l'intention de Pierre Laborde, éberlué, il mit les points sur les i *avec des mots très crus. Pour ne pas être en reste de civilités, je lui rétorquai qu'il n'était donc pas le fils de Paul-Henri, mais il ricana et se réfugia derrière la loi. Reconnu comme enfant unique, il était l'unique héritier et ne me laisserait, à regret, que les miettes strictement nécessaires.*

À l'issue de cette séance, la guerre était donc déclarée. Et j'étais humiliée que Pierre connaisse désormais mon secret, qu'il sache que ce mari dont j'avais vanté la perfection avait été, en réalité, fort peu gâté par la nature. Pire encore, les palaces semblaient lourdement endettés et la comptabilité de Paul-Henri se révélait une aberration. Il avait créé des sociétés, donné des parts à son ex-femme lors du divorce, s'était montré le pire des gestionnaires. Quoi qu'il arrive, il faudrait sans doute des années pour démêler ses affaires, et bien entendu son fils allait s'empresser de confier tout cela à son avocat espagnol, un juriste aussi combatif qu'un taureau de Miura. Très pessimiste, Pierre m'avertit que je n'avais pas grand-chose à attendre, ni à court ni à moyen terme. Voulais-je toujours, malgré tout, racheter la bastide, quitte à y investir mon dernier franc ? Oui, je le voulais plus que jamais et me moquais bien d'être totalement démunie une fois dans mes murs.

L'ironie du sort faisait que j'étais accusée d'avoir épousé « pour son argent » le seul de mes maris que j'avais aimé, le seul dont je n'avais pas cherché à tirer profit. Le seul être dont l'enterrement m'avait bouleversée, et aussi le seul qui m'ait appris quelque chose.

Juste à ce moment-là, par un de ces hasards qui font le sel de la vie, les indignes propriétaires de la bastide la mirent en vente, et Pierre Laborde se porta acquéreur en mon nom. La date pour la signature du compromis fut arrêtée, ce qui me rendit ivre d'exaltation, au point d'appeler Gauthier pour lui apprendre que j'avais enfin réussi. Sa réaction, prévisible au fond, fut de me demander si je n'étais pas devenue folle. Sourde à ses sarcasmes, je lui proposai…

⁂

Le cahier s'arrêtait là. Économe, Ariane n'en avait pas perdu une ligne, la dernière phrase devait se poursuivre ailleurs. Anne se sentit affreusement frustrée, elle voulait, elle devait connaître la fin de l'histoire. S'il en existait un second, pourquoi diable Ariane avait-elle séparé les cahiers ?

Anne se précipita dans le bureau, ouvrit le secrétaire à rideau qu'elle fouilla méthodiquement sans rien trouver. Il ne restait pas grand-chose du désordre d'Ariane, et en tout cas aucun cahier. Sa tante avait-elle eu envie de lui organiser une chasse au trésor ? Non, Ariane avait été cynique et rusée, mais pas espiègle.

Réfléchissant aux endroits possibles, Anne remonta la galerie jusqu'à sa chambre et inspecta avec soin le fond du placard, puis les tiroirs de la commode. Peut-être n'avait-elle pas prêté attention à un cahier en rangeant ses affaires ? Pourtant il n'y avait rien sous les tee-shirts ou les maillots de bain, rien derrière les jeans ou les espadrilles. Pensive, Anne considéra ses vêtements d'été. Bientôt la rentrée, l'automne… Ses pulls chauds et ses manteaux étaient encore dans la maison de Castets, dont elle avait toujours la clef. Un de ces jours, elle devrait aller les récupérer en prévision de l'hiver, et cette perspective était si démoralisante qu'elle demanderait peut-être à Léo de le faire. Non, ce serait lâche, et pas plus amusant pour lui que pour elle. Il ne faisait pas de commentaire sur la séparation de ses parents, sans doute trop pudique ou trop mal à l'aise pour émettre une opinion, mais qu'en pensait-il ? Que confiait-il à son ami Charles ?

Et elle, qu'en pensait-elle ? Elle refusait de réfléchir à ce divorce annoncé, à la situation absurde où Paul et elle s'étaient enferrés. Et pas davantage au fait que, si elle était triste en s'endormant, en revanche elle se réveillait chaque matin de bonne humeur, heureuse d'ouvrir les yeux dans cette chambre où elle se sentait à sa place.

Alors qu'elle s'apprêtait à descendre pour fouiller la cuisine et la cave, son téléphone vibra dans la poche de son jean. Avec un petit pincement de déception, elle constata que le nom qui s'affichait était celui de sa mère, pas de Paul.

— Ah, s'exclama Estelle, je suis contente de te joindre ! Écoute, j'aurais voulu organiser quelque chose pour ton anniversaire, la semaine prochaine…

Anne avait quasiment oublié qu'elle allait avoir trente-six ans dans quelques jours, et elle fut touchée que sa mère y ait songé.

— Mais bon, enchaîna Estelle, tu comprends bien qu'en ce moment, c'est problématique. Impossible d'inviter Paul, impossible de ne pas l'inviter. Vraiment, je plains ce pauvre garçon. Lui qui t'adorait !

— Je préfère ne pas en parler, maman.

— Il le faut, pourtant. Et je t'avoue que je ne me vois pas réunir la famille sans lui. Ce serait choquant de faire la fête pendant qu'il se désespère, non ? À mon avis, le mieux est de reporter, de passer ça sous silence.

— Tu as raison, ironisa Anne, je vais rester à trente-cinq ans. Comme ça, j'y gagne.

— Oh, épargne-moi ton humour ! Comment peux-tu avoir la tête à rire ? Vraiment, je ne te comprends pas, Anne.

— C'est vrai.

Vexée, Estelle laissa passer un silence puis finit par conclure, avec réticence :

— Si tu veux, je passerai t'embrasser ce jour-là. Je n'ai pas vu Léo de tout l'été, ça me fera plaisir.

La curiosité devait être sa première motivation, davantage que son petit-fils et loin devant sa fille. Tout ce qu'Anne avait lu au sujet de sa mère dans le cahier d'Ariane semblait finalement assez juste, et le constat se révélait amer.

— Je dois te laisser, maman.

— Tu es sûrement très occupée avec ton projet farfelu de chambres d'hôtes ? Essaye de ne pas trop entraîner Jérôme là-dedans, ça l'empêcherait de se trouver un vrai travail.

Agacée par tant d'aveuglement, Anne marmonna une vague formule et mit fin à la communication. Comment ne pas se sentir isolée du reste de sa famille ? Elle leur ressemblait si peu !

Elle alla ouvrir en grand l'une des fenêtres et s'accouda à la rambarde. La clairière était inondée de soleil, et tout autour les pins serrés les uns contre les autres formaient un cercle d'ombre zébré de lumière. Un paysage magnifique auquel elle se sentait très attachée désormais. D'où elle était, le grillage délimitant la propriété était invisible, sa petite forêt se fondait dans l'immensité boisée. Elle vit Goliath déboucher du chemin au trot, de retour d'une de ses balades. Ce chien la rassurait par sa présence et l'apaisait par son affection muette, sans doute contribuait-il à son bien-être dans la maison, comme il l'avait fait pour Ariane.

En se détournant, elle remarqua un peu de poussière sur les pastels, au-dessus de la commode, et elle décida de se lancer dans un grand ménage. Sa chambre devait rester aussi impeccable qu'elle l'avait trouvée, chaque fois qu'elle y mettait de l'ordre elle imaginait sa tante préparant soigneusement la pièce à son intention. Quel instinct lui avait soufflé qu'Anne se plairait ici au point de ne plus vouloir partir, quitte à chambouler toute sa vie ? Avait-elle deviné que, au fond d'elle-même, sa nièce aspirait à un changement ? En ce cas, elle lui avait ouvert une porte sur la liberté d'entreprendre autre chose.

Elle secoua la vieille couverture du chien, ainsi qu'elle le faisait chaque matin, et remarqua que le coussin qui tapissait le fond du panier était vraiment usé, aplati, sale. Autant tout jeter, elle trouverait bien une autre couverture à sacrifier. Lorsqu'elle souleva le coussin, elle laissa échapper une exclamation de stupeur et s'agenouilla. Un peu mâchouillé sur les bords, un cahier de moleskine rouge était plaqué contre l'osier.

— Goliath…

Quand le chien avait-il rapporté et enfoui cet objet là ? Vu son aspect, depuis un certain temps déjà. Anne le décolla avec précaution pour ne pas l'abîmer davantage. Les crocs avaient marqué un coin mais la moleskine ne s'était pas déchirée. Après l'avoir délicatement ouvert, Anne regarda la première page et vit qu'il s'agissait bien de la suite de l'histoire. Au lieu de se mettre à lire, elle alla à la fin du cahier, qui était presque rempli jusqu'au bout. Mais l'écriture d'Ariane s'interrompait sur un grand trait de stylo qui avait griffé le papier. Était-elle en train d'écrire quand la mort l'avait surprise ? Goliath s'était-il approprié le cahier parce qu'il portait l'odeur de sa maîtresse ?

Une bouffée d'émotion secoua Anne, lui fit monter les larmes aux yeux. Elle se releva en serrant contre elle le précieux cahier. Pas question de commencer sa lecture sur-le-champ, elle attendrait d'être seule dans le calme de la nuit pour reprendre l'histoire car à chaque page elle croyait entendre le rire de sa tante, et ce ton sarcastique qu'elle employait pour égratigner chacun au passage tout comme pour se moquer d'elle-même.

Retournant à la fenêtre, elle jeta un coup d'œil en bas et vit Jérôme et Léo, assis côte à côte sur les marches du perron, lancés dans une discussion qui devait concerner les travaux, l'avenir. Au coin de la maison, Goliath s'était couché à l'ombre. Un vent léger apportait l'odeur de l'océan, faisait imperceptiblement frémir les pins et soulevait un peu de cette poussière de sable arrachée aux dunes par les tempêtes.

Anne réalisa alors pleinement qu'elle était ici chez elle, que ce domaine était désormais son royaume et qu'elle n'en partirait plus. Sa détermination effaçait sa culpabilité, elle se sentait prête à entamer une autre vie.

— Qui m'aime me suive, dit-elle à voix basse.

À suivre...

DANS LES PAS D'ARIANE

Pour Laurent,
qui, comme moi,
apprécie les maisons de famille,
pleines des rires
de tous les enfants à venir.

1

L'automne conservait encore un peu des couleurs et des senteurs de l'été, cependant les jours raccourcissaient vite et, dès le coucher du soleil, le vent venu de l'océan faisait frissonner. Anne voyait approcher la saison froide avec une sourde angoisse qui ne la lâchait pas mais qu'elle avait appris à ignorer. Âprement, elle poursuivait sa route, décidée à ne pas dévier de son objectif. La bastide que lui avait léguée sa tante représentait désormais son avenir, son foyer, même si cet héritage inattendu avait précipité son divorce.

Précipité ou provoqué ? Dès l'ouverture du testament, toute la famille s'était liguée contre elle, criant à l'injustice. Pourtant, le choix de la tante Ariane n'était pas arbitraire, seule sa nièce Anne lui avait semblé digne de confiance et apte à reprendre le flambeau. Car la bastide Nogaro n'était pas qu'une maison, c'était le combat de toute une vie. Malheureusement, Paul n'avait pas voulu ou su le comprendre. Indifférent au charme envoûtant de la vieille bâtisse, il était tombé des nues lorsque sa femme avait émis l'idée de venir habiter là. De jour en jour, leur conflit s'était envenimé, jusqu'à cette improbable rupture qui aujourd'hui les dressait l'un contre l'autre.

Une pile de courrier dans une main, Anne releva de l'autre le col de son blouson et parcourut la fin du sentier à grandes enjambées pour se réchauffer. Derrière elle Goliath, un énorme chien noir hérité avec la maison, trottinait la truffe au ras du sol. Dépassant les derniers arbres, la jeune femme marqua un temps d'arrêt pour contempler la façade très blanche qui se dressait au beau milieu de la clairière. Celui de ses ancêtres qui avait fait construire la bastide ne s'était pas trompé en l'édifiant là, au centre d'une forêt de pins dont les Nogaro avaient tiré profit durant des générations, avant de sombrer dans la ruine. L'arrêt brutal de l'exploitation de la résine les ayant conduits à la faillite, ils avaient d'abord vendu des centaines d'hectares, puis la maison, et s'étaient réfugiés dans une modeste villa à Biarritz pour y cacher leur déchéance. Ariane avait mal accepté la chute sociale, vécue à l'époque comme une infamie, mais surtout elle n'avait pas supporté la perte de cette superbe bastide où elle était née et venait d'y fêter ses dix-huit ans. Par la suite, toute son existence avait été consacrée à récupérer l'endroit afin de retrouver le paradis perdu. Après presque trente ans de lutte et trois mariages décevants, elle était enfin redevenue propriétaire de ce qu'elle n'avait cessé de considérer comme *son* domaine. Mais la maison, passée de main en main et mal entretenue, commençait à se délabrer. Ariane s'y était enfermée et y avait vécu chichement jusqu'à sa mort, heureuse envers et contre tout d'être rentrée chez elle.

Anne traversa la clairière, le chien sur ses talons, et alla se réfugier dans la cuisine où ronflait le vieux poêle Godin. Comme presque chaque jour, le courrier apportait de nouvelles factures, des devis. L'aménagement du deuxième étage en chambres d'hôtes était un projet pharaonique qui donnait le vertige à Anne. Beaucoup d'investissements, et sans doute peu de rapport à en attendre. Il faudrait de nombreuses années avant d'amortir les travaux, mais au moins la maison vivrait pendant ce temps-là. Et chaque couche de plâtre, chaque tuyau ou câble électrique posé lui redonnait un peu de son lustre d'antan. Juste un peu, car pour bien faire il aurait fallu tout reprendre, des fondations jusqu'au toit, ce qui était impossible.

D'un geste résigné, Anne éparpilla le courrier sur la table. Elle tendait la main vers la cafetière lorsqu'elle repéra parmi d'autres une lettre de son avocate. L'enveloppe était reconnaissable, avec le tampon du cabinet en évidence, et chaque fois qu'Anne en ouvrait une elle éprouvait le même sentiment de colère et d'impuissance. Elle déplia la feuille, sauta directement à la conclusion : un rendez-vous devant le juge, au tribunal, dans quatre semaines. Paul et son avocat, Anne et la sienne, avec un magistrat pour prononcer le divorce, et tout serait consommé en quelques minutes.

— Oh, Paul…

Elle dut s'asseoir pour reprendre son souffle. Ainsi, elle allait vraiment divorcer ? Paul et elle s'aimaient toujours, ce prétendu *consentement mutuel* pour se séparer était absurde. Comment Paul, qui était son mari, son ami, son amant, le père de son fils, l'homme avec qui elle croyait avoir construit sa vie, avait-il pu se transformer en ennemi ?

Entamer une procédure leur avait fait prendre conscience de la gravité du conflit qui les opposait et ils s'étaient mis à se regarder autrement, à s'interroger, à douter. De là à tout casser…

— Tu viens d'apprendre un décès ? lui lança son frère en entrant dans la cuisine. Si c'est ça, j'espère que tu vas faire un autre héritage !

— Très drôle, soupira-t-elle.

Jérôme l'agaçait souvent mais, contrairement à ses craintes, il se révélait utile pour la maison, il n'était pas qu'un pique-assiette, ainsi qu'il en traînait la réputation. Et dès le début, il avait été le seul de la famille à ne pas lui donner tort dans cette histoire d'héritage. Le seul à ne pas montrer d'aigreur, à ne pas saisir l'occasion pour régler d'anciens contentieux.

— Tu verrais ta tête…, insista-t-il.

Baissant les yeux sur le courrier, il se tut deux secondes puis lui tapota gentiment le dos en marmonnant :

— Allez, tu vas reprendre ta liberté, tu n'as rien à regretter.

— Qu'en sais-tu ?

— Paul est un emmerdeur, je l'ai toujours dit, et il t'en a donné la preuve. Tu le prenais pour un type idéal, d'ailleurs tout le monde le croyait parfait, mais ce n'est qu'un égoïste et un macho.

Anne haussa les épaules sans répondre. Paul n'avait pas voulu bouleverser son existence, il avait refusé de suivre sa femme dans l'aventure de la bastide, il s'était persuadé qu'il s'agissait d'un caprice et qu'il n'avait pas à céder. Certain qu'elle s'inclinerait une fois de plus, il avait posé un ultimatum : « Ce sera sans moi ! » En effet, il n'était pas là, il vivait désormais en célibataire dans sa petite maison de Castets et il avait été le premier à contacter un avocat.

— Ah, mon catalogue de carrelages ! s'extasia Jérôme.

Parce qu'il avait mené jusqu'ici une existence de nomade, voyageant au gré de ses envies et multipliant les petits boulots sans intérêt, toute la famille Nogaro tenait Jérôme pour un incapable, un raté. Pourtant, l'idée des chambres d'hôtes venait de lui, et depuis le début du chantier il mettait vraiment la main à la pâte, dévoilant de surprenantes qualités de bricoleur. Bien sûr, chez sa sœur il avait trouvé un refuge qui offrait un gîte confortable ainsi qu'un couvert copieux, et où on ne lui infligeait pas de discours moralisateur. Anne s'était même débrouillée pour le libérer des dettes qu'il avait laissées derrière lui à Londres et qui lui créaient des ennuis. Elle ne s'offusquait pas du fait qu'il aime autant les filles que les garçons, le laissait conduire sa voiture lorsqu'il s'offrait une virée à Dax, ne lui posait jamais de questions indiscrètes. En conséquence, il se sentait bien dans la bastide et son envie d'y rester l'avait surpris lui-même.

— Rose ou bleu, c'est mièvre, énuméra-t-il en tournant les pages. Celui-ci est trop cher... Celui-là affreux... Tiens, en voilà un qui me plaît !

Il lui mit le catalogue sous le nez, ce qui fit disparaître la lettre de l'avocate.

— Prix abordable, et on reste bien dans l'esprit landais, insista-t-il.

— Si tu continues comme ça, tu finiras par accrocher des échasses aux murs du salon.

— Mais oui ! Et j'expliquerai aux touristes que les bergers s'en servaient autrefois parce que la lande était un véritable marécage insalubre avant qu'on fixe les dunes du littoral, avant les plans de drainage et avant un ensemencement forestier massif sur près d'un million d'hectares.

Bouche bée, elle le dévisagea.

— Tu prends des cours ou quoi ?

— Je m'apprête à répondre aux questions de nos futurs clients.

— Ne dis pas de bêtises. Je sais que l'histoire de la région ne t'intéresse absolument pas.

— Pourtant, je me documente ! Que tu le croies ou non, je suis investi dans notre projet jusqu'au cou.

Était-il sincère ? Le connaissant, Anne avait encore des doutes car il n'entreprenait jamais rien qui ne serve son propre intérêt. Or il n'était pas officiellement son associé, il ne faisait que donner un coup de main et pouvait très bien disparaître du jour au lendemain.

— Ouvre cette paperasserie et étudie-la, suggéra-t-il, c'est toi la comptable.

Un métier qu'elle n'exerçait qu'à mi-temps mais qui lui plaisait, ce que personne ne comprenait. D'un caractère gai et fantaisiste, on lui aurait volontiers prêté un travail moins austère, pourtant manier des chiffres la passionnait.

— Je monte dans mon bureau, annonça-t-elle en ramassant le courrier épars.

Avec un petit sourire de connivence, Jérôme la regarda sortir, toujours flanquée du gros chien. Il savait qu'elle allait détailler attentivement les devis avant de les accepter ou les refuser. Les yeux rivés sur un dossier, elle devenait soudain quelqu'un de sérieux. Et pour tout ce qui concernait la bastide, elle se montrait pointilleuse, comme si elle avait peur de commettre une erreur. Mais aussi, la famille entière avait essayé de la culpabiliser, la dissuader, la faire rentrer dans le rang. Qu'elle veuille garder cette propriété les avait tous rendus enragés, Paul compris, et malgré tout elle avait trouvé assez de force de caractère pour leur résister. Bravo ! À sa manière, Jérôme l'avait aidée en jetant de l'huile sur le feu. Il ne s'en repentait nullement, au contraire il se félicitait d'avoir poussé Paul à bout, ce qui avait permis à Anne de le découvrir sous un autre jour que Paul-le-parfait. Bien entendu, la séparation du couple arrangeait Jérôme, ainsi il n'avait pas son beau-frère sur le dos et pouvait s'amuser avec sa sœur dans ce grand terrain de jeu que représentait pour lui la bastide. Ce n'était pas lui qui en avait hérité, mais au moins il en profitait pleinement.

« Profiter » avait été l'essentiel de son existence jusqu'ici, il en avait fait un sport, un credo. Pour jouir de la vie sans trop d'efforts il saisissait la moindre opportunité, manipulant avec habileté sa famille comme ses amis. Néanmoins, à trente-cinq ans, il commençait à se lasser de son errance et de la vacuité de son existence. De tous les Nogaro, Anne étant celle qu'il préférait, partager un projet avec elle n'était pas un pensum, il envisageait même, pour une fois, de mener les choses à bien. D'ailleurs, se retrouver dans le camp de la « rebelle » était assez distrayant. Lorsqu'il était enfant, il adorait déjà les frasques d'Anne et jugeait les deux aînés, Lily et Valère, mortellement ennuyeux. Tout comme leurs parents, figés dans leurs rôles austères d'instituteurs, même à la maison. Et en guise de maison, les appartements de fonction d'un directeur d'école primaire n'étaient pas gais non plus. Dès sa majorité, Jérôme avait fui pour aller s'amuser ailleurs. Il séjournait en Afrique lors du mariage d'Anne et de Paul, mais en apprenant la nouvelle il s'était étonné du choix de sa sœur. Il connaissait Paul, qui à l'époque avait fait partie de la bande de copains de son frère Valère, et il le trouvait déjà trop sérieux, trop branché sur ses études de vétérinaire qu'il ne voulait pas seulement réussir mais *brillamment* réussir. À réception du faire-part, Jérôme aurait pu prédire tout ce qui allait suivre : l'installation professionnelle de Paul passant en priorité, puis assez vite un bébé, enfin une petite maison moderne et pratique qui ferait d'Anne une femme au foyer. Tout ça était arrivé, bien entendu. Si Anne avait conservé son travail de comptable, c'était chez elle et à mi-temps pour mieux s'occuper de leur fils unique, Léo, jusqu'à ce qu'il parte en pension et qu'elle commence à s'ennuyer. L'héritage d'Ariane était vraiment tombé à point, Anne avait pu saisir l'occasion pour ruer enfin dans les brancards. Adieu les habitudes, les conventions et la routine, à elle l'aventure !

Bon, ce qui intéressait Anne était plutôt le passé de la famille, les attaches et les racines, savoir qui étaient ses ancêtres et d'où elle venait. En gardant la maison, elle s'appropriait l'histoire des Nogaro et s'y inscrivait. De son côté, Jérôme s'en moquait, il voyait surtout l'intérêt d'avoir déniché un toit et un but. Mais leurs deux états d'esprit n'avaient rien d'incompatible puisque chacun y trouvait son compte.

De nouveau, il se pencha sur le catalogue. Poser du carrelage ne le rebutait pas, il se rendrait utile en s'amusant et ferait économiser beaucoup de main-d'œuvre au chantier. D'ici peu, Anne s'apercevrait qu'elle ne pouvait vraiment plus se passer de lui.

*
**

Installée derrière le vieux bureau massif qui avait été celui d'Ariane, Anne venait de valider le devis de l'électricien. Pas question que Jérôme s'occupe de ça, sinon la maison flamberait. Elle vérifia une dernière fois les comptes, ferma le dossier, puis se leva pour aller jeter un coup d'œil par la fenêtre. Les quatre hectares de pins de la propriété se fondaient dans l'immense forêt alentour sans qu'on discerne le grillage qui les clôturait. Autrefois, par cette même fenêtre, les Nogaro forestiers avaient dû contempler fièrement leur empire, tous ces « arbres d'or », ainsi qu'on surnommait alors les pins grâce aux récoltes annuelles de résine. Pour sa part, Anne se contentait de savourer le paysage, avec l'impression d'être seule au centre du monde. Certains soirs, à l'heure où les oiseaux cessaient de chanter, en prêtant l'oreille elle pouvait entendre l'océan proche.

Un fracas, au-dessus de sa tête, la fit sursauter et lui rappela que des ouvriers travaillaient au second. Ils montaient une cloison, maniant brutalement des carreaux de plâtre, et ils n'allaient pas tarder à brancher leur radio à fond. Avec un soupir agacé, Anne décida de redescendre. En passant près du bureau, elle effleura le gros cahier de moleskine rouge qu'elle avait tant cherché quelques semaines plus tôt. La couverture portait la trace des crocs de Goliath car c'était au fond de son panier, mâchouillé et aplati sous le coussin, qu'elle avait fini par le dénicher. Toutes les pages étaient remplies de l'écriture nerveuse d'Ariane, et Anne se réjouissait d'apprendre la suite de l'histoire. La lecture d'un premier cahier, rédigé comme un journal et laissé en évidence parmi les affaires de sa tante, lui avait appris un certain nombre de choses sur sa famille. Des découvertes parfois décevantes, mais très instructives. Quelques détails oubliés de sa propre enfance y étaient racontés par Ariane de façon lucide, détachée, et non sans humour. Sur le même ton caustique, elle décrivait ses trois mariages soldés par deux divorces et un veuvage, son entêtement obsessionnel pour racheter sa bastide, mais aussi ses souvenirs de jeunesse à l'époque des gemmeurs et de la splendeur des Nogaro. Hélas, ce premier récit s'interrompait abruptement au beau milieu d'une phrase, faute de place disponible, car Ariane n'avait pas voulu perdre une seule ligne sur la dernière page. Frustrée, Anne avait fouillé partout pour trouver la suite, certaine qu'un second cahier existait. Finalement, c'était par hasard qu'elle avait mis la main dessus, un jour de grand ménage. En le feuilletant, elle avait constaté qu'il n'était pas entièrement rempli. Le dernier mot se prolongeait d'un long trait de stylo qui avait déchiré le papier et qui devait correspondre à la mort de la vieille dame, emportée par un infarctus massif. Sans doute tombé à ce moment-là, le cahier n'avait attiré l'attention de personne. Mais comme il portait l'odeur de sa maîtresse, le chien s'en était emparé et l'avait traîné jusqu'à son panier.

Anne faillit l'ouvrir mais y renonça et ôta sa main. Elle le gardait comme une gourmandise qu'on met de côté pour plus tard, sachant qu'il n'y en aurait pas d'autre. Elle avait pourtant projeté de le lire sans attendre mais quelque chose l'arrêtait. Certes, différer son plaisir l'amusait, et surtout le chantier des chambres d'hôtes était assez prenant pour qu'elle s'écroule de fatigue le soir. Mais n'y avait-il pas, en plus, une sorte de crainte quant à ce qu'elle allait découvrir sous la plume acide d'Ariane ? Ses jugements à l'emporte-pièce faisaient mouche, ses révélations éclairaient les gens de la famille d'une lumière peu flatteuse. Ce qu'Anne avait lu jusqu'ici sur son père et sa mère était glaçant.

Alors qu'elle dévalait l'imposant escalier, elle sentit vibrer son téléphone dans la poche de son jean. En voyant s'afficher le nom de Paul, elle hésita puis s'assit sur une marche pour répondre.

— Désolé de te déranger, commença-t-il sans préambule, mais j'ai un problème pour samedi. Julien est malade, je serai seul à la clinique et je ne pourrai pas m'occuper de Léo. Si tu n'y vois pas d'inconvénient, on intervertit nos week-ends ?

— Aucun problème, j'irai le chercher vendredi soir à la pension.

Leurs rares conversations semblaient systématiquement laborieuses car pour éviter une dispute supplémentaire ils se parlaient avec précaution, évitant tout autre sujet que leur fils.

— Julien n'a rien de grave ? voulut-elle savoir malgré tout.

— Non, juste une gastro. Bon, je te laisse, la salle d'attente est pleine.

Sa clinique vétérinaire connaissait un gros succès, et ils n'étaient pas trop de deux avec Julien, son associé, pour soigner tous les animaux domestiques de la région. Pourtant, au début de son installation, Paul avait pris un pari en choisissant le village de Castets. Une implantation risquée, à l'écart de Dax, mais qui avait vite drainé les environs.

— J'ai reçu un courrier de mon avocate, murmura-t-elle.

— Oui, moi aussi.

Il y eut un court silence puis Paul lança, d'un ton de défi :

— Allez, je t'embrasse, à bientôt !

Pour surmonter son émotion, il préférait se draper dans sa dignité, une attitude qu'Anne exécrait. Si seulement il s'était laissé aller, en criant ou en pleurant, elle l'aurait trouvé attendrissant, alors que sa pseudo-froideur la rendait folle de rage et d'impuissance.

— Je t'aime, dit-elle au téléphone éteint.

Sentant un souffle dans sa nuque, elle se retourna et découvrit Goliath, assis deux marches plus haut, qui tendait sa truffe vers elle. Lui ne dissimulait pas, comme tous les chiens il offrait son affection d'un bloc et ne connaissait pas la rancune.

— Est-ce qu'on mange bientôt ? cria Jérôme depuis le hall. Si tu veux que je travaille, il faut me nourrir !

— J'arrive, soupira-t-elle.

Au moins, son frère était gai, et d'une certaine manière il l'obligeait à aller de l'avant. Avec lui, impossible de s'isoler longtemps pour ruminer ses problèmes, il semblait occuper tout l'espace en arpentant la maison de la cave aux combles. Anne le rejoignit et lui annonça que Léo serait là pour le week-end, ce qui parut le réjouir car il aimait bien son neveu. Puis elle le précéda vers la cuisine, vaguement préoccupée de savoir Julien malade. Devait-elle l'appeler pour prendre de ses nouvelles ? Elle ne s'en sentait pas le courage, il existait trop d'ambiguïté entre eux.

*
**

Brigitte, la secrétaire de la clinique vétérinaire, prit le temps de faire un détour chez Julien avant d'aller déjeuner. Elle lui apportait des médicaments, de la part de Paul, et un paquet de riz complet qu'elle venait d'acheter à l'épicerie du village.

— Vous avez une mine affreuse ! s'exclama-t-elle quand il lui ouvrit la porte, emmitouflé dans une robe de chambre. Votre confrère vous envoie ça, vous pouvez en prendre jusqu'à six par jour, et je vous conseille de manger du riz à l'eau plutôt que de rester le ventre vide.

— Vous entrez ? proposa-t-il sans enthousiasme.

Il avait passé une nuit atroce, secoué de spasmes qui l'obligeaient à se précipiter dans les toilettes, et la douche qu'il venait de prendre pour faire baisser la fièvre le laissait transi.

— Non, vous êtes un grand garçon, vous allez vous soigner tout seul. Mais si vous avez besoin de quoi que ce soit, appelez-moi sur mon portable. De toute façon, je repasserai ce soir.

— Merci, Brigitte, vous êtes une mère pour moi.

Ce n'était qu'une plaisanterie, mais il la vit se crisper.

— Je suis plus jeune que vous, rappela-t-elle d'un ton agacé.

— Bien sûr. Jeune et très jolie. Je plaisantais.

Elle hocha la tête et lui tourna le dos pour regagner sa voiture, le laissant perplexe. Paul et lui avaient fini par ne voir en elle que l'assistante, la secrétaire, ou même la bonne copine, mais en effet elle était plutôt mignonne. D'ailleurs, ces derniers temps, elle avait abandonné ses jeans et ses pulls informes, accomplissant un effort vestimentaire dont on ne s'apercevait que lorsqu'elle ôtait sa blouse. Julien devinait que ce changement était destiné à Paul. Depuis sa séparation d'avec Anne, Brigitte le regardait autrement, même s'il ne s'en rendait pas compte. Et ce n'était pas qu'un besoin de le consoler, car lorsque Julien lui-même avait divorcé, deux ans auparavant, Brigitte n'avait rien changé à son attitude. Donc, Paul lui plaisait, peut-être même depuis longtemps, mais elle s'était bien gardée de le lui montrer tant qu'il avait été un homme marié.

Julien retourna se coucher, remonta la couette sous son menton. Il se sentait un peu moins mal que la veille et espérait pouvoir travailler dès le lendemain. Leur arrangement avec Paul était simple, chaque fois que l'un d'eux avait besoin ou envie d'un jour de congé, l'autre assumait alors la totalité des rendez-vous. Ils s'entendaient bien et s'estimaient, travailler ensemble ne leur posait jamais aucun problème. Pour les opérations, ils s'assistaient mutuellement, et en cas de doute sur un diagnostic ils n'hésitaient pas à se concerter, en toute humilité. Au fil du temps, ce qui n'avait été au début que l'association professionnelle de deux anciens élèves de l'école vétérinaire de Toulouse s'était transformé en une véritable amitié.

Il tendit la main vers la boîte de médicaments apportée par Brigitte, négligea la notice et prit deux comprimés qu'il avala sans eau. Après le départ de sa femme, tombée amoureuse d'un négociant en vins, il avait traversé une période sombre dont il avait eu du mal à se remettre. Aujourd'hui elle ne lui manquait plus, seule l'absence de leurs fils, d'adorables jumeaux de six ans, créait un vide. Il ne s'était marié qu'à trente-deux ans, sur un coup de cœur, et très vite sa femme avait exprimé son malaise à vivre dans un village éloigné de tout. Elle ne travaillait pas, passait son temps à Dax ou Mont-de-Marsan pour y trouver un peu d'animation, et quand les jumeaux étaient nés elle s'était sentie tout à fait coincée. Pour se distraire, elle les avait emmenés très tôt jouer sur les plages d'Hossegor ou de Capbreton, espérant sans doute une rencontre qu'elle avait fini par faire. Son négociant habitait Bordeaux, or elle rêvait d'une grande ville et elle l'avait suivi en emmenant les enfants. Assommé, Julien avait failli tout plaquer, la clinique et la région, mais il était trop attaché à cet endroit, il aimait trop les plaisirs de l'océan comme le surf ou la plongée, il aimait son travail avec Paul et la réussite de leur clinique, alors il était resté. Durant les premiers mois après le départ de sa femme, Paul et Anne l'avaient souvent accueilli chez eux, et les liens d'amitié s'étaient resserrés. Pour Julien, ces deux-là formaient un couple modèle qui défiait les années. Amoureux, complices, sereins, leur bonheur semblait solide et durable, pourtant voilà qu'ils étaient en train de divorcer à leur tour. En vain, Julien avait exhorté Paul à se montrer plus conciliant. « Elle t'aime et tu l'aimes, vous n'allez pas vous séparer pour une baraque ! » Il ne comprenait pas ce qui les empêchait de trouver un terrain d'entente, pourtant l'orgueil de Paul et l'obstination d'Anne les avaient conduits dans l'impasse. Un jour de confidence, Anne avait admis qu'il devait y avoir autre chose que cette histoire d'héritage. Peut-être n'était-ce que le révélateur de problèmes plus profonds et plus graves, occultés jusque-là. Elle avait pleuré sur l'épaule de Julien, venu en ami conciliateur, et…

Rien que d'y penser, Julien se sentait mal à l'aise. Parce qu'il l'avait trop serrée contre lui, trop câlinée, il s'était laissé aller à l'embrasser. Rien d'amical dans ce baiser, au contraire un instant de réel désir entre un homme et une femme. Il déplorait son geste, pourtant il ne regrettait rien. Trahir Paul était abominable, mais tenir Anne dans ses bras avait été magique. Bien entendu, il ne se risquerait pas à recommencer, même en sachant qu'il n'avait nullement forcé la main à Anne. Et il en avait la certitude parce que, avant ce malheureux baiser, certains regards entre eux n'étaient déjà pas tout à fait innocents.

Il se pelotonna sous sa couette en essayant de chasser Anne de sa tête. Elle aimait Paul et ne serait pas guérie de lui avant longtemps. Bien placé pour savoir à quel point la séparation d'un couple pouvait être une longue épreuve, il ne se faisait aucune illusion. Car le jour où Anne commencerait à regarder ailleurs, ce ne serait pas dans sa direction. Il était trop proche de Paul pour qu'elle ne veuille pas tirer un trait sur lui aussi.

Le sommeil le gagnait et il ferma les yeux. Cette gastro-entérite l'avait épuisé. Pourtant il n'avait rien d'une mauviette, sportif et en bonne santé il voyait arriver la quarantaine sereinement. Sauf qu'il était seul depuis son divorce, ne profitait de ses jumeaux qu'un week-end sur deux et n'entreprenait rien pour reconstruire sa vie. Si son travail à la clinique le comblait, il ne pouvait pas constituer le seul moteur de son existence. Et ni les balades à moto ni les heures passées à surfer sur les vagues de l'Atlantique ne remplaçaient l'amour. Il n'avait pas envie de finir comme un vieux garçon égoïste et solitaire occupant ses soirées à vider des bières devant la télé. Pour ça, peut-être devrait-il quitter Castets, un village trop tranquille, pour se rapprocher des stations balnéaires plus peuplées et plus animées. Faire un peu de route chaque jour pour gagner la clinique ne le dérangerait pas. Changer de maison non plus, au contraire de Paul qui s'accrochait à la sienne par principe.

« L'exemple de mon divorce ne lui a pas servi, il se retrouve seul lui aussi. En ne tenant pas compte des désirs de l'autre, on bousille tout. »

Il assumait sa part de responsabilité dans le départ de sa propre femme et, un jour ou l'autre, Paul serait obligé d'en faire autant, il était trop intelligent pour s'aveugler indéfiniment.

« Mais entre-temps, il aura perdu Anne, l'abruti… »

Le sommeil vint enfin le délivrer de ses idées noires et de toutes les questions qui l'assaillaient.

*
**

Le samedi matin, un soleil radieux permit à Léo, Anne et Jérôme l'une des dernières baignades de la saison. Pour une fois, l'inséparable copain de Léo, Charles, n'était pas là. Avant la séparation de ses parents, Léo passait volontiers un week-end chez Charles, et l'invitait chez lui pour le suivant. Mais à présent qu'il devait se partager entre son père et sa mère, son programme était bouleversé.

— Mon neveu m'épuise ! lâcha Jérôme en s'affalant sur le sable à côté d'Anne. Il nage mieux que moi, il plonge mieux que moi…

— Il a vingt ans de moins que toi, lui fit remarquer sa sœur. Et il ne fume pas.

— N'en mets pas ta main à couper. Tous les jeunes fument, mais pas devant leurs parents. Je suis sûr que Charles et lui se partagent un petit joint de temps en temps.

Anne haussa les épaules avec fatalisme.

— Paul lui a souvent parlé des dangers de la drogue.

— Oh, Paul ! J'imagine le discours…

— Arrête de le critiquer, s'énerva Anne. Et ne t'avise pas de le faire devant Léo.

Elle se leva, balaya d'un revers de main le sable qui s'accrochait à ses jambes. Jérôme en profita pour la détailler avant de laisser échapper un petit sifflement admiratif.

— Tu es vraiment bien foutue, tu vas te recaser sans problème.

Sidérée, elle le toisa quelques instants en silence avant de lui tourner le dos. Une main en visière, elle essaya de repérer Léo dans l'eau, et quand elle l'aperçut entre deux vagues elle décida de le rejoindre. Bien foutue ? L'expression familière aurait dû la faire sourire mais elle lui rappelait trop Paul. Quatorze années de mariage n'avaient pas épuisé leur désir, ni leur amour, ce qui rendait leur divorce abscons, paradoxal, inutile. Néanmoins, la procédure était en route, le compte à rebours déclenché.

L'eau lui parut froide et elle se mit à nager vigoureusement. Dans le premier cahier d'Ariane, elle se souvenait avoir lu à quel point sa tante aimait se jeter dans les rouleaux lorsqu'elle était jeune. La proximité de l'océan faisait partie des nombreux attraits de la bastide car on pouvait atteindre les plages du Cap-de-l'Homy ou de Contis d'un coup de vélo.

— Tu veux tenter la course, jolie maman ?

Léo riait, à quelques mètres d'elle, sa tête apparaissant et disparaissant dans la houle. Anne se demanda pourquoi elle avait droit à tant de compliments ce matin. Elle ne se jugeait pas belle, juste mignonne avec ses petites mèches de cheveux blond cendré et ses grands yeux verts pailletés d'or. Elle ne passait pas des heures devant son miroir, se maquillait peu et s'habillait sans recherche particulière, contrairement à

Lily, sa sœur aînée, qui trompait l'angoisse de la quarantaine en portant les mêmes vêtements que ses filles.

— Laisse-moi un peu d'avance, demanda-t-elle.

Elle prit une grande inspiration et fonça vers le rivage dans un crawl impeccable. Mais en prenant pied sur le sable elle constata que Léo l'avait devancée.

— Tu ne pensais pas sérieusement gagner ? s'amusa-t-il, la main tendue pour l'aider à sortir de l'eau. Même Charles, je le bats !

Ce qui était pour lui une référence absolue.

— Tu grandis trop vite, mon chéri. Je n'accepterai plus aucun de tes défis.

Malgré le soleil, le vent était frais et Anne frissonna. Jusqu'ici, l'automne avait été clément, et bientôt il faudrait affronter les problèmes de chauffage et de courants d'air dans la bastide. Ce premier hiver l'effrayait, elle allait se trouver face à des problèmes qui risquaient de la dépasser, et l'absence de Paul se ferait lourdement sentir. Depuis sa formation de comptable, effectuée à Pau juste après son bac, elle n'avait jamais vécu seule et ne savait pas si elle le supporterait. Pour l'instant, Jérôme était avec elle, jurant ses grands dieux qu'il avait enfin touché au port et ne bougerait plus de là, mais il était capable de s'en aller un beau matin si une autre opportunité lui semblait plus séduisante.

— On lève le camp ? s'enquit Léo.

Forcément, il avait faim, il avait toujours faim parce qu'il se dépensait énormément durant le week-end. Nager, courir dans la pinède avec Goliath, donner un coup de main à Jérôme pour les travaux, et prendre dix centimètres par an l'affamait. À quatorze ans, il en paraissait seize, Anne ne pouvait plus le considérer comme son petit garçon. Est-ce qu'il commençait à regarder les filles ? Et à quel moment viendrait la crise d'adolescence, la révolte contre ses parents ou contre la société, l'affrontement avec son père ? Anne espéra que Paul remplirait son rôle sans faillir malgré le divorce, mais par la force des choses Léo le verrait moins souvent. Sur le point de se sentir coupable, elle rejeta ce sentiment avec horreur. Pas question de se fustiger, sa famille avait suffisamment cherché à l'accabler, elle continuerait à défendre ses choix la tête haute. Avoir hérité de sa tante Ariane et avoir décidé d'habiter la bastide ne faisait pas d'elle une fautive, tant pis si les autres le croyaient, tant pis pour Paul qui s'était stupidement braqué.

Entourée de son frère et de son fils, elle remonta la plage vers la route. Elle avait trente-six ans, un projet de vie, et elle était résolue à ne pas se laisser abattre.

*
**

— Dites-lui que je suis occupé, chuchota Paul.

— Elle ne va pas se laisser décourager, elle est prête à patienter le temps qu'il faudra, rétorqua Brigitte.

Que sa belle-mère – bientôt son ex-belle-mère – vienne le poursuivre jusqu'ici exaspérait Paul.

— Je suis en train d'opérer, décida-t-il. Une urgence, et j'en ai pour longtemps !

Comme il était tranquillement assis derrière son bureau, Brigitte eut un sourire amusé.

— Elle vient de Biarritz, rappela-t-elle.

À sept heures du soir, il n'y avait plus aucun animal dans la salle d'attente et toute la clinique était silencieuse. Le prétexte de Paul semblait peu crédible, Estelle ne tomberait pas dans le panneau.

— Il est tard, remarqua-t-il, pourquoi n'êtes-vous pas partie ?

— Je mettais l'agenda à jour. Mais maintenant, je m'en vais, je vous laisse vous expliquer en famille.

Elle le raillait gentiment et il lui rendit son sourire. L'après-midi avait été long, en plus des siens Paul avait dû recevoir tous les rendez-vous de Julien, et sans l'aide efficace de Brigitte il aurait été débordé. Il se félicitait de l'avoir embauchée quelques années plus tôt car elle était devenue une auxiliaire précieuse pour la clinique, il le mesurait chaque fois qu'elle prenait des vacances. Les intérimaires, mal formées, n'étaient presque jamais à la hauteur, le temps de les mettre au courant et elles étaient déjà parties.

— Vous êtes bien jolie, ce soir. Vous sortez avec un petit copain ?

Conscient d'être de mauvaise humeur depuis plusieurs semaines, il voulait dire quelque chose d'aimable et avoir l'air de s'intéresser à elle, mais il la vit se raidir.

— D'accord, je me mêle de ce qui ne me regarde pas, marmonna-t-il en hâte. Allez, sauvez-vous et envoyez-moi Estelle !

Résigné à subir une conversation qui lui déplaisait d'avance, il se leva, ôta sa blouse et passa dans la pièce mitoyenne pour la jeter dans le panier à linge. Brigitte s'occupait de la blanchisserie comme du reste, gestion du stock de médicaments, stérilisation des instruments de chirurgie, relations avec les clients, planning des rendez-vous ou encaissement des honoraires : elle était vraiment indispensable. De plus, elle s'accommodait du caractère de ses deux patrons qu'elle connaissait par cœur. En revanche, Paul ne savait pas grand-chose d'elle, sinon qu'elle était gaie, spontanée et jolie fille. Un jour ou l'autre, fatalement, elle se marierait, et alors elle s'arrêterait peut-être de travailler pour faire des enfants.

— Vous êtes là, Paul ?

Il revint dans son cabinet de consultation où Estelle l'attendait, une expression affable plaquée sur son visage ingrat.

— Bonsoir, mon petit Paul. Je suis venue m'assurer que vous alliez bien, et discuter un peu avec vous. D'après ce que j'ai compris, les choses seront irréversibles d'ici un mois, chez le juge, alors je crois qu'une dernière tentative…

— De quoi ? De réconciliation ? Nous n'en sommes vraiment plus là ! Anne a choisi, les dés sont jetés.

Volontairement, il avait parlé d'un ton froid, et il était resté debout. Pourtant elle ne se laissa pas décourager, s'asseyant d'autorité sur l'une des chaises qui faisaient face au bureau. Était-elle ici pour prendre la défense de sa fille ? La connaissant, il en doutait. Peu démonstrative, elle n'avait jamais manifesté une grande tendresse envers Anne, et depuis l'histoire du testament elle était devenue carrément agressive.

— Votre divorce est une sottise, une absurdité, déclara-t-elle avec assurance.

Comme il s'apprêtait à répliquer, elle leva la main pour le faire taire.

— Mais je vous comprends, Paul ! Vous êtes dans votre bon droit, pour moi ça ne fait aucun doute. Le testament d'Ariane n'a créé que des ennuis, dont vous êtes le premier à pâtir. Cette vieille toquée aurait voulu semer la zizanie dans la famille, elle ne s'y serait pas prise autrement.

Certes, Ariane avait été une originale menant une vie atypique, néanmoins elle avait toute sa tête lorsqu'elle s'était décidée à faire d'Anne son unique légataire. Après tout, seule Anne se souciait d'elle et lui rendait visite, tous les autres ayant choisi de l'ignorer parce qu'ils ne la comprenaient pas.

— Elle avait noué un lien affectif avec Anne…, commença-t-il.

— Pensez-vous ! Elle n'aimait personne, ne se souciait que d'elle-même, de son horrible chien, et du dernier tour qu'elle pourrait nous jouer.

Décidément, Estelle n'avait pas apprécié de voir cet héritage lui passer sous le nez. En d'autres temps, son aigreur aurait amusé Paul, il en aurait ri avec Anne.

— Gauthier est trop pudique pour se plaindre, reprit-elle, mais que sa sœur l'ait ignoré au point de ne rien lui laisser du tout, pas même un petit souvenir de famille…

— Ils ne s'appréciaient pas trop l'un et l'autre, si j'ai bonne mémoire.

Ne pouvant prétendre le contraire, elle resta silencieuse quelques instants.

— Bon, finit-elle par enchaîner, ne parlons plus de cette méchante femme. Je viens de loin et j'ai de la route à faire pour rentrer chez moi, alors je vais aller droit au but, mon petit Paul. Je crois qu'Anne s'est fourvoyée et qu'à présent elle se trouve dans une impasse. Comme une gamine insupportable, elle a voulu vous défier en s'installant dans *sa* maison. Ah, elle l'a assez répété : « sa » maison ! Elle a joué un moment à la propriétaire terrienne, à l'héritière des Nogaro, mais je suis persuadée que ce rôle a cessé de l'amuser. L'hiver arrive, et vous lui manquez. Si, si, je sais ce que je dis, vous lui manquez terriblement. Elle doit se rendre compte de son erreur et se demander comment sortir de là sans honte. Elle a son orgueil, c'est normal… Il faudrait que vous lui tendiez la main. D'ailleurs, on peut tous lui tendre la main !

— Elle veut conserver la bastide, articula Paul comme s'il s'adressait à une malentendante.

— Justement. Au fond, pourquoi ne pas garder cette propriété ? La garder dans la famille, se la partager, voir ce qu'on arrive à en faire tous ensemble. Peut-être un hôtel ? Anne pourrait gérer l'affaire depuis chez vous, une fois qu'elle sera rentrée dans son foyer.

Stupéfait, il la dévisagea pour s'assurer qu'elle parlait sérieusement.

— Je ne vous suis pas très bien, hasarda-t-il.

— Une porte de sortie ! Voilà ce que nous devons lui offrir. Je suis sûre qu'elle meurt d'envie de quitter cette bâtisse pleine de courants d'air et qu'elle n'a qu'une idée en tête : vous retrouver. Mais elle ne veut pas avoir l'air de céder. Elle était déjà comme ça enfant, têtue, imprévisible…

— On parle bien de la même personne ? l'interrompit-il sèchement. Vous pensez qu'Anne ne sait pas ce qu'elle fait ? Vous croyez qu'elle va mettre la bastide Nogaro en copropriété avec vous tous ? Vous n'avez vraiment rien compris !

Il se mordit les lèvres pour ne pas défendre davantage Anne. Depuis des années, il prenait son parti dans les disputes familiales, et c'était la première fois qu'il n'était pas dans son camp, qu'il se retrouvait contre elle. Mais il ne pouvait pas le rester face à Estelle et à ses idées absurdes. Imaginait-elle une sorte de partage, sous couvert de voler au secours de sa fille ?

— Écoutez, Paul, je suis consternée de voir Anne briser son mariage pour un caprice. Je suis également désespérée de constater qu'elle a enrôlé Jérôme dans cette pitoyable aventure où il va se donner du mal pour rien. Alors, je cherche des solutions ! Si vous en avez une meilleure…

Était-elle téléguidée par son mari ? Non, Gauthier était moins mesquin qu'elle, jamais il n'aurait échafaudé un tel plan. De toute façon, Anne leur rirait au nez s'ils s'avisaient de le lui soumettre.

— Je n'ai malheureusement pas de solution, Estelle, et je refuse d'en parler avec vous.

— Je veux sauver votre ménage ! insista-t-elle.

« Ménage », une expression qu'il n'avait pas entendue depuis longtemps et qui lui parut ridicule. Il se sentait fatigué, découragé, hors d'état de poursuivre une discussion aussi vaine.

— Rentrez chez vous, et faites mes amitiés à Gauthier.

Contournant son bureau, il vint la prendre par le bras pour l'obliger à se lever.

— Paul, gémit-elle en le suivant malgré elle, vous êtes un bon gendre…

Il ne le serait bientôt plus, et de toute façon elle avait toujours préféré l'autre, Éric, le mari de sa fille Lily. Pour elle, qui n'aimait pas les animaux, un dentiste était plus respectable qu'un vétérinaire, et habiter une villa à Hossegor valait mieux qu'un pavillon à Castets. À présent, tout cela était sans importance pour Paul, la seule chose qui comptait demeurait l'absence d'Anne.

Luttant contre l'envie de la pousser dehors, il se pencha vers elle et lui effleura la joue dans un simulacre de baiser. Vaincue, elle quitta la clinique sans rien ajouter tandis qu'il la suivait des yeux. Il attendit qu'elle soit montée en voiture pour refermer la porte et s'y adosser. Comment sa vie avait-elle pu basculer de manière aussi effroyable ? Était-il vraiment, ainsi que le prétendait Julien, responsable de ce désastre ? D'accord, il était têtu, aussi têtu qu'Anne, et il en avait fait une affaire de principe. Mais il ne pouvait pas s'imaginer un seul instant habitant la bastide Nogaro. Trop grande baraque, trop vieille, ruineuse à entretenir et loin de tout. Le contraire de ce qu'il appréciait, en plus il s'y serait toujours senti invité, *chez* Anne. Durant des années, il avait travaillé dur pour construire une existence à son goût, qui était censée faire également le bonheur de sa femme et de son fils. Il avait emprunté, remboursé, il s'était montré sérieux… À outrance ? Sachant qu'Anne aimait la fantaisie, en avait-il tenu compte ?

— Je ne suis pas seul en cause, marmonna-t-il. Elle n'a fait aucun effort. Nous étions donc si différents ?

Il acceptait de se remettre en question, néanmoins il jugeait le comportement d'Anne inacceptable. Elle n'avait même pas essayé de transiger, elle avait imposé sa volonté, prenant subitement la décision de conserver la maison et de s'y installer. Pour leur fils, c'était une aubaine, un grand territoire à explorer avec les plages à proximité, forcément il penchait du côté de sa mère. À eux deux, ils avaient braqué Paul, sans compter les interventions de Jérôme ! Et Paul s'était vu mis en minorité, alors qu'il était le seul à avoir la tête sur les épaules. Ses uniques alliés, mais pour de mauvaises raisons, se trouvaient dans la famille d'Anne, or il ne souhaitait vraiment pas les avoir pour partenaires. La situation inextricable dans laquelle il s'était embourbé le désespérait, mais que faire ? Au point où en était leur couple, entre les avocats et la convocation chez le juge, plus rien ne le sauverait.

Toujours dos à la porte, il se laissa glisser et s'assit sur le carrelage. La lumière diffusée par les néons rendait la salle d'attente sinistre. Derrière le comptoir où Brigitte travaillait – et éventuellement se réfugiait en cas de bagarres de chiens –, les écrans des ordinateurs étaient noirs, seul un voyant clignotait sur un téléphone, preuve que la ligne était basculée sur le portable de Paul. Allait-il avoir le courage de continuer ? De venir ici tous les matins pour soigner son lot de chats et de chiens, puis d'affronter la solitude soir après soir en rentrant chez lui ? Comment Julien avait-il fait pour tenir le coup à l'époque de son divorce en affichant un semblant de bonne humeur ? Peut-être parce qu'il ne se sentait coupable de rien, sa femme étant partie avec un amant. Dans le cas d'Anne et de Paul, c'était tellement moins grave, tellement plus bête ! Mais hélas, tout aussi irréversible.

Les coudes sur les genoux, la tête dans les mains, il essaya sans succès de refouler ses larmes. Il se détestait pour cet instant de faiblesse, se trouvait grotesque, effondré, là, comme un pauvre type. Pourquoi s'écroulait-il ainsi, lui qui s'était révélé fort dans tous les moments difficiles de son existence ?

Oui, mais quels moments ? Les années à l'école vétérinaire, les concours ? Doué pour les études, il possédait une bonne mémoire et une grande capacité de travail, en conséquence il avait réussi sans avoir vraiment à se battre. Fils unique, il avait connu une enfance privilégiée, une jeunesse agréable. Plutôt beau garçon, les filles avaient vite craqué pour lui, et quand il s'était mis en tête de conquérir Anne, il y était parvenu. Où étaient les épreuves dans tout ça ? Même l'emprunt pour monter la clinique lui avait été facilement consenti par les banques, et la clientèle ne s'était pas fait attendre. En Julien il avait trouvé un associé idéal, aussi compétent et travailleur que lui, devenu son meilleur ami. Son fils n'avait jamais eu de maladie inquiétante, d'accident grave. Sa petite maison de Castets avait été construite selon ses plans et il y avait été heureux. Avait-il pris une seule claque, essuyé un seul revers de toute sa vie ? Anne lui donnait sa première leçon, qu'à l'évidence il ne supportait pas. Mais il ne se transformerait pas en loque pour autant. Et cette idiote d'Estelle qui parlait de porte de sortie ! C'était lui qui n'en avait pas, et même s'il en existait une, il ne la pousserait pas. Tout son être se révoltait à l'idée de céder, de se dédire, de piétiner ses convictions pour ne pas souffrir d'un chagrin d'amour. Il n'avait qu'à décider qu'il était au-dessus de ça et faire appel à sa volonté. Chez le juge, il serrerait les dents, il ne ferait rien pour éviter le désastre qu'Anne seule avait provoqué.

*
**

— Tu avais promis qu'on n'y toucherait pas ! s'emporta Léo.

— Pas pour le moment, bien sûr, temporisa Jérôme, mais si un jour on a besoin de créer d'autres chambres…

Prenant le parti de son fils, Anne s'interposa.

— On n'investit pas la salle de billard.

— Sans billard, ça s'appelle une immense pièce vide.

— Je fais des économies pour en acheter un d'occasion, rappela Léo d'un ton boudeur.

— Et le transport, tu y as pensé ? Comment comptes-tu t'y prendre pour le monter au second ? Tu sais ce que ça pèse ?

— Les traces sur le parquet prouvent qu'il y en avait un à l'époque, et je suppose qu'on n'a pas construit la maison autour !

Anne vit Jérôme hausser les épaules, agacé et boudeur. Pourquoi voulait-il toujours aller trop loin et trop vite ? Le chantier en cours représentait un gros investissement qu'il s'agissait de rentabiliser avant d'imaginer quoi que ce soit d'autre. Et Léo avait le droit de réaliser son rêve, sinon à quoi servait tout cet espace ? Anne savait qu'il aimait la maison, et même si elle ne voulait pas en faire une arme contre Paul, elle souhaitait que leur fils continue à se plaire ici.

— Charles a dit qu'il participerait à l'achat car il en profitera lui aussi. Il adore le billard et on projette de faire des parties d'anthologie !

— *Charles a dit…*, l'imita Jérôme.

— Lâche-moi un peu, tu veux ?

— Tu ne pourrais pas avoir une simple console de jeux ? Tiens, un billard virtuel !

Anne fusilla son frère du regard, exaspérée par la dispute.

— À propos de Charles, enchaîna Léo sans s'émouvoir, je l'ai invité le week-end prochain.

— Mais ce sera le week-end de ton père, non ? Nous avons interverti nos tours parce qu'il avait trop de travail pour s'occuper de toi.

— Je n'ai pas besoin qu'on s'occupe de moi, j'y arrive très bien tout seul. Et j'apprécierais que vous ne chambouliez pas le programme tout le temps, sinon je ne m'y retrouve pas. D'ailleurs, avec cette histoire de week-ends alternés entre papa et toi, je ne peux plus jamais aller chez Charles !

Sa voix était en train de muer, il dérapait dans les graves ou les aigus sans transition. Anne s'abstint de répondre pour ne pas l'encourager à la révolte, et parce qu'elle se sentait responsable de la situation actuelle qui le bouleversait forcément. Jusqu'ici, il avait été un garçon assez sage, mais avec l'adolescence les choses risquaient de se compliquer. Par chance, son inséparable copain Charles était un jeune garçon bien élevé, qui obtenait de bons résultats en classe et dont Anne ne redoutait pas l'influence.

— Je monte, annonça-t-il, j'ai un devoir de maths à finir.

Dès qu'ils furent seuls, Anne en profita pour demander à son frère :

— Pourquoi l'asticotes-tu ?

— Parce que tu lui fais la vie trop facile.

— Il est toute la semaine en pension !

— C'est lui qui a voulu y aller, non ?

— Pour rester avec Charles.

— Tiens donc !

— Et Paul trouvait ça très bien. Moi, évidemment, je suis comme toutes les mères, son départ m'a été pénible. Mais il était plutôt mauvais élève, or il travaille mieux depuis qu'il est interne.

— Ce n'est pas une raison pour tout lui passer. Avoue que son idée d'avoir un billard est démente !

— Je ne trouve pas. Même nos futurs hôtes pourraient en profiter. Tu prétends qu'il faut acheter une table de ping-pong, un salon de jardin, ceci, cela, alors pourquoi pas un billard ?

— Parce que les gens qui viendront en vacances chez nous voudront rester dehors. La plage, les dunes, la pinède, un petit apéro au soleil couchant…

— Il y a aussi les jours de pluie.

Jérôme eut une moue dubitative, contrarié de ne pas pouvoir lancer de nouveaux projets. Les concevoir l'amusait, les réaliser le fatiguait vite.

— À propos de Léo, ajouta-t-il d'une voix mesurée, tu devrais t'inquiéter de cette amitié… dévorante avec Charles.

— Pourquoi ?

— Devine.

Elle le dévisagea longuement pour s'assurer qu'elle avait compris son sous-entendu.

— Tu es en train de me dire, et forcément tu le saurais mieux que moi, que Léo et Charles ont une relation ambiguë ?

L'aveu de son frère, quelques mois plus tôt, d'une homosexualité occasionnelle, ne l'avait pas scandalisée. Mais concernant son fils, l'idée la perturbait bien davantage.

— Je ne pense pas qu'ils aient sauté le pas, ricana Jérôme. Trop jeunes et trop innocents. En attendant, garde un œil sur eux !

— Qu'est-ce que ça changera ?

Déconcerté par sa réaction, il chercha en vain une réponse.

— Léo est fils unique, rappela-t-elle. Il se sentait seul, il s'ennuyait et avait besoin d'amis. Charles est comme un frère pour lui, depuis l'école primaire ils sont inséparables.

— Aujourd'hui, ils sont à l'âge des expériences.

— Et alors ? Je n'irai pas écouter aux portes la nuit, si c'est ce que tu suggères. D'ailleurs, je m'étonne que tu attires mon attention là-dessus. Aurais-tu apprécié qu'on te soupçonne ou qu'on te surveille quand tu étais ado ? Tu sais bien qu'on n'empêche rien de ce qui doit arriver !

— Je ne t'imaginais pas si fataliste. Mais au fond… tu as raison, évidemment.

Jérôme avait-il deviné des choses qu'elle ne voyait pas, ou bien la mettait-il à l'épreuve ? Elle refusait d'y penser, de douter ou de se torturer avec ça. Néanmoins, elle savait déjà que son regard sur son fils et sur Charles allait changer.

— Quels que soient les penchants de Léo dans un domaine aussi intime que la sexualité ou les sentiments, je ne serai pas son juge, déclara-t-elle fermement. S'il vient se confier, je pourrai en discuter avec lui, le conseiller… Et encore ! Mais il ne le fera pas, en tout cas pas avec moi.

— Avec son père non plus, répliqua Jérôme.

— Tant pis. Il a droit à son jardin secret.

Elle surmonta son envie de presser Jérôme de questions. Ses mœurs en faisaient quelqu'un d'averti alors qu'elle se sentait naïve et désemparée. Mais l'interroger revenait à prendre une simple hypothèse pour une réalité. Or Jérôme était capable d'insinuer n'importe quoi uniquement parce qu'il était contrarié par cette histoire de billard. Et bien sûr, Anne pouvait aussi envisager cette éventualité pour se rassurer.

— Tu mets le ver dans le fruit, soupira-t-elle, c'est détestable.

Il parut d'abord scandalisé par ce qu'elle venait de dire, puis il haussa les épaules.

— Je n'ai rien affirmé, je t'ai recommandé la vigilance. Ce n'est pas de la délation, que je sache !

Comme il se levait, apparemment décidé à fuir, elle se jeta à l'eau :

— Jérôme ? En admettant que tu aies vu juste, est-ce que ce serait…

Mais elle ne parvint pas à finir et secoua la tête, impuissante. Revenant vers elle, il la prit affectueusement par le cou, l'embrassa sur les cheveux.

— Ma grande sœur s'inquiète ? chuchota-t-il. Non, ce ne serait pas la fin du monde, ce ne serait même pas horrible. Être gay n'est pas un drame. Et en toute honnêteté, concernant Léo, je n'en sais rien.

Pourtant, il avait fallu qu'il en parle. Elle le regarda sortir, perplexe. Parfois il était attendrissant, et exaspérant à d'autres moments. Depuis toujours il aimait semer le doute dans les esprits, manipuler ses interlocuteurs, puis observer avec ironie le chaos qu'il déclenchait. Paul ne trouvait pas grâce à ses yeux, il jetait le doute sur Léo, ainsi obligeait-il Anne à tout remettre en question.

Dans un coin de la cuisine, le poêle Godin ronflait, consumant les deux bûches que Léo y avait jetées en début de soirée. Anne regarda les reliefs du repas qui jonchaient la table, bien décidée à ne pas tout ranger derrière son frère et son fils. À chacun sa part de corvée, et puisqu'elle avait changé de vie autant prendre de *bonnes* habitudes dès maintenant.

— Paul, mon amour…, souffla-t-elle.

Restait-il quelque chose à sauver ? Elle, dans cette bastide qu'elle avait faite sienne contre l'avis de tout le monde, et lui dans sa petite maison de Castets, avec seulement vingt kilomètres entre eux mais le refus de les franchir. Toutes leurs tentatives de réconciliation sur l'oreiller avaient échoué lors du réveil, les faisant déchanter le lendemain matin. Ils avaient beau se désirer encore et s'aimer toujours, ils ne partageaient plus la même vision de l'existence et leurs chemins s'étaient séparés, sans doute définitivement.

Elle se tourna vers Goliath qui ne dormait pas mais la regardait, couché de tout son long sur le carrelage.

« Les chiens n'ont que ça à faire. Ils nous observent à longueur de journée et c'est pour ça qu'ils nous connaissent si bien. Lui ne se trompera pas sur mon compte. »

Finalement, elle ne se sentait pas aussi triste qu'elle l'aurait dû, pas aussi perdue qu'elle aurait pu l'être.

*
**

À peu près au même moment, Suki finissait de ranger les fleurs au frais, dans l'arrière-boutique. Plutôt frileuse, elle souffrait toute l'année de travailler dans une atmosphère humide qui dépassait rarement les quinze degrés. Mais c'était le prix à payer pour conserver les végétaux et elle surveillait scrupuleusement le thermomètre du magasin.

Une fois toutes ses tâches terminées, elle s'enduisit les mains de crème et les massa l'une contre l'autre. Souvent, ses doigts étaient piqués, coupés, gercés, or elle tenait à son apparence et prenait soin d'elle. Impossible de composer des bouquets avec des gants, elle avait besoin de toucher les tiges et les pétales. Son métier lui plaisait toujours autant qu'à l'époque où elle avait suivi sa formation à l'école des fleuristes, dans le XXe arrondissement de Paris. Ces deux années ne lui avaient pas laissé que de bons souvenirs car elle habitait alors une chambre sous les toits, étouffante l'été, glaciale l'hiver, et n'avait pas un sou en poche. Ses parents venaient de repartir au Japon mais elle avait voulu rester. Elle était en France depuis l'âge de dix ans, elle aimait ce pays, et elle craignait de ne rien reconnaître à Kyoto, de ne pas s'y sentir à sa place, d'être une charge pour sa famille. Elle avait tenu bon, obtenu son CAP et guetté les emplois des petites annonces. Le nom de Dax ne lui disait rien, elle avait dû le chercher sur une carte. Puis elle avait acheté un guide, vu qu'il existait dans cette ville des parcs et des jardins, une fontaine chaude, les berges d'un fleuve, et que les plages de l'Atlantique se trouvaient à une quarantaine de kilomètres. Conquise, elle était descendue et n'était plus jamais remontée à Paris. Employée dans une jardinerie, elle rêvait d'ouvrir un commerce à son compte lorsqu'elle avait rencontré Valère. Entre eux, il avait suffi d'un regard pour que tout soit dit.

Ah, Valère… Elle cessa de frotter ses mains et se mit à sourire. Ils s'aimaient passionnément, tout allait bien dans leur couple.

— Tout va vraiment bien ! dit-elle à voix haute.

Elle se le répétait chaque jour avec force, comme pour s'en convaincre. Car le danger n'était pas venu d'où elle l'attendait. Valère ne lui ayant rien caché de sa vie de coureur de filles et de photographe dilettante, elle concevait quelques craintes pour l'avenir, mais il avait changé pour de bon dès le jour de leur mariage. Il s'était rangé, ne regardait plus aucune femme hormis Suki et s'échinait à trouver régulièrement du travail, multipliant les reportages de baptêmes, de noces ou de n'importe quel événement. Que demander de plus ?

De plus ? Un enfant. Suki l'avait espéré, désiré comme une folle durant des années, puis l'espoir était enfin venu, immédiatement suivi d'une fausse couche. Elle en était tombée malade, avait failli ne pas s'en remettre. Mais c'était terminé. Elle s'empêchait d'y penser, ne tentait rien, n'en parlait plus. En Japonaise disciplinée, elle devait accepter son sort, même si tout son être se révoltait. Au fond de sa tête, derrière une cloison étanche, elle se tordait toujours de souffrance, de frustration, de désespoir. En apparence, elle souriait, adorait son mari, faisait de beaux bouquets. Et son commerce prospérait, les clients appréciaient ses compositions savantes et délicates, elle remboursait ses emprunts tous les mois.

— Tout va vraiment bien, redit-elle, plus bas.

Une phrase qu'elle se ressassait lorsqu'elle croisait un enfant dans une poussette, détournant chaque fois son regard. Pourtant elle tenait bon, elle se savait forte. Du bout des doigts, elle caressa un pétale de rose, puis elle éteignit les lumières. Le rideau de fer étant baissé, elle sortirait dans la cour, là où se trouvait leur petit appartement. Valère devait rentrer tard ce soir, pris par un mariage à Bayonne. Elle allait en profiter pour faire sa comptabilité, qu'elle soumettrait à Anne comme chaque mois. Avoir une comptable dans la famille était très pratique, et Anne était une belle-sœur formidable, bien plus intéressante que Lily. Ce qu'elle se garderait bien de dire car elle était pour l'harmonie en famille. Et sa famille, aujourd'hui, s'appelait Nogaro.

Tout en montant l'escalier vétuste et mal entretenu, elle se demanda si Valère aurait la possibilité de dîner sur place, du côté du personnel, ou s'il serait obligé de faire le tour des tables pour photographier tous les invités des mariés, l'arrivée de la pièce montée, puis l'ouverture du bal avec la première valse. Quand elle voyait les clichés, elle trouvait que dans l'objectif de

Valère ces cérémonies ressemblaient souvent à des contes de fées. *Ils se marièrent et eurent beaucoup d'enfants*… Elle se mit à fredonner, mais elle ne souriait plus et c'était une mélodie triste.

2

Bien calée sur ses oreillers, Anne était sur le point d'ouvrir le gros cahier de moleskine rouge. Elle se remémora tout ce qu'elle avait appris dans le premier. Les trois mariages de sa tante Ariane, successivement avec un négociant en vins bordelais, puis un homme d'affaires parisien, enfin le propriétaire de deux palaces sur la côte basque. Le premier lui avait acheté une chartreuse dans le Médoc avant de la quitter, le deuxième avait dû lui verser de confortables indemnités après avoir été surpris en flagrant délit d'adultère, mais le troisième, le seul qu'elle avait aimé et qui était mort d'un cancer foudroyant, n'avait pas eu le temps de lui laisser grand-chose. Obsédée par le rachat de la bastide, Ariane avait très tôt placé son argent entre les mains d'un notaire de Dax, Pierre Laborde. Au fil du temps, ce conseiller était devenu son plus fidèle ami, et après un grand nombre d'occasions manquées – capital insuffisant au début, propriétaires refusant de vendre par la suite – ils étaient arrivés à leurs fins : Ariane avait récupéré la maison, *sa* maison. Malheureusement dans un triste état, bien loin du faste d'antan, or elle n'avait pas eu les moyens de la rénover. Elle s'y était néanmoins installée avec béatitude, ayant touché au but ultime. Et entre ses murs décrépits, elle avait commencé à écrire l'histoire de sa vie. Bien sûr, il y était souvent question de son frère Gauthier, le père d'Anne. Non pas qu'Ariane se soit bien entendue avec lui, mais parce qu'il était sa seule famille.

Anne en était restée au moment où, par téléphone, Ariane venait d'annoncer à son frère la merveilleuse nouvelle du rachat tant espéré et tant attendu. Gauthier, atterré, lui avait demandé si elle n'était pas devenue folle. Sourde à ses sarcasmes, elle lui avait proposé…

... de venir fêter l'événement avec moi. Il pouvait amener toute sa petite famille, il y aurait du champagne à gogo ! Hargneusement, il me répondit qu'il ne buvait pas, ses enfants et sa femme non plus. Pour elle, je l'aurais parié volontiers, elle n'avait pas la tête de quelqu'un qui sait s'amuser. Mais j'insistai, promettant sodas et petits-fours, car j'avais envie de partager mon triomphe. Gauthier jugea l'expression très exagérée, cependant il accepta de mauvaise grâce. En prévision de sa visite, j'essayai de rendre la maison présentable, hélas elle avait besoin d'autre chose que d'un coup de balai !

Ils arrivèrent le dimanche en début d'après-midi. Frère, belle-sœur et les quatre marmots entassés dans une voiture bringuebalante. Gauthier n'aimait pas le luxe, ni même une once de superflu, il se contentait du strict nécessaire. Au premier regard, il fit la grimace, non pas devant l'état de la maison à l'abandon, mais comme si la revoir lui était pénible. La nichée s'égailla dans la clairière où poussaient toutes sortes de mauvaises herbes, tandis qu'Estelle restait les bras ballants et les lèvres pincées. Sans doute se demandait-elle comment son mari avait pu naître dans cet endroit et y passer une partie de son enfance.

Les quelques meubles rescapés de mes divers déménagements ne suffisaient pas à décorer toutes les pièces, mais le salon était à peu près présentable et nous goûtâmes là, nous observant en chiens de faïence. Au bout d'un moment, Gauthier ne put s'empêcher de murmurer : « Et tu as mis tout ton argent dans cette ruine ? Ma parole, je crois que tu es folle... » Il adorait m'assener cette phrase, du haut de sa sagesse et de sa raison. Car il était tristement raisonnable depuis toujours.

La bonne surprise vint de la petite Anne qui, délaissant mignardises et jus de fruits, s'extasiait à qui mieux mieux. Elle furetait partout, poussait des exclamations ravies à chaque découverte, charmée par les volets intérieurs, les grands chandeliers d'argent, le vieux parquet en point de Hongrie. N'avait-elle donc vu que du linoléum jusque-là ? Réprimandée par sa mère qui l'accusait de faire trop de bruit, elle s'enfuit et je l'entendis galoper à l'étage, heureuse de cet intérêt qu'elle était la seule à manifester. Les trois autres enfants, maussades, restaient sagement assis. Lily s'empiffrait de petits choux à la crème en prenant garde à ne pas salir sa robe, Valère regardait ses pieds avec un air d'ennui profond, et Jérôme se rongeait les ongles. Comme chaque fois que je me retrouvais en leur présence, je n'éprouvais envers eux ni affection ni curiosité. Anne était vraiment le vilain canard de la fable, la seule qui avait une chance de se transformer un jour en cygne. Et je me reposais la question : pourquoi cette gamine ne ressemblait-elle à personne de sa famille ? J'aurais volontiers prêté une aventure extraconjugale à Estelle, mais c'était si peu son genre que je craignais de prendre mes désirs pour des réalités.

Donc, Gauthier refusait de partager avec moi le plaisir de retrouver notre ancien royaume. Il ne voyait dans ces murs qu'un endroit où il avait connu d'affreuses terreurs nocturnes. Enfant, il était d'un naturel craintif, il cauchemardait souvent, il avait détesté ces trop grandes pièces pleines de coins d'ombre, ces plafonds trop hauts, ces galeries trop longues. En conséquence, il privilégiait dans sa vie d'adulte les lieux exigus, et se satisfaisait pleinement des logements que lui octroyait l'Administration.

Avec une désarmante spontanéité, la petite Anne grimpa sur mes genoux lorsqu'elle fut fatiguée de courir partout. Et ses jolis yeux verts tout pailletés d'or s'écarquillèrent, émerveillés, devant mon sautoir de lapis-lazuli. Décidément, elle avait du goût, et Dieu qu'elle était à mon goût, cette gamine-là !

Anne interrompit sa lecture, vaguement embarrassée. L'intérêt manifesté par sa tante Ariane à son égard la surprenait car elle n'en gardait pas vraiment le souvenir. Pourtant, elle revoyait avec précision le sautoir de lapis-lazuli. Oui, la scène avait bel et bien eu lieu, chacun y tenant son rôle, d'ailleurs ces personnages surgis du passé étaient criants de vérité. Ariane n'inventait rien puisque Jérôme s'était longtemps rongé les ongles et que, en effet, Valère gardait la tête baissée dès qu'il s'ennuyait. Plus insidieuse était la persistance de son doute, déjà mentionné dans le premier cahier, sur le peu de ressemblance entre Anne et sa famille. Mais quelles questions se poser ? Infidélité ou adoption étant tout à fait exclues, il fallait s'en remettre au hasard des gènes.

Mal à l'aise, elle quitta son lit et sortit de sa chambre. Elle dut longer toute la galerie obscure pour gagner le bureau où elle alluma une lampe bouillotte. Les vieux albums photos d'Ariane étaient rangés sur une étagère. Anne les ayant précieusement conservés, elle en prit un au hasard. Page après page, elle étudia les traits de ses ancêtres dont Ariane lui avait appris les noms ainsi que le degré de parenté. Les grand-mères, les grand-tantes, les cousines. Anne passa les femmes de la famille au crible sans se reconnaître dans aucune. En revanche, on retrouvait sur certaines le regard de Lily, ou sa bouche, le menton carré d'Ariane et son front très dégagé.

— Tout ça ne signifie rien, murmura-t-elle en fermant l'album.

Les clichés étant en noir et blanc, parfois sépia, impossible de savoir si quelqu'un d'autre possédait les mêmes yeux verts pailletés d'or, assez particuliers. Pour le reste…

Il faisait froid dans le bureau et Anne resserra la ceinture de sa robe de chambre avant de s'approcher d'une fenêtre. Comme la nuit était étoilée, on distinguait la masse sombre des pins à la limite de la clairière. Un silence absolu régnait sur la maison et au-dehors, accentuant l'impression de solitude et d'isolement. L'hiver se profilait, et malgré la douceur du climat des Landes, il y aurait des moments difficiles. Bien chauffer la bastide ou simplement la rendre douillette relevait de la gageure. Anne était montée une seule fois au grenier, par un étroit escalier de fer, et avait constaté le mauvais état de la laine de verre, tombée en poussière à certains endroits. En revanche, il ne manquait que deux ou trois tuiles rouges, le toit tenait bon. Lors de la construction, les matériaux employés avaient été choisis pour durer, et on n'avait pas négligé les détails ou les finitions. À l'extérieur, les applications de marbre, autour des fenêtres, restaient bien nettes, mais des fissures lézardaient la façade. Il allait falloir une énergie considérable pour venir à bout de toutes les réparations nécessaires.

Anne soupira, essayant de ne pas se sentir écrasée par le poids de cette grande maison autour d'elle. Son choix de la garder, et maintenant de la restaurer, lui donnait parfois le vertige. La location de chambres d'hôtes, qui ne pourrait commencer qu'au printemps, ne rapporterait sans doute pas grand-chose, néanmoins ce serait un premier pas. Que pouvait-elle faire d'autre ? Rester les bras croisés la conduirait droit à l'échec, à la mise en vente.

Songer aux chambres lui rappela l'altercation entre son frère et son fils à propos de la salle de billard. Ne serait-il pas plus simple de consacrer à ce jeu une pièce du rez-de-chaussée ? Le petit salon, dont elle avait pensé garder l'usage pour elle et sa famille à l'origine du projet, ferait peut-être l'affaire. Ainsi, tout le second serait réservé aux clients. Il fallait creuser l'idée et prendre des mesures. Mais aussi, pourquoi cet engouement rageur de Léo pour un billard ? À cause de Charles ? Dans la vie de son fils, Charles tenait une place considérable, ce qui n'était pas répréhensible, et pas forcément suspect ainsi que Jérôme l'avait insinué. Néanmoins, ne devrait-elle pas avoir une discussion à ce sujet avec Paul ?

Non, elle n'avait aucune envie de l'appeler en ce moment. La convocation chez le juge la révulsait, elle ne comprenait pas que Paul ait pu vouloir aller jusqu'au divorce. Un grand remède pour un bien petit mal, et tout ça à cause d'un tas de pierres, comme aurait dit sa mère qui affichait un mépris rageur dès qu'on parlait de la bastide ou d'Ariane et de son « foutu » testament. Quelle agressivité, concernant cet héritage ! Pourtant, à en croire le cahier, ses parents ne s'attendaient sûrement pas à être les légataires d'une femme qu'ils avaient détestée. Mais peut-être auraient-ils souhaité que n'importe quel *autre* de leurs enfants soit choisi, Anne n'étant vraiment pas la préférée. Une découverte tardive et amère pour elle qui, jusque-là, n'avait pas eu conscience d'être traitée différemment. Jamais elle n'avait éprouvé de jalousie envers Lily ou ses frères, et elle n'avait pas cherché à rivaliser dans l'affection de leurs parents.

Lasse de scruter l'obscurité, elle s'éloigna de la fenêtre. Elle se sentait bien dans ce bureau où elle travaillait chaque matin sur ses dossiers comptables. Pour la première fois de son existence elle disposait d'un endroit rien qu'à elle. À Castets, elle avait dû s'installer un petit coin dans le séjour, avec son ordinateur en équilibre au bord d'un bureau trop étroit, et ses classeurs empilés par terre. Ici, le maître mot était l'espace, dedans comme dehors. Parfois même, un peu *trop* d'espace.

Secouée d'un frisson, elle décida de regagner sa chambre pour se réfugier sous la couette. En sortant, elle faillit trébucher sur Goliath qui l'avait suivie et s'était couché de tout son long devant la porte. Elle se pencha pour le caresser derrière les oreilles, rassurée de constater, une fois de plus, qu'il la suivait comme son ombre et qu'il veillait sur elle.

*
**

Julien coupa le contact, descendit de sa moto et ôta son casque. Il se passa la main dans les cheveux pour les remettre en ordre, songeant qu'il n'était toujours pas allé chez le coiffeur et qu'il y avait urgence.

— Bonjour, Brigitte ! lança-t-il à la jeune femme qui remontait les volets roulants.

— Vous allez mieux, on dirait ? Ça tombe bien, votre confrère a l'air complètement... lessivé.

Paul n'avait dû lui adresser qu'un vague salut avant de s'enfermer dans son cabinet. Julien l'y rejoignit, entrant sans frapper ainsi qu'ils en avaient l'habitude tous les deux. À la clinique ils se trouvaient sur leur lieu de travail, pas dans un domaine privé.

— Content de te voir, vieux, marmonna Paul. Il y a une liste de rendez-vous longue comme le bras aujourd'hui.

En effet, il semblait morose, affalé derrière son bureau et le regard rivé à l'écran de son ordinateur.

— Je suis navré de t'avoir laissé tomber, s'excusa Julien, mais je ne tenais pas debout. Au fait, merci pour les médicaments, je n'aurais pas eu la force d'aller les acheter.

Il vint se planter à côté de Paul qui finit par lever la tête vers lui.

— Je n'ai pas de solution pour le chien de Mme Bossard.

— Le lévrier ?

— Le barzoï, oui. Je viens d'appeler un de nos anciens profs, à Toulouse, mais je ne suis pas plus avancé. Je crois que je ne peux plus rien faire. Tiens, si tu veux jeter un coup d'œil au dossier, il y a les résultats des analyses et du prélèvement…

— Paul, si tu n'as pas trouvé, je ne trouverai pas.

Il l'avait dit en toute humilité, sachant que Paul possédait un excellent diagnostic et n'abandonnait jamais.

— En ce moment, j'en ai un peu marre, avoua brusquement Paul d'une voix sourde.

Julien prit le dossier du lévrier d'une main et posa l'autre sur l'épaule de son ami.

— Tu veux un peu de vacances ? Tu devrais partir d'ici.

— Où que j'aille, j'emmènerai Anne avec moi dans ma tête.

Ils restèrent une seconde les yeux dans les yeux, puis Julien se détourna en lâchant :

— Arrête ce divorce à la con, c'est toi que tu punis.

Sans attendre la réaction de Paul, il gagna son propre cabinet. Comment pouvait-on être marié à une femme aussi fantastique qu'Anne et vouloir la quitter ? Son admiration sans réserve pour Paul s'en trouvait un peu ébranlée. Mais bien sûr, tout le monde devient stupide et aveugle dès qu'il s'agit d'amour. Lui-même ne fantasmait-il pas honteusement sur la femme de son meilleur ami ?

Il alluma l'ordinateur, jeta un coup d'œil au programme de la journée. Des tas de gens anxieux allaient envahir la salle d'attente avec un chien en laisse, un chat ou un lapin dans une boîte, tous pleins d'espoir et de confiance envers leurs vétérinaires. D'ici ce soir, mieux valait ne penser à rien d'autre qu'à faire son métier le mieux possible.

L'Interphone bourdonna et Brigitte lui annonça qu'il avait un représentant de croquettes en ligne. Elle filtrait les appels pour leur éviter d'être dérangés mais ne prenait jamais seule la décision de commander un produit, même courant.

— Passez-le à Paul, suggéra-t-il, il a besoin de distraction !

Il entendit le rire clair de la jeune femme et se demanda s'il devait attirer l'attention de Paul sur elle. Non, ce serait une erreur, le malheureux était incapable de s'intéresser à une femme pour l'instant, autant le laisser tranquille. Il se leva, s'étira et alla enfiler une blouse, plutôt content d'attaquer sa matinée. Seul chez lui, il s'ennuyait, et ses tentatives de soirées à Hossegor ou Capbreton, durant l'été, ne lui avaient pas offert de rencontres intéressantes. La drague n'était pas son fort, il se sentait vite démuni face à une fille inconnue, ayant besoin d'un peu plus qu'une heure devant un verre avant de la ramener chez lui. De toute façon, il rêvait d'une vraie relation, d'une histoire sentimentale, pas d'un tableau de chasse. Pourtant, il aurait pu collectionner les conquêtes avec son profil idéal d'homme libre, récemment divorcé et n'ayant pas la garde de ses jumeaux. Il n'avait que trente-huit ans, une bonne situation, une grosse moto pour les virées sous les étoiles, ce qui en faisait une cible de choix, mais être ainsi convoité le privait de toute confiance en lui. Lorsque sa femme l'avait quitté, pour le consoler Anne avait prédit que les filles allaient lui tomber dessus comme des mouches sur un pot de miel. Ce rôle-là ne l'amusait pas du tout et ne le flattait pas.

S'apercevant que ses pensées, quoi qu'il fasse, le ramenaient à Anne, il se précipita vers la salle d'attente pour aller chercher son premier client.

*
**

— Ah, c'est bien, très bien ! s'exclama Anne.

Le deuxième étage prenait vraiment belle allure. Des anciennes pièces étroites, sans doute réservées aux employés à l'époque du faste de la bastide, Jérôme avait réussi à faire des chambres spacieuses. Le maçon avait abattu des cloisons pour en remonter ailleurs, et le plombier avait installé la tuyauterie de deux salles de bains que Jérôme terminait.

— Avoue que j'avais raison, pour ce carrelage.

— Il est superbe.

— Facile à poser, et pas cher. Quand j'aurai fini les joints, ce sera parfait !

Très content de lui, il guettait l'approbation de sa sœur.

— En toute honnêteté, avoua-t-elle, je ne t'aurais pas cru capable de tout ça…

— On ne m'a jamais apprécié à ma juste valeur dans la famille. Je sais que vous m'appelez Jérôme le velléitaire, Jérôme le paresseux, Jérôme la girouette, et j'en passe.

Il ironisait, mais peut-être avait-il souffert d'être celui qu'on juge à tort, qu'on tient pour une sympathique quantité négligeable. Anne elle-même, pourtant plus indulgente que les autres, avait douté qu'il aille au bout de leur projet. Cependant il en prenait le chemin, s'échinant pour de bon sur le chantier. Mais dans quel but ? Le gîte et le couvert ne justifiaient pas à eux seuls tout le mal qu'il se donnait. Quant à imaginer qu'il avait radicalement changé de caractère, c'était inenvisageable.

— J'ai des tarifs très avantageux sur la frisette, annonça-t-il. Un coût dérisoire pour des lambris garantis en pin des Landes qui feraient vraiment couleur locale dans les chambres.

— Et par quel miracle as-tu obtenu des prix intéressants ?

— Grâce à un copain.

— Lequel ?

— Secret. Il s'agit de ma vie privée.

Un peu embarrassée, elle fit mine d'examiner le carrelage de plus près. Jérôme se confiait peu mais il découchait de temps à autre. Toujours revenu dans la matinée, il se remettait au travail sans rien raconter de ses nuits. Quel genre de « copains » pouvait-il s'être fait ? Il avait l'art de se mettre dans des situations conflictuelles, comme à Londres quelques mois auparavant, d'où il avait dû fuir en catastrophe.

— Si tu veux inviter des amis ici..., commença-t-elle.

— Anne ! Je ne t'ai pas parlé d'amis. Et je ne te ferai pas de confidences. D'accord ?

Elle hocha la tête avant de s'éloigner de quelques pas.

— Ne te vexe pas, ma belle, mais tu n'es qu'une fille ! lança-t-il dans son dos.

Une vieille blague dont ils usaient volontiers, Valère et lui, lorsqu'ils étaient jeunes et refusaient d'emmener Anne ou Lily dans leurs soirées de garçons.

— Une fille qui a su te tirer des ennuis il n'y a pas si longtemps, maugréa-t-elle.

Elle faisait référence aux soucis qu'il avait eus avec ses anciens colocataires anglais, venus le poursuivre jusqu'ici pour récupérer l'argent qu'il leur devait. Comme elle ne disposait pas de la somme et ne pouvait décemment pas faire appel à Paul, elle s'était alors adressée à Julien.

— Je sais que je dois toujours de l'argent au séduisant véto, dit-il en la rejoignant dans le couloir. Mais je sais aussi qu'il ne sera pas pressé de te le réclamer.

— Pourquoi donc ?

— Parce qu'il te regarde avec des yeux de merlan frit.

— Et alors ? s'insurgea-t-elle. Ce serait une raison pour ne pas le rembourser ? De toute façon, tu dis n'importe quoi, il ne me regarde pas avec...

— Tu sais bien que si. Ne fais pas ta mijaurée avec moi. Quand il vient chercher Léo pour une leçon de surf, c'est toi qu'il veut voir. Et je crois même vous avoir aperçus en train de vous bécoter sur le perron.

— Jérôme ! Tu m'espionnes ?

— Je prenais l'air à la fenêtre.

Ulcérée, elle le planta là et fila vers l'escalier. Pourquoi fallait-il toujours qu'il se montre odieux ? Chaque fois qu'elle était sur le point de réviser son jugement sur lui, estimant que tout le monde se trompait à son sujet, il s'arrangeait pour dire ou faire une vacherie. Il l'avait vue flirter avec Julien et il gardait ça pour lui depuis des semaines ? Quelle hypocrisie ! Et comme il détestait Paul, il avait dû se réjouir du spectacle.

Elle dévala les marches jusqu'au rez-de-chaussée puis sortit de la maison. À certains moments, et ce matin en était un, elle ne savait plus où elle en était ni à quoi se raccrocher. Peut-être, ainsi que le prétendait Paul, cette bastide ne représentait-elle qu'un caprice, une tocade. Peut-être n'aurait-elle pas dû accepter l'héritage d'Ariane. Elle avait cru trouver l'indépendance en s'installant ici, mais elle y découvrait surtout des problèmes et des contrariétés.

« J'ai eu les yeux plus gros que le ventre… Je n'y arriverai jamais toute seule, ni même avec Jérôme. Je divorce, je traumatise mon fils, la famille me déteste… »

Au bout de la clairière, elle s'engagea dans le chemin qui serpentait entre les pins. Marcher était apaisant, surtout au milieu de cette immense forêt silencieuse. Arrivée au portail, elle prit le courrier dans la boîte aux lettres puis décida de longer toute la clôture pour faire le tour de ses quatre hectares. Elle n'avait pas vraiment eu le temps de les arpenter jusqu'ici, or elle devait apprendre à les connaître avant de faire appel à un forestier ou à un bûcheron pour les indispensables coupes. Ce qui serait abattu et débité finirait dans le poêle Godin de la cuisine.

L'idée lui arracha un sourire. Depuis toujours elle était citadine, même à Castets le minuscule jardin ressemblait à la terrasse d'un appartement, et il suffisait d'un sécateur pour l'entretenir.

Trébuchant sur des branches mortes, elle constata que nul n'avait dû s'occuper de cet endroit depuis des lustres. De jeunes arbres poussaient n'importe comment, d'autres semblaient malades. Encore une source de tracas et de dépenses ! À moins de tout abandonner en l'état et de laisser faire la nature ? Mais au milieu de centaines d'hectares bien ordonnés, avec des pins rangés comme des soldats, l'enclave des anciennes terres Nogaro faisait désordre.

Elle s'assit prudemment sur l'épaisse couche d'aiguilles qui couvrait le sol et se mit à réfléchir. Elle pouvait tirer parti du bois comme elle essayait de le faire avec la maison. Ne pas se décourager, prendre les difficultés une par une. Trop âgée, trop seule et trop démunie, Ariane n'avait rien pu tenter, elle s'était contentée de savourer son retour chez elle, puis d'économiser pour organiser la passation de pouvoirs. Elle avait prévu qu'il faudrait des liquidités à son héritière pour s'acquitter des droits de succession, sans quoi il lui serait impossible de conserver la maison. Elle avait tout planifié, tout imaginé, y compris qu'Anne accepterait.

« Tâche d'être à la hauteur, c'est tout de même un très beau cadeau. Encombrant, inquiétant, mais magnifique ! »

Elle se demanda si en cherchant sur les plus vieux des arbres elle trouverait des traces d'entailles. Combien de dizaines d'années s'étaient écoulées depuis la fin des récoltes de résine ?

« Et combien de temps ça vit, un pin ? Et de quelle hauteur ça pousse en un demi-siècle ? »

Décidément, elle ne savait rien. La tête levée vers les cimes, elle eut un nouveau sourire. Le moment de découragement était passé, elle allait se remettre au travail.

*
**

— Elle est moche, on dirait une meringue, et pourtant j'ai tout fait pour la flatter !

Valère regardait la planche-contact avec une certaine consternation. Les photos étaient classiques, élégantes, mais il n'avait pas réussi à rendre belle la mariée.

— De toute façon, soupira-t-il, elle était désagréable. Elle s'est adressée à moi, au disc-jockey et aux serveurs comme à des chiens.

Suki prit une loupe pour étudier attentivement les clichés.

— Ne t'inquiète pas, chéri, je crois qu'elle sera contente. On voit très bien sa robe, son chignon, et sa bague, tout ce qu'elle voulait montrer !

Valère éclata de rire et embrassa sa femme dans le cou. Elle faisait toujours son possible pour le rassurer, l'encourager. En conséquence, il ne voulait pas lui avouer à quel point il détestait ce genre de travail. Il avait la sensation d'être pris pour un larbin et de gâcher son talent de photographe. Heureusement, quand les clients étaient sympathiques, il se surprenait à chercher des angles inattendus, des éclairages sophistiqués, des expressions fugaces, et à y prendre du plaisir.

— La seule chose qui ait trouvé grâce aux yeux de cette pimbêche, c'est son bouquet. Mais tes fleurs font toujours l'unanimité.

Il le disait sincèrement car Suki possédait l'art des compositions florales qui faisaient le succès de son magasin. Et c'était presque toujours elle qui le recommandait comme photographe pour les cérémonies dont elle assurait la décoration.

— Je vais commencer la tournée des livraisons, décida-t-il en abandonnant sa planche-contact sur le comptoir.

Suki s'empressa de la ranger, puis elle lui tendit la liste des adresses.

— Pense à mettre du gasoil, recommanda-t-elle, le réservoir de la camionnette est presque vide.

Pour tout ce qui touchait à son commerce, elle montrait un sens aigu de l'organisation. En revanche, elle s'intéressait moins à leur intérieur, mais que faire dans ce deux-pièces vétuste et sans charme, dont les fenêtres donnaient sur une cour sinistre ? Elle ne s'en plaignait pas mais ne devait pas s'y plaire. Lorsqu'il lui avait proposé de déménager, elle s'était alarmée à l'idée d'une dépense inutile. Évidemment, s'ils avaient eu un enfant ils auraient cherché un appartement plus accueillant, mais pour le moment ils n'en avaient pas besoin. Valère avait été agréablement surpris qu'elle puisse parler d'enfant de manière raisonnable. Depuis sa fausse couche et sa dépression suivie d'une hospitalisation, elle ne faisait jamais aucune allusion à ce bébé qu'ils n'avaient pas eu, à son désir de maternité. Elle semblait désormais tout à fait guérie de son obsession, et Valère s'en réjouissait. Devenir père un jour lui était indifférent. Si un enfant arrivait, tant mieux, sinon, tant mieux aussi. Il était heureux avec Suki, ensemble ils avaient encore mille choses à réaliser, et fonder une famille n'était pas essentiel. En tout cas, pas pour lui. Et, à en croire le sourire radieux que sa femme affichait quotidiennement, pour elle non plus.

— J'allais oublier ! s'exclama-t-elle avant qu'il quitte le magasin. Anne nous invite à dîner, dimanche. Tu es d'accord ?

— Bien sûr…

Il l'avait dit d'un ton hésitant. Sans doute Anne voulait-elle officialiser sa séparation d'avec Paul en recevant chez elle, dans cette maison qui était la cause de toutes les discordes. Or, si Valère aimait bien Anne, en revanche il détestait les querelles familiales, et il imaginait déjà les réflexions aigres-douces dont leur mère ou Lily émailleraient la soirée, s'attirant immanquablement les reparties cyniques de Jérôme. De plus, l'absence de Paul, qui restait son meilleur ami, allait lui peser.

— Dis-lui qu'on ira, accepta-t-il, résigné.

— Ça ne te fait pas plaisir ?

— Je suis ennuyé vis-à-vis de Paul. C'est ce qui s'appelle être pris entre le marteau et l'enclume, non ? Et puis, je n'approuve pas Anne. Tout foutre en l'air pour un héritage…

— Tu es injuste, chéri. D'ailleurs, vous l'êtes tous, dans la famille. À la place d'Anne, crois-tu que l'un d'entre nous aurait refusé cette manne providentielle ? Qui ne serait pas heureux de recevoir en cadeau une maison ou une somme d'argent ?

— Quitte à briser son couple ? Pas moi, en tout cas !

— Mais ce n'est qu'un prétexte, Valère. Depuis un moment, Anne avait envie d'exister par elle-même et pas uniquement à travers Paul. Peut-être que le testament d'Ariane a accéléré le processus, rien de plus.

Dubitatif, il prit les clefs de la camionnette et empoigna deux des bouquets prêts à être livrés. Il aimait bien aller sonner chez les gens pour voir la mine surprise ou réjouie des femmes à qui il portait des fleurs. Les petits mots qui les accompagnaient, agrafés sur le papier cristal, étaient parfois émouvants, parfois mystérieux. Valère se sentait indiscret en les lisant, mais la curiosité était la plus forte. Suki ne se serait jamais permis d'y jeter un coup d'œil, alors qu'il adorait imaginer toute une vie à travers quelques mots, une façon de sourire, un coin de décor aperçu.

Tout en s'engageant prudemment dans les rues étroites du centre-ville, il eut une pensée pour Paul. Désormais, les réunions de famille auraient lieu sans lui, c'était difficile à concevoir. Depuis des années, Paul représentait l'élément modérateur, toujours prêt à apaiser les conflits et à mettre chacun à son aise. Comment Anne vivait-elle l'absence de ce mari qu'elle aimait mais que, pourtant, elle contraignait au divorce ? Qu'est-ce qui n'allait pas chez elle pour s'être mise dans une situation pareille ? Évidemment, Jérôme ne devait pas lui faire la morale, trop content de voir qu'il n'était pas le seul à semer le désordre, et Léo n'osait sans doute rien dire à sa mère. Néanmoins, Valère ne voulait pas s'en mêler. Sauf si Paul sollicitait son aide, il ne prendrait pas parti. Mais il continuait à croire que sa sœur avait tort, car au lieu de profiter de son héritage, elle en avait fait une arme de destruction. Et quand elle allait enfin s'en apercevoir, il serait trop tard.

Arrivé à sa première adresse de livraison, près de la cathédrale, il était toujours vaguement contrarié par la perspective du dîner chez Anne, mais il décida de ne plus penser à sa famille.

*
**

— Comment ça, *non* ? Tu lui as dit non ?

Gauthier considérait sa femme avec effarement, essayant de comprendre pourquoi elle avait refusé l'invitation.

— Tu vas la rappeler, exigea-t-il. Que lui as-tu donné comme prétexte ?

— Aucun, répliqua Estelle. Je me suis contentée de la vérité.

— À savoir ?

— Que nous ne souhaitons pas aller là-bas.

— Estelle ! Je ne sais pas ce qui te prend, mais moi, j'ai envie de voir ma fille.

— Et moi, je préfère attendre que la situation soit claire. Une fois le divorce prononcé, je saurai à quoi m'en tenir. D'ici là, tout peut changer. Imagine qu'elle se réconcilie avec Paul, nous aurions bonne mine de l'avoir écarté et ignoré ! Il n'a pas cessé d'exister parce que Anne l'a quitté.

— Oh, ne récris pas l'histoire, veux-tu ?

— Pourtant, c'est bien elle qui a abandonné le domicile conjugal. Tu n'as pas l'air de te rendre compte de ce que ton gendre subit en ce moment. Il est horriblement malheureux, je ne sais même pas comment il arrive à travailler.

Incrédule, Gauthier dévisagea sa femme. Jusqu'ici, elle n'avait pas manifesté une affection particulière pour Paul, lui préférant de loin Éric, le mari de Lily, et cette soudaine compassion était pour le moins inattendue. En toute logique, elle aurait dû prendre le parti de sa fille. Sauf que cette histoire d'héritage lui restait vraiment sur le cœur et qu'Anne semblait être devenue sa bête noire. Encore plus surprenant, Estelle ne s'opposait que très rarement aux jugements de Gauthier, se rangeant presque systématiquement à son avis, or voilà qu'elle se butait soudain, s'accrochait à une position très personnelle. Pour sa part, Gauthier n'avait pas été choqué outre mesure par le testament de sa sœur. Comme il n'aimait pas la bastide, peu lui importait qu'elle soit tombée entre les mains de quelqu'un d'autre. Et que l'une de ses filles ait été choisie par Ariane ne lui paraissait ni injuste ni frustrant. Certes, s'il avait été légataire, il l'aurait vendue sur-le-champ et aurait pu disposer d'une belle somme d'argent, mais il n'avait que peu de besoins, satisfait de sa retraite et de son mode de vie.

— Rappelle Anne, redemanda-t-il.

— Tu veux vraiment aller à ce dîner ? Eh bien, mon pauvre, tu iras tout seul !

Elle sortit en claquant la porte, le laissant médusé. L'avait-elle réellement appelé « mon pauvre » ? Quelle mouche la piquait donc ? Il baissa les yeux vers son journal mais se rendit compte qu'il était incapable de lire une ligne. Estelle ne se mettait jamais en colère contre lui et ne disait pas un mot plus haut que l'autre à la maison. D'ailleurs, elle parlait peu. Depuis qu'ils habitaient Biarritz, chaque matin ils allaient marcher sur la plage en silence, occupés à observer les baigneurs ou les promeneurs. Ils profitaient pleinement de leur appartement bien situé sur le port des pêcheurs et qu'ils avaient mis toute une vie à payer, mais chacun vaquait à ses occupations. Lui faisait des mots croisés, se plongeait dans des revues d'astronomie et d'histoire, tandis qu'elle préférait jouer au gin-rami avec un groupe d'amies de son âge, ou tricoter devant la télé. Ayant la chance d'avoir Lily à Hossegor, Valère à Dax et Anne à Castets, ils se sentaient proches de leurs enfants et petits-enfants qu'ils recevaient volontiers, hormis Jérôme, l'éternel nomade. Ils étaient toujours d'accord et n'avaient pas connu une seule scène de ménage en plus de quarante ans de mariage. Même au sujet d'Ariane, ils ne s'étaient pas disputés, Estelle adoptant sans réserve le jugement de son mari sur « la vieille toquée ». Ils n'avaient pas éprouvé l'envie de la voir et ne lui avaient rendu que de très rares visites. En conséquence, Gauthier ne s'attendait pas à recevoir quoi que ce soit d'elle après sa mort. Estelle s'était-elle imaginé autre chose ?

Finalement, il abandonna son journal et partit à sa recherche pour en avoir le cœur net. Elle devait déjà regretter son mouvement d'humeur, préparer le repas ou bavarder avec Anne au téléphone.

Mais il ne la trouva pas dans la cuisine et dut aller jusqu'à leur chambre. Elle était assise au pied du lit, immobile, la tête dans les mains. Lorsqu'elle se redressa pour le regarder, il constata qu'elle avait pleuré.

— Mais voyons, bredouilla-t-il, pourquoi te mets-tu dans un état pareil ?

Il se demanda s'il ne s'était pas trompé du tout au tout. Peut-être Estelle était-elle très malheureuse pour leur fille, très atteinte par ce divorce, très inquiète pour leur petit-fils, car elle aimait beaucoup Léo.

— Anne est une idiote, une idiote, je la déteste ! cria-t-elle d'une voix aiguë.

Saisi, il resta d'abord sans réaction. Ce cri du cœur le glaçait, il n'en comprenait pas la cause et le rejetait. Au bout de quelques instants, il fit seulement deux pas en arrière.

— Tu dérailles, finit-il par lâcher.

Que pouvait-il dire ou faire pour la calmer, pour qu'elle retire son dernier mot si odieux ? Durant quelques instants, ils continuèrent à se regarder, un peu hagards l'un et l'autre, puis Estelle reprit le contrôle d'elle-même.

— Tout ça me perturbe, désolée. Le testament de ta sœur a provoqué un tel chaos…

— N'y pense donc plus et prends les choses comme elles viennent.

Il parlait de façon un peu artificielle, encore secoué par l'intonation de haine qu'il avait perçue dans la voix de sa femme.

— Nous irons à ce dîner chez Ariane, murmura-t-elle.

— Chez *Anne*.

— Oui, bien sûr. Tu vois, je mélange tout !

Elle se leva, s'efforçant de sourire, et quand elle passa devant lui elle avait retrouvé son expression habituelle.

*
**

Lily descendit de la balance, la régla minutieusement sur zéro, remonta sur le plateau.

— Mais c'est quoi, ce cauchemar ? ronchonna-t-elle en regardant les chiffres affichés. J'ai pris deux kilos ? Bon, à partir de maintenant, ce sera jambon haricots verts pour tout le monde !

Découragée, elle remit son peignoir en se demandant comment elle allait s'habiller pour ce dîner chez sa sœur. Après tout, c'était la campagne, autant opter pour une tenue sport et confortable, rien de trop moulant en tout cas.

À quarante-deux ans, Lily refusait toujours de vieillir, et les inévitables marques du temps la traumatisaient de plus en plus. Ses filles grandissaient, d'adolescentes revêches elles allaient finir par se transformer en ravissantes jeunes filles, puis jeunes femmes, et Lily serait alors une dame d'*un certain âge*, comme on le dit pudiquement des quinquagénaires. Ce jour-là, elle n'aurait plus la possibilité de séduire, et cette perspective la désespérait.

La porte s'ouvrit à la volée sur Éric qui revenait de son match de tennis dominical, encore essoufflé et en sueur. Il jeta son sac de sport dans un coin, arborant un sourire triomphal.

— On les a laminés !

— Qui ça ?

— Des visiteurs médicaux contre lesquels on jouait en double ce matin. Six-trois, six-zéro, six-un ! Tu te rends compte ?

Il n'attendit pas la réponse, devinant sans doute que ce score n'intéressait pas du tout sa femme, et il commença à se déshabiller.

— Tu n'oublies pas qu'on dîne chez Anne, ce soir ?

— Tant mieux ! J'ai justement quelque chose à demander à Paul qui… Ah, zut, il ne sera pas là, je n'y pensais plus.

Sourcils froncés, il parut sur le point d'ajouter quelque chose mais il s'en abstint.

— Je sais très bien à quoi tu penses, affirma Lily tandis qu'il entrait dans la douche. Anne est une emmerdeuse, elle bouleverse tous les liens familiaux. Maman se rend malade avec ça.

— Oh, ta mère…

— Je t'en prie, garde tes réflexions pour toi.

— Je ne dis rien de méchant, mais enfin, un divorce, ce n'est pas la fin du monde.

Lily leva les yeux au ciel et ôta son peignoir, puis elle hésita devant son tiroir de sous-vêtements.

— Tu ne trouves pas que j'ai grossi ? demanda-t-elle machinalement.

Au lieu de répondre, Éric sortit de la douche, ruisselant, s'approcha d'elle par surprise et la plaqua contre lui.

— Je te trouve très appétissante.

— Tu es trempé, arrête !

Pourquoi avait-elle eu l'idée stupide de se mettre nue devant lui ? Chaque fois qu'il gagnait un match de tennis ou réalisait un beau parcours de golf, il connaissait un regain de virilité, comme si son désir marchait de pair avec sa fierté. Mais Lily avait perdu depuis longtemps toute envie de faire l'amour avec lui. Elle cédait de temps en temps, pour assumer son rôle d'épouse et pour qu'il n'aille pas voir ailleurs, et dans ces moments-là elle pensait à autre chose, simulant vite un plaisir qu'elle n'éprouvait pas. En revanche, elle aimait séduire des inconnus, attirer les regards sur elle, s'offrir des aventures qui l'excitaient tout en la rassurant. Tant qu'elle plairait, elle se sentirait jeune, elle se sentirait femme. Malheureusement, son mari n'entrait pas dans ses fantasmes.

— Lâche-moi, voyons ! Ce n'est ni l'heure ni…

Pour la seconde fois, la porte s'ouvrit brusquement sur leur fille aînée qui s'arrêta net, les yeux exorbités devant le spectacle qu'offraient ses parents.

— Bon sang ! ragea Éric en attrapant une serviette de bain au vol.

Furieux, il s'enroula dedans et apostropha sa fille qui s'était mise à glousser.

— Tu ne pourrais pas frapper, non ?

— Désolée, je n'aurais jamais cru que vous fassiez des cochonneries dans la salle de bains. Je voulais juste montrer ma robe à maman, j'ai un accroc…

Son air faussement innocent acheva d'exaspérer Éric qui hurla :

— Dehors !

Mais Lily en avait profité pour remettre son peignoir et elle rejoignit sa fille qui s'éloignait en riant carrément. Éric poussa alors un long soupir de frustration. Être le seul homme de la maison n'était pas toujours facile. Quand ça l'arrangeait, Lily faisait bloc avec ses filles pour lui donner tort. Accusé de ne rien comprendre aux femmes, s'il s'opposait à un caprice il était immanquablement traité de macho. La plupart du temps, il s'en accommodait, adorant sa femme et ses deux filles, cependant Lily se montrait de plus en plus distante avec lui. Deux minutes plus tôt, quand il l'avait prise dans ses bras, elle s'était raidie comme si elle trouvait ce contact désagréable. D'ailleurs, en y réfléchissant, Lily se dérobait souvent aux câlins, sous n'importe quel prétexte. Existait-il un vrai problème d'usure dans leur couple ? Pour sa part, il n'éprouvait pas de lassitude, heureux de rentrer chez lui le soir malgré les incessantes disputes des filles qui arrivaient au mauvais âge. Elles étaient capricieuses, Lily les houspillait puis se prétendait épuisée. Pourtant, elle ne travaillait pas, et tenir la maison ne l'occupait pas du matin au soir ! Il savait qu'elle avait été très contrariée par l'histoire de l'héritage. Elle se défendait d'éprouver une quelconque jalousie vis-à-vis de sa sœur, néanmoins elle avait parlé durant des soirées entières de tout ce qu'elle aurait fait, à la place d'Anne, si elle avait été choisie comme légataire. Et sa mère était pire qu'elle, à radoter sans fin à propos de « tout cet argent ». Quel argent ? Une vieille baraque, voilà ce qui restait après avoir réglé les droits de succession. Éric aurait détesté l'avoir sur les bras, sa femme et ses filles se seraient sûrement liguées contre lui pour qu'il la garde comme villégiature. Quant à Anne, Seigneur, dans quoi s'était-elle embarquée ? À la place de Paul, Éric n'aurait pas réagi de la même manière, bien trop brutale, et surtout butée, mais enfin il le comprenait de ne pas vouloir vivre là-bas. Au fond, les femmes s'arrangeaient toujours pour semer la pagaille, le seul moyen d'avoir la paix chez soi était de céder sur tout. Que Paul ait eu la force de caractère de refuser le caprice de sa femme le rendait plutôt sympathique aux yeux d'Éric. Mais bien sûr, il garderait son jugement pour lui, pas question de jeter de l'huile sur le feu. En ce moment les Nogaro devenaient très susceptibles. Ce qui rendait la perspective du dîner peu réjouissante.

Résigné à passer une mauvaise soirée, il commença à s'habiller, navré d'avoir manqué l'occasion d'un câlin un peu innovant avec Lily.

*
**

Anne posa le dernier verre sur la table et contempla son œuvre. Le couvert était certes un peu disparate, mais très élégant. Ce qui restait de la vaisselle d'Ariane avait dû faire partie de services somptueux.

— Et voilà ! claironna Jérôme.

Il avait relevé le bas de son tablier pour apporter l'argenterie qu'il fit glisser en vrac sous le nez de sa sœur.

— Une heure d'astiquage avec un peu de blanc d'Espagne et beaucoup d'huile de coude. On va leur en mettre plein la vue, ma grande.

Anne esquissa un sourire, toutefois son but n'était pas d'épater sa famille. Elle disposa les couteaux et les fourchettes, puis alla chercher les grands chandeliers d'argent.

— Si Ariane voit ça de là-haut, je suis sûre qu'elle est ravie…

— Ah parce que tu crois à une vie après la vie, toi ? s'esclaffa-t-il.

— Bien sûr.

— Quelle charmante naïveté ! En ce qui me concerne, je pense qu'il vaut mieux tenir que courir et profiter de chaque minute ici-bas.

— L'un n'empêche pas l'autre.

Un aboiement bref de Goliath les avertit qu'une voiture arrivait.

— Les parents, à l'heure comme toujours, constata Jérôme en jetant un coup d'œil par la fenêtre.

Anne décida d'aller les accueillir et les rejoignit sur le perron. Sa mère semblait maussade, son père mal à l'aise, tous deux frissonnaient dans l'air frais du soir.

— C'est le bout du monde, ici, maugréa Estelle en entrant.

Dans le hall, elle eut l'air tout à fait perdue.

— Quelle cathédrale ! ajouta-t-elle, les yeux levés vers l'imposant escalier.

Gauthier suivit son regard et hocha la tête.

— Quand je pense que les soirs de grands dîners, on s'asseyait sur une marche du haut, Ariane et moi, pour voir arriver les invités…

— Tes parents recevaient beaucoup ? s'enquit Estelle avec une grimace.

— À l'époque, oui. Enfin, je crois. Je n'avais qu'une dizaine d'années, mes souvenirs sont flous. Ce dont je me souviens en tout cas, c'est qu'Ariane avait le droit de se mettre à table avec eux, mais moi j'étais trop petit !

Il n'eut même pas un sourire à cette évocation. D'après ce qu'Anne avait lu dans le cahier d'Ariane, il avait détesté la maison lorsqu'il était enfant, et manifestement son aversion perdurait.

— Je garde mon manteau, annonça Estelle, il ne fait pas chaud chez toi.

Ayant mis un accent rageur sur les deux derniers mots, elle enfonça ses mains dans ses poches.

— Viens te réchauffer à la cuisine, proposa Anne. On peut boire un verre en attendant les autres.

Sa mère aurait dû se couvrir davantage, impossible de chauffer cette maison comme leur confortable appartement de Biarritz. Le plus simple était de lui prêter une veste, mais ce ne serait sans doute pas suffisant pour la mettre de bonne humeur. L'arrivée de Lily et d'Éric, escortés de leurs deux filles, apporta une diversion bienvenue. Au milieu des effusions, Valère et Suki entrèrent à leur tour.

— Il n'y a pas de sonnette à ta porte, fit remarquer Suki. La prochaine fois, nous t'offrirons un heurtoir, tu veux ?

Tendant un superbe bouquet à Anne, elle la gratifia d'un sourire chaleureux. Elle était la seule à avoir apporté quelque chose, mais ça ne parut gêner personne.

— On prend l'apéritif dans la cuisine, maman a froid, annonça Anne.

Ils se retrouvèrent tous près du poêle Godin, accueillis par Jérôme qui s'activait devant les fourneaux en faisant sauter des pommes de terre dans de la graisse de canard.

— C'est toi le cuisinier ? ricana Estelle. Eh bien, décidément, tu es mis à contribution ! Tu prépareras les repas de vos futurs clients aussi ? J'espère que tu touches un bon salaire pour ta peine.

Son agressivité fit bondir Anne qui répliqua :

— On s'arrange entre nous, maman. De toute façon, nous n'ouvrons pas un hôtel-restaurant !

— Ah bon ? J'avais cru comprendre…

Anne alla prendre deux bouteilles de vin blanc dans le réfrigérateur et les tendit à Valère pour qu'il les débouche.

— Il fait déjà nuit, c'est dommage, j'aurais bien pris des photos de ta maison, dit-il gentiment à sa sœur.

— Reviens le faire un de ces jours, on en aura besoin sur notre site Internet.

— Des vues d'extérieur et d'intérieur, précisa Jérôme.

— Alors attendons un peu, les chambres ne sont pas finies.

En le disant, Anne s'était tournée vers son père et elle ajouta :

— Te souviens-tu des petites pièces du deuxième étage ?

— Non, cette partie-là était réservée au personnel, on n'y mettait pas les pieds. Quand on montait, c'était pour le billard, mais là encore j'étais trop petit, on ne me laissait pas jouer. Je me souviens seulement que le couloir des chambres de bonnes était fermé par une porte sur le palier. Et je n'aurais pas eu l'idée de l'ouvrir !

— Chambres de *bonnes* ? s'indigna Estelle.

Que son mari ait été élevé durant les premières années de sa vie comme un fils de grands bourgeois lui déplaisait, et elle ne manquait jamais une occasion de le faire remarquer.

— On a tout cassé, poursuivit tranquillement Anne. Quand les travaux seront terminés, je te montrerai ça.

Il eut une mimique dubitative, comme s'il ne comptait pas revenir de sitôt. Découragée par son indifférence, elle alla chercher un vase pour Suki qui tenait à arranger elle-même le bouquet. Puis une cavalcade précéda l'irruption de Léo, flanqué de Charles. Anne devait les raccompagner très tôt le lendemain matin à la pension, mais elle était heureuse qu'ils participent au dîner familial. Les deux garçons se mirent aussitôt à bavarder avec les filles de Lily, créant ainsi une bande d'adolescents bruyants qui fut chassée de la cuisine.

— Tiens, c'est du tursan, le vin préféré de Paul, remarqua Estelle en regardant la bouteille que tenait Valère.

Sa réflexion jeta un froid et, dans le silence qui suivit, Jérôme marmonna :

— Toujours diplomate !

— Eh bien quoi ? On ne peut même pas prononcer son nom ?

— Ce serait mieux de ne pas parler de lui, soupira Anne. Évitons ça à Léo ce soir.

— Le pauvre petit n'a pas perdu son père, que je sache. Doit-on vraiment faire comme si Paul n'existait pas ?

Poussée à bout, Anne explosa.

— Si pour une fois tu pouvais te taire !

— Je t'en prie, ma petite fille, garde ton calme, intervint Gauthier d'un ton sentencieux.

Mais c'était sa femme qu'il avait regardée en le disant.

— On passe à table, annonça Anne, les dents serrées de rage.

Suki la suivit, portant le vase, et à peine arrivée dans la salle à manger elle s'extasia sur la mise de table.

— C'est magnifique, Anne !

— Un peu dépareillé, mais…

— Non, ça fait tout le charme. Est-ce une vaisselle de famille ?

— Je l'ai trouvée dans les placards de la maison. Je suppose que ce sont les restes des cadeaux de mariage d'Ariane.

— Quel mariage ? s'amusa Gauthier. Mystère. Ma sœur a convolé trois fois de suite, difficile de dater les assiettes !

— C'était une femme très instable, ajouta Estelle avec une grimace. Elle aimait l'argent et n'avait guère de moralité.

— Tu ne l'as pas beaucoup connue, répliqua Anne.

— Je n'en avais aucune envie. Nous ne partagions pas les mêmes valeurs, elle et moi. En ce qui me concerne, quand on se marie, c'est pour la vie.

— Une pierre dans mon jardin, maman ?

Elles se toisèrent durant quelques instants et, contre toute attente, ce fut Léo qui prit la parole.

— Moi, je la trouvais marrante et sympa, la grand-tante Ariane…

Estelle leva les yeux au ciel comme s'il avait proféré une incongruité.

— Elle a mené une existence agitée, c'est vrai, temporisa Gauthier. Elle vivait dans le passé et elle était obsédée par cette maison. Quand nous nous rencontrions, en de rares occasions, je l'avoue, elle ne parlait que de sa jeunesse, de l'époque des gemmeurs qu'elle regrettait tellement. Mais en réalité, elle n'y connaissait pas grand-chose, nous avions vécu sans comprendre la fin des récoltes de résine et la ruine de la famille. Qui n'était que justice, au fond ! Les propriétaires forestiers traitaient mal leurs employés, ils les affamaient tandis qu'eux roulaient sur l'or. Et ils n'ont pas vu venir la concurrence, l'ouverture du marché, ils n'ont pas tenu compte des conflits sociaux, se sont accrochés à leurs privilèges et ont dégringolé. Bien fait pour eux !

— « Eux », tu veux dire ton père et tous les autres ? ironisa Anne.

— Oui, c'est navrant, je sais, mais c'étaient des gens sans cœur. Comme Ariane.

— Dans ses albums, j'ai vu des photos de tes parents et tes grands-parents, de tas de gens de la famille.

— Mon Dieu, elle conservait ça aussi ?

— On les regardait ensemble, elle m'expliquait qui était qui par rapport à moi.

— Ah, les ancêtres Nogaro ! railla Estelle.

— C'est instructif de savoir d'où on vient, fit remarquer Anne sans s'énerver.

— Tu me les montreras, à l'occasion ? demanda Valère, soudain intéressé.

— Avec plaisir, et tu verras, il y a un arrière-grand-oncle à qui tu ressembles trait pour trait.

— Que vous êtes passéistes ! pesta Estelle.

Anne essayait de ne pas l'entendre, mais de nouveau la moutarde lui montait au nez.

— Au Japon, honorer ses ancêtres est très important, murmura Suki.

— Et moi, est-ce que je ressemble à quelqu'un ? voulut savoir Léo.

— On cherchera ensemble, répondit Anne en souriant. J'ai conservé tous les albums, et aussi de passionnants cahiers écrits par Ariane.

— Manquait plus que ça ! Les confidences de la cinglée ! Sûrement un ramassis d'affabulations et d'inepties.

Estelle semblait soudain hors d'elle, de façon disproportionnée, et Gauthier voulut calmer le jeu.

— Ariane n'était pas réellement méchante, mais il faut avouer qu'à la longue son cynisme était pesant.

— Anne s'en est bien accommodée, dit Lily en s'adressant à son père comme si sa sœur n'était pas là. Et ça lui a rapporté le jackpot…

— Si ça pose un problème à quelqu'un, répliqua Anne, j'aimerais autant le savoir.

Sans élever la voix, Jérôme lâcha :

— C'est vrai que vous êtes chiants, à la fin, avec cette histoire d'héritage que vous ne digérez pas.

— Évidemment, toi, ça t'arrange, rétorqua Lily, te voilà casé bien au chaud. Enfin, si l'on peut dire, parce qu'on claque de froid ici !

En bout de table, les quatre adolescents avaient cessé de discuter entre eux et observaient les adultes avec ébahissement.

— On peut se servir ? intervint Éric d'un ton apaisant.

Anne se sentait blessée par tout ce qu'elle avait entendu, et isolée au milieu de sa propre famille. Hormis Suki, bien timidement, et Jérôme parce qu'il adorait provoquer, personne ne prenait sa défense. Elle passa le plat à sa mère en évitant de la regarder.

— Ne crois pas que je sois jalouse, reprit Lily. Au contraire, je trouve que tu as eu raison d'en profiter. J'en aurais bien fait autant, mais venir passer mes après-midi avec la vieille tante était au-dessus de mes forces, j'admire ta patience. D'autant qu'elle aurait pu vivre jusqu'à cent ans !

Elle fut la seule à rire de sa plaisanterie, tandis que son mari la fusillait du regard.

— Et que fais-tu de tes après-midi, au juste ? articula Anne dont la voix tremblait de colère. Du shopping ?

— Arrêtez de vous disputer, trancha Gauthier. On n'a qu'à parler d'autre chose.

— Ce ne sera pas facile, glissa Jérôme, vous ne pensez qu'à ça.

Un silence plana sur la table jusqu'à ce que les jeunes se remettent à bavarder entre eux. Mais Léo jetait de fréquents coups d'œil à sa mère, sans doute inquiet de la tournure qu'avait prise le dîner. Était-il donc impossible, en famille, de ne pas s'agresser ? Estelle avait donné le ton, soit, mais pourquoi Lily prenait-elle le relais ? L'héritage restait apparemment un sujet brûlant, et Paul ne tarderait pas à passer pour un martyr. Peut-être Anne avait-elle eu tort de vouloir réunir tout le monde, peut-être devrait-elle s'abstenir de voir ses parents et sa sœur pendant un moment, le temps que les choses s'apaisent. En attendant, elle pourrait digérer la mauvaise surprise de découvrir qu'on ne se réjouissait pas de ses projets et qu'on ne la plaignait pas de sa séparation avec Paul. Compassion ou consolation ne viendraient pas des siens.

Elle essaya de prêter attention à ce que racontaient Léo et Charles à propos d'un mur d'escalade récemment installé dans leur pension. Un sport qui les enthousiasmait et où ils rivalisaient gaiement. Léo en avait-il parlé à son père ? Quels étaient leurs rapports désormais ?

Le dîner traînait en longueur malgré les efforts d'Éric et de Valère pour maintenir un semblant de conversation. Suki était trop réservée pour s'en mêler, et Lily boudait ostensiblement.

— Alors, s'enquit Gauthier, quand serez-vous prêts à accueillir vos… hôtes ?

— Au printemps. Mettons début mars, si tout va bien. On fait pas mal de choses nous-mêmes, et on travaille moins vite que des professionnels.

Indifférent à la mauvaise humeur ambiante, Jérôme semblait épanoui. Anne l'envia de n'avoir besoin de l'approbation de personne. Il ne cherchait jamais à arrondir les angles, se moquait de l'opinion des autres et n'en tenait aucun compte. Était-ce une force ? Il n'avait pas vraiment réussi son existence jusqu'à présent, pourtant il paraissait avoir enfin trouvé une certaine stabilité en s'investissant dans l'avenir de la bastide. S'il continuait à tenir le coup, Anne pourrait faire de lui un véritable associé.

— Mais tu ne vas pas passer toute ta vie chez ta sœur ?

Estelle avait posé la question avec condescendance, ce qui fit sourire Jérôme.

— Je ne vois pas si loin !

— Quand te chercheras-tu un *vrai* travail ? Un métier ?

— Je ne sais rien faire de précis, maman. Et je ne compte pas apprendre à trente-cinq ans.

— Bon sang, nous ne vous avons pas élevés dans ces principes-là ! L'oisiveté est un vice.

— Je ne suis pas oisif, je bosse.

— Ici ? Écoute, je ne sais pas à quoi vous jouez, Anne et toi, mais vous n'êtes pas dans la vraie vie. D'ailleurs, ce n'est pas très charitable, de la part de ta sœur, d'entretenir tes illusions. Si c'est parce qu'elle a besoin de compagnie pour occuper cette caserne en ruine, c'est vraiment égoïste et inconséquent.

— Quand tu parles de moi, adresse-toi à moi ! s'écria Anne en tapant du poing sur la table. À la fin, qu'est-ce que je t'ai fait ?

— Mais voyons, rien…, marmonna sa mère, soudain embarrassée.

Valère et Suki se levèrent, imités par Éric, et se mirent à débarrasser pour faire diversion.

— C'est bien la première fois que je le vois donner un coup de main, ironisa Lily en désignant son mari qui portait une pile d'assiettes.

Les quatre jeunes gens en profitèrent pour quitter leurs chaises, proclamant qu'ils allaient aider eux aussi. Jérôme, Anne, Lily et leurs parents se retrouvèrent seuls à table, dans un silence contraint.

— Je suis désolée de t'avoir mise en colère, finit par dire Estelle. Tu es bien susceptible, ma petite fille.

— Je suis en train de divorcer et de refaire ma vie, maman. Il y a de quoi être perturbée.

— C'est toi qui as choisi de quitter Paul. Toi qui as voulu élire domicile ici, Dieu seul sait pourquoi. Après ça, ne t'étonne pas d'être mal dans ta peau.

Anne secoua la tête, accablée par autant d'incompréhension. Pour une femme généralement silencieuse, sa mère avait beaucoup parlé, ce soir, ne disant que des choses désagréables. Son père n'avait pas jugé bon d'intervenir durant toute cette mise en accusation, et à voir sa tête il n'avait qu'une hâte : s'en aller. Il ne voulait pas se souvenir qu'il était né dans cette maison et y avait vécu sa petite enfance, le passé de sa famille ne trouvait aucun écho en lui.

— Je vais voir où en est le dessert, annonça-t-elle.

À la cuisine, Suki était en train de déposer délicatement la tarte aux fruits sur un plat, tandis que tous les autres bavardaient avec entrain, soulagés de ne plus subir l'ambiance lourde de la salle à manger. Léo vint aussitôt vers sa mère et lui glissa à l'oreille :

— Qu'est-ce qu'elle a, grand-mère ? Je ne l'ai jamais vue aussi remontée, elle devient carrément chiante.

— Léo !

— Ben oui, quoi… Elle a plombé le dîner, et quand elle profère toutes ses méchancetés, elle a l'air d'une sorcière. Pourquoi tu ne l'envoies pas sur les roses ?

— Parce que c'est ma mère. Je lui dois un minimum de respect, et c'est valable pour toi, mon grand.

— Ne t'inquiète pas, je ne lui dirai pas ce que je pense. Mais je ne la connaissais pas sous ce jour-là, elle m'a fait froid dans le dos. Tu ne devrais pas la réinviter. En tout cas, je ne mettrai plus les pieds à Biarritz tant qu'elle sera de cette humeur-là.

Anne essaya de sourire, attendrie par la solidarité de son fils, mais de nouveau elle se sentait coupable. Elle lui infligeait ce divorce, le privait en partie de son père, et voilà qu'à cause d'elle il allait refuser de voir ses grands-parents.

— Est-ce que vous avez fini tous vos devoirs pour demain, Charles et toi ? se borna-t-elle à demander.

— Pourquoi ? Tu voudrais nous expédier en haut ? N'y compte pas, Charles est sous le charme des cousines !

Il éclata de rire, avec l'insouciance de son âge. Anne empoigna une pile d'assiettes à dessert, ravie par cette nouvelle. C'était très *bien* que Charles regarde les filles, même des gamines aussi insupportables que les filles de Lily. Si Charles s'intéressait aux filles, les insinuations de Jérôme devenaient sans fondement.

Sur le seuil de la cuisine, elle se retourna pour observer le groupe de jeunes. Maud et Clémentine minaudaient, comme toujours en présence de garçons. Charles et Léo, épaule contre épaule, leur lançaient des plaisanteries. Dans l'attitude de Léo, appuyé sur son copain, il y avait un certain abandon. Suspect ? Non, Anne n'y croyait pas, son fils était trop jeune, et son amitié avec Charles durait depuis l'école primaire.

— Tu sais, lui dit Éric en la rejoignant, il ne faut pas en vouloir à Lily. Elle te fait enrager mais je crois qu'elle regrette de ne pas avoir pensé à chouchouter elle-même votre tante Ariane.

Comme d'habitude, il était gentil mais très maladroit. Bien sûr que Lily regrettait ! En être réduite à envier sa sœur cadette devait la rendre folle de rage. Depuis toujours Lily était la préférée de leur mère et elle s'octroyait une certaine supériorité, estimant qu'elle avait fait un meilleur mariage, qu'elle habitait une plus belle maison. Avec cet héritage, c'était bien la première fois qu'Anne avait quelque chose que Lily n'avait pas.

— Tu la connais bien ! répliqua Anne.

Elle en avait assez de faire des concessions, et pardessus la tête de sa famille.

— Ce que je sais, ajouta Éric, c'est qu'elle n'a jamais assez d'argent. Elle est tellement dépensière, tellement futile…

Interloquée, Anne lui jeta un coup d'œil. Il critiquait rarement Lily et fermait les yeux sur tous ses caprices.

— Je crois qu'elle s'ennuie, conclut-il à voix basse.

— Laissez passer ! cria Suki derrière eux.

En arrivant à la hauteur d'Anne, elle lui glissa :

— Ton dîner est réussi, tant pis pour les convives mal embouchés…

Quand ils regagnèrent la salle à manger, Lily boudait ostensiblement, Estelle et Gauthier se taisaient, l'air maussade, et Jérôme avait allumé une cigarette. Il souffla la fumée vers le plafond et marmonna, à l'intention d'Anne :

— On aurait dû mettre un fond sonore, le silence est oppressant.

Puis il éclata de rire, tout réjoui par le regard noir que lui lançait Lily. Une fois encore, Anne constata que Jérôme n'était content que lorsqu'il semait la zizanie. Jusqu'où pouvait-elle lui faire confiance ? Elle s'était habituée à sa présence et finirait par le trouver indispensable, un piège dont elle devait se garder car il ne serait sans doute jamais tout à fait fiable. Mais enfin, dans cette famille de gens trop sérieux il offrait une bouffée d'extravagance bienvenue.

— Souriez, vous êtes filmés, annonça Valère qui venait de sortir son appareil photo.

— Tu as raison d'immortaliser l'instant ! commenta Jérôme du même ton railleur.

Anne reprit sa place et se mit à découper la tarte, pressée que la soirée s'achève et que tout le monde s'en aille. Son essai de réunion familiale se soldait par un échec mais peu importait. Après avoir perdu l'appui de Paul, elle pouvait bien perdre celui de ses parents, elle se sentait assez forte pour continuer son chemin, seule s'il le fallait.

En tendant son assiette à sa mère, elle s'obligea néanmoins à lui adresser un sourire qu'elle espérait affectueux. En retour, elle n'obtint qu'un regard froid, énigmatique. À quel moment étaient-elles devenues des ennemies ? À l'ouverture du testament, où ni Gauthier ni Estelle n'avaient été conviés puisqu'ils n'y figuraient pas ? Toute cette animosité ne serait donc qu'une sordide histoire de gros sous ? Non, il y avait forcément autre chose. Ses parents n'aimaient pas le luxe, ils ne rêvaient pas d'argent facile et ils étaient à l'abri du besoin. La raison se trouvait ailleurs, et peut-être Anne la découvrirait-elle dans le cahier d'Ariane. Car si Estelle n'avait pas été une mère très démonstrative, et même si elle avait préféré sa fille aînée, elle ne s'était jamais montrée d'une telle hostilité envers sa cadette que ce soir.

L'appétit coupé, elle chercha des yeux Goliath et le découvrit couché contre les pieds de sa chaise.

— Il est fantastique, ton chien, décréta Léo qui l'observait.

— La bête du Gévaudan, se moqua aussitôt Lily. Ou plutôt le chien des Baskerville !

— Tu les as bien connus ? riposta Léo.

Charles éclata de rire, imité par les filles de Lily.

— Bon, nous allons rentrer, annonça Estelle, la route est longue. Vous nous suivez, Éric ? Je n'aime pas rouler la nuit à travers ces forêts interminables…

Docilement, son gendre se leva, ignorant les protestations bruyantes de ses filles. Valère et Suki prirent congé en même temps, contraints de se lever tôt le lendemain pour aller s'approvisionner en fleurs. Cinq minutes après leur départ, Jérôme demanda à Anne les clefs de sa voiture.

— Je vais finir la soirée à Dax, j'ai besoin de rigoler un peu. Bon sang, que les parents sont devenus pénibles ! Évite-toi ce genre de corvée à l'avenir, ma pauvre, ou tu finiras en dépression.

Anne se retrouva seule avec son fils et Charles devant la table dévastée.

— Montez vous coucher, les garçons, je me débrouillerai.

— Pas question, protesta Léo. On ira bien plus vite à nous trois.

— Cette vaisselle est très fragile, je…

— On fera attention, promit Charles.

Leur gentillesse provoqua chez Anne une brusque émotion qui lui fit monter les larmes aux yeux. Pour que les deux adolescents ne la voient pas pleurer, elle se pencha et souffla les bougies des grands chandeliers. Sous l'éclairage un peu chiche des appliques, au-dessus de la desserte, la salle à manger perdit toute sa chaleur. Anne regarda autour d'elle et décida qu'elle en parlerait à Jérôme dès le lendemain. Il faudrait revoir les lumières un peu partout dans la maison pour la rendre plus gaie. Mais telle qu'elle était, Anne l'aimait et s'y trouvait à l'aise, en sécurité. Elle était *chez elle*, oui, bien décidée à rester.

En rangeant les verres sales sur un plateau, elle eut une pensée reconnaissante pour Ariane et se sentit apaisée.

3

Paul faisait les cent pas devant le tribunal, incapable de rester en place. Tout était allé beaucoup trop vite, il se retrouvait au pied du mur et n'arrivait pas à se résigner. Parvenu à ce stade de la procédure, le divorce était réduit à une simple formalité et serait prononcé dans moins d'une heure.

Une heure ! Ensuite, tout serait consommé, définitif. Il s'arrêta une seconde, jeta un coup d'œil vers Anne qui s'attardait avec son avocate. Il la vit hocher la tête, regarder sa montre puis revenir vers lui. Le manteau de cachemire beige qu'elle portait était aisément reconnaissable, il le lui avait offert deux ans plus tôt, à Noël. À ce moment-là, tout allait bien dans leur couple. Comment avaient-ils pu en arriver là ? Et cette année, qu'allaient-ils faire pour les fêtes qui approchaient ? Chacun de son côté, avec Léo tiraillé entre eux deux ?

Le cœur serré, au point d'avoir du mal à respirer, il grimaça une ombre de sourire tandis qu'Anne le rejoignait.

— Qu'est-ce qu'on se dit dans ces cas-là ? demanda-t-il d'une voix blanche.

Arrivés séparément, mais bien trop tôt l'un et l'autre, ils n'allaient tout de même pas rester là sur le trottoir à attendre leur tour en bavardant comme de vieux copains !

— Viens, ajouta-t-il, nous sommes très en avance, je t'offre un verre.

C'était lui qui en avait besoin, mais il remarqua qu'elle était pâle, tendue, presque au bord des larmes. Glissant son bras sous le sien, il l'entraîna.

— Il doit bien y avoir un bistrot quelque part… On a encore trois quarts d'heure devant nous. Ton avocate a d'autres affaires à traiter, j'imagine. Le mien est toujours en retard !

Des mots creux, jetés mécaniquement parce que le silence d'Anne lui semblait insupportable.

— Est-ce que tu vas bien ?

Là encore, elle ne répondit pas, mais la question était idiote. S'il ne trouvait rien de plus intelligent à dire, elle n'avait aucune raison de lui adresser la parole. Sur les quarante-cinq minutes qui les séparaient d'une catastrophe irrémédiable, il venait d'en gâcher une ou deux. Il prit une profonde inspiration et lâcha :

— Quand nous sommes sortis de l'église, il y a bientôt quinze ans, j'étais sûr d'avoir fait la meilleure chose de ma vie. Et là, j'ai peur d'être en train de faire la pire des conneries.

Voilà, il avait réussi à l'avouer en marchant, sans la regarder. Il n'arrivait pas à croire que leur entêtement mutuel ait pu les précipiter si vite dans un pareil cauchemar.

— Je suis paniqué, avoua-t-il. Je ne veux pas voir ce juge, je crois que je vais m'enfuir en courant.

Comme elle continuait à se taire, il s'arrêta net et se tourna vers elle.

— Pardon, souffla-t-il.

— Tu l'as voulu..., articula-t-elle, le menton tremblant.

— Mais je ne peux pas te perdre, je vais en crever !

Pour la première fois de sa vie, il se sentait parcouru d'une onde de violence pure qu'il ne pouvait tourner que contre lui-même. Qu'avait-il donc imaginé ? Qu'il supporterait ce divorce sans broncher ? Il avait mis la barre trop haut, impossible d'obéir à son code de conduite habituel, raisonnable et mesuré.

— Pourquoi cette maison entre nous, Anne ?

— Pas *entre* nous. Une maison *pour* nous. Un cadeau.

— Empoisonné ! Tu as voulu bouleverser ma vie contre mon gré.

— Tu n'acceptes pas ce que tu ne décides pas, toi. Rien ne doit changer, jamais, dans ton ordre établi. Tu n'as aucune considération pour l'autre. Tu m'as dit non et tu as cru que ça suffirait à éteindre mes rêves.

Elle conservait une voix monocorde, comme pour ne pas s'impliquer dans une discussion inutile. Ou alors, elle se préservait pour ne pas céder à l'émotion. Dans un cas comme dans l'autre, il n'arriverait pas à l'atteindre s'il l'accusait.

— Anne, je t'aime toujours. Et toi ?

Mais sitôt demandé, il comprit qu'il ne voulait pas entendre la réponse, le risque était trop grand.

— Je m'en vais, dit-il très vite. Je ne me présenterai pas devant le juge, je ne veux pas, je ne peux pas !

Stupéfait lui-même de ce qu'il était en train de faire, il partit en courant. Pour traverser, il dut slalomer entre les voitures dans un concert de klaxons. Il avait littéralement pris ses jambes à son cou et il fuyait à toute allure pour mettre le plus de distance possible entre lui et le tribunal, lui et Anne qui avait crié plusieurs fois son prénom en vain.

*
**

— Il ne s'est pas présenté ? répéta Brigitte, sidérée.

Julien jeta un coup d'œil par la fenêtre pour s'assurer que Paul n'était pas en train de se garer devant la clinique.

— Non, il s'est défilé.

— Je n'en reviens pas… Il ne voulait donc pas en finir, tirer un trait ?

À l'évidence, une pointe de déception se mêlait à sa surprise. Trop honnête – et trop maligne – pour faire la moindre avance à Paul jusqu'ici, elle avait dû espérer que le divorce serait vite liquidé.

— Que va-t-il arriver maintenant ?

— Aucune idée.

— Et Anne, comment a-t-elle réagi ?

— Je n'en sais rien.

— Vous ne l'avez pas appelée ?

— Pas encore.

Il s'était promis de le faire mais n'en avait pas trouvé le courage. Le coup de téléphone de Paul, depuis sa voiture où il venait de monter, tout essoufflé d'avoir tant couru, avait pris Julien au dépourvu. Jamais il n'aurait imaginé qu'un homme aussi calme en toutes circonstances puisse piquer une crise de ce genre. Il lui avait fallu un long moment pour le raisonner, le calmer, et lui recommander la plus grande prudence sur la route du retour. Dans la soirée, ils s'étaient retrouvés au Relais landais où Paul avait beaucoup bu, mais sans faire de scandale. Julien l'avait raccompagné chez lui pour un dernier verre et, compatissant, avait fini par le coucher. À ce moment-là, il était trop tard pour appeler Anne, et ce matin, il était trop tôt. Du moins se donnait-il ce prétexte pour retarder l'échéance. Anne était son amie aussi, d'accord, mais moins que Paul, et surtout, l'attirance qu'il éprouvait envers elle le paralysait. Devait-il déplorer la fuite de Paul ou s'en réjouir ?

— Est-ce qu'elle a un moyen de le contraindre ? voulut savoir Brigitte.

— Le divorce sera prononcé de toute façon, mais pas tout de suite s'il n'est plus d'accord. Et n'oublions pas que c'est lui qui l'avait demandé, pas elle.

— Vous croyez qu'il va venir ce matin ?

— Bien sûr. Il ne va pas s'offrir une crise de folie par jour, ce qu'il a fait hier n'est pas du tout dans son caractère.

— C'était de la lâcheté ?

— Non, autre chose. Il s'est aperçu qu'il avait tort, et son seul moyen pour limiter la casse était d'arrêter la machine.

— Son avocat doit être furieux…

— Pourquoi ? Il sera payé un peu plus longtemps !

Julien fit un clin d'œil à Brigitte puis gagna son cabinet. Il avait estimé préférable de l'avertir plutôt que de la voir se fourvoyer en tentatives de consolation ou, pire, de séduction. Paul n'était pas guéri d'Anne, tant s'en fallait. Mais elle ?

Il entendit Brigitte saluer le premier client qui entrait dans la salle d'attente avec son bouledogue râleur. Paul n'était toujours pas arrivé, donc il avait le temps de passer ce fichu coup de téléphone. Il prit son portable et sélectionna le numéro d'Anne.

— Bonjour, ma belle ! claironna-t-il d'un ton artificiel. Je ne te réveille pas, j'espère ?

— Tu plaisantes ?

— Tu es matinale, c'est vrai… Je voulais de tes nouvelles, sachant que ça s'est mal passé hier.

— Eh bien, disons que ça ne s'est pas passé du tout.

— Et qu'en penses-tu ?

— Je ne sais pas. Divorcer me faisait une peine folle, pourtant j'avais fini par accepter l'idée puisque Paul n'en démordait pas. Je ne comprends pas qu'il ait pu caler à la dernière seconde. J'ai essayé de le joindre dix fois entre hier et maintenant, mais il ne me répond pas. Tu l'as vu ?

— Oui, oui. Il s'est saoulé pour oublier et il doit avoir la gueule de bois ce matin. Je l'attends.

— Alors, dis-lui d'arrêter de se comporter comme un gamin. Il faudra bien qu'il accepte de me parler.

— Évidemment. Je vais lui demander de t'appeler dès qu'il aura une minute, mais le planning est plutôt chargé, aujourd'hui.

— Comme tous les jours, non ?

Anne avait la voix claire, déterminée, elle ne semblait pas du tout anéantie.

— Ce serait sympa que tu passes nous voir un de ces jours, Julien. Aux dernières nouvelles, nous ne sommes pas fâchés, toi et moi ?

— Non !

— Dans ce cas, n'hésite pas.

Il raccrocha au moment où Paul ouvrait la porte de communication entre leurs deux cabinets.

— Besoin d'aspirine ? s'enquit Julien avec un sourire encourageant.

— C'est fait. Merci de ton aide, hier…

— Pas de quoi ! Tu vas mieux ?

— Si on veut. En avalant un litre de café, au réveil, je me suis posé des tas de questions. Si ça ne s'arrange pas entre Anne et moi, je crois que je choisirai de partir.

— Où ?

— À Paris.

Décontenancé, Julien le dévisagea.

— Pour de bon, Paul ? Et la clinique ?

— On en parlera tous les deux.

— Ne fais rien sur un coup de tête. Cette affaire, c'est toute ta vie.

— Et la tienne, non ? Nous l'avons montée ensemble.

Il semblait redevenu le Paul que Julien connaissait, calme et maître de lui, mais il disait des choses ahurissantes.

— Est-ce que tu me rachèterais mes parts, au cas où ?

— Je n'en sais rien ! Tout ça est idiot… Tu aimes cette région, tu t'ennuieras à Paris, tu seras déraciné, loin de ton fils, et une installation là-bas sera hors de prix.

— Mes parents y habitent.

— Paul ! Tu ne comptes pas vivre chez papa-maman ? Recolle donc les morceaux avec Anne, tu en meurs d'envie, et repartez du bon pied. À propos, elle aimerait que tu l'appelles.

— Tu l'as eue ?

— Il y a cinq minutes.

« Vos rendez-vous sont arrivés », rappela la voix de Brigitte dans l'Interphone.

Ils échangèrent un regard, puis Julien haussa les épaules.

— Arrête tes conneries, tu me fatigues. Allez, mon vieux, au boulot !

La tête ailleurs, il alla chercher son premier client. Paul n'était pas sérieux en parlant de vendre et de partir. Néanmoins, Anne devait être mise au courant de ces divagations. Si Paul ne le faisait pas lui-même, Julien s'en chargerait. Pris entre le marteau et l'enclume, il ne savait pas ce qu'il espérait comme dénouement, mais travailler avec Paul était un plaisir depuis des années et il n'avait aucune envie que leur collaboration s'arrête.

*
**

J'avais bien prévu que tout ne serait pas rose, et je ne m'étais pas trompée. En parcourant ma maison enfin reconquise, je retrouvais tous mes souvenirs un à un, mais je découvrais aussi les innombrables blessures infligées par les propriétaires successifs. Comme pour une dame âgée, ou une grande malade, je faisais semblant de ne pas m'apercevoir de sa décrépitude. Qu'aurais-je pu y changer ? Acheter un tube de glu pour recoller les papiers peints qui pendaient ? Personne ne m'avait appris l'art du bricolage, et durant la majeure partie de mon existence j'avais eu des gens pour me servir. J'acceptai donc que mon vieux jouet soit tout abîmé, ça ne m'empêchait pas de l'aimer.

Ayant l'habitude de vivre seule depuis le décès de mon cher Paul-Henri, je ne me sentais nullement mal à l'aise ou inquiète quand la nuit tombait. Les éclairages étaient chiches, mais ainsi ils nimbaient le décor d'un flou harmonieux. Pierre Laborde m'appelait plusieurs fois par semaine, inquiet de mon isolement, et pour le rassurer je l'invitais souvent à boire le thé. Il me parlait de mes affaires, de ce qui restait de mon capital, c'est-à-dire presque rien. Je dus donc me résigner à vendre quelques babioles. Mon premier mari, Albert, m'avait offert un gros diamant très pur que je négociai un bon prix à un joaillier de Biarritz, gardant d'autres bijoux moins importants comme « poires pour la soif ». Je liquidai aussi une authentique coiffeuse Louis XV, rescapée du mariage avec Maurice, des tableaux choisis par Paul-Henri, de la vaisselle et de l'argenterie dont je n'avais nul besoin, me défaisant de services complets pour ne garder que des pièces dépareillées qui me suffiraient amplement.

Pierre fut chargé, en notaire avisé qu'il était, de faire prospérer ce pécule. Même en étant frugale, il fallait bien que je vive de quelque chose ! Renoncer aux robes des couturiers ne me privait pas, je ne comptais pas donner de fêtes ni entreprendre de voyages, et ma seule grosse dépense fut ce poêle Godin qui me permettait de me chauffer à peu de frais.

Des regrets ? Je n'en avais aucun. J'étais rentrée chez moi et je savourais chaque aube, chaque crépuscule. J'avais repris ma chambre de jeune fille, m'étais approprié l'ancien bureau de mon père d'où il avait si mal géré ses « arbres d'or ».

Une année entière s'écoula avant que je ne refasse une tentative en direction de Gauthier. Certes, il ne me manquait pas, mais j'étais curieuse de voir comment la petite Anne grandissait. Je pensais souvent à cette gamine, étonnée à chaque fois de ressentir pour elle une sorte d'affection. Qu'elle soit bonne ou mauvaise à l'école ne m'intéressait pas, qu'elle pratique la gymnastique rythmique ou le tennis de table pas davantage, mais je voulais m'assurer que l'étincelle aperçue dans ses yeux y brillait toujours.

Devinant que mon frère rechignerait à venir, je m'inventai une obligation à Biarritz pour passer les voir. Sonnant chez eux en fin de journée, à l'heure où les gens s'accordent un apéritif mérité ou pas, je découvris sans plaisir et sans surprise que tout ce petit monde avait la tête penchée sur un cahier. Les enfants peinaient sur les leurs, les parents en corrigeaient des piles. Estelle m'offrit une orangeade insipide tandis que les trois premiers rejetons défilaient en traînant les pieds pour m'embrasser. Anne *fut la dernière, gaie comme un pinson, et quand son regard pétillant de malice se leva vers moi, je me sentis ragaillardie. Je ne m'étais donc pas trompée sur son compte, et Gauthier m'en donna aussitôt la preuve en affirmant que la petite était dissipée, imprévisible, « atypique ». Pour lui clouer le bec, je fis remarquer qu'un peu de fantaisie ne ferait pas de mal dans la famille. Estelle écoutait notre échange avec dédain, et le coup d'œil qu'elle jeta à sa fille me parut fort peu charitable.*

Anne restait près de moi, assise sur le carrelage, et il me vint une idée. Je proposai, tout en connaissant la réponse, d'inviter chez moi la petite pour un week-end puisqu'elle avait eu l'air de bien aimer la maison et ses hectares de pins. La réaction d'Estelle fut immédiate, elle se mit à piailler : « Pourquoi elle et pas les autres ? Et puis, c'est ridicule, vous n'y connaissez rien du tout en matière de jeunes, vous ne sauriez pas vous occuper d'une adolescente, surtout celle-là qui est ingérable ! » Gauthier lui-même sembla étonné par la véhémence de son épouse, mais il ne protesta pas. Pour moi, bien que le propos d'Estelle m'ait blessée, il confortait mes doutes sur l'étrangeté de cette relation mère-fille. J'avais piqué Estelle au vif, appuyé là où elle avait mal. En revanche, Anne cachait mal sa déception de ne pouvoir accepter mon invitation, et je fus navrée que le petit jeu auquel je venais de me livrer ait pu lui causer quelque peine.

N'ayant plus aucune raison de m'attarder, je pris congé sans qu'on cherche à me retenir pour le dîner. Manifestement, je n'étais pour Gauthier et Estelle qu'une vieille femme à moitié folle. Et si par extraordinaire je présentais le moindre intérêt, ce ne serait pas la petite Anne qui en profiterait.

Anne reposa le cahier. Elle devinait une révélation proche, une mauvaise surprise. À chaque lecture, son malaise grandissait, au point qu'elle ne lisait plus qu'une ou deux pages à la fois pour avoir le temps de les digérer. Sa mère n'avait pas été un modèle de tendresse avec elle, soit, mais elle n'avait jamais manifesté de franche animosité non plus.

Quoique… En cherchant bien, Anne savait qu'elle trouverait dans ses souvenirs des contrariétés ou des déceptions dont son heureux caractère s'était accommodé. Enfant, elle n'avait été ni pleurnicheuse ni rancunière. Si elle ne s'entendait guère avec Lily, elle considérait qu'il devait en être ainsi de toutes les sœurs, et que leurs six ans d'écart n'arrangeaient pas les choses entre elles. Quant à leur mère, elle donnait raison à l'aînée parce que celle-ci était plus… raisonnable. Du moins, en apparence. Avec le temps, l'éloignement dû aux études, puis les mariages, tout cela s'était estompé. L'aigreur d'Estelle n'avait ressurgi qu'au moment du testament d'Ariane, et à présent elle ne cachait plus sa hargne. Mais à qui en voulait-elle tant ? À Ariane ou à sa propre fille ? Et pourquoi ? Parce que l'héritage lui était passé sous le nez ? Parce que, après avoir voulu à toute force que Gauthier oublie ses origines bourgeoises, voir Anne renouer avec le passé des Nogaro l'exaspérait ?

La voix de Jérôme qui l'appelait, en bas, l'arracha à ces questions. Elle quitta son bureau, dévala l'escalier et rejoignit son frère qui l'attendait dans le hall en compagnie d'un jeune homme blond.

— Je te présente Ludovic, qui va m'aider à finir les chambres. Voici ma sœur, heureuse propriétaire de ce bel endroit !

La poignée de main de Ludovic était ferme, et son sourire très charmeur. Un simple copain ? Une conquête de Jérôme ? Anne attendit des précisions qui ne vinrent pas, son frère se bornant à ajouter :

— Il y a des trucs que je n'arrive pas à faire tout seul, j'ai besoin d'aide. On descendra pour le déjeuner !

Il entraîna le jeune homme vers l'escalier tandis qu'Anne les suivait des yeux, perplexe. S'il s'agissait d'une aide bénévole, elle ne pouvait pas faire moins que nourrir ce garçon, mais cette manière d'être mise au pied du mur était un peu agaçante.

— Je ne tiens pas une cantine, maugréa-t-elle tout bas.

Néanmoins, elle gagna la cuisine et ouvrit le réfrigérateur pour voir ce qu'elle allait préparer. Au moment où elle tendait la main vers une boîte d'œufs, Goliath se mit à aboyer et la porte de la cuisine s'ouvrit sur Paul.

— Je peux entrer ? Bon sang, il est vraiment énorme, ce chien, je n'ai vu que des petits modèles toute la matinée, ça change !

Il affichait un sourire crispé pour dissimuler son embarras. Depuis sa fuite il n'avait pas revu Anne et ne l'avait pas appelée.

— Je me demandais quand j'aurais enfin de tes nouvelles. Entre…

Refermant la porte, il s'y adossa, comme s'il ne comptait rester que quelques instants.

— Je te dois des excuses, j'ai eu un comportement infantile. Bon, je ne tiens plus à divorcer, tu l'auras compris. Mais on fera ce que tu veux, tu n'es pas obligée de te plier à tous mes revirements.

— Paul…, soupira-t-elle.

Pour lui, elle le savait, c'était déjà beaucoup d'admettre qu'il avait eu tort.

— Tu restes pour déjeuner ? proposa-t-elle. Jérôme est là, avec un de ses amis.

— Il se fait des amis ? ricana-t-il.

Puis il se reprit en avouant :

— Je mangerais volontiers un petit truc avec vous avant de retourner à la clinique, mais d'abord, dis-moi ce que tu comptes faire.

— Au sujet du divorce ? Je ne sais pas, Paul.

— Si on mettait tout en stand-by ?

— En attendant quoi ? On donne un curieux spectacle à Léo, il ne doit pas s'y retrouver.

— Je suis prêt à faire un essai.

Elle le scruta, craignant de ne pas comprendre ce qu'il proposait.

— À condition que tu en aies toujours envie, je peux peut-être vivre ici un moment, voir ce que ça donne.

Quelques semaines auparavant, cette offre l'aurait comblée, mais sans doute était-il trop tard pour qu'elle puisse s'en réjouir. Sur le point de répondre, elle entendit les voix de Jérôme et de son ami dans le couloir. Aussitôt Paul en profita pour lâcher, d'un trait :

— Laisse-moi une chance, Anne ! Il faut qu'on arrive à s'en tirer, toi et moi, sinon je crois que je vais finir par vendre la clinique et la maison, tout plaquer pour m'en aller très loin.

Elle le connaissait bien et elle comprit que ce n'était pas une menace, encore moins un ultimatum, juste l'expression de sa détresse. Qu'il soit prêt à céder, au bout de plusieurs mois de lutte, était malgré tout une preuve d'amour.

— Mais voilà le plus beau ! s'exclama Jérôme. Tu te fais trop rare, beau-frère. Euh… Tu es encore mon beau-frère, n'est-ce pas ?

L'antagonisme entre eux deux était palpable. Ils ne s'appréciaient pas et n'avaient jamais cherché à le cacher. Paul toisa Jérôme et grommela quelque chose d'incompréhensible.

— Je fais des œufs brouillés pour tout le monde, annonça Anne.

Jérôme continuait de dévisager Paul comme s'il était à la fois surpris et amusé par sa présence. Anne aurait aimé poursuivre l'explication avec son mari en tête à tête, mais il ne disposait que d'un court moment à l'heure du déjeuner et elle remit leur conversation à plus tard. De toute façon, elle était trop troublée par sa proposition, elle avait besoin d'y réfléchir. Paul *ici*, dans une tentative de réconciliation ? S'installant à contrecœur pour voir si, finalement, la bastide lui convenait ? Avec quelle dose de rancune ou d'humiliation s'y résignait-il pour ne pas perdre sa femme ? Et elle, quel était son désir ? Paul l'avait obligée à passer par différents stades d'espoir et de désillusion, de peur et de chagrin, où en était-elle aujourd'hui ?

— Nous allons nous attaquer à la peinture du couloir, là-haut, décréta Jérôme en posant négligemment quatre assiettes sur la table.

Il allait et venait avec aisance tandis que Paul restait près de la porte, apparemment mal à l'aise dans le rôle de l'intrus. Quant au jeune homme blond, après s'être lavé les mains dans l'évier, il pencha sa tête sous le robinet pour boire à longs traits.

— Ludovic vient de monter sa micro-entreprise multiservice, précisa Jérôme. Il sait tout faire !

Le regard qu'il posa sur son ami était éloquent, d'autant plus qu'il ajouta :

— On va l'héberger pendant quelques jours en échange de son aide.

Anne surprit la grimace de Paul qui avait dû espérer un peu de tranquillité. La cohabitation n'allait pas simplifier les choses, mais elle n'y pouvait rien. Changer ses projets chaque fois que Paul montrait le bout de son nez n'aurait aucun sens. Avec un soupir résigné, elle saisit une poêle.

*
**

Suki ouvrit les yeux alors qu'il faisait encore nuit, et aussitôt elle fut prise d'une violente quinte de toux. Ses yeux la piquaient, elle n'arrivait pas à retrouver son souffle. Tâtonnant dans l'obscurité, elle chercha l'interrupteur de la lampe de chevet mais suspendit son geste à la dernière seconde. Elle se tourna vers Valère, lui attrapa un bras au jugé et le secoua brutalement.

— Réveille-toi vite ! Il y a de la fumée, ça brûle quelque part ! Et n'allume pas, tu risques de provoquer un court-circuit !

Ils se levèrent ensemble mais il fut le premier à la porte de la chambre. Lorsqu'il l'ouvrit, il distingua un épais brouillard dans le séjour et se mit à tousser. Prenant Suki par le poignet, il fonça à la cuisine, mouilla deux torchons dont ils se couvrirent le visage. À travers la fenêtre qui donnait sur la cour, il aperçut la lueur des flammes et se sentit pris de panique.

— C'est un incendie ! Oh, je ne sais pas par où on va sortir, attends…

Quelles étaient les consignes de sécurité dans ce cas-là ? Monter, descendre ? En ouvrant la porte palière, ne risquait-il pas de créer un appel d'air ? Il regagna la chambre en trois bonds, trouva son portable sur la table de nuit et composa fébrilement le 18 tout en enfilant un jean. On lui répondit que les pompiers étaient déjà en route et qu'il ne devait tenter de sortir que si l'escalier était praticable. Sinon, qu'il s'enferme et mette des linges humides au bas des portes.

Il revint dans le séjour, s'approcha de la fenêtre, vit qu'il y avait le feu partout dans la cour. Déjà, la chaleur augmentait, la fumée âcre s'épaississait.

— Le magasin ! cria Suki.

Elle fila dans le vestibule, ouvrit à la volée.

— Arrête ! hurla-t-il au moment où les vitres éclataient à l'étage du dessous.

Se jetant à la poursuite de sa femme, il la rejoignit sur le palier où elle hésitait. Ses poumons le brûlaient, il était terrorisé, mais la voie lui parut libre dans la cage d'escalier remplie de fumée.

— Tiens-moi et ne me lâche pas, on descend !

Malgré les ronflements du feu dans la cour, il perçut des appels et un lointain bruit de sirènes. À présent qu'ils s'étaient engagés sur les marches, ils n'avaient plus le choix, le temps était compté. Pressant le torchon sur son nez et sur sa bouche, il sentit la main de Suki accrochée à la ceinture de son jean. Qu'allaient-ils trouver en bas ? Mais le salut était là, nulle part ailleurs, ils ne devaient surtout pas se retrouver piégés en haut. Le bâtiment était hors d'âge, il pouvait s'embraser d'un coup et flamber comme une allumette.

Ils dévalèrent un étage, puis deux. Le dernier palier était une fournaise, et Valère dut lâcher la rampe.

— On y est presque, on fonce !

Derrière lui, Suki trébucha et le heurta. Sous le torchon, elle toussait à perdre haleine, au bord de l'asphyxie.

— Sauve-toi, dit-elle en s'effondrant sur les dernières marches.

Il la saisit à bras-le-corps, la souleva à moitié puis la traîna à travers le hall. Les deux portes mitoyennes donnant sur la cour et sur l'escalier des caves étaient déjà la proie des flammes, mais celle qui débouchait sur la rue semblait intacte. Il lâcha Suki pour l'ouvrir, sans y parvenir. Comme l'électricité ne fonctionnait plus, la serrure automatique était bloquée. Fou de terreur, il se mit à donner de grands coups de pied sur le battant tout en appelant au secours. Un instant, il tourna la tête vers l'escalier, mais il savait qu'ils ne pourraient pas remonter. Déjà l'incendie se propageait aux premières marches de bois, à la rampe.

Recroquevillée sur le carrelage, Suki ne toussait plus, les yeux exorbités, les deux mains autour de la gorge. Dans quelques secondes, le hall allait se transformer en brasier.

— Au secours, au secours ! hurla-t-il en martelant la porte, à bout de forces.

Il perçut un véritable coup de bélier, de l'autre côté, et n'eut que le temps de faire un bond en arrière. Le battant se fendit en deux, révélant un pompier armé d'une masse. Au moment où on l'attrapait brutalement par les épaules pour le tirer vers la rue, il sentit les flammes lui brûler le dos.

— Ma femme…, réussit-il à dire avant de perdre connaissance.

*
**

Rien ne subsistait de ce qui avait été le magasin de fleurs de Suki. Le commerce mitoyen, un salon de coiffure, était également détruit, ainsi que le petit immeuble dont il ne restait que des murs noircis, comme une sinistre coquille. L'incendie s'était déclaré vers quatre heures du matin, partant sans doute d'une des deux boutiques. Par chance, il y avait peu de locataires et ils avaient réussi à fuir. Ceux du premier avaient sauté par les fenêtres, ceux du second étaient absents, quant à Valère et Suki, l'intervention des pompiers les avait sauvés. Intoxiqués tous deux par les fumées, ils avaient été pris en charge par le SAMU, placés sous oxygène et immédiatement transférés à l'hôpital. Valère souffrait de légères brûlures dans le cou, mais ni son état ni celui de sa femme n'étaient alarmants. Cependant on les gardait en observation, les défaillances respiratoires pouvant survenir après coup.

Anne avait été la première à leur chevet car Suki, dès qu'elle avait pu parler, avait donné son numéro pour prévenir la famille. Estelle et Gauthier étaient arrivés de Biarritz peu après, puis Lily. Trop heureux de les savoir quasiment indemnes, ils les avaient étreints jusqu'à ce que Suki se mette à pleurer en silence, de grosses larmes roulant sur ses joues exsangues. Elle était d'une maigreur effrayante depuis quelques mois, et l'incendie de son magasin n'allait pas arranger sa santé.

En l'observant, Anne fut la seule à comprendre l'étendue de son désespoir, ainsi que sa hâte à quitter l'hôpital pour aller constater elle-même le désastre. De son côté, Valère semblait moins pressé, devinant sans doute qu'il ne restait pas grand-chose de leur vie passée. Le commerce de fleurs, le petit appartement sur cour rempli de leurs affaires personnelles : presque tout avait brûlé, et le reste devait être noyé sous l'eau des lances d'incendie. Néanmoins, Anne promit d'y faire un tour le soir même avant de rentrer chez elle.

Lorsqu'elle arriva sur les lieux, la vision apocalyptique des décombres de l'immeuble la sidéra. À l'évidence, rien ne pourrait être récupéré dans ce bourbier encore fumant. L'accès en était d'ailleurs interdit, protégé par un périmètre de sécurité. Anne resta un long moment sur le trottoir, atterrée à l'idée de ce qui attendait son frère et sa belle-sœur. Ils n'avaient même pas de quoi s'habiller pour quitter l'hôpital quand on les y autoriserait ! La veille, Suki avait été sauvée en chemise de nuit, et Valère ne portait qu'un jean. La première urgence serait de leur procurer des vêtements, puis de contacter leur assurance pour la déclaration de sinistre. Au moins, l'essentiel de leur comptabilité se trouvait dans l'ordinateur d'Anne, ce qui faciliterait peut-être quelques démarches.

Sur la route du retour, elle ne cessa de penser à ce qu'elle devait faire pour tenter de les soulager. D'abord, il leur fallait un toit, un endroit où vivre durant quelque temps, et elle leur ouvrirait volontiers sa maison s'ils le souhaitaient. La grande chambre du second étant finie, avec sa salle de bains, Valère et Suki pouvaient y être hébergés immédiatement. Anne savait que cette solution leur plairait davantage que de se réfugier dans l'appartement des parents, à Biarritz. À moins qu'ils ne préfèrent aller à Hossegor, chez Lily et Éric ? Mais, même si elle disposait d'une chambre d'amis, Lily aimait sa tranquillité et elle ne proposerait pas cette solution d'elle-même, Anne en était persuadée. Évidemment, la bastide allait se transformer en ruche avec Jérôme qui avait décidé de loger son ami Ludovic, Léo qui ne venait jamais sans Charles, Paul qui proposait un essai de cohabitation…

Songer à Paul mettait Anne très mal à l'aise. Il consentait enfin à venir la rejoindre, il admettait qu'avoir voulu divorcer était une erreur, mais serait-ce suffisant pour qu'ils se retrouvent tous les deux comme avant ? Ayant difficilement accepté l'idée d'une séparation, ce retour était d'autant plus perturbant pour elle qu'il ne s'effectuait qu'au conditionnel.

Comme souvent, elle fit un petit détour par la plage du Cap-de-l'Homy pour s'arrêter cinq minutes au bord de l'océan. À cette saison, il n'y avait plus de baigneurs, et aucun promeneur vu l'heure tardive. Quittant ses chaussures, elle décida de marcher un peu sur le sable. Le vent du soir était frais, gonflant les rouleaux qui venaient s'écraser à ses pieds. La contemplation de l'Atlantique était si apaisante qu'elle finit par s'asseoir, les yeux rivés sur l'horizon. Le soleil étant déjà couché, le ciel virait au rose orangé. Valère avait fait des photos fabuleuses ici, surtout en hiver, mais finalement il n'avait pu les vendre à personne, et aujourd'hui la totalité de son matériel professionnel, ses appareils, ses objectifs, devait être détruit par les flammes. Anne vérifierait qu'elle avait bien les doubles des factures dans leur dossier et ensuite elle tenterait, sans trop d'illusions, d'accélérer le remboursement des assurances. Néanmoins, quoi qu'elle fasse, Valère et Suki allaient traverser une période épouvantable. Au moins, ils avaient la chance de s'aimer et d'avoir échappé tous les deux à l'incendie. Peut-être parviendraient-ils à redémarrer leur vie main dans la main.

Parcourue d'un frisson, Anne se releva. Où en était donc sa propre vie ? Elle ne tenait plus la main de personne et n'était pas certaine de vouloir retrouver celle de Paul. Tournant le dos à l'océan devenu gris avec la nuit qui tombait, elle se mit à courir, pressée de rentrer chez elle.

*
**

— Comment ça, chez ta sœur ? C'est ridicule, Valère ! Venez chez nous, on vous dorlotera, n'est-ce pas, Gauthier ?

Quêtant le soutien de son mari, Estelle semblait désolée.

— L'appartement est confortable et on vous laissera bien tranquilles, reprit-elle avec conviction.

— Suki veut être à la campagne, maman. Elle a besoin de se reposer au milieu des arbres et des petits oiseaux.

Estelle haussa les épaules et se tut, gardant les lèvres pincées sur sa contrariété. Prudemment, Valère tourna la tête vers la fenêtre. Les brûlures de son cou ne le faisaient pas trop souffrir grâce aux calmants. Quand les pompiers avaient défoncé la porte, l'appel d'air avait attiré les flammes vers lui, mais l'instant d'après il était tiré hors du feu. Son évanouissement était dû à l'intoxication par la fumée, et les médecins redoutaient encore un problème pulmonaire. Lui se sentait plutôt bien physiquement, prêt à affronter les difficultés qui l'attendaient dès qu'il quitterait l'hôpital.

— Suki aime beaucoup Anne, elle s'entend bien avec elle, ajouta-t-il. Et il y a là-bas une belle chambre pour nous.

La pluie tombait depuis le lever du jour, l'automne était installé désormais. Valère se demanda comment ce serait de vivre chez quelqu'un, d'être hébergé, alors qu'il avait toujours été très indépendant.

— De quelle façon envisages-tu l'avenir ? s'enquit Gauthier avec un sourire encourageant.

— Tout dépendra de la compagnie d'assurances. Je suppose qu'il va d'abord y avoir une enquête pour déterminer la cause de l'incendie. Est-il parti de notre magasin ou du salon de coiffure d'à côté ? S'agit-il d'une négligence, d'un court-circuit ? Pour tout t'avouer, l'électricité était vétuste et nous ne l'avions pas remise aux normes dans la boutique. En ce qui concerne l'appartement, ça dépendait du proprio qui n'a jamais voulu faire un sou de travaux. Les responsabilités seront à déterminer, ça va prendre un temps fou.

— Tu payais bien tes primes ?

— Oui, Suki est très sérieuse avec les factures. Mais ça n'empêchera pas les choses de traîner en longueur, or nous n'avons plus aucun moyen d'existence. Je n'ai plus rien pour faire des photos, et Suki ne peut pas vendre des fleurs sur le trottoir.

Un silence angoissé s'installa entre eux, le temps de prendre la mesure de la catastrophe.

— Je t'ai apporté des vêtements, finit par dire Gauthier avec une grimace pathétique. Des trucs de secours, tu es plus grand que moi…

— Et Lily a donné à Suki des affaires appartenant à ses filles, renchérit Estelle. Ta femme est tellement maigre que ça devrait lui aller.

— Tant mieux, parce qu'elle va sortir la première. Les toubibs la laissent partir aujourd'hui mais ils veulent me garder encore deux jours.

— As-tu besoin d'argent dans l'immédiat ? Des espèces, peut-être ?

Gauthier avait ouvert son portefeuille et il en sortit quelques billets qu'il glissa prestement dans le tiroir de la table de nuit. Penser que son fils n'avait plus rien, ni papiers d'identité ni carte de sécurité sociale ou carte bancaire le rendait malade.

— Si je peux faire des démarches à ta place, n'hésite pas à me le dire.

— Merci, papa. Anne va accompagner Suki à la banque avant de la ramener chez elle.

Hochant la tête, Gauthier tapota l'épaule de Valère puis fit signe à Estelle.

— On te laisse, on reviendra te tenir un peu compagnie cet après-midi.

Une fois hors de la chambre, il poussa un long soupir désolé.

— Comment vont-ils s'en sortir, grands dieux ? Ils ne roulaient déjà pas sur l'or !

Toujours maussade, Estelle laissa tomber :

— Pourquoi vont-ils chez Anne ? S'ils s'étaient installés chez nous, on leur aurait facilité la vie pour bien des choses. Une « belle chambre », tu parles ! Le deuxième étage est en travaux là-bas, ils seront dérangés tout le temps. Et puis vois-tu, au bout du compte j'avais raison pour cette histoire de maison. Si Anne l'avait vendue, d'une part elle serait toujours avec Paul, et d'autre part elle disposerait d'une belle somme pour dépanner son frère. Il aurait pu se remettre à flot tout de suite, sans attendre le dédommagement des compagnies d'assurances. Parce que, je ne sais pas si tu t'en rends bien compte, mais Valère et Suki vont devoir rester inactifs pendant des mois et des mois, de quoi les rendre fous.

— Valère sera mieux avec sa sœur et son frère qu'avec ses parents. Il a passé l'âge.

Les sempiternelles réflexions de sa femme au sujet de l'héritage l'exaspéraient, mais dans cette circonstance il admettait que, en effet, l'argent aurait été bienvenu.

— Tout de même, murmura-t-il, Valère n'a pas de chance…

— Il y en a qui n'en ont pas assez et d'autres trop !

Gauthier pensait surtout que, malgré une éducation stricte, leurs enfants n'avaient pas de métiers stables. Jusqu'ici, Valère avait mal gagné sa vie avec son travail de photographe, Lily ne faisait rien du tout, Jérôme accumulait les bêtises, seule Anne possédait une vraie formation mais elle n'exerçait qu'à temps partiel. Pourquoi Gauthier n'avait-il pas réussi à les guider dans leurs choix ?

Les portes de l'ascenseur s'ouvrirent devant eux et ils se retrouvèrent nez à nez avec Paul.

— J'ai profité de l'heure du déjeuner pour venir faire une petite visite à Valère, expliqua-t-il en les saluant. Comment va son moral ?

— Il ne se plaint pas, mais je crois qu'il se sent au fond du trou, répondit Estelle, tout sourires. Ça lui fera du bien de vous voir, Paul, vous êtes resté son meilleur ami !

Pourquoi était-elle si affable avec ce gendre pour lequel elle n'avait jamais eu beaucoup de considération ? Espérait-elle réconcilier Paul et Anne à force d'amabilités ? Décidément, Gauthier ne comprenait plus sa femme ces temps-ci. Il la poussa hors de l'ascenseur pour qu'elle se taise enfin.

*
**

Jérôme et Ludovic avaient entassé les pots de peinture et les outils le long du mur dans le couloir. Une odeur de térébenthine flottait encore, mais les deux fenêtres de la chambre destinée à Suki et Valère étaient restées ouvertes tout l'après-midi. Ensuite, Jérôme avait refermé et branché le radiateur électrique. Cette pièce faisait sa fierté avec son parquet en pin tout juste posé, ses touches de couleur rouge basque, et l'agrandissement d'une photo très poétique des dunes et de l'océan, prise par Valère un mois plus tôt.

— Et voilà ! s'exclama-t-il avec un geste large. Vous serez nos premiers hôtes…

De plus en plus, il se comportait en propriétaire du lieu, peut-être parce que pour la première fois de sa vie il avait vraiment retroussé ses manches.

— C'est magnifique…, bredouilla Suki.

Dans un jean de Maud et un pull de Clémentine, les filles de Lily, elle avait l'air d'une gamine perdue.

— La salle de bains est à côté, ajouta Anne, j'y ai mis tout ce qu'il faut.

Avant de ramener Suki à la maison, elle l'avait escortée à la banque puis chez l'assureur, l'aidant de son mieux.

— Mon bureau est à l'étage en dessous, première porte dans la galerie. Tu peux l'investir pour passer tous les coups de téléphone que tu veux. On remplira ensemble la paperasserie, mais tu es partout chez toi ici.

Sa belle-sœur lui semblait d'une extrême fragilité malgré son masque de courtoisie. Fidèle à ses habitudes japonaises, elle remerciait, souriait, ne se plaignait pas, pourtant elle devait être brisée par les événements. D'abord il y avait son désir d'enfant non exaucé et dont elle ne parlait plus, et maintenant ce magasin de fleurs auquel elle avait consacré toute son énergie et qui était en cendres. Jusqu'ici, elle s'était consolée dans le travail, mais comment allait-elle supporter l'inaction ? Outre les problèmes d'argent à venir, c'était toute son existence qui avait été dévorée par les flammes, elle ne possédait plus un seul souvenir personnel. Anne se rappelait quelques objets de famille que Suki lui avait fièrement montrés un jour, dont un sabre de samouraï ayant appartenu à son grand-oncle et un petit bouddha de bois précieux qu'elle tenait de sa mère. Elle avait alors affirmé qu'elle ne s'en séparerait jamais parce qu'ils étaient à la fois ses porte-bonheur et son seul lien avec son pays d'origine. Retrouverait-on au moins le sabre noirci dans les décombres ?

Avec la bastide remplie du bric-à-brac d'Ariane, Anne apprenait peu à peu l'importance des choses. Telle babiole chargée d'une histoire, la raison d'une vaisselle si dépareillée, la mémoire des albums de photos, les secrets des cahiers de moleskine. Jamais elle n'avait vu ses parents s'embarrasser du passé, ils jetaient tout sans conserver la trace des années précédentes, n'appréciaient ni les meubles anciens ni les bibelots inutiles. Même l'histoire de la famille ne les intéressait pas. Aujourd'hui Anne en savait sans doute bien plus que son père sur les trois dernières générations de Nogaro.

— Remettez-vous au travail, les garçons, j'installe Suki.

Elle attendit que Jérôme et Ludovic aient disparu pour prendre sa belle-sœur par le coude et la conduire jusqu'au fauteuil installé entre les deux fenêtres.

— Tu vas te reposer un peu pendant que je fais le lit.

— Non ! Je…

— S'il te plaît.

— Pas question. Je refuse d'être considérée comme une malade ou une convalescente, je vais très bien, les médecins l'ont dit. Et je ne me sentirai à l'aise que si tu me laisses prendre ma part des tâches dans la maison.

Anne la dévisagea quelques instants puis acquiesça.

— D'accord. Au fond, ça te distraira de tes soucis.

Elle s'assit en tailleur à même le parquet avant d'ajouter :

— Je suis très contente que tu sois là, Suki. Il y a des trucs dont on ne peut parler qu'entre femmes et je suis entourée d'hommes ! À propos, il est possible que Paul vienne nous rejoindre.

— Vous êtes réconciliés ?

— Pas vraiment. C'est un peu compliqué… Aujourd'hui, Paul marche sur son orgueil parce qu'il m'aime, mais rien ne dit qu'il ne me le fera pas payer, même inconsciemment. Après avoir décrété qu'il ne vivrait *jamais* ici, arriver avec sa valise est un peu piteux.

— Il le fait pour toi.

— Non, il le fait pour lui. Pour ne pas souffrir, lui. Quand il a pris un avocat pour lancer la procédure de divorce, j'ai passé mes nuits à pleurer sans qu'il me donne signe de vie. Il boudait, drapé dans sa dignité, prêt à tout casser plutôt que de céder. Ensuite, il s'est aperçu qu'il était bien plus malheureux qu'il ne l'avait craint. Le jour du jugement, il est parti en courant. Lui ! Tu imagines ?

— Et tu ne veux pas y voir une preuve d'amour ?

— Si, peut-être... Je ne sais pas. Je constate que mes certitudes ont disparu. Je connaissais la force de caractère de Paul, que j'ai toujours admirée, mais qui est devenue de la rigidité et qui s'est retournée contre moi.

— Est-ce que ça signifie que tu ne l'aimes plus ?

Désorientée par une question aussi directe, Anne prit son temps pour répondre.

— Ça ne peut pas s'arrêter d'un coup. Je t'aime, je ne t'aime plus... Disons que ce n'est plus tout à fait pareil. Avant, je n'avais jamais douté. Nous étions en phase tous les deux, du moins je le croyais. Quand j'ai su que j'étais l'unique héritière d'Ariane, j'ai immédiatement deviné que nous aurions des problèmes. Pour moi, c'était une chance inattendue, une opportunité formidable, mais Paul ne l'a pas vécu comme ça et j'ai été déçue. Non seulement il n'était pas d'accord avec moi, mais il s'est immédiatement transformé en ennemi ! Et il m'a servi les discours que m'infligeaient mes parents quand j'étais gamine. D'après lui, je n'étais pas *raisonnable*. Quel besoin avait-on de l'être ? Nous n'étions pas en péril avec deux bons métiers et des emprunts quasiment remboursés. Au contraire, c'était le moment de tenter une aventure pour se sortir de la routine. Sauf que Paul apprécie la routine... En fait, nous ne regardons plus dans la même direction tous les deux, c'est le pire de ce qui pouvait nous arriver.

Suki l'écoutait avec une telle attention qu'Anne en fut embarrassée.

— Je parle trop de moi !

— Tu en as besoin.

— Moins que toi, Suki. Je me sens très égoïste, pardon. Quand je pense à ce que vous vivez, Valère et toi, j'ai honte de mes états d'âme.

— On s'en sortira. Notre amour est sans nuage, rien ne compte davantage. J'ouvrirai un autre magasin dès que ce sera possible. Des fleurs, il y en aura toujours.

— Est-ce que tu m'en planterais quelques-unes si j'achète les graines ?

— Oui, mais pas au milieu de ta clairière ! Trop de soleil, et trop de sable apporté par le vent. Le long de la maison, peut-être.

— Et un ou deux palmiers ? suggéra Anne en songeant à cet *improbable* palmier dont parlait Ariane dans l'un des cahiers. Il paraît que ma grand-mère avait essayé d'en faire pousser un ici il y a une soixantaine d'années.

— À l'époque, les variétés importées étaient sûrement moins résistantes qu'aujourd'hui. Avec la douceur de notre climat, il n'y a aucune raison pour qu'un palmier ne se plaise pas. Mais tu devras faire attention à ce que ce ne soit pas ton Goliath qui l'arrose !

— Tu n'as jamais eu de chien, Suki ?

— Quand j'étais enfant, mes parents avaient un Akita assez impressionnant dont je n'avais pas du tout peur, paraît-il. Après notre mariage, Valère m'avait proposé de prendre un chien ou un chat, mais je pensais que nous aurions très vite un bébé et…

Elle s'arrêta net, mit sa main devant sa bouche comme si elle avait proféré une énormité.

— Je ne veux plus parler de ça, ajouta-t-elle d'une voix sourde.

Anne se garda d'insister, devinant à quel point Suki souffrait de ce désir de maternité jamais comblé. Mais tenir secrète sa douleur ne l'aidait sûrement pas. Évoquait-elle encore ce problème avec Valère ou l'avait-elle totalement occulté ?

Finalement, elles firent le lit ensemble puis descendirent dans la chambre d'Anne pour trier quelques vêtements. Malgré leur différence de taille et de corpulence, elles trouvèrent de quoi habiller Suki dans l'immédiat. La nuit tombait déjà et elles firent rapidement le tour de la maison pour que Suki s'y sente à l'aise.

— Que c'est grand ! répétait-elle chaque fois qu'Anne ouvrait une porte.

— C'était à l'origine une maison de famille construite pour recevoir.

— Mais quand tu as décidé de t'installer ici, avant que Jérôme ne te rejoigne, tu n'avais pas peur, toute seule ?

— Je n'étais pas seule, j'avais Goliath.

— Tu crois qu'il te défendrait ?

— À mon avis, il suffit de l'apercevoir pour prendre ses jambes à son cou.

Dans la cuisine, elles se chamaillèrent pour savoir qui préparerait le dîner, et lorsque Paul arriva, un peu avant huit heures, elles étaient en train de confectionner des sushis.

— Ce soir, je suis juste venu dîner, glissa-t-il à l'oreille d'Anne. Sauf si tu m'invites à dormir…

L'allusion était limpide. Elle l'entraîna vers la cave, sous prétexte de chercher du vin, et en profita pour mettre les choses au point.

— Si tu fais un essai, tu le fais vraiment ! Je ne suis pas une girouette et tu n'as pas à te comporter comme un invité de passage.

Il la prit par la taille, l'attira à lui.

— Pour l'instant, je me sens étranger à cette maison et à ta nouvelle vie. Il faut que nous refassions connaissance, d'accord ?

Se laissant aller dans ses bras, elle perçut l'effluve de son eau de toilette. Comme il n'en mettait jamais pour travailler, afin de ne pas perturber l'odorat des animaux qu'il soignait, elle comprit qu'il était passé prendre une douche à Castets avant de venir.

— Toi et moi, nous ne sommes pas des étrangers, murmura-t-elle.

La tête levée vers lui, elle attendit qu'il se penche et qu'il l'embrasse. Il le fit avec délicatesse, sensualité, sans la brusquer, mais elle fut horrifiée de ne rien éprouver, ni désir ni plaisir. Quelques mois de conflits et de séparation avaient donc suffi à tuer ses sentiments ? Elle se serra davantage contre lui, fit le vide dans son esprit pour en chasser toute rancœur. Contre sa hanche, elle sentait l'envie qu'il avait d'elle. Tout à l'heure, en tête à tête dans sa chambre, dans son lit, qu'allait-il arriver ? Resterait-elle de glace ?

Serait-elle obligée de jouer la comédie, de faire semblant ? Alors qu'il glissait une main sous son pull, elle recula.

— On ne peut pas laisser Suki toute seule, réussit-elle à dire de façon naturelle.

Entre stupeur et déception, son cœur battait la chamade. Elle désigna des bouteilles sur une clayette.

— Choisis ce que tu veux, je remonte.

— J'espère que Jérôme ne sera pas odieux toute la soirée ! lança-t-il tandis qu'elle s'élançait vers les marches.

Un peu plus tôt, elle avait redouté l'affrontement entre son frère et son mari, mais à présent elle avait un souci plus grave. Depuis la première nuit avec Paul, leur attirance et leur entente physique ne s'étaient jamais éteintes. Ils étaient complices, connaissaient les bons gestes pour l'autre, faisaient bien l'amour. Alors, que signifiait cette panne de désir ?

Dans la cuisine, Ludovic s'initiait très sérieusement à la confection des sushis, bombardant Suki de questions.

— Wasabi, soja…, récapitula-t-il.

— Et gingembre mariné. Il n'y a rien de plus facile à faire. Pareil pour les yakitoris, des brochettes de légumes et de poulet. La prochaine fois, on pourra aussi essayer les tempuras, ce sont des beignets.

— De quoi ?

— Peu importe ! Viande, crevettes, huîtres, ce qu'on a sous la main. Mais il faut absolument se procurer des radis daïkon pour la sauce.

Ludovic semblait sous le charme.

— Daïkon ? répéta-t-il.

— Des radis blancs qui aident à digérer.

— Parlez-moi d'une bonne côte de bœuf avec des frites, marmonna Jérôme.

Suki jeta un coup d'œil vers Anne et fronça les sourcils.

— Tout va bien ?

— Oui, oui, Paul nous choisit une bonne bouteille parmi les merveilles qu'Ariane a laissées. Ce sont de très vieux millésimes, mais la cave reste à une température constante qui a dû les préserver. On va trinquer à toi et à Valère, nos deux rescapés.

Cette fois, Suki eut un vrai sourire. Quels que soient ses tourments, elle avait échappé à un incendie, elle était consciente de sa chance.

— Je mets le couvert parce que je fais tout, ici ! claironna Jérôme.

Suki se mit à rire, séduite par sa gaieté, mais Paul, qui émergeait de la cave, leva les yeux au ciel. Pour lui, tant que Jérôme n'aurait pas fait ses preuves, il demeurerait un incapable.

Le portable d'Anne se mit à vibrer, affichant le numéro de Julien. L'espace d'une seconde, elle hésita à répondre, se sentant vaguement coupable, puis elle prit la communication.

— Bonsoir, Anne, navré de te déranger à l'heure du dîner, mais Paul est-il dans les parages ? J'ai deux urgences sur les bras et j'aimerais lui en parler.

Sa voix était pressée, professionnelle, sans rien de chaleureux.

— Je te le passe, répondit-elle avant de tendre le téléphone à Paul.

Elle supposa qu'il avait oublié le sien dans sa voiture, ce qui trahissait sa nervosité lors de son arrivée ici. Il sortit de la cuisine tandis qu'elle essayait de faire le tri de ses émotions. Était-elle déçue par le ton distant de Julien ? Il la fuyait depuis ce stupide baiser et ne mettait plus les pieds à la bastide. Or elle n'oubliait pas qu'elle avait une dette envers lui, ce qui ne simplifiait pas non plus leurs rapports. Elle décida de le rembourser au plus tôt, et pour ça elle devait trouver un arrangement avec Jérôme puisque c'était lui le débiteur. Depuis des semaines, son frère se donnait du mal avec les travaux, en conséquence il méritait une rétribution, ce serait la somme due à Julien.

Dans le couloir, Paul était en train de s'énerver au téléphone. Apparemment, il était en désaccord avec Julien, ce qui n'arrivait pourtant jamais. Elle poussa la porte de la cuisine pour qu'il soit tranquille, puis déboucha l'une des bouteilles remontées de la cave.

— Est-ce que ton mari va vraiment s'installer ici ? demanda Jérôme à voix basse.

Elle était en train de chercher une réponse appropriée lorsque Paul revint, la mine sinistre.

— Je dois partir, il y a deux opérations à faire tout de suite à la clinique et Julien ne peut pas y arriver seul.

Les urgences étaient rares et celui qui était de garde s'en chargeait, sauf cas exceptionnel.

— Je t'accompagne à ta voiture, proposa Anne.

Une fois dehors, Paul lui mit son bras autour des épaules et soupira :

— Je n'ai pas de chance, on dirait ! Je me réjouissais de cette soirée, de te retrouver… Nous sommes dans une drôle de situation, toi et moi, n'est-ce pas ?

— Oui, tout ça est un peu irréel.

Elle se tenait sur la défensive, sans aucune envie qu'il l'embrasse de nouveau.

— Je reviendrai demain, avec ma valise cette fois.

D'un geste tendre, il ébouriffa les cheveux d'Anne et lui souhaita une bonne soirée avant de démarrer. Bien qu'il soit consterné de partir, il ne lui serait pas venu à l'idée de refuser de rejoindre Julien. D'après ce dernier, il y avait eu un gros carambolage sur la nationale 10 et la gendarmerie l'avait appelé pour récupérer deux chiens blessés, un cocker et un berger allemand en piteux état.

Dès qu'il fut sur la route il accéléra, pressé de gagner la clinique, cependant toutes ses pensées étaient encore tournées vers Anne. Bon sang, comme il se sentait peu à son aise dans cette fichue maison, et comme Anne, au contraire, l'avait totalement investie ! Elle était chez elle, la baraque lui *allait bien*. Et en quelques mois, elle avait su organiser toute une vie autour d'elle. Son insupportable frère cadet, maintenant flanqué d'un petit copain, semblait installé pour toujours, et Valère rejoindrait bientôt Suki pour un séjour qui risquait de s'éterniser. Seule consolation, avec Valère, Paul aurait un ami dans la place, quelqu'un à qui parler. Car pour le moment Anne paraissait distante, hésitante, pas vraiment enthousiasmée par sa présence. Pourtant, il avait fait amende honorable, que pouvait-elle souhaiter de plus ? Oui, il était prêt à revenir avec sa valise, prêt à tout pour reconquérir sa femme, jamais il ne se serait cru capable de concessions pareilles. Mais il avait eu tort en demandant le divorce, tort en n'acceptant pas d'essayer de vivre dans cette bâtisse. Une tentative qu'ils auraient dû faire ensemble, dès le début, et qui leur aurait peut-être permis de rentrer chez eux quelques mois plus tard. Aujourd'hui, Anne avait des projets pour sa maison, elle l'avait carrément mise en chantier et ne la lâcherait pas facilement. Sauf si le fait de recevoir des *hôtes* lui déplaisait au bout du compte. Mesurait-elle la servitude de ce genre d'activité ? Même si elle avait besoin de voir du monde, les clients de passage, pas forcément intéressants ni polis, pourraient bien finir par l'exaspérer. Évidemment, on devait cette brillante idée à Jérôme, toujours aussi décidé à exploiter les autres.

Il roulait vite et il émergea de la forêt de Lit-et-Mixe, soulagé de ne plus voir que des alignements d'arbres dans ses phares. La bastide Nogaro était vraiment perdue au milieu des pins, introuvable si on ne la connaissait pas. Ceux qui loueraient des chambres auraient intérêt à être équipés d'un GPS !

Durant les derniers kilomètres avant Castets, il essaya de penser à Julien qui ne devait plus savoir où donner de la tête. Mais c'était un excellent praticien, qui pouvait garder son sang-froid, il avait dû parer au plus pressé en l'attendant.

« Parer au plus pressé » était ce que Paul avait fait en fuyant le palais de justice et le jugement du divorce. Il ne le regrettait pas, néanmoins il s'apercevait qu'il ne suffirait pas de prendre Anne dans ses bras pour tout effacer. Et Léo, qu'allait-il déduire de la présence de son père ? Ne serait-ce pas lui donner de faux espoirs si jamais la réconciliation prévue n'avait pas lieu ? Cette éventualité avait de quoi le glacer, il refusait de l'envisager, pas après tous les efforts qu'il faisait. Des efforts qui avaient pour but de reconstruire tout ce qu'Anne et lui avaient cassé par entêtement. Rebâtir leur couple, retrouver la confiance, repartir pour la vie. Voilà ce qu'il voulait, et il s'en donnait les moyens. Depuis toujours, il surmontait les obstacles à force de volonté, il arriverait à franchir celui-ci comme les autres.

La clinique apparut enfin devant lui, de la lumière à toutes les fenêtres. Oubliant Anne, il se gara en catastrophe et courut vers l'entrée.

4

Le climat des Landes, s'il est généralement clément, peut parfois réserver de surprenants coups de froid lors d'hivers rigoureux. J'en connus deux, l'un après l'autre, qui rentabilisèrent mon poêle Godin ainsi que les quelques billets donnés à un bûcheron pour me scier du bois. De ça, je ne manquais pas ! Il y avait des branches mortes partout sur mes « terres », ainsi que des arbres bons à abattre qui se transformèrent en bûches. Quatre hectares, si c'est insignifiant pour un forestier, c'est beaucoup trop pour un particulier. Personne ne l'ayant entretenue, ma pinède était d'une impressionnante densité et elle me préservait d'éventuels curieux. J'étais donc totalement seule, comme je le souhaitais.

Prendre le thé avec Pierre Laborde était toujours un moment divertissant car il me racontait mille petites choses et m'adressait force compliments. À mon âge, ces gentillesses étaient de véritables douceurs, mensongères ou pas. Craignant toujours avec obstination que je puisse être sujette à l'ennui, il m'apportait des magazines, des recueils de mots croisés, des fiches de jardinage. M'imaginait-il, binette en main, penchée au-dessus des chardons ? J'acceptais gaiement ces menus cadeaux et mettais la conversation sur les cours de la Bourse, espérant que mes avoirs s'étoffaient.

Gauthier ne donnait pas de nouvelles et, hormis une pensée mélancolique et récurrente pour la petite Anne, je ne m'en plaignais pas. Pourtant, un matin, je reçus de sa part un appel m'annonçant sa visite. Il arriva l'après-midi même au volant de son vieux tacot, la mine soucieuse et embarrassée. Après de vagues formules de politesse, il en vint au fait : il avait besoin d'argent. Pas d'une somme énorme mais de quoi constituer un apport personnel pour l'acquisition d'un appartement. Avec quatre enfants à élever, il n'avait guère d'économies, or il pensait – déjà ! – à sa retraite.

Cette demande inattendue me laissa sans voix. Nos relations étaient des plus médiocres, néanmoins il se tournait vers moi car il n'avait personne d'autre à qui s'adresser. Je lui fis valoir que j'avais investi à peu près tout ce que je possédais dans le rachat de la bastide, ce qui provoqua un haussement d'épaules, sans toutefois le décourager. L'appartement qu'il guignait était une « merveille », sa situation « idéale », sur le port des pêcheurs, bref il s'agissait d'un investissement « judicieux ». Rien à voir avec ma propre folie. Réclamant mon aide au nom d'une bonne action, il alla jusqu'à oser dire : « Tu as toujours vécu comme une princesse, il doit bien te rester quelque chose ? »

J'aurais pu refuser. Je pense même que j'aurais dû ! Ce qu'il ferait de ses vieux jours en compagnie d'Estelle ne m'intéressait pas du tout. Et dans sa tête, je le savais, mon argent n'était pas respectable puisqu'il n'était pas le fruit du travail. Néanmoins, il le voulait, quitte à le prendre avec des pincettes. Il ajouta enfin, la main sur le cœur, qu'Estelle n'était pas au courant de sa démarche. Un mensonge inutile auquel je ne crus pas puisqu'il ne lui cachait jamais rien.

Nous n'avions pas vécu sur le même pied lui et moi. De mon point de vue, ce qu'il sollicitait ne semblait pas exorbitant, je pouvais donc l'aider et… en faire mon débiteur. Je lui promis un chèque sous huit jours sans exiger de garantie. Il se récria, voulut me signer un papier, que je refusai. Alors il se lança dans des explications fébriles d'où il ressortait que la location de l'appartement en question couvrirait largement son crédit dans les années à venir, qu'il faisait une excellente affaire puisqu'il était logé par l'Administration, qu'il me rembourserait au fur et à mesure, que je ne regretterais pas d'avoir été utile « pour une fois ».

Ayant étourdiment lâché ces trois derniers mots, il s'arrêta net. Mais je n'allais pas revenir sur notre accord pour une petite vexation supplémentaire. Après tout, il découvrirait les joies de la propriété grâce à moi, et même s'il continuait à me traiter de folle, il ne pourrait mettre en doute ma générosité. Trop borné pour être reconnaissant, il était aussi trop intègre pour ne pas l'être.

Car pour satisfaire ses besoins, il me fallut vendre mes derniers bijoux. Je ne voulais pas toucher à mes placements en Bourse pour lesquels j'avais d'autres projets, et je ne disposais d'aucune liquidité. Sans états d'âme, je me défis d'un bracelet d'émeraudes, de trois rangs de perles, de mon sautoir en lapis-lazuli et de mes boucles d'oreilles en diamant. Celles-ci, que je n'avais jamais quittées, furent remplacées sur-le-champ par une copie en toc du plus bel effet. Je ne gardai qu'un pendentif, un rubis en forme de goutte qui avait été le dernier cadeau de Paul-Henri juste avant sa maladie. Ce joyau était d'un rouge profond, plein d'une mystérieuse lumière, et j'avais bien le droit de conserver un souvenir, rien qu'un seul, de ma splendeur passée. Une opulence dont je n'avais pas la moindre nostalgie puisque j'avais retrouvé ma maison et ainsi atteint le comble du luxe.

Anne reposa le cahier qu'elle se mit à tapoter distraitement. C'était donc grâce à Ariane que ses parents avaient pu acquérir leur appartement du port des pêcheurs ? Ni son père ni sa mère n'en avaient jamais fait mention. D'après eux, seuls leur sens de l'épargne et leur clairvoyance étaient à l'origine de ce beau placement.

À présent, le jour se levait et elle éteignit sa lampe de chevet. Paul était parti travailler une heure plus tôt, d'assez mauvaise humeur à en croire sa façon de malmener les objets. Mais elle avait fait semblant de dormir pour échapper à une éventuelle étreinte matinale. Incapable de retrouver du désir pour lui, elle avait simulé le premier soir et s'était inventé une grosse fatigue la veille. Paul n'était sûrement pas dupe, cependant il n'avait rien dit. Il se montrait tendre, délicat, ne provoquant hélas en elle que l'envie de pleurer. Où était passée leur complicité ? Elle n'avait pas envie de faire l'amour, même pas de s'endormir contre lui, et elle ne comprenait pas pourquoi.

Elle alla prendre une douche puis descendit à la cuisine où Valère et Suki attaquaient leur petit déjeuner. Rentré de l'hôpital en bonne forme, son frère aîné avait décidé de décharger Suki de tous les problèmes administratifs.

— Aujourd'hui, déclara-t-il, je m'occupe de nos papiers d'identité et ensuite je passe chez l'assureur qui a des tas de questionnaires à me faire remplir. Il faut que je dresse la liste de tous nos biens partis en fumée, jusqu'au dernier torchon !

— Des indemnités sont prévues dans l'immédiat pour vous deux ?

— En ce qui concerne le magasin, oui. Plus tôt Suki pourra reprendre son activité commerciale, moins ça coûtera cher à la compagnie d'assurances parce qu'il y a une perte d'exploitation qui court.

— Enfin une bonne nouvelle !

— Tu n'es même pas obligée de nous loger, il y a quelque chose à ce sujet dans les clauses du contrat.

— Ce n'est pas une obligation, affirma Anne, je suis heureuse de vous avoir à la maison.

— Moi aussi, intervint Suki. J'adore cet endroit !

Anne en resta bouche bée. Après avoir tellement entendu, venant de ses parents ou de Paul, de critiques sur sa « baraque », le compliment la touchait beaucoup.

— Papa a proposé de nous loger chez eux à Biarritz, poursuivit Valère, mais ça ne me disait rien. D'abord, c'est trop loin, et puis maman est tellement maniaque… Si c'est pour entendre le couplet sur l'appartement qu'ils ont mis toute leur vie à payer et dans lequel on ne doit marcher qu'en chaussons, merci bien.

Après ce qu'elle venait de lire, Anne esquissa un sourire mais ne fit pas de commentaire. Au fil du cahier d'Ariane, elle apprenait des choses surprenantes qui rendaient confuse l'image qu'elle avait de ses parents, et dans l'immédiat, elle préférait garder ces révélations pour elle.

— Notre chambre est fantastique, ajouta-t-il. J'avoue que le boulot de Jérôme me stupéfie. Tu nous l'as vraiment changé, lui qui ne savait pas planter un clou !

— Ni rester longtemps à la même place. Je pense qu'il se plaît ici.

— Et ces chambres d'hôtes, tu crois que ce sera rentable ?

— Les recettes seront absorbées par nos travaux de rénovation, mais dans un premier temps ceux-ci étaient nécessaires et je n'avais pas les moyens de les financer. Quand nous aurons amorti tous ces frais, la location constituera un apport pour l'entretien de la maison. On commencera avec trois chambres, mais nous pourrions en louer cinq en tout, c'est le maximum autorisé dans le cadre juridique des maisons d'hôtes. J'ai établi un budget prévisionnel précis, et tant que les revenus de cette activité ne dépasseront pas seize mille euros dans l'année, je ne serai pas redevable de cotisations sociales.

— Recevoir tout ce monde ne te fait pas peur ? insista-t-il.

— Au contraire. J'ai vécu en solitaire trop longtemps, je suis prête à essayer autre chose.

— Reste le problème de Goliath. Supportera-t-il les allées et venues des étrangers ?

— Bien sûr. Il est obéissant et plutôt sociable tant que je ne suis pas menacée. Mais la propriété sera interdite aux autres chiens pour éviter les incidents.

— C'est une belle aventure que tu vas tenter, intervint Suki. Faire revivre la maison de tes ancêtres et la partager, quelle bonne idée !

De nouveau, Anne fut émue par la gentillesse de sa belle-sœur, mais Valère insinua :

— Et Paul, dans tout ça ?

— Eh bien… Je ne sais pas trop. Pour l'instant, nous sommes dans le brouillard, lui et moi. Avec tout le travail qu'il a, rentrer le soir dans une maison où circulent des inconnus ne lui conviendra peut-être pas, mais je ne veux pas renoncer à mon projet pour des « si » ou des « peut-être ».

Valère la considéra avec étonnement, sans doute surpris par sa détermination. Comme d'autres dans la famille, il ne comprenait pas qu'elle ait l'air de tenir davantage à sa bastide qu'à son mari. Lui expliquer que les revirements de Paul l'avaient traumatisée ne servirait à rien, Valère était son ami et il l'avait toujours admiré, il ne lui donnerait pas tort.

Anne alla se resservir une tasse de café qu'elle décida de monter dans son bureau. Du travail l'attendait, impossible à différer. La fin de l'année approchant, ses clients ne tarderaient plus à demander leurs comptabilités, tout devait être en ordre pour établir les bilans. Durant près de deux heures, elle resta rivée à son ordinateur, la tête pleine de chiffres, puis elle s'accorda une pause. Comme toujours, elle se dirigea vers la fenêtre, mais il faisait trop froid pour ouvrir et elle se contenta de regarder à travers les carreaux. Elle aussi, comme Ariane en son temps, devrait bientôt faire appel à un bûcheron afin d'éclaircir un peu la densité de sa pinède. Il y avait partout du bois mort, et probablement de vieux arbres à abattre. La fin de l'automne était-elle la bonne saison pour le faire ? Elle n'y connaissait rien mais ne demandait qu'à apprendre, elle allait se renseigner pour trouver quelqu'un.

— Je peux te voir une minute ? demanda Jérôme en passant la tête à la porte.

— Entre !

— Tu regardais le paysage ? s'étonna-t-il.

— Je ne m'en lasse pas. Est-ce que par hasard tu connaîtrais un bûcheron ?

— Je peux t'en dénicher un.

— Grâce à Ludovic, je suppose.

— Oui, il a plein de copains partout.

— Vraiment ? À propos, tu m'as dit qu'il avait monté une micro-entreprise, mais où exactement ?

— À Soustons, c'est là qu'il habite.

— Pour l'instant, c'est plutôt ici.

— Est-ce que ça te pose un problème ?

— Pas du tout. J'aurais juste voulu savoir…

— Si nous sommes amants ? Occasionnellement.

Un petit silence plana entre eux, puis elle haussa les épaules en maugréant :

— On ne fait pas plus romantique !

Il éclata d'un rire spontané et communicatif.

— Parfois je t'adore, ma jolie.

— Tu vas moins m'aimer quand je vais t'annoncer que j'envisage de rembourser ta dette envers Julien.

— Avec quel argent ?

— Celui que tu mérites pour le travail accompli depuis des mois.

— Mon travail ? Ah, non, tu ne peux pas me faire ça ! Je me suis donné un mal de chien pour toi, je n'ai rechigné à rien, je me suis levé tous les matins à sept heures, et bien sûr j'espérais que tu finirais par me payer. J'en ai marre de vivre sans un sou, je ne peux même pas m'acheter un paquet de cigarettes !

— Jérôme, tu es arrivé ici les mains dans les poches, avec une vieille valise à moitié vide, des tee-shirts troués et des dettes. Depuis, je te loge, je te nourris, je te passe ma voiture avec le plein et c'est moi qui achète tes cigarettes. Je sais que toute peine mérite salaire, c'est bien pour ça que je veux rembourser Julien à ta place. Mais si je te donne cet argent, il n'en verra pas la couleur. Tu reporteras indéfiniment, tu le sais très bien. Débarrassons-nous de ce problème et considérons que nous avons remis les compteurs à zéro, toi et moi. Je crois que tu ne perds pas au change.

— Oh, ta foutue honnêteté, ton amour des chiffres précis ! Tu sais quoi ? J'ai emprunté du fric à Ludovic pour m'offrir des petits plaisirs en ville. Alors, tu as l'intention de recommencer avec lui, tu le paieras à ma place ?

— Non, lui c'est ton ami, ça vous regarde. Tandis que Julien…

— Il t'en aurait fait cadeau, idiote !

Interloquée, elle le fixa sans la moindre indulgence.

— Cadeau ? C'est fou comme l'argent des autres a peu de valeur ! Tu ne respectes rien, Jérôme, tu n'es même pas honnête. Et quoi qu'il en soit, je ne veux pas de cadeau de la part de Julien.

— Pourquoi ?

— Il ne me doit rien. J'étais débitrice, je ne le serai plus, l'affaire est réglée. Si tu n'es pas d'accord, tant pis pour toi.

Elle se sentait exaspérée mais elle avait réussi à rester calme, posée. Jérôme avait l'habitude de faire céder les autres, utilisant son charme et son humour pour arriver à ses fins. Il ne devait pas comprendre pourquoi ça ne marchait pas avec sa sœur. Jusqu'ici, elle avait fait à peu près tout ce qu'il voulait, le mettant à l'abri de ses créanciers menaçants, lui épargnant les leçons de morale, le laissant vivre à sa guise. Elle reconnaissait volontiers que son idée de chambres d'hôtes était bonne et qu'il avait travaillé d'arrache-pied pour la rendre possible, mais elle considérait aussi qu'elle venait de le payer correctement.

Devant lui, elle sortit un chéquier du tiroir du bureau et rédigea un chèque de six mille euros à l'ordre de Julien. Quand elle releva la tête, elle croisa le regard de son frère.

— Et maintenant ? demanda-t-il d'une voix moins agressive.

— Remets-toi au boulot.

— Esclavagiste !

— Au fait, de quoi venais-tu me parler ?

— Je voulais savoir si tu vois un inconvénient à ce que Valère nous aide, à l'occasion. J'ai peur qu'il s'ennuie…

— C'est toi l'esclavagiste. Il a mille démarches à faire pour l'instant. Mille choses à racheter, aussi, dont ses appareils photo et ses objectifs pour reprendre son métier. L'urgence est là. Toi, tu as *déjà* de l'aide avec ton invité *occasionnel*.

— Oui, chef, bien, chef ! répliqua-t-il en se mettant au garde-à-vous.

Il avait retrouvé son air insouciant, apparemment il ne lui en voulait pas.

— En tant que chef, j'aimerais que tu te mettes en conformité avec la loi. Un mot que tu détestes, d'accord, mais où en es-tu vis-à-vis des caisses de chômage, d'assurance maladie ? On pourrait m'accuser de te faire travailler au noir.

— Nous sommes en famille ! protesta-t-il.

— Je sais bien, pourtant, il faut qu'on trouve une solution pour te rémunérer. Une sorte de… d'association ?

— Pas maintenant, Anne. Quand nous aurons des clients, on verra.

— Est-ce que ça signifie que tu n'es pas sûr de rester ?

— Je ne suis jamais sûr de rien.

Elle le laissa partir, perplexe. Il avait eu l'honnêteté de ne pas s'engager pour l'avenir, au moins il ne cherchait pas à la bercer d'illusions. Et, contrairement à ce qu'elle avait pu croire au début, il ne profitait pas d'elle, accomplissant sa part de tâches.

Baissant les yeux sur le chèque, elle le considéra quelques instants, puis appela Julien sur son portable. Il était en train de manger un croque-monsieur dans un bistrot de Castets. D'emblée, il protesta qu'il n'y avait aucune urgence pour le rembourser.

— Ce sera fait, insista-t-elle, je serai tranquille.

— Ah, madame la comptable veut tout mettre en ordre !

— Je préfère, oui. Je te l'envoie aujourd'hui.

— Comme tu voudras. Mais si jamais tu as besoin d'autre chose, tu peux compter sur moi.

— Je sais, Julien, et je t'en remercie. Quand viens-tu nous voir ? La maison est pleine de monde avec Valère et Suki, le copain de Jérôme et…

— Et Paul, je suis au courant. Est-ce que ça se passe bien ?

Elle hésita une seconde, puis avoua :

— Pas terrible. Je crois que c'est de ma faute.

— Pourquoi ?

— Disons que… le cœur n'y est pas.

— Ce serait trop bête, Anne.

— Mais ça ne se commande pas.

Ils restèrent silencieux quelques instants, puis elle entendit distinctement Julien soupirer. Elle avait envie de parler encore un peu avec lui, trouvant toujours un certain réconfort à leurs échanges.

— Il y a trop longtemps que je ne t'ai pas vu, j'aimerais bien qu'on puisse discuter tous les deux. Franchement, je ne sais plus où j'en suis.

— Et tu comptes sur moi pour te le dire ?

Après un nouveau silence, un peu plus long, elle enchaîna :

— Paul prétend que si ça ne marche pas, nous deux, il vendra tout et il s'en ira. C'est presque une forme de… chantage.

— Non, il le pense vraiment.

— Mais je ne veux pas détruire son existence, je ne veux pas qu'il s'éloigne de Léo ! Je ne veux pas être responsable de tout ce gâchis !

Elle se mit à pleurer, trop désespérée pour se contenir.

— Écoute-moi, Anne. Les responsabilités sont toujours partagées, ne te mets pas tout sur le dos. Le mieux que vous puissiez faire, Paul et toi, est de vous laisser un peu de temps.

— Tu ne comprends pas, bredouilla-t-elle à travers ses sanglots. Les choses ont changé, je n'ai plus envie de dormir avec lui !

Avoir réussi à le dire la fit pleurer encore plus fort. Sans doute y avait-il trop longtemps qu'elle faisait bonne figure, et elle était à bout.

— Excuse-moi, hoqueta-t-elle en coupant la communication.

Pourquoi se confiait-elle à lui si facilement ? Parce qu'elle n'avait personne d'autre à qui s'adresser ? Jérôme n'aimait pas Paul, Valère l'aimait trop, quant à Lily, elle s'en moquait. Aucun de ses frères et sœur ne seraient de bon conseil. Mais Julien pouvait-il être impartial ? Bien sûr que non ! Entre eux, avant leur petit flirt, une séduction latente existait déjà, même s'ils s'étaient appliqués à l'ignorer. En lui faisant ce genre d'aveu, elle n'était pas innocente et elle s'en voulait.

Elle prit le temps de se moucher, de se calmer. Le programme du week-end serait chargé. Avant d'aller chercher Léo et Charles à la pension en fin d'après-midi, elle devait faire un gros ravitaillement au supermarché en prévision de huit personnes à table à tous les repas. Elle avait voulu de l'animation, elle en avait !

*
**

— Avec la meilleure volonté du monde, je ne sais pas couper du bois. Il faut une tronçonneuse ? Une hache ? Une masse et un coin pour fendre et refendre ? Je n'ai jamais fait ça de ma vie et je tiens à mes doigts, j'en ai besoin.

Déçu, Valère décréta qu'il s'y attaquerait seul.

— C'est un métier, protesta Paul. Tu vas te faire mal.

— Je veux bouger et me rendre utile. Anne a parlé d'embaucher un bûcheron, évitons-lui la dépense. Et puis, vous allez bien en consommer plusieurs stères cet hiver !

Paul esquissa une mimique dubitative, peu convaincu par l'argument.

— Il y a des façons plus marrantes de passer ses dimanches, marmonna-t-il.

Il ne se sentait toujours pas à l'aise, pas à sa place, il avait l'impression de séjourner chez des amis.

— Emmenons plutôt Léo et Charles faire une grande balade, proposa-t-il.

Mais le cœur n'y était pas, il en avait assez de voir des pins à l'infini. Quant à cette histoire de bûcheron,

Anne avait choisi d'habiter une grande maison, qu'elle assume donc tous les frais qui en découlaient. Il trouvait d'ailleurs extraordinaire, après toute l'acrimonie de la famille concernant l'héritage, que deux des frères d'Anne habitent maintenant avec elle et se mettent en quatre pour lui rendre service.

Il jeta un coup d'œil par la fenêtre – d'où on apercevait des pins, et encore des pins au-delà de la clairière – et constata que le ciel était plombé.

— Si on veut se promener, c'est maintenant, une averse se prépare.

Abandonnant la chaleur de la cuisine, il gagna le hall d'entrée et appela son fils du bas de l'escalier. La tête levée, il considéra le lustre vieillot qu'Anne n'avait pas encore remplacé. Quelques mois auparavant, il était venu ici un soir pour vacciner Goliath, mais il avait trouvé la bastide déserte, personne ne répondant à ses appels. Finalement, il était monté jusqu'à la chambre d'Ariane, l'avait vue écroulée sur le tapis, morte, avec le chien qui montait la garde à côté d'elle. Il en conservait un souvenir pénible et ne comprenait toujours pas comment sa femme avait pu vouloir s'installer dans cette maison.

— Oui ? grogna Léo du haut des marches.

Échevelé, il avait la tête d'un adolescent qu'on vient de tirer du sommeil.

— On va marcher un peu, Valère et moi. Ça vous tente ?

— Pas du tout.

— Tu ne vas pas rester au lit jusqu'au déjeuner ?

— Ben, à moins qu'il n'y ait quelque chose d'urgent…

Paul eut un sourire résigné et fit demi-tour. Léo arrivait à un âge où se promener avec son père ne présentait plus aucun intérêt. Il préférait sûrement, en compagnie de Charles, dévorer des mangas ou surfer sur Internet. Était-il toujours en quête de ce billard dont il rêvait ? En tout cas, son dernier bulletin de notes était à peu près satisfaisant, les soubresauts familiaux ne semblaient pas trop l'atteindre. Et, autant le reconnaître, il avait l'air d'aimer cette maison et toute son agitation. Peut-être parce que sa mère, occupée à mille autres choses, le laissait libre. Par exemple, ce matin, elle s'était levée très tôt, sautant hors du lit comme si elle fuyait, et elle s'était enfermée dans son bureau pour boucler quelques dossiers comptables. Sans doute avait-elle pris des clients supplémentaires afin d'augmenter ses revenus. Au moment où leurs avocats respectifs concoctaient le protocole d'accord du divorce, il avait été convenu que Paul ne verserait quasiment rien à Anne puisque la garde de Léo serait partagée entre eux. Depuis qu'elle avait quitté Castets, elle se débrouillait seule et paraissait s'en sortir, mais il ne savait plus grand-chose de ce qui la concernait. Et, inutile de s'aveugler, il ne savait plus non plus comment s'y prendre avec elle. Les retrouvailles n'avaient pas eu lieu sous la couette, ou alors de manière peu satisfaisante. Il la sentait tendue et la tête ailleurs. Même en essayant de ne pas se vexer bêtement, il était humilié par son absence de réaction. Pour l'instant, il mettait sa froideur sur le compte de leur séparation, de cet épouvantail du divorce qu'il lui avait agité sous le nez. Mais un jour prochain, ils allaient devoir s'expliquer.

— Je te vois rêvasser au pied de l'escalier ! cria Jérôme depuis le palier du second. Si tu veux te joindre à nous, il y a du travail pour tout le monde !

— Je pars me balader avec Valère.

— Ah bon ? J'espère que vous avez un parapluie bien étanche !

Paul étouffa un soupir exaspéré.

— Viens avec nous, on s'amuse, insista Jérôme qui le narguait, la tête au-dessus de la rampe.

Haussant les épaules, Paul regagna la cuisine à grands pas.

— Je vais me lancer dans une recette, annonça-t-il à Valère.

Réussir un plat compliqué était l'une de ses distractions favorites du week-end. Mais ici, il n'aurait ni ses ustensiles habituels ni son four à chaleur tournante. Avec les moyens du bord, autant ne pas se montrer trop ambitieux.

— Poulet basquaise ? proposa-t-il. Je crois qu'il y a un marché le dimanche matin à Lit-et-Mixe, on prend deux beaux poulets des Landes, quelques tomates, des poivrons, et le tour est joué !

Ce serait sa manière de s'intégrer à la vie de la maison, et Anne lui en serait sans doute reconnaissante. Content de lui, il fit signe à Valère de le suivre.

*
**

Julien se décida à rebrousser chemin, découragé par l'averse qui rendait les chaussées glissantes. Sur sa puissante moto, il avait fait ce qu'il appelait sa promenade des plans d'eau, empruntant de petites routes sinueuses pour gagner l'étang de Léon, celui de Soustons, puis le Hardy, et enfin l'étang Blanc qui se trouvait dans une réserve naturelle au-dessus de Seignosse. Bien à l'abri sous son casque intégral et sa combinaison de cuir, il rentra lentement, profitant du paysage. À proximité de Saint-Girons, il s'engagea dans un chemin étroit qu'il fallait connaître pour traverser toute la forêt de Lit-et-Mixe. Sous le ciel gris acier qui lâchait des trombes d'eau, les pins semblaient noirs et mouvants comme des rangs de soldats en marche.

Il adorait cet endroit, l'avait adopté dès le premier jour. Né à Bordeaux, il avait passé tous les étés de son enfance au Cap-Ferret et s'était initié très tôt au surf, à la plongée et au ski nautique. Mais il avait toujours été attiré par les Landes de la côte sud, plus sauvages, dont il appréciait les plages à l'infini. Comment Paul pouvait-il envisager l'hypothèse d'un départ ? Il l'avait évoqué à plusieurs reprises, même depuis qu'il avait rejoint sa femme à la bastide. Leur tentative de cohabitation n'était pas très positive, et les larmes d'Anne, au téléphone, en témoignaient. Si le couple ne parvenait pas à se réconcilier pour de bon, Paul serait-il capable de tout bazarder ? Connaissant son caractère entier et orgueilleux, Julien n'en doutait pas. L'échec de son mariage, dont il était bien obligé de prendre une part de responsabilité, allait être le premier de son existence, or Paul détestait perdre, il n'aimait pas le désordre ni le changement. Ses rares confidences étaient pleines d'amertume et d'exaspération car il estimait avoir accompli un immense effort, dont il n'était pas récompensé. Anne ne l'avait pas accueilli à bras ouverts ainsi qu'il l'espérait, et de son côté il ne trouvait pas sa place dans cette vieille bâtisse pleine de monde et en travaux. Il continuait à détester la maison, souhaitait toujours qu'Anne finisse par s'en lasser, pensait qu'avoir donné la preuve de sa bonne volonté serait suffisant pour tout arranger. Mais la faille était bien plus profonde qu'il ne l'avait cru, il s'en apercevait avec retard. Entre eux, l'harmonie était rompue et ne se rétablissait pas. Restée dans l'ombre trop longtemps, fût-ce de son plein gré, Anne avait découvert l'indépendance et goûté de nouveau à la fantaisie. L'héritage de sa tante Ariane lui avait soudain permis d'avoir un projet personnel, elle s'était sentie pousser des ailes. N'ayant jamais rien demandé d'important à Paul, elle n'admettait pas le refus obstiné et méprisant qu'il lui avait opposé durant des mois sans se soucier de ce qu'elle éprouvait. Parce qu'il se pensait dans son bon droit, il l'avait traitée en gamine capricieuse et écervelée, la blessant profondément. Aujourd'hui, elle se tenait en retrait parce qu'elle ne se retrouvait plus dans le marchandage de Paul.

Julien pénétra sous la grange qui servait d'abri à sa moto, coupa le contact et mit la béquille. Quand il enleva son casque, il perçut le bruit régulier de la pluie sur les tuiles et de la gouttière qui ruisselait. Sa petite maison landaise lui plaisait bien, il avait failli la vendre après le départ de sa femme et des jumeaux, mais il s'était finalement habitué à y vivre seul. Contrairement à Paul, il n'aimait pas les constructions modernes, les murs tirés au cordeau et les fenêtres symétriques. Cette construction ancienne, un peu de guingois et qui paraissait tassée sur ses fondations lui était sympathique.

À peine entré chez lui, il se débarrassa de sa combinaison et alla se faire un thé. Sur le comptoir de sa cuisine ouverte sur le séjour, son ordinateur était posé à côté des notes prises dans la matinée. Songeur, il considéra les chiffres qu'il avait alignés. Si vraiment Paul voulait vendre, serait-il en mesure de lui racheter ses parts ? Le calcul était serré mais jouable. Lorsqu'ils s'étaient associés tous les deux pour monter la clinique, ils avaient investi exactement les mêmes sommes, une mise de fonds assez modeste puisqu'ils faisaient une création en partant de rien et qu'ils avaient acheté le local et le matériel à crédit. À présent, avec une clientèle nombreuse et fidèle, l'affaire avait pris beaucoup de valeur.

Mais au-delà du rachat, le casse-tête était ailleurs. Il fallait être deux pour exercer, deux pour les gardes d'urgence. S'il se retrouvait seul, il serait obligé d'engager un confrère, soit comme associé, soit comme vétérinaire salarié. Et il lui faudrait une bonne dose de chance pour mettre la main sur quelqu'un d'aussi doué que Paul, quelqu'un avec qui il partage la même vision du travail. Quant à s'en faire un ami, rien n'était moins sûr. Néanmoins, il n'avait pas d'autre option, il tenait par-dessus tout à cette clinique. Certes, l'idée venait de Paul, c'était lui qui avait choisi l'endroit et pris le pari d'une implantation risquée, mais dès le premier jour, ils avaient œuvré ensemble, sur un pied d'égalité. Julien ne s'imaginait pas installé ailleurs, avec tout à recommencer, il était bien là et voulait y rester.

Il alla choisir un CD dans son impressionnante collection de musique classique, le glissa dans le lecteur de la chaîne et but son thé les yeux dans le vague, toujours songeur. D'une manière ou d'une autre, la présence d'Anne influençait-elle son choix ? Faisait-elle partie de tout ce qui l'attachait à cet endroit ? Même en sachant que rien n'était possible entre eux, il répugnait à s'éloigner d'elle. Il aurait voulu pouvoir la consoler lorsqu'elle pleurait au téléphone, l'autre jour, il aurait aimé pouvoir penser à elle sans culpabilité, mais l'interdit pesait trop lourd, elle était encore la femme de Paul, et même si elle devenait un jour prochain l'*ex*-femme de Paul, ça ne changerait pas grand-chose. Fantasmer sur elle le mettait mal à l'aise, faisait de lui quelqu'un de malhonnête. Il devait provoquer d'autres rencontres et s'astreindre à y trouver de l'intérêt. Si ses tentatives de séduction débouchaient toujours sur de pitoyables aventures sans lendemain, c'était parce qu'il avait Anne en tête et comparait à elle toutes les autres femmes.

— Mais pourquoi, grands dieux ? On a passé des années tranquilles tous ensemble !

Il se remémora l'époque où ils sortaient tous les quatre, se recevaient. La clinique démarrait, les jumeaux venaient de naître, Léo apprenait à lire. Julien ne louchait pas sur Anne à ce moment-là. D'accord, il la trouvait charmante, enjouée, appétissante en maillot de bain sur la plage, et il aimait bien discuter avec elle. Rien d'équivoque ou de honteux, il pensait seulement que Paul avait de la chance. À quel moment s'était-il mis à la regarder autrement ?

Abandonnant son tabouret, il alla récupérer son téléphone. Il ne passerait pas son dimanche à se torturer en vain, autant appeler des copains et organiser une sortie. Il n'était pas de garde, les éventuelles urgences seraient dirigées vers Paul, il pouvait, il *devait* s'amuser un peu.

*
**

— Moi, je la trouve marrante, décréta Ludovic.

— Avec ses putains de chiffres, elle ne l'est pas !

— Normal, c'est son boulot. Pour le reste, elle est cool et elle aime bien rire.

Jérôme finit par hausser les épaules. Anne aimait-elle rire ? Au fond, oui, il l'entendait souvent s'esclaffer avec Léo. Et dans son enfance elle avait fait plein de mauvais coups avec lui en trouvant ça très drôle, malgré les inévitables réprimandes de leur mère qui finissait par tancer Anne, tenue pour seule responsable puisqu'il était le cadet.

— Et voilà, j'ai fini le plafond ! annonça Ludovic en descendant de son échafaudage.

Jérôme le suivit des yeux, fasciné par sa silhouette moulée dans son jean. Ludovic surprit son regard et esquissa un sourire.

— Non, dit-il. On met la deuxième couche sur les plinthes avant de s'accorder une récréation.

— Pourquoi es-tu tellement sérieux ? railla Jérôme, frustré.

— J'aime le travail bien fait.

Sans doute était-ce vrai, néanmoins il n'avait aucune raison de perdre son temps avec un chantier qui ne lui rapportait rien. Comptait-il sur ces chambres d'hôtes, plutôt réussies, pour servir de carte de visite à sa micro-entreprise ? À Soustons, il disposait d'un petit local au fond duquel il avait installé un lit de camp et un réchaud. C'était là qu'un soir Jérôme avait atterri et fini la nuit. En se réveillant, il n'était pas parti sur la pointe des pieds, comme à son habitude, mais il avait secoué Ludovic pour lui proposer un petit déjeuner dans le bistrot voisin. Amusé et vaguement charmé, il l'avait ensuite revu deux ou trois fois avant de lui demander un coup de main pour les travaux de la bastide. Ludovic n'avait pas de clients en vue et pas un sou en poche, il était venu sans se faire prier et sans rien demander. Est-ce que ça cachait quelque chose ? Jérôme pensait être capable de reconnaître un voyou quand il en croisait un, or Ludovic, avec sa tête d'ange et son amour du *travail bien fait* ne semblait pas entrer dans cette catégorie. Mais fallait-il se fier aux apparences ?

— Tu as de la chance d'avoir des sœurs, un frère, des parents prêts à t'aider… Moi, je suis fils unique, et crois-moi, on s'embête ! En plus, mes parents ne sont pas des rigolos.

— Les miens non plus, protesta Jérôme.

— Quand les miens ont compris que j'étais gay, ils m'ont flanqué dehors.

— Les miens n'en savent rien. Quant à m'aider, ils ont toujours fait le service minimum. Un peu d'argent par-ci par-là, en dépannage, rien de significatif.

— Avec des retraites d'instits, ils ne sont pas milliardaires.

— Oh, ils ont bien mené leur barque, ils se retrouvent à l'abri du besoin ! Malgré ça, que la bastide leur soit passée sous le nez les a rendus verts de rage. Mais il fallait s'y attendre. Quand on jette un paquet de fric au milieu d'une famille et qu'il atterrit sur la tête d'un seul membre, les autres font la gueule.

— Pas toi ?

— J'étais loin quand c'est arrivé, je ne suis rentré d'Angleterre qu'après la bataille. La vieille tante Ariane, je ne sais même pas si je l'aurais reconnue en la croisant dans la rue, c'est te dire si je n'attendais rien d'elle. Mais j'ai été plutôt content de pouvoir m'installer chez Anne. En répétant bien *chez Anne*, juste pour le plaisir de voir les autres se renfrogner.

— Tu n'aimes pas ta famille ?

— Pas tout le monde. Je ne m'en fais pas une obligation.

Ludovic était en train de coller un scotch de protection tout le long du parquet. Il leva la tête et considéra Jérôme d'un air sceptique.

— Tu es plus tendre que ce que tu montres.

L'affirmation prit Jérôme au dépourvu. Il ne se sentait ni tendre ni très intéressant et affichait volontiers un masque de cynisme pour déstabiliser ses interlocuteurs. Il n'avait jamais pensé que c'était une façon de se protéger, mais Ludovic n'avait peut-être pas tort. Alors qu'il allait répliquer et s'en sortir par une pirouette, selon son habitude, Suki entra dans la pièce, un plateau dans les mains.

— Une tasse de café pour les peintres ?

Elle avait déniché une vieille bouteille Thermos au fond d'un placard et disposé autour deux ravissantes tasses en porcelaine ainsi qu'un sucrier ébréché.

— En voilà, une gentille belle-sœur ! s'exclama Jérôme en lui prenant le plateau des mains.

Il la détailla des pieds à la tête avant d'émettre un sifflement admiratif.

— Tu es habillée de neuf, on dirait.

— J'ai fait des achats, oui. Notre assureur est compréhensif.

— Où en est l'enquête ?

— Aux premières constatations, le feu serait parti du salon de coiffure mitoyen. Leur électricité n'était pas aux normes, il n'y avait même pas de différentiel sur le tableau.

— Donc, vous n'êtes pas responsables ?

— La question n'est pas là. En fait, l'immeuble va être détruit, rasé, et ça prendra du temps pour le reconstruire. La réouverture de mon magasin de fleurs n'est pas pour demain !

— Et ça te manque ?

— Tu n'imagines pas à quel point…

Toute menue, délicate, elle avait un air fragile et désemparé qui émut Jérôme.

— Profite donc de ces vacances improvisées, il faut savoir se donner du bon temps.

Mais sans doute n'était-elle pas capable de s'amuser, accablée par de trop nombreux soucis. Elle n'avait plus de travail, son mari non plus tant qu'il n'aurait pas racheté tout son matériel photographique, plus de logement hormis cette chambre chez sa belle-sœur, et toujours pas de bébé en préparation. Même si elle n'en parlait jamais, obstinée comme elle l'était, elle devait continuer à y penser.

— Nous allons faire des plantations avec Anne, aujourd'hui.

— On est quasiment en hiver !

— Les rosiers le supportent, à condition de les acheter en conteneur. On peut aussi pratiquer un pralinage, c'est-à-dire tremper les racines dans un mélange boueux d'argile et de tourbe.

— Vous allez vous mettre les mains dans la terre, hein ?

— Ah oui ! Il faut faire de grands trous, c'est amusant. On travaillera aux deux coins de la façade pour installer des grimpants.

— Quelle couleur ?

— C'est Anne qui décidera, mais le rouge irait bien.

Elle s'illuminait dès qu'elle parlait des végétaux, faisant des gestes rapides et gracieux avec les mains.

— Rouge, approuva-t-il pour l'encourager.

Égayer la façade un peu austère était une bonne idée. Il se souvint qu'Anne lui avait montré une vieille photo de la bastide à l'époque de sa splendeur. Le perron était entouré d'une profusion de fleurs, il y avait des plates-bandes parfaitement entretenues et même un grand palmier. Il y avait aussi une jeune fille en robe blanche tenant la main d'un petit garçon dans lequel Jérôme avait eu du mal à reconnaître leur père. Finalement, Anne avait raison de s'intéresser au passé de la famille, c'était instructif.

Dehors, un nouvel orage se préparait et le ciel était devenu très sombre. Jérôme alluma le projecteur de chantier apporté par Ludovic avec ses outils, puis il rendit les tasses vides à Suki.

— S'il vous faut des mélanges boueux, ironisa-t-il, je crois que vous allez être servies !

Il l'escorta le long du couloir jusqu'au palier et, tandis qu'elle descendait, jeta un coup d'œil dans la grande pièce vide qui avait été l'ancienne salle de billard. On pourrait faire une vraie suite là-dedans et, tant qu'il avait Ludovic sous la main, mieux vaudrait s'y attaquer. Pour un caprice de Léo et de son copain Charles, ils n'allaient tout de même pas se priver de cette possibilité. Il fallait qu'il en reparle à Anne afin de la convaincre. En attendant, Ludovic pourrait l'aider à repeindre sa propre chambre, à l'étage en dessous. Il ignorait combien de temps allait durer leur relation, mais il était décidé à en tirer le maximum.

*
**

Paul se redressa, ralluma sa lampe de chevet et s'assit en croisant les bras.

— Tu n'as aucune envie de faire l'amour, tu ne m'aimes plus !

Il se sentait rejeté, humilié, en colère.

— Tu ne peux pas me mentir, Anne, je te connais trop bien. Depuis que j'ai cédé et que je suis venu te rejoindre ici, tu n'as jamais eu d'élan envers moi, tu n'es plus la même !

Un moment, elle resta silencieuse, puis elle se tourna vers lui comme à regret.

— Nous avons subi une sacrée fêlure, murmura-t-elle enfin. Il va peut-être nous falloir un peu de temps.

— Du temps ? On a été séparés pendant des semaines ! Moi, je n'en pouvais plus, je rêvais de toi toutes les nuits. Apparemment, de ton côté tu en as profité pour m'oublier.

— Non, j'essayais de guérir.

— Tu y es très bien arrivée, bravo !

— Paul… Tu avais pris un avocat, demandé le divorce. Tu me parlais du bout des lèvres, tu m'avais rayée de ta vie.

— Alors tu te venges, c'est ça ?

— Pas du tout. Je voulais que tout s'arrange entre nous, je le voulais de toutes mes forces ! Mais il a bien fallu que je me résigne, que j'arrête de pleurer sur nous deux.

— Tu pleurais sur ce que tu avais détruit toute seule.

Elle poussa un profond soupir avant de répondre, presque à voix basse :

— Ne recommence pas à me culpabiliser, ça ne marche plus.

— Quelle tête de mule tu fais ! Il faut bien que quelqu'un soit à l'origine du bourbier dans lequel on patauge depuis des mois !

Il retrouvait soudain toute sa rage, sa rancune intacte.

— Bon sang, Anne, le plus important n'est-il pas de sauver notre famille ? Tu ne fais aucun effort, tu me tournes le dos tous les soirs.

— Il faudrait que je fasse un « effort » ? Tu te sentirais flatté si je me forçais ? Tu crois que l'appétit vient en mangeant ? N'invoque pas la famille quand il n'est question que de désir et de sexe. Je n'ai pas envie de faire l'amour, c'est vrai, mais je n'y peux rien et ça ne veut pas dire que je ne t'aime plus. Pourquoi n'es-tu pas un peu patient ?

— Parce que j'en ai marre ! explosa-t-il. J'ai envie de te toucher, te prendre, te faire jouir, et tu es comme un bout de bois !

Elle s'écarta un peu de lui, remonta la couette sur elle dans un geste de défense.

— Une fois dans ta vie, gronda-t-elle, tu ne pourrais pas concevoir qu'on n'a pas forcément les mêmes envies que toi ? Tu es vexé, tu m'engueules, et tu penses que ça ira mieux en montant le ton ?

— Ça n'ira pas plus mal !

Tendant les mains vers elle, il la saisit par les épaules, l'attira brutalement à lui, décidé à passer outre. Au lieu de se faire une scène ou de grands discours, ils devaient retrouver le plaisir de l'autre, le contact de leurs peaux, les corps qui s'emmêlent et les souffles qui s'accélèrent. Il était certain de savoir la faire vibrer, et elle allait lui en laisser l'occasion, qu'elle le veuille ou non. Il souleva le tee-shirt, vit ses seins ronds et, électrisé, perdit tout contrôle.

La claque retentissante que lui assena Anne le stupéfia. Ébahi, il la lâcha, découvrit la marque rouge qu'elle avait en haut du bras, là où il l'avait trop serrée pour l'immobiliser. Le regard qu'elle dardait sur lui brillait de fureur.

— Désolé, bredouilla-t-il.

Il était à la fois penaud et terriblement frustré, en tout cas très mal à l'aise.

— Tu deviens con ou quoi ?

— Je t'ai fait mal ?

— Tu m'as fait peur ! Tu serais prêt à te passer du consentement quand l'envie est trop forte ? Tu es ce genre d'homme, Paul ?

— Tu sais bien que non.

Elle rabaissa d'un geste sec le tee-shirt entortillé autour de son cou.

— Pour la claque, je n'aurais pas dû. Mais je voyais bien que tu n'allais pas t'arrêter en si bon chemin.

— D'accord, d'accord, soupira-t-il en s'éloignant d'elle.

Durant quelques instants, ils ne surent quoi dire ni quoi faire. Jamais ils ne s'étaient brutalisés, la situation était inédite entre eux, difficile à gérer.

— Même si ce n'est pas une excuse, je t'aime et je te désire, finit-il par chuchoter. Malheureusement, je ne suis pas à ma place ici. D'ailleurs, tu ne m'en laisses aucune, j'ai l'impression de te déranger. Quand je rentre le soir, je suis angoissé, je ne sais pas sur quel pied danser. Je me heurte au cynisme de Jérôme qui me regarde comme un intrus et qui se fout de moi ouvertement. Il est vraiment chez lui, avec son petit copain à la gueule d'ange ! Et il en profite pour jouer du marteau et de la perceuse à huit heures du matin le dimanche. Je n'arrive pas à aimer cette maison parce qu'il y a des courants d'air et de la poussière partout. C'est vieux, c'est au bout du monde. Quand j'éteins la lumière le soir et que tu te réfugies à l'autre bout du lit, je me demande ce que je fous là, au fond des bois, dans un endroit que je déteste avec une femme qui me boude.

— Mais alors, qu'on fasse l'amour ou pas ne change rien à tous tes autres problèmes ?

— Ceux-là sont faciles à régler, on n'a qu'à se tirer d'ici et rentrer chez nous ! Si nous étions dans notre chambre, à Castets, tu serais déjà lovée dans mes bras.

Elle ne répondit rien, ne fit pas un geste vers lui. Elle se contentait de le regarder avec une expression grave.

— J'aurai vraiment tout essayé, conclut-il, je suis découragé.

Après un nouveau silence, assez long, elle se décida à reprendre la parole.

— C'était malhonnête de me rejoindre avec autant d'arrière-pensées, Paul. J'ai dû les deviner malgré tout, et sentir que tu n'es là qu'à contrecœur… Ce que tu veux par-dessus tout est un retour à la case départ. En somme, tu es venu me chercher. Tu as pensé que, sur place, tu serais plus convaincant ?

— Évidemment !

— Mauvais calcul. Quand bien même nous ferions des exploits au lit, il y aurait toujours un lendemain à affronter. Nous n'arrivons plus à tomber d'accord sur une façon de vivre, nous ne partageons plus notre vision de l'avenir.

— Mais nous la partagions, avant !

— Avant ? Tu veux dire avant ce « foutu » héritage ? Eh bien, on avançait sans se poser de questions. On avait mis en route des choses indispensables pour démarrer, mais il n'était précisé nulle part qu'on ne pouvait plus toucher à rien. Le changement te fait peur, moi, il me galvanise.

— Dommage qu'il ne t'excite pas !

Il regretta la vulgarité de sa repartie, qu'Anne accueillit avec une grimace désabusée.

— Franchement, chérie, je ne peux pas croire que ton projet de chambres d'hôtes ait quoi que ce soit d'exaltant. Tu te berces d'illusions. Quand Jérôme t'aura plantée là, tu te retrouveras toute seule à faire la bonniche pour des inconnus.

— Si je comprends bien, rien n'est résolu. Tu ne veux pas t'intéresser à ce que je fais, à ce que j'aimerais faire. Pour toi, tout ce qui n'est pas « comme avant » est forcément idiot. Tout ce qui ne passe pas par toi ne vaut pas la peine d'être tenté, en plus, ça te dérange. Et tu t'étonnes que je me retrouve à l'autre bout du lit ! Depuis des mois, quand je m'adresse à toi, au mieux j'ai affaire à un mur, au pire à un ennemi. Je ne peux pas te désirer si tu me méprises, si tu m'infantilises. Mon absence d'envie vient de là, Paul. Tu veux faire l'amour parce que ça te manque, mais dans ton regard il y a davantage de fureur que de tendresse pour moi.

Si agaçant que ce soit à admettre, elle n'avait pas tout à fait tort. Un peu plus tôt, il avait failli la forcer, exaspéré par sa froideur. Et à cet instant précis, elle n'était plus sa femme, ni même son amie, mais seulement son adversaire. Il avait conscience de s'être montré condescendant à son égard, pourtant il n'arrivait pas à prendre au sérieux l'aventure dans laquelle elle s'était lancée tête baissée.

— Anne..., dit-il d'une voix très douce.

Mais elle ne vint pas dans ses bras, ne s'approcha même pas. Étrangement, elle lui prit la main et la serra très fort. Était-ce un geste de consolation ? D'adieu ?

— Je rentre chez nous, décida-t-il en se dégageant.

Comme prévu, elle ne chercha pas à le retenir. Entre eux, tout semblait désormais consommé.

*
**

Je ne voyais pas le temps filer. Ces années amorçaient pourtant mon déclin, le début de la vieillesse. Chaque matin, je découvrais sur mon visage ou mon cou un nouveau pli, une petite tache brune, une ride plus profonde. Mes articulations commençaient à me faire souffrir, mon souffle était plus court, je me fatiguais vite. Cependant, j'exultais toujours en passant de pièce en pièce, puis d'arbre en arbre dans mon royaume. Finir mes jours ici allait me combler, mais entre-temps j'avais des choses à faire.

Une heureuse surprise fut la visite de la petite Anne. Comme elle avait grandi ! Elle venait d'avoir dix-huit ans, ses yeux pailletés d'or étaient du vert sublime de la malachite, et elle semblait radieuse. Non seulement elle avait son bac en poche, mais aussi le précieux sésame du permis de conduire. Elle m'annonça tout à trac que j'étais la première destination de ses débuts de conductrice car elle avait été frustrée par les refus qu'opposait sa mère à toutes mes invitations. Et elle tenait à me faire part du mariage de sa sœur Lily, auquel nul ne m'avait conviée.

Je lui fis bonne figure, toutefois je trouvai la pilule amère. Gauthier était comme le monsieur Perrichon de la pièce de Labiche, il n'appréciait pas d'être mon obligé. Et toujours mon débiteur puisqu'il ne m'avait jamais remboursée. Afin de ne pas avoir à y penser, il préférait m'oublier tout à fait.

Mon pauvre frère ! Aurait-il pu se bonifier auprès d'une épouse moins austère qu'Estelle ? Il n'était ni entreprenant ni drôle dans son enfance, et n'avait pas progressé d'un pas en grandissant. Certes, je l'avais un peu négligé en me mariant jeune et en fuyant l'affreuse villa de Biarritz où nos parents ruminaient leur ruine, mais il prétendait avoir été heureux durant cette période. Par la suite, il avait choisi un métier sérieux, une femme insipide, une existence assommante, et n'avait jamais dévié de la voie qu'il s'était tracée. Il méprisait ouvertement mon mode de vie et me traitait de folle depuis belle lurette, néanmoins il avait su à qui s'adresser lorsqu'il avait eu besoin d'argent. Nous n'étions pas faits pour nous entendre, même pas pour nous comprendre, mais c'était mon frère et à ce titre je lui gardais un petit reste d'affection.

Anne voulut visiter une nouvelle fois la maison et la trouva aussi imposante et séduisante que dans ses souvenirs de gamine. Peut-être n'était-ce qu'une politesse de sa part, mais ce compliment m'alla droit au cœur. Elle avait apporté des viennoiseries, et pour la tester, je lui dis que j'aurais préféré des gâteaux à la crème. Riant aux éclats, elle brocarda ma gourmandise mais promit d'en tenir compte la prochaine fois. Et, en effet, jamais elle n'y manqua.

En sirotant son thé, elle me parla de l'insistance d'un garçon qui lui faisait la cour, un ami de son frère Valère qui se prénommait Paul. Ce jeune homme était parti pour de longues études, et de son côté Anne avait choisi d'aller préparer à Pau un diplôme de comptable. Je m'étonnai qu'elle puisse vouloir passer sa vie dans les chiffres, pourtant elle m'assura que c'était assez amusant. Mais la vraie raison, qu'elle eut la franchise d'avouer, était son désir de quitter le toit familial au plus vite. Lily et Valère l'avaient déserté, Jérôme séchait le lycée et piaffait en attendant sa majorité, l'ambiance était « tristounette » d'après elle. L'école supérieure de comptabilité de Pau ayant été la première à accepter son dossier, elle avait signé d'emblée, soulagée de s'en aller.

Je lui fis promettre de donner des nouvelles de loin en loin, et l'assurai qu'elle serait toujours la bienvenue chez moi. Elle cala deux fois avant de réussir à démarrer la voiture de Gauthier, une autre de ces vieilles guimbardes qu'il semblait privilégier.

Après qu'elle eut disparu au bout du chemin, je repensai longuement à ce mariage où on ne m'avait pas invitée. De qui venait la décision de m'écarter ? Si Gauthier ne m'aimait guère, en revanche Estelle me détestait carrément. Et cet excès de haine m'intriguait, tout comme son manque d'affection pour Anne m'avait déjà mis la puce à l'oreille. Je pressentais bien autre chose qu'une simple question d'antipathie, aussi décidai-je d'en avoir le cœur net. Je laisserais à Anne le temps de s'installer à Pau, puis je rendrais visite à ma chère belle-sœur.

Ce soir-là, dans mon lit, je me félicitai de n'avoir pas cherché à m'imposer dans ce qui me restait de famille. L'ingratitude de Gauthier, l'hostilité d'Estelle et l'indifférence de leur progéniture me renseignaient assez sur leurs sentiments à mon égard. Seule Anne, que je n'avais pas sollicitée, était venue d'elle-même. Elle n'était pas uniquement dissemblable des autres de par ses traits, mais toute sa personnalité et son caractère criaient sa différence. Et j'en trouverais la cause, je m'en fis la promesse.

*
**

Anne ferma le cahier, effrayée par ce qu'elle venait de lire. Après le départ de Paul en pleine nuit, elle n'avait pas pu s'endormir. Longtemps, elle était restée assise dans son lit sans bouger, jusqu'à ce que Goliath se faufile dans la chambre dont Paul n'avait pas fermé la porte. Caresser le chien était apaisant, tout comme lire dans ses yeux ronds une affection fidèle et sans contrepartie.

Au bout d'un moment, elle s'était sentie plus calme, avait été capable de repenser à Paul. Le point de non-retour ayant été atteint, elle devait une fois de plus reconsidérer l'avenir. Mais au moins, il n'y aurait plus de questions en suspens, de tergiversations, de lueur d'espoir trompeuse, elle avancerait seule, sans états d'âme. Malgré son apparente bonne volonté, Paul était resté comme un roc, et son intransigeance condamnait plus sûrement son couple que n'importe quelle querelle. Leurs chemins se séparaient ici et maintenant, c'en était fini de la douche écossaise.

Le sommeil la fuyant toujours, elle était allée chercher le cahier de moleskine, persuadée d'y trouver un dérivatif. Or ce qu'elle y découvrait l'inquiétait de plus en plus. Bien sûr, elle se souvenait de cette visite à Ariane, de la sensation de liberté qu'elle avait éprouvée à conduire seule, des chemins où elle s'était égarée avant de dénicher celui menant à la bastide. Dans sa tête de jeune fille de dix-huit ans, elle venait réparer une injustice. Indignée par la manière dont Ariane, seule originale de la famille, était tenue à l'écart, elle voulait lui témoigner un peu de sympathie. Avec elle, sa tante s'était toujours montrée aimable, et son univers avait quelque chose de fascinant. La grande maison contenait des souvenirs qu'Ariane illustrait avec des photos d'une autre époque. Elle racontait les campagnes de gemmage des résiniers, les fêtes, sa jeunesse insouciante, puis la faillite honteuse. Anne l'écoutait bouche bée, faisant connaissance avec des générations de forestiers prospères qui étaient ses ancêtres mais dont on ne lui avait jamais parlé. Parfois, elle avait essayé d'interroger son père, mais il se contentait de hausser les épaules, nullement concerné. Il se consacrait à son école primaire, à son épouse et à ses quatre enfants, le passé des Nogaro ne l'intéressait pas.

Elle déposa le cahier sur sa table de nuit, peu désireuse d'en apprendre davantage pour l'instant, et s'enfonça sous la couette. Était-il concevable qu'il y ait un doute quelconque à propos de sa naissance ? Bien sûr que non ! Ariane elle-même, malgré son cynisme, ne croyait pas à une infidélité d'Estelle.

Dehors, le vent soufflait fort autour de la maison, faisant gémir les huisseries, pourtant Anne se sentait en sécurité dans cette chambre. Elle savait qu'Ariane l'avait préparée pour elle et, d'une certaine manière, l'y avait conduite. Si lourd que soit son chagrin d'avoir perdu Paul, elle était à sa place, elle en avait la conviction.

5

Julien avait passé toute la journée du dimanche à Dax, chez de vieux amis, puis il était rentré à Castets pour rejoindre Paul qui ne voulait pas s'éloigner, étant de garde.

Comme convenu, Paul avait préparé le dîner, mais au lieu de mettre en œuvre une de ces recettes compliquées qu'il aimait tester, il s'était contenté de faire réchauffer deux pizzas dans le four. À voir son visage fermé et ses mâchoires crispées, il était d'une humeur massacrante.

— Autant te prévenir, annonça-t-il abruptement alors qu'ils trinquaient, tu vas devoir te décider vite pour racheter mes parts.

— Tu es sérieux ?

— Oh oui !

— Tu vas vraiment lâcher plus de dix ans de travail acharné et une réussite formidable ? Tu vas laisser tomber tous ces gens qui te font une confiance aveugle ? La clinique que nous avons montée ensemble ? Tes amis, ta…

— … famille ? Je n'en ai plus ! Avec Anne, c'est fini, et cette fois c'est sans appel.

— Pourquoi ?

— Nous ne nous sommes pas retrouvés. Même pas au lit ! Elle s'est éloignée de moi, détachée. Et je dois avouer que je ne la regarde plus comme avant. Quelque chose est cassé définitivement. En conséquence, je ne vais pas rester là, je n'en aurais pas la force. Pour tout te dire je suis sonné comme un boxeur. Si je veux me reconstruire une vie, ce sera ailleurs.

Julien n'avait rien à rétorquer devant la détermination de Paul.

— Je déteste les trucs qui se terminent, murmura-t-il seulement.

Lui aussi avait vécu douloureusement son divorce, mais jamais il n'avait envisagé de lâcher son métier. Ne voir ses jumeaux qu'un week-end sur deux était pour lui une souffrance, mais il ne l'avait pas décidé, il subissait.

— Que comptes-tu faire exactement, Paul ?

— Mes valises. J'ai chargé mon père de me trouver un studio meublé à louer, le temps de m'organiser. J'ai aussi appelé un agent immobilier pour vendre la maison, et un commissaire-priseur pour liquider ce qu'il y a dedans. En principe, tout sera réglé à la fin de la semaine, je compte partir vendredi.

Abasourdi, Julien le dévisagea.

— Pourquoi te précipites-tu comme ça ? D'abord, tu n'as pas le droit de vendre, tu es toujours en instance de divorce et tu as besoin de l'accord du juge pour…

— Je m'en fous pas mal ! Anne aura la part qui lui sera attribuée, je ne compte pas la voler. Mais enfin, c'est mon boulot qui a payé tout ce que nous possédons, pas le sien !

L'humiliation infligée par sa femme le rendait furieux, injuste, et pressé d'en finir.

— Je me tire, Julien.

— En cinq jours ? Et où crois-tu que je vais trouver un nouvel associé en cinq jours ? Tu es d'un égoïsme confondant.

— Chacun ses problèmes.

— Mais tu me mets dans la merde !

À son tour, Julien était gagné par la colère, jamais il n'aurait pu imaginer que Paul le laisserait tomber de cette façon-là. Il passa rapidement en revue les solutions d'urgence pour maintenir la clinique ouverte et assurer l'ensemble des rendez-vous. Prendre en stage un jeune diplômé frais émoulu d'une école vétérinaire ? Certains confrères n'ayant pas eu l'opportunité de s'installer se contentaient de faire des remplacements, mais comment choisir le candidat en si peu de temps ? Rester seul était inconcevable, il y avait vraiment du travail pour deux, sans compter les nuits et les dimanches de garde à se partager.

— Je ne peux pas t'empêcher de partir, mais tu te comportes très mal, déclara-t-il en se levant.

— Je ne te mettrai pas le couteau sous la gorge pour le rachat de mes parts.

— Encore heureux !

Il gagna la porte et se retourna :

— Si je t'avais fait un coup pareil…

Paul évita son regard, fixant obstinément la table. Après avoir attendu deux secondes, Julien abandonna la partie et sortit.

*
**

Jérôme et Ludovic avaient écouté les conseils de Suki qui préconisait des différences de couleur sur les murs d'une même chambre, et une disposition précise des meubles selon les règles du feng shui.

— Pas d'étagères au-dessus du lit, pas de miroir non plus. Les glaces et les carrelages accélèrent le flux du *ki*, mettez-en dans les salles de bains.

— Du *ki* ? répéta Ludovic, éberlué.

— *Ki* en japonais, *chi* en chinois. Mais pour les chambres, croyez-moi, il faut privilégier l'énergie du *yin*. Tout doit être harmonieux, moelleux, arrondi, car c'est un lieu de repos et de ressourcement.

Jérôme éclata de rire avant de répliquer :

— En ce qui me concerne, je dors bien n'importe où ! Mais tu as raison, bichonnons nos futurs clients. Mieux ils dormiront, plus souvent ils reviendront. Alors, le lit, ici ?

— Non, pas sous la fenêtre non plus.

Jérôme était hilare mais Ludovic semblait très intéressé. Il dessina le plan de la pièce sur un carnet et ajouta quelques annotations.

— Ah, vous êtes là ! s'exclama Valère en surgissant. Regardez, je viens de recevoir l'appareil que j'avais commandé, le tout dernier Nikon numérique reflex, une merveille ! Ne bougez plus…

Suki lui adressa le sourire lumineux qu'elle lui réservait. Le voir enfin enthousiaste était une bonne surprise après les journées de doute et d'angoisse qu'ils avaient traversées depuis l'incendie.

— Notre assureur est efficace, affirma-t-il, ça n'a pas traîné.

— Et pour le magasin ? ne put-elle s'empêcher de demander, tout en se trouvant égoïste.

— Ce sera un peu plus long, mais la compagnie fait ce qu'elle peut. Notre ancien immeuble, ou plutôt ce qu'il en reste, doit être détruit. Plutôt qu'attendre la reconstruction, je pense qu'ils vont te proposer un local ailleurs.

— Mais je veux rester dans le centre !

Elle avait mis longtemps à se faire une clientèle et refusait d'avance de la perdre, de repartir de zéro. Surtout, elle devait vite se remettre à travailler, elle savait que Valère avait des revenus trop irréguliers avec ses photos, surtout maintenant que la saison des mariages et des baptêmes était finie. Mais, par-dessus tout, elle ne supportait pas l'inaction qui la ramenait à ses idées noires et à cette lancinante absence d'enfant.

— C'est le Nikon dont tu rêvais ? s'enquit Jérôme, la main tendue.

— Pas touche, Brisefer, ce bijou est pour les pros.

Le surnom de son enfance fit sourire Jérôme. En tant que benjamin, il avait bénéficié de l'indulgence de ses parents devant ses frasques et ses maladresses. Une bienveillance refusée à Anne dont les fantaisies n'amusaient pas du tout Estelle.

— Il y a longtemps que je ne casse plus rien, protesta-t-il pour la forme.

— Est-ce qu'il sait vraiment se servir de ses dix doigts ? ironisa Valère en s'adressant à Ludovic.

— Il ne va pas te dire le contraire ! s'esclaffa Jérôme.

Valère leva les yeux au ciel, soudain embarrassé en découvrant que sa question pouvait être diversement interprétée. Pour toute la famille, hormis leurs parents, les mœurs de Jérôme n'étaient plus un mystère.

Une cavalcade dans l'escalier leur annonça l'arrivée d'Anne, suivie de Goliath, et elle déboucha dans la chambre tout essoufflée.

— Paul s'en va, annonça-t-elle d'une traite. Il quitte les Landes pour s'installer à Paris, il plante Julien seul à la clinique et il met la maison de Castets en vente ! Je n'en reviens pas… Et il ne se donne pas la peine de prévenir Léo, je suis censée le faire à sa place.

Il y eut un court silence, puis Suki lâcha, dans un souffle :

— C'est injuste, Anne. Il doit parler lui-même à son fils.

— Oh, de toute façon, Léo s'y attendait, non ? trancha Jérôme.

— Il s'attendait éventuellement à partager ses week-ends entre son père et moi, entre Castets et la bastide.

— Sois réaliste, la seule chose qui l'intéresse est de passer ses week-ends avec Charles. Ils iront ensemble voir Paul à Paris, ce sera très amusant pour eux.

— Arrête avec ton cynisme insupportable, protesta Valère.

Il s'approcha d'Anne, la prit par le cou.

— La réconciliation n'a pas eu lieu, hein ? Il ne faut pas en vouloir à Paul. Tu le connais, il déteste l'échec.

— Il s'aime trop pour supporter de perdre, marmonna Jérôme.

— J'avais du mal à y croire quand il m'a annoncé tout ça par téléphone, poursuivit Anne.

Elle regarda le désordre du chantier sans le voir et finit par s'asseoir par terre. En lâchant sa clinique, Paul lui faisait porter une culpabilité supplémentaire, il lui donnait l'impression d'avoir saccagé son existence.

— Je vous ai trouvé un bûcheron, déclara Ludovic.

C'était totalement incongru après ce qui venait d'être dit, mais Anne leva les yeux vers lui, intéressée.

— Pas trop cher ?

— Non. Et qui connaît son métier. Il débitera tout le bois mort et le rangera où vous voulez. Après, il pourra s'occuper des arbres à abattre, mais ceux-là devront sécher deux ou trois ans avant de pouvoir être brûlés dans le poêle.

Une seconde, Anne se demanda si Ludovic n'était pas *trop* providentiel, néanmoins, elle avait besoin de se chauffer et elle était pratiquement à court d'argent.

— D'accord, faites-le venir.

Plus tôt dans la matinée, elle avait dressé la liste des problèmes à affronter durant les prochains mois, au moins celui-ci serait-il réglé.

Elle redescendit au premier, toujours flanquée du chien qui ne la quittait pas, et gagna son bureau. Le thermomètre intérieur affichait dix-huit degrés, une température un peu juste pour rester immobile. Avec un soupir résigné, elle s'enroula dans un châle puis s'installa devant son ordinateur. Malgré tous les bouleversements des derniers mois, elle avait continué à rendre des dossiers comptables impeccables à ses clients. Et le bouche à oreille fonctionnait bien puisqu'elle avait de nouvelles demandes. Peut-être devrait-elle s'occuper d'une ou deux entreprises supplémentaires, un travail à mi-temps ne suffisant pas à la faire vivre. Puisque Jérôme et Ludovic se chargeaient du chantier, avec maintenant Suki pour les conseiller en matière de décoration, elle pouvait consacrer quelques heures de plus à son métier. Bien sûr, il y avait beaucoup de courses, de repas, de ménage à faire, mais elle était prête à se lever encore plus tôt pour tout concilier.

Le menton dans les mains et les yeux dans le vague, elle se demanda d'où lui venait cette volonté nouvelle de chef de famille. Durant des années, et malgré son énergie, elle avait laissé Paul décider, s'était plus ou moins effacée, mais à présent elle se sentait différente, avec un grand appétit pour la vie qu'elle était en train de se construire.

Elle cliqua sur l'icône de son dossier personnel. Pour recevoir des hôtes, il fallait acheter des tas de choses, draps et serviettes, couettes et oreillers, lampes de chevet, rideaux… L'addition était de plus en plus lourde. Et elle devinait que Paul ne ferait strictement rien pour l'aider, bien au contraire. Le connaissant, une fois ses décisions prises, il s'y tenait quoi qu'il lui en coûte. Trop blessé par la fin de leur histoire, il allait s'appliquer à la rayer de son existence et se dépêcher de rebâtir autre chose. Ne resterait que Léo comme trait d'union entre eux.

Le téléphone la fit sursauter tant elle était perdue dans de sombres pensées.

— Je ne te dérange pas ? demanda Julien en préambule.

— Non ! J'étais dans mes comptes, les miens et ceux des autres.

— Je n'ai jamais compris comment tu pouvais t'amuser avec ça. En ce qui me concerne, les chiffres ne sont pas mes amis. Et c'est à ce sujet que je t'appelle, en fait, je crie au secours.

— Pour la clinique ?

— Évidemment. Sans faire de commentaire désagréable, Paul m'a mis dans une situation impossible. Je cherche un remplaçant partout, et le seul candidat que j'ai reçu ne convenait pas. Inutile de te dire que je bosse douze heures par jour.

— Je suis désolée…

— Tu n'as pas à l'être. Quand j'ai divorcé, je n'ai pas claqué la porte, et je n'aurais jamais imaginé que Paul puisse le faire. Pour moi, il a disjoncté.

— C'est tout de même à cause de moi.

— Ne commence pas à te fustiger. On a une conscience professionnelle ou pas. J'étais persuadé que Paul serait très rigoureux là-dessus et je me suis trompé. Comme quoi je le voyais sous un jour trop flatteur. Bon, je dois te paraître aigri mais je l'ai en travers de la gorge. Je suis obligé d'adresser certains clients aux confrères de Dax, ça m'exaspère. Nous avons eu du mal au début à monter cette affaire, et je refuse de la saborder. Se tirer en cinq jours c'est…

Il s'interrompit, soupira, puis reprit plus doucement :

— Bref, je te quémande un coup de main. Tu connais la clinique, tu t'es longtemps occupée de la comptabilité, des fiches de paie, et moi je ne vais pas y arriver.

— Bien sûr, Julien. Quand on a commencé à se disputer, Paul a préféré me retirer le dossier, tu n'as qu'à me le rendre.

— Ah, tu es gentille !

— Mais non, c'est le moins que je puisse faire.

— Sauf que je te force un peu la main et je m'en excuse. Mais quand Brigitte m'a dit ce matin d'un ton rageur, parce qu'elle ne décolère pas, que j'avais intérêt à trouver un comptable, je me suis senti noyé. Ce qu'il faut que je trouve d'abord, et vite, c'est un confrère. J'ai appelé Toulouse, Maisons-Alfort… J'attends des réponses. Et inutile de t'expliquer que ça va me faire tout drôle de travailler avec quelqu'un d'autre que Paul. On s'entendait très bien dans le boulot. Sur ce plan-là je vais vraiment le regretter.

— Est-ce qu'il avait le droit de te laisser tomber dans un délai aussi court ?

— Je ne sais pas. Déontologiquement, c'est indéfendable, mais je ne lui ferai aucun ennui. Tu me vois appeler l'ordre des vétérinaires ? Je n'ai pas la mémoire courte et je n'oublie pas que l'idée de cette clinique vient de lui, qu'il m'a choisi comme partenaire et qu'on s'est donné à fond tous les deux. Même si ça finit mal, c'était une belle collaboration.

Anne eut l'impression que sa voix venait de se casser sur le dernier mot. Au-delà des ennuis que lui causait le départ de Paul, il était blessé dans son amitié, sa confiance.

— Mets tout le dossier sur une clef USB et viens me la porter ce soir, tu dîneras avec nous.

— Je finis tard.

— Peu importe, on te gardera une part au chaud.

— Merci, Anne.

Après avoir raccroché, elle resta pensive un moment. Elle n'oubliait pas que Julien lui avait prêté de l'argent sans poser de questions quand elle avait voulu rembourser les dettes de Jérôme, et elle trouvait normal de lui rendre service. S'il avait d'abord été l'ami de Paul, il était devenu le sien avec le temps. Cependant elle savait bien qu'il y avait autre chose. La perspective de le voir la réjouissait toujours un peu trop, elle en était consciente mais n'avait plus envie de s'en défendre. Le temps apporterait des réponses, et advienne que pourra !

*
**

Estelle n'avait confié ses mains à la manucure qu'avec réticence. Elle n'était pas une adepte des instituts de beauté, et hormis une coupe chez son coiffeur tous les mois, elle s'occupait peu d'elle-même, évitant les dépenses superflues. Mais Lily avait insisté pour lui offrir un soin des ongles, à défaut de pouvoir la convaincre d'un massage ou d'une séance de balnéothérapie. En ce qui la concernait, elle trompait son ennui de femme au foyer et ses angoisses de la quarantaine dans les clubs chics d'Hossegor. Plusieurs fois par semaine, elle abandonnait son visage et son corps aux doigts expérimentés d'une esthéticienne, se laissant bercer par des bavardages futiles. Rester séduisante avait toujours été son objectif, pourtant elle s'apercevait que les hommes se retournaient moins souvent sur elle malgré ses jupes courtes et son maquillage soigné.

— Votre maman n'a pas l'air d'apprécier, lui annonça la jeune femme qui venait de lui retirer son masque d'argile. Elle s'est récriée devant la gamme des rouges et n'a accepté qu'un vernis incolore !

Lily esquissa un sourire, imaginant sans peine l'embarras de sa mère.

— Elle n'a pas l'habitude, expliqua-t-elle en quittant la table de massage. Question de génération !

Et aussi de moyens. Éric lui passait tous ses caprices, même s'il s'étonnait parfois qu'elle dépense autant d'argent. Devenait-il radin en vieillissant ? Il gagnait pourtant bien sa vie dans son cabinet dentaire, mais depuis peu il s'était mis à évoquer les futures études de leurs filles, l'avenir, un jour la retraite. La *retraite* ! Comment pouvait-il y songer à quarante-cinq ans ? Ce mot résonnait aux oreilles de Lily comme une condamnation. Elle voulait s'amuser, continuer à danser, séduire et avoir des amants, pas tricoter devant la télévision !

Elle retrouva sa mère dans le hall de la réception et la vit qui contemplait ses mains d'un air mitigé.

— Alors, maman, convaincue ?

— Je ne sais pas trop… En tout cas, toi, tu as bonne mine, les traits reposés, ça te fait paraître plus jeune.

— Je ne suis pas vieille ! s'indigna Lily.

— Ce n'est pas ce que je voulais dire.

Elles quittèrent l'institut après que Lily eut fait mettre la note de la manucure sur son compte, ignorant les protestations de sa mère.

— Pour une fois que je t'offre quelque chose, laisse-toi faire.

En effet, c'était toujours Estelle qui gâtait sa fille aînée au-delà du raisonnable. Pour avoir le plaisir de passer un après-midi en sa compagnie, elle lui faisait systématiquement de petits cadeaux.

— On va prendre une pâtisserie ? proposa-t-elle.

Elles gagnèrent un salon de thé proche où elles commandèrent des gâteaux et des cappuccinos.

— Je déteste l'hiver, soupira Lily. On ne peut plus profiter de la plage, il fait nuit trop tôt, on est toujours en manteau… En plus, il faut penser à Noël ! Qu'est-ce qu'on va faire, cette année ? Je l'organise chez moi, comme d'habitude ?

Avant que sa sœur n'hérite, c'était elle qui disposait de la plus grande maison pour réunir la famille.

— Anne voudra peut-être que ça se fasse chez elle, cette année, ajouta-t-elle d'un air innocent.

— Ah, non ! s'emporta aussitôt Estelle. D'abord, c'est au diable, ensuite il y fait froid. Et puis on ne va pas tout changer pour Anne, d'ailleurs, je déteste cette bâtisse, et ton père aussi.

Lily n'était pas tout à fait de son avis, elle ne trouvait pas la bastide si mal que ça, bluffée par la taille des pièces et la hauteur des plafonds, l'escalier monumental, la grande clairière. Certes, l'endroit avait besoin d'être retapé, mais enfin on ne voyait pas des propriétés comme celle-là tous les jours. Bien qu'elle ait du mal à l'admettre, elle éprouvait toujours une certaine aigreur, et sentir que sa mère était pire qu'elle la réconfortait.

— Quand je pense que mon pauvre Jérôme se crève là-dedans, enchaîna Estelle, je vois rouge. Anne exploite tout le monde ! Elle a courtisé cette vieille folle d'Ariane, elle a embrigadé ton frère dont elle fait un ouvrier sans salaire, et maintenant Valère et Suki se croient ses débiteurs. C'était bien normal qu'elle les héberge, même si je pense qu'ils auraient été mieux chez nous, à Biarritz.

— Donc, on fera le réveillon chez moi. Éric sera content, il adore recevoir. Est-ce qu'on garde le menu traditionnel de foie gras, dinde aux marrons et bûche ?

— Si on changeait, ce ne serait pas vraiment Noël.

Lily considéra la pâtisserie qu'elle était en train de manger, puis elle repoussa son assiette.

— J'ai intérêt à faire un peu de régime d'ici là !

— Pourquoi ? Tu es parfaite comme ça.

Outre les petits cadeaux, Lily avait toujours droit à de réconfortants compliments lorsqu'elle passait un moment avec sa mère.

— Les filles ne vont pas tarder à rentrer du collège, soupira-t-elle, je dois y aller.

Encore une chose qu'elle enviait à sa sœur, de ne pas avoir à s'occuper de deux adolescentes infernales. Léo était plutôt calme et bien élevé, en plus il avait voulu être pensionnaire, le comble de la chance ! Lorsque Lily avait évoqué cette possibilité pour ses filles, elles avaient protesté vertement, et Éric aussi. Décidément, Anne avait la belle vie, et aujourd'hui elle disposait d'un statut pour lequel Lily se serait damnée : l'indépendance. Anne faisait ce qu'elle voulait dans sa grande baraque où elle allait jouer à l'hôtesse, et personne n'était là pour la harceler ou la contrarier.

Elle laissa sa mère régler la note et se remit un peu de rouge à lèvres avant de se lever.

*
**

Julien s'adressa au garçon avec beaucoup de douceur :

— Il dort maintenant, il ne t'entend plus. Il est parti…

L'enfant regardait son chat inerte sur la table, les yeux pleins de larmes. Pourquoi sa mère l'avait-elle emmené avec elle et lui infligeait-elle cette épreuve ?

— Je m'occupe de tout, ajouta-t-il. Vous pouvez retourner dans la salle d'attente.

La jeune femme entraîna son fils, qui devait avoir une douzaine d'années et, l'une soutenant l'autre, ils quittèrent le cabinet. Julien détestait toujours ces instants. Même pour abréger les souffrances d'un animal, pratiquer une euthanasie lui était pénible, et voir pleurer les gens l'émouvait, il ne s'était pas blindé avec les années. Heureusement, un peu plus tôt dans l'après-midi, il avait réussi à sauver une chienne dont l'estomac s'était retourné. Le maître lui avait carrément sauté au cou, éperdu de reconnaissance. Parfois, Julien jugeait durement les gens trop attachés à leur animal de compagnie, mais pour certains, la force du lien s'expliquait par la solitude… ou par les désillusions infligées par les humains !

Brigitte entra et lui annonça qu'il n'y avait plus de clients en attente.

— Encore une journée démente ! fit-elle remarquer d'un ton acide. Vous n'avez toujours personne en vue ?

— Si, j'ai une piste sérieuse. Un confrère qui ne veut pas s'installer seul et qui a déjà fait pas mal de remplacements, donc qui bénéficie d'une certaine expérience. Enfin, c'est plus exactement une consœur. Elle m'est recommandée par l'école vétérinaire de Nantes où elle a été très bonne élève.

— Une femme ? s'étonna Brigitte.

— Pourquoi pas ?

— Vous croyez que les gens apprécieront ?

— Si elle est compétente et chaleureuse, sûrement. Vous n'êtes pas misogyne, Brigitte ?

Elle haussa les épaules, agacée. Sans doute aurait-elle préféré un séduisant trentenaire qui l'aurait aidée à oublier le départ de Paul. Elle ne se remettait pas de sa défection qu'elle estimait scandaleuse. D'un point de vue professionnel, elle avait raison, mais son jugement exprimait des choses plus personnelles. Elle était déçue par son absence, et vexée qu'il ne se soit pas donné la peine de lui en parler directement. Quand Julien lui avait exposé la situation, elle avait failli s'en aller à son tour. Par chance, elle était très attachée à la clinique et refusait de laisser tomber Julien à son tour, affirmant qu'elle n'était pas une lâcheuse irresponsable.

— De toute façon, vous ne pouvez pas rester seul, alors plus vite cette femme viendra et mieux ce sera.

— Je la reçois demain matin, elle prend un train de nuit. Notre premier échange par téléphone a été assez concluant pour lui donner envie de se déplacer.

— Elle pourrait commencer tout de suite ?

— Oui, je crois.

— Et où logerait-elle ?

— Je n'en sais rien… À l'hôtel ? Le temps de s'organiser.

— Moi, je veux bien l'héberger, j'ai de la place. Enfin, seulement si elle est sympathique.

Brigitte possédait un agréable pavillon à la sortie de Castets et à deux pas de la clinique. Elle y vivait seule en affichant une indépendance de célibataire qui, en réalité, lui pesait beaucoup.

— Et comment s'appelle-t-elle, votre future associée ?

— Véronique Resnais. Mais ne mettons pas la charrue avant les bœufs, rien ne prouve qu'elle fera l'affaire, ni qu'elle se plaira ici. Quant à une éventuelle association, il faudra d'abord que je débrouille la situation avec Paul.

— Ah, celui-là ! Je le voyais comme un homme extraordinaire, droit et consciencieux.

— Je crois qu'il est vraiment désemparé.

— Il avait déjà évité le tribunal, et là, il s'est carrément enfui ! Lui !

— À certains moments, plaida Julien, on ne parvient plus à faire face. Surtout pour quelqu'un comme lui, qui n'accepte pas l'échec.

— Ne lui cherchez pas d'excuses.

— Et vous, ne soyez pas si intransigeante.

Au lieu de se fâcher davantage, elle eut un large sourire.

— D'accord… Mais pour tout vous dire, et là je vous fais une confidence, je l'aurais volontiers consolé.

— Je sais.

— Ah bon ? Ça se voyait tant que ça ?

— Nous sommes ensemble à longueur de journée, rappela-t-il gentiment.

— Vous me trouvez idiote ?

— Non ! Paul est séduisant. Et les femmes adorent voler au secours des hommes malheureux.

Cette fois, elle rit carrément.

— Ce doit être mon côté maternel. Bon, vous avez vu l'heure ? Reposez-vous un peu, sinon vous n'aurez plus les yeux en face des trous.

Il la regarda sortir, amusé par sa spontanéité. Il devait la ménager, il avait vraiment besoin d'elle, il n'imaginait pas la clinique sans elle en ce moment. Par chance, elle semblait surmonter sa déception concernant le départ de Paul, et elle finirait bien par trouver un homme à son goût. Elle était trop mignonne pour rester seule longtemps. Sauf que, évidemment, rencontrer le prince charmant à Castets relevait de l'improbable.

Ouvrant le fichier de la comptabilité dans son ordinateur, il l'enregistra sur une clef USB. Puis il bascula la ligne du téléphone sur son portable, éteignit les lumières et enfila son blouson. Travailler ici sans Paul avait quelque chose de désespérant, le remplacer était vraiment amer. À condition d'y parvenir ! Il se prit à espérer que cette Véronique Resnais aurait les qualités requises, sinon il devrait reprendre des recherches auxquelles il n'avait pas le temps de se consacrer.

En quittant la clinique, le vent glacé de la nuit le surprit désagréablement tandis qu'il déverrouillait l'antivol de sa moto. Malgré ses gants et son casque, il allait avoir froid sur la route de la bastide.

*
**

— Ah non ! s'emporta Léo. On va faire Noël ici, c'est bien plus grand que chez Lily, on pourra enfin avoir un sapin gigantesque et on décorera toute la maison, dedans et dehors. En débouchant dans la clairière, tu verras, ce sera féerique.

— Il a raison, approuva Jérôme. Noël chez Lily, c'est idiot. Tu dis qu'elle va se vexer ? Et alors ?

— Alors ça fera toute une histoire, soupira Anne, aussi bien avec elle qu'avec maman.

— Laisse-les s'agiter dans leur bocal.

— Elles auront froid.

— Et Lily ne pourra pas mettre une de ses robes décolletées jusqu'au nombril.

— Jérôme !

— Quoi qu'il en soit, je te rappelle que Ludovic t'a trouvé un bûcheron et que nous aurons de quoi faire des feux d'enfer dans les cheminées du salon et de la salle à manger.

— Maman va en faire une question de principe.

— Si vous voulez, je lui annoncerai la nouvelle, proposa Valère. Venant de moi, ça passera mieux.

Il l'énonçait simplement, comme une évidence dont il ne se réjouissait pas particulièrement. Inutile de nier que leur mère préférait Valère à Jérôme, et Lily à tous ses enfants. Depuis toujours, Anne venait loin derrière.

Goliath émit un grognement sourd qui les fit taire et ils perçurent le bruit de la moto de Julien qui arrivait. Quelques instants plus tard, quand il ouvrit la porte de la cuisine, une bouffée d'air glacé s'engouffra avec lui.

— Viens vite te réchauffer près du poêle ! s'exclama Anne.

Elle était encore un peu gênée en sa présence mais elle s'efforça de paraître naturelle. Aussi peu à l'aise qu'elle, il lui tendit tout de suite la clef USB, comme pour justifier sa visite.

— Tu as tout là-dedans, et merci de ton aide.

— Je m'en occuperai dès demain.

— Il faudra établir la fiche de paie de Brigitte et calculer ce que je peux lui verser en prime de fin d'année. Nous l'avons toujours fait.

— Oui, j'ai l'habitude.

Durant une dizaine d'années, elle s'était occupée de toute la gestion administrative de la clinique, sauf les derniers mois, quand Paul avait décidé de la lui retirer.

— Je vous sers un verre ? proposa Suki.

Assez fine pour percevoir la raideur de Julien, elle lui adressa un sourire chaleureux.

— Quelqu'un sait si Paul est bien arrivé à Paris ? s'enquit Jérôme avec une perfidie calculée.

— Oui, murmura Léo. Il est chez mes grands-parents.

Un silence contraint accueillit sa déclaration. Contre toute logique, Anne se sentit peinée que seul leur fils sache où se trouvait Paul. L'adolescent n'avait pas à porter la moindre part dans cette séparation, et elle se demanda ce qu'il éprouvait. Son père l'avait appelé, lui avait parlé, alors qu'elle était sans la moindre nouvelle de lui. Anne eut envie de l'interroger pour savoir quelles étaient les intentions de Paul, mais elle n'en fit rien. Si Léo avait été pris comme confident, il se trouvait déjà en porte-à-faux.

— Avant que tu n'arrives, reprit Jérôme, nous parlions de Noël. Tu as des projets pour le réveillon ? Si tu es seul, n'hésite pas à te joindre à nous !

Anne fusilla son frère du regard. De quoi se mêlait-il ?

— Je ne sais pas encore, répondit prudemment Julien.

L'année précédente, Paul l'avait invité mais il avait refusé, préférant être seul plutôt que dans une autre famille que la sienne. À ce moment-là, il était encore ébranlé par le départ de sa femme et des jumeaux, et il ne voulait imposer à personne son humeur sombre.

— On va faire une déco de folie ! affirma Léo.

Sa gaieté n'était pas feinte, ses yeux brillaient d'excitation.

— Il est possible que Charles soit là, ajouta-t-il à l'intention de sa mère.

— Un soir de Noël ?

— Ses parents sont d'accord, et en échange j'irai passer la Saint-Sylvestre chez lui.

Anne ne répondit rien, se gardant de donner trop vite son accord. Et si Paul voulait passer la fin de l'année et une partie des vacances scolaires avec son fils ? Ils n'en avaient pas discuté, Paul était parti trop vite.

— … oui, c'est une femme, je pense que les clients n'y verront pas d'inconvénient, était en train de dire Julien.

— Tu as déjà trouvé quelqu'un ?

— Ce n'est pas encore fait, mais j'espère. Je saurai ça demain.

— Elle est jolie ? lança Jérôme.

— Sur la photo de son CV, elle n'est pas mal. Une brune à cheveux longs.

— Si elle se révèle mieux que « pas mal », je suis prêt à t'amener Goliath en consultation !

Jérôme s'amusait, évidemment, surtout connaissant ses mœurs, mais Anne ne put s'empêcher de répliquer :

— Il ne te suivra nulle part.

Était-ce de l'exclusivité pour son chien ou de la jalousie envers cette femme inconnue qui allait remplacer Paul et partager le quotidien de Julien ?

— Les quiches sont en train de brûler, fit remarquer Valère.

Suki fut la plus rapide et les sortit prestement du four.

— Je ne me suis pas cassé la tête pour le menu, s'excusa Anne, mais on a une fricassée de champignons à l'ail en accompagnement, et Suki nous a préparé un pastis landais pour le dessert.

— J'ai suivi la recette à la lettre, précisa la jeune femme avec un sourire modeste. Un peu d'anisette, une pointe de rhum…

— Et de la fleur d'oranger ? insista Ludovic d'un air gourmand. Ma mère m'en faisait tous les dimanches quand j'étais gamin. J'adore ce gâteau !

Ils s'installèrent autour de la table en continuant à bavarder. Julien choisit de s'asseoir loin d'Anne et prit place à côté de Léo. Durant le dîner, ils s'efforcèrent d'éviter toute allusion à Paul pour ne pas mettre Léo mal à l'aise. Anne ignorait toujours ce que leur fils pensait de la fuite de son père, elle ne savait pas non plus comment Julien réagissait à cet abandon de poste qui le mettait en danger professionnellement.

— C'est encore un peu la bagarre entre les compagnies d'assurances, mais ça s'arrange pour nous, expliqua Valère à Julien. J'ai pu racheter du bon matériel, malheureusement la saison des mariages et des baptêmes est finie ! À Noël, les gens n'ont besoin de personne pour faire des photos de famille. Pour Suki, c'est plus compliqué parce qu'elle doit trouver un local. En fait, notre propriétaire n'avait pas une électricité aux normes, pas de différentiel ou je ne sais quoi, bref nous n'y sommes pour rien et nous subissons une perte d'activité dont nous serons heureusement dédommagés. Le vrai problème est que tout ça prend un temps fou.

— Mais grâce à Anne nous sommes très bien ici, tempéra Suki. J'ai l'impression d'être en vacances et j'adore cette maison.

— Moi aussi, renchérit Léo.

Anne lui sourit tout en se demandant s'il était sincère ou s'il faisait contre mauvaise fortune bon cœur. Avec la vente de la petite maison de Castets, la bastide devenait son foyer et non plus une villégiature de week-end où s'amuser avec Charles.

Après le café, Julien fut le premier à se lever pour prendre congé. Anne enfila une parka afin de l'accompagner jusqu'à sa moto.

— Il n'y a pas d'éclairage extérieur mais Ludovic a promis de poser un projecteur. Tout le monde met la main à la pâte, pourtant il reste encore beaucoup à faire…

— Vous avez tout l'hiver, vous y arriverez, l'encouragea Julien.

La lune et les étoiles baignaient la clairière d'une lueur fantomatique tandis que le vent sifflait dans les pins alentour.

— Rentre vite, Anne, tu vas avoir froid. Merci pour le dîner, et merci de ton aide pour la comptabilité. En ce qui concerne le bilan de fin d'année et tout le reste, considère-moi comme un de tes clients et envoie-moi tes honoraires.

— Tu plaisantes !

— Tu n'as aucune raison de perdre ton temps pour moi.

— Il n'en est pas question, Julien.

— Si, ça me gêne.

— Et moi, ça me vexe. Je l'ai fait pendant des années !

— Tu le faisais pour ton mari.

— Eh bien, ce sera pour un ami.

Il jouait nerveusement avec la bride de son casque et il ne céda qu'à contrecœur.

— À charge de revanche, alors. Si tu as besoin de quoi que ce soit…

— Je sais.

Dans la pénombre, elle vit qu'il souriait enfin. Elle se mit sur la pointe des pieds et lui déposa un baiser rapide sur la joue.

— Reviens quand tu veux, ça me fait toujours plaisir.

S'écartant pour le laisser enfourcher sa moto, elle frissonna.

— Anne, demanda-t-il sans bouger, qu'est-ce qui n'a pas fonctionné avec Paul ?

— Il ne le voulait pas vraiment, ou pas de cette manière-là. Peut-être que moi non plus, à la fin, parce qu'il y mettait trop de conditions, d'ultimatums.

— Bon sang, il avait tout entre les mains, un vrai carré d'as ! Lâcher ça pour une question d'orgueil…

— C'est sa nature, il n'accepte pas la contrainte. L'orgueil est ce qui lui a toujours permis d'avancer.

— Dommage pour lui, mais il s'en mordra les doigts. Un jour, il ne s'aimera plus lui-même, et il s'aigrira en découvrant qu'il a tout paumé parce qu'il ne voulait pas lâcher du lest. Vivre ici avec toi, ce n'était pas vraiment l'enfer.

Il y eut un crissement de pattes sur le sable, puis la silhouette de Goliath se glissa entre eux. Jérôme l'avait-il laissé sortir pour qu'il aille faire sa balade du soir ou parce qu'il trouvait qu'Anne s'attardait trop ? Julien eut un nouveau sourire et boucla son casque avant de démarrer doucement. Malgré le froid, Anne attendit de voir disparaître son feu arrière au bout du chemin.

*
**

Valère et Jérôme contemplèrent le tas de bois bien rangé contre le pignon de la maison, pas trop loin de la porte de la cuisine et déjà protégé par une bâche.

— Il travaille bien, ce type !

Ils entendaient le bruit aigu de la tronçonneuse, quelque part sur les terres d'Anne.

— Ludovic a des tas de copains formidables, constata Jérôme. J'ai l'impression qu'il connaît tout le monde dans la région. Dès qu'on a besoin d'un truc, il sait à qui s'adresser pour des prix imbattables. Mais c'est toujours de la main à la main, et Anne veut des factures.

— Elle n'a pas tort, ça nous a bien servi pour l'assurance d'avoir les doubles des nôtres dans ses dossiers.

— Certaines personnes préfèrent être payées de la main à la main. C'est le cas de ce bûcheron qui arrondit ses fins de mois en rendant service aux particuliers.

— Et s'il lui arrive un accident ?

— Ne vois pas la vie en noir.

— Tu as raison, le pire n'est jamais sûr, ironisa Valère.

— Ce que vous êtes chiants, dans la famille ! Même Anne, qui est pourtant la moins coincée, ne parle que de TVA, d'actif et de passif, de CSG déductible ou de crédit d'impôts ! Elle est parfois aussi sinistre qu'un percepteur.

— Tu n'en sais rien, tu n'en fréquentes pas.

Jérôme s'esclaffa tandis qu'ils gagnaient la lisière du bois et s'enfonçaient au milieu des arbres.

— Le temps est vivifiant, fit remarquer Valère en mettant ses mains dans ses poches. Pour les Landes, c'est un sacré mois de décembre.

— Si nous avons de la neige à Noël, Léo sera fou de joie. Avec un peu de chance il ne parlera plus de son billard et il fera de la luge sur les dunes !

Ils avançaient en se fiant au bruit de la tronçonneuse, curieux de voir le bûcheron à l'œuvre. Près de la clôture d'enceinte, ils aperçurent un énorme tas de bois, bien plus imposant que celui stocké à proximité de la cuisine.

— Anne aura de quoi se chauffer pendant des années !

— Depuis le temps que rien n'avait été nettoyé sur ces quatre hectares, je suppose que c'est normal. Mais je dis peut-être des bêtises, je n'y connais pas grand-chose. Quand je pense que nous avions un grand-père forestier !

— On ne l'a pas connu.

— Un grand-père, un arrière-grand-père, tous ces Nogaro qui exploitaient les pins…

— Tu ne vas pas t'y mettre ! protesta Jérôme. Anne a décidé de reconstituer notre arbre généalogique, photos à l'appui, comme si elle n'avait que ça à faire. Quel intérêt de contempler la bobine de nos ancêtres ?

— C'est sûrement instructif. Tu n'as pas de curiosité pour le passé de la famille ?

— Aucune !

Entre deux troncs, ils aperçurent le bûcheron qui s'activait. Durant quelques minutes, ils le regardèrent travailler avec admiration.

— Il a l'air infatigable, chuchota Valère. Je crois qu'on ferait mieux de ne pas le déranger, il pourrait croire qu'on le surveille.

Rebroussant chemin, ils pressèrent le pas.

— À mon avis, déclara soudain Jérôme, Julien est secrètement amoureux d'Anne.

— Non !

— Ben, si.

— Alors, qu'il le reste « secrètement », Anne n'a pas besoin de ça en ce moment.

— Pourquoi ? Plaire n'est jamais désagréable.

— La question n'est pas là, Jérôme ! Anne va devoir se remettre d'un divorce chaotique et douloureux, elle a besoin de compter sur ses amis, or Julien en est un. Ce serait de très mauvais goût qu'il se métamorphose en soupirant. Surtout lui, l'associé de Paul !

— Vu la façon dont Paul s'est tiré en le laissant dans les ennuis, il n'a pas à avoir d'états d'âme.

— Mais Anne serait déçue, choquée…

— Je n'en suis pas aussi sûr que toi.

— Quoi ? Là, c'est moi qui suis choqué.

— Petite nature, va !

— Tu ne trouverais pas ça amoral ?

— Non, je ne vois pas en quoi. Tu as de drôles d'idées, Valère. Combien d'hommes sont partis avec la meilleure amie de leur femme, et inversement ? Il faut du temps pour tomber amoureux, donc il s'agit souvent de quelqu'un de ton entourage, que tu as appris à connaître et que tu finis par désirer.

Valère eut une moue dubitative, mais il n'ajouta rien. Du coin de l'œil, Jérôme enregistra sa réaction tout en se demandant s'il serait intéressant d'encourager Anne ou pas. Elle finirait forcément par tirer un trait sur Paul et par faire des rencontres. Un parfait étranger représentait un danger potentiel. Quelqu'un qui n'aimerait pas la bastide, ou qui au contraire déciderait de tout y régenter. Quelqu'un qui ne supporterait pas d'avoir des hôtes, quelqu'un qui n'apprécierait pas la cohabitation avec le petit frère… Au moins, Julien était archi-occupé à longueur de journée, et il était bien placé pour savoir qu'Anne adorait sa maison. Il ne chercherait pas à la faire changer d'avis, il connaissait la situation actuelle ainsi que toute la famille. S'il le fallait, Jérôme l'aiderait à balayer les scrupules qui n'allaient pas manquer de le freiner.

Content de lui, il entraîna Valère dans la direction de la clairière.

*
**

Suki finissait de pailler les pieds des rosiers sous l'œil attentif de Goliath, couché un peu plus loin. Le ciel restait plombé, menaçant, et la température avoisinait zéro degré. Malgré ses mains glacées, la jeune femme se redressa avec un hochement de tête satisfait.

— Vous ne gèlerez pas cet hiver, mes mignons…

Anne sortit de la maison et la rejoignit, agitant une doudoune.

— Si tu dois rester dehors, couvre-toi !

— J'ai fini, j'allais rentrer. Je crois que tu auras des roses magnifiques au printemps. Et tu verras, ça grandit vite, en deux ans les branches atteindront les fenêtres du premier.

Un bruit de moteur les interrompit et elles virent déboucher dans la clairière la vieille voiture de Gauthier.

— Papa ? Qu'est-ce qu'il vient faire ici ? s'inquiéta Anne.

Cette visite avait de quoi la surprendre, sachant que son père préférait éviter la bastide. Elle le regarda descendre, tout de suite rassurée par son joyeux sourire.

— Bonjour, les filles ! lança-t-il avec entrain.

— Je t'offre un café ?

— Volontiers. Le chauffage de la voiture est en panne, je suis transi.

Une fois dans la cuisine, il expliqua qu'il voulait voir Jérôme, porteur d'une excellente nouvelle le concernant. Poliment, Anne lui demanda comment allait leur mère, mais la lecture du cahier d'Ariane lui inspirait désormais des réserves et la mettait un peu sur la défensive.

Quand Valère et Jérôme arrivèrent à leur tour, revenant de leur expédition dans les bois, Gauthier prit à peine le temps de les embrasser avant d'annoncer fièrement :

— Jérôme, je t'ai trouvé du travail !

Sa déclaration fut suivie d'un silence qui l'obligea à donner des précisions.

— Il s'agit d'une opportunité incroyable. Figure-toi que le fils d'un de mes anciens collègues de l'Éducation nationale a monté une petite société fabriquant des produits bio. Des savons, des parfums d'intérieur, des nettoyants domestiques. Or sa boîte commence à décoller. Il a besoin d'un commercial pour démarcher toute la région des Landes et il cherche un homme d'une trentaine d'années, avec permis de conduire, maîtrise de l'anglais et beaucoup d'assurance.

Exactement ton profil ! Tu aurais un salaire fixe, plus un intéressement aux ventes. Nous nous sommes rencontrés, je lui ai parlé de toi, et il est prêt à te recevoir. Voilà ses coordonnées…

D'un geste ample, Gauthier sortit une feuille de la poche de sa veste et la posa sur la table. Jérôme n'y jeta même pas un coup d'œil.

— Tu n'aurais pas dû te donner tout ce mal, papa. Je suis désolé mais ça ne m'intéresse pas.

Abasourdi, Gauthier regarda son fils sans comprendre.

— Quoi ? Mais c'est une chance inouïe ! Tu n'as aucune qualification, pas le moindre diplôme. Toi qui aimes bouger et convaincre, ce serait le job idéal.

— Qu'est-ce qui a bien pu te faire croire que je cherchais du travail ?

— Eh bien… c'est une évidence, non ? Tu es sans le sou, tu végètes ici en te berçant d'illusions, et ta mère m'a tanné pour que je te trouve un boulot, n'importe lequel !

— Elle a eu tort. Je déteste qu'on se mêle de mes affaires.

— Quelles « affaires » ? s'emporta Gauthier. Tu ne fais rien !

— Si si, plein de choses, même si vous ne voulez pas l'admettre.

Se tournant vers sa fille, Gauthier la toisa sans indulgence.

— C'est toi qui lui mets ces idées en tête ? Tu ne lui rends pas service ! Vous pensez vraiment que vous allez faire fortune avec vos petites chambres ?

— Elles ne sont pas si petites que ça, même si de ton temps on y logeait les bonnes, répondit perfidement Jérôme. Ta famille soignait bien son personnel…

— Sois sérieux pour une fois ! riposta Gauthier en tapant du poing sur la table.

Anne et Valère considéraient leur père avec effarement car ils ne l'avaient presque jamais vu se mettre en colère.

— Il est sérieux, finit par intervenir Anne. Notre projet aussi. Nous ne gagnerons peut-être pas beaucoup d'argent au début, mais le but n'est pas de s'enrichir.

— Tu ne vois donc pas que tu l'entretiens dans ses rêves, dans son refus de se confronter au monde du travail, aux réalités de la vie ? Il n'a pas de statut chez toi, il est bénévole. Il…

— Tu pourrais t'adresser à moi quand tu parles de moi ? intervint Jérôme d'une voix glaciale.

— Eh bien oui, je vais te le dire en face, il est temps que tu atterrisses ! Jusqu'ici tu t'es contenté de taper de l'argent aux uns et aux autres, et tes prétendus voyages ne t'ont pas mis de plomb dans la tête. À trente-cinq ans, quand on n'a strictement rien fait de son existence, on est un raté. Ce constat me navre, je te prie de le croire, je suis déçu et inquiet pour toi. Quant à ta mère, elle en est malade. J'ai frappé à toutes les portes pour te trouver quelque chose, je te l'apporte sur un plateau, et tu n'es pas content ?

— Non. Je n'irai pas vendre des savons ou des détergents bio aux deux bouts du département. Je ne deviendrai pas représentant de commerce pour te faire plaisir. Je ne démarcherai pas, je ne tirerai pas les sonnettes. C'est clair ?

Furieux, Gauthier toisa successivement Suki, qui gardait les yeux rivés sur la table, puis Valère, dont le visage n'exprimait rien, et enfin Anne, qui soutint son regard.

— Évidemment, dit-il à sa fille d'un ton aigre, toi, ça t'arrange qu'il reste là. Cette maison a le chic pour rendre tout le monde irresponsable !

Avant qu'Anne ne puisse répliquer, Jérôme lança rageusement :

— Ah non ! Tu ne vas pas nous ressortir ta litanie sur la maison. On sait que tu ne l'aimes pas et on s'en fout. On sait que tu en veux à Ariane de l'avoir léguée à Anne, et aussi à Anne de l'avoir acceptée. Vous ne parlez que de ça avec maman et Lily, à vous en coller des brûlures d'estomac. Et maintenant tu viens me faire la morale à demeure ?

Gauthier avait pâli sous la diatribe. Il se leva pesamment, comme s'il avait soudain vieilli, et marcha d'un pas raide jusqu'à la porte. La main sur la poignée, il parut attendre quelque chose. Anne se tourna vers Valère d'un air interrogateur. Son frère aîné était le moins impliqué dans toute cette histoire, c'était à lui de raccompagner leur père qu'on ne pouvait pas laisser partir seul.

Quand ils furent sortis tous les deux, Jérôme soupira.

— Eh bien voilà, c'est dit…

Il semblait guetter l'approbation de sa sœur qui lui adressa un sourire mitigé.

— Mais si, insista-t-il. Il n'est venu que pour me faire rentrer dans le rang et, accessoirement, faire le vide autour de toi. Il est resté dans la logique des bons et des mauvais élèves, sauf que ça ne marche plus. En revanche, il y a un truc qui fonctionne toujours : plus on veut me décourager, plus je m'accroche !

Quittant la cuisine à son tour, il claqua la porte, peut-être plus secoué qu'il ne l'admettait par cet affrontement.

— Je refais du café ? proposa Suki à mi-voix.

— Volontiers.

— Valère va apaiser votre père, ne t'inquiète pas.

— Pas cette fois-ci, j'en ai peur.

« Peur » était un grand mot, en réalité elle en avait assez de l'hostilité de ses parents, assez de se sentir coupable envers tout le monde, et elle n'était pas fâchée que son frère ait su riposter.

— Tu crois que j'exploite Jérôme ? demanda-t-elle néanmoins.

Suki eut un petit rire discret mais très gai.

— Bien sûr que non. Tu le loges, tu le nourris, et son copain aussi ! Tu lui as ouvert des horizons tout en le laissant faire ce qu'il veut. Rien ne pouvait mieux le satisfaire.

— Je vais l'associer pour de bon à notre projet. L'idée vient de lui, il réalise sa part de travaux, il mérite d'être traité autrement que comme un bénévole de passage.

— Ne lui mets pas une chaîne au pied, murmura Suki, il détesterait ça. Tu l'as entendu tout à l'heure, rentrer dans le rang lui fait horreur.

Anne en avait bien conscience, pourtant elle devait trouver un statut à son frère s'il était vraiment décidé à rester. Sur ce point, leur père n'avait pas tort. Mais d'ici là, elle avait un autre problème.

— Ça s'annonce mal pour un Noël ici en famille, soupira-t-elle.

Sa mère était tout à fait capable de refuser son invitation. Dans ce cas, il y aurait deux camps, Lily et Éric avec leurs filles seraient dans celui des parents, les autres dans celui d'Anne à la bastide.

— Nous l'avons toujours fêté tous ensemble…

Déjà, l'absence de Paul était pénible à imaginer, alors le reste devenait inconcevable.

— Les choses s'arrangeront, promit Suki.

Elle possédait un grand sens de la famille, un authentique respect des anciens et des traditions, jamais elle n'aurait osé parler à son beau-père comme Jérôme venait de le faire, pourtant elle se rangeait du côté d'Anne.

— Je crois que ton héritage les a un peu déboussolés, ajouta-t-elle.

— C'est le moins qu'on puisse dire !

— Mais tu en fais bon usage. Tu n'as rien à te reprocher puisque tu offres à chacun l'hospitalité pour la fête de Noël. À eux de choisir.

Anne décida que sa belle-sœur était la voix de la sagesse. Elle ferait de son mieux pour que Léo, ses frères et Suki soient heureux ce soir-là. Ceux qui voudraient les rejoindre seraient les bienvenus, tant pis pour les autres.

— En ce qui concerne les cadeaux, que doit-on prévoir ? interrogea Suki avec une nuance d'inquiétude.

— Des bêtises à trois sous dans du papier doré ! Aucun d'entre nous n'a les moyens de beaucoup dépenser en ce moment.

— D'accord. On n'a qu'à faire preuve d'imagination, c'est plus amusant.

— J'ai bien peur que nous ne puissions pas rivaliser avec toi, s'amusa Anne.

Avec trois fois rien, Suki savait réaliser des merveilles, elle allait sûrement s'y employer.

— Quel âge avait ton père quand la maison a été vendue ?

— Huit ou neuf ans.

— Donc, il a passé plusieurs Noëls de son enfance ici.

— Oui, et j'avais bêtement supposé que ça l'amuserait de s'y retrouver soixante ans plus tard. Mais je me suis trompée. Tu as entendu sa hargne pour dire que la maison rend tout le monde irresponsable ? Il la déteste toujours. S'il en avait hérité, il l'aurait vendue sur-le-champ, et il s'attendait à ce que je le fasse. Peut-être aurais-je dû ? Maman me traite d'égoïste parce que je n'ai pas partagé.

— Pourquoi l'aurais-tu fait ? Ta tante a voulu t'offrir une chance à toi seule. Il faut respecter la volonté des morts.

— Avoue qu'une part d'héritage vous aurait bien arrangés !

— Peut-être, mais mon magasin marchait bien, je n'avais pas à me plaindre, et ce sera pareil dès que je pourrai rouvrir. De son côté, Valère se débrouille toujours pour gagner un peu d'argent, nous ne sommes pas dans la misère. De toute façon, je ne regarde jamais dans l'assiette du voisin en la trouvant mieux garnie que la mienne. Et puis sois sans regret, Lily aurait claqué sa part en futilités, et Jérôme aurait été capable d'aller jouer la sienne au poker !

Suki eut de nouveau un de ses petits rires charmants avant de conclure :

— Pire encore, la maison aurait fini dans les mains d'inconnus. Toi, tu la gardes, tu y as trouvé ta place et tu la fais revivre, c'est ce qu'Ariane espérait. Dans mon pays, on dirait que tu honores tes ancêtres.

Médusée, Anne la dévisagea. C'était le plus gentil discours qu'elle ait entendu depuis l'ouverture du testament. Ce jour-là, elle avait pressenti que son existence risquait d'être chamboulée, mais pas d'exploser. Elle contempla Suki un moment encore puis se mit à rire elle aussi, soudain très gaie.

6

Ce matin, en allant ramasser du bois mort, je me suis fait l'effet d'une vieille sorcière traînant son balai. Avoir été une belle femme et découvrir chaque matin dans son miroir une dame âgée est une épreuve. Non pas que je veuille encore plaire – Dieu merci, j'ai eu mon lot de séduction –, mais chaque année qui passe creuse des rides, bloque les articulations, rend le souffle court, bref ajoute son lot de sournoises petites misères. Il n'y a plus que mon notaire pour me faire les yeux doux, comme s'il voyait toujours en moi la flamboyante Ariane Nogaro d'une autre époque. Pauvre Pierre Laborde ! Sa cour est si discrète que je peux l'ignorer sans le vexer. Il vient me voir chaque semaine, avec les chiffres de mes placements. Le rapport est toujours excellent, quelle que soit la période traversée, et je le soupçonne de me favoriser. À moins qu'il ne soit un très grand homme d'affaires malgré son apparence ordinaire. Récemment, je lui ai fait part de mes intentions concernant l'avenir de la bastide après moi et il a attiré mon attention sur les droits de succession. Quoi ? Tout cet argent dans la poche d'un État si glouton que je vais devoir vivre chichement jusqu'à mon dernier jour pour arriver à transmettre mon seul bien ? Hélas, il le faudra. J'ai expliqué à Pierre que, par chance, je n'ai que peu de besoins. Mais je ne peux m'empêcher de regretter la somme prêtée à Gauthier et jamais remboursée. Comme j'ai trop d'orgueil pour lui rappeler sa dette, je préfère encore me priver.

Mon médecin – quel âne ! – affirme que mon cœur est fatigué. Au sens figuré, certainement, il doit être épuisé par toutes les désillusions de l'existence. Mais au sens propre, ma vie n'a pas été dure. J'ai été servie durant des années et n'ai rien fait de mes dix doigts hormis un peu de broderie dans ma jeunesse. De toute façon, mourir d'un arrêt du cœur serait une bénédiction, la fin interminable de mon très cher Paul-Henri a été trop atroce.

Mon après-midi est soudain illuminé par une visite surprise d'Anne. Elle rayonne d'un mystérieux bonheur, et dans son petit visage bronzé par l'été, ses yeux verts semblent deux péridots. La meilleure des pierres pour chasser la mélancolie ! Elle a coupé court ses boucles blondes, elle est ravissante. Étrangère à notre famille, j'en mettrais ma main au feu, mais vraiment jolie. À peine descendue de voiture, elle se jette dans mes bras et m'annonce son mariage. Elle m'avait déjà parlé de ce Paul qui termine ses études de vétérinaire et qui est l'heureux élu. Je suis la première à qui elle annonce la nouvelle, ce qui me bouleverse. Je remarque sans le dire que non seulement il y a « Anne » dans Ariane, mais aussi « Paul » dans Paul-Henri. Un signe du destin ?

Je l'écoute babiller, je la regarde sortir des gâteaux d'un carton de pâtisserie, et je m'étonne d'éprouver un tel plaisir à sa présence. Elle m'invite d'ores et déjà à la noce, le faire-part officiel me parviendra dès son impression. Je l'avertis qu'elle risque de mécontenter ses parents, ce qui la fait rire. « C'est mon mariage ! » lance-t-elle gaiement.

Après son départ, je reste longtemps songeuse. Gauthier et Estelle ne m'aiment pas et ils seront embarrassés de se retrouver face à leur créancière. Lily me méprise et je n'ai pas été conviée à rencontrer son mari. Je ne connaîtrai personne à cette réception, cependant j'ai l'usage du monde et je saurai faire honneur à ma nièce Anne. Ce sera aussi l'occasion rêvée de mener ma petite enquête, que je ne perds pas de vue. Je crois que je n'aurai pas besoin de poursuivre Estelle, elle va me tomber toute rôtie dans le bec.

Le soir s'étend sur la bastide. Un de ces crépuscules mordorés de l'automne qui rendent nostalgique. Tout est beau, ici, au soleil couchant. Je vais chercher une grosse veste de laine et ma chaise longue dont la toile se déchire. Une fois installée au coin de la maison, les yeux mi-clos, je me perds dans mes souvenirs. Je peux presque entendre les résiniers peler l'écorce des pins. Perchés sur leur drôle d'échelle à un seul montant, ils savaient s'arrêter au liber, cette peau entre écorce et bois. J'allais volontiers parler avec eux, ou plutôt je les faisais parler. Mon père me noyait sous des explications ennuyeuses, où il n'était question que d'essence de térébenthine et de colophane alors que les résiniers et leurs femmes usaient de mots simples. La campagne de gemmage commençait toujours en janvier, pelage et cramponnage, puis en mars on donnait les premières piques, et jusqu'en octobre on récoltait la résine qu'on transvasait dans de grands paniers en bois. Au milieu des forêts de mon père, je me sentais toujours exaltée, en osmose avec cette nature généreuse qui nous donnait toute sa richesse. Je n'ai pas vu venir la ruine car personne n'en parlait à la maison. Ce genre de conversation ne pouvait avoir lieu devant les enfants, je ne sais même pas si mon père tenait ma mère au courant des difficultés qui s'accumulaient. Grèves des gemmeurs, révoltes, émeutes, puis ouverture brutale du marché français à la concurrence, baisse des cours... Certains gros propriétaires forestiers ont senti le vent tourner, ils se sont mis d'accord avec les industriels de la papeterie et ont réaffecté leurs forêts. Mon père s'est entêté jusqu'au bout et il a sombré. Je ne crois pas, avec le recul, qu'il ait été un homme très intelligent. Son grand-père et son père avaient largement profité des « arbres d'or », il n'a rien voulu changer et il a eu tort. Gauthier tient de lui, avec le même entêtement monotone, la crainte de toute nouveauté et l'absurde certitude d'être dans son bon droit.

À présent, il fait nuit. Je prête en vain l'oreille, ma petite forêt chèrement reconquise reste silencieuse. Ailleurs, on abat les arbres, ici les miens vieillissent en paix.

— Est-ce que tu as payé le bûcheron ? demanda Valère en entrant dans le bureau d'Anne.

Surprise en pleine lecture, elle referma le cahier de moleskine.

— Oui, pourquoi ?

— Parce que c'est un filou ! Pour nous mettre en confiance, il a fait un petit tas près de la maison, mais l'essentiel de ce qu'il a coupé était rangé près de la clôture et il est venu le chercher cette nuit !

— Quoi ?

— On s'est fait avoir comme des bleus par le copain du copain de Jérôme. Ludovic « Je-connais-tout-le-monde » prétend qu'il n'a pas l'adresse de ce type, rencontré dans un bar, paraît-il, et donc on ne remettra pas la main dessus.

Anne dévisagea son frère puis secoua la tête, impuissante.

— Ne te fie plus à lui pour embaucher personne.

— Que dit Jérôme ?

— Tu le connais. Il pense que Ludovic est de bonne foi. Moi, je n'en jurerais pas.

— Il serait de mèche avec le bûcheron ?

— Ils ont pu faire moitié-moitié.

— Mais tu n'en as pas la preuve.

Accuser Ludovic pouvait se révéler injuste, et de toute façon Jérôme le prendrait mal. Anne le soupçonnait d'être un peu plus attaché à son amant qu'il ne le laissait voir.

— Au moins, soupira-t-elle, tout ce bois mort aura été nettoyé.

— Pas seulement. Il a aussi abattu deux jeunes arbres, sans doute pour compléter sa cargaison, et il a fait un trou sauvage dans le grillage pour son chargement.

— Mon Dieu…

— Jérôme a récupéré un rouleau de fil de fer à la cave, il est parti réparer les dégâts. Et Ludovic aimerait monter te voir pour te dire à quel point il est « désolé ».

— Non, c'est moi qui descends.

Quand elle passa près de Valère, il lui mit la main sur l'épaule d'un geste protecteur.

— Ça va aller ?

— Oui, mais je ne sais pas trop quoi penser de tout ça. Je suis obligée de faire confiance à Jérôme, sinon je vais me transformer en garde-chiourme. Et comme j'ai pris des clients supplémentaires pour augmenter un peu mes revenus, j'ai tous les bilans de fin d'année à établir.

Elle s'était accordée une petite pause en poursuivant la lecture du cahier d'Ariane, mais depuis l'aube elle avait travaillé d'arrache-pied.

— J'aurais dû surveiller ce bûcheron, se reprocha Valère. Je n'ai rien d'autre à faire…

— Aucun reportage photo en vue ?

— Ce n'est pas la saison. En plus, les gens ne savent plus où me trouver. J'irai demain à Dax distribuer mes nouvelles cartes professionnelles un peu partout.

À son tour, elle lui tapota gentiment le bras.

— Où en êtes-vous avec l'assurance ?

— Ils ont trouvé un local qu'ils doivent proposer à Suki. S'il lui convient, nous n'aurons pas à attendre la reconstruction de l'immeuble. Croisons les doigts !

Ils descendirent ensemble et trouvèrent Ludovic qui faisait les cent pas au pied de l'escalier. Dès qu'il aperçut Anne, il se précipita.

— Je suis tellement contrarié, si vous saviez ! Ce garçon avait l'air sérieux, sinon je ne vous l'aurais pas recommandé. Il m'a été présenté par des copains, je ne l'avais jamais vu de ma vie et je ne sais pas où il habite. Je vais aider Jérôme à réparer proprement votre clôture mais je voulais d'abord m'excuser auprès de vous, même si ce n'est vraiment pas ma faute. Heureusement, il ne s'agit que d'un tas de bois…

Anne estima qu'il en faisait trop, et que sa conclusion n'était pas très habile. Néanmoins, elle acquiesça avec fatalisme. Sans doute une grande maison apportait-elle son lot de grands soucis. À Castets, elle n'aurait pas pu être confrontée à ce genre d'ennuis.

Sortant ostensiblement une paire de tenailles de sa poche, Ludovic se dépêcha de sortir. Valère et Anne échangèrent un regard.

— Méfie-toi de lui, ma grande.

Elle était de son avis mais elle ne fit pas de commentaire.

— Je retourne travailler, décida-t-elle. Ce n'est pas le moment de se laisser aller !

Tant pis pour le cahier d'Ariane, elle lirait la suite plus tard. D'ailleurs, elle tenait à s'attarder sur chaque page, à se laisser le temps d'assimiler les révélations qu'elle y trouvait. Tout à l'heure, à l'évocation de ce jour où elle avait annoncé son mariage, une bouffée de tristesse lui avait fait monter les larmes aux yeux. Elle se souvenait parfaitement de sa joie, de son exaltation à l'idée d'épouser Paul. Elle s'était mariée pour la vie, avait prêté serment du fond du cœur, et aujourd'hui elle ne savait même pas où était Paul ni ce qu'il devenait. Seul Léo avait droit à un appel durant le week-end, mais Paul ne demandait jamais à lui parler.

Elle remonta l'escalier, une main sur la tête de Goliath qui la suivait toujours comme son ombre.

*
**

Paul traversa la cour d'honneur et quitta l'école vétérinaire de Maisons-Alfort. Son inscription à une formation diplômante pour changer d'orientation professionnelle était validée. Il se consacrerait par la suite à la recherche, et dans les trois domaines d'excellence proposés il avait choisi la recherche clinique, qui semblait la plus vivante.

Soulagé d'avoir réorganisé son existence, il se sentait moins mal que lorsqu'il avait débarqué à Paris quelques semaines plus tôt. Il reprit le métro pour rentrer chez lui, à savoir un grand studio meublé qu'il avait loué à peine arrivé. S'il voulait prendre un nouveau départ, il devait tout changer. De Castets, il n'avait emporté que ses vêtements et ses livres, aucun meuble ou objet personnel. Le commissaire-priseur chargé de tout vendre là-bas avait vidé la maison qui n'attendait plus qu'un acheteur. Son avocat lui avait fait remarquer que ces décisions étaient contestables vis-à-vis d'Anne, mais Paul s'en moquait. La seule façon pour lui de ne pas trop souffrir était de tourner la page définitivement. Pas de discussion au sujet de chaque meuble, pas de rencontre. Pour l'instant, il ne voulait plus voir Anne, pas même l'apercevoir. Néanmoins, il y serait contraint le jour du jugement, et cette fois il ne partirait pas en courant et liquiderait le problème.

Assez intelligent pour comprendre que son orgueil lui faisait subir sa blessure la plus douloureuse, il était pressé de se reconstruire, de retrouver confiance en lui. L'attitude d'Anne l'avait fait douter, l'avait mis en péril. Dans quelque temps, il irait mieux, il serait alors capable de recevoir Léo certains week-ends. Mais d'ici là, l'adolescent lui rappelait trop sa mère et sa vie d'avant.

Prendre Castets en horreur – et toutes les Landes avec, pourquoi pas ? – représentait une solution radicale pour oublier plus vite le passé. Son seul regret était d'avoir plus ou moins trahi Julien. Si celui-ci s'était plaint à l'ordre des vétérinaires, Paul n'aurait sans doute pas été accepté aussi facilement à Maisons-Alfort. Il avait délibérément laissé un confrère et associé dans les ennuis, avait abandonné sa clientèle sans préavis. D'un point de vue déontologique, il avait honte. Quant à son sens de l'amitié…

Il se promit d'appeler Julien le soir même, tant pis s'il était mal accueilli. Et tant pis si évoquer la clinique vétérinaire lui serrait un peu le cœur. Comment s'en sortaient Julien et Brigitte ? Malgré toute sa volonté, il pensait à eux, à celui ou celle qui le remplacerait et s'assiérait à son bureau, à un chiot bâtard de dix mois qu'il avait sauvé de la mort et pris en affection.

Mais il allait voir un grand nombre de cas cliniques dans l'avenir, il allait améliorer ses connaissances des maladies animales et faire de la pathologie comparée au profit de la médecine humaine. Un beau programme pour lui qui aimait apprendre, et la certitude que ces études seraient effectuées dans le strict respect de l'animal.

En sortant du métro à la station Clichy, il remonta le boulevard des Batignolles jusqu'à la rue de Moscou. Il faisait nuit mais les enseignes des commerces et des restaurants déversaient des flots de lumière sur les trottoirs. Le quartier lui plaisait, il n'était ni trop près ni trop loin de ses parents et en plein cœur de Paris. La capitale ne lui rappelait pas Anne, il s'y sentait libre de devenir un autre homme. Un citadin, ce qui le changeait considérablement. Et la saison s'y prêtait, en plein hiver il ne risquait pas de regretter les plages et les dunes ! D'ailleurs, il n'en avait pas beaucoup profité ces dernières années, c'était plutôt Julien, amoureux de l'océan, qui avait servi de professeur à Léo pour plonger et surfer.

Le studio était tellement anonyme qu'il en devenait agréable comme une grande chambre d'hôtel. Spacieux et lumineux, son loyer était assez élevé mais Paul n'avait pas l'intention de mener grand train, il allait essentiellement se consacrer à sa formation.

Comme il était bientôt sept heures, il supposa que la journée s'achevait à la clinique et il décida d'appeler. Ainsi qu'il le prévoyait, il tomba sur Brigitte qui se montra glaciale en reconnaissant sa voix. Si elle l'avait pu, elle lui aurait sans doute raccroché au nez. Au lieu de quoi il l'entendit dire, d'un ton suave :

— Bonsoir, docteur Resnais, à demain !

Il sut qu'elle ne s'adressait pas à un client et qu'elle le narguait. Finalement, elle lui passa Julien de mauvaise grâce et sans prendre congé.

— Salut, vieux..., commença-t-il en hésitant. Je m'inquiétais pour toi.

— Trop aimable ! ironisa Julien.

— Je suis sincère. J'ai cru comprendre que tu as trouvé quelqu'un ?

— Oui. Véronique Resnais, une femme charmante.

— Tant mieux pour toi. Compétente ?

— On dirait. Mais c'est un peu tôt pour en juger.

— Tu as déjà opéré avec elle ?

— Ce matin. Elle a la main sûre et elle réagit vite.

— Génial. Elle est là pour longtemps ?

— Je ne sais pas. Il faudrait d'abord qu'elle se plaise ici et qu'elle plaise aux clients avant d'envisager la suite.

— Elle partage les gardes avec toi ?

— C'était dans mon offre d'emploi.

— Bien, tu me rassures... Écoute, je sais que j'ai mal agi envers toi.

— Tu peux le dire.

— J'avais besoin de me protéger. C'est égoïste, d'accord.

— Très !

— Tu es en droit de m'en vouloir.

— Je t'en veux, Paul. Et je t'ai trouvé con sur toute la ligne. Ta femme, ta clinique, une vraie débâcle...

— Je ne souhaite pas en parler, je suis passé à autre chose. C'est la raison de mon appel. Je vais suivre une formation pour faire de la recherche clinique sur les pathologies spontanées. Je me suis inscrit aujourd'hui à l'ENVA.

— Tu reprends des études à Maisons-Alfort ? s'étonna Julien.

— Ils ont des moyens incroyables. Là-bas, tu as l'impression d'entrer dans le saint des saints. J'ai de nouveau envie d'apprendre, d'aller plus loin, et je suis très motivé.

— Tu veux te prouver quelque chose ?

La question arracha un sourire à Paul. Julien le connaissait par cœur, il ne se trompait pas.

— Anne m'a préféré une vieille bicoque, il y a de quoi se sentir dévalorisé.

— Tu récris l'histoire.

— Tu crois ? Peu importe, maintenant. En tout cas, ne te fais pas de bile pour les parts de la clinique, je n'ai pas besoin d'argent puisque je ne me réinstalle pas. On mettra les choses à plat et on trouvera une honnête solution sans se presser. Ça te va ?

— Mieux que si tu me mettais le couteau sous la gorge.

Il y eut un petit silence, puis Paul lâcha :

— Tu vas me manquer, j'ai beaucoup aimé travailler avec toi.

— Les caïds de Maisons-Alfort te feront oublier Castets et ton pote Julien.

— Oui, c'est probable. Mais là, tout de suite, ça me rend un peu triste.

— Pas de pathos, tu veux ?

— J'ai dit « un peu ». Même Brigitte, toujours si chaleureuse, m'a répondu très sèchement. Je ne suis plus dans ses petits papiers.

— Elle avait le béguin pour toi.

— Brigitte ? Tu plaisantes ?

— Ah, tu ne vois vraiment rien, mon pauvre…

Paul ferma les yeux et imagina Julien assis sur le coin de son bureau, le téléphone coincé entre sa joue et son épaule, classant des fiches de ses mains libres. Brigitte devait être en train d'ôter sa blouse, d'éteindre les lumières. Une fin de journée en hiver dans le village de Castets, comme il en avait connu des centaines.

— J'espère que cette femme fera ton affaire. J'aimerais savoir que tout va bien pour toi. Tu me tiendras au courant ?

— Franchement, je n'en meurs pas d'envie.

— D'accord, je comprends. Mais si je t'appelle de loin en loin, je ne te harcèlerai pas ?

— Tant que nous aurons quelque chose en commun, à savoir une histoire de gros sous, tu peux le faire.

— Tu n'es plus mon ami, hein ? C'est mort ?

Dans le silence qui suivit, Paul entendit Julien soupirer.

— Nous avons vécu de belles choses ensemble, je ne l'oublie pas, finit-il par répondre. Mais l'amitié, c'est un peu comme l'amour, ça supporte mal les coups en traître. Qu'est-ce qui ne va pas chez toi ? Ton ego va te bouffer, tu t'en apercevras trop tard. En tout cas, je te souhaite de réussir ta formation et de t'éclater à Maisons-Alfort.

— Ça ne te fait pas envie ?

— Retourner à l'école ? Non merci, j'ai donné et j'ai trouvé ça très long. J'aime ce que je fais, j'aime les gens, j'aime les animaux. Aucun pépin d'ordre sentimental ne m'enlèvera ça, je l'ai prouvé.

— Avoue que tu as eu envie de tout plaquer quand ta femme est partie.

— Je ne suis pas passé à l'acte. J'étais déjà à moitié détruit, je ne tenais pas à finir le travail en me sabordant.

— Tu crois que tu es plus fort que moi ?

— Moins orgueilleux.

Paul médita une seconde la réflexion puis haussa les épaules, mais Julien ne pouvait pas le voir. Leur conversation touchait à sa fin et, à regret, il murmura :

— Bonne soirée, vieux…

— Attends une seconde. Je te signale que, dans l'urgence, j'ai repris Anne comme comptable.

— C'est logique, elle connaît ça par cœur. Elle pourrait même faire une estimation du matériel en cours d'amortissement, de l'état d'endettement et du chiffre d'affaires, ce sera utile pour qu'on se mette d'accord quand le moment sera venu.

— Parfait. Et maintenant, une dernière chose. Anne et toi, c'est tout à fait fini ?

— Définitivement.

— Je le note. Salut, vieux !

Julien coupa la communication tandis que Paul restait perplexe. La dernière question était-elle chargée de sous-entendus ? Non, bien sûr que non ! Julien n'avait aucune vue sur Anne, mais peut-être avait-elle déjà rencontré quelqu'un ? Improbable… Toutefois, si c'était le cas, que ressentirait-il ? Il repoussa cette idée avec exaspération. Pour l'instant, il n'était pas guéri d'elle, il s'était seulement anesthésié. Et il avait mis la dose !

Son regard erra sur le studio. Des murs blancs, des étagères en teck, une moquette gris perle, et une grande fenêtre donnant sur la rue, à hauteur d'un réverbère. La cuisine était bien séparée, fonctionnelle, il pourrait y préparer quelques-unes de ses recettes. Malgré l'heure tardive, des commerces étaient encore ouverts sur le boulevard des Batignolles et il décida de descendre s'acheter de quoi dîner. En téléphonant à Julien, il avait fait son devoir, à présent il ne voulait plus y penser.

*
**

Lily avait décidé que ses filles se garderaient toutes seules pendant qu'Éric et elle s'offriraient un dîner au restaurant. Elle était passée le chercher au cabinet et l'avait emmené sur les bords du lac, au Pavillon Bleu où elle avait réservé.

— Ils ferment le 26 décembre, j'en ai profité, expliqua-t-elle pour justifier son choix dispendieux.

Elle aimait le luxe et ne s'en cachait pas, affirmant que lorsqu'on était un notable à Hossegor il fallait se montrer dans les bons endroits. Éric s'en moquait, mais il était toujours prêt à faire plaisir à sa femme. D'autant plus qu'elle était superbe dans une robe bustier rouge en soie sauvage, peu adaptée à la saison mais très élégante.

— J'ai craqué malgré son prix parce que j'étais sûre qu'elle te plairait. Et rassure-toi, je compte la remettre pour le réveillon !

— Ah bon, elle n'est pas à usage unique ? s'amusa-t-il.

Ce dîner impromptu le réjouissait, les occasions d'un tête-à-tête avec Lily n'étant pas si fréquentes. Avoir deux adolescentes turbulentes à la maison ne le gênait pas, mais leurs sempiternelles disputes exaspéraient Lily.

— À propos du réveillon, que fait-on finalement ?

— Maman aimerait que ce soit chez nous, comme d'habitude.

— Pourquoi ne pas changer, pour une fois ? Anne a l'air d'y tenir.

— Papa s'est disputé avec Jérôme et avec elle.

— Je sais, nous en avons parlé lui et moi. Il est prêt à faire un effort, quitte à traîner les pieds, car au fond il aimerait voir tous ses enfants réunis.

— Reste maman, qui est très remontée contre Anne. Elle pense que c'est sa faute si Jérôme refuse de travailler.

— Mais non ! Jérôme est un marginal dans l'âme, et je serais d'avis qu'on lui fiche la paix.

— Jusqu'au jour où il aura besoin d'argent.

— Depuis qu'il est rentré d'Angleterre, il n'a sollicité personne. Peut-être qu'il se plaît pour de bon chez ta sœur. Et je ne crois pas qu'il passe ses journées devant la télé.

— C'est marrant, ragea Lily, comme les hommes se défendent toujours entre eux !

Elle étudia la carte d'un air boudeur et finit par opter pour des fruits de mer. Bon prince, Éric commanda du champagne.

— Fêtons Noël en avance tous les deux !

De meilleure humeur, elle lui adressa un grand sourire et il en profita pour enchaîner :

— Si on va chez Anne, tu n'auras à t'occuper de rien. Pas de courses à faire, de couvert à mettre, pas de vaisselle.

Sur le point de répliquer, elle prit le temps d'y réfléchir.

— Et nos filles seraient ravies, poursuivit-il, parce qu'il y aura non seulement Léo mais son copain Charles qu'elles adorent. Un Noël dans une grande maison perdue au milieu des bois, c'est marrant. Et si nous buvons trop, ce ne sont pas les chambres qui manquent.

Cette fois, Lily le contempla avec curiosité.

— Tu te fais l'avocat du diable, on dirait !

— Ta sœur n'est pas le diable.

— Elle a pourtant manœuvré de façon diabolique. Je ne crois pas une seconde à sa pseudo-affection pour la vieille timbrée.

— Qui sait ?

— Oh, ne me fais pas rire, je connais Anne mieux que toi !

Elle pressa du citron sur une huître, la cueillit délicatement dans sa coquille tout en réfléchissant. La merveilleuse liberté dont jouissait Anne désormais la faisait bouillir de rage. Une belle maison rien qu'à elle, plus de mari sur le dos, un travail pas trop fatigant et un fils unique en pension… Mais lui en vouloir ne servait à rien, et se fâcher avec elle serait une erreur. Lily, qui s'offrait parfois une petite aventure sans lendemain et avait toujours peur de se faire prendre, aurait peut-être besoin d'elle un jour. Et puis n'avoir qu'à mettre les pieds sous la table un soir de réveillon était assez tentant. Si elle acceptait d'aller là-bas, sa sœur et ses frères se sentiraient obligés d'être aux petits soins pour elle. Mais comment convaincre leur mère ? Est-ce qu'Éric, qui était décidément pour la paix en famille, pourrait la faire changer d'avis ? Il avait toujours été le gendre préféré d'Estelle, qui le tenait en haute estime.

— Si tu arrives à persuader maman, je ne suis pas contre, dit-elle du bout des lèvres.

Éric eut l'air surpris d'avoir si vite gain de cause car elle l'avait habitué à d'épuisantes discussions.

— Je vais essayer, promit-il. Et pour les cadeaux, comment fait-on ?

— Je m'en charge !

Le shopping étant son activité favorite, elle allait s'en donner à cœur joie.

*
**

Brigitte considérait avec effarement l'énorme chien noir assis à côté d'Anne, tête basse et langue pendante. Elle venait d'avertir Julien de l'arrivée d'Anne en urgence, mais en attendant qu'il la reçoive elle ne se privait pas de l'observer. Elle trouvait la jeune femme plus mince que quelques mois plus tôt, et accusant ses trente-six ans. Comme quoi le divorce l'avait marquée elle aussi. Mais ses yeux verts étaient toujours aussi étonnants, rendus brillants par l'angoisse que lui causait son chien. Quelle race, ce molosse ? Difficile à dire, ce devait être un croisement improbable. Elle en avait entendu parler par Paul car c'était le seul animal qu'il allait soigner et vacciner à domicile. Elle se demanda si elle devait engager la conversation avec Anne. Mais comment faire pour rester naturelle, pour ne pas évoquer Paul ?

Véronique Resnais raccompagnait un client dont elle tendit la fiche à Brigitte pour le règlement. Puis elle se tourna vers Anne, qui était seule dans la salle d'attente.

— Je suis à vous dans une minute, dit-elle en souriant.

Le temps de désinfecter la table d'examen avant de recevoir l'animal suivant.

— Non, intervint Brigitte, cette dame est une patiente de votre confrère.

— Ah bon… Belle bête que vous avez là !

Avec un petit mouvement de tête, elle repartit vers son cabinet tandis qu'Anne la suivait des yeux, intriguée. Découvrir celle qui remplaçait son mari devait lui faire un drôle d'effet.

— Votre chien a un dossier chez nous, n'est-ce pas ?

— Oui, au nom d'Ariane Nogaro.

Brigitte entra le nom dans l'ordinateur et jeta un coup d'œil à la page qui s'affichait.

— Goliath, c'est ça ?

— Sa propriétaire est décédée et c'est moi qui l'ai récupéré. Vous pouvez l'enregistrer à mon nom.

— Très bien. Je transmettrai le changement au centre d'identification. Votre adresse ?

— C'est celle du dossier.

Mais Brigitte le savait bien. La fameuse bastide reçue en héritage et qui avait provoqué un véritable maelström dans leurs existences à tous. En revanche, sa dernière question était plus délicate et elle hésita à la formuler.

— Et, euh… Pour votre nom, je mets…

— Mon nom de jeune fille, Nogaro.

— Alors, je ne change que le prénom, et à peine !

Julien surgit à ce moment-là, flanqué d'un vieux monsieur qui portait un chaton dans les bras. Il confia son client à Brigitte et fit signe à Anne de le suivre.

— Tu as un problème avec Goliath ?

— Il a bu et vomi son eau toute la nuit.

— En effet, il n'a pas l'air bien. Fais-le asseoir, tu veux ?

Le chien se coucha de lui-même puis bascula sur le flanc, haletant.

— À ton avis, est-ce qu'il me laissera le toucher ?

— Je crois. Il n'est pas agressif et je vais lui tenir la tête.

Ils s'agenouillèrent ensemble de part et d'autre de l'animal. Julien palpa le ventre, qu'il trouva dur et plein de gargouillements, puis il prit sa température.

— C'est une gastro, décida-t-il. Il a dû manger un truc avarié qu'il a trouvé dans les bois. Je lui fais une piqûre mais ça ira, ne t'inquiète pas. Tu as bien fait de venir tout de suite.

Pendant qu'il soignait le chien, Anne continua de le caresser et de lui parler d'une voix apaisante.

— Tu l'aimes bien, hein ? dit Julien en se redressant.

— Je m'y suis beaucoup attachée.

Il lui tendit la main pour l'aider à se relever et ils se retrouvèrent face à face, un peu trop près et les yeux dans les yeux.

— Vous n'avez plus besoin de moi, Julien ? demanda Véronique Resnais en passant la tête à la porte.

Embarrassée, Anne s'écarta mais elle sentit ses joues devenir chaudes.

— Non, non, allez-y ! répondit Julien en hâte.

Puis il se ravisa et fit les présentations, sans préciser qu'Anne était l'ex-femme de son ancien associé. Dès qu'elle fut partie, il alla se réfugier derrière son bureau, comme s'il voulait mettre de la distance entre Anne et lui.

— Tu le laisses à la diète complète pendant douze heures, et après tu lui donnes de l'eau de riz en petites quantités. Dans vingt-quatre heures, un peu de bœuf haché maigre. Ces comprimés lui feront un pansement gastrique, et s'il n'a pas d'autres vomissements ou diarrhées, tu pourras considérer qu'il est sorti d'affaire.

— Génial ! Je te dois combien ?

— Tu n'es pas sérieuse.

— Au moins le médicament, la piqûre…

— Tu sais bien que non. Je te raccompagne. Tu arriveras à le faire monter dans ta voiture ?

— Il est de bonne composition et il doit avoir envie de rentrer à la maison.

— Tous les chiens sont pareils, ils veulent sortir d'ici au plus vite. Aucune reconnaissance !

Il l'escorta jusqu'à la sortie, passant devant Brigitte qui fit mine de ne pas s'intéresser à eux.

— Je compte toujours sur toi pour le réveillon ? demanda-t-elle une fois que Goliath se fut péniblement casé sur la banquette arrière.

— Vous êtes en famille, j'ai peur de…

— Non, il y aura Charles, le copain de Léo, et aussi Ludovic, ce n'est pas un huis clos. Viens, tu me feras plaisir, je n'ai pas envie de te savoir seul un soir de Noël. À moins que ta consœur ne t'ait invité ?

— Elle a des projets, et nous ne sommes pas intimes.

— Vous pourriez vite le devenir parce qu'elle est très jolie.

— Tu trouves ?

— Oh, ne me dis pas que tu ne l'avais pas remarqué !

— Peut-être qu'elle n'est pas mon type. Et peut-être que je ne veux pas d'ennuis après avoir enfin trouvé quelqu'un…

— Paul t'a fait un sale coup, je sais.

— Nous nous sommes expliqués par téléphone.

— Il t'a appelé ? À moi, il ne donne aucune nouvelle. Je sais seulement par mon avocat que nous avons une nouvelle convocation chez le juge fin janvier. D'ici là, il faut qu'on s'entende sur le protocole d'accord, et franchement, il ne me fait pas de cadeau ! Mais je veux en finir, je ne discuterai pas.

— Ne signe pas n'importe quoi pour autant. Moi aussi, pressé de couper les ponts au plus vite, j'ai tout accepté, et aujourd'hui je m'en mords les doigts. Mon ex-femme me coûte cher et je ne vois pas les jumeaux assez souvent. Tu n'es coupable de rien, Anne. Tu n'as pas trompé Paul, il n'y a eu ni trahison ni mensonge, tu as juste décidé à sa place, et ça… Il m'a annoncé qu'il allait suivre une formation pour faire de la recherche clinique. Je pense que c'est un bon choix, il va adorer ça.

Il souriait, de ce sourire de gamin qui la faisait craquer. Il se pencha pour l'embrasser, lui effleurant à peine la joue, et resta debout dans le froid pour la regarder partir tandis qu'elle manœuvrait.

Sur la route du retour, elle essaya de définir la cause de cet instant de gêne entre eux, juste avant que Véronique Resnais n'apparaisse. Dès qu'ils étaient seuls et trop proches physiquement, une sorte d'attirance mutuelle devenait évidente et les plongeait dans l'embarras. L'irruption de Véronique y avait mis fin, mais Anne avait éprouvé un petit pincement de jalousie malvenue. La jeune femme avait évidemment tout pour plaire, de grands yeux sombres, de longs cheveux bruns, une silhouette irréprochable. Et la manière dont elle avait regardé Goliath était sympathique, chaleureuse. Les clients allaient l'apprécier, y compris ceux qui regrettaient Paul. Pour peu qu'elle soit compétente, elle aurait vite fait de séduire tout le monde. Julien aussi ? Il était seul depuis longtemps, et même si Anne lui plaisait elle représentait un territoire interdit. Véronique passant toutes ses journées à travailler avec Julien, une complicité s'établirait, une amitié naîtrait…

— Et plus si affinités ! marmonna Anne.

Elle jeta un coup d'œil au rétroviseur et constata que Goliath s'était endormi. La route de Castets à la bastide lui rappelait une foule de souvenirs, à commencer par ses visites à Ariane certains après-midi. Elle n'oubliait jamais de s'arrêter chez le pâtissier pour y acheter les gâteaux à la crème dont sa tante raffolait. Après son décès, Anne avait multiplié les allers-retours pour ranger la maison, trier et jeter. Par la suite, elle avait apporté quelques vêtements, s'était progressivement installée jusqu'à ne plus vouloir partir. À présent, elle n'allait plus jamais à Castets, préférant monter à Mimizan pour ses courses. Elle savait que Paul avait mis la maison en vente sans lui demander son avis et sans lui proposer de récupérer des meubles ou des objets. Sa manière de tourner la page s'était révélée plutôt violente, aussi bien avec elle qu'avec Julien à la clinique, mais peut-être était-ce pour lui un moyen de moins souffrir, et dans ce cas elle ne pouvait pas le lui reprocher. Restait Léo, qui ne faisait pas allusion au divorce de ses parents. Il était allé chercher ses affaires avec Jérôme et Valère, les avait rapportées à la bastide sans chagrin apparent. Mais comment savoir ce qu'il éprouvait exactement ?

À Uza, elle prit la départementale en direction de Lit-et-Mixe, inquiète de voir le ciel en train de s'assombrir. Les nuages gris anthracite semblaient chargés de neige et les cimes des pins étaient secouées par le vent. L'automne avait été froid, maussade, l'hiver s'annonçait glacial.

En s'engageant sur le chemin qui menait au portail, elle trouva les premiers flocons.

*
**

Penché sur l'ordinateur portable de Léo, Jérôme hocha la tête.

— Cette annonce-là est correcte, approuva-t-il. Puisque tu voulais un billard américain, à ce prix-là tu fais une affaire.

— Reste à organiser la livraison.

Jérôme donna une bourrade affectueuse à son neveu, content d'être parvenu à s'entendre avec lui. Léo acceptait que le billard soit installé en bas, dans le petit salon, abandonnant la grande pièce du second qui pourrait ainsi devenir la plus vaste des chambres d'hôtes. En contrepartie, Jérôme avait promis de repeindre le petit salon et d'y réinstaller la double suspension de laiton aux globes d'opaline, très années 50, qui se trouvait encore là-haut.

— Tu t'offres le billard, et moi je te crée l'ambiance autour. Il faut un porte-queue, un marqueur de scores, une horloge… Voilà de bonnes idées de cadeaux pour Noël !

Léo avait l'air ravi, et ainsi tout le monde était d'accord. Bien entendu, Jérôme estimait que cette salle de billard serait accessible aux hôtes, mais il s'abstint de le dire. Anne était trop gentille avec son fils, elle avait failli accepter de lui sacrifier trente mètres carrés pour son seul plaisir !

Abandonnant Léo à sa transaction sur Internet, il monta rejoindre Ludovic. Leur relation se prolongeait au-delà de ce que Jérôme avait imaginé. Le jeune homme était certes attachant, débordant d'enthousiasme, et surtout très charmeur, mais Jérôme commençait à se poser des questions. Pourquoi Ludovic s'attardait-il autant ? Sa micro-entreprise n'avait donc aucun chantier en vue, aucun client ? Il ne prospectait pas, ne semblait même pas s'en soucier. Il le retrouva au second, en train d'étaler des bâches sur le plancher de la grande pièce.

— Je vais aller acheter de la peinture avant que les routes soient impraticables ! Tu as vu ce qui tombe ?

Depuis plus d'une heure, de gros flocons défilaient comme au ralenti devant les fenêtres.

— Ça ne peut pas attendre ? s'inquiéta Jérôme.

— Les conditions météo risquent d'empirer et j'ai besoin de deux ou trois trucs. De l'enduit, du mastic… Je préfère m'en débarrasser maintenant parce que, après, tout sera fermé pour le week-end de Noël.

— D'accord, je t'accompagne.

— Non, pas la peine. Tu devrais ouvrir les fentes du plafond pendant ce temps-là, et je n'aurai plus qu'à les reboucher en rentrant.

— Quelle énergie ! railla Jérôme.

Mais il était ravi de la manière dont Ludovic s'impliquait dans le chantier. Grâce à lui, les travaux avaient avancé bien plus vite que prévu, et Jérôme avait appris les bons gestes ainsi que des astuces de professionnel.

— Besoin d'aide ? demanda Valère en passant devant la porte ouverte.

Lui aussi voulait se rendre utile pour remercier Anne de son hospitalité.

— Ce sera une chambre magnifique quand vous aurez fini, constata-t-il, étonné par les dimensions de la pièce.

— Le fleuron de notre maison d'hôtes ! Et tu verras qu'on finira par gagner de l'argent, quoi qu'en pensent les parents.

— À ce propos, ils viennent pour le réveillon.

— Ah bon ? Je croyais que…

— C'est Éric qui les a convaincus. Tu sais bien qu'il est pour la paix en famille.

— Chez les Nogaro, il a du boulot ! persifla Jérôme. En tout cas, j'espère qu'ils ne joueront pas les rabat-joie parce que je compte picoler et rigoler.

— Te connaissant, je n'en doute pas. J'ai aussi une bonne nouvelle, le chien va mieux, Anne l'a ramené.

— Elle est dans son bureau ? demanda Ludovic. Je descends la voir, j'ai besoin d'argent pour les fournitures.

Il s'esquiva et les deux frères restèrent face à face. Au bout de quelques instants, Valère demanda carrément :

— Est-ce qu'il compte, pour toi ?

Sa question arracha un sourire contraint à Jérôme.

— Il y a quelques semaines je t'aurais dit non, mais maintenant, je ne sais pas trop. Je me suis habitué à lui, il est très gentil. Facile à vivre, gai, plein de bonnes idées. Il est moins déjanté que les copains qui l'ont précédé. Moins bavard aussi, je sais très peu de choses sur lui et ça m'agace.

— Il n'a pas de famille, pas de domicile ?

— À Soustons, un gourbi lui sert d'adresse pour son job. Côté famille je n'en ai aucune idée, il n'en parle pas. Ta curiosité est satisfaite ?

— Je ne voulais pas être indiscret, mais comme en ce moment on vit tous sous le même toit, j'étais… intrigué.

— Euphémisme. Les parents t'ont cuisiné à mon sujet ?

— Non.

— Eh bien ça ne tardera pas ! Ils n'oseront pas s'adresser à Anne, ils savent que Suki est muette comme une tombe, alors il ne reste que toi.

— Et ça te déplairait qu'ils sachent ?

— Que je suis gay ? Dans quel monde vis-tu, Valère ? J'ai trente-cinq ans, je me contrefous de ce qu'ils pensent ! Surtout avec leur étroitesse d'esprit. Tu as entendu papa, l'autre jour, il me voyait déjà en représentant de commerce vêtu d'un costard en polyester, d'une chemisette et de la cravate assortie, débitant mon boniment sur le savon bio ! Si ça ne s'appelle pas de l'aveuglement…

Valère ne put retenir un éclat de rire qui mit son frère en joie. Derrière les vitres, les flocons défilaient toujours, plus vite et plus serrés à présent.

— Ce sera un Noël blanc, c'est fantastique ! Si tu n'as pas besoin de moi, je vais aller faire quelques prises de vue. Une tempête de neige sur l'océan, tu imagines ?

Il sortit en hâte, soudain surexcité. La passion de la photo l'habitait toujours, c'était vraiment dommage qu'il soit limité à d'insipides reportages alors qu'il avait du talent. Mais il n'avait pas voulu quitter la région pour tenter sa chance à Paris, et ici les possibilités de réussite dans un métier artistique étaient minces.

Posté devant l'une des fenêtres, Jérôme alluma une cigarette. Au-delà de la clairière, les pins commençaient à blanchir, le paysage devenait magnifique. Décidément, Anne avait eu grandement raison de garder cette maison. Pour la première fois de sa vie, Jérôme se sentait ancré quelque part, avec l'envie d'y rester. Certes, il n'était pas chez lui, mais quelle importance ? Anne ne le chasserait jamais, il en avait la certitude. D'ailleurs, elle avait besoin de lui. Il s'était débrouillé pour être indispensable, forçant la reconnaissance de sa sœur. Mais ce qui n'était à l'origine qu'un calcul de sa part, une habile manœuvre, avait déclenché un véritable désir de réussite. Dans cette bastide, il était devenu quelqu'un, il existait enfin.

La cendre tomba sur la bâche déjà maculée de peinture et de poussière de plâtre. Jérôme tira une dernière bouffée de sa cigarette puis l'éteignit dans un gobelet. Il allait se mettre au travail pour faire une bonne surprise à Ludovic. Parce que, inutile de se cacher la vérité, il adorait le voir sourire.

*
**

Julien s'était entendu avec Véronique pour prendre son après-midi et il avait filé à Dax en voiture, négligeant sa moto à cause de l'état des routes. Une fois arrivé dans son garage, où il avait rendez-vous pour faire monter des pneus neige, il était parti à pied vers les rues piétonnes du centre-ville en espérant que les nombreuses vitrines lui donneraient des idées.

Les trottoirs enneigés et les chants de Noël diffusés par les haut-parleurs accentuaient l'ambiance festive et il se surprit à flâner avec plaisir. Pour Brigitte, c'était facile, il connaissait son eau de toilette favorite qu'il acheta dans une parfumerie. Pour sa consœur, ayant remarqué qu'elle arborait volontiers des bijoux fantaisie, il trouva un sautoir en perles de verre et de bois assez original. Un cadeau d'un prix modique, qui passerait pour un clin d'œil sans ambiguïté. Ensuite, il dévalisa un magasin de jouets, heureux de pouvoir gâter ouvertement ses jumeaux qui ne croyaient plus au père Noël. Imaginer la manière dont ils allaient se précipiter sur les paquets le week-end suivant le réjouissait d'avance. Restait à trouver quelque chose pour Anne, puisqu'il était son invité. À elle aussi, il ne voulait rien offrir de trop personnel, et il dut renoncer à de ravissantes boucles d'oreilles aperçues chez un bijoutier. Tout ce qui le tentait était disproportionné mais il s'amusa à se la représenter successivement dans une veste de mouton retourné, une robe du soir à paillettes, un blouson en loup. Faire un cadeau à une femme lui était toujours agréable, cependant il ne pouvait pas se ruiner pour Anne, même s'il en mourait d'envie ce serait très malvenu. Après une bonne heure d'errance, il dénicha enfin chez un antiquaire un cadre ancien où elle pourrait glisser une photo, et depuis la boutique il appela Valère pour savoir s'il possédait un cliché de la bastide de ce format-là. Tout content de ses achats, il s'arrêta encore chez un caviste où il choisit un magnum de champagne Roederer qui serait sa participation au réveillon.

Avant de rentrer chez lui, il fit un crochet par la clinique où il trouva Véronique et Brigitte en grande conversation dans la salle d'attente déserte.

— Le Dr Resnais a pu voir tout le monde ! lui lança triomphalement Brigitte.

— Mais la neige a découragé certains clients qui ont reporté leurs rendez-vous, précisa Véronique par souci d'honnêteté.

— À mon avis, pendant la garde de Noël vous ne serez pas trop dérangée, les urgences seront de vraies urgences, prophétisa Julien.

Il faisait référence aux clients trop anxieux – ou indélicats – qui appelaient en pleine nuit pour trois fois rien et qu'il fallait calmer avec diplomatie. Il offrit leurs cadeaux aux deux jeunes femmes en ayant un mot gentil pour chacune, et elles lui sautèrent au cou en même temps dans un joyeux chahut.

— Au moins, souligna Brigitte, vous vous êtes donné du mal ! C'est bien plus sympa que la traditionnelle boîte de chocolats.

Car chaque année, par manque de temps ou d'imagination, Paul et lui avaient toujours la même idée. Mais Paul n'était plus là et Julien se sentait en droit de changer les habitudes. Même si la véritable raison de son shopping à Dax s'appelait Anne.

— Si vous avez le moindre souci pendant cette garde, dit-il à Véronique, n'hésitez pas à me joindre.

— Je ferai le tri des appels ! affirma Brigitte.

Comme elle hébergeait Véronique, elles allaient passer ensemble la soirée et la journée du lendemain.

— J'ai invité des amis pour que ce soit plus gai, mais je vous promets qu'on ne boira pas trop.

— Je n'aime pas beaucoup l'alcool, déclara Véronique en souriant à Julien.

Un sourire très chaleureux qui le mit vaguement mal à l'aise. Travailler avec une jeune et jolie femme l'obligeait à installer une certaine distance. Il l'avait fait avec Brigitte dès le début, mais c'était facile car ils n'étaient pas sur un pied d'égalité. Avec Véronique, ce serait plus délicat.

— Il ne neige plus, constata Brigitte, mais on dirait que c'est en train de geler…

Elle actionna la commande des volets électriques et éteignit les lumières. Par chance, il n'y avait aucun animal en observation, les cages étaient vides et, en principe, la clinique pourrait rester fermée jusqu'au surlendemain.

— Allez, ne faites pas cette tête-là, nous aussi on a pensé à vous ! dit-elle en tendant la main par-dessus le comptoir qui séparait son bureau de la salle d'attente. Ce n'est pas follement original, mais je connais votre péché mignon et j'ai dit au Dr Resnais que vous ne résistiez pas à ces trucs-là. On a commandé sur Internet, et un peu plus ça n'arrivait pas à temps !

Le coffret de macarons Pierre Hermé avait un peu souffert de l'expédition mais Julien fut très ému qu'elles y aient pensé.

— Allez, les filles, on ferme ou on va se retrouver bloqués ici.

Un vent glacial s'était levé, givrant la couche de neige, et circuler ne tarderait pas à devenir dangereux. Julien regarda Brigitte manœuvrer avec précaution et s'éloigner en roulant au pas. Il était tout réjoui par la perspective de sa soirée, mais avant de gagner la bastide il devait passer chez lui pour se changer. Anne avait précisé que, vu le temps, tout le monde pouvait venir en pull et en bottes, néanmoins il voulait prendre une douche et se raser. Il se sentait un peu stupide, devinant d'avance qu'il n'oserait pas faire un pas vers elle. Bien sûr, il avait pris soin de demander à Paul si tout était fini entre eux, mais ce ne serait pas suffisant pour apaiser ses scrupules. Décemment, il ne pouvait pas courtiser Anne. Pas maintenant et pas avant longtemps.

*
**

Toujours raisonnable, Gauthier avait pris soin de mettre une paire de chaînes dans son coffre. Il n'en eut pas besoin sur l'autoroute, ni même sur la nationale 10 où la saleuse était passée, mais dès qu'il se retrouva sur les départementales, il dut s'arrêter pour les installer. Pendant qu'il s'escrimait, les doigts gelés, Estelle pestait copieusement dans la voiture, la ventilation du chauffage n'envoyant qu'un air à peine tiède.

De leur côté, Éric et Lily s'étaient équipés de pneus neige, et en partant d'Hossegor, Éric avait choisi de remonter au plus court à travers les forêts de Soustons puis de Messanges. Le paysage était certes féerique, mais il devait rouler très doucement, et lorsqu'il aborda la forêt de Lit-et-Mixe la neige se remit à tomber. À l'arrière, Maud et Clémentine étaient ravies, chantant à tue-tête. Changer de cadre pour le réveillon les charmait, les tourbillons de flocons les faisaient rire comme des folles, et la perspective de passer la soirée en compagnie du *beau* Charles les surexcitait.

L'arrivée sur la bastide était assez impressionnante car, au milieu de la clairière entièrement blanche, la façade illuminée par Léo semblait le décor improbable d'un conte de Noël. Derrière la fenêtre du salon, un grand sapin brillait de toutes ses guirlandes, on apercevait les flammes d'une multitude de bougies posées un peu partout.

Fidèle à elle-même, Estelle entra en maugréant contre le temps, immédiatement relayée par Lily qui lança à sa sœur :

— C'est tout de même le bout du monde, chez toi ! On aurait pu se tuer sur la route, et je préfère ne pas penser au retour… Je te préviens, on ne s'attardera pas après les douze coups de minuit. Tu mets le petit Jésus dans la crèche, et hop !

— Vous pouvez très bien dormir ici, répondit Anne sans s'émouvoir.

— Pour nous, il n'en est pas question, trancha Gauthier.

— Oh, ce serait trop génial ! s'exclama Clémentine en regardant son père d'un air suppliant.

Éric n'eut pas le temps de répondre, interrompu par l'arrivée de Julien qui tendit le magnum de champagne à Anne.

— Je crois qu'il est frais, je l'ai mis un peu au congélateur chez moi, et ensuite dans le coffre où il n'a pas dû se réchauffer.

Il passa discrètement le paquet du cadre à Valère qui s'éclipsa.

— Eh bien, on va trinquer, décida Jérôme. Nous avons fait du feu dans la cheminée de la salle à manger, qui a commencé par refouler et nous enfumer, mais maintenant, ça va. Allons donc nous y installer.

— Mais le sapin est au salon…, protesta Maud.

— On le voit très bien avec les portes ouvertes.

— Qui l'a décoré ? voulut savoir Julien. Toi, Léo ?

— Oui, avec Charles.

— Il est magnifique ! s'exclama Clémentine.

Lily, qui avait tenu à remettre sa robe bustier et qui frissonnait, se précipita vers la cheminée. Elle était la seule à être habillée aussi élégamment, les autres n'ayant fait aucun effort en raison du temps, et elle se sentait empruntée dans sa tenue de soirée.

— Si vous laissez les portes du salon ouvertes, on ne se réchauffera jamais, fit remarquer Estelle.

— On veut profiter du sapin ! insista Maud en tapant du pied.

Pendant que Jérôme servait le champagne, Valère revint et Julien put offrir son cadeau à Anne.

— Ton frère m'a aidé à lui donner une utilité, précisa-t-il avec son sourire craquant.

Elle découvrit la photo, prise à l'automne par Valère et qui lui rappela aussitôt la phrase du cahier d'Ariane : « Un de ces crépuscules mordorés qui rendent nostalgique. » Dans l'objectif de son frère, la bastide était superbement mise en valeur à la lumière du soleil couchant.

— C'est magnifique, murmura-t-elle en caressant le cadre ouvragé du bout des doigts.

— Non, je rêve ! s'exclama Estelle d'une voix aiguë. Nous sommes treize ?

Les yeux rivés sur la table, elle était en train de recompter les couverts.

— Depuis quand es-tu superstitieuse ? ricana Jérôme.

Il lui mit un verre dans la main avant d'ajouter, hilare :

— Et encore, tu ne connais pas le menu !

— On ne mange pas de la dinde ? voulut savoir Lily.

— Nous avons fait plus original, et surtout plus économique.

— À savoir ?

— Un cassoulet, annonça Anne d'une voix ferme.

— Pour le réveillon ? Du cassoulet ?

— Tout le monde aime ça, et comme nous sommes nombreux, c'était en effet moins cher que…

— Mais c'est toi qui nous as tannés pour venir chez toi ! trépigna Estelle. Quand on n'a pas les moyens de recevoir, on ne lance pas d'invitations ! Ou alors tu n'avais qu'à demander, on aurait tout apporté. Parce que franchement, du cassoulet à Noël !

Agacée, Anne la regardait s'énerver, et finalement Gauthier intervint, un peu gêné :

— Moi, j'adore ça.

— Et ton cholestérol ? lui lança Estelle, furieuse.

— On y a pensé en évitant le foie gras en entrée, laissa tomber Jérôme. À la place, vous aurez des petits chèvres en salade. Ils viennent tout droit d'une ferme, vous allez vous régaler.

— Et Suki s'est occupée des desserts, renchérit Anne.

— J'ai fait une crème vanillée aux perles du Japon, susurra la jeune femme. C'est une recette traditionnelle à base de tapioca. Et aussi du yokan, qui ressemble à de la pâte de fruits mais qui est préparé avec des haricots. Dans mon pays, on ne mange des desserts que les soirs de fête.

Estelle gardait les lèvres pincées, se demandant sans doute si on se moquait d'elle.

— Ce menu est magnifique, déclara Julien avec enthousiasme. Je suis très heureux d'être des vôtres ce soir.

Il leva son verre en direction d'Anne et leurs regards se croisèrent. Elle lut dans le sien une gentillesse particulière, comme s'il voulait la consoler des propos désagréables de sa mère.

— Vous avez trouvé un remplaçant, paraît-il ? lui demanda Gauthier qui semblait pressé de changer de sujet de conversation.

— Oui, une jeune femme. J'espère qu'elle se plaira à Castets.

— À condition de ne pas aimer la ville, glissa perfidement Lily.

Elle frissonnait malgré la flambée et Anne lui proposa une veste qu'elle refusa tout net.

— Être un peu endimanchée, passe encore, mais ridicule, jamais !

Les quatre adolescents avaient profité de la discussion pour se regrouper dans le salon, autour du sapin qu'ils admiraient. Jérôme leur apporta quatre coupes de champagne à moitié pleines en précisant que ce serait tout pour la soirée. Le concert de protestations qu'il souleva le fit rire et il transigea en promettant un verre de vin à table, mais sans se faire remarquer des parents.

Comme à son habitude, Ludovic se tenait un peu à l'écart, souriant mais pas vraiment concerné. Jérôme le servit à son tour en lui chuchotant à l'oreille :

— J'ai une drôle de famille, hein ? Est-ce que la tienne ressemble à ça ?

— Il y a longtemps que je ne l'ai pas vue.

Une réponse laconique qui excluait toute autre question, et Jérôme n'insista pas. Dès qu'il s'aventurait sur un terrain personnel, Ludovic se fermait. Avait-il vécu quelque chose de douloureux dont il refusait de parler ? Parfois, il criait dans son sommeil et venait alors se blottir contre Jérôme qui refermait ses bras autour de lui. Un geste protecteur dont il n'avait pas l'habitude mais qu'il découvrait avec un plaisir étrange.

Anne fila vers la cuisine, suivie de Suki et de Julien qui voulait se rendre utile.

— Le cassoulet commence à gratiner, dit-elle en ouvrant la porte du four.

Tandis qu'une odeur délicieuse se répandait elle précisa, à l'intention de Julien :

— J'ai mis les lingots à tremper hier. Les confits, le jarret et les saucisses viennent d'un très bon charcutier de Dax, et je surveille la cuisson depuis quatre heures. Contrairement à ce que pense maman, je me suis donné du mal.

Julien prit une profonde inspiration et hocha la tête.

— Ça se sent !

— Et Suki a passé au moins tout l'après-midi sur les desserts, et…

Elle dut s'interrompre, la gorge serrée par une bouffée de tristesse qui lui faisait monter les larmes aux yeux. L'hostilité persistante de sa mère la blessait, et ce premier Noël sans Paul la perturbait. Elle avait souhaité réunir sa famille autour d'elle, hélas c'était décevant, comme chaque fois.

Julien et Suki échangèrent un coup d'œil navré, puis Julien fit un pas vers Anne, lui posa la main sur l'épaule.

— Tout ira bien, dit-il d'une voix apaisante. Les petites frictions avec les parents n'ont pas d'importance, ne te laisse pas atteindre.

Elle n'y parvenait pas. Depuis quelque temps elle appréhendait les révélations à venir dans le cahier d'Ariane. Et parce qu'elle devinait une très mauvaise surprise concernant sa mère, elle aurait voulu avoir de bons rapports avec elle pour amortir le choc. Mais en avait-elle jamais eu ? Elle se souvenait surtout de son indifférence, de quelques heurts modérés, au fond rien de grave, néanmoins rien de tendre non plus. Depuis le décès d'Ariane et la grande affaire du testament, Estelle avait carrément sorti ses griffes, son agressivité devenait trop évidente pour être ignorée.

— Je vais poêler mes chèvres ! claironna Jérôme en faisant irruption. Puisque vous vous tournez les pouces, mettez donc de la salade dans les assiettes. Les *treize* assiettes…

Lui, au moins, savait se moquer de tout, et Anne envia son insouciance. Mais il n'avait aucune responsabilité dans l'existence, pour lui c'était plus facile. Elle se mit à disposer des feuilles de mesclun en chargeant Julien d'y verser un trait d'huile d'olive. Ils se suivaient le long du plan de travail, et à plusieurs reprises leurs bras ou leurs mains se frôlèrent. Arrivée à la dernière assiette, elle se tourna vers lui. Le regard qu'ils échangèrent fut d'abord prudent, puis ambigu, et finalement embarrassé. Aucun des deux n'avait oublié le baiser échangé un jour sur les marches du perron, aucun des deux ne le regrettait.

Anne finit par baisser les yeux, mais ce qu'elle éprouvait était du désir, et elle n'avait pas vraiment envie de le refréner.

— Notre Goliath a l'air d'avoir récupéré, dit-il en regardant le chien qui venait de s'asseoir derrière Anne.

Elle lui fut reconnaissante de ce « notre » qui ne l'impliquait pas seulement en tant que vétérinaire. Paul ne s'était jamais beaucoup intéressé à Goliath, peut-être parce qu'il lui rappelait trop Ariane, et en particulier le soir où il l'avait trouvée morte dans sa chambre avec le chien couché contre elle. À moins que, de façon plus insidieuse, Paul n'ait considéré que c'était *grâce* au chien si Anne avait pu s'installer dans la bastide sans avoir peur. Avant l'arrivée de Jérôme, il devait être persuadé que sa femme ne tiendrait pas seule dans une grande maison perdue au milieu des forêts. Mais Paul avait besoin de boucs émissaires, de responsables pour justifier l'échec de son mariage, et il ne se remettait pas en question. C'était la faute d'Anne, d'Ariane, de la maison ou du chien, pas la sienne. Et il leur en voulait au point de ne même pas téléphoner un soir de Noël ! Elle espéra qu'il le ferait au moins pour Léo, mais quoi qu'il arrive désormais elle ne voulait plus se torturer au sujet de Paul. Elle avait fait son choix, lui le sien, la page était tournée.

Relevant les yeux sur Julien, Anne vit qu'il la regardait toujours et elle se mit à sourire.

7

Un beau mariage ! Assez simple, si je songeais au faste des miens, mais l'époque n'était plus la même, et Gauthier réprouvait toujours le luxe.

Anne était magnifique dans sa robe de satin drapé, si fraîche et si radieuse que j'en fus retournée. Quant à Paul, que je voyais pour la première fois, il avait beaucoup d'allure dans son costume bleu nuit. Parents et beaux-parents avaient loué pour la réception un restaurant et son jardin dans les environs de Biarritz, et chacun se plaçait à sa guise. Il y avait là des confrères du jeune marié, avec lesquels il avait fait ses études, des camarades d'Anne rencontrés à l'école supérieure de comptabilité de Pau, et bien sûr des collègues de Gauthier et d'Estelle, tous enseignants. Lily se faisait remarquer dans une robe qu'elle prétendait ivoire mais qui était quasiment blanche et outrageusement décolletée, comme si elle avait voulu éclipser la mariée. Son mari, Éric, avait l'air d'un assez bon bougre, et à l'évidence il était très fier de sa femme.

J'observais tout ce petit monde avec amusement, sentant bien qu'on ne venait me saluer qu'à regret. J'étais l'incontournable tante, affublée d'un tailleur démodé mais très chic, la vieille toquée à qui on devait malgré tout le respect. Anne l'avait fait comprendre aux invités dès la sortie de l'église en m'embrassant la première. De même, au début de la réception, elle me présenta Paul et s'attarda un long moment près de moi.

Pour me mettre en condition, je me promenai de groupe en groupe, écoutant distraitement les conversations, je bus deux coupes de champagne coup sur coup, et enfin je cherchai Estelle des yeux. Installée à une table, près de la piste de danse encore déserte, elle se remettait de ses émotions en compagnie d'Éric et de Lily, agitant sous son menton un ridicule éventail de papier. J'attendis que le couple se lève puis je redemandai deux coupes au bar avant de venir m'affaler sur une chaise, près d'Estelle. Je lui proposai de trinquer aux jeunes mariés, ce qu'elle ne put refuser malgré sa répugnance pour l'alcool, ensuite je la félicitai sur la qualité de la réception et sur le choix de la robe de la mariée. Elle me rétorqua que, bien évidemment, Anne ne l'avait pas consultée, « trop rebelle pour faire comme tout le monde ».

J'avais peu de temps à ma disposition. Je savais qu'après deux minutes de politesses obligatoires, Estelle chercherait à me fausser compagnie sous n'importe quel prétexte. D'autres gens pouvaient aussi venir s'asseoir avec nous, or j'avais besoin d'intimité. J'enchaînai donc sur ce mot de « rebelle » en lui demandant tout à trac pourquoi elle n'aimait pas sa fille cadette. Elle se récria, comme prévu, mais je poursuivis mes questions en baissant la voix pour prendre un ton de confidence. Anne était-elle le fruit d'une infidélité ? Un souvenir honteux qu'elle aurait préféré oublier mais qu'elle avait eu chaque jour sous les yeux durant près de vingt ans ? Ah, quelle femme, même la plus vertueuse, n'avait pas un jour cédé à la tentation ? Une chance que mon frère n'ait pas tiqué sur les yeux verts de sa cadette, mais moi qui connaissais tous nos ancêtres, je ne voyais pas de qui la chère petite pouvait tenir et j'en avais tiré mes conclusions.

La réaction d'Estelle fut plus violente que prévu. On aurait cru que je lui avais lancé un seau d'eau froide à la figure. Saisie, elle ouvrit démesurément les yeux tout en chuchotant : « Comment le savez-vous ? Qui vous l'a dit ? » Eh bien, elle-même, à l'instant, mais je ne le lui fis pas remarquer. Je repris ma voix la plus suave pour l'assurer qu'elle pouvait se confier à moi, ce qui la soulagerait d'un poids sans doute trop lourd à porter, d'ailleurs j'étais la mieux placée pour savoir à quel point Gauthier pouvait être ennuyeux, et s'il y avait bien quelqu'un qui ne la jugerait pas, c'était moi. Elle me dévisagea d'un air las, écœuré. « Vous n'y êtes pas du tout. On m'avait fait boire ! » Un deuxième aveu involontaire, qui expliquait son dégoût des boissons alcoolisées. Elle considéra sa coupe, dont elle n'avait bu qu'une gorgée, et la poussa d'un doigt à l'autre bout de la table, comme elle l'aurait fait pour un insecte répugnant.

Mais elle était plus sotte encore que je ne l'avais cru car, avec quelques questions habiles, j'obtins le récit complet. Au point où elle en était, le besoin de se justifier la rendait soudain loquace. Hélas, si j'avais pu imaginer quelque aventure croustillante, l'élan honteux mais irrépressible d'une jeune femme frustrée, je n'eus droit qu'à une anecdote sordide. Un week-end de formation à Bordeaux entre instituteurs, des collègues peu scrupuleux qui avaient profité de son inexpérience pour lui faire découvrir le doux mélange de la bière et du whisky. Naïve, elle s'était prêtée au jeu par peur du ridicule. Un strip-poker alors en vogue avait suivi, copieusement arrosé lui aussi, et quand sa tête s'était mise à tourner, un collègue compatissant l'avait raccompagnée à sa chambre. Elle ne se souvenait pas de la suite, n'avait jamais pu s'en souvenir malgré tous ses efforts. Elle s'était réveillée nue au milieu de draps sales et froissés, et alors l'enfer s'était ouvert sous ses pieds.

Le silence contrit de ses camarades de jeu, dans l'autocar qui les ramenait à Biarritz, lui avait fait comprendre que le pire s'était effectivement produit. De retour chez elle, bien entendu elle n'avait rien dit. Comment avouer l'impensable à Gauthier ? Et lui raconter quoi, puisqu'elle ne se rappelait rien ? À des jours d'angoisse muette, à des nuits passées à prier sans pour autant oser se refuser à son mari, avait succédé l'abominable nouvelle : elle était enceinte. Durant sa grossesse, elle s'était raccrochée à un doute permis, mais en découvrant les jolis yeux verts du nouveau-né, elle l'avait pris en horreur sur-le-champ. Jérôme n'avait été conçu que pour effacer la faute, comme une réparation légitimement due à Gauthier.

J'avais appris la vérité, je pouvais m'en aller. J'abandonnai Estelle à ses remords sans fin, sachant qu'elle me haïrait pour ses confidences. Mais je n'y perdais rien puisqu'elle ne m'avait jamais accordé une once de sympathie. Au moment où j'allais m'éclipser, les premiers accords d'une valse de Strauss m'en empêchèrent. Je restai pour voir Anne et Paul effectuer leurs premiers tours de piste, et je formai le vœu, sans trop y croire, que leur couple soit toujours heureux. Mais dans la conversation que j'avais eue avec le jeune marié au début de la réception, puis lors des quelques mots échangés avec ses parents, il m'avait semblé que ce fils unique très choyé avait une haute opinion de lui-même, peut-être trop haute pour être supportable au quotidien.

De retour chez moi, je savourai une belle fin de journée sur ma chaise longue. Qu'allais-je faire de la révélation arrachée à Estelle ? Rien, sans doute, car ce serait trop cruel pour Anne. Mieux valait lui laisser le temps de fonder sa propre famille en ayant des enfants à son tour avant de lui infliger une vérité fatalement pénible. À laquelle, néanmoins, elle avait droit. Ne doit-on pas savoir de qui l'on vient ? Mais comment faire pour retrouver la bande de joyeux fêtards qui avaient abusé d'Estelle vingt-deux ans plus tôt ? Et lequel choisir parmi eux ? Cet homme-là, où qu'il soit, pensait-il parfois à cette lointaine et sinistre soirée de beuverie ? Sûrement pas, puisqu'il en ignorait la conséquence. Et puis, même sans aimer *outre mesure mon frère, je n'envisageais pas de le déposséder de son rôle de père, un rôle qu'il avait tenu sans faillir.*

Lorsque Anne parviendrait à un âge plus mûr et qu'elle aurait fait son chemin dans la vie, je pourrais peut-être lui parler. Mais serais-je encore là pour le faire ? Ces cahiers sont le moyen de lui raconter son histoire, à condition qu'elle les trouve un jour. Ce qui signifiera qu'elle n'a pas jeté toutes mes possessions dans une benne à ordures sans leur accorder un regard. À elle de trier, de garder, peut-être de rester, car elle sera mon unique héritière, je l'ai décidé depuis longtemps. Et savoir, ô ironie du sort, que finalement elle n'est peut-être pas une Nogaro n'y change rien !

Je dis « peut-être » parce que, depuis que la question de ses yeux verts me trotte dans la tête, j'ai pris quelques renseignements. Comme toujours dans ces cas-là, c'est vers Pierre Laborde que je me suis tournée et il a effectué les recherches pour moi. Je sais bien ce qu'on dit sur le gène récessif des yeux bleus, et je sais aussi que Gauthier a les yeux marron, comme moi et presque tous ceux de notre famille. Comme Estelle. Aussi en avais-je déduit l'infidélité mathématique. Sauf que je ne connais pas la famille d'Estelle – qui m'a toujours semblé sortie de nulle part – et que Pierre m'a apporté tout un dossier très instructif dont il ressort qu'il peut y avoir des exceptions. J'en ai pris bonne note, admettant qu'un doute était donc permis, mais mon instinct me disait d'interroger Estelle et je n'ai pas été déçue ! Elle demeure persuadée depuis le premier jour qu'Anne est le fruit d'une ignominie.

Rien ne la fera changer d'avis, même des preuves scientifiques n'y parviendraient pas. Et si elle avait tort ? Si elle s'était rongée pour rien depuis toutes ces années ? Si elle avait injustement pris cette enfant en grippe ?

Hébétée, Anne s'arrêta de lire. Au bout de quelques instants, elle feuilleta la fin du cahier, qui ne comportait plus que quelques pages et s'interrompait brutalement. Elle le referma, le garda contre elle. Restait-il quelque chose à apprendre ? Pas maintenant, elle n'en avait pas le courage. Ce qu'elle venait de découvrir la laissait désemparée au point de ne pas arriver à mettre ses idées en ordre. Colère ? Compassion ? Dégoût ? Que devait-elle éprouver ? Elle n'était probablement pas la fille de Gauthier, pas la nièce d'Ariane, ses ancêtres ne s'appelaient pas Nogaro. Inimaginable.

Elle sortit de son lit et s'emmitoufla dans sa robe de chambre. S'approchant d'une fenêtre, elle effaça la buée pour regarder dehors. Tout était uniformément blanc et gelé sous un ciel plombé qui annonçait une nouvelle chute de neige. La veille, seuls ses parents avaient eu le courage de reprendre leur voiture, heureusement équipée de chaînes, mais tous les autres avaient dormi là. Léo avait cédé sa chambre à ses cousines et s'était installé sur le tapis du salon avec Charles, dans des sacs de couchage. Lily et Éric étrennaient une des chambres d'hôtes tout juste finie au second, tandis que Julien, au premier, avait pris l'ancienne chambre de Gauthier lorsqu'il était enfant, sommairement meublée d'un lit de camp.

Debout devant la porte, Goliath remuait la queue pour signifier qu'il voulait sortir. Anne eut envie de le prendre dans ses bras, de le serrer contre elle pour trouver un peu de réconfort, mais c'était un très gros chien, pas une peluche, et elle lui ouvrit. Descendant à pas de loup afin de ne pas réveiller les garçons, elle leur jeta un coup d'œil au passage et les vit couchés dos à dos au pied du sapin toujours allumé. Elle fila à la cuisine qu'elle pensait trouver dans un désordre indescriptible, mais elle découvrit Suki et Julien en plein rangement.

— Vous êtes tombés du lit ?

— Avec le magasin, j'ai pris l'habitude de me lever tôt, se justifia Suki. Et je ne voulais pas que tu fasses ça toute seule.

— Alors tu as réquisitionné Julien ?

— Non, protesta-t-il en riant, c'est un appel de ma consœur qui m'a réveillé. Elle avait un petit souci avec une urgence, mais on a pu régler ça par téléphone. Une fois debout, j'ai eu envie d'un café.

— Avoue plutôt qu'on est très mal sur le lit de camp.

— Je ne m'en suis pas aperçu, j'ai dormi comme un bébé. Toi, en revanche, tu as une petite mine.

— Viens t'asseoir, suggéra Suki. Thé ou café ?

— D'abord, je vous aide.

— Mais non ! On a presque fini, prends donc ton petit déjeuner tranquillement. C'est vrai que tu es toute pâle…

La sollicitude de Suki était touchante, pourtant Anne se sentait hors d'atteinte, glacée à l'intérieur. Elle fit sortir Goliath puis s'assit sur la chaise la plus proche du poêle qui ronflait, sans doute allumé par Julien.

— Il ne te reste plus beaucoup de bûches, fit-il remarquer.

— Je sais. Une triste histoire de bûcheron malhonnête.

Comme elle ne s'expliquait pas davantage, au bout de quelques instants il proposa :

— Je peux te donner le numéro d'un marchand de bois sérieux. Il me livre deux fois par an et j'en suis content.

Elle hocha la tête distraitement, toujours perdue dans ses pensées, puis soudain elle fit signe à Julien de s'asseoir près d'elle.

— Toi qui as fait des études scientifiques, tu devrais pouvoir m'expliquer le truc des gènes concernant la couleur des yeux.

Un peu surpris, il la dévisagea, attendant la suite.

— Tu sais, insista-t-elle, deux parents aux yeux bleus, ou aux yeux marron, ne peuvent faire que…

— Non, il y a des exceptions. Comment te décrire ça ? Bon, le gène responsable de la coloration dominante de l'œil s'appelle EYCL 3, et il est situé sur le chromosome 15. Il existe deux variétés, la couleur brune et la couleur bleue.

— Oui, oui, d'accord, mais ce n'est pas ça qui m'intéresse, c'est…

— Oh, tu veux que je te parle de la couleur verte ? dit-il en riant. Écoute, mes souvenirs de cours sont un peu flous, mais il y a un autre gène, le EYCL 1, situé cette fois sur le chromosome 19. L'allèle dominant de ce gène détermine la couleur verte, et l'allèle récessif la couleur bleue. Mais il y a encore d'autres gènes qui interviennent et qui s'influencent, c'est bien plus compliqué que ce qu'on croit généralement. En fait, rien n'est tout à fait impossible. Ai-je répondu à ta question ?

— Alors, dit-elle lentement, moi, par exemple…

Mais elle n'acheva pas, découragée, ne sachant plus que croire. Si tout était envisageable, elle pouvait très bien être la fille de Gauthier, pas forcément celle de cet inconnu haïssable. Ariane avait eu raison d'écrire « peut-être », raison de penser qu'Anne ne connaîtrait jamais l'entière vérité. Sa mère avait été abusée, elle avait éprouvé le besoin viscéral d'en vouloir à quelqu'un et sa rancune s'était focalisée sur le bébé. Néanmoins, elle ne pouvait être sûre de rien, et personne ne le serait jamais.

— Toi, finit par déclarer Julien qui s'inquiétait de son silence, ce qu'on peut dire à propos de tes yeux, eh bien c'est qu'ils sont superbes !

Suki déposa une tasse de thé fumant devant elle et la scruta quelques instants.

— Tu as un problème, Anne ?

— Non, non, tout va bien.

Pour ne plus être observée, elle se leva, alla remplir de croquettes la gamelle du chien qu'elle fit rentrer. Avec lui s'engouffra de l'air glacé et elle se dépêcha de reprendre sa place près du poêle.

— Drôle d'hiver pour les Landes, marmonna-t-elle.

Elle n'avait pas souvenir d'un Noël aussi froid, et surtout aussi fou. L'année précédente, comme toutes les autres, le réveillon avait eu lieu chez sa sœur. Sans neige. Et bien sûr, quelques petits accrochages avec sa mère s'étaient produits, mais rien de significatif. Paul prenait toujours sa défense ou faisait diversion. Une famille ordinaire. Qu'elle avait fait voler en éclats. Est-ce qu'elle le regrettait ? Non, plus maintenant. Elle eut brusquement conscience de la maison autour d'elle, au-dessus d'elle, si vaste et si… *bienveillante.* Le cadeau d'Ariane n'était pas empoisonné, il était royal. Mais pour Estelle, il devait être insupportable de voir Anne désignée comme l'héritière des Nogaro, un paradoxe dérisoire, et sans doute craignait-elle que la vieille dame ait laissé quelques confidences derrière elle. Après avoir détesté sa belle-sœur grâce à qui, pourtant, elle était bien logée, et à qui elle devait de l'argent, elle s'était mise à avoir peur d'elle, de ce qu'elle pourrait révéler même au-delà de la tombe. D'où son insistance à voir Anne tout vendre en vitesse, d'où sa répugnance à mettre les pieds ici. Tout s'expliquait, tout prenait sa place.

— Tu es partie très loin, fit gentiment remarquer Julien.

— Oh, non, je suis là et bien là, très contente d'y être !

Un vrai cri du cœur, qui l'étonna elle-même. Elle se décida à regarder franchement Julien puis se souvint qu'elle portait sa vieille robe de chambre et qu'elle ne s'était même pas donné un coup de peigne. Mais la façon dont il lui rendait son regard, son sourire, lui ôta toute envie de monter se doucher. Elle mit ses mains autour de la tasse de thé, s'aperçut qu'elle avait faim.

*
**

Brigitte engloutit une tranche de la bûche au café qu'elles n'avaient pas terminée la veille. Selon les prévisions de Julien, il n'y avait eu que peu d'appels, rien de sérieux à part un cas un peu plus compliqué, avant l'aube, pour lequel Véronique avait dû joindre son confrère. Il lui avait donné son avis et suggéré de régler le problème par téléphone, estimant qu'il n'y avait pas lieu de se déplacer. Elle était assez admirative devant lui, enviait son expérience et la sûreté de son diagnostic.

— Ce sont les années de pratique, affirma Brigitte. Avec Paul, que vous remplacez, ils ont soigné des milliers d'animaux malades ou accidentés !

— Pourquoi est-il parti aussi brusquement, ce Paul ?

— Désaccord d'ordre privé. Le problème concernait sa femme, pas son travail. Mais il n'avait pas à s'en aller du jour au lendemain, il a eu une attitude très décevante alors que c'est un type bien.

— Julien et lui sont fâchés ?

— Même pas ! Je crois que Julien a compris. Lui aussi a divorcé, il sait ce que c'est.

— Il m'est très, vraiment très sympathique…

Brigitte la dévisagea, esquissa un sourire.

— À ce point-là ? Alors, je dois vous mettre en garde. Mais, avant, expliquez-moi ce qu'une jolie fille comme vous est venue faire dans ce trou perdu.

— Merci du compliment ! Disons que je souhaitais changer d'horizon après un gros chagrin d'amour l'année dernière. J'ai fait toutes mes études à l'école vétérinaire de Nantes, qui n'est qu'à une demi-heure de l'Atlantique, et l'océan me manquait. Les remplacements, ça va un moment, aujourd'hui j'aimerais me fixer. Or Julien m'a laissée entendre qu'une association serait éventuellement possible, donc je tente ma chance. La région m'enthousiasme, je vais pouvoir faire du surf ! Et de toute façon, je ne me sens pas citadine, je suis née dans un village de Bretagne trois fois plus petit que Castets ! Maintenant, je vous retourne la question, que faites-vous ici ?

— Je suis originaire du coin. J'avais la passion des animaux mais je n'étais pas douée pour les études. Ma seule possibilité était de suivre une formation d'assistante de cabinet vétérinaire, qui se terminait par deux stages obligatoires. Le second était ici, je n'en ai plus bougé. Ce métier me plaît énormément, je considère que j'ai eu de la chance de tomber sur Paul et Julien.

— Si tout se passe bien, ce sera désormais Julien et moi. Ça ira quand même ?

— À vous de faire vos preuves, répondit Brigitte en riant. Et à la clinique il y a tout pour ça, de belles installations, une salle d'op ultramoderne…

— Du matériel récent et une hygiène impeccable, c'est ce qui m'a séduite en arrivant. Restait à découvrir l'ambiance, or elle est bonne !

— Il faut qu'elle le reste.

Elles échangèrent un regard circonspect, puis Véronique suggéra :

— Allez-y pour la mise en garde.

— Julien n'est pas un cœur à prendre.

— Il a quelqu'un dans sa vie ?

— Non, je viens de vous le dire, juste dans son cœur. Je le connais bien, j'ai vu qu'il était tombé amoureux, mais ce n'est pas une histoire simple pour lui.

— Bon, je comprends le message. Même si je trouve ça dommage !

— Au contraire. En vous cantonnant à des rapports professionnels, tout ira bien à la clinique. Il fut un temps où j'ai eu mes illusions aussi, avec Paul. À force d'être ensemble toute la journée, je m'étais mise à loucher sur lui. Quelle idiotie ! Finalement, je suis contente qu'il ne se soit rien passé parce que ce serait devenu ingérable. Des hommes, il y en a partout, pourquoi se compliquer la vie sur son lieu de travail ?

Brigitte insistait un peu lourdement, mais sans doute n'avait-elle pas tort. Le départ en catastrophe d'un des deux associés avait dû désorganiser la clinique et, à peine le calme revenu, un nouveau trouble n'était pas souhaitable. Véronique le comprenait tout en le regrettant. Julien était un homme séduisant, comment l'ignorer ? Lors de leur première rencontre, elle était tombée sous le charme en dix minutes. Il n'avait pas encore fini d'expliquer les conditions de son remplacement que déjà elle était prête à signer les yeux fermés. L'endroit lui convenait, le confrère aussi, mais l'homme bien davantage. Posé, chaleureux, bien élevé… et un sourire de gamin tout à fait désarmant. Peut-être qu'avec le temps, son histoire « pas simple » se terminerait-elle ? Elle pouvait attendre, elle n'était pas pressée, et pendant ce temps-là elle apprendrait beaucoup à ses côtés.

— Si Julien est content de moi, déclara-t-elle avec assurance, je chercherai un logement.

— D'ici là, vous pouvez rester chez moi.

Véronique la remercia d'un sourire chaleureux tout en se demandant si son hospitalité était dictée par une simple gentillesse, une envie de compagnie, ou un désir plus sournois de la surveiller.

— J'ai l'impression que la neige fond, annonça Brigitte qui regardait par la fenêtre. Si c'est ça, nous aurons beaucoup de travail demain.

— Tant mieux !

Elle avait hâte de montrer ce qu'elle savait faire, hâte de devenir indispensable.

*
**

Le redoux eut lieu dans la nuit du 26 au 27 décembre, et au matin les forêts de pins avaient retrouvé leur couleur verte. Heureuse d'avoir moins froid dans la maison, Anne en profita pour s'installer à son bureau dès huit heures, pressée de mettre à jour quelques dossiers en attendant que Léo et Charles réclament à grands cris leur petit déjeuner. Elle tenait à être disponible pour son fils avant qu'il ne parte passer la Saint-Sylvestre chez les parents de Charles, comme prévu. Sachant que les adolescents aimaient faire la grasse matinée, elle pensait avoir du temps devant elle et elle fut très surprise de voir débarquer son fils en pyjama, mal réveillé et l'air courroucé.

— Devine qui vient de me tirer du lit pour m'engueuler… Papa ! Non seulement il ne se donne pas la peine d'un petit coup de fil pour Noël, sans parler d'un cadeau, faut pas rêver, mais il a demandé au proviseur d'avoir le double de mes résultats scolaires ! Et, bien sûr, il les trouve mauvais. J'ai eu droit à ma petite leçon de morale.

Anne prit le temps d'enregistrer les chiffres de son dossier en cours tout en faisant signe à son fils de s'asseoir.

— C'est vrai que ton bulletin n'est pas terrible, mon grand. Je voulais t'en parler aussi mais j'ai préféré laisser passer Noël. Ton père a eu la même idée, j'imagine.

— Tu savais qu'il se faisait adresser mes notes ?

— Non. Je ne l'ai pas eu depuis un moment au téléphone. Maintenant, qu'il s'intéresse à ta scolarité me semble légitime.

— Il aurait dû me prévenir !

— Pourquoi ? Tu aurais mieux travaillé ?

Léo haussa les épaules et s'affala dans le fauteuil. Elle lui laissa quelques instants pour se calmer, puis ouvrit un tiroir et en sortit le courrier de la pension.

— Ton bulletin était accompagné d'une lettre. Le proviseur admet que le bouleversement de ta situation familiale peut expliquer une baisse générale de tes notes, toutefois il te trouve dissipé et peu motivé. Il va falloir que tu te reprennes au deuxième trimestre.

Elle parlait d'un ton ferme mais conciliant, et Léo se détendit un peu.

— Tu ne dois pas en vouloir à ton père, chéri. Il remplit son rôle, même s'il est loin d'ici.

— Ça, c'est lui qui l'a voulu ! Tu ne m'enlèveras pas de la tête qu'on ne divorce pas à cause d'une maison. Surtout d'une aussi chouette maison !

— Ne le juge pas.

— Ce n'est pas parce que c'est mon père qu'il a forcément raison. Il m'a dit qu'il allait faire de la recherche. Peut-être en avait-il envie depuis longtemps ? Tu as vu à quelle vitesse il est parti d'ici ? Tout vendre et se tirer comme un voleur, quel égoïsme !

— Chacun ses problèmes, Léo. Tu auras les tiens un jour et tu verras que tout n'est pas blanc ou noir, vrai ou faux. Pour le moment, je voudrais que tu travailles mieux, ton avenir en dépend. Est-ce que Charles a de mauvais résultats lui aussi ?

— Non…

— Alors si tu tiens à poursuivre ta scolarité dans la même classe que lui, tu sais ce qui te reste à faire.

Elle comprit qu'elle avait visé juste en voyant le visage de Léo s'assombrir. Charles était l'un des repères de son existence, l'idée d'être séparé de lui allait le motiver.

— Courrier ! claironna Jérôme en entrant brusquement.

Il lança des enveloppes en vrac sur le bureau d'Anne et croisa les bras.

— Il m'arrive une tuile, annonça-t-il. Et pas qu'à moi…

Après avoir jeté un coup d'œil vers Léo, il s'adressa à sa sœur :

— Ludovic est parti.

— Ah bon ?

Éberluée, elle l'observa une seconde. Il avait les mâchoires crispées, les yeux étincelants de rage.

— Je dis « parti », mais en fait il s'est enfui. En me laissant un mot très… explicite.

Sortant une feuille froissée de sa poche, il l'agita sous le nez d'Anne sans qu'elle puisse lire.

— C'est un minable petit voyou, un escroc, et il m'a bien eu !

— Jérôme…, murmura-t-elle avec un geste en direction de Léo.

— Oh, mais ton fils peut entendre, il est concerné !

— En quoi ?

— Ludovic a embarqué des souvenirs. Les chandeliers, une théière en argent, les espèces que tu lui avais données pour acheter des fournitures qu'il n'est finalement pas allé chercher sous prétexte du gel, le nouvel appareil photo de Valère et l'ordinateur portable de Léo, restés tous les deux dans le salon.

— Quoi ? hurla Léo.

— Voilà ce qui arrive quand on ne range pas ses affaires, ricana Jérôme. Ce salopard m'aurait sûrement dévalisé aussi, mais par chance je n'ai rien à moi !

Au-delà de sa fureur, Anne comprit qu'il était vraiment blessé. S'était-il attaché à Ludovic ?

— Je suppose qu'il était de mèche avec son copain le bûcheron, lui lança Léo. Tu as vraiment des amis formidables !

— Toi, la ferme.

— Ne vous disputez pas, temporisa Anne. Le portable de Léo était une antiquité, je pensais le changer de toute façon.

— Comment se fait-il que Ludovic t'ait laissé le tien ?

— Je l'avais avec moi dans ma chambre, hier soir j'ai un peu travaillé. Or dans ma chambre, il y a Goliath. Est-ce que tu as parlé à Valère ? Il va en faire une maladie…

— D'autant plus que sans effraction ton assurance ne marchera pas. Je ne sais pas comment le lui annoncer.

— C'est pour lui que ça m'ennuie le plus, murmura Anne. Il n'avait pas besoin d'un nouveau coup dur. Je suis consternée, Jérôme.

— Pas autant que moi, tu peux le croire !

Lui qui tournait tout en dérision semblait avoir perdu son humour. Anne fit discrètement signe à Léo de s'en aller, mais il n'avait pas besoin d'encouragement, il était pressé de raconter l'histoire à Charles et il sortit aussitôt.

— Il n'a rien pris d'autre ? voulut-elle savoir.

— Je ne pense pas. En trouvant ce chiffon de lettre sur son oreiller j'ai d'abord fait le tour de la maison pour évaluer les dégâts, ensuite j'ai eu besoin de marcher pour ne pas donner des coups de poing dans les murs ! Évidemment, tout le monde dira que c'est bien fait, que je suis tombé sur plus filou que moi. Mais j'avais fini par avoir confiance, ou plutôt par me laisser endormir, parce que, en réalité, je ne sais rien de lui. Rien du tout, et j'avais bien dans l'idée que ce n'est pas normal de parler aussi peu de soi. Je me suis imaginé des trucs, un passé difficile, une enfance malheureuse, n'importe quoi ! En tout cas, j'irai dès aujourd'hui à Soustons, même sans grand espoir de le retrouver. Il a dû abandonner le trou à rats qui lui servait de local. S'il ne l'a pas fait, je suis tout disposé à lui casser la figure.

— Vraiment ?

— Il m'a pris pour un idiot, Anne. Il a joué les amoureux et j'ai marché, trop content ! Faut croire que je vieillis, avant c'était moi qui menais le jeu... Je n'ai pas toujours été honnête. À Londres, je me suis mal conduit, mais je n'en ai jamais été réduit à voler de l'argenterie. Je suis désolé pour toi, et plus encore pour Valère. Si je ne remets pas la main sur cette crapule, je ne sais pas comment je pourrai vous dédommager...

— Tu ne t'es jamais demandé pourquoi il nous aidait si gentiment ?

— Bien sûr que si ! Sauf que la raison était évidente, il n'avait pas de quoi bouffer et pas la queue d'un client pour sa micro-entreprise. Il ne savait même pas comment il passerait l'hiver, alors quand j'ai proposé de l'héberger, il a sauté sur l'occasion. Après, j'ai eu la vanité imbécile de supposer qu'il restait pour mes beaux yeux. Quel con je fais !

— Mais enfin, il a appris un métier ? À le voir travailler, on comprend tout de suite que ce n'est pas un amateur du dimanche.

— Il a surtout un grand poil dans la main. Il est paresseux comme une couleuvre, il préfère chaparder que bosser. Ici, il me montrait comment faire, et ensuite il me regardait ! Si je n'avais pas eu un faible pour lui, je lui aurais demandé de débarrasser le plancher.

— Un petit faible ou un gros, Jérôme ? Tu es vexé ou tu as de la peine ?

— Les deux, soupira-t-il. Je suis humilié d'avoir été pris pour un pigeon, et je dois aussi reconnaître que… euh, oui, c'était devenu autre chose pour moi qu'un petit coup en passant. Comme je n'ai pas souvent éprouvé de tendresse, eh bien ça ressemblait peut-être à de l'amour, va savoir !

La tête baissée, il avait lâché l'aveu du bout des lèvres. Anne eut l'impression de revoir son petit frère enfant, parfois boudeur, souvent démuni, dissimulant ses pensées secrètes sous un rire artificiel. Il aimait provoquer, se moquer des autres ou de lui-même. Il ne se livrait pas et, malgré sa légèreté apparente, n'avait jamais l'air vraiment heureux.

— Je vais parler à Valère, annonça-t-il en se redressant. Après, je file.

Elle le laissa partir, et au moment où il sortait, Goliath se faufila dans le bureau. Couché aux pieds d'Anne, il posa sa tête sur ses pattes avec un soupir de satisfaction.

— Tu es toujours là quand il faut, toi, dit-elle en se penchant pour lui grattouiller les oreilles.

Les problèmes s'accumulaient, pourtant elle ne voulait pas se laisser dépasser. Pour Valère, il s'agissait d'une catastrophe, mais elle n'y pouvait pas grand-chose, même si c'était arrivé sous son toit. En ce qui concernait Léo, elle n'avait pas du tout prévu de changer son ordinateur et ne l'avait prétendu que dans le but de l'apaiser. Son budget allait s'en ressentir car elle avait peu de marge de manœuvre. Enfin, et même si c'était le moins important, elle s'attristait de la disparition des grands chandeliers en argent, conservés parce qu'ils semblaient faire partie de la maison. Tant pis, elle possédait d'autres souvenirs d'Ariane et elle s'en contenterait.

— Sans compter les fournitures du chantier qu'il n'a pas achetées, ce voyou…

Posant les coudes sur le bureau, elle mit sa tête dans ses mains. Elle s'en sortirait quoi qu'il arrive, elle l'avait décidé le jour où elle s'était installée ici pour de bon. Au besoin, elle travaillerait quinze heures par jour, recruterait de nouveaux clients. Avec ses revenus de comptable, elle arriverait à tenir le coup, mais elle serait obligée de s'en remettre entièrement à Jérôme pour la partie « maison d'hôtes ». Or il n'avait pas que de bonnes idées, il était même parvenu à introduire le loup dans la bergerie ! Elle devrait garder un œil vigilant sur lui, et aussi trouver le moyen de le rémunérer d'une façon ou d'une autre. N'avait-il pas fait remarquer avec amertume qu'il n'avait rien à lui ?

— Et moi, dit-elle au chien, je ne sais pas qui je suis ! Nogaro, pas Nogaro ?

Elle n'avait pas encore trouvé le courage de lire les dernières pages du cahier. Était-elle au bout des mauvaises surprises ? Elle jeta un regard distrait au courrier éparpillé sur son bureau. Factures, cartes de vœux, publicités, sauf une enveloppe qui attira son attention. Il s'agissait de l'écriture de Paul, reconnaissable entre toutes. Elle l'ouvrit en se demandant quelle nouvelle désagréable elle allait encore apprendre. Lorsqu'elle déplia le simple feuillet blanc, un chèque s'échappa.

Ci-joint le Noël de Léo, embrasse-le pour moi. J'ai diminué la somme prévue parce que ses notes sont désastreuses, et je l'appellerai d'ici un jour ou deux pour lui remettre les idées en place. Aide-moi dans ce sens, faisons bloc tous les deux. J'ai réglé le trimestre à venir directement au proviseur. J'espère que tu vas bien et que tu te plais toujours dans ton bric-à-brac géant où tu dois geler. Tendres pensées, Paul.

Elle relut plusieurs fois les derniers mots, perplexe. Tendres pensées ? Ne restait-il rien d'autre de ce qui avait été un grand amour, un amour fort et solide ? Dans cette lettre, Paul arrangeait quelques détails concernant leur fils, glissait une pointe d'aigreur envers elle et sa maison, terminait par une formule toute faite. Il ne s'était pas seulement éloigné physiquement, il se mettait hors de portée affectivement.

— Quelle bonne matinée…

À présent, elle n'avait vraiment plus aucune envie de travailler. Mais elle allait s'y contraindre parce que trop de choses étaient en jeu, trop de gens, elle-même, son frère, son fils en dépendaient.

*
**

Julien ouvrit la baguette en deux, disposa trois tranches de jambon qu'il badigeonna de moutarde, puis ajouta des cornichons. Une façon de se nourrir un peu sommaire. Il aurait préféré un steak frites salade dans son bistrot habituel mais il était repassé chez lui pour sortir sa lessive de la machine à laver et mettre le sèche-linge en route. La dame qui s'occupait du ménage chez lui était en vacances, or ses jumeaux allaient venir passer deux jours à la maison et tout devait être en ordre pour les accueillir.

Il ouvrit une bière, but quelques gorgées à même la canette puis jeta le reste dans l'évier. Mieux valait se faire un café, une impressionnante liste de rendez-vous l'attendait dès treize heures trente. Heureusement, Véronique l'aidait beaucoup, et sans occuper tout à fait la place de Paul, elle avait conquis un certain nombre de clients. Le plus dur était fait. Au début, il avait eu peur qu'elle soit rejetée, mais finalement les gens s'habituaient. D'un point de vue professionnel, il n'était pas mécontent, elle apprenait vite et savait déjà beaucoup de choses. Néanmoins, Paul lui manquait. Toutes ces dernières années, chaque fois qu'il avait eu un doute il s'était tourné vers son confrère pour lui demander son avis, et inversement. Même si l'idée de la clinique venait de Paul, ils avaient toujours été sur un pied d'égalité, l'un complétant l'autre, parce qu'ils étaient de la même promotion et avaient démarré ensemble. Avec Véronique, c'était lui l'ancien, lui qui servait de référence. Elle était jeune et manquait d'expérience malgré toute sa bonne volonté. Durant quelques mois il risquait de se sentir seul en cas de diagnostic difficile, d'opération délicate en urgence.

Après avoir bu son café, il se prépara une deuxième tasse. Il allait devoir remiser sa moto sous une housse dans son garage, comme toujours quand ses enfants étaient là. Elle rejoindrait les planches de surf et le matériel de plongée, inutiles pour l'instant. Encore quatre mois au moins avant de retourner vers les plaisirs de l'océan. Mais l'hiver ne lui déplaisait pas, il aimait bien toutes les saisons dans les Landes. Comment Paul avait-il pu quitter cette région sans regret ?

Penser à Paul le ramena inexorablement à Anne. À ce qu'il avait ressenti le soir du réveillon, et surtout le lendemain matin dans sa cuisine. Il était amoureux d'elle, son cœur s'affolait dès qu'elle entrait quelque part. En robe de chambre, ses petits cheveux courts ébouriffés et ses mains serrées sur sa tasse de thé, elle lui avait paru vulnérable, presque fragile alors qu'il la savait solide. Il avait eu envie de la prendre dans ses bras, de la serrer contre lui, de lui dire des mots tendres. Ce serait peut-être possible un jour, mais ce jour n'était pas venu. Tandis qu'elle cherchait la meilleure place pour accrocher la photo de la bastide dans son cadre ancien, il l'avait suivie à travers le rez-de-chaussée. Une rapide allusion au divorce, qui devait être prononcé fin janvier, avait été son seul mot à propos de Paul. Lui manquait-il ? Avait-elle des regrets concernant sa vie de couple, de famille ? Il existait forcément une blessure, combien de mois ou d'années mettrait-elle à cicatriser ?

Il fila vers la chambre des jumeaux, s'assura que les lits étaient faits, que la veilleuse fonctionnait, que les cadeaux de Noël s'empilaient bien sur les oreillers. Passer du temps avec ses enfants allait lui procurer un grand plaisir, en revanche il n'éprouvait plus rien pour leur mère. À l'époque de leur séparation, il avait cru ne jamais s'en remettre, mais le temps avait fait son œuvre, comme toujours, et il était guéri d'elle au point de se demander pourquoi il l'avait aimée et pourquoi il était resté seul après qu'elle l'a laissé tomber. Bon, il était sentimental, il n'y pouvait rien, les aventures d'une nuit ne le satisfaisaient pas, il préférait vivre une véritable histoire. S'il voulait que ce soit avec Anne, il lui faudrait encore beaucoup de patience.

— J'en ai à revendre ! déclara-t-il à voix haute.

L'écho de sa phrase résonna puis s'éteignit dans la maison silencieuse. La solitude finissait par lui peser, pourtant il s'en accommoderait encore le temps nécessaire. Pour avoir Anne, ce serait le prix à payer.

*
**

Un franc soleil d'hiver éclairait Biarritz d'une lumière radieuse. Installé dans son fauteuil favori, Gauthier lisait son journal face à la baie vitrée donnant sur le port des pêcheurs. Ces derniers avaient quasiment disparu, leurs pittoresques cabanes appelées « crampottes » se transformaient peu à peu en boutiques, et la principale activité du port était la plaisance. Mais les restaurants et les bars maintenaient de l'animation, même en hiver, et Gauthier emmenait régulièrement Estelle manger du poisson ou des fruits de mer, arrosés d'un vin d'Irouléguy.

Ce matin, il ne parvenait pas à se concentrer sur la lecture de son quotidien. Ses pensées l'entraînaient invariablement vers la bastide Nogaro, vers Anne, vers Jérôme. La déception infligée par son fils cadet était toujours vive. Avec quel mépris il avait refusé ce travail de commercial ! S'imaginait-il pouvoir dédaigner une offre d'emploi ? Et Anne qui l'entretenait dans ses illusions… Croyaient-ils vraiment, tous les deux, à la réussite de leurs chambres d'hôtes ? Certes, on commençait à en voir un peu partout, le concept séduisait, en proposant un hébergement moins cher que l'hôtellerie traditionnelle, plus intime et plus original. Mais pouvait-on gagner sa vie en louant trois chambres durant six mois de l'année ? Qui donc allait faire le ménage, changer les draps entre deux clients, préparer les petits déjeuners ? Gauthier s'inquiétait, toutefois il reconnaissait qu'au moins Jérôme semblait plus stable. Contrairement à Estelle, qui lui rebattait les oreilles de sa rage contre Anne, il estimait que le frère et la sœur pouvaient s'aider mutuellement. Après tout, elle l'avait obligé à faire quelque chose de ses journées, et pour sa part il lui évitait de se retrouver seule dans cette sinistre bâtisse. Seigneur, quelle idée de vivre là ! Il se souvenait encore de ses terreurs nocturnes lorsqu'il était enfant. Au crépuscule, les trop grandes pièces se peuplaient d'ombres inquiétantes, et aucune lumière ne chassait tout à fait son angoisse. Il se sentait isolé, loin de tout, perdu au milieu d'une immense forêt. Plus tard, en découvrant ce vers de Baudelaire : « Grands bois, vous m'effrayez comme des cathédrales », il avait été parcouru d'un frisson. Il détestait être issu d'une famille de forestiers dont, fort heureusement, il n'avait pas eu à reprendre le flambeau. Leur ruine l'avait soulagé en provoquant la vente de la maison et le départ pour Biarritz. Était-il possible qu'Anne éprouve un réel attachement à la terre ? Quelque chose, dans le poids de son hérédité, la liait-il aux arbres ? Ces fichus pins, en rangs par mille, que Gauthier jugeait asphyxiants.

Il plia son journal sur ses genoux et resta les yeux dans le vague. Anne avait commis une erreur en imposant son choix stupide à Paul, néanmoins il s'agissait de sa vie et personne ne pouvait la vivre à sa place. L'aigreur d'Estelle devenait fatigante. Avait-elle toujours été aussi désagréable avec Anne ou n'était-ce que depuis l'héritage ? Pauvre Ariane, pauvre folle, certes elle avait semé le chaos, mais paix à son âme. Après tout, elle n'avait jamais réclamé son dû, la somme empruntée par Gauthier et Estelle ayant été délibérément *oubliée*. Il éprouvait une vague culpabilité à cet égard, mais chaque fois qu'il en avait parlé à sa femme elle s'était récriée. Ariane avait de quoi vivre, la preuve, elle a laissé des économies en plus de la maison.

— Tu t'endors ? demanda Estelle en déposant un plateau sur la table basse devant lui. J'ai fait un gâteau basque aux cerises noires.

Elle avait disposé deux belles tranches sur des soucoupes et préparé du thé vert.

— Je pensais aux enfants.

— J'imagine lesquels !

Pour éviter une énième discussion, il s'abstint de répondre mais elle insista :

— Tu te fais du souci pour Jérôme, hein ? Tant qu'il restera sous l'influence de cette punaise d'Anne…

— Cette *punaise* d'Anne ? s'insurgea-t-il. Tu t'entends ?

— Pardon, se reprit-elle aussitôt, mais tu ne m'ôteras pas de l'idée qu'elle a multiplié les sottises et que son influence est catastrophique. Elle a toujours été frondeuse, insolente, provocatrice, il n'y avait que Paul pour la calmer, or elle s'en est débarrassée !

— Je te trouve très injuste. Quand on y réfléchit, Paul n'était pas très amusant.

— La vie n'est pas qu'une vaste partie de rigolade.

Il la dévisagea, toujours surpris qu'Anne puisse la faire si facilement sortir de ses gonds. La plupart du temps, elle se rangeait à son avis, n'aimait ni s'opposer ni même discuter.

— Ce réveillon était horrible, rappela-t-elle. Du cassoulet ! On a failli se tuer sur le verglas pour du cassoulet !

— Non, pour le plaisir d'être en famille, tous ensemble.

Elle se mordit les lèvres et se tut, sans doute vexée par son rappel à l'ordre. Bon sang, ils étaient toujours d'accord sur tout, pourquoi cet héritage l'avait-il rendue enragée ?

— Fais un effort avec Anne, suggéra-t-il, ou elle finira par se demander ce qu'elle t'a fait.

— Mais rien, marmonna-t-elle. C'est bête ce que tu dis…

Les yeux baissés, elle se mit à servir le thé.

*
**

Paul avait réveillonné chez ses parents le soir de Noël, dans une ambiance un peu tendue. Son père, qui le connaissait bien, jugeait absurde son départ précipité de Castets, et envisageait avec circonspection sa nouvelle orientation professionnelle vers la recherche. Pour ne pas avoir à en parler davantage, Paul s'était abstenu de retourner chez eux durant quelques jours. Il refusait de se remettre en question, d'admettre ses torts. Dans le naufrage de son mariage, il était une victime, il n'en démordait pas. En revanche, le retour aux études lui plaisait pour de bon. Il se sentait rajeuni, le nez dans les livres et griffonnant des fiches à longueur de journée. Sa capacité d'apprendre était intacte, il avait l'impression de s'enrichir, de s'épanouir. À Maisons-Alfort, il restait en contact avec les animaux, et surtout il rencontrait des gens intéressants. Bien décidé à se bâtir une autre vie, il ne regardait pas en arrière. Son studio lui convenait parfaitement, clair, moderne et bien agencé, avec quelque chose d'anonyme qui lui permettait de faire table rase du passé. Chaque fois qu'il pensait à Anne, il se raisonnait et la chassait tant bien que mal de son esprit. Mais il songeait souvent à son fils pour lequel il devait rester un père attentif, même de loin. Lorsqu'un souvenir de la clinique lui traversait la tête, il le repoussait aussitôt pour éviter toute nostalgie. Décidé à dédommager Julien de sa fuite, il ne comptait pas évoquer le rachat de ses parts avant au moins un an. Laisser à son confrère et ami le temps de rétablir la situation lui paraissait équitable, néanmoins il avait fait un calcul approximatif et se demandait comment Julien allait se débrouiller pour tout absorber. Leur mise de fonds initiale était dérisoire au regard de ce que valait la clinique aujourd'hui.

Se sentir libre et sans attache ne lui apportait pourtant pas l'exaltation prévue. Lui qui aimait l'ordre avait certes réussi à organiser au mieux son quotidien, mais l'absence d'Anne créait un vide. Passer ses soirées seul, dormir et se réveiller seul lui paraissait anormal. Déjà, à Castets, il l'avait mal supporté les derniers temps, et Paris n'y changeait rien. Du plus loin qu'il se souvienne, après quelques amourettes sans intérêt, il avait voulu Anne, conquis Anne, épousé Anne puis vécu avec elle. Exactement comme pour ses études, son diplôme puis son installation. Un métier, une femme, un fils, il avait toujours su où il allait, plein de confiance en lui. Et désormais, tout était à refaire ! Jamais il n'aurait cru que ça puisse lui arriver, à lui qui planifiait tout. Prendre un nouveau départ professionnel ne l'effrayait pas, mais fonder une autre famille… Une famille sans Anne ? Dorénavant, elle ne serait plus que « la mère de son fils » ? Le constat lui donnait le vertige, vite il se replongeait dans ses notes de cours.

Régulièrement, son père l'appelait, persuadé que Paul avait besoin de soutien. Mais il n'en avait aucun besoin, il ne voulait pas être celui qu'on plaint. Pire encore, son père chantait les louanges d'Anne et reprochait à Paul sa rigidité, son incapacité à s'adapter aux désirs des autres. D'après lui, Anne était une « femme formidable ». Vraiment ? Elle était aussi celle qui avait perdu tout désir pour son mari, une humiliation difficile à supporter.

Une seule fois, un soir où il rentrait en métro, il s'était demandé s'il n'avait pas tort, s'il n'aurait pas pu agir autrement. Ces questions s'étaient imposées par surprise mais n'avaient fait que l'effleurer. Non, il était dans son bon droit et ne voulait plus regarder en arrière. Anne était la seule fautive, il ne s'était pas laissé entraîner dans sa stupide aventure, il s'en félicitait.

8

Anne et Suki avaient attendu toute la soirée, folles d'inquiétude. Il était près de minuit, et elles n'avaient toujours aucune nouvelle. Une petite pluie fine et froide déposait des myriades de gouttelettes sur les carreaux, les isolant du monde extérieur, et le poêle avait beau ronfler, Suki avait les mains glacées.

— Ce n'est pas qu'une question d'argent, murmura-t-elle, c'est aussi une question d'honneur, je suppose…

— Pour Jérôme ? Il est triste et il est vexé de s'être fait avoir. De là à se lancer dans cette ridicule expédition !

— Peut-être, mais Valère ne pouvait pas le laisser partir tout seul.

— Même à deux, ils ne feront pas le poids. Si j'ai bien compris, Ludovic a toute une bande de copains qui sont des voyous, comme lui, et qui vont bien rigoler en voyant arriver les deux touristes !

Anne n'était pas seulement angoissée, elle ne décolérait pas. Jérôme s'était bien gardé de la prévenir de ses intentions, il s'était éclipsé en entraînant Valère. Pour récupérer les objets volés ? Ils n'avaient probablement aucune chance de les retrouver. Quant à donner une leçon à Ludovic, ils risquaient de tomber sur beaucoup plus fort qu'eux.

— De toute façon, ils ne savaient même pas où chercher.

— Ils voulaient faire la tournée des bars, expliqua Suki.

À elle, Valère avait donné une brève explication avant de partir, promettant de rentrer vite. Mais ils étaient partis juste après le déjeuner et restaient injoignables depuis.

— Je refais une théière ? proposa Anne.

Elle se demandait à quel moment il lui faudrait appeler le commissariat de Dax ou l'hôpital. Pour la énième fois, elle regarda sa montre, soupira. Avant de mettre la bouilloire en route, elle prêta l'oreille mais ne perçut aucun bruit de moteur.

— Goliath entendra avant nous, rappela Suki qui avait vu son manège. Ah, ils auraient dû l'emmener !

— Je ne tiens pas à ce qu'il prenne un coup de couteau ou qu'on l'embarque à la fourrière.

— Et puis, sans lui, on aurait peur.

— Tu trouves la maison effrayante, Suki ?

— Non, mais elle est très isolée. Depuis la route, si on ne fait pas attention, on peut très bien rater le chemin.

— C'est ce qui en fait tout le charme. Nos clients adoreront.

S'ils avaient des clients un jour. Si Jérôme ne finissait pas devant un tribunal à force de se mettre dans des situations impossibles.

— Le magasin sera prêt à la fin du mois, annonça soudain Suki.

— Génial ! Pourquoi ne me l'as-tu pas dit plus tôt ?

— L'assureur m'a téléphoné en fin d'après-midi, mais j'avais la tête ailleurs.

— Ailleurs ? répéta Anne, interloquée.

Elle savait l'importance de cette réouverture pour sa belle-sœur, et tous les espoirs qu'elle mettait dans ce nouveau départ.

— Je me fais trop de souci pour Valère, avoua Suki d'une toute petite voix.

— Ils vont revenir, affirma Anne.

Oui, mais quand et dans quel état ? Il leur était forcément arrivé quelque chose, sinon ils auraient appelé.

— Tu vas enfin retrouver tes fleurs, c'est formidable.

— Et mes engelures, dit Suki avec un sourire réjoui. Nous aurons aussi un logement, juste à côté. Plus grand que l'ancien et tout neuf ! Dès que Valère sera revenu, on va pouvoir faire des projets.

Elle ne parlait pas de l'appareil photo volé, n'avait pas eu un mot de reproche envers Jérôme. Pourtant, Valère ne pourrait pas reprendre son activité professionnelle sans ce Nikon dernier cri qui valait une fortune et auquel il n'avait même pas eu le temps de s'habituer. Anne tirait des plans sur la comète pour parvenir à dédommager son frère et lui permettre de redémarrer. Mais elle avait refusé tout net le plan de Jérôme, jamais à court d'idées tordues, qui avait proposé d'organiser un faux cambriolage. Tous ces problèmes la démoralisaient, elle avait trop de poids sur les épaules et personne avec qui le porter. L'époque où

Paul veillait à tout lui semblait déjà loin, maintenant elle était seul maître à bord et son navire menaçait de prendre l'eau.

Un grondement sourd de Goliath les fit se précipiter ensemble à la porte. La lumière des phares balaya la façade, puis il y eut des claquements de portières. Anne posa une main sur le collier du chien, puis elle reconnut avec soulagement les silhouettes de ses frères. Ils marchaient lentement, d'un pas mal assuré, l'un soutenant l'autre.

— Qu'est-ce qui vous est arrivé ? s'écria Suki en courant vers eux.

— On a besoin d'un remontant, grommela Jérôme.

Il entra le premier, se laissa dévisager par sa sœur.

— Oui, admit-il, on a morflé. Tes chandeliers sont dans la voiture, avec l'appareil photo. Pour le reste, c'était trop tard.

Anne avait vu ses yeux au beurre noir, sa lèvre fendue, son blouson déchiré. Elle se tourna vers Valère, que Suki enlaçait frénétiquement, découvrit les points de suture sur l'arcade sourcilière et le bras en écharpe.

— Mon Dieu…, souffla-t-elle.

Avant de poser la moindre question, elle alla fouiller dans un des placards, en sortit une bouteille de cognac et leur servit un petit verre à chacun.

— Cul sec, dit-elle sérieusement.

Valère vida le sien d'un trait. Il semblait secoué, au bord de l'épuisement.

— Ils nous ont pris pour des rigolos, déclara Jérôme, alors qu'ils avaient affaire aux célèbres frères Nogaro !

Son rire s'étrangla, sans doute à cause de sa lèvre fendue.

— Commence par le début, suggéra Anne.

— Eh bien, on a cherché Ludovic un peu partout et on ne l'a déniché qu'en fin de journée, au fond d'un bar pourri. Il n'était pas tout seul, il se saoulait à la bière avec sa petite bande. Tu aurais vu la tête qu'il a faite en nous apercevant ! Ma parole, il avait dû s'imaginer que je laisserais tomber.

— Le ton est monté très vite, renchérit Valère. Mais il ne voulait pas de scandale en public, je suppose qu'il ne tient pas à se faire remarquer, or le patron du bouge paraissait sur le point d'appeler les flics. On est partis s'expliquer dehors.

De nouveau, Jérôme tenta de sourire mais ne put que grimacer.

— Ton mari est plutôt bon dans une bagarre, dit-il à Suki.

— Il a bien fallu que je protège mon petit frère, maugréa Valère.

— Quand tu tapes le premier, et à condition de ne pas faire semblant, tu décourages tes adversaires ! Les « amis » de Ludovic ont fini par s'égailler comme des moineaux. Et une fois seul, il a été beaucoup plus coopératif…

— Mais vu la pagaille qu'on mettait dans la rue, les flics se sont pointés. On a été embarqués tous les trois, puisqu'il ne restait plus que nous, et une fois au commissariat, au lieu de raconter l'histoire en entier et de porter plainte contre Ludovic, cet abruti de Jérôme a calé, il s'est dégonflé ! Gros sentimental, va…

— Il venait de dire qu'il allait rendre l'appareil photo, protesta Jérôme. Mieux valait tenir que courir, non ? Les flics nous ont emmenés à l'hôpital où on a passé des heures.

— Vous auriez pu appeler !

— J'ai perdu mon téléphone dans la baston et celui de Valère a été réduit en miettes. De toute façon, on n'avait pas terminé notre affaire. En sortant de l'hosto, Ludovic a tenu sa promesse, il nous a conduits à sa nouvelle adresse, d'ailleurs pas plus reluisante que l'ancienne. Il n'avait pas encore négocié le Nikon, ni les chandeliers, assez malin pour comprendre qu'il devait trouver les bons clients pour ce genre de marchandises. Mais trop tard pour le portable de Léo, trop tard pour le fric qui a déjà été dépensé. On a récupéré nos biens et on s'est tirés.

Valère regarda Jérôme, secoua la tête.

— Je t'ai vu lui dire au revoir, soupira-t-il. En ce qui me concerne, je me suis dispensé de prendre congé.

— Qu'ont trouvé les médecins ? s'impatienta Suki. Vous avez quelque chose de cassé ?

— Jérôme, c'est le nez, mais sans déplacement. Moi, deux côtes.

— Et ton bras ?

— Entorse du poignet, rien de sérieux. Et ces points de suture ne devraient quasiment pas laisser de cicatrices.

Tandis que Valère rassurait sa femme, Anne observa Jérôme avec intérêt. N'était-il donc pas guéri de Ludovic ? Encore attiré malgré tout ? Ayant récupéré l'appareil photo – certes, un gros souci de moins –, il semblait avoir vidé le contentieux.

— Tu comptes le revoir ? lui demanda-t-elle d'un ton neutre.

— Pas ici, si c'est ce qui t'inquiète, répliqua-t-il.

— C'est toi qui m'inquiètes.

De façon surprenante, Valère s'interposa, posant sa main valide sur celle de sa sœur.

— Laisse-le…

Elle n'insista pas, remettant la discussion à plus tard. Pour sa part, elle n'aurait jamais pu pardonner à un amant traître et voleur, mais elle n'était pas à la place de Jérôme.

— À l'hôpital, on nous a donné des calmants qui sont restés dans la voiture. J'en prendrais bien un, j'ai la tête comme une marmite en ébullition !

— J'y vais, décida Anne.

Elle fit signe à Goliath de la suivre et sortit. Il pleuvait toujours, pourtant elle resta immobile quelques instants, la tête levée vers le ciel noir, laissant les gouttes couler sur ses joues. Puis elle alla récupérer le sac de médicaments, le Nikon et les chandeliers. Comme ces derniers étaient très lourds, elle essaya d'en coincer un sous son bras et sentit qu'on le lui retirait.

— Je t'aide, dit doucement Jérôme. Ces trucs sont en argent massif et pèsent un âne mort…

— Ça me fait plaisir qu'ils reviennent. Leur place est ici, ils font partie du décor.

— Je savais que tu y tenais, j'ai été content de les retrouver.

— Vous y avez mis le prix, Valère et toi.

— Comment faire autrement ? Je n'en dormais plus la nuit. Mais on a eu de la chance.

— Vous auriez pu être sérieusement blessés. Ou placés en garde à vue.

— Et alors ? Nous n'étions pas en tort.

— Ne parle pas de ton bon droit, ça me rappelle Paul !

Elle se mit à rire, se sentant soudain plus légère. La tension de la soirée retombait peu à peu, à présent elle éprouvait une sorte de fierté pour ce qu'avaient fait ses frères.

— Tu vas me trouver con, mais maintenant que l'histoire est réglée je n'arrive plus à lui en vouloir.

— À Ludovic ?

— Il a été presque… soulagé que ça finisse comme ça. Et puis, dans la mêlée, il aurait pu me tomber dessus à un moment, mais il ne l'a pas fait. Je le connais un peu, malgré tout, et je crois qu'il se laisse entraîner par sa petite bande. Il est retombé dans l'ornière, d'accord, seulement il avait goûté à autre chose entre-temps, et maintenant il doit se poser des questions. Ici, il n'a pas été malheureux avec moi, avec nous…

Anne hésita. Elle ne voyait pas le visage de Jérôme dans l'obscurité, néanmoins elle avait perçu l'émotion de sa voix.

— Tu l'aimes ? demanda-t-elle seulement.

Son frère ne répondit rien. Il empoigna le deuxième chandelier et se dirigea vers la maison.

*
**

Le cœur battant la chamade, Lily s'était réfugiée dans les toilettes du Baya. Elle était en train de déguster un cocktail exotique tout en minaudant avec sa dernière conquête lorsqu'elle avait aperçu Éric, de l'autre côté de la vitre, s'apprêtant à entrer dans le bar. Que venait-il faire là, grands dieux ? Elle avait choisi Capbreton, où il n'allait jamais, exprès pour éviter une mauvaise rencontre !

Un regard au miroir lui apprit qu'elle était livide. La dernière chose qu'elle souhaitait était de se faire surprendre en galante compagnie par son mari. Éric n'était ni jaloux ni méfiant parce qu'elle s'était toujours montrée prudente, ainsi avait-elle pu s'offrir en toute quiétude quelques aventures sans lendemain. Elle connaissait les habitudes d'Éric, les horaires du cabinet, il n'aurait pas dû quitter Hossegor à l'heure du déjeuner. Le mardi, jour où elle était censément à son club de remise en forme, il invitait parfois un de ses partenaires de golf ou un confrère, mais il choisissait toujours un bistrot proche de son cabinet pour ne pas perdre de temps.

Bon, elle avait été idiote de ne pas s'éloigner davantage. L'été, elle allait volontiers vers Contis-Plage ou même jusqu'à Mimizan pour mettre de la distance entre ses frasques et les regards indiscrets. Pourquoi avait-elle accepté ce rendez-vous au Baya ? Parce que le bar, romantique, se prolongeait d'un restaurant et d'un hôtel ? Gaie comme une collégienne faisant l'école buissonnière, elle s'était promis une journée de rêve car son nouveau flirt lui plaisait beaucoup. Et maintenant, elle était stupidement coincée dans les toilettes, persuadée qu'Éric l'avait aperçue !

Lui se trouvait en compagnie de deux hommes de son âge, d'ailleurs elle en connaissait un de vue, qui pouvait l'avoir remarquée lui aussi. Mais enfin, à ce moment-là ils n'étaient pas encore entrés dans l'établissement et ils parlaient entre eux, peut-être n'avaient-ils pas tourné leurs regards dans sa direction. De toute façon, elle allait s'éclipser, fuir, bien décidée à tout nier en bloc si Éric l'interrogeait. Tant pis pour celui qui l'attendait devant les cocktails à peine entamés.

Lorsqu'elle réussit à gagner sa voiture, qu'elle avait eu la présence d'esprit de garer discrètement à l'écart, elle démarra sur les chapeaux de roues. Jamais plus elle ne prendrait un tel risque ! Et si elle cédait de nouveau à la tentation, ce serait très loin d'ici. En attendant, et pour parer à toute éventualité, elle devait s'inventer un solide alibi. Car si Éric avait la mauvaise idée d'aller poser des questions au club de remise en forme, on lui répondrait qu'elle n'y mettait pas souvent les pieds.

Filant au nord, elle dépassa Hossegor et Seignosse puis s'arrêta sur le bord de la route, au-delà de Vieux-Boucau-les-Bains, pour écrire un SMS au malheureux qu'elle venait d'abandonner. Il ne lui pardonnerait sans doute pas cet affront, dommage, mais enfin un de perdu, dix de retrouvés !

Elle redémarra, plus lentement cette fois, et parcourut la trentaine de kilomètres qui la séparaient de Lit-et-Mixe en réfléchissant. Pourquoi avait-elle un tel besoin de ces rendez-vous secrets, de ces infidélités ? Elle ne se sentait exister que lorsqu'elle séduisait. La conquête lui procurait une illusion de liberté, la délivrait de l'ennui du quotidien, lui fournissait la preuve qu'elle était encore jeune et désirable. Pourtant, pas une seconde elle n'envisageait de quitter Éric. Il l'aimait, lui assurait une vie confortable, la laissait faire ce qu'elle voulait. En quelque sorte un mari modèle, qui hélas ne la faisait plus vibrer depuis longtemps.

Elle s'engagea sur le chemin de la bastide, agacée par avance d'avoir à solliciter l'aide de sa sœur, mais elle n'avait rien trouvé de mieux. En débouchant dans la clairière, elle fut frappée comme chaque fois par l'élégance de la façade. Cette maison était tout de même remarquable, et Anne avait décidément trop de chance.

Avant de descendre de voiture, elle jeta un regard inquiet au chien venu l'accueillir.

— On dirait Cujo, le chien enragé du roman de Stephen King ! lança-t-elle à sa sœur qui arrivait.

— Il n'est pas méchant, je te l'ai déjà dit. Tu passais dans le coin ?

— Non, je voulais te voir, j'ai besoin d'un service.

— Eh bien, allons nous mettre au chaud. On finit juste de déjeuner. Tu as déjà mangé ?

— Attends une seconde, Anne. Je… Il faut que je te parle en privé.

— Il n'y a que Jérôme. Valère et Suki sont partis à Dax visiter leurs nouveaux locaux.

— Même Jérôme, c'est trop.

Anne la scruta, attendant qu'elle s'explique.

— J'ai fait une bêtise, lâcha-t-elle très vite. J'ai accepté un rendez-vous avec un… un ami. Enfin, non, plutôt une rencontre. Tu vois ce que je veux dire ?

— Pas vraiment.

— Oh, ne te fais pas plus cruche que tu n'es ! Je suis quasiment tombée sur Éric, je ne sais pas s'il m'a vue, mais dans le doute je vais lui raconter que j'étais ici, que j'ai déjeuné avec toi. D'ailleurs, c'est vrai, tu vas me mettre une assiette, même Jérôme pourra témoigner !

— Tu trompes Éric ? demanda Anne sans intonation particulière.

— Tout de suite les grands mots ! Tu sais ce qu'un homme prétendrait, à ma place ? Qu'un « petit coup de canif dans le contrat », ça ne compte pas. Moi, c'est pareil. Nous avons dix-huit ans de mariage, tu te rends compte ? Je suis sûre que tu n'as pas toujours été fidèle à Paul.

— Eh bien, si !

— Ma pauvre, tu n'as pas dû rire tous les jours, je te comprends de l'avoir quitté.

— C'est lui qui est parti.

— Ne récris pas l'histoire, tu as abandonné le domicile conjugal.

Sur le point d'ajouter une vacherie, elle se souvint qu'elle était là pour demander de l'aide.

— Mais je t'accorde que Paul ne devait pas être marrant à vivre. Tellement sûr de lui, de ce qu'il est, de ce qu'il pense ! Je me suis toujours demandé pourquoi tu l'avais choisi.

— Par amour, et nous avons été très heureux.

Agacée, Lily resserra son manteau autour d'elle.

— Admettons, tu es une sainte. Mais moi pas ! Écoute, petite sœur, n'oublie pas que j'étais seulement en train de boire un verre avec un monsieur. Tu ne couvriras pas un grand crime en acceptant de dire que j'étais chez toi.

— Comme tu viens de le faire remarquer, je suis ta sœur. Et tu savais en venant ici que tu pouvais compter sur moi. Alors, ne cherche pas à me manipuler puisque je suis d'accord quoi qu'il arrive.

Une lueur d'amusement brillait dans les yeux d'Anne, ce qui acheva d'exaspérer Lily.

— J'ai froid, et j'ai faim. Tu me l'offres, ce déjeuner ?

Elles gagnèrent la cuisine où Jérôme était encore attablé devant une assiette de fromages. Lily marqua un temps d'arrêt en découvrant son visage tuméfié qui lui faisait une tête de boxeur au dernier round d'un match.

— Mon Dieu, qu'est-ce qui t'arrive ?

— J'ai rencontré une porte, maugréa-t-il.

— Elle devait être blindée !

Lily s'assit et désigna ce qui restait d'une omelette dans un plat.

— Je peux ? Non mais, sincèrement, Jérôme, tu t'es battu ?

— Ça ne te regarde pas.

— Vous menez une drôle de vie, ici, soupira Lily.

Dévorée de curiosité, elle essaya en vain d'imaginer ce qui avait pu se produire. Il devait se passer des tas de choses excitantes dans cette grande maison perdue au fond des bois et, une fois de plus, elle se dit qu'elle aurait adoré en hériter. Longtemps, elle avait jugé sa vie bien plus amusante que celle de sa sœur. Comptable à domicile et coincée dans sa petite maison de Castets, il n'y avait alors rien à lui envier. Mais avec la bastide, Anne avait pris une autre dimension, elle existait par elle-même, avait acquis son indépendance et réalisait des projets tandis que Lily se morfondait dans son existence de femme au foyer. Ou plus exactement de femme oisive depuis que ses filles avaient grandi.

— Tu viens nous donner un coup de main pour la décoration des chambres ? ironisa Jérôme.

— Je suis là pour le plaisir de vous voir et parce que l'hiver est un peu morne à Hossegor, répliqua-t-elle posément. Les travaux sont finis ?

— À peu près. Si tu veux avoir une idée de nos prestations, va visiter notre site Internet qui est magnifique et que j'ai créé tout seul. J'en suis très fier ! Nous ouvrons officiellement fin mars, avec l'arrivée du printemps. Et si ça marche, j'ai encore plein d'idées…

— Tu en as toujours eu, mais pas forcément des meilleures ! riposta Lily.

— Arrête, on dirait les parents. Je sais bien que ça vous fait braire, pourtant nous allons réussir, Anne et moi. Et on finira par mettre une plaque commémorative à la mémoire de la brave tante Ariane !

Il la narguait, sans doute heureux de souligner que toutes les prédictions de la famille se révélaient fausses. Lily se contenta de terminer son assiette, s'abstenant de jeter de l'huile sur le feu. Elle avait obtenu ce qu'elle voulait d'Anne, c'était le principal.

— C'est bientôt l'anniversaire de maman, je compte organiser un petit truc chez moi, déclara-t-elle. Vous viendrez ?

Anne lui lança un regard indéchiffrable avant de déclarer :

— J'ai pris de nouveaux clients et j'ai beaucoup de travail.

— Dis carrément que tu n'as pas envie de faire la fête avec nous !

— Eh bien… pas vraiment. Chaque fois que je vois maman, elle est odieuse. À Noël, elle a plombé l'ambiance, et ça me visait directement. Crois-moi, vous serez mieux sans moi.

— Tu sais bien que tout ce qui touche la tante Ariane la rend enragée.

— Vous rend *tous* enragés, rappela Jérôme. Tu t'es mise de la partie toi aussi.

— Oh, je t'en prie ! Tu es entré dans le camp d'Anne parce que ça t'arrangeait bien. Si mes souvenirs sont bons, tu es arrivé en France sans un sou et sans la moindre intention de travailler. Pour toi, cette maison était du pain bénit, tu as fait semblant de trouver tout à fait normal qu'Anne en ait hérité, tu n'étais pas jaloux parce que tu étais intéressé.

— Au début, peut-être, reconnut-il sans s'émouvoir. Mais c'est différent maintenant.

— Parce que tu as ripoliné trois murs et planté deux clous ? ricana-t-elle. Tu n'as aucun avenir ici, Jérôme, tu es chez Anne, pas chez toi ! Vous avez beau vous moquer de maman, elle n'a pas tort quand…

— Maman est une emmerdeuse. Tu la défends parce que tu es sa préférée, c'est bien confortable.

— Enfin, regardez-vous tous les deux ! s'emporta Lily en perdant toute mesure. Tu t'es fait défoncer la gueule par qui, Jérôme ? Un de ces voyous que tu affectionnes ? Et Anne qui a largué son mari pour conserver son héritage ! Vous n'allez pas vous poser en modèles, hein ?

Anne échangea un coup d'œil avec Jérôme puis reporta son attention sur sa sœur.

— Il ne me semblait pas que tu étais venue pour faire une scène.

Cette mise en garde calma Lily. En effet, elle était là parce qu'elle avait besoin d'Anne, aussi se força-t-elle à lui sourire.

— Je m'énerve, désolée. Je peux prendre du fromage ? Finalement, ta cuisine est assez douillette grâce au poêle. J'avais peur d'avoir froid !

— Vu comment tu t'habilles..., ironisa Jérôme.

Pour son rendez-vous au Baya, elle avait mis une robe courte et des escarpins à talons, pas vraiment une tenue de campagne en hiver. Et bien sûr, Jérôme l'avait remarqué. Pourvu qu'Anne ne lui dévoile pas le but réel de sa visite ! Il adorait semer la zizanie, il était tout à fait capable de glisser une allusion à Éric. Heureusement, quoi qu'il puisse dire, elle avait *vraiment* déjeuné avec eux.

— Je fais du café ? proposa Jérôme.

Pendant qu'il s'activait, Lily se détendit un peu. Et pour la première fois depuis son arrivée, elle regarda autour d'elle. Le poêle Godin, les grands placards cérusés, le billot sur lequel des générations avaient dû couper des pièces de viande : tout concourait à une atmosphère désuète, chaleureuse, vaguement familière. Par la fenêtre, on apercevait au-delà de la clairière les pins serrés les uns contre les autres sous le ciel gris. Assise en tailleur sur le vieux banc, Anne semblait perdue dans ses pensées et caressait d'une main distraite son gros chien. Quand Jérôme posa les tasses sur la table, l'odeur du café se répandit dans la cuisine. Brusquement, Lily éprouva une tristesse inexplicable. Sa sœur et son frère avaient l'air serein alors qu'elle-même se sentait perpétuellement insatisfaite. Anne divorçait et se débattait dans des problèmes matériels, Jérôme était un raté qui n'assumait même pas son homosexualité vis-à-vis de leurs parents, et malgré tout ils étaient bien dans leur peau !

— Je dois rentrer, décida-t-elle, maussade.

Mais rien de particulier ne l'attendait chez elle. Rien de nouveau, rien d'excitant. Elle consulta son téléphone portable avant de se lever, constata que la messagerie était vide. L'homme qu'elle avait laissé tomber au bar du Baya ne s'était pas donné la peine de la joindre, c'était presque vexant.

En reprenant la route d'Hossegor, elle se demanda si elle ne serait pas bien inspirée de changer radicalement son mode de vie. L'idée ne fit que l'effleurer, incapable de se remettre en question elle pensait déjà à autre chose trois kilomètres plus loin.

*
**

Le 30 janvier, Anne sortit du palais de justice avec l'impression d'avoir reçu une douche glacée. Le juge avait prononcé le divorce en quelques instants, tout était réglé. À ses côtés, Paul semblait sonné lui aussi. Venu de Paris le matin, il devait reprendre le train en fin d'après-midi.

Par la rue Saint-Pierre, ils gagnèrent la place de la Cathédrale, déambulèrent un peu en silence, chacun cherchant quoi dire à l'autre, puis tombèrent d'accord pour aller boire un thé au Salon Valmont, rue des Carmes. Dans le décor de pierres apparentes et de poutres massives, ils choisirent une table à l'écart et s'installèrent face à face, s'observant avec curiosité.

— Mon Dieu, finit par bredouiller Paul, c'est un peu dur de se retrouver comme ça…

Anne avala sa salive puis hocha la tête en guise de réponse. L'instant lui paraissait surréaliste, issu d'un mauvais rêve. Jamais leur mariage n'aurait dû s'achever de cette façon, elle ne parvenait pas à y croire. Pire que tout, en regardant Paul elle n'avait pas envie de se jeter dans ses bras.

— Tu vas bien ? demanda-t-il d'un ton concerné.

— Oui, réussit-elle à répondre platement. Et toi ?

— La formation que je suis est passionnante. Et puis, être à Maisons-Alfort me réjouit. C'est mythique !

— Tu t'habitues à la vie parisienne ?

— Le changement a été un peu rude au début, maintenant je me sens à l'aise.

— Tu vois tes parents ?

— Pas souvent. Mon père t'adore, il n'a pas apprécié notre séparation. Mais comment lui expliquer ? Notre histoire ne le regarde pas.

— Et tu te plais dans ton studio ?

— Beaucoup. C'est le cadre idéal pour travailler. À ce propos, je crois avoir un acheteur pour Castets, je t'en parlerai si ça se concrétise.

Les questions d'argent restaient en suspens. Paul ne lui avait fait aucun cadeau, il considérait que la maison et la clinique étaient le fruit de son travail, qu'il n'avait donc pas à partager. Anne avait demandé à son avocate de ne pas s'obstiner, peu désireuse d'envenimer la situation. Après tout, elle était capable de gagner sa vie et elle venait de faire un héritage. Sa seule exigence avait été de percevoir une pension alimentaire pour Léo jusqu'à sa majorité. Après, il s'arrangerait directement avec son père.

— Tu n'auras pas la place de loger Léo quand il viendra en week-end ?

— J'y ai pensé, il pourra dormir chez ses grands-parents. Tout le monde sera content.

Il lui répondait mais se gardait bien de l'interroger, comme si tout ce qui concernait la vie d'Anne – une vie en dehors de lui, une vie dans *sa* bastide – ne l'intéressait pas. Discrètement, il consulta sa montre.

— Encore une bonne demi-heure avant d'aller à la gare. Tu veux un gâteau ?

— Je n'ai pas faim, merci.

Lui non plus, sans doute, car il ne commanda rien. La conversation languissait, ils semblaient n'avoir plus rien à se dire.

— Surveille de près les notes de Léo, finit-il par déclarer.

— Oui, bien sûr, tu n'as pas besoin de me le dire. Je pense qu'il va faire un effort, ne serait-ce que pour rester avec Charles. Mais il a des excuses pour les mauvais résultats du trimestre dernier. Notre séparation l'a forcément perturbé.

— Je pourrais te répondre de t'arranger avec ta conscience mais je ne cherche plus la bagarre.

Elle se raidit devant cette attaque imprévue. Jusque-là, Paul avait eu l'air calme et résigné alors qu'il n'avait rien digéré du tout. Il la tenait pour seule responsable de leur divorce, il n'en démordrait pas. Dès le début, elle aurait dû comprendre qu'en le contrariant elle s'en était fait un ennemi, et qu'il ne lui pardonnerait pas d'avoir été rejeté. Son orgueil et sa mauvaise foi lui permettaient sans doute de ne pas trop souffrir, il s'en servait pour se préserver.

— Moi non plus, Paul, je ne veux pas d'affrontement. Essayons de rester…

— … amis ? Tu plaisantes, j'espère !

— … en bons termes.

L'éclat de rage qui avait brillé dans ses yeux s'éteignit. Il fouilla sa poche, déposa un billet sur la table.

— Plus tard, peut-être. Là, c'est trop frais. Nous sommes divorcés depuis quarante-cinq minutes, ne m'en demande pas trop ! Bon, j'y vais, je m'achèterai des journaux à la gare.

Debout à côté d'elle, il parut danser d'un pied sur l'autre puis se pencha, lui déposa un rapide baiser sur la tempe et partit sans se retourner. Elle le suivit des yeux, espérant un petit signe d'adieu qui ne vint pas. Quand se reverraient-ils, et dans quel état d'esprit ? Avec lui, Paul emportait quinze ans de sa vie. Elle se sentit vide, dépossédée. Avait-elle vraiment voulu en arriver là ? Elle se souvint d'un autre après-midi, à Dax, où elle avait appris chez le notaire qu'elle était l'unique héritière d'Ariane. Le premier choc passé, elle avait compris confusément qu'une porte venait de s'ouvrir et qu'elle pouvait tout changer si elle en trouvait la force. C'était sa chance, elle l'avait saisie et ne l'avait plus lâchée, même quand Paul s'était dressé en travers de sa route.

Sa tasse était vide, elle aurait dû partir mais une immense lassitude l'empêchait de bouger. Au fond de son sac, son téléphone se mit à sonner et elle se dépêcha de répondre, persuadée que Paul, pris de regrets, allait enfin lui dire un mot gentil.

— Je te dérange ? demanda Julien. Jérôme m'a dit que tu étais au tribunal cet après-midi…

— Oui, c'est terminé. Tu as besoin de quelque chose ?

— Pas moi, toi ! Tu ne dois pas rester seule, Anne. Je sais que c'est un mauvais moment, je suis passé par là.

— Ce n'est pas très gai, concéda-t-elle d'un ton amer.

— Alors, je t'invite à dîner pour te changer les idées.

— Je ne sais pas si…

— Pas de discussion ! Écoute, j'ai encore deux clients à voir, ensuite j'arrive. Profites-en pour faire un peu de shopping et retrouve-moi vers huit heures à la Table de Pascal, c'est rue de la Fontaine-Chaude.

Il coupa la communication avant qu'elle ait le temps de protester. Après tout, aller au restaurant lui ferait du bien, elle n'avait quasiment pas quitté la bastide depuis des semaines.

Tout en flânant dans les rues piétonnes, elle essaya de ne pas penser à Paul, à sa froideur, à la tristesse de leur divorce. S'aimer pour toujours, puis ne plus s'aimer, oublier et recommencer… Les serments éternels se révélaient périssables. Paul, qui avait tellement compté pour elle, finirait par lui devenir étranger. Leurs destins ne se confondaient déjà plus, chacun allait de son côté, seul Léo les réunirait parfois comme deux associés.

Perdue dans sa nostalgie, elle se souvint soudain du nouveau magasin de Suki. Revenant sur ses pas, elle gagna la rue Saint-Vincent et trouva sans difficulté le local en question, mais la vitrine avait été passée au blanc d'Espagne, elle ne pouvait rien voir. En tout cas, l'emplacement était bon pour un fleuriste. D'ici peu, sa belle-sœur et son frère quitteraient la bastide et reprendraient une vie normale. En croisant les doigts, Anne forma le vœu de leur réussite. Et qu'eux, au moins, continuent de s'aimer.

Elle poursuivit sa balade, jetant des coups d'œil distraits aux boutiques de mode. Comme il faisait moins froid que les semaines précédentes, se promener n'était finalement pas désagréable. Arrêtée à un croisement, elle aperçut son reflet dans une vitre. Son manteau lui parut informe, ses bottes mal cirées. Elle n'avait pas voulu s'apprêter pour ce jugement de divorce qui était tout sauf une fête, mais maintenant, elle le regrettait. À cause de Julien ? Le moment était mal choisi pour jouer les coquettes, pourtant elle traversa en avisant un salon de coiffure. Il y avait trop longtemps qu'elle ne s'était pas occupée d'elle. Elle fit rafraîchir sa coupe et s'offrit une manucure sans remords. Lorsqu'elle sortit de là une heure plus tard, elle se sentait déjà mieux. Elle prit encore le temps de s'acheter un pull, puis de choisir un mascara dans une parfumerie qui allait fermer. Finalement, elle arriva un peu en retard à la Table de Pascal où Julien l'attendait.

— Et voilà ! lança-t-elle avant de s'asseoir face à lui. J'ai dépensé de l'argent en futilités mais ça m'a remonté le moral.

— Joli pull… Ce vert te va très bien. Tu as fait quelque chose à tes cheveux ?

— Je sors de chez le coiffeur. Consolation garantie pour toutes les femmes. Pour les hommes, c'est quoi ?

— Prendre une cuite avec les copains ou aller se faire malmener par les rouleaux de l'océan quand c'est la saison. Comme mon divorce a eu lieu en juin, j'avais choisi cette thérapie, et j'ai failli me noyer !

Il souriait gentiment et elle fut contente d'avoir accepté son invitation. Chez elle, Jérôme aurait trouvé moyen de placer quelques commentaires acides sur Paul.

— Regarde l'ardoise et dis-moi ce que tu aimerais manger.

Le restaurant se voulait bistrot 1900, avec une atmosphère chaleureuse et gaie. Anne s'aperçut qu'elle avait faim, et aussi très envie de boire quelque chose.

— Je prendrais bien un foie de veau en persillade accompagné d'un verre de blanc.

— Parfait. J'opte pour les aiguillettes de canard farcies au foie gras, et je vais nous commander une bouteille de pouilly.

Il fit signe au serveur puis, lorsque celui-ci s'éloigna, il demanda tout naturellement :

— Ça s'est bien passé, au tribunal ? Si tu n'as pas envie d'en parler, je comprendrai.

— Cette fois, il n'y a pas eu de problème, Paul est resté ! Concernant notre protocole d'accord, il n'a pas été très... altruiste, mais je suppose que c'est sa façon de se venger. Il est persuadé que je ne m'en sortirai pas financièrement et il veut me le prouver.

— Dans ce genre de situation, les hommes ont tendance à penser que l'argent est un bras de levier. Un comportement courant assez moche.

— Comment t'y es-tu pris, toi ?

— Ma femme voulait partir, et même si ça m'était très douloureux qu'elle soit tombée amoureuse d'un autre, je ne me voyais pas la « punir » pour ça. Elle n'a jamais travaillé, n'a aucune qualification, je craignais qu'elle se retrouve à la merci de son amant. Nos enfants aussi ! Pour les protéger tous les trois, j'ai préféré me montrer généreux. Le contraire m'aurait paru sordide.

— Et aujourd'hui ?

— Elle touche toujours une pension confortable qui lui permet d'élever nos jumeaux sans attendre le bon vouloir d'un autre que leur père. Comme je gagne bien ma vie, ça me va. Mais bientôt il y aura le souci du rachat des parts de Paul pour la clinique, et là...

Il eut un geste fataliste avant de se remettre à sourire.

— On verra bien !

— Il ne te met pas au pied du mur, j'espère ?

— Non, il a promis d'être patient. Sauf qu'en ce moment, il ne fait pas toujours ce qu'il dit.

— C'est miraculeux que votre amitié ait résisté à…

— Oh, détrompe-toi ! l'interrompit-il en riant carrément. Le miracle n'a pas eu lieu, nous ne sommes plus des amis. D'un point de vue professionnel, son attitude a été lamentable. On ne laisse pas tomber un associé en vingt-quatre heures. Surtout si on l'aime bien et qu'on n'a rien à lui reprocher. Paul reste à mes yeux un vétérinaire exceptionnel, mais en tant qu'homme il a perdu toute mon estime. Je trouverai le moyen de racheter ou faire racheter ses parts parce que je refuse que la clinique se casse la gueule. C'est autant mon affaire que la sienne, on dirait qu'il l'a oublié.

Le serveur apporta leur commande et leur souhaita un bon appétit. Étonnée de pouvoir parler aussi facilement et aussi librement avec Julien, Anne se sentait bien. Leur attirance mutuelle restait à l'arrière-plan, ils n'avaient pas d'autre choix que se comporter en bons copains pour l'instant. Ils se mirent à manger en échangeant de brefs regards complices puis, une fois rassasiée, Anne eut envie de se confier davantage.

— Je suis en train d'achever la lecture d'une sorte de journal que ma tante a tenu durant des années. Je l'ai trouvé un peu par hasard dans la maison, mais elle ne l'avait pas vraiment caché. Je crois qu'elle me le destinait.

— Et tu découvres des choses intéressantes ?

— Oh, là là, si tu savais ! D'ailleurs, tu vas savoir, j'ai besoin de le dire à quelqu'un, ça m'étouffe. Figure-toi que je ne suis peut-être pas la fille de mon père.

— C'est une blague ?

— Je ne pense pas.

Il la contempla avec stupeur jusqu'à ce qu'elle ajoute :

— Voilà pourquoi je t'ai posé des questions sur la couleur des yeux.

— Justement, je t'ai expliqué que tout est possible.

— Oui, le doute est permis et je n'aurai jamais de certitude. Tu penses bien que je ne vais pas demander à mon père un prélèvement de son ADN.

— Il est au courant ?

— Non ! Et je ne compte pas aborder le sujet. Ni avec lui ni avec ma mère. Pour elle, il ne s'agit même pas d'une aventure, c'est juste le mauvais souvenir d'un soir de beuverie avec des collègues qui ont profité d'elle.

— Quel truc ignoble… Comment ta tante l'a-t-elle appris ?

— Ariane était très perspicace. Pas ce que j'appellerais une brave femme, mais une femme intéressante et observatrice. Personne ne l'aimait dans la famille, personne ne cherchait à la comprendre. On la traitait de folle et on la laissait de côté, ça me serrait le cœur. Même Paul la méprisait alors qu'il la connaissait à peine. Comme elle avait des tas de choses à raconter, elle a préféré les écrire.

— Tu as lu son journal en entier ?

— Presque. J'arrive à la fin mais je prends mon temps pour digérer ce que j'apprends. Et c'est étrange, chaque fois que je me plonge là-dedans une catastrophe vient m'interrompre. Il y a eu tant d'événements ces derniers mois…

— Est-ce que tu le regrettes ?

— Pas du tout. Je voulais sans doute que ma vie change, même si je n'en étais pas consciente. J'ai été amplement servie !

Ils commandèrent un dessert et finirent la bouteille de pouilly tout en continuant à bavarder. Quand ils constatèrent qu'ils étaient les derniers clients, ils se levèrent à regret et elle laissa Julien régler l'addition. Une fois dehors, il insista pour la raccompagner à sa voiture.

— Mais on passe d'abord devant la fontaine chaude, suggéra-t-il en la prenant par la main.

Ils longèrent les arches qui encadraient la célèbre fontaine, fascinés par la vapeur qui s'élevait au-dessus du bassin.

— L'eau jaillit à soixante degrés, rappela Julien.

Arrêtés devant l'une des grilles, ils restèrent quelques instants appuyés l'un contre l'autre.

— Il y a quelque chose que je dois t'avouer, finit-il par murmurer.

Elle se crispa, devinant où il voulait en venir et n'ayant aucune envie de l'entendre. Il dut percevoir sa raideur car il lui lâcha la main et se remit en marche.

— Viens, Anne, tu vas avoir froid. Je ne suis pas mufle au point de choisir le soir de ton divorce pour te draguer. Je voudrais seulement que tu saches que, depuis qu'on s'est embrassés, j'y ai souvent repensé en me sentant coupable mais… toujours aussi attiré. Alors, un jour ou l'autre, je vais vouloir recommencer. Enfin, tenter ma chance. Si ça devait nous fâcher, je préférerais que tu me le dises maintenant, comme ça je me tiendrais tranquille dans l'avenir.

Sa déclaration était si simple qu'elle prit Anne au dépourvu. Elle chercha en vain une repartie et voulut s'en tirer par une pirouette.

— Je suis censée te répondre un truc spirituel ?

— Réponds juste qu'on verra, et je serai très heureux.

— D'accord, on verra.

Il reprit sa main sans rien ajouter. Elle trouvait agréable de marcher à côté de lui, soulagée par sa franchise. Il ne lui avait rien demandé d'impossible, ne l'avait pas obligée à se prononcer. Cette soirée pourrait rester un bon souvenir, et avoir une suite… ou pas. Julien lui plaisait et elle aurait détesté apprendre qu'il regrettait leur flirt, même si pour l'instant elle n'envisageait pas d'aller plus loin. Elle était presque sûre que quelque chose d'important finirait par arriver entre eux, quand le moment serait venu. Et elle s'aperçut qu'elle l'espérait.

*
**

Jérôme avait failli renoncer. Dix fois, il avait été sur le point de faire demi-tour, mais l'envie était trop forte. Il s'en voulait de sa faiblesse, pressentait qu'il allait se mettre de nouveau dans les ennuis, pourtant il éprouvait une sorte de jubilation incompréhensible.

Ludovic lui avait donné rendez-vous dans le petit village d'Azur, à cinq minutes de Soustons. Le pub s'appelait le Last et servait toutes sortes de bières. Fin janvier, il n'était pas question de profiter de la terrasse, mais à l'intérieur, une cheminée centrale abritait une belle flambée.

Ils arrivèrent ensemble, Ludovic sur un vieux Solex qu'il arrêta à côté de la voiture d'Anne.

— C'est ton nouveau moyen de locomotion ? lui lança Jérôme, hilare.

Son rire sonnait faux, il n'avait pas réussi à être naturel.

— J'ai vendu ma vieille bagnole pour bouffer.

— Manquerais-tu de combines juteuses ?

— J'essaie de me dégager de tout ça.

— Vraiment ?

— Crois ce que tu veux.

Avec sa tête d'ange, l'air boudeur lui allait bien, comme n'importe quel air d'ailleurs.

— On entre ? proposa Jérôme. Je t'offre un verre.

— Je te conseille la Blonde, une bière locale au maïs qu'ils brassent eux-mêmes. Et puis, tu vas voir, l'endroit est super, ils ont même une bibliothèque ! Quand je veux lire gratis, je viens ici.

Installés au bar, ils commandèrent des pintes et savourèrent quelques gorgées en silence.

— Tu voulais qu'on parle ? risqua enfin Jérôme. La dernière fois, il me semble qu'on s'était tout dit, non ?

Il désigna ce qui restait d'hématomes sur son visage en ajoutant :

— À propos, je n'aime pas tes amis.

— Rassure-toi, je ne les vois plus. Je te le répète : je me range.

— Et qu'est-ce que tu comptes faire ?

— J'ai trouvé du travail chez un entrepreneur en bâtiment. Je commence demain, c'est ce que je voulais t'annoncer.

— Belle résolution ! Ça va durer combien de temps ?

— Le temps qu'il faudra. J'ai besoin de me remettre le pied à l'étrier.

— Tu vas lui piquer quoi, à ton entrepreneur ? Ses clients, son matériel ?

Ludovic tourna la tête vers lui et le regarda bien en face.

— Tu as tort de te moquer. J'ai eu trop d'ennuis, j'en ai soupé, je ne veux pas finir en taule.

Il se tourna vers la cheminée et parut s'absorber dans la contemplation des flammes.

— Et puis, finit-il par ajouter, si ça s'arrange pour moi j'aimerais bien qu'on puisse se revoir. Tu me manques.

Il avait lâché les trois derniers mots dans un souffle. Jérôme fut surpris du plaisir que lui procurait cet aveu, pourtant c'était exactement ce qu'il était venu chercher, sans oser l'espérer. Depuis longtemps, il ne mettait aucun sentiment dans ses aventures, ce que lui inspirait Ludovic était nouveau pour lui. Il n'éprouvait pas de rancune à son égard, il avait même envie de le protéger alors qu'il était incapable de se protéger lui-même. Qu'est-ce qui avait changé dans sa tête ?

Embarrassé par son silence, Ludovic bredouilla :

— Je n'aurais pas dû te le dire. Vu la manière dont on s'est quittés, il n'y avait pas beaucoup de chances que…

— Non, en effet.

Jérôme lui tapota le genou d'un geste maladroit, submergé par le désir de l'embrasser. Il déposa de la monnaie sur le comptoir et descendit de son tabouret.

— Viens, on s'en va.

Il l'entraîna jusqu'à la voiture, le fit monter, brancha le chauffage.

— Où habites-tu, en ce moment ?

— Nulle part. Mon employeur a prévu une piaule pour moi, mais ces derniers jours j'ai dormi sur la plage.

— En plein hiver ? Tu es cinglé.

— Je ne veux plus squatter avec cette bande d'abrutis.

Les possibilités qui s'offraient à Jérôme n'étaient pas nombreuses. Jamais Anne n'accepterait le retour de Ludovic à la bastide, et il n'avait pas les moyens de l'aider matériellement. Être prêt à lui donner de l'argent le fit sourire. Heureusement qu'il était sans le sou !

— Demain n'est plus très loin, dit Ludovic d'un ton de défi. J'aurai un toit, et une paie à la fin du mois.

Jérôme l'attrapa par le cou, l'attira à lui et l'embrassa avec avidité.

— Tu me manques aussi, petit con, lui chuchota-t-il à l'oreille, mais je n'ai plus confiance en toi.

— Je sais. Je regrette.

— Ça ne suffit pas. Je ne peux rien faire de toi. Tu as été mal inspiré de voler ma sœur.

— J'ai eu l'occasion de vendre ce que j'avais pris. J'avais un client en or pour le Nikon mais je l'ai fait lanterner.

— Tu attendais que je te retrouve ?

— Peut-être. Je pensais que tu viendrais. Te venger ou me chercher. Je voulais m'expliquer avec toi et te rendre tes affaires, mais tu es arrivé avec ton frère, ça a dégénéré.

Ludovic se jeta sur lui et lui rendit son baiser passionné. Dès qu'il en eut le courage, Jérôme le repoussa.

— Arrêtons de nous donner en spectacle, il y a d'autres voitures sur ce parking.

— Petit-bourgeois, va !

— Voyou.

Ils échangèrent un sourire hésitant.

— Maintenant, reprit Jérôme, ma famille te déteste. Te fâcher avec eux a été une sacrée bêtise.

— Je ne peux pas obtenir une deuxième chance ?

— Il va falloir faire tes preuves, et laisser passer du temps.

— Beaucoup ?

— Aucune idée. Si tu veux, je t'emmènerai dîner un de ces jours. Quand il fera moins froid sur les plages !

— Mais je vais avoir…

— Non. Si tu ne veux pas être licencié à peine embauché, ta chambre chez ton employeur ne doit te servir qu'à dormir. Tu as un téléphone ?

— Même plus. Ma carte est vide.

— Prends le mien. Je t'appellerai depuis la ligne fixe de la maison.

Il lui mit l'appareil dans la main, attendit un remerciement qui ne vint pas. Se penchant au-dessus de lui, il ouvrit la portière. S'ils restaient ensemble une minute de plus, il allait craquer pour de bon et faire des promesses impossibles à tenir. Avant de sortir, Ludovic demanda :

— Tu promets qu'on se reverra ?

— Je n'ai pas besoin de promettre. Je suis amoureux, ça devrait te suffire.

Le visage du jeune homme s'éclaira d'un sourire qui semblait vraiment sincère. Mais Jérôme s'était déjà fait avoir et il avait décidé de se montrer prudent. Pour une fois, il allait se contraindre à la patience. Par la suite, peut-être pourrait-il jouer les Pygmalion, un rôle inattendu qui ne lui déplaisait pas mais nécessitait un minimum de recul. Ludovic était-il capable de s'amender, de changer ? Il le regarda grimper sur son Solex, démarrer en pédalant. Au-delà du désir, il se sentait touché, ému. Avant cette lamentable histoire, ils avaient partagé de bons moments tous les deux. Sous sa carapace de petit dur et ses mauvaises habitudes, ce garçon était intéressant, malin, attachant. Il méritait mieux que l'existence minable qu'il menait, et il avait dû comprendre confusément, mais trop tard, que Jérôme pouvait lui offrir autre chose.

Au lieu de démarrer, il inclina le rétroviseur vers lui. Pouvait-on l'aimer pour lui-même ? À trente-cinq ans, ses rides d'expression étaient déjà bien marquées. Son visage n'avait rien d'exceptionnel, rien de comparable avec le profil parfait de Ludovic. Il n'était ni riche ni puissant, il vivait chez sa sœur, sans statut social. Sa culture laissait à désirer, il avait été un mauvais élève et ne s'était pas intéressé à grand-chose jusqu'ici. Au lit, il était plutôt doué, un bon point, mais ça ne suffisait pas dans une véritable histoire d'amour. Et c'était ça qu'il voulait à présent. Un truc qui le fasse vibrer, exister. Il se sentait prêt à donner plus qu'à recevoir, une grande première pour lui.

Perplexe, il remit le rétroviseur en place. Ces quelques mois dans les Landes l'avaient peu à peu transformé. Tout à l'heure, en faisant la morale à Ludovic, il s'était aperçu qu'il prenait un certain plaisir à ne plus être l'éternel rebelle. Tout comme il avait découvert la satisfaction de se rendre utile à la bastide. Si sa voie n'était pas celle du commercial de l'étape, ainsi que son père l'aurait souhaité, en revanche il ne voulait plus être un parasite, un bon à rien. Il était largement temps d'enterrer la jeunesse où il s'était trop longtemps attardé et de passer à autre chose.

*
**

Suki allait et venait, virevoltait, s'adossait à un mur, reprenait sa marche. Son nouveau local l'enchantait, elle en imaginait l'agencement dans ses moindres détails.

— Et là, dit-elle à Valère, je mettrai des étagères de fer forgé en forme d'escalier. J'y disposerai les orchidées. Dans la vitrine il y aura des bouquets tout faits, prêts à être achetés, des compositions simples mais élégantes. J'intercalerai quelques-unes de tes photos si tu veux bien, dans des cadres de couleurs différentes, assorties aux fleurs.

— Ce sera magnifique.

— J'ai tellement regretté d'avoir manqué la période de Noël ! Je me serais fait plaisir avec la décoration… Et je vais rater la Saint-Valentin aussi, le magasin ne sera prêt que fin février.

— Prévois quelque chose de spécial pour l'ouverture.

— Oh, oui !

Fébrile, elle prenait des notes et faisait des croquis dans un petit carnet. Il la rejoignit, l'entoura de ses bras.

— Je m'occuperai de l'appartement pendant que tu arrangeras tout ici, proposa-t-il.

— J'ai hâte d'y être ! Mais la bastide me manquera un peu, c'est une maison extraordinaire. Les gens vont l'adorer, je suis sûre qu'Anne et Jérôme auront beaucoup de succès. C'est une bonne année qui commence pour toute la famille…

Resserrant son étreinte autour d'elle, il chuchota :

— Alors pourquoi ne veux-tu pas faire ce test ?

— Non, non, non !

Elle se dégagea sans peine, lui glissant des mains comme une anguille. Elle était si menue et si frêle qu'il eut une bouffée d'angoisse.

— Suki, tu es trop maigre.

— Ne t'inquiète pas, mon amour. Je mange, je prends soin de moi.

— Mais tu n'as pas envie de savoir ?

— Je refuse d'être déçue encore une fois, je ne pourrais pas le supporter. Quinze jours de retard, ce n'est rien, il peut y avoir mille autres raisons. Nous avons été très perturbés par l'incendie et toutes ses conséquences, je subis peut-être le contrecoup. On verra dans quelques semaines, d'ici là, je ne veux pas y penser.

Résolue à changer de sujet, elle se remit à parler du magasin. Quand il lui avait suggéré d'acheter un test de grossesse, elle s'était mise en colère. Son désir de maternité la laissait traumatisée, il le savait bien et s'en voulait d'insister. Mais elle serait tellement heureuse si son vœu était enfin exaucé ! Il n'aspirait qu'à son bonheur, même s'il attachait beaucoup moins d'importance qu'elle à la venue d'un enfant. Être père ne lui semblait pas une nécessité absolue, sa vie avec Suki lui suffisait.

— J'ai dix mètres carrés de plus que dans l'ancienne boutique, ça compte ! Je fais placer le comptoir là, avec la caisse de ce côté, les dérouleurs de papier d'emballage et de rubans ici, le présentoir des cartes de vœux… Et tout le mur du fond sera en miroir, on aura l'impression d'être dans un labyrinthe de fleurs !

Elle esquissa quelques pas de danse, fit une arabesque puis courut vers lui.

— Tu sais quoi ? L'incendie a été notre chance ! Un mal pour un bien. On redémarre du bon pied et tout ira pour le mieux. Cet endroit est plein d'ondes positives, je le sens !

En la voyant si exaltée, il fut certain que, contrairement à ce qu'elle affirmait, elle pensait au bébé. Si elle connaissait un nouvel échec, le magasin parviendrait-il à lui servir de dérivatif ? Il la reprit dans ses bras, l'empêchant de s'échapper cette fois.

*
**

Lily avait tenu à accompagner Anne pour ses achats. Meubler et décorer les chambres d'hôtes sans se ruiner demandait un peu d'imagination, et Lily connaissait toutes les bonnes adresses de Bayonne et de Biarritz. À la fin de la journée, la voiture d'Anne se retrouva chargée jusqu'au toit.

— Tu aurais dû prendre du tissu au mètre plutôt que d'acheter des rideaux tout faits, déplora Lily en l'aidant à fermer le coffre. Maman t'aurait cousu ça en moins de deux, elle a toujours sa machine.

— Je ne veux rien lui demander. Surtout pour ma maison ! Je l'entends d'ici…

— Arrête de te poser en victime. Maman ne demande qu'à rendre service.

— Pas à moi.

Lily leva les yeux au ciel, mais sans insister. Elle éprouvait de la reconnaissance envers Anne pour avoir couvert son escapade au Baya. Éric n'avait pas manqué de raconter en riant qu'il avait cru apercevoir dans un bar une femme ressemblant à la sienne, preuve que Lily l'obsédait ! Moqueuse, elle l'avait traité d'idiot avant de lui faire remarquer qu'elle déjeunait ce jour-là à la bastide avec sa sœur et son frère. Mais par mesure de sécurité, elle avait jeté la robe, de peur qu'il la reconnaisse.

— Fais attention sur la route, tu es en surcharge ! recommanda-t-elle.

Anne rapportait des tables de chevet, des lampes, des tapis et du linge de maison. Elle avait vidé son compte en banque mais tout serait prêt pour le premier jour du printemps, comme prévu.

Avant de quitter Biarritz, elle fit un crochet par le port des pêcheurs et se gara non loin de l'immeuble de ses parents. Toute la journée, tandis que Lily la traînait dans les boutiques et la saoulait de son bavardage, elle y avait pensé. Devait-elle avoir une conversation avec sa mère ? Au moins lui dire qu'elle savait ce qui s'était passé avant sa naissance, vider ce contentieux de trente-six années, cesser de faire semblant. Elle pouvait l'appeler, lui demander de descendre sous n'importe quel prétexte et s'expliquer avec elle loin des oreilles de son père. Mais à quoi cela servirait-il aujourd'hui ? Sa mère n'allait pas se mettre à l'aimer pour autant ! Et elle serait sans doute horrifiée qu'Anne connaisse la vérité.

Les yeux rivés sur les fenêtres de l'appartement, elle hésita un long moment. Elle se souvenait très bien que lorsqu'elle avait annoncé son intention de trier les papiers d'Ariane, sa mère lui avait dit de tout jeter sans perdre son temps. Par crainte des confidences posthumes de sa belle-sœur ? Eh bien, oui, à travers son journal Ariane avait livré la vérité. Était-ce un mal ou un bien ? Au moins, Anne comprenait pourquoi elle avait été traitée différemment, pourquoi elle n'avait pas eu droit à la tendresse maternelle dont Lily et ses frères jouissaient. Même une fois Anne mariée, sa mère avait continué à lui lancer des piques durant les fêtes de famille. Paul prenait sa défense, il dédramatisait, mais parfois Anne se sentait mal à l'aise et se demandait ce qu'elle avait bien pu faire pour exaspérer sa mère. À présent, elle n'avait plus à se poser de questions sur elle-même, elle n'était pas en cause. Ariane l'avait innocentée, lui offrant ainsi un cadeau supplémentaire.

Elle distingua la silhouette de son père qui passait devant la baie vitrée du séjour. Non, décidément, elle allait se taire. Ses parents vivaient une retraite paisible, autant les laisser tranquilles. Qu'elle soit ou non la fille de Gauthier ne changeait rien. Il était son père de toute façon.

En démarrant, elle se sentit légère, comme apaisée. Elle allait pouvoir lire la fin du cahier.

9

Le temps file, le débit du sablier s'accélère. Je n'ai pas écrit depuis longtemps dans ce journal, n'ayant rien de nouveau dans mon quotidien. Chaque matin, j'ai le bonheur d'ouvrir les yeux chez moi, et c'est la même joie qui se renouvelle.

Anne et Paul ont eu un garçon qu'ils ont appelé Léonard. Un choix étrange car mon grand-père Nogaro se prénommait ainsi. L'ai-je cité devant Anne quand nous feuilletions les albums de photos ? En tout cas, elle m'a invitée au baptême, ce que Lily n'avait pas jugé bon de faire pour ses filles. C'est la dernière fois que j'ai vu Gauthier et Estelle, toujours aussi peu aimables à mon égard. Et toujours muets sur l'argent qu'ils me doivent ! De plus, Estelle me regarde avec horreur, regrettant sans doute amèrement ses confidences involontaires.

Récemment, j'ai demandé à Pierre Laborde où en sont mes avoirs. Grâce à mon sens de l'économie et mon existence frugale, je suis à la tête d'un petit magot qui devrait suffire à Anne pour se libérer des droits de succession si elle décide de garder la bastide. Ouf !

Elle vient régulièrement m'apporter des gâteaux et me faire la conversation. On dirait presque qu'elle y prend plaisir. Hormis mon fidèle notaire, elle est mon seul lien avec le monde extérieur. Deux fois, je l'ai invitée à dîner en compagnie de son mari. Je ne suis pas persuadée que cet homme l'épanouisse, au contraire, j'ai l'impression qu'elle est comme une princesse endormie.

Anne, petite Anne, qu'as-tu fait de ta fantaisie ? Ne laisse aucun homme te la voler et t'éteindre lentement au nom de l'amour. Près de Paul, je te vois trop sage dans ton rôle d'épouse et de mère. Il ne m'apprécie guère, ne vient chez moi qu'à contrecœur. Cette histoire de maison reconquise le dépasse, ne l'intéresse pas. Mais peut-il s'intéresser aux autres ? Il est si satisfait de lui-même !

Je constate que, désormais, je m'adresse directement à toi. Mais tu auras compris, depuis la première ligne, que mes cahiers te sont destinés, et à toi seule.

Mon cœur donne des signes de fatigue, la vieillesse est là. Souvent, quand j'écris, les lettres se brouillent, et derrière mes fenêtres les arbres sont devenus flous. J'ai acheté un chien. Plus exactement je l'ai adopté dans un refuge. Il est tout jeune mais déjà énorme, croisement improbable de deux races géantes. Personne n'en voulait, paraît-il. À peine arrivé, il a pris possession des lieux, il est le cerbère de la bastide et mon ange gardien.

Ton père – ô surprise ! – est passé en coup de vent l'autre jour. En voyant le chien il a dit que j'étais folle, son expression favorite, puis il m'a demandé si je ne serais pas mieux dans une confortable maison de retraite plutôt que seule ici, loin de tout. J'imagine qu'il était téléguidé par Estelle, la bonne âme, et qu'à eux deux ils envisagent de m'envoyer à l'asile puis de mettre mes biens sous tutelle. J'exagère ? Pas sûr. Sa visite n'avait aucun autre but, il n'a même pas accepté un café.

Tu as rencontré Goliath et tu l'as trouvé beau. Pas de commentaire acerbe, aucune stupeur, nul jugement. Tu constates que j'ai un chien, tu trouves ça bien. Ah, je sais pourquoi je t'aime ! Quand nous parcourons la maison ensemble et que je te raconte les fêtes qu'on y donnait autrefois, tu m'écoutes sans ennui, tu demandes des détails. Tu m'as interrogée à plusieurs reprises sur l'exploitation du pin des Landes à l'époque de la résine, et tes questions sont pertinentes. Lorsque nous disputons une partie de crapette et qu'on se crève les yeux sur nos cartes, tu ne me fais pas remarquer que la maison est mal éclairée par des ampoules trop faibles sous des abat-jour noircis.

Je ne vais pas très bien. Je l'ai lu dans ton regard lors de ta dernière visite. Tu as dû me trouver fatiguée – et je le suis – mais tu n'as rien dit, par délicatesse, te souvenant que je tiens les médecins pour des ânes. Je n'aurai pas recours à eux, incapables qu'ils seraient de me rendre ma jeunesse. Je crois avoir fait mon temps, et c'était du bon temps, crois-moi ! L'heure est donc venue de te parler de ce rubis en forme de goutte, unique souvenir de mon cher Paul-Henri et seul bijou que j'ai conservé comme « poire pour la soif ». Il est caché au fond de la cave, scotché dans le cul d'une bouteille de romanée-conti, elle-même dissimulée parmi d'autres grands crus. Parfois, j'en débouche un, j'en prends un verre... Tu peux tous les boire, non pas à ma santé mais à la paix de mon âme. Quant au rubis, on ne porte plus ce genre de bijou aujourd'hui, vends-le donc, il est à toi.

Ton mari doit venir vacciner Goliath ce soir. Le vent jette la pluie par rafales sur les carreaux, il fait un temps affreux. J'ai une douleur dans le bras gauche et dans la poitrine. La Faucheuse est-elle déjà à ma porte ? Si c'était le cas, sais-tu ce que j'aimerais pour mon enterrement ? Ce si beau requiem de Mozart, dont le Lacrimosa *m'a toujours tiré l*

Un trait tremblé barrait la fin de la page, les suivantes étaient vierges. Anne avait la gorge serrée par l'émotion, ayant l'impression d'avoir vécu les derniers instants d'Ariane avec elle. Ce soir-là, exactement un an auparavant, sa tante avait succombé à un infarctus massif alors qu'elle était sans doute en train d'écrire les derniers mots. Goliath l'avait veillée car Paul l'avait trouvé couché contre elle, sur le tapis de sa chambre. Le cahier était tombé plus loin, personne ne l'avait remarqué. Par la suite, le chien l'avait traîné dans son panier parce qu'il portait l'odeur de sa maîtresse, et Anne ne l'y avait déniché que des mois plus tard.

Réprimant un sanglot, elle mit sa tête entre ses mains et resta un long moment immobile, bouleversée.

Tout le récit des deux cahiers de moleskine s'adressait à elle. *Rien* qu'à elle. La jeunesse d'Ariane, ses mariages, sa longue quête, et les secrets de sa famille. À présent, Anne savait tout, et ses parents ne sortaient pas grandis de l'histoire.

Le *Lacrimosa* du requiem de Mozart ? Il n'avait pas été joué à l'enterrement, mais elle allait se le procurer et le faire résonner dans toutes les pièces de la maison ! Elle devait bien ça à Ariane qui l'avait aimée bien davantage qu'une nièce, plutôt comme la fille qu'elle n'avait pas eue. Et comme la seule héritière possible du passé des Nogaro, qu'elle soit de leur sang ou pas.

Elle se redressa, pensa à la cave. Enfilant en hâte sa robe de chambre, elle sortit sans bruit dans le couloir, le chien sur ses talons. Il était plus de minuit, Jérôme dormait, Valère et Suki aussi, elle n'allait pas réveiller toute la maison pour une hypothétique chasse au trésor. Dans la cuisine, elle prit une lampe torche et ouvrit la porte donnant sur l'escalier de pierre.

— Ça n'est pas rassurant, marmonna-t-elle, reste avec moi, Goliath…

En bas, il y avait une première cave voûtée, puis une arrière-cave où se trouvaient les fameuses bouteilles couvertes de poussière dans leur casier. Elle répertoria un margaux, quatre sauternes, deux château-d'yquem, trois rieslings et un pommard, mais pas de romanée-conti. Un peu déçue, elle continua de fureter et découvrit quelques crus moins prestigieux sur une clayette rouillée, une boîte à outils hors d'âge dans laquelle elle se cogna la cheville, un rouleau de grillage et une pioche. Repassant dans la première cave, elle dirigea le faisceau de sa lampe le long des murs. À part les pots de peinture et les bâches de Jérôme, il n'y avait que quelques bouteilles vides empilées dans un coin. Elle s'approcha pour mieux les voir et laissa fuser une exclamation de dépit en découvrant l'étiquette qu'elle cherchait. Jérôme avait dû boire ce vin rare en douce, sans doute avec Ludovic, et jamais elle ne saurait si un rubis y était caché. Ces deux abrutis ne l'avaient évidemment pas trouvé, sinon ils n'auraient pas pu s'empêcher de s'en vanter. À moins que Ludovic n'ait fait main basse dessus sans rien dire à Jérôme. Il en était tout à fait capable et c'était peut-être la raison de son départ précipité, les autres vols servant à masquer celui-ci.

Elle saisit la bouteille et, en la retournant à tout hasard, eut un coup au cœur. N'y avait-il pas quelque chose au fond du cul du verre ? Elle braqua le faisceau de la lampe, distingua une petite boule à peine visible. Avec les années, la colle du scotch avait formé une sorte de magma qui adhérait parfaitement aux parois. Elle essaya en vain de l'attraper et décida de remonter à la cuisine.

— Ces deux gougnafiers tiennent les bouteilles par le goulot pour verser le vin, merci, mon Dieu ! D'ailleurs, ils ont bu ce grand cru dans quoi ? Des gobelets en plastique ?

Surexcitée, elle grimpa l'escalier quatre à quatre et alla déposer la bouteille sur le billot. Avec la pointe d'un couteau, elle parvint à extraire la boule de sa cachette, puis entreprit de décortiquer délicatement le scotch à moitié fondu. Enfin elle arracha un minuscule morceau de papier de soie qui protégeait la pierre et découvrit le rubis. Elle le prit entre le pouce et l'index, l'éleva devant la lumière.

— Il est magnifique…

En forme de goutte et surmonté d'une bélière qui permettait de le porter en pendentif, il avait la couleur du sang, un rouge pourpre fascinant. Sans inclusion apparente, il semblait liquide tant il était pur. Quelle pouvait être sa valeur ? Anne n'envisageait pas un instant de le porter. Il représentait une sorte d'assurance pour l'avenir, un recours en cas de trop grosse difficulté. Une poire pour la soif, selon l'expression d'Ariane. Et sans la paresse de Jérôme, qui ne mettait même pas ses bouteilles vides à la poubelle, il aurait disparu ! Elle devait lui trouver une autre cachette, plus sûre cette fois. Serrant le bijou au creux de sa main, elle remonta dans sa chambre. Le cahier de moleskine était toujours ouvert sur son lit. Elle le ramassa, le referma et repartit jusqu'à son bureau. Après avoir glissé le rubis dans une enveloppe, elle mit les deux cahiers ensemble et le tout au fond d'un tiroir. Devait-elle louer un coffre à la banque ? Aller se renseigner auprès d'un joaillier ?

— Qu'est-ce que tu trafiques ? demanda Jérôme depuis le seuil.

Il portait un vieux jogging et avait les cheveux en bataille mais l'air parfaitement réveillé.

— Tu ne dormais pas ?

— Non, j'ai souvent des insomnies ces temps-ci. Je t'ai entendue aller et venir et je me demandais si tu n'étais pas malade. Tu as un problème ? Pourquoi es-tu debout au milieu de la nuit ?

Elle pouvait inventer n'importe quoi, ou plus simplement se passer d'explication, mais elle estima qu'ils étaient embarqués dans la même galère et qu'il devait savoir.

— Pourquoi bois-tu les bons vins en cachette ? demanda-t-elle.

— Oh… Tu as découvert ça ? J'aurais dû faire disparaître les cadavres.

— Sur ce point, tu as été bien inspiré. Mais tu ne m'as pas répondu.

— Nous n'avons commis ce crime que deux fois avec Ludovic. Je voulais lui faire goûter un grand cru, il n'en avait jamais eu l'occasion. C'est très égoïste, je sais ! Disons que c'était un soir où je me sentais d'humeur romantique, j'avais même descendu des bougies. On a savouré le nectar, fumé quelques cigarettes…

Il eut une moue désabusée puis haussa les épaules.

— Désolé, Anne. Maintenant, je ne comprends toujours pas pourquoi tu visites les caves la nuit.

— Je vais te le raconter, assieds-toi.

Un peu étonné, il s'installa en face d'elle et écouta son récit en silence. Elle mentionna l'existence des cahiers, mais sans révéler ce qui concernait leurs parents, se contentant de résumer les trois mariages d'Ariane et son acharnement pour racheter la maison.

— À part moi, personne ne venait la voir. Elle vivait dans ses souvenirs et elle tenait ce journal pour se distraire, en espérant que je le trouverais après sa mort.

— Tu me le feras lire ?

— Non, c'est trop personnel. Ce que je peux te dire est qu'elle aurait adoré ce que nous sommes en train de faire avec la maison.

En l'énonçant, elle réalisa que Jérôme était à coup sûr un Nogaro, et que vivre ici et restaurer la bastide de ses mains le mettait dans les pas de ses ancêtres. Elle lui sourit et acheva l'histoire par l'épisode du rubis. Bouche bée, il la regardait d'un air si incrédule qu'elle sortit l'enveloppe du tiroir, fit glisser le bijou dans sa main et le lui tendit.

— Putain de bordel, jura-t-il, on aurait pu le *perdre* ?

— Par ta faute, oui. Et là, ta soirée « romantique » nous aurait vraiment coûté cher !

Elle récupéra le rubis, le rangea tandis qu'il demandait :

— Qu'est-ce que tu vas en faire ? Le vendre ? Après tout, tu as le droit de le porter.

— Sûrement pas. J'ignore sa valeur, mais je suppose qu'il pourra nous aider en cas d'ennuis.

— Mais nous n'aurons pas d'ennuis, Anne ! Nos chambres d'hôtes vont marcher d'enfer, tu verras.

— Eh bien, on refera le toit avant qu'il ne nous tombe sur la tête !

Jérôme éclata de rire, égayé par ce qu'il venait d'apprendre.

— Ça m'enlève une épine du pied, avoua-t-il. Tu galères avec tes dossiers de comptabilité pour faire rentrer de l'argent, moi j'en suis incapable, et je commençais à me demander si on ne jouait pas un peu les funambules…

— Tu penses à ce genre de choses ?

— Oui, ironisa-t-il, je suis moins bête que ce qu'on imagine généralement.

— Moins indifférent ?

— Aussi.

— C'est parce que tu es amoureux.

Il ouvrit la bouche, la referma avec une grimace. Après quelques instants, il lâcha un long soupir.

— Il m'obsède, reconnut-il.

Elle hésita un peu puis demanda d'une voix douce :

— S'il avait trouvé le rubis en versant le romanée-conti, ne penses-tu pas qu'il l'aurait discrètement mis dans sa poche et gardé pour lui ?

— Je l'ignore. Il vaut sûrement mieux que ce que tu crois, et moins que ce que j'espère. Tu le détestes ?

— Il t'a menti, il m'a volée, il n'a eu aucune pitié pour Valère…

— Mais si ! Il pouvait se défaire de l'appareil photo dans l'heure, nous n'aurions jamais dû le retrouver. Tes chandeliers non plus.

— Il aurait eu des remords tardifs ?

— Peut-être.

— Écoute, dit-elle en se penchant au-dessus du bureau, tu ne choisis pas la facilité si tu t'obstines dans cette histoire.

— Je vais y aller prudemment. Pas à pas.

— Tu sauras ?

— J'essaierai. Promis !

Il réprima un bâillement puis se leva.

— Ce rubis, c'est un truc ébouriffant… Comme tout ce qui vient d'Ariane. Je ne peux vraiment pas lire son journal ?

— Non.

Le secret de leur mère ne le concernait pas.

— Et pour le bijou, bouche cousue ?

Elle réfléchit deux secondes avant de se mettre à rire.

— Ça m'est égal, Jérôme. Mais si tu le fais savoir, nous serons encore plus mal vus, et Ariane carrément maudite.

Elle n'était pas persuadée que son frère sache se taire, pourtant elle s'en moquait. Depuis qu'elle avait pris en main les rênes de la maison, et par conséquent celles de son destin, elle se sentait tout à fait libre.

*
**

Abasourdi, Julien relut la lettre de Paul. Adressé à la clinique, et pas à son domicile, ce courrier prenait un caractère officiel. Paul avait fait ses comptes, il voulait récupérer son capital sans tarder. Se plaisant à Paris, il souhaitait cesser de se ruiner en loyers et comptait acheter un appartement, probablement du côté du bois de Vincennes pour être à proximité de Maisons-Alfort où il espérait être engagé après sa formation. Il avait rayé les Landes de sa vie et n'y remettrait jamais les pieds.

Dans ses phrases courtes on ne décelait aucune amitié, il s'adressait à son confrère en tant qu'associé et terminait par une formule toute faite.

— Le salaud…

Jamais les choses n'auraient dû s'achever de cette manière sordide. Paul était quelqu'un de *bien*, mais l'échec de son mariage l'avait rendu odieux.

« Ça lui passera, malheureusement ce sera trop tard pour qu'on se réconcilie ! » pensa Julien avec amertume. L'allusion aux Landes dénotait beaucoup de rancœur, Anne devait sacrément lui manquer.

— Où vais-je trouver une somme pareille ?

Recommencer à s'endetter pour les dix prochaines années était une perspective décourageante.

— Vous parlez tout seul ?

Véronique avait passé la tête à la porte et lui souriait gentiment.

— Brigitte est partie déjeuner, ajouta-t-elle. On mange un croque-monsieur ensemble ? Mais je vous dérange, vous lisiez votre courrier.

— J'ai fini, dit-il en rangeant la lettre de Paul. Va pour le croque si on prend ma moto.

Il la précéda vers la salle d'attente et lui ouvrit la porte.

— Vous avez reçu de mauvaises nouvelles, Julien ? Vous n'avez pas l'air dans votre assiette.

— C'est quoi, mon assiette habituelle ? ironisa-t-il.

— La gaieté.

Il lui tendit un casque, mit le sien, démarra sa moto et attendit qu'elle prenne place derrière lui.

— Accrochez-vous ! lui cria-t-il.

Mais il n'avait pas envie de rouler vite, il réfléchissait toujours aux exigences de Paul. Il s'arrêta devant leur bistrot habituel après s'être offert quelques détours pour le plaisir de la balade.

— Je devrais m'acheter une de ces machines, c'est génial, dit-elle en mettant pied à terre.

— Passez le permis d'abord, ça ne se pilote pas comme un vélo.

— Vous, vous allez me raconter vos soucis parce que vous êtes carrément sinistre aujourd'hui.

En revanche, elle semblait d'humeur joyeuse. Elle n'habitait plus chez Brigitte et louait un appartement avec terrasse à deux pas de la clinique. Sociable, elle s'était déjà fait des amis et répétait chaque jour qu'elle se plaisait beaucoup à Castets. Ils s'attablèrent et commandèrent finalement des salades landaises, une bière pour lui et un Perrier pour elle.

— Julien, je voudrais savoir si vous êtes content de mon travail.

— Très. Les clients vous ont immédiatement adoptée, et vous avez un bon contact avec les animaux.

— Rien d'autre ?

Devant son air dépité, il se décida à sourire.

— Vous êtes douée, même si vous manquez encore d'expérience.

— Vous n'en aviez pas beaucoup plus quand vous vous êtes installé ici, non ?

— Admettons. Au début, on a un peu travaillé à l'instinct, Paul et moi. On comparait nos avis et on n'était pas toujours sûrs de bien faire. Il y avait des moments d'angoisse, mais on riait beaucoup.

— Vous regrettez toujours votre confrère ?

— Parfois. Sauf aujourd'hui !

Il l'observa durant quelques instants, essayant de deviner ses intentions.

— Vous comptez rester ici, Véronique ?

— Bien sûr. J'ai trouvé exactement ce que je cherchais.

— À savoir ?

— Un climat plus doux que celui de ma Bretagne natale, mais toujours l'océan. Je ne suis pas du tout citadine, la ville m'ennuie et m'attriste.

— Vous n'êtes pas plutôt venue pour vous remettre d'un gros chagrin ?

— Oh, je vois que Brigitte a bavardé…

Elle baissa les yeux vers son assiette, récupéra un petit morceau de magret. C'était vraiment une belle femme, il pensa qu'elle allait vite trouver des hommes pour la consoler.

— Je m'en suis remise, j'ai tourné la page. Je me sens bien à la clinique, bien avec vous.

Il eut peur qu'elle soit en train de lui faire du charme. Pourtant, il avait gardé ses distances, maintenu le vouvoiement qui limitait la familiarité, évité avec soin toute ambiguïté.

— Quand vous m'avez embauchée, vous m'aviez laissée entendre qu'une association serait éventuellement envisageable dans l'avenir si nous nous entendions bien. Est-ce d'actualité ou trop tôt pour vous prononcer ?

— Pourquoi me demandez-vous ça ?

— Eh bien, en ce qui me concerne, je serais partante ! Dès que vous aurez assez confiance en moi, dites-le-moi. Je suis prête à racheter les parts de votre ami Paul.

— Vous auriez les capitaux ? s'enquit-il avec un peu de méfiance.

— Mes parents peuvent m'aider sans problème, je leur en ai parlé. Et s'ils avaient refusé, ça m'aurait été bien égal de m'endetter, j'ai toute la vie devant moi.

Éberlué par sa proposition, il ne répondit pas tout de suite et elle insista, volubile :

— S'il vous plaît, Julien ! Ne cherchez pas d'autre associé que moi, je vous assure que je ne vous décevrai pas. Je suis quelqu'un de sérieux, vous l'avez vu. Je sais que vous préféreriez un homme, mais vos clients n'ont pas tiqué, vous venez de le dire. Votre clinique, c'est ce dont je rêvais quand je faisais mes études ! Et même si j'avais les moyens financiers, je ne m'installerais jamais toute seule, ça me fait trop peur, je…

— D'accord, d'accord, dit-il en levant la main pour l'arrêter. Mais qu'est-ce qui arrivera quand vous vous marierez, que vous aurez plein d'enfants ?

— Et alors ? J'adore ce métier, je ne le lâcherai jamais. Je n'ai pas travaillé comme une forcenée à l'école vétérinaire de Nantes pour me retrouver en train de tricoter près d'un berceau. Vous avez vu mes résultats ? J'étais une des meilleures de ma promo ! Nous ne sommes pas de la même génération vous et moi, c'est vrai, mais ainsi nous serons complémentaires. Allez, Julien, laissez-vous convaincre…

Il se mit à rire parce qu'elle avait parlé de « génération ». Comment avait-il pu s'imaginer qu'elle le draguait alors qu'elle le trouvait vieux ?

— Véronique, je crois qu'on va s'entendre.

Elle poussa un cri de joie et voulut absolument commander deux coupes de champagne pour fêter ça. Ils étaient en train de trinquer quand le portable de Julien sonna. En voyant s'afficher le numéro d'Anne, il s'empressa de prendre la communication.

— Je ne te dérange pas ? demanda-t-elle.

— Oh non, pas du tout !

— Tu as l'air tout guilleret.

— Je bois du champagne avec Véronique.

Il y eut un court silence, puis elle s'étonna :

— Ah bon ? Au milieu de la journée ?

— Nous avons un truc à fêter.

— Alors, je ne veux pas être indiscrète, déclara-t-elle sèchement. Je te rappellerai plus tard.

— Non, attends !

Adressant un signe d'excuse à Véronique, il se leva et sortit du bistrot tandis qu'Anne poursuivait :

— Ça n'a pas d'importance, je te laisse t'amuser en paix.

— Anne ! On ne s'amuse pas. Elle vient de me proposer de racheter les parts de Paul.

Un nouveau silence fut suivi d'une question posée sur un ton rageur et incrédule :

— Tu vas t'associer avec elle ?

Il était trop concerné par Anne pour ne pas s'apercevoir de sa contrariété.

— Est-ce que ça t'ennuie ?

— Non, ça me surprend, c'est tout. D'ailleurs, je n'ai pas mon mot à dire, c'est ton affaire. Mais je trouve que tu te précipites.

— Paul m'a envoyé une lettre, il commence à s'impatienter.

— Déjà ? Il est gonflé !

— Donc, l'offre de Véronique tombe à pic. En plus, elle est très professionnelle.

— Eh bien, tu seras décidément entouré de jolies filles ! Entre Brigitte et Véronique, tu…

— Anne ? Est-ce que, par le plus merveilleux des hasards, tu ne serais pas un peu…

Il retint le mot « jalouse » qui lui venait à l'esprit mais qui était bien trop présomptueux.

— Un peu quoi ? Désagréable ?

— Pas du tout, mais si ça t'agace qu'il y ait des jolies filles dans mon entourage, j'y vois un signe très encourageant.

Anne se tut assez longtemps pour qu'il s'inquiète.

— Tu es toujours là ?

— Oui… Bon, je suis contente que tu aies trouvé une solution.

Elle se forçait à le dire et conservait un ton acide. Il se sentit soudain très gai, son « assiette habituelle », ainsi que le prétendait Véronique.

— Est-ce que je peux passer te voir dimanche, qu'on regarde de près les chiffres de la cession de parts ?

— Viens donc déjeuner, proposa-t-elle plus gentiment.

— J'apporte le dessert.

En remettant son téléphone dans sa poche, il se mit à siffloter. Quelle formidable journée ! D'une certaine façon, il la devait à Paul, qui ne se douterait jamais de ce qu'il avait provoqué avec son détestable courrier.

*
**

Pierre Laborde semblait avoir vieilli en quelques mois. Il se tenait voûté, ses mains tremblaient légèrement et son regard s'était voilé.

— Je suis officiellement à la retraite, annonça-t-il, mais c'est un plaisir de vous recevoir, Anne. Comment allez-vous ? Comment va la maison ?

Elle s'installa dans le fauteuil qu'il lui désignait et déposa les deux cahiers de moleskine avec l'enveloppe sur un coin du bureau. Tout de suite, il parut hypnotisé par leur vue. Mais il était trop habile pour en parler le premier et il se contenta de déclarer :

— Je me souviens encore d'Ariane assise à votre place la première fois qu'elle est venue me consulter. Il y a, voyons… Enfin, c'est vraiment très loin ! Elle était jeune, belle, sûre d'elle et déterminée. Je l'ai reçue souvent par la suite, mais à partir du jour où elle s'est retrouvée dans sa bastide, elle n'a plus voulu se déplacer et il a fallu que j'aille la voir là-bas. Elle avait été tellement obnubilée par ce rachat qu'elle était comblée de revivre chez elle. L'obsession de toute une vie… Ça arrive à certains d'entre nous.

Anne comprit qu'il parlait pour lui. N'avait-il pas, en vain, discrètement courtisé sa cliente durant plusieurs décennies ? Rien qu'à l'entendre parler, à voir l'expression de son visage parcheminé, elle continuait de le hanter.

— Je n'ai pas pu entreprendre tout ce que j'aurais voulu pour retaper la bastide, déclara-t-elle, mais nos travaux sont presque terminés. Il ne reste qu'un peu de peinture et de décoration. Nous allons pouvoir accueillir nos premiers clients dès le mois prochain, avec l'arrivée du printemps.

— Ariane aurait été contente, affirma le notaire avec bienveillance.

— Ne l'aurait-elle pas vécu comme une intrusion ?

— Elle, sans doute. Néanmoins, son plus grand souhait était que la maison vive après elle. Vous l'ouvrez au monde, vous la mettez en valeur, vous la partagez, c'est magnifique. Et, surtout, vous la gardez.

— Je ne me vois plus vivre ailleurs, admit-elle en souriant. J'y ai trouvé beaucoup de choses et, mieux encore, je m'y suis trouvée moi-même. Je suppose qu'Ariane le savait.

— En effet, elle avait essayé de tout prévoir.

— Vous n'imaginez pas à quel point !

Elle prit l'enveloppe, en sortit le rubis qu'elle plaça devant lui sur le sous-main.

— Oh, s'exclama-t-il, le pendentif de Paul-Henri… Elle l'avait donc conservé ? Elle m'avait pourtant raconté ses visites successives chez les joailliers, leur vendant un à un tous ses bijoux pour augmenter son capital. J'étais persuadé qu'elle n'en avait plus aucun, à part ses copies en toc. Êtes-vous tombée dessus par hasard ?

— Non. C'est son ultime cadeau posthume. Vous aurez l'explication dans ces cahiers.

— Vous me les confiez ?

— Je vous laisse les lire puis les mettre en lieu sûr, avec le rubis.

— À l'étude ? Non, impossible. D'ailleurs, je vous l'ai dit, je ne viens quasiment plus. Louez donc un coffre dans une banque sérieuse. En attendant, j'en prendrai grand soin.

De nouveau, son regard se posa sur les cahiers. Qu'espérait-il ? Il allait apprendre qu'Ariane l'avait considéré comme un ami, son seul ami à la fin de sa vie, mais rien de plus.

— Il y a de drôles de secrets là-dedans, dit-elle prudemment.

— J'imagine.

— Des révélations qui pourraient heurter ma famille. Il vaut mieux que ça reste entre vous et moi.

— Je comprends. Vous savez, au fil de mes conversations avec votre tante, je n'ai pas acquis une haute estime de son entourage.

Il esquissa un petit sourire malin qui devint vite nostalgique.

— Ah, Ariane…, soupira-t-il. Quelle femme étonnante ! Elle me manque énormément.

S'aidant des accoudoirs de son fauteuil, il se leva, contourna le bureau.

— La succession est close, tout est bien à présent. Louez ce coffre et mettez-y le rubis. Il sera pour vous comme une poire…

— … pour la soif, je sais. Elle aimait cette expression.

Le sourire réapparut, complice cette fois, tandis qu'il la raccompagnait. Elle eut la certitude que, à peine la porte refermée, il allait se jeter sur les cahiers.

— Et Goliath ? demanda-t-il encore en lui serrant la main.

— Nous nous gardons mutuellement. Je l'aime beaucoup.

— Décidément, elle doit vous bénir de là-haut ! Prenez soin de vous, Anne.

Avant de quitter Dax, elle musarda un peu dans les rues du centre-ville, profita du soleil de fin d'hiver pour prendre un café à une terrasse. La neige de Noël semblait bien loin, presque improbable. La perspective de rentrer chez elle lui plaisait. *Chez elle*. Où bientôt les rosiers plantés par Suki fleuriraient.

En montant dans sa voiture, elle constata qu'elle n'avait pas pensé à Paul depuis un ou deux jours. La douleur de leur séparation commençait à s'estomper. Elle s'était trompée sur lui et sur elle-même. Il y avait eu un marché de dupes dans leur mariage, mais elle l'avait compris trop tard. C'était l'héritage d'Ariane qui avait montré la faille, elle ne le regrettait pas.

*
**

Triomphalement, Jérôme exhiba le panneau métallique bleu et vert qu'il venait de recevoir, celui des chambres d'hôtes à accrocher à l'entrée du chemin. Suki battit des mains, gagnée par l'enthousiasme de son beau-frère.

— Comme ça, nous serons plus faciles à trouver, affirma-t-il. Sinon, la plupart des gens passeraient devant le portail sans le voir.

— Vous ne risquez pas d'être sans cesse dérangés ?

— Nous ne sommes pas sur une route touristique, Suki ! Pour venir chez nous, il faut le vouloir, et ce sera un gage de tranquillité pour nos clients. Mais ils doivent tout de même pouvoir arriver jusqu'ici.

Il appuya le panneau au mur, prit un peu de recul pour le regarder.

— Ça a de la gueule, non ?

C'était la première fois de sa vie qu'il menait quelque chose à bien et il exultait. Jamais il n'aurait imaginé tirer un tel plaisir de son propre travail. Il le devait à sa sœur, dans une certaine mesure à la tante Ariane qu'il avait si mal connue et négligée, mais aussi à lui-même parce qu'il s'était enfin accroché. Les années de stupides galères à Londres lui paraissaient loin, il était devenu quelqu'un d'autre.

L'arrivée de Julien fut l'occasion de s'extasier encore une fois sur l'enseigne qui allait faire de la bastide une maison d'hôtes. Suki en profita pour jeter un coup d'œil dans la cocotte où cuisait un poulet, et Jérôme se souvint qu'il avait promis à sa sœur de préparer un bon dîner. Était-ce en l'honneur de Julien, pourtant un habitué de la maison ? Bon, il avait oublié la consigne et rien d'extraordinaire n'était prévu, tant pis.

— Tu as apporté des fleurs ? railla-t-il en débarrassant Julien de son bouquet. Comme c'est original !

— Elles ne sont pas pour toi, répliqua Julien du tac au tac.

— Donne, dit Suki, je vais les mettre dans un vase.

En quelques gestes précis, elle disposa les roses rouges qui étaient magnifiques.

— Anne n'est pas là ?

— Ah, je vois qu'on ne te suffit pas ! Rassure-toi, elle ne va pas tarder, elle avait quelqu'un à voir à Dax, ensuite elle récupérait Léo à la pension.

Julien eut l'air mal à l'aise, et Jérôme s'en voulut de son ironie. Si, comme il le croyait, le vétérinaire était amoureux d'Anne, la situation n'était pas évidente pour lui, autant ne pas l'embarrasser davantage.

— Tu bois quelque chose ? intervint Valère.

Toujours conciliant, il servit l'apéritif en racontant qu'il venait de décrocher deux reportages photo.

— La saison des mariages va recommencer, tant mieux, j'ai hâte de tester le Nikon en situation. Et puis nous allons emménager. À tous points de vue ce sera un nouveau départ.

— Mais il faut quitter cette maison qui a été notre refuge et qui nous a porté bonheur, murmura Suki.

Valère regarda attentivement sa femme, comme s'il s'attendait à ce qu'elle ajoute quelque chose, mais elle se tut et garda les yeux baissés.

— Nous voilà ! claironna Léo en ouvrant la porte à la volée.

Suivi d'Anne, il affichait un air béat. Jérôme avait la quasi-certitude que sa sœur ne lui avait pas parlé du rubis, donc il devait rapporter de bons résultats scolaires, ou bien il échafaudait un projet de vacances avec Charles.

— Le billard sera livré la semaine prochaine ! annonça l'adolescent avec emphase.

— On le met bien dans le petit salon ? s'inquiéta aussitôt Jérôme.

— Oui, c'était convenu, Léo est d'accord, intervint Anne.

Rassuré, Jérôme adressa un clin d'œil à son neveu en ajoutant :

— Et les clients pourront en profiter ! Parce que, à propos de nos hôtes à venir…

D'un geste théâtral, il désigna le panneau qu'Anne n'avait pas vu.

— Qu'en dis-tu ? Il a de l'allure, non ? Mais ce n'est pas tout, ma grande, le plus beau, c'est ça…

De sa poche il extirpa une feuille imprimée.

— Nous avons déjà quatre réservations pour le mois d'avril. Quatre, et ce n'est qu'un début ! Tout ça grâce au site Internet, mais j'envisage d'autres moyens de se faire connaître. Il y a des guides spécialisés, des annonces à insérer dans les journaux gratuits, les syndicats d'initiative, et j'en passe.

Anne ne l'écoutait que distraitement, ce qui le vexa.

— Si c'est tout l'effet que ça te fait...

Le regard de sa sœur se tourna vers Julien à qui elle sourit.

— On croirait du velours, ces roses ! Mais tu pouvais venir les mains vides.

Elle s'adressait à lui d'un ton particulier, comme s'ils venaient de se rencontrer alors qu'ils se voyaient depuis plus de dix ans. À l'évidence, leurs rapports étaient en train de changer, et Jérôme se sentit capable de s'en réjouir au lieu de s'amuser à semer la zizanie entre eux. Qu'Anne refasse un jour sa vie serait une bonne chose. Le frère et la sœur n'allaient pas rester éternellement en tête à tête dans cette grande maison, Jérôme tenait trop à sa liberté de mouvement. Même s'il n'était pas persuadé d'en avoir autant besoin qu'avant.

Ils dînèrent dans la cuisine, se régalant du poulet auquel Jérôme avait finalement ajouté de l'estragon, de la crème et des champignons. Léo évoquait les vacances de printemps, prêt à parier qu'il ferait assez chaud pour se baigner. Il obtint de Julien la promesse de quelques cours de surf supplémentaires, mais Anne lui rappela qu'il devrait également se rendre à Paris pour voir son père et ses grands-parents. Elle parvenait à en parler sans chagrin ni rancune, déterminée à ce que Léo souffre le moins possible du divorce. Elle ne prétendait pas remplacer Paul, Léo avait besoin de son père, et elle ferait son possible pour qu'ils restent proches l'un de l'autre malgré la distance.

Vers onze heures, Valère et Suki allèrent se coucher, Jérôme proposa une partie d'échecs à Léo. Aussitôt, Julien décida de partir, comme s'il ne voulait pas rester seul face à Anne, mais elle le retint.

— Prends une infusion avec moi, je voudrais qu'on bavarde.

Embarrassé, il acquiesça avec un sourire contraint. Anne se sentait aussi peu à l'aise que lui, mais elle était déterminée.

— On a des choses à se dire, Julien.

— Tout de suite ? Je crois au contraire que…

— … que c'est trop tôt ? Oui, mais nous sommes dans une situation très inconfortable et je préfère être franche avec toi. J'ai eu un petit pincement de jalousie, l'autre jour, en apprenant que tu sablais le champagne avec Véronique. Ça m'agace que tu t'intéresses à d'autres femmes et que tu fasses la fête sans moi alors que je devrais me réjouir pour toi, et ça m'agace de le constater.

— En ce qui me concerne, je suis ravi, répliqua-t-il avec un sourire désarmant.

— Non ! Rends-toi compte que nous ne pourrons même plus être des amis si…

— Aucune importance, on fera semblant en attendant. J'ai des trésors de patience, Anne. Et il va nous en falloir. Je suis persuadé qu'il y a des choses que tu ne supporterais pas d'entendre, même pas d'une petite voix insidieuse au fond de ta tête.

Tu ne veux pas avoir à te dire que tu as bien vite remplacé Paul. Tu ne veux pas que ton fils le pense. Tu ne veux pas que les gens se mettent à parler à tort et à travers.

— Tu sais tout ça ?

— Je te connais, je connais ta famille. Les réflexions acides de ta mère, le cynisme de Jérôme, la jalousie de Lily… Pas question de t'infliger ce genre de commentaires. Il n'y a qu'en laissant passer du temps qu'on aura le droit d'être tranquilles.

Il prit sa main sur la table, la serra dans les siennes.

— Depuis des années, j'essaie d'ignorer que tu me plais. Une attirance indigne, occultée par respect pour Paul et au nom de l'amitié. J'ai été sincèrement consterné de votre séparation. Vous étiez un couple de référence pour moi, et jamais je n'ai souhaité que ça se finisse par un divorce. Mais c'est le cas. Vous avez mis un terme à votre histoire et je n'y suis pour rien. Aujourd'hui, je me sens libre de tenter ma chance avec toi, sauf que ce n'est pas le moment. Tu viens de subir un choc et tu n'es pas prête. Jusqu'ici, tu m'as regardé comme un copain, comme l'associé de ton mari, et je voudrais que ton regard change, que tu voies Julien. Moi, à force de t'observer, je sais exactement tout ce qui me séduit chez toi. Tu es belle, mais pas seulement. Tu as un rayonnement particulier qui me chavire. Tu es gentille, loyale, drôle, organisée, et pourtant capable de sauter dans l'inconnu. Tu aimes les gens pour ce qu'ils sont sans vouloir les changer. Tu ne te voiles pas la face pour affronter les réalités. Tu es solide et courageuse. Tu…

— Arrête ! s'exclama-t-elle avec un rire gêné. C'est moi, tout ça ?

— Non, tu m'as interrompu, je n'avais pas fini. En fait, je pourrais te parler de toi toute la nuit. Mais je vais rentrer chez moi et penser à toi sous ma couette, je n'ai pas le choix. Sinon, on va tout gâcher.

Il lâcha enfin sa main, se leva et contourna la table. Penché au-dessus d'elle, il l'enlaça puis l'embrassa. Elle se souvenait du goût de sa bouche, de l'odeur de sa peau, elle avait souvent repensé à ce premier baiser sur les marches du perron. Comme ce jour-là, elle eut envie de lui, de faire l'amour avec lui, et quand il se redressa elle se sentit frustrée.

— Je t'appelle demain, murmura-t-il.

Déçue, elle allait le laisser partir lorsqu'elle se frappa le front.

— Attends ! Est-ce que tu as pensé à mon *Requiem* ?

— Je l'ai oublié dans la voiture, viens…

Ils sortirent ensemble, flanqués de Goliath.

— Cet enregistrement, sous la direction de Karl Böhm, est un des meilleurs, du moins à mon goût. Tu aimes Mozart ?

— Pas spécialement. Je suis beaucoup moins férue que toi de musique classique.

— Si tu en as envie, je te ferai découvrir des tas de choses et tu me diras ce que tu apprécies, ce qui te touche…

Il lui tendit le CD, effleura sa joue et se dépêcha de démarrer. Elle regarda ses feux arrière disparaître au bout du chemin, puis elle leva la tête vers le ciel étoilé. La nuit était claire, demain serait une belle journée.

Elle regagna la cuisine, négligea les reliefs du dîner et monta directement dans son bureau dont elle ferma la porte avec soin.

— Écoute ça, dit-elle au chien en introduisant le CD dans sa chaîne.

Après avoir sélectionné le *Lacrimosa*, elle prit un des albums de photos sur une étagère et s'assit à même le parquet. Tandis que s'élevaient les premières notes, si pathétiques, elle se mit à tourner les pages. Ariane bébé, avec son grand-père qui se prénommait Léonard, comme Léo. Ariane fillette, tenant son petit frère par la main. Ariane jeune fille, entre ses parents. La bastide avec des gens inconnus sur le perron. Un gemmeur posant devant sa barrique pleine de résine. Des clichés jaunis, ou même sépia. Tout le passé des Nogaro qu'Anne avait appris à connaître. Qu'elle soit leur descendante ou pas ne changeait rien, cette famille était la sienne, cette maison était la sienne, elle avait repris le flambeau et le tenait solidement dans ses mains.

Elle referma l'album, appuya sa tête contre le mur et écouta le morceau jusqu'à la fin. Un ultime remerciement à Ariane, comme un gage de fidélité. Les deux cahiers de moleskine et leurs secrets étaient en sûreté, le rubis déposé à la banque où elle s'était rendue après avoir quitté Pierre Laborde. Un an plus tôt, dans cette même étude, alors qu'elle prenait place devant le notaire, elle ignorait encore tout du testament qui allait bouleverser sa vie. Était-elle aujourd'hui la même femme que la petite Anne écoutant, éberluée, les dernières volontés de sa tante ?

Un claquement sec annonçant la fin du CD fit tressaillir Goliath endormi. Anne se releva et alla ouvrir la fenêtre. Au-delà de la clairière, les silhouettes des arbres formaient une masse noire sous le ciel bleu nuit. Le silence accentuait l'impression de sérénité, de plénitude, et la douceur de l'air annonçait le printemps. Anne eut la certitude qu'elle serait heureuse ici et qu'elle ne devait plus regarder en arrière. Les deux coudes sur la rambarde, le menton dans les mains, elle inspira à fond pour percevoir l'odeur des pins. Il était plus de minuit et à cette heure-ci Paul devait dormir dans son studio, à Paris, un livre ouvert tombé sur les draps. Il avait choisi sa route, elle aussi, et ce n'était plus la même. Mais en jetant l'ancre ici, contre l'avis de tout le monde, elle avait réussi le paradoxe de réunir les siens sous son toit. Valère et Suki allaient repartir du bon pied. Jérôme s'était rendu indispensable, et peut-être avait-il gagné assez de maturité pour gérer sa première histoire d'amour si chaotique avec Ludovic. Lily elle-même était venue chercher de l'aide auprès de sa sœur. L'avenir était plein de promesses dans la bastide Nogaro, et ceux qui l'avaient désignée comme un cadeau empoisonné s'étaient lourdement trompés.

Un oiseau de nuit poussa un cri rauque à l'instant où Anne avait une pensée pour sa mère. Avec le temps, n'aurait-elle pas pu aimer un peu son enfant innocente ? Chasser de sa mémoire l'épisode honteux, s'accorder le bénéfice du doute à défaut d'absolution ? Mais non, Estelle n'oubliait rien, ni rancune ni haine, rien, sauf ses dettes. Anne n'avait pas envie d'y songer. Cette page-là aussi était tournée. À en croire la pleine lune et les étoiles, demain serait décidément une belle journée.

Dans la poche de son jean, son téléphone vibra. Elle afficha le message qu'elle venait de recevoir et lut :

Comme prévu, je pense à toi.

En fermant la fenêtre, elle souriait aux anges.

Composition et mise en pages
FACOMPO, Lisieux

Imprimé en Espagne par:
CPI Black Print
en septembre 2021

Pocket – 92 avenue de France, 75013 Paris

Dépôt légal : novembre 2021
S30757/01